MELISSA JAGEARS

Weil das Herz nicht schweigen kann

Deutsch von Renate Hübsch

BRUNNEN
Verlag GmbH · Giessen

Für Easton und andere Schmetterlingskinder:
Ich bete um besonderes Durchhaltevermögen und
viel Weisheit für euch und eure Familien.

Auch als E-Book erhältlich:
ISBN 978-3-7655-7382-8

www.brunnen-verlag.de
Lektorat: Konstanze von der Pahlen
Umschlagfoto: Ildiko Neer / Trevillion Images
Umschlaggestaltung: Daniela Sprenger
Satz: Uhl + Massopust, Aalen
Druck: GGP Media GmbH, Pößneck
ISBN 978-3-7655-2050-1

Kapitel 1

KANSAS, 1881

Die Tür des Zugabteils wurde aufgerissen. Erschrocken setzte sich Eliza Cantrell auf. Beißender Kohlequalm drang in den stickigen Wagen.

„Dass bloß niemand auf dumme Gedanken kommt", knurrte eine drohende Stimme.

Da fuhr sie ein einziges Mal mit dem Zug und ausgerechnet dieser Zug musste überfallen werden? Der Atem gefror ihr in der Lunge wie scharfkantiges Eis, als Eliza es wagte, einen Blick über ihre Schulter zu werfen.

„Keinem passiert was, wenn ihr schön brav seid." Ein schlaksiger Kerl, ein blaues Halstuch vor dem Gesicht, richtete zwei Pistolen auf die voll besetzten Sitzbänke. „Es hat uns gar nicht gefallen, dass der Safe in diesem Zug fast leer war. Wenn die Herrschaften also bitte Geld und Wertsachen abliefern würden? Wir wären euch sehr verbunden."

Zwei weitere Maskierte, die Hüte tief in die Stirn gezogen, schlüpften hinter dem Anführer ins Abteil. Einer war kaum größer als ein Kind; das Gesicht des anderen, oder was davon sichtbar war, verdeckten buschige weiße Augenbrauen und ein wilder Backenbart.

Eliza umklammerte die Kante ihres Sitzes und warf den Hampdens auf der anderen Seite des Mittelgangs einen Blick zu. In den Stunden, in denen Eliza sich mit seiner Frau unterhalten hatte, hatte Carl nicht gerade einen heldenhaften Eindruck gemacht. Aber jetzt würde die Sorge um seine Familie ihn doch sicher zum Handeln bewegen, oder?

Zusammengesackt saß Carl neben Kathleen, die die beiden Kinder fest im Arm hielt.

Eliza ließ den Blick über den Rest der gedrängt vollen Sitzbänke schweifen. Keiner der Männer wagte es, den Räubern die Stirn zu bieten. Vorn im Wagen hob der Schaffner die Hände in einer Geste der Ergebung.

„Wir wollen das hier ganz locker abwickeln, Herrschaften. Dann sind wir zufrieden und verschwinden auch rasch wieder. Und die Herrschaften sollten besser dafür sorgen, dass wir zufrieden sind. Oder möchte jemand so enden wie der Wachmann beim Safe?“ Kleine Falten bildeten sich um die Augen des hageren Anführers, als lächele er unter seiner schmierigen Maske. „Wir haben den Guten aus dem Zug geworfen.“

Die Frau hinter Eliza stöhnte auf.

Eliza schielte nach der Handtasche in ihrem Schoß und schluckte. Konnte sie ihr Geld verbergen, ohne ertappt zu werden?

„Los, her mit deinem Ehering und was du sonst noch dabeihast.“ Der Kleinere der Banditen hielt einem Mann zwei Reihen hinter Eliza jenseits des Mittelgangs eine Tasche vor die Nase.

Sie musste rasch handeln. Schmuck trug sie nicht, dafür hatte sie ihr gesamtes Vermögen in ihrer Tasche bei sich. Ihr Bruder würde ganz sicher kein Geld mehr ausspucken, wenn sie verlor, was er ihr ohnehin schon unwillig gegeben hatte. Und keinesfalls würde sie ihre Mutter um Hilfe bitten – selbst wenn sie gewusst hätte, wo diese zu finden war.

Das Ruckeln der Metallräder auf den eisernen Schienen schüttelte Eliza durch, während sie den Verschluss ihrer ledernen Reisetasche öffnete.

Die Lippen der älteren Frau neben ihr bewegten sich in einem angstvollen Gebet.

Beten.

Gott, ich weiß, ich habe in letzter Zeit nicht oft mit dir geredet, aber wenn dir etwas an mir liegt … ich brauche … ein bisschen Zeit.

Sie warf einen Blick über die Schulter.

„Feines Collier. Her damit." Der Anführer zeigte auf eine Frau zwei Reihen weiter hinten, die nun jammernd am Verschluss ihrer Kette nestelte.

Der Kleine stand noch immer vor den Passagieren in den hinteren Reihen, während der Ältere mit dem Gewehr in der Hand an der Wand lehnte und den Überblick behielt.

Eliza wandte sich ein wenig ab und fischte mit zitternden Fingern die Geldklammer aus der Tasche. Sollte sie ein paar Dollar zurückstecken, damit die Banditen überhaupt etwas fanden?

Unvermittelt schlug der Hagere gegen die Lehne ihres Sitzes.

Schnell schob Eliza das Bündel Scheine unter ihr Knie.

Der Gangster stand jetzt neben ihr, in einer Hand die Pistole, die andere streckte er ihr fordernd entgegen. „Und jetzt Sie, schöne Lady." Seine Stimme war heiser und auch sonst außergewöhnlich.

Was hatte er da gesagt? *Schöne* Lady? Mit zitternden Fingern schob Eliza eine schweißnasse Haarsträhne aus der Wange zurück hinters Ohr. Dann leerte sie den gesamten Inhalt der Handtasche aus: die Briefe ihres zukünftigen Mannes, den sie noch nie gesehen hatte, ein paar in ein Tuch gewickelte Kekse, eine angefangene Handarbeit und ihre bestickte Geldbörse. Sie öffnete den Verschluss. Drei Pennys, ein Nickel und ein halber Dollar fielen ihr in den Schoß.

Der Kerl trat ihr gegen das Schienbein. „Wo ist der Rest?"

„Das ist alles, was ich habe."

Der Zugräuber kniff die hellblauen Augen zusammen. Über dem Halstuch wanderten blonde Bartstoppeln seine Wangen empor. „Achtundfünfzig Cent?" Er verschlang ihren Körper mit seinen Blicken und sie kauerte sich zusammen, um sich so vor seinem anzüglichen Grinsen zu verstecken. „Was Sie da tragen, ist aber nicht selbst genäht, Lady, auch wenn's schöner sein könnte." Er beugte sich über sie, sodass sie seinen intensiven Körpergeruch einatmete. „Also, wo steckt der Rest?"

Eliza grub ihre Finger ins Sitzpolster. „Ich habe sonst nichts für Sie." Sie biss sich auf die Unterlippe. Gott würde ihre ausweichende Antwort verstehen.

Der Gauner hockte sich hin, schob ihren Rock beiseite und schaute unter den Sitz. „Keine Reisetasche?"

„Nur zwei Koffer im Gepäckwagen." Eliza nahm ihre Beine etwas weiter nach links, damit er sie nicht mehr anfasste. Trotz der diversen Schichten von Stoff, Fleisch und Knochen, die es verbargen, spürte sie das Notenbündel nur allzu deutlich.

Der Gangster stand auf, griff nach den Münzen in ihrem Schoß und verstaute ihr mageres Kleingeld in seiner Brusttasche. Dann stieß er gegen die offene Hand der alten Frau neben ihr. „Schluss mit dem Gemurmel, Lady. Ich will den Ring."

Eliza presste sich in den Sitz und verschaffte ihrer beleidigten Nase etwas Abstand zu dem heißen, verschwitzten Körper des Gauners.

Mrs Farthington hörte auf zu beten, einen flehentlichen Ausdruck in den feuchten Augen. „Der gehörte meinem verstorbenen Mann. Bitte, Sir, wenn Sie mir nur den las…"

„Das ‚Sir' können Sie sich sparen. Her mit dem Ring. Oder haben Sie's nicht mitgekriegt? Sie wollen doch, dass wir zufrieden sind." Unter seinem Auge spannte sich ein Kaumuskel.

Elizas ganzer Körper versteifte sich. Sie würden doch eine alte Witwe nicht aus dem Zug werfen?

„Ein bisschen plötzlich, Alte." Der Lange wedelte mit der geöffneten Hand. Eliza starrte auf die Narbe an seinem kleinen Finger und fuhr sich mit der Zunge über die Lippen. Zu gern hätte sie ihre Zähne in diesen blassen Halbkreis gegraben. Die Witwe zog den breiten Goldreif ab. Der Gangster griff nach dem schönen Schmuck und steckte sich den Ring an einen Finger, an dem bereits zwei andere saßen. „Und jetzt das Bargeld."

Die alte Dame fingerte an den Zugbändern ihres Pompadours.

Er beugte sich vor, um sich die Geldbörse zu schnappen, aber ein plötzliches Ruckeln des Zuges ließ ihn stattdessen ans Gepäckfach über sich greifen.

„Und was haben wir hier?" Seine Hand streifte Elizas Bein, griff nach einer Dollarnote, und das Notenbündel rutschte heraus. Er wedelte mit dem Schein vor ihrer Nase herum. „Kein Geld, wie? Nur ein armes

Mädchen mit 'ner Menge Pech im Leben, he?" Der Lange packte Eliza um die Taille und hob sie aus dem Sitz.

Eliza schrie auf, als er sie sich über die Schulter warf, als wöge sie nicht mehr als ein Sack Hafer.

Mit einem Arm hielt er sie fest, dann setzte er sie wieder ab. „Schaut mal her, Kollegen. Da haben wir die Gans, die die goldenen Eier legt."

„Lassen Sie mich los!" Eliza schwang ihre Faust gegen seinen Kopf, aber bevor sie ihn treffen konnte, warf er sie zurück in ihren Sitz.

Mit hochgezogenen Augenbrauen ließ er das dicke Bündel Geldscheine durch seine Finger gleiten. „Sehr verbunden, Lady."

Eliza packte die Angst. Wohin würde sie sich wenden können, falls sich die Dinge in Salt Flatts nicht günstig entwickelten, jetzt, da sie keinen Penny mehr ihr Eigen nannte? Verzweifelt schnappte sie nach den Scheinen, doch der Bandit bedachte sie nur mit einem mörderischen Blick.

Er beugte sich herunter, bis seine Augen ihr so nah waren, als wollten sie mit ihren verschmelzen. „Sie müssen verstehen, Lady", zischte er, „ich muss Ihnen eine kleine Lektion erteilen. Sonst kommt vielleicht noch jemand auf dumme Gedanken."

Eliza wollte nur wegkommen von seinem heißen, feuchten Atem. Doch stattdessen hielt sie ihren Blick auf den Mann gerichtet, der nur Zentimeter vor ihrem Gesicht lauerte.

Er wich zurück und legte den Kopf schief, dann machte er eine ausladende Geste in Richtung der anderen Passagiere. „Kümmert mich nicht, ob's 'ne Lady trifft oder 'n Kind, 'ne Heilige oder 'ne Hure", donnerte seine auffällig heisere Stimme. „Wirst uns nicht zum Narren halten, Lady."

Dann hob er den Arm und schlug Eliza die Pistole ins Gesicht. Ein heißer Schmerz durchzuckte sie, ihr wurde schwarz vor Augen und sie sank gegen den molligen Körper ihrer Sitznachbarin. Eliza presste die Hand auf den Schmerz und stöhnte tief und leise, um nicht in Tränen auszubrechen.

Auf der anderen Seite des Mittelgangs wimmerte Junior, der Sohn der Hampdens.

Eliza zwang sich, sich aufzusetzen.

Der Gangster schrie jetzt in Richtung der anderen Passagiere. „Das war 'ne Warnung, Herrschaften. Besser, ihr tut schön, was wir sagen. Sonst verliert ihr heute vielleicht noch mehr als Geld und Geschmeide."

Eliza spürte, wie ihr Blut durch die Finger rann. Sie biss die Zähne zusammen und kreuzte die Knöchel, um den niederträchtigen Kerl nicht gegen das Schienbein zu treten. Der nagelneue Flicken auf seiner Hose hätte ein ausgezeichnetes Ziel abgegeben.

Der Gauner wandte sich jetzt den Hampdens zu, sodass Gretchen, die einjährige Tochter, in lautes Weinen ausbrach. Kathleens verzweifelte Versuche, sie zu beruhigen, ließen ihr Schluchzen nur umso panischer werden.

Mit schwingendem Jackensaum stürmte jetzt der Weißhaarige durch den Wagen. „Gleich kommt Solomon's Bend."

Durch das Fenster konnte Eliza am Horizont eine Baumreihe erkennen, die auf ein Flussufer hindeutete. Im hüfthohen Präriegras weideten ein paar gesattelte, aber reiterlose Pferde.

Der Kleine trieb eilig die restliche Beute von den Passagieren links im Abteil ein, während der Blonde rechts kurzen Prozess machte. Als sie vorn im Wagen angelangt waren, zog der Anführer den Hut tiefer in die Stirn und klopfte ungeduldig mit der Fußspitze auf den Boden.

Außer dem rhythmischen Stampfen des Zuges und dem Geratter der Räder waren nur Gretchens stoßweiser Atem und das gedämpfte Schluchzen einer Dame weiter hinten im Wagen zu hören.

Kathleen überließ ihre weinende Tochter ihrem Mann und lehnte sich, ein Taschentuch in der Hand, über den Mittelgang. „Hier, Eliza."

Eliza runzelte die Stirn, obwohl das den Schmerz in ihrer Wange verstärkte, und nahm das angebotene Stück Leinen entgegen. Das Blut würde die makellose weiße Spitze ruinieren, aber ihr eigenes Taschentuch konnte sie nicht finden. „Danke."

„Es war den Versuch wert", flüsterte Kathleen.

„Nein, es war leichtsinnig", murmelte Carl. „Es hätte Sie umbringen können. Und uns alle noch dazu."

Vorn im Wagen verstaute der Kleine sein letztes Beutestück. Der Älteste der drei ging rückwärts durch den Wagen, bis er mit den beiden anderen zusammenstieß. „Schöne Reise noch nach Salt Flatts, die Herrschaften."

Als der Zug langsamer wurde, um eine scharfe Kurve zu nehmen, strömte die Gang nach vorn und verbarrikadierte die Wagentür. Einer nach dem anderen sprang vom Zug und rollte sich im grünen Meer des Präriegrases ab.

Etliche Frauen brachen in Schluchzen aus und Mrs Farthingtons Gebet galt jetzt dem Dank, dass alles glimpflich verlaufen war.

Eliza presste die Hand fester auf die pulsierende Wunde und sank im Sitz zusammen. Wieder hatte Gott es für nötig befunden, ihr alles zu nehmen, was sie besaß. Warum hatte sie sich überhaupt die Mühe gemacht zu beten?

Die Glocke über der Tür zum *Gentleman's Emporium* schellte ungeduldig und lenkte William Stantons Aufmerksamkeit von der Ladeklappe seiner Winchester ab, die er gerade zu erneuern versuchte.

Vor dem Laden stand Oliver, der Sohn des Bahnhofsvorstehers, und rang nach Luft.

Will seufzte. Kein Kunde. Während er sich am Munitionsregal hinten im Laden vorbeischob, wischte er sich die verschmierten Hände mit einem Handtuch ab.

„Was kann ich …"

„Pa braucht Sie an der Bahnstation, und zwar schnell." Der Junge – im Wesentlichen eine wilde Mischung von höchst lebendigen Ellbogen und Knien – winkte, ihm zu folgen, und war schon im Begriff, wieder davonzueilen. „Der Zug wurde überfallen und eine Dame muss genäht werden und dann ist da noch dieser alte Mann …"

„Moment mal." Will wies mit dem Finger auf die weißen Schablonenbuchstaben auf dem Ladenfenster. „Was steht da? *Gentleman's Emporium. Alles für den Herrn. Büchsenmacher.* Sonst nichts."

„Ach, kommen Sie, Mr Stanton. Hier weiß doch jeder, dass Sie mal ein Doktor werden, auch wenn Sie's nicht an Ihren Laden schreiben."

„Ich praktiziere nicht. Hol Dr. Forsythe."

„Aber die Lady muss genäht werden." Der Junge stemmte jetzt die Arme in die Hüften. „Im *Gesicht.*"

Will presste die Zähne zusammen, band sich aber die ölverschmierte Schürze ab. Der alte Landarzt erklärte immer wieder, der beste Arzt sei der schnellste Arzt – ob es nun um eine große Operation oder eine kleine Verletzung ging. Nahm man noch hinzu, dass der Mann gegenüber Patienten ein höchst armseliges Verhalten an den Tag legte, würde seine Schnelligkeit zwar sicherstellen, dass die Lady innerhalb von Sekunden genäht wäre und ihr so längere Schmerzen erspart blieben, aber die Naht würde hingepfuscht sein und ganz sicher später einen schrecklichen Anblick bieten.

Wie konnte er zulassen, dass eine Frau durch eine unansehnliche Narbe entstellt würde, wenn er doch womöglich die Wunde so fachmännisch nähen konnte, dass die Leute sie nicht für den Rest ihres Lebens anstarren würden? Er hatte schon auf dem Schoß seiner Mutter nähen gelernt und er hatte es gut gelernt. „Bist du sicher, dass sie genäht werden muss?"

„Ganz sicher, Sir." Der Junge trat rückwärts aus der Tür. „Mrs Hampden hat darauf bestanden, dass ich Sie hole. Dr. Forsythe kümmert sich inzwischen um den Mann mit den Schmerzen in der Brust."

„Ist sonst noch jemand verletzt?" Will ließ Oliver in der Tür stehen und ging nach hinten, um das Holzkästchen mit seinen Instrumenten zu holen. Den Deckel hatte sein Vater mit einer Schnitzerei verziert, die betende Hände zeigte.

„Nein." Der Junge hielt jetzt die Hände am Körper, als zöge er zwei Revolver aus dem Halfter. „Aber ich hab gehört, wie Mr Hampden gesagt hat, sie haben den Wachmann aus dem Zug geworfen. Posse ist hin, um nachzusehen, ob er noch lebt, bevor sie die Zugräuber verfolgen. Pa sagt, sie werden wahrscheinlich keine Spur finden, weil die Banditen am Solomon River abgesprungen sind. Sind vermutlich eine Weile im Wasser geritten."

Will drehte das Türschild auf „Geschlossen" und hastete hinter Oliver her, der sich durch das Gedränge der Leute aus dem Zug zwängte.

„William!“, ertönte Mrs Hampdens Ruf von der anderen Straßenseite.

Will drehte sich um und blieb stehen, um einen Wagen vorbeizulassen. Als er einem Eselskarren auswich, trat er beinahe in den unaussprechlichen Haufen, den eines der Tiere auf der staubigen Straße hinterlassen hatte.

„Ich war schon unterwegs zur Bahnstation“, sagte Will, als er bei Kathleen angekommen war, die sofort in Richtung ihres Ladens umschwenkte.

„Ich habe Carl gebeten, sie in den Laden zu bringen. Es muss ja nicht die halbe Stadt zusehen, wie du sie zusammenflickst.“

Will folgte ihr und nickte den Vorübergehenden flüchtig zu. Für eine kleine Frau, die noch dazu schwanger war, stand Kathleen ganz gut ihren Mann.

Als sie das Hinterzimmer der Gemischtwarenhandlung betraten, führte Kathleen ihn nicht die Treppe hinauf in die Wohnung der Familie, sondern ins Büro. Auf einer Holzkiste saß eine Dame in einem zerknitterten schwarzen Kleid und presste sich ein blutgetränktes Tuch auf die Wange. Das arme Ding sah sehr erschöpft aus.

Carl stand an der Tür und wiegte seine zappelnde kleine Tochter im Arm. Sein Blick spiegelte seinen Missmut. „Ich habe Junior hochgeschickt, Mittagsschlaf halten, aber Gretchen will sich einfach nicht hinlegen, wenn du nicht dabei bist.“

Kathleen nahm ihm die Einjährige aus dem Arm und legte der verletzten Frau beruhigend eine Hand auf die Schulter. „Eliza, das ist William Stanton. Er hat Gretchen auf die Welt geholt. In weitem Umkreis finden Sie keinen besseren Arzt – auch wenn er noch recht jung ist.“

Will zog die Stirn in Falten. Er wusste selbst nicht genau, ob sein finsterer Blick eher der Tatsache galt, dass sie ihn einen Arzt genannt hatte, oder dem Umstand, dass ihre Worte ihn fast zum Kind machten – auch wenn man nicht leugnen konnte, dass Kathleen altersmäßig seinen Eltern näherstand als ihm. Er setzte sich neben seine Patientin auf die Holzkiste. Angesichts des tiefen Rots, das ihre Wange färbte, ballte er die Fäuste. Nur allzu gern hätte er das Gesicht des Kerls, der sie so zugerichtet hatte, in einen ähnlichen Zustand versetzt.

Aber jetzt rang William sich ein Lächeln ab, da ihm klar war, dass sein Verhalten seine Patientin beeinflussen würde. „Ich hatte wirklich keine Wahl, als es bei Mrs Hampden um die Geburt ging. Sie hat einen Hang dazu, ihre Kinder so schnell zur Welt zu bringen, dass, wer immer zufällig vorbeikommt, die Ehre erhält, die Entbindung mitzuerleben."

„Du verstehst deine Sache sehr gut, da kannst du sagen, was du willst." Kathleen verlieh ihrer Aussage mit dem Zeigefinger Nachdruck und trug dann ein widerstrebendes Gretchen aus dem Raum.

Carl drehte sich um und folgte ihr.

„Ich werde Hilfe brauchen, Mr Hampden." Da ihm das Kokainpulver ausgegangen war, griff Will nach dem Laudanum in seinem Medikamentenkästchen.

„Ähm ..." Carl trat von einem Fuß auf den anderen und sah bedauernd zur Tür. „Ich kann nicht so gut Blut sehen ..."

„Sie können die Augen schließen."

„Oder schreien." Er sah bereits jetzt reichlich blass aus.

Will zwinkerte unschuldig. „Ich habe nicht vor zu schreien."

Eliza, die viel ruhiger wirkte, als er erwartet hatte, warf Carl einen Blick zu, während ihr Mund sich zu einem Lächeln verzog. „Ich auch nicht."

„Na großartig. Zwei Spaßvögel." Zögernd trat Carl einen Schritt näher.

Will blinzelte Eliza zu, bevor er die Flasche aufschraubte und eine kleine Dosis in der Kappe abmaß. „Leider ist alles, was ich tun kann, Ihnen ein wenig Entspannung zu verschaffen, sodass Sie den Schmerz nicht allzu sehr bemerken. Aber Sie werden trotzdem jeden Stich spüren."

Carl stöhnte und Elizas Gesicht verzog sich. War es die Nadel, die er jetzt aus dem Kästchen zog, die sie bange machte, oder war es Carls wenig mannhafte Besorgnis?

Eliza sog die Luft durch die Zähne ein und entspannte dann rasch ihr Gesicht. Der Fleck auf dem Taschentuch färbte sich an den Rändern hellrot.

Will reichte ihr die Medizin und sie setzte die Verschlusskappe vorsichtig an die Lippen.

„Am besten nehmen Sie keine kleinen Schlucke. Schütten Sie's auf einen Zug runter."

Sie nahm die ganze Dosis und zwang sie mit einem Augenaufschlag hinunter.

Will verließ den Raum, um sich oben in der Wohnung der Hampdens die Hände zu waschen. Inzwischen konnte die Medizin wirken. Als er zurückkam, lief Carl in dem kleinen Büroraum auf und ab. Die Lady wirkte entspannt. Will setzte sich neben sie und legte dann seine Hand auf ihre, die noch immer den provisorischen Verband hielt. „Lassen Sie mich mal sehen."

Eliza zog die Hand zurück und sah ihm direkt in die Augen. Ihre Iris war tiefbraun, wie die Nelken, die sie gegessen hatte, um für frischen Atem zu sorgen. Will zwang sich, sich von diesem Blick zu lösen und sich stattdessen auf ihre Wunde zu konzentrieren. Es würden vermutlich acht Stiche nötig sein. Er presste das Tuch wieder auf die Wange, um das Blut zu stillen. Die Wärme ihrer Wange, die er durch das Tuch hindurch spürte, lenkte ihn auf ganz ungewohnte Weise ab.

Mr Hampden schwankte und stützte sich mit der Hand an der Wand ab.

„Carl, stellen Sie sich hinter sie, dann sehen Sie nichts. Sie müssen ihr den Arm um die Stirn legen und sie fest an sich pressen, damit sie stillhält."

Eliza schüttelte leicht den Kopf, sodass ein paar lose Haarsträhnen seine Knöchel kitzelten. Will war versucht, sie ihr hinters Ohr zu streichen, aber das wäre eine zu intime Geste für einen Arzt. Noch dazu einen, der gar keiner war.

„Ich werde mich nicht rühren." Ihr Blick war fest und so dunkel wie das Haar, das um seine Finger spielte.

Will blinzelte und konzentrierte sich. „Dr. Forsythe könnte das hier vielleicht so rasch nähen, dass Sie ohne Unterstützung stillhalten könnten; aber mit der Narbe wären Sie nicht glücklich. Die Stiche werden schmerzen, was immer Mrs Hampden über meine Fähigkeiten sagen mag."

„Ich bin schon mal genäht worden“, murmelte die Lady. „Das stehe ich schon durch.“

Vielleicht. Zumindest schien sie widerstandsfähiger als Carl. Der Mann wurde mit jeder Sekunde blasser und dabei sah er Eliza nicht einmal an.

Vielleicht sollte er warten, bis Kathleen zurückkam. Aber würde sie stark genug sein, um diese Frau ruhig zu halten?

„Wann wollen Sie anfangen?“ Die Augenbrauen der Lady hoben sich, als sie versuchte zu seiner Hand zu schielen, die auf ihrer Wange lag. Sie sah tatsächlich amüsiert aus. Eine Frau, die in einer Situation wie dieser lachen konnte, war ganz sicher eine starke Frau.

„Ich warte noch etwas, bis die Medizin wirkt.“ Will warf einen Blick auf ihre Hände, sah aber keinen Ehering. Vielleicht hatten die Gangster ihn entwendet. „Wie heißen Sie mit Nachnamen, Eliza?“

„Cantrell.“ Ihre Augenlider senkten sich leicht, dann öffnete sie sie wieder. Wenn sie schläfrig wurde, hatte die Medizin ihre Aufgabe erfüllt.

„Jetzt.“

Sein Freund barg ihren Kopf in seinem Arm und spannte die Muskeln an, während sein Adamsapfel ihm die Kehle hinauf- und hinunterwanderte.

„Schauen Sie zur Decke und denken Sie an jede Menge Umsatz im Laden, Mr Hampden. Denken Sie an was Schönes.“ Will lächelte Miss Cantrell zu und rückte ein Stück näher heran. „Am besten schließen Sie die Augen.“

Eliza versuchte den Kopf zu schütteln, aber Carl hinderte sie daran. Gut.

„Wenn ich nicht zusehen kann, falle ich in Ohnmacht.“

„Also schön.“ Mit der freien Hand angelte er nach einem kleinen Lederstück und hielt es ihr hin. „Beißen Sie darauf. Es hilft, stillzuhalten.“

Als sie nickte, nahm er das Taschentuch weg und setzte den ersten Stich. Ihr Körper spannte sich an, aber sie atmete nur tief aus. Beeindruckend.

Will betete bei jedem Stich seiner Nadel um eine ruhige Hand. Wenn sie sich nicht regte und ruhig blieb, würde Carl nicht umkippen, und die Narbe würde nur verschwindend klein werden. Nach sieben Stichen verknotete er die Seide. „Das war's." Er lächelte ihr in die schläfrigen Augen.

Carl ließ ihren Kopf los und seufzte. „War ja gar nicht so schlimm. Aber jetzt muss ich doch für einen Moment ... ähm ... mal raus." Auf wackeligen Knien ging er zur Tür.

Will konnte sich ein Grinsen nicht verkneifen, aber Carl achtete gar nicht auf ihn. „Sie haben mich beeindruckt, Miss Cantrell." Will wischte sich die Hände ab und griff nach dem Verbandsmull. „Ich hätte Ihnen glauben sollen, dass Sie es gut durchstehen."

Eliza lächelte schwach, dann sank ihr Kopf auf die Brust und die Schultern fielen herab.

Will runzelte die Stirn. Er hatte ihr nicht so viel Laudanum gegeben, dass sie davon im Sitzen einschlafen konnte. „Alles in Ordnung?"

Vielleicht hatte sie die Stiche mitgezählt und ihr war klar geworden, wie groß die Wunde war. Sie war nicht gerade eine Schönheit. Ihr Gesicht war ziemlich lang, sie hatte große Augen. Aber jede Frau wollte schön sein und eine Naht und die daraus resultierende Narbe wären dabei keine Hilfe. Andererseits: Wenn sie in der Lage war, eine Hautnaht ohne einen Muckser auszuhalten, würde sie sicher auch mit einer verblassenden Narbe zurechtkommen. „In ein paar Jahren sieht niemand mehr, was Ihnen heute passiert ist. Außer er sieht sehr genau hin."

Er hielt den Verband vor sich und überlegte, wie er die Wunde am besten verbinden könnte. „Sie sollten die Wunde verbinden, bis sie nicht mehr nässt. Danach sollten Sie Luft dranlassen."

„Ich komm schon zurecht." Eliza reichte ihm ihre schmucklose Haube und griff nach dem Verbandsmull. „Jedenfalls mit meinem Gesicht."

„Sind Sie sonst noch verletzt?"

Eliza seufzte, als sie den Verband an die Wange legte. „Ich nicht. Aber mein Geldbeutel."

Will legte die Haube an die Tischkante. „Wohin reisen Sie? Wir könnten in unserer Gemeinde sammeln, damit Sie nach Hause kommen."

Eliza versuchte ein Ende des Verbands mit dem Kinn an den Hals zu pressen, aber es rutschte immer wieder ab. Will streckte die Hand aus, um den Stoff auf ihre Haut zu drücken. Sie war weich wie Butter. Es juckte ihm in den Fingern, ihr übers Kinn zu streichen.

Pass bloß auf, Stanton. Man umarmt keine Patientin, nur weil sie sich gut anfühlt.

Nachdem die erste Lage Mull befestigt war, ließ er die Hand sinken. Die gekreuzten Finger verharrten nur ein paar Sekunden länger als nötig.

Eliza unterbrach den Versuch, den Verband anzulegen, und sah ihn aus den Augenwinkeln heraus an. Fragte sie sich vielleicht, warum seine Hand so lange da verweilt hatte, wo sie nichts mehr zu suchen hatte? Er begegnete ihrem Blick und versuchte normal zu atmen.

Eine Sekunde lang betrachtete sie ihn, dann widmete sie sich wieder dem Verband. Ohne Hilfe eines Spiegels glättete sie den Stoff, während sie den Verband entrollte.

„Man muss mich nicht weiter auf Reisen schicken. Ich bin die neueste Einwohnerin von Salt Flatts."

„Oh." Wills Gedanken suchten hastig nach irgendjemand in der Gegend, der Cantrell hieß, aber ihm fiel niemand ein. Plötzlich war sein Mund trocken. „Sind Sie allein?" Es musste so sein. Sie hatte ja keinen Begleiter. Aber warum war sie gekommen? Es gab in Salt Flatts nicht gerade viele Jobs für alleinstehende Ladys. „Brauchen Sie einen Platz zum Übernachten? Vielleicht könnten Sie bei jemandem aus meiner Gemeinde unterkommen, bis Sie sich Geld schicken lassen können, um sich in einer Pension einzumieten."

Eliza knotete den Verband unter dem Kinn zu einer adretten kleinen Fliege und deutete auf ihre Haube. „Falls Sie sich fragen, wann ich Ihr Honorar zahle, machen Sie sich keine Sorgen ..."

„Oh, keineswegs, Madam." Will reichte ihr die Haube. „Ich nehme kein Honorar."

Sie legte den Kopf schief und runzelte die Brauen, als würde sie gerade mitansehen, wie ihm Nüsse aus den Ohren purzelten. „Sie wollen kein Honorar, weil ich ausgeraubt wurde?"

„Nein. Ich nehme nie etwas für meine Dienste, denn ich bin nicht berechtigt, ein Praxisschild als Arzt aufzuhängen."

Eliza kräuselte die Lippen, als habe er etwas gesagt, das keinen Sinn ergab. „Die Leute scheinen der Meinung zu sein, dass Sie besser sind als der Landarzt. Warum sollten Sie also kein Honorar nehmen?"

Warum hatte er das Gefühl, sie habe einen Drehbohrer gezückt und würde sich gleich anschicken, ihm ein Loch in den Schädel zu bohren, um darin nach Hirn zu suchen? „Ich tu's halt nicht."

Sie zuckte die Schultern. „Sie verkaufen sich unter Wert. Wenn Mrs Hampden darauf bestand, Sie sollten kommen, weil Sie Ihr Handwerk so gut verstehen, dann haben Sie auch ein Honorar verdient." Eliza hielt ihm die leeren Hände hin. „Allerdings habe ich momentan kein Geld."

„Ich sagte schon, dass Sie sich keine Gedanken machen sollen."

„Ich werde Sie schon bald bezahlen." Sie warf einen kurzen Blick zur Tür und lehnte sich dann vor, um ihm zuzuflüstern: „Sie sehen hier die Frau, die das blühendste Geschäft in der ganzen Stadt führen wird. Warten Sie's ab."

Wills Augenbrauen erstarrten kurz vor dem Haaransatz. „Ein Geschäft?" Salt Flatts hatte jetzt schon mehr als genug Handelsniederlassungen, wenn man seine finanziellen Sorgen zum Maßstab dafür nehmen konnte.

„Haben Sie schon mal von F. W. Woolworth aus Pennsylvania gehört?" Ihr ernsthaftes Gesicht hatte sich jetzt verwandelt und glich dem seiner kleinen Schwester, wenn sie über Kätzchen sprachen. „Ich werde …"

Die Tür öffnete sich quietschend und Kathleen trat ein, diesmal ohne die Kinder. „Schon fertig, Will?" Sie lächelte, als ihr Blick auf Miss Cantrells verbundenes Gesicht fiel. „Ich war mit Gretchen beschäftigt und habe nichts gehört – nicht mal als mein Mann ohnmächtig geworden und zu Boden gegangen ist."

Kathleen kicherte und drückte Wills Schulter, bevor sie sich neben Miss Cantrell setzte. „Soll Carl Ihnen Ihr Gepäck holen? Ich hätte Sie fragen sollen, wer Sie erwartet …"

„Nicht nötig." Miss Cantrell umfasste Kathleens Hände. „Ich habe eigene Pläne."

Will drehte sich um, um seine Instrumente einzupacken, und stieß die Börse mit seinen mageren Ersparnissen noch tiefer in die Ecke des Kästchens.

Großartig. Noch jemand, der hier Geschäfte machen wollte. Wenn diese Miss Cantrell mit den Hampdens, den Lowerys und mit ihm und Axel um den Umsatz in Salt Flatts konkurrieren wollte, würde er nie genug verdienen, um Medizin studieren zu können.

Kapitel 2

„William!“

Will blieb mitten auf der Straße stehen und drehte sich um, wobei er nur mit knapper Not einem Zusammenstoß mit einem Maultierkarren entkam.

Carl stand vor seinem Laden und winkte ihm zu. Seine Gesichtsfarbe war wieder frischer.

Will seufzte und kam im Laufschritt zurück. „Hab ich etwas vergessen?“ Er ging im Geist den Inhalt seines Instrumentenkästchens durch. Er hatte seine Sachen zusammengepackt und dabei versucht zu überhören, wie sich Eliza und Kathleen unterhielten. Je weniger er über diese neue Konkurrentin erfuhr, umso weniger deprimiert würde er sein.

Dass er nun bereits den Hampdens Konkurrenz machte, hatte ihrer Freundschaft keinen Abbruch getan … aber er hatte keine Zeit für einen Flirt. Aus irgendeinem Grund wünschte er sich allerdings, einfach weiter die Frau zu betrachten, die sich als zäher erwiesen hatte als seine Mutter – und nur wenige Ladys in dieser Welt konnten Rachel Stanton das Wasser reichen.

„Isst du mit mir zu Mittag?“ Carl rieb sich mit der flachen Hand den Magen. „Wir haben noch nichts gekocht und ich bin am Verhungern.“

Will warf einen Blick über die Schulter, konnte aber seinen Laden über der Geschäftigkeit auf der Straße nicht sehen. „Ich weiß nicht recht.“ Wenn Miss Cantrell hier noch ein Geschäft eröffnen wollte, konnte er es sich dann leisten, einfach über Mittag zu schließen? „Haben Sie schon mal den Namen Woolworth gehört?“

„Kann schon sein." Carl rieb sich übers Kinn. „Sagt mir aber im Moment nichts. Warum?"

„Ach, spielt keine Rolle." Es gab keinen Grund zur Sorge. Was sollte schon groß daraus werden, wenn eine alleinstehende Frau versuchte ein Geschäft zu eröffnen, noch dazu wo sie überhaupt kein Geld hatte?

„Ich hole rasch die Frauen, dann gehen wir rüber ins Hotel."

Beide Frauen? „Ich weiß wirklich nicht …"

Die Tür schlug hinter Carl zu und Will ärgerte sich. Ihn einfach stehen zu lassen, wirklich. Er mochte Carl – mochte ihn wirklich –, aber der Mann war nicht gerade der anregendste Gesprächspartner. Und daraus zu schließen, wie Miss Cantrell sofort aufgehört hatte, über ihre geschäftlichen Pläne zu plaudern, als Kathleen aufgetaucht war, würde sie sicher nicht vor den Hampdens darüber reden wollen. Er würde also die nächste Stunde als Zuhörer zubringen. Worüber die Frauen wohl sprechen würden? Die neuesten Strickmuster? Modefragen?

Miss Cantrell kam jetzt aus dem Laden; ihre Haube verbarg geschickt den Verbandsknoten, der ihren Kopf krönte. Im Lauf der Zeit war schon die eine oder andere Dame aus dem Osten hier angereist, aber noch nie hatte jemand sich so … so … langweilig gekleidet wie sie.

Sie würden sich also sehr wahrscheinlich beim Essen nicht über Mode unterhalten. Selbst das Trauerkleid seiner Mutter war reicher verziert gewesen als das schlichte schwarze Tuch, in dem Miss Cantrell sich präsentierte. Nicht dass das einfache Kleid ihr nicht stand und ihre wohlgeformte …

Miss Cantrell stemmte die Hände in die Hüften und räusperte sich.

Will blickte auf und blinzelte im hilflosen Versuch, eine Ausrede dafür zu finden, dass sein intensiver Blick auf ihr ruhte, als sie jetzt näher kam und fragte: „Stimmt etwas nicht?"

Sie konnte unmöglich wissen, was er gedacht hatte. Trotzdem stieg ihm die Röte ins Gesicht.

„Ich … war nur gerade in Gedanken." Er hoffte, er war nicht so rot angelaufen, wie es sich anfühlte. Ein Arzt sollte nicht erröten. Er hatte schließlich genügend medizinische Zeichnungen studiert, um zu wissen, wie eine Frau aussah – unter ihrem …

Er rieb sich mit der Hand über die Augen, als könne er so die Bilder wegwischen, die in ihm aufgestiegen waren. Was war bloß mit ihm los? Miss Cantrell war ganz sicher nicht attraktiv genug, um einen Mann zu unmoralischen Gedankenflügen zu verführen.

„William!", rief Mrs Graves von etwas weiter weg.

Wenn doch nur seine Wangen nicht so glühen würden! Er trat einen Schritt von Miss Cantrell zurück und wandte sich um zu der Frau, die ihm entgegenhastete.

„Gut, dass ich Sie finde." Sie holte tief Luft und lächelte. „Was immer Sie mir da letzten Monat für ein Gebräu gegeben haben – es ist jedenfalls alle. Aber gegen meine Beschwerden ..." – sie blickte erst ihn, dann Miss Cantrell an – „... hat es jedenfalls Wunder gewirkt. Viel besser als dieses Elixier, das Dr. Forsythe mir gibt. Könnte ich wohl noch etwas davon kriegen?"

„Ich muss es erst herstellen, aber dann natürlich."

Sie legte eine kräftige Hand auf ihren üppigen Busen. „Vielen Dank." Sie seufzte, bedachte ihn mit einem ausführlichen Blick und schielte dann zu Miss Cantrell hinüber. „Ich glaube, wir sind uns noch nicht begegnet." Mit gerunzelten Augenbrauen wandte sie sich wieder an Will. „Sind Sie beide zusammen?"

Will trat noch einen Schritt zurück und neigte seinen Kopf in Richtung der fraglichen Dame. „Miss Cantrell ist gerade mit dem Zug angekommen, und da die ersten Bewohner von Kansas, die ihr begegnet sind, ihr den Geldbeutel geraubt haben, haben Kathleen und Carl sie zum Mittagessen eingeladen."

Er sollte wirklich nicht mitgehen. Denn andernfalls, das zeigte das Glitzern in Mrs Graves Augen, würde das ihm und Miss Cantrell in der Gerüchteküche des Ortes nicht gut bekommen.

Mrs Graves hob die Augenbrauen. „Oh, ich habe von dem Überfall gehört." Sie griff nach Elizas Hand und klopfte ihr auf die Fingerknöchel, als sei sie ein verängstigtes Hündchen. „Das muss ja furchtbar gewesen sein! Haben die Kerle sie belästigt? Was ist mit Ihrem Gesicht passiert?"

Wills knurrender Magen protestierte dagegen, dass er kostbare Minuten verlor, indem er versuchte, der größten Klatschbase der Stadt zu entkommen. Warum nur hatte er den Überfall überhaupt erwähnt?

Miss Cantrell trat einen Schritt zurück. „Ich fürchte, man hat uns einander noch nicht vorgestellt, Mrs …"

Wieder glühten seine Wangen. Wie unhöflich von ihm, die beiden Frauen nicht miteinander bekannt zu machen. Aber Mrs Graves legte auch nicht gerade viel Wert auf Förmlichkeiten. Und Miss Cantrell als extravagante Oststaatlerin fand die beiden sicher ohnehin ungehobelt.

„Ich bin Mrs Graves und es gab einmal eine Zeit, da war ich so nah dran …" – sie streckte den aneinandergelegten Daumen und Zeigefinger vor – „die Schwiegermutter dieses Mannes zu werden."

Natürlich. Diese Wichtigtuerin musste ausgerechnet sein gescheitertes Verlöbnis mit ihrer Tochter Nancy erwähnen, und das vor einer komplett Fremden. Will rieb sich den Nacken, der sich plötzlich heiß anfühlte. Das wurde ja immer schlimmer.

Die Ladentür ging auf und Carl trat heraus, ein Kind an jeder Hand. „Kathleen ist in einer Minute da."

„Ich hab nicht viel Zeit, die Ladys treffen sich gleich." Mrs Graves tätschelte ihm den Arm, als sei er ein Schuljunge. „Also, ich komme dann morgen vorbei, wegen der Medizin."

„Sehr gern." Will behielt das scheinheilige Lächeln bei, während sie eilig davontrippelte und gegenüber der Hutmacherei die Straße überquerte. Hinter dem großen Glasfenster waren bereits etliche Frauen mit Quilten beschäftigt – wobei der neueste Klatsch und Tratsch ohne Zweifel größere Aufmerksamkeit bekam als die Handarbeit. Für die nächste Viertelstunde würden gewiss er und Miss Cantrell im Zentrum des haltlosen Geredes stehen. Hoffentlich würde er morgen, wenn Nancys Mutter kam, um die Medizin zu holen, die Tinktur bei Axel hinterlegen und sich selbst aus dem Staub machen können.

„Du behandelst also Mrs Graves? Sehr fürsorglich von dir." Carl betrachtete ihn skeptisch, während sich beide Kinder an seine Beine klammerten.

„Ich kann einfach nicht anders, als …" Mit einem Kopfschütteln brach er die begonnene Rechtfertigung ab. Natürlich hätte er die Frau abweisen können, aber nicht wenn Dr. Forsythes starke Abführmittel, Blasen verursachende Tinkturen und andere drastische Behandlungsmethoden ihr nicht geholfen hatten. Wenn Forsythe geneigt wäre, ihm nur ein Mal zuzuhören, hätte der Mann noch etwas lernen können – nämlich die Zusammensetzung der Kräutermischung, die eine der Frauen aus der Stadt gegen Mrs Graves Frauenleiden empfahl.

Aber sollte Will wirklich etwas verschreiben, was dem Rat eines approbierten Arztes widersprach? Er hatte noch nicht mal ein Viertel der medizinischen Lehrbücher durchgearbeitet, die er von einem Chirurgen aus Battlefield gekauft hatte. Aber immerhin – Nancys Mutter ging es besser, seit sie seine Tinktur nahm.

Will sah Miss Cantrell an, die das Gespräch anscheinend außerordentlich interessiert verfolgte. Dann ging sein Blick zurück zu Carl. „Nun, es ist wirklich nicht leicht, Mrs Graves eine Bitte abzuschlagen."

Carl schnaubte. *„Du* kannst doch *niemandem* eine Bitte abschlagen."

Seit Will Kathleen geholfen hatte, Gretchen auf die Welt zu bringen, hörte Kathleen in medizinischen Fragen nur noch auf ihn. Sollte er ihr die Mittel vorenthalten, die Juniors Husten lindern oder Carls Heuschnupfen vertreiben konnten? „Wäre es Ihnen lieber, wenn ich Ihre Frau in Gesundheitsfragen nicht mehr berate?" Will schenkte dem kleinen Gretchen ein strahlendes Lächeln, das das Mädchen erwiderte.

„Wag das bloß nicht. Kathleen gönnt Dr. Forsythe keinen Blick mehr, seit er versucht hat, Juniors Keuchhusten zu kurieren."

„Berechnen Sie den Hampdens auch kein Honorar?" Elizas Blick durchbohrte ihn.

„Wenn du schon jemandem deine Dienste verweigerst, dann am besten Mrs Graves." Carl ließ Juniors Hand los und nahm Gretchen auf den Arm. „Die Frau hat schließlich ihr Teil dazu beigetragen, dass Nancy dir den Laufpass gegeben hat. Sie hat es wirklich nicht verdient, dass du sie umsonst behandelst."

Da war es schon wieder, dieses Thema, das er unbedingt vermeiden wollte. Will biss die Zähne zusammen. „Müssen wir ausgerechnet jetzt davon sprechen?"

„Warum nicht?"

„Weil meine Vergangenheit nicht gerade ein Thema darstellt, das ich gern vor Miss Cantrells Ohren diskutieren würde."

„Sie wird es sowieso erfahren – früher oder später." Carl zuckte die Schultern. „Nancy Graves hat Will sitzen lassen, weil er sich nicht entscheiden kann, ob er nun Arzt werden soll oder nicht."

Will klammerte die Hände um die Spitze des Anpflockpfostens. „Und Carl hat meinem Nachbarn seine Katalogbraut weggeschnappt."

Carls Wangen färbten sich rötlich. „Schon gut. Ich sag schon nichts mehr."

Will blies vernehmbar die Luft aus. „Tut mir leid, Carl. Das hätte ich nicht sagen sollen." Bestimmt nicht vor den Kindern. Zum Glück sah Junior aus, als träume er gerade, und Gretchen war noch zu klein, um zu verstehen, worum es gerade ging.

„Obwohl Miss Cantrell auch das früher oder später erfahren hätte." Carl funkelte Will an und wandte sich dann an Eliza. „Ich wusste ja nicht, dass Kathleen jemandem versprochen war, als ich mich in sie verliebt habe. Und Everett Cline hat schon kurz danach eine andere hübsche Braut gefunden."

Miss Cantrell strich mit den Händen über ihr schlichtes Mieder. „Vielleicht sollte ich auch etwas Heikles von mir erzählen, sozusagen zum Ausgleich."

„O nein. Wir sind …"

„Ich war verlobt. Mein Exverlobter hat gerade so lange Interesse an mir vorgetäuscht, wie er brauchte, um die Geschäftskontakte meines Vaters abzuwerben." Sie lächelte, wenn auch sichtbar gezwungen. „Nun können wir alle gleichermaßen peinlich berührt sein."

Will fuhr sich mit der Hand durchs Haar. Zumindest schien seine zukünftige Konkurrentin kein Blatt vor den Mund zu nehmen. „Sie hätten es für sich behalten können. Das müssen wir doch nicht wissen."

Sie zuckte mit den Schultern. „Besser, ich sag's selbst, bevor man in der Stadt Gerüchte hört."

Die Tür des Ladens ging auf und Kathleen trat heraus. „Sind wir so weit?"

Will räusperte sich. „Ich mache mich doch lieber davon. Heute kommt meine Familie in die Stadt." Er schielte zu Miss Cantrell hinüber, aber sie schien nicht allzu enttäuscht. Warum sollte sie auch? „Ein andermal esse ich gern mit Ihnen."

Gerade hatte Will die Pistole in die Hand genommen, die er den ganzen Vormittag zu reparieren versucht hatte, als vorn der blecherne Klang der Türglocke ertönte.

Als er von seinem Näheinsatz an Miss Cantrell zurückgekehrt war, hatten zwei Männer schon ungeduldig vor der Tür gewartet. Er hatte ihnen geholfen, ihre Fuhrwerke zu beladen, und dann ein paar Kekse und ein wenig Trockenobst heruntergeschlungen. Wann würde er endlich diese Pistole reparieren können? Wenn er allein im Laden war, kam er so gut wie gar nicht zu seiner Büchsenmacherei. Mit den Gewehren verdiente er mehr als mit dem Handel, aber Reparaturarbeiten allein würden sie auch nicht über Wasser halten.

„William?"

„Hier hinten, Nettie, Schatz!" Mit einem Griff unter seinen Schreibtisch angelte er nach ein paar Lutschern, die er in seinen Hosentaschen verstaute. Dann ging er um den Tresen herum, um auf seine jüngste Schwester zu warten. Da war sie, ein unbeholfenes Durcheinander von Stoffkrausen, Spitze und braunen Löckchen. Er konnte sie gerade noch auffangen, bevor sie mit ihrem tapsigen Gang in eines der Regale stürzte.

Sein überdurchschnittlich groß gewachsener Dad, Dex Stanton, und eine weitere kleine Schwester, Becca, schlenderten durch den Mittelgang heran, während Nettie in seiner Brusttasche kramte.

Er grinste. „Gibt's nicht mal ein Hallo für den großen Bruder, he? Sind dir nur die Süßigkeiten wichtig?"

„Bitte, bitte." Sie schlug die langen Wimpern auf.

Seufzend holte er die Lutscher heraus. „Ich geb mich geschlagen."

Wieder läutete die Türglocke. Hoffentlich kamen seine Brüder ebenfalls und seine Mutter Emma. Sie kämen ihm gerade recht und könnten beim Abladen helfen.

Aber statt der Familie erschien Miss Cantrell in der Tür und ging schnurstracks zum Stand mit den verwelkenden Wiesenblumen. Obwohl er eigentlich nicht erwartet hatte, dass frische Blumen sich in einem Laden gut verkaufen würden, der sich auf die Fahnen schrieb, „alles für den Gentleman" zu führen, gingen sie doch so gut, dass die Mühe sich lohnte.

Pa kauerte neben Becca und half ihr, ihren Lutscher auszuwickeln. „Ich schätze, wir müssen warten, bis du deine Kundin bedient hast."

Will senkte die Stimme. „Sie ist nicht hier, um etwas zu kaufen." Vermutlich wollte sie nur die Konkurrenz ausschnüffeln. Warum hätte sie sonst kommen sollen?

„Ach nein?" Pa lächelte, während er seinen Blick zu Miss Cantrell schweifen ließ. „Sollte ich das Mädchen kennen?"

„Nein, es ist nicht so, wie du denkst. Es ist nur … ich hab sie heute kennengelernt. Hast du schon gehört, dass der Zug überfallen wurde?"

Sein Vater nickte.

„Leider. Sie hat also kein Geld mehr." Will reckte den Hals. Miss Cantrell war ganz vertieft in ihre Auswahl der Blumen und schien außer Hörweite.

„Dann ist sie hier, um dich zu sehen?"

Will schüttelte heftig den Kopf. „Nein, sie …" Hatten die Hampdens ihr erzählt, dass der Laden zu einem Teil ihm gehörte?

Miss Cantrell verrückte einen Stapel ungeöffneter Schachteln und runzelte die Stirn.

„Ich werde euch bekannt machen, aber verkneif dir bitte irgendwelche Kommentare über mich und meine Vergangenheit." Wenn sie nicht wusste, dass er der Inhaber war, würde sie vielleicht ihre geschäftlichen Pläne mit ihm diskutieren, jetzt, wo die Hampdens nicht dabei waren. Dann würde er wissen, ob sie für das eigene Geschäft wirklich eine Bedrohung werden würde oder nicht.

„Das klingt vielversprechend."

Rieb sein Vater sich da tatsächlich die Hände? Als sei es nicht schon schlimm genug, dass Mrs Graves mitgekriegt hatte, wie er wegen Eliza errötete! Sein Vater würde ihn ohne Ende aufziehen.

„Es ist nicht so, wie du denkst.“ Will wiegte Nettie, die er jetzt auf dem Arm hatte. „Komm, ich stelle dir eine Freundin vor.“

Pa funkelte Nettie an, aber Will ignorierte den Blick. Er bestand zwar darauf, dass seine Eltern dafür sorgten, dass Nettie allein lief, aber er konnte seine eigenen Regeln auch mal durchbrechen. Es war schließlich seine Schuld, dass sie das Little-Syndrom hatte und so schlecht laufen konnte; immer wieder stolperte sie grundlos.

Becca griff jetzt nach seiner freien Hand und prüfte, ob er den Ring trug, den sie vor einem Jahr für ihn gemacht hatte. Zum Glück hatte er den Schmuck mit dem grinsenden Glastier wieder angelegt, nachdem er Miss Cantrells Wange erfolgreich genäht hatte. Becca hätte ihn sonst gescholten.

„Miss Cantrell?“ Er trat zu ihr. „Es überrascht mich, Sie hier zu sehen – in einem Laden, der ‚alles für den Gentleman‘ führt.“

Eliza stutzte und biss sich auf die Lippen, zuckte aber sofort leicht zusammen.

Voller Mitgefühl sog er Luft durch die Zähne ein. Das musste wehgetan haben.

„Ja … nun …“ Er hatte erwartet, sie würde erröten, wenn er sie dabei ertappte, wie sie die Konkurrenz ausspähte. Aber sie tat es nicht. Sie verschränkte die Hände auf dem Rücken und warf über seine Schulter hinweg einen Blick in den hinteren Teil des Ladens. „Schönen Nachmittag, Mr Stanton.“ Mit einem raschen Blick musterte sie seine Schwestern. „Sind Sie auf Einkaufstour?“

Aha. Sie wusste also noch nicht, dass dies sein Geschäft war. Umso besser. „Nein. Aber meine Familie schon.“ Will warf seinem Vater einen Blick zu, damit er den Mund hielt. Doch das ausgelassene Glitzern in Pas Augen verhieß nichts Gutes.

„Darf ich Ihnen meine Familie vorstellen? Sie kommt nur selten in die Stadt.“ Als sie nickte, schwenkte er das Bündel in seinen Armen, das die Hand fest um die Zuckerstange gekrallt hatte, an der es lutschte. „Das hier ist Nettie und die kleine kugelrunde Dame hier, die sie so interessiert anschaut, ist Becca. Dann ist da noch mein Vater, Dex Stanton. Ihr Lieben, das ist Miss Cantrell, die neueste Einwohnerin von Salt Flatts.“

Pa legte die Hand an den Hut. „Sehr erfreut, Sie kennenzulernen. Meine Frau und drei weitere Kinder sind unten in der Gemischtwarenhandlung. Ach, da sind sie ja." Dex stürmte nach vorn, um seiner Familie die Tür aufzuhalten.

Will trat einen Schritt zurück. Er musste ja seiner Mutter keinen Grund geben anzunehmen, Eliza interessiere ihn irgendwie. „Da kommt meine Mutter mit Emma."

Ma und seine älteste Schwester rauschten durch die Tür, gefolgt von seinen schlaksigen Brüdern.

„Und meine beiden Brüder, Ambrose und John. Behalten Sie Ihren Proviant im Auge, Miss Cantrell; die beiden essen alles, was nicht niet- und nagelfest ist."

Beide Jungen zogen den Hut. „Ma'am."

Pa führte Ma zu Eliza und seine Augen glitzerten. „Miss Cantrell, darf ich Ihnen meine Frau vorstellen? Rachel Stanton. Sie freut sich sehr, Ihre Bekanntschaft zu machen."

Will räusperte sich, so laut er konnte, ohne seine Stimmbänder überzustrapazieren.

„Was ist mit deinem Gesicht passiert?", platzte Becca heraus.

Pa legte der Kleinen seine schwere Hand auf den Kopf. „Schatz, so etwas fragt man eine fremde Dame nicht."

„Das ist schon in Ordnung." Eliza versuchte ein zaghaftes Lächeln. Die Wirkung des Laudanums musste inzwischen nachgelassen haben, sodass die Bewegung sicher Schmerzen verursachte. „Dein Bruder hat heute Morgen einen Riss in meiner Wange genäht."

Wieder spähte Eliza nach hinten. Wonach suchte sie?

Ma trat einen Schritt auf Eliza zu, aber Pa legte ihr die Hand auf den Arm. „Nun, ich sehe, wir stören. Wir kommen später noch mal zurück."

„Tatsächlich?" Mas Gesichtsausdruck war ebenso erstaunt wie der von Eliza. Normalerweise war sie es, die die Konversation bestritt und sie hatte noch kaum ein Wort geäußert.

Mit einem schiefen Lächeln nahm Pa Nettie aus Wills Armen und ließ sie auf den Boden herunter, behielt sie aber fest im Griff. „Ich habe vergessen, dir zu sagen, dass ich noch etwas bei … Mr Raymond zu erledigen habe. Und die Mädchen sollten ihre Lutscher auch besser draußen essen. War schön, Sie kennenzulernen, Miss Cantrell. Ich hoffe, wir sehen uns *sehr* bald wieder."

Hatte Pa ihr zugezwinkert? Will schoss seinem Vater einen warnenden Blick zu, auch wenn das vermutlich nichts nützen würde.

„Ja, sehr erfreut, Sie getroffen zu haben." Ma sah Pa mit funkelnden Augen an; aber in derselben Sekunde, in der Pa ihr mitteilen würde, was er vermutete, würden ihre großen braunen Augen diesen Glanz annehmen, den sie bekam, wenn sie dem Glück eines jungen Paares ein wenig nachhelfen konnte.

Will seufzte. Aber er musste zugeben: Der Gedanke, seine Eltern könnten sich als Heiratsvermittler betätigen, war ihm gar nicht so unangenehm, wenn sie sich dabei auf Miss Cantrell beziehen würden.

Unsinn. Er hatte Miss Cantrell vor ein paar Stunden zum ersten Mal gesehen. Was war nur mit ihm los?

Die Türglocke klingelte mehrfach, während seine Familie den Laden verließ.

„Ich wollte sie nicht verscheuchen." Miss Cantrell machte sich an einem Gänseblümchen zu schaffen, das den Kopf hängen ließ. „Wenn ich auch nicht ganz verstehe, wieso meine Anwesenheit sie daran hindern sollte, ihre Einkäufe zu erledigen."

Will zuckte die Schultern. „Mit klebrigen Fingern von den Lutschern lässt es sich schlecht einkaufen." Er wies auf die Blumen. „Sind Sie deswegen hereingekommen?" Wann würde sie zugeben, dass sie nicht hier war, um einzukaufen, sondern um zu schnüffeln?

Sie betrachtete die Blumen, die einen traurigen Anblick boten. Warum hatte er heute Morgen keine frischen Sträuße hingestellt?

„Ich finde, der Ladeninhaber stellt es geschickt an, seinen männlichen Kunden etwas anzubieten, womit sie ihren Ladys leicht eine Freude machen können. Finden Sie nicht auch?"

„Würden Sie denn einen dieser Sträuße kaufen wollen?" Er zog ein Bund heraus, in dem er ein paar weißlich-rosafarbene Blumen zusammengebunden hatte. Stirnrunzelnd zupfte er eine welk gewordene Blüte heraus.

„Ich fände sie recht ansprechend." Sie wies auf den traurigen Strauß, den er in der Hand hielt. „Sie sind zwar nicht spektakulär, aber ich nehme an, die meisten Frauen würden sich über einen solchen Strauß mehr freuen als über gar nichts. Obwohl es natürlich besser wäre, ein Mann würde diese Blumen selbst pflücken, wenn er seiner Lady romantische Ideen in den Kopf setzen wollte. Man stelle sich vor, wie viel Geld …" Sie senkte die Stimme. „Stellen Sie sich vor, wie viel der Besitzer hier verdienen könnte, wenn das hier keine Blumen wären, die man auch im Straßengraben finden kann."

Will starrte düster auf die leblosen Stiele in seiner Hand. Es war schließlich nicht seine Schuld, dass gerade nur dürre gelbe und weiße Blumen zu finden waren. „Ich nehme an, eine Frau wie Sie ist an Blumen aus dem Gewächshaus gewöhnt."

„O nein. Ich erwarte nicht, dass ein Mann mir Blumen schenkt."

Und warum nicht? „Miss Cantrell, Sie verkaufen sich unter Wert. Ein Mann wäre ein Narr, wenn er Ihnen Unkraut anböte, wo er doch Rosen schenken könnte."

„Wie bitte?" Ihre sichtbare Wange färbte sich rosa.

Irgendein Teil von ihm – ein törichter, unvernünftiger, sinnloser Teil, so viel stand fest – hätte ihr verzweifelt gern gesagt, dass *er* diese Blumen gepflückt hatte … aber, natürlich, nicht für sie. Er stopfte den Strauß zurück in das Gefäß. „Nun, wenn ein Mann einen besseren Strauß für Sie bekommen könnte, würde er Ihnen sicher einen schenken."

„Gibt es denn ein Gewächshaus hier in der Gegend?"

„Nein." Sie war eine Städterin und es würde für sie hier noch manch hartes Erwachen geben. „Wir sind hier mitten in Kansas, nicht in … Von wo kommen Sie noch mal?"

„Pennsylvania."

Er schnalzte mit den Fingern. „Vielleicht wär's eine gute Idee, ein Gewächshaus zu bauen." Vielleicht konnte er ihr Interesse für einen Geschäftszweig wecken, der nicht in direkter Konkurrenz zu dem stand, was es hier schon gab. „Ich weiß nicht, wie groß ein Ort sein müsste, damit sich so etwas lohnt, aber das ließe sich ja herausfinden."

Mit einem gönnerhaften Lächeln schüttelte sie den Kopf. „Ich habe in meinem Leben noch nicht mal ein Radieschen gepflanzt. Und außerdem wäre das Unternehmen zu stark begrenzt."

Begrenzt, ja? „Na ja, die Blumen hier verkaufen sich tatsächlich nicht gerade rasend. Sie könnten recht haben."

Eliza zog ein Sträußchen aus dem Eimer und warf einen Blick hinein. „Es ist kein Wasser mehr drin. Es wäre sicher gut, wenn ... Moment." Sie sah ihn an. „Woher wissen Sie, ob die Blumen sich gut verkaufen oder nicht?"

Vermasselt, schalt er sich selbst. „Weil ich sie verkaufe."

Sie betrachtete das Schaufenster. Lautlos formten ihre Lippen die Worte *Gentleman's Emporium.* „Also ..."

„Aber wissen Sie was? Ich könnte in solchen Dingen den Rat einer Frau gebrauchen. Vielleicht könnten wir zusammenarbeiten und ..." Er biss sich auf die Lippen. Was fiel ihm ein? Sie konnten sich keine Verkäuferin leisten.

Eliza schien durchaus davon überzeugt zu sein, dass sie einen Laden führen konnte. Aber es gab nur einen einzigen Weg, eine Frau mit ins Geschäft zu nehmen: Einer von ihnen müsste sie heiraten. Und da sie keinen Penny besaß und auf Hilfe angewiesen war ... Er spürte einen Kloß im Hals und räusperte sich. „Ich meine, lassen Sie mich nachdenken. Wir könnten einander helfen."

„Ich brauche keine Hilfe."

Die Frau war so stur wie seine Mutter. Natürlich brauchte sie Hilfe. „Aber natürlich. Zunächst mal sollten wir Ihre Familie ausfindig machen." Warum hatten Carl oder Kathleen sie nicht schon längst dort hingebracht?

„Ähm ..." Sie sah wieder zum Schaufenster hinüber. „Ich hatte erwartet, ihn hier zu finden."

Einen Mann?

„Ihren Vater? Einen Onkel?"

Sie schluckte zweimal, bevor sie mit einem leichten Zucken sagte: „Eigentlich eher ... meinen Verlobten."

„Oh." Was immer als Klumpen in seiner Kehle gesteckt hatte, sank jetzt in seine Magengrube. „Sie dachten, er kaufe hier ein?" Natürlich.

Die erste Frau seit Nancy, die ihn unerklärlich nervös machte … und sie war vergeben. „Warum war er nicht am Bahnhof, um Sie abzuholen?"

„Weil ich früher ankam als erwartet. Sie kennen nicht zufällig einen Axel Langston?"

Wills Wangen kühlten sich augenblicklich ab.

„Ich dachte, er sei der Inhaber des *Emporium* …" Auch Eliza war blass geworden.

„Sie … Sie sind … seine …"

„Katalogbraut." Sie legte eine Hand auf die Brust. „Dann sind Sie also …"

„Sein Geschäftspartner."

Der Finger, den sie auf ihn gerichtet hielt, sank langsam herunter. „Ja, das hätte ich mir denken können."

Sie starrten einander an.

„Wo ist Axel?"

„Nicht hier." Er hatte keine Ahnung, wo sein Freund sich herumtrieb – wie zu oft in letzter Zeit. „Ich hab ihn vor zwei Tagen zuletzt gesehen."

„Das hatte ich schon befürchtet." Sie seufzte. „Er hat erwähnt, dass er manchmal auf Jagd geht, um die Verluste des Ladens ein wenig auszugleichen. Wann erwarten Sie ihn zurück?"

Warum hatte Axel sie das wissen lassen? Das zottige Fell, das Ned Parker vor ein paar Monaten angeschleppt hatte, hatte sich nicht verkauft – und Axel war auch kein großer Jäger. „Ich weiß nicht, wann er zurückkommt."

Warum war er bloß je auf den Gedanken verfallen, Axel einzureden, er solle sich nach einer Katalogbraut umsehen?

Kapitel 3

„Dies ist also der Laden." Eliza blickte stirnrunzelnd auf die größtenteils unordentlich durcheinanderliegenden Waren hinter Mr Stanton.

Axel konnte ja nicht lange fort sein. Er wusste schließlich, dass sie kam. Sie war früher eingetroffen als geplant. Eliza hatte also schon damit gerechnet, dass sie ihn überraschen würde, allerdings nicht damit, dass sie ohne einen Penny ankommen würde und niemand da wäre, der sich um sie kümmerte.

Wie sollte sie jetzt mit William zusammenarbeiten, solange ihr Verlobter noch nicht da war? Nachdem er ihre Wunde genäht hatte, hatte sie ihm ja mehr oder weniger gesagt, dass sie vorhatte, diesen Laden zu führen. Was er wohl jetzt von ihrem etwas vollmundigen Gerede hielt?

„Ja, der Laden." William spielte mit dem Ring, den er sich wieder angesteckt hatte, nachdem er ihre Wunde genäht hatte. Ein einfach geflochtenes Band aus mehreren Fäden mit einer Glasperle, die ein lächelndes Gesicht zeigte. „Ich dachte, Sie seien hergekommen, um sich anzusehen, wie wir arbeiten … allerdings nicht, dass Sie vorhaben, *diesen* Laden zu führen. Aber nun ja …" Er zeigte halbherzig in Richtung der drei Gänge mit roh gezimmerten Regalen. „Was möchten Sie sehen? Allzu viel ist es ohnehin nicht."

Er wandte sich ab, aber sein gemurmeltes „wie man sieht" entging ihr nicht.

Das Selbstvertrauen des Mannes war innerhalb von Sekunden in sich zusammengefallen. Ob er befürchtete, sie würde ihn belächeln, weil der

Laden zu kämpfen hatte? „Wie ich sehe, haben Sie in die Ausstattung viel Mühe investiert."

Am besten sie erwähnte nicht, was sie zu ändern gedachte – aufgrund dessen, was Axel in seinen Briefen geschrieben hatte. Jedenfalls heute noch nicht. „Die Blumen ..."

„Ja, Axel hatte die Idee, vor ungefähr einem Monat. Ich habe gesagt, Blumen in einem Laden für Männer seien keine gute Idee. Aber sie haben sich doch ganz gut gemacht. Ich glaube, es hilft, dass wir sie im Fenster ausstellen."

Ja, die adrett gekleidete Schaufensterpuppe, die einen Strauß künstlicher Blumen hielt, konnte jede Frau, die vorbeiging, auf den Gedanken bringen, ihr Mann würde sich in einen schneidigen, Blumen schwenkenden Liebhaber verwandeln, wenn er hier einkaufte. Aber die Blumen und die Puppe waren nicht Axels Idee gewesen, sondern ihre. „Das war Axels Idee?"

„Ja. In letzter Zeit hat er überhaupt ein paar gute Ideen gehabt. Bei den Blumen war ich skeptisch, aber sie haben uns jedenfalls nicht wehgetan."

Aha ... wenn William Axels Ideen skeptisch gegenüberstand, obwohl einiges dafürsprach, würde er zweifellos auch infrage stellen, ob Ideen, die von einer Frau kamen, sich bewähren konnten.

Aber zumindest hatte Axel ihren Ideen genug vertraut, um sie auszuprobieren.

Sie fingerte an den Reihen von Rasierseifen, Rasierwassern und -pinseln im nächsten Regal herum und setzte dabei eine Wolke von Sandelholz- und Lorbeeröldufi frei, die sich schlecht mit dem Duft der Blumen vertrug. „Schön, wie Sie das hier aufgebaut haben." Sobald sie eine Chance dazu hätte, würde sie die Seifen hier wegräumen, damit die Kunden keine Kopfschmerzen bekamen.

„Ja. Auch eine Idee von Axel. Wenn die Kunden an die Dinge, die oft gefragt werden, leicht herankommen, müssen wir keine Zeit darauf verwenden, sie für sie zusammenzustellen."

„Genau." Sie lächelte. „Würden Sie mich herumführen?"

„Wir könnten warten, bis ..."

„Nein, es würde mich interessieren, was Sie denken. Darüber, wie die Waren ausgestellt sind, was man Ihrer Meinung nach verbessern sollte …“ Sie konnte ebenso gut gleich mit der Arbeit beginnen. „Vielleicht kann ich auch etwas Hilfreiches beisteuern.“

Wills Miene zeigte jetzt nicht nur Unbehagen, sondern Misstrauen. „Und was genau verstehen Sie vom Handel?“

„Ich habe hinter der Theke eines erfolgreichen Ladens gestanden, seit ich neun war.“ Seit ihre Mutter gegangen war. Sie würde die Einzelheiten auslassen – dass ihr Vater gestorben war und alles ihrem Bruder hinterlassen hatte, der kaum je einen Finger für das Geschäft gerührt hatte – außer vielleicht gelegentlich mal den Besen zu schwingen – und der, als er erst einmal das Geschäft geerbt hatte, der Meinung gewesen war, sie sei nun überflüssig.

Zachary war bequem und sie hatte ihm das gesagt. Sie hatte ihm vorausgesagt, wie schnell er das Geschäft wieder los wäre, wenn sie es nicht führen dürfe. Und er hatte nur zu rasch entdeckt, dass sie recht hatte. Aber sie war nicht zurückgekehrt, um ihn zu retten. Schon gar nicht, nachdem er sie hatte wissen lassen, sie solle bloß nicht wieder auftauchen und ihn um Unterstützung bitten, wenn ihr das Geld ausginge. Und das war es nun – heraus aus einem Eisenbahnwagen und im hohen Präriegras verschwunden, in der Tasche eines gewöhnlichen Banditen.

„Und warum sind Sie dann nach Kansas gekommen?“ William kratzte sich am Hinterkopf.

Sie biss sich auf die Lippen. Es hatte keinen Sinn, ihre Fähigkeiten unter den Scheffel zu stellen. „Das ist eine lange Geschichte.“

Er blickte auf seine Uhr. „Es ist gleich Ladenschluss. Hat jemand Ihr Gepäck vom Bahnhof geholt und … Oh, wo wollen Sie überhaupt übernachten?“

„Ja, wo? Geld habe ich ja nicht. Und ohne Axel …“ Wo sollte sie bleiben?

William starrte an die Decke. „Ich glaube nicht, dass es angebracht wäre, wenn Sie in Axels Räumen übernachten, während ich hier unten im Hinterzimmer bleibe.“

„Nein, das ginge nicht." Sie hatte gewusst, dass Axels Wohnung über dem Laden lag, aber nicht, dass auch William hier wohnte. „Nun, das Fiasko dieses Tages ist der Lohn für meinen spontanen Entschluss. Ich werde so etwas so schnell nicht wieder tun." Eliza hatte gedacht, es würde ihren zukünftigen Ehemann angenehm überraschen, wenn sie früher käme als geplant. Aber nun, da er gar nicht in der Stadt war – was sollte sie tun?

Sie hatte vorgehabt, am Nachmittag bereits im Laden zu arbeiten und so viel wie möglich von Axel zu erfahren. Aber nun musste sie sich darum kümmern, einen Platz zu finden, wo sie erst einmal bleiben konnte. „Haben Sie vielleicht eine Idee, wohin ich mich wenden könnte?"

Williams Wange zuckte, während er aus dem Fenster auf die einigermaßen belebte Straße hinaussah. Natürlich war hier nicht so viel Betrieb wie an der Hauptstraße, an der der Laden ihres Vaters sicher gelegen hatte. „Meine Eltern haben keinen Platz und Axels ebenfalls nicht, fürchte ich."

Er fuhr sich mit der Hand durchs Haar und schwieg. „Mrs Lightfoot!" Eilig ging er zur Ladentür. „Vielleicht könnten Sie bei ihr bleiben." Er öffnete die Tür und rief den Namen noch einmal.

Eliza ging zum großen Schaufenster nach vorn. Will überquerte die Straße und bot einer Frau mit einem runden Rücken seinen Arm an. Ein Tuch verhüllte ihr Gesicht. Würde er sie fragen, ob Eliza bei ihr unterkommen könnte? Es war sicher falsch, dass sich ihr Inneres zusammenzog, weil die Frau ihr Gesicht verbarg. Doch wenn Axel nicht zurückkam, bevor es dunkel wurde, blieb ihr wohl kaum eine Wahl.

Mrs Lightfoot lehnte sich zur Seite, während sie auf einen Stuhl zusteuerte. Will schob seinen Arm unter ihren, um ihr Bein ein wenig vom Druck zu entlasten.

Sie setzte sich mit einem Seufzen. „Ich konnte bis heute nicht in die Stadt kommen. Aber ich habe schon seit letzter Woche keine Medizin mehr."

Hatte er nicht erst am letzten Sonntag nach ihr gesehen? „Mir war nicht bewusst, dass Sie mehr gebraucht hätten."

„Ja. Ich nehme mehr, als ich sollte, um den Schmerz etwas zu lindern. In letzter Zeit quält er mich sehr." Mit einem Seufzer, der den Schal, den sie trug, ein wenig aufblähte, schob sie sich an die Rückenlehne des Stuhls und warf dann einen Blick auf Eliza. „Wie heißen Sie, meine Liebe?"

Will wies mit ausgestreckter Hand auf Eliza. „Mrs Lightfoot, das ist Miss Cantrell. Sie ist heute früh mit dem Zug angekommen, der überfallen wurde."

„Ach, du meine Güte. Das ist also mit Ihrem Gesicht passiert?" Ihre Stimme klang schnaufend und sie warf Eliza einen mitleidigen Blick zu.

Eliza legte eine Hand an ihren Verband. „Ja, leider."

„Miss Cantrell ist Axel Langstons zukünftige Frau." Die beiden letzten Worte schmeckten wie Kampfer in Wills Mund, bitter und kalt. Warum hatte Axel nichts davon gesagt, dass er auf eine Katalogbraut wartete? „Aber der ist momentan nicht in der Stadt und sie braucht eine Unterkunft. Ich hatte gehofft, Sie könnten sie vielleicht für die Nacht unterbringen. Ich zahle dafür, sobald …"

„Nein", sagten beide Frauen wie aus einem Mund.

„Ich meine", sagte Eliza und trat einen Schritt vor, „sicher, ich brauche einen Ort, wo ich übernachten kann, aber mir war nicht klar, dass Mr Stanton dafür zahlen will. Bestimmt wird Axel für meine Rechnung aufkommen, wenn er zurück ist. Er weiß nicht, dass ich schon hier bin."

Irena Lightfoot wischte das Problem mit der Hand weg. „Keine Sorge, mein Kind. William nimmt ja auch kein Honorar dafür, dass er mich behandelt. Und wenn er mich jetzt einmal um etwas bittet, werde ich gewiss auch kein Geld von ihm nehmen."

Will runzelte die Stirn. Er ließ sich jedes Mal von Irena zum Essen einladen, quasi als Honorar. Er sollte damit aufhören, da er ihr offensichtlich auch nicht so sehr helfen konnte.

„Und Mr Langston muss auch nichts bezahlen. Sie sind mir willkommen, wenn Sie bei mir wohnen möchten." Mrs Lightfoot streckte ein Bein aus und stöhnte. „Das heißt, wenn ich es bis zurück nach Hause schaffe."

Wie hatte sie es denn fertiggebracht, den Weg von ihrer kleinen Pension kurz vor der Stadtgrenze bis hierher zurückzulegen? Mindestens ein halbes Dutzend Fuhrwerke mussten sie überholt haben und niemand hatte ihr angeboten, sie mitzunehmen? Wills Kiefer spannte sich an. Natürlich nicht. „Meine Eltern können Sie bis nach Hause mitnehmen ... und Miss Cantrell ebenfalls."

Mrs Lightfoot kniff die Augen zusammen. „Aber die Frage ist: Möchte Miss Cantrell überhaupt mitkommen? Weiß sie denn, was ich bin?"

„Ich hatte noch keine Gelegenheit, ihr irgendetwas zu sagen." Was hätte er auch sagen sollen? „Am besten erzählen Sie es ihr selbst."

Sie setzte sich in ihrem Stuhl auf und richtete ihre durchdringenden blauen Augen auf Eliza. „Miss Cantrell, waren Sie schon einmal bei einer Kuriositätenschau?"

Nun, so hätte er sich nicht ausgedrückt.

Eliza blinzelte. „Kuriositätenschau?"

„Ja, eine Nebenausstellung eines Zirkusses, wo man Geld bezahlt, um Menschen mit ..." – sie legte eine Hand an ihr Kopftuch, ließ sie dann aber wieder in den Schoß fallen – „... nun ja, Menschen mit Eigenarten anzuschauen. Ich habe früher für einen Wanderzirkus gearbeitet – als Dame mit Bart."

Will griff sich ans Kinn und versuchte sich vorzustellen, wie es wäre, wenn seine Bartstoppeln seinen Charakter bestimmten – oder sein ganzes Leben.

Elizas Augenbrauen zogen sich verwirrt zusammen. „Ich dachte immer, derartige Ausstellungen wären eine Art Maske oder Kostüm oder ..."

„O nein. Nun ja, es gibt auch Masken. Aber etliche von uns sind so, wie wir uns darstellen." Mrs Lightfoot lehnte sich jetzt vor, wobei sie sich auf ihren Stock stützte. „Meine erste und einzige Schwangerschaft hat mein Leben in mancher Hinsicht verändert. Mein Sohn war sehr klein von Gestalt, und er reist noch immer als der ‚Kleinste Mann der Welt' durch die Weltgeschichte. Aber mir wuchs aus irgendeinem Grund in den Monaten nach seiner Geburt ein Bart."

Eliza nickte langsam; in ihrem Blick spiegelte sich Skepsis.

„Als die Gesellschaft uns mied, bot der Zirkus die beste Möglichkeit, meinen Unterhalt zu verdienen. Aber jetzt kann ich nicht mehr reisen." Sie rückte sich wieder auf dem Stuhl zurecht. „Die Menschen fühlen sich in meiner Gesellschaft nicht wohl. Ich habe also nur wenige Gäste, aber Sie sind herzlich willkommen, bei mir zu wohnen. Im Moment wären Sie sogar mein einziger Gast."

„Ich möchte keinesfalls die Tatsache ausnutzen, dass Sie keine Gäste haben."

Irenas buschige Augenbrauen hoben sich über ihren hellen blauen Augen. „Sie hätten aber nichts dagegen, bei einer Dame mit Bart zu wohnen?"

Eliza stemmte die Hände in die Hüften. „Wenn Sie so freundlich sind, einen mittellosen Schlafgast aufzunehmen – warum sollte ich?"

Mrs Lightfoot lehnte sich wieder zurück. „Miss Cantrell, Sie gefallen mir." Sie streckte das rechte Bein wieder. „Wenn ich doch nur meine Knie und Knöchel ebenso annehmbar fände."

„Ich hole Ihnen Ihre Medizin." Will nickte Eliza zu, ihm zu folgen. „Danke, dass Sie sie nicht brüskiert haben", flüsterte er, während sie den Mittelgang entlanggingen.

„Warum sollte man mir dafür danken, dass ich darüber hinwegsehe, dass eine Lady einen Bart hat? Ich falle doch im Moment mit meinem Kopfverband genauso auf."

„Ihre Wunde wird heilen und die Narbe wird verblassen." Er ging um die Theke an der Rückseite des Raumes herum und öffnete sein Medizinkästchen.

Sie blieb auf der anderen Seite stehen. „Aber es wird mich ganz sicher nicht schöner machen."

Glaubte sie etwa, die Narbe würde die Männer davon abhalten, sie zu beachten, wo es doch in der Stadt so wenige Frauen gab, die infrage kamen? Seine Augen hatte die Wunde jedenfalls nicht daran gehindert, Eliza abzutasten.

Die Türglocke schellte. Es war sicher am besten, wenn sie nach vorn zurückkehrte, bevor seine Augen wieder auf Wanderschaft gingen.

„Würden Sie bitte wem auch immer da vorn sagen, ich bin sofort da, wenn ich diese Medizin für Mrs Lightfoot zusammengemixt habe?"

„Natürlich." Eliza drehte sich um und ging zielstrebig durch den Mittelgang nach vorn.

Warum stolperte sein Herz nur über Eliza? Wahrscheinlich, weil sie neu in der Stadt war. Ja, das musste es sein. Er griff nach einer leeren Flasche und entstöpselte ein paar andere. Wenn er sich die Gedanken an Eliza aus dem Kopf schlagen wollte, sollte er sich am besten in die Gesellschaft anderer unverheirateter Ladys begeben.

Aber wo konnte man hier neue Frauen treffen? Er verschloss seine Flaschen wieder und schüttelte Mrs Lightfoots Tinktur durch. Wenn Axel wieder da war, könnte er vielleicht wieder die Touren aufnehmen, die er früher mit Dr. Forsythe gegangen war. Sicher brauchten auch die kleinen Städtchen rund um Salt Flatts medizinische Hilfe, und wenn er auch anderswo zur Kirche ging, könnte er …

Was dachte er sich nur? Wollte er etwa als Arzt durch die Gegend ziehen, um Mädchen zu treffen? Was für eine selbstsüchtige Weise, Gebrauch von dem bisschen medizinischen Wissen zu machen, das er sich angeeignet hatte. Will schüttelte den Kopf und packte seine medizinischen Vorräte zurück in das Kästchen. Er würde über diese plötzliche Faszination von Eliza hinwegkommen. Er musste sie sich nur zusammen mit Axel vorstellen.

Aber das zu tun, weigerte seine Vorstellungskraft sich im Moment hartnäckig.

Kapitel 4

Statt ihr Spiegelbild im Fenster des *Emporium* zu betrachten, fuhr Eliza mit dem Finger durch die dicke Schicht Straßenstaub, die sich dort abgesetzt hatte. Dann zog sie ein Notizbuch aus der Tasche und fügte der Liste, die sie am Vorabend begonnen hatte, die Worte *Schaufenster putzen* hinzu.

Ein einzelnes Fuhrwerk kam die Straße entlang. Sie hatte heute Morgen noch kaum Menschen gesehen. War Salt Flatts nicht größer als das Viertel, in dem sie zu Hause gewohnt hatte? Axel hatte geschrieben, Salt Flatts sei eine große, aufstrebende Stadt. Offensichtlich hatte er noch nie eine Stadt gesehen, auf die diese Beschreibung zutraf. Oder war dieser Ort schon so groß, wie Städte im Westen eben werden konnten?

Da sie kein Geld hatte, hatte sie auch keine andere Wahl, als in dieser Stadt ihr Glück zu finden, egal wie groß der Ort war. Alles, was sie nun hatte, um Axel zu überzeugen, sein Wort zu halten und sie zu heiraten, war ihr Geschäftssinn. Sie würde sich also eher so verhalten, als sei sie zu einem Bewerbungsgespräch gekommen, nicht, um einen Ring an den Finger gesteckt zu bekommen. Wenn Axel über ihr Gesicht, ihre schlichte Kleidung und ihre leeren Taschen hinwegsehen und sich stattdessen an den Inhalt ihrer Briefe erinnern konnte, würde er sie sicher als seine Geschäftspartnerin gelten lassen.

Sie betrat das *Emporium* zum protestierenden Quietschen der Türangeln. Noch ein Posten, den sie auf ihrer Liste notieren sollte. Beim Einkaufen sollte für den Kunden alles möglichst einfach sein. Wie die Tür zu öffnen … oder beim Eintreten auf einen Verkäufer zu treffen.

Eliza verschränkte die Arme vor der Brust. Die Glocke klingelte ein zweites Mal, als sich die Tür hinter ihr schloss. Würde Axel seine Kunden rascher begrüßen, als William es tat? Konnte er in der Nacht zurückgekommen sein? Plötzlich spürte Eliza, wie es ihr den Atem nahm. Wie würde ihr Verlobter reagieren, wenn er sie zum ersten Mal sah?

Da niemand erschien, begann sie zu zählen.

Bei neun rief William von hinten: „Bin in einer Sekunde bei Ihnen."

Richtig – in einer Sekunde. Gestern hatte sie mehr als eine Minute lang die Regale erforscht, bevor er kam. Ob Axel hinten bei William war? Ihr Herz schlug bis in ihre Fingerspitzen, während sie sich zwang, nach hinten durchzugehen.

William saß hinter der Theke und werkelte an einem rostigen Gewehr. Er war allein.

Sie blickte sich um. „Glauben Sie, es ist klug, sich hier hinten mit Gewehren abzugeben, während Sie für den Laden zuständig sind?"

„Warum nicht? Ich kann daran arbeiten, wenn niemand kommt."

„Vielleicht kommt niemand, weil die Leute eines Tages zu lange auf Bedienung warten mussten und beschlossen haben, lieber woanders einzukaufen."

Er blickte sie an. „Wenn wir zu zweit sind, gibt es kein Problem. Ich kann hier nicht herumsitzen und Däumchen drehen, während ich auf Kunden warte."

„Dann ist Axel noch nicht zurück?"

Will schüttelte den Kopf, während er ein Teil des Gewehrs herausnahm.

Die Anspannung wich aus ihren Muskeln und ihr Herz hörte auf, wie wild gegen ihre Rippen zu schlagen. Sie war erleichtert, dass ihr Verlobter noch nicht da war? Das war ganz sicher kein gutes Zeichen. Früher oder später würden sie sich begegnen. Würde sie eine ganze Woche warten müssen? Erst dann hätte sie ankommen sollen. Diese ganze erregende Vorfreude voller Herzflattern, der jetzt Erleichterung folgte, konnte nicht gut für sie sein.

Sie lehnte sich gegen die lange Theke, die den hinteren Teil vom Ladenvorraum trennte, und begutachtete die Einrichtung des Ladens.

Es gab zwei große Schaufenster rechts und links der Tür, aber von hier hinten konnte sie die Tür nicht gut sehen – und schon gar nicht, wenn sie am Schreibtisch sitzen würde, der rechts hinter der Theke stand und auf dem sich Papiere und Kataloge stapelten. Oder gar an Wills Tisch links, an dem er die Waffen reparierte. Die beiden unordentlichen Regalreihen, die den Laden in drei Abteilungen gliederten, machten es unmöglich, einen Kunden, der hereinkam, zu sehen. „Warum stellen wir diesen Tresen nicht nach vorn in den leeren Raum links? Die Leute würden Sie sofort sehen und Sie könnten jeden Kunden begrüßen …"

„Niemand stellt die Ladentheke nach vorn."

„Das heißt nicht, dass wir es nicht tun können." Sie lächelte und versuchte seinen misstrauischen Blick zu vertreiben.

Er griff nach einer Pinzette. „Vielleicht warten wir, bis Axel wieder da ist, bevor wir hier etwas verändern."

Eher würde ein Berg sich bewegen als dieser Mann.

Die Türglocke erklang, aber William rührte sich nicht. Er versuchte mit der Pinzette irgendein winziges Etwas in das Gewehr in seiner Hand zurückzubefördern. „Sekunde! Bin gleich da!"

Kunden von hinten aus dem Laden irgendetwas zuzurufen, schien seine übliche Form der Begrüßung zu sein. Sie griff nach einer Schürze, die an einem Haken hing. „Ich kümmere mich um den Laden."

Will ließ eine Feder fallen, konnte sie aber einfangen, bevor sie wegrollte. „Also, warten Sie mal. Es ist doch nicht so eilig."

Ärgerlich band sie sich die Schürze um. War er etwa auch gegen Frauen im Geschäftsleben, so wie ihr Bruder? Axel hatte ihr seinen Namen nicht genannt, aber er hatte seinen Geschäftspartner als umgänglichen, hilfsbereiten Menschen beschrieben, der sicher nichts dagegen haben würde, wenn sie im Laden Hilfe bekämen. Das waren allerdings nicht die Eigenschaften, die sie bisher an William beobachtet hatte. Wahrscheinlich war er eher schreckhaft, unbequem und misstrauisch. „Ich bin gekommen, um Axel zu helfen. Ich kann also auch gleich damit anfangen."

Sie ging nach vorn und setzte ein gekünsteltes Lächeln für den älteren Gentleman auf, der sich hereingetraut hatte. „Womit kann ich Ihnen dienen?"

Die buschigen Augenbrauen des Mannes hoben sich. „Wobei?"

„Nun, das Richtige zu finden." Vielleicht war seine Frage berechtigt. Was, wenn sie gar nicht wüsste, ob das, wonach er fragen würde, überhaupt im Sortiment war?

„Also, ich brauche William. Ist er nicht da?" Er neigte den Kopf. „Und wer sind Sie?"

„Ich …" Sie hatte schon einigen Leuten gegenüber erwähnt, dass sie Axels zukünftige Frau war. Sollte sie also nicht auch jetzt dazu stehen? Aber falls sie Axel nicht gefallen sollte, würde es später nur peinlich sein, die Situation zu erklären. „Ich arbeite hier."

Der Mann kratzte sich hinter dem Ohr. „Ich muss William sprechen."

„Er ist hinten." Waren die Leute hier in Salt Flatts etwa alle voreingenommen gegenüber Frauen, die in Geschäften bedienten?

Der Kunde nahm sich eine Handvoll Zigarren aus einer Kiste, trug sie zum Tresen, steckte die Hände in die Taschen und suchte nach etwas. Dann flippte er eine Münze auf den Tresen und vergrub die Hände wieder in den Taschen.

„Hallo, Mr Harbuckle." William wischte sich die Hände an einem schmierigen Lappen ab. „Kann ich sonst noch etwas für Sie tun?"

„Nein, danke." Der Mann zog eine Fünfdollarnote heraus. „Ich kam nur gerade vorbei, um Ihnen dies hier zu geben – weil Sie meiner Frau letztes Jahr so geholfen haben."

„Nun, so sehr habe ich nicht geholfen." William schob den Schein, den der Mann auf die Theke gelegt hatte, zu ihm zurück. „Außerdem haben Sie mich schon in Eiern bezahlt."

„Nehmen Sie das, Junge. Ich verlasse morgen die Stadt und ziehe zu meinem Sohn. Ich will nicht, dass jemand sagen kann, ich sei verschwunden, ohne meine Schulden zu bezahlen."

William starrte den Geldschein an, als ob er nicht wüsste, wie er ihn anfassen sollte. Offensichtlich war der Preis fair, da er nicht über die Höhe der Summe diskutiert hatte. Warum sollte William sich weigern, Honorare zu nehmen? „Okay, aber die Zigarren sind im Angebot, fünf zum Preis von vier. Sie erhalten also noch einen Nickel zurück."

Eliza blickte auf das Regal mit den Zigarren. Kein Schild kündete den Sonderpreis an.

Nachdem der ältere Mann den Laden verlassen hatte und William an seine Arbeit zurückgekehrt war, sagte sie: „Nett von Ihnen, dass Sie das Honorar ausgesetzt haben."

„Nett würde ich es nicht gerade nennen." Williams Zunge arbeitete eifrig, während er irgendetwas in dem Gewehr zu befestigen versuchte. „Ich konnte ihr nicht helfen. Sie ist gestorben."

„Das tut mir leid." Immer an der Grenze zwischen Leben und Tod zu arbeiten – das musste schwer sein. „Aber das heißt nicht, dass man Ihnen für Ihre Bemühungen keinen Lohn schuldet."

„Sie war Doktor Forsythes Patientin. Damals habe ich ihn noch auf seinen Visiten begleitet." William legte seine Werkzeuge aus der Hand. „Aber er hat sich geweigert, etwas für sie zu tun. Hat Mr Harbuckle erklärt, seine Frau sei ein aussichtsloser Fall."

Eliza zuckte zusammen. „Das hat er ihm so gesagt?"

„Leider ja. Dr. Forsythe und ich haben schon lange unsere Meinungsverschiedenheiten darüber, wie man mit Patienten umgehen sollte." Will lehnte sich in seinem Stuhl zurück und verschränkte die Arme vor der Brust. „Ich bin der Meinung, dass medizinische Radikalkuren die Patienten so in Angst versetzen, dass sie nicht gesund werden können; und Dr. Forsythe sagt, ein richtiger Arzt gebe sich nicht mit schwachen homöopathischen Heilmitteln ab."

Was sollte sie dazu sagen? Sie wusste nicht einmal genau, wovon er sprach. Sie war vielleicht zweimal in ihrem Leben einem Arzt begegnet.

Aber ein Geschäft? Ihr ganzes Leben hatte sie in einem Geschäft verbracht und sie wusste definitiv mehr darüber, wie man einen Laden führte, als er. „Gibt es irgendetwas Dringendes, das ich tun könnte? Wenn nicht, würde ich gern die Schaufenster putzen. Und haben Sie eine Tafel, auf der man Sonderangebote anschreiben könnte? Gibt es noch weitere, außer fünf Zigarren zum Preis von vier?"

„Nein. Das habe ich nur für Mr Harbuckle erfunden. Ich konnte sein Honorar nicht ablehnen, deshalb habe ich ihm einen Rabatt auf die Zigarren gegeben."

Ihr zukünftiger Geschäftspartner machte also Sonderangebote, ohne sich zu überlegen, welche und warum? Eliza rieb sich die Nasenwurzel. Axel hatte geschrieben, dass der Laden zu kämpfen hatte, und jetzt wusste sie auch, warum. Wie kam Axel mit Williams wechselhaftem Interesse für sein Geschäft und seinen impulsiven Entscheidungen zurecht?

„Alles in Ordnung, Miss Cantrell? Ich habe hier etwas gegen Kopfschmerzen."

„Nein, danke, nicht nötig." Sie nahm die Hand, in die sie ihr Gesicht gestützt hatte, vom Kinn.

Sie würde vorsichtig vorgehen müssen. Axel mochte vielleicht bald ihr Mann sein, aber er wäre seinem Freund aus Kindertagen sicher noch lange mehr verbunden als ihr. Sie würde einen Weg finden müssen, mit William zusammenzuarbeiten. Sie hatte keine Wahl.

William konnte nicht anders: Er musste immer wieder von dem Kunden, den er bediente, zu Eliza hinschielen, die mit Lynville Tate vorn im Laden stand. Der Farmer konnte sich offensichtlich nicht entscheiden, welches Rasierwasser am besten an ihm roch. Nicht, dass er sich bisher nur schwer hatte entscheiden können – er kaufte immer das Billigste. Aber heute roch er an jeder Flasche, die Eliza ihm unter die Nase hielt – und das mehr als einmal.

„Ich brauche nur eine Packung davon. Sie haben mir zwei gegeben." Mr Grant schob ein Päckchen tierärztliches Fiebermittel zurück über den Tresen. „Was ich brauche, ist etwas gegen Husten."

„Entschuldigen Sie." Wie lange würde es dauern, bis er nicht mehr unter dem Zwang stehen würde, Eliza bei der Arbeit zu beobachten? Sie war ganz gewiss nicht unfähig. In nur zwei Tagen hatte sie praktisch die ganze Kundenberatung übernommen. Noch zwei Tage und sie würde den gesamten Laden schmeißen.

Will kehrte zum Regal mit den Arzneimitteln zurück und zog ein ähnlich geformtes Päckchen heraus. Diesmal überprüfte er das Etikett sorgfältig. „Es tut mir leid, dass es Ihrem Pferd schlecht geht. Haben Sie heiße Umschläge um Hufe oder Leib gemacht?"

„Nein, aber ich werde es versuchen. Geben Sie mir noch etwas Lakritz. Und haben Sie auch Schrauben für Sägeblätter? Ich brauche nur eine."

Während er zum Gefäß mit dem Lakritz ging, konnte Will Elizas trällernde Stimme hören, die auf Lynvilles widerlich charmantes Geplapper antwortete. Er sollte nicht lauschen, aber irgendjemand musste auch achtgeben, dass Lynville sich nichts Unziemliches herausnahm. Will nahm einen Bogen Papier vom Deckel des Lakritzgefäßes und rollte ihn zu einer Tüte zusammen.

„Ich denke, das gute alte Lorbeeröl ist immer noch das Beste." Lynville schlug sich gegen die Brust. „Das ist was für einen echten Kerl."

„Eine gute Wahl. Darf ich vorschlagen, dass Sie etwas mehr Rasierseife verwenden?"

„Natürlich."

Warum kam Lynville ihr immer näher? Um zu beweisen, dass er stank? Will klappte den Deckel des Lakritzgefäßes so heftig auf, dass er gegen die Wand schlug.

„Wie bewährt sich denn Ihr Rasierpinsel, Mr Tate? Dachsborsten sind das Beste."

Wovon um alles in der Welt redete sie da? Hatte Irena Eliza gestern Abend beigebracht, sich zu rasieren?

Will grub die Schaufel in die Lakritzmasse. Es knirschte, als er den Boden des Glases erreichte. Über die Schulter warf Lynville ihm ein träges Lächeln zu. Hatte er nicht seit Kurzem was mit Sarah? Sie war hübscher und besser gekleidet als je zuvor – und sie war töricht genug, diesen Hanswurst in Betracht zu ziehen.

„Mein Rasierpinsel ist ganz in Ordnung, Miss. Aber wenn Sie mir noch Ihren Rat im Blick auf einen Hut gönnen würden? Ich suche schon Wochen nach einem neuen, aber ich kann mich nicht entscheiden, mit welchem ich besonders verwegen aussehe."

Will zerknüllte die Papiertüte in seiner Hand. Lynville hatte die Hüte im Laden nicht mal eines Blickes gewürdigt, seit er öfter hier aufgetaucht war. Er musste allerdings anerkennen, dass Eliza für die Schmeicheleien des Mannes unempfänglich schien und sich so verhielt, als würde jeder Kunde so grinsen wie Lynville.

Will griff nach einer Schraube für das Sägeblatt und zwang sich, außer Hörweite zu gehen. Er hätte Lynville niemals so viele Artikel verkauft wie Eliza. Doch nur wegen einer weiblichen Bedienung würden die Männer auf Dauer auch nicht mehr kaufen, als sie brauchten. Irgendwann würde ihnen das Geld ausgehen. Und wenn Eliza erst einmal einen Ehering am Finger trug, würde sich die ganze Aufregung schnell legen.

„Die Lady scheint Ihre Gedanken ganz schön in Beschlag zu nehmen." Mr Grant lehnte sich gegen den Tresen und sah auf die Uhr.

„Ich muss nur öfter nach ihr schauen. Habe sie noch nicht eingearbeitet." Will legte die Tüte mit dem Lakritz und der Schraube in Mr Grants Tasche.

„Sieht nicht so aus, als ob sie viel Einarbeitung bräuchte."

Will zwang sich, sich auf das Zusammenrechnen der Beträge zu konzentrieren, statt wieder nach Eliza zu sehen. „Da muss ich Ihnen zustimmen."

„Also: Wo kommt sie her? Und warum arbeitet sie für Sie?"

Will rieb sich das untere Augenlid. „Sie ist im Zug ausgeraubt worden und brauchte Arbeit." Er wusste auch nicht, warum er sich um die Wahrheit herumdrückte – außer dass er irgendwie hoffte, sie würde Axel nicht gefallen. Und wenn doch, dann sollten die beiden die Neuigkeiten verkünden, nicht er.

„Na ja – Sie haben schon immer Leute angezogen, um die man sich kümmern muss." Mr Grant zählte ein paar Münzen ab und schob sie über den Tresen. „Sehr verbunden."

Will trommelte mit den Fingern auf die Theke, während er beobachtete, wie Lynville sich mehr als nötig nach vorn beugte und über Eliza hinweg einen Hut aus einem Regal nahm. Er fing Lynvilles Blick auf und erwiderte ihn finster.

Lynville lächelte süffisant.

Bevor Will nach vorn gehen konnte, um beim Kauf des Hutes behilflich zu sein und Eliza ins Hinterzimmer zu verbannen, hatte sie schon einen Hut für Lynville herausgesucht, ihn zu den anderen Waren gelegt und die Rechnung erstellt. Was sie diesem Schurken alles verkauft hatte!

Nachdem sein früherer Schulkamerad den Laden verlassen hatte, lehnte Will sich gegen den Tresen. „Ich hoffe, Lynville Tate hat Sie nicht zu sehr belästigt."

Eliza wischte sich die Hände an ihrer Schürze ab. „Ich wette, er hat heute mehr gekauft als je zuvor", sagte sie und klimperte kokett mit den Wimpern. Will musste über diese komische Übertreibung fast lachen. Lynville verdiente die Erleichterung seiner Geldbörse ganz sicher.

„Er wird enttäuscht sein, wenn er erfährt, dass Axel sie hat herkommen lassen."

„Sie sagen das, als sei ich ein Artikel, den man aus einem Katalog bestellt."

„Oder per Zeitungsannonce." Will biss sich auf die Lippen. Ihre kühne Direktheit färbte langsam auf ihn ab.

Eliza blinzelte ein paarmal. „Sie haben wahrscheinlich recht. Aber da ich nun ohne Geld angekommen bin, könnte er mich auch zurückschicken."

Würde Axel so charakterlos sein? Die Möglichkeit bestand. Vielleicht sollte er Axel bei dessen Rückkehr erzählen, dass Eliza völlig mittellos war. Dann würde sein Freund keine zärtlichen Gefühle entwickeln. Und Eliza wäre frei, andere Bewerber in Erwägung zu ziehen …

Nein. In seinem Kopf ging es drunter und drüber. Dieser Gedanke war schon fast unmoralisch – jedenfalls höchst unehrenhaft. Will fuhr sich mit der Hand durchs Haar. „Ich muss mal für einen Moment weg. Möchten Sie sich um den Laden kümmern? Oder soll ich schließen?"

„Ich?" Eliza hielt auf der untersten Stufe der Leiter inne, auf die sie gerade steigen wollte. „Vertrauen Sie mir denn schon so weit?"

Mehr als er darauf vertraute, dass Axel hart arbeitete, wenn er unbeobachtet war. „Gewiss." Er zwang sich, sich umzudrehen und nach seinem Hut zu greifen, statt im strahlenden Lächeln zu baden, das sich auf Elizas Gesicht ausbreitete. „Ich lasse Ihnen die Schlüssel da, falls ich nicht rasch zurückkomme. Schließen Sie, wann immer es Ihnen beliebt."

Eliza griff nach seinem Arm. Will verspannte sich, aber sie ließ nicht locker. „Sie müssen noch ein Gewehr reparieren und Sie haben einem Kunden versprochen, bis um fünf seine Lieferung zusammenzustellen."

„Dafür habe ich noch jede Menge Zeit." Will entzog sich Elizas Griff und suchte nach der Einkaufsliste des Kunden. „Nichts Besonderes. Das finden Sie auch leicht."

Eliza verzog die Lippen und starrte auf die Liste. „Das ist nicht gerade eine gute Art, Geschäfte zu betreiben."

„Sehr richtig – ist es nicht." Und von einer unnahbaren, biederen Kollegin fasziniert zu sein, war ganz sicher auch nicht gut fürs Geschäft. „Ihr Verlobter sollte längst hier sein. Ich werde ihn suchen."

Er würde Axel finden und herschleppen, bevor es Nacht wurde.

Kapitel 5

Wenn Silas Jonesey nicht auf der Vorderveranda seines winzigen Hauses gesessen und ihn hätte kommen sehen, hätte Will auf dem Absatz kehrtgemacht. Das hier war der letzte Ort, an dem er Axel noch suchen konnte. Aber auch hier war dessen Wallach nicht zu entdecken.

Will begutachtete das eindrucksvolle Anwesen seines Freundes. Mit erst sechsundzwanzig hatte Silas seine Felder besser bestellt und seine Gebäude mehr in Schuss als manche, die doppelt so lange über Eigentum verfügten wie er.

„Was führt dich denn hierher?", rief Silas von seinem Schaukelstuhl aus, während er ein Messer an einem Schleifstein wetzte.

„Ich suche Axel Langston." Will glitt aus dem Sattel und führte sein Pferd in das üppige Gras unter dem Zürgelbaum. „War er in letzter Zeit mal hier?"

„Nö. Hab ihm auch gesagt, dass ich auf seine Gesellschaft verzichten kann, wenn er nur kommt, um zu trinken." Silas verschränkte die Arme über der breiten Brust. „Übrigens, deine Wunderpillen haben auch nicht geholfen."

Will schüttelte den Kopf und gab sich Mühe, nicht laut zu seufzen. „Ich hab dir ja gesagt, dass sie nicht helfen; aber du wolltest es ja unbedingt probieren."

„Tja, wenn Dr. Forsythes Medizin mich wieder zu einem Trunkenbold gemacht hat, dann sollte es doch eine andere Medizin geben, die das wieder gerade rückt."

Eine Pille für jedes Übel der Welt? Das wäre fein. Dann würde er nicht studieren müssen, sondern einfach in einer Liste nachsehen und so die ganze Welt kurieren. „Ich bin sicher, dass Dr. Forsythe nicht beabsichtigt hat, dass du säufst wie ein Fisch."

Silas zog seine dunklen Augenbrauen zusammen. „Das Zeug sollte meine Schwermut heilen, aber es hat mir überhaupt nicht gutgetan."

„Zaubertränke und Magie werden dich nicht kurieren." Will marschierte die Stufen hinauf und setzte sich auf das Verandageländer. „Du musst dich der Tatsache stellen, dass deine Frau dich verlassen hat. Die Gefühle, die das auslöst, kannst du nur mit Gottes Hilfe bearbeiten … Da hilft keine Medizin. Als Nancy mich sitzen gelassen hat, um …"

„Dein Mädchen hat einen anderen gefunden. Mir ist die Frau abgehauen. Das kannst du nicht vergleichen. Du hast Familie und kannst immer noch heiraten, wenn es dir beliebt."

Wills Blick schweifte über den Horizont, der bereits zu rosa war, als dass er noch lange hätte bleiben können. „Wer weiß das schon … Die Auswahl ist recht bescheiden."

„Nimm dir jedenfalls bloß keine Katalogbraut", schnappte Silas.

Will musste sich ein Lächeln verkneifen. „Nicht alle Katalogbräute sind so übel. Ich bin mir sicher, Everett und Carl würden auf so eine schwören."

„Axels Vater jedenfalls nicht; der Mann, der die Deutsche geheiratet hat, auch nicht; und ich schon gar nicht."

Will rieb sich das Kinn. Seine Bartstoppeln waren so kratzig wie Silas. „Es gibt auch jede Menge unglücklicher Paare, selbst wenn die Braut nicht per Katalog bestellt wurde."

„Wenigstens sind sie *gemeinsam* unglücklich." Silas schwang die Beine aufs Geländer.

Will zog ein Pfefferminz aus seiner Tasche. „Versuch's mal mit einem davon pro Tag."

Silas fing das Bonbon auf und runzelte die Stirn.

„Es könnte deine Gemütslage besänftigen."

Silas warf das Bonbon nach Will.

Der steckte es wieder ein und wischte sich ein Grinsen von den Lippen. „Ich warte immer noch vor der Kirche, falls du doch noch auftauchst."

„Reicht es noch nicht, dass ich von diesem Gesöff losgekommen bin?" Silas starrte auf seine Hände, die er sich rieb.

„Gott will dich wiederhaben, Silas. Dich. So, wie du bist."

Silas' Kinnmuskeln spannten sich an. „Er will mich sicher nicht mit meinem Zorn."

„Es ist deine Entscheidung, weiter zornig zu sein." Der Mann wusste genau, was er tun sollte, aber er weigerte sich. „Dein Zorn hat dir nichts eingebracht als jahrelange Selbstquälerei. Lass ihn los."

„Und wenn schon? Und wenn es mich verbittert hat? Es hat mich auch angetrieben, meine vierzig Acker Land unter den Hintern zu nehmen und zu bewirtschaften. Auf meinen Feldern steht mehr Weizen als auf denen jedes anderen Siedlers hier in der Gegend. Ich habe sogar einen Obstgarten angelegt. Heute würde Lucinda sich nicht beschweren – heute stehe ich besser da als die meisten hier in der Gegend."

Will ließ seinen Blick über die makellos bestellten Felder seines Schulkameraden schweifen. „Schätze, die verrotten."

„Ich kann mich nicht erinnern, dass ich dich um deine Meinung gebeten habe", murmelte Silas. „Eigentlich kann ich mich auch nicht erinnern, dass ich dich gebeten habe, hier aufzutauchen."

„Welche Laus ist dir denn über die Leber gelaufen?"

„Heute bin ich seit sechs Jahren wieder allein." Silas spielte mit einem eingerissenen Fingernagel. „Sieben Monate, in denen ich jemanden mein Eigen nennen konnte, waren nicht genug."

Will legte Silas die Hand in den steifen Nacken. Weitere Worte hatten keinen Sinn. Der Mann hatte seine Stimmbänder in den letzten fünf Minuten vermutlich mehr strapaziert als in den letzten fünf Wochen. Das Leben hatte ihm übel mitgespielt. Vielleicht würde Silas eines Tages zu Gott zurückfinden und seinen Zorn hinter sich lassen. Bis dahin konnte Will nicht viel anderes tun als zu beten. „Schön, dann lass ich dich mal in Ruhe. Irgendeine Ahnung, wo ich Axel finden könnte? In den Saloons hat ihn jedenfalls auch niemand gesehen."

„Schon mal bei seinem Pa nachgefragt?"

„Oh – seine Eltern. Nein, das ist der einzige Ort, an dem ich noch nicht gesucht habe." Will hatte gehoffte, das vermeiden zu können – er konnte sich einfach nicht vorstellen, dass Axel freiwillig länger als zwei Tage zu Hause verbringen würde. Und wenn sein Vater von Axels Verschwinden erfuhr, würde das dessen Reizbarkeit nur noch steigern.

Eliza hielt ihre schläfrigen Augen nur mit Mühe offen, während sie herzhaft gähnte, und folgte dann ihrer Nase ins Esszimmer. Der süße Geruch rührte von einer Platte unzähliger Muffins, die auch für zehn Leute gereicht hätte. Irena Lightfoot erschien mit einem Teller voller Rührei in einer und einem Krug in der anderen Hand in der Küchentür. „Ich hoffe, ich habe Sie nicht geweckt." Obwohl ein blau-weißer Schal ihr Gesicht verbarg, deuteten ihre Augenbrauen ein Stirnrunzeln an.

„Ich konnte nicht mehr schlafen." Eliza nahm Irena den Krug aus der Hand und füllte die Gläser. „Ich sterbe vor Hunger."

„Sie hätten gestern eben zum Abendessen hier sein sollen." Irena sah sie nicht an. Sie missbilligte offenbar, dass Eliza so spät abends noch unterwegs war, behielt ihre Meinung aber für sich. Ein schöner Zug an jemandem, der eine Pension führte.

Aber es gab nichts, wofür Eliza sich hätte schämen müssen. Sie setzte sich und nahm sich einen Muffin. „Ich wollte nicht gehen, bevor das Schaufenster wieder gerichtet war, und dann musste ich noch sauber machen."

„Hat William Ihnen nicht geholfen?" In Irenas Stimme schwang leiser Tadel.

„Er ist gegen drei losgezogen, um Axel zu suchen. Auch deswegen bin ich länger geblieben. Ich wollte da sein, wenn Axel zurückkommt." Sie klaubte die Nüsse von ihrem Muffin. „Aber William hat ihn nicht gefunden."

Irena summte nur, als hätte sie diese Antwort erwartet. War denn sonst niemand daran interessiert, wo ihr Verlobter geblieben war? Warum war William der Einzige, der versuchte, ihn ausfindig zu machen? Und wenn

Axel nun tot war? Ihre Gastgeberin deckte den Tisch zu Ende und sprach ein kurzes Gebet, erwähnte dabei aber Axels Verschwinden nicht.

Eliza biss in ihren Muffin, aber selbst das süße Gebäck war nicht süß genug, um ihre Stimmung zu verbessern. Ob Mrs Lightfoot etwas über ihren zukünftigen Ehemann wusste?

Irena lehnte sich über den Tisch, sodass ihr Schal zur Seite fiel und sie eine Gabel mit Rührei in den Mund schieben konnte.

„Darf ich fragen, warum Sie nicht einfach den Schal ablegen? Dann wäre das Essen leichter für Sie."

Irena hielt einen Finger hoch, vermutlich um anzuzeigen, dass sie noch kaute. „Weil es auf diese Weise für meine Gäste leichter zu ertragen ist."

„Aber nicht für Sie."

„Nun ja, das stimmt." Sie kicherte. „Aber es ist nun mal mein Job, die anderen glücklich zu machen."

„Macht es Ihnen etwas aus, wenn die Leute Sie anstarren?"

„O nein, Liebes. Ich habe früher Geld dafür genommen, dass die Leute mich anstarren durften. Darüber bin ich hinweg."

„Dann erlauben Sie mir bitte zu sagen, dass es mir durchaus etwas ausmacht, dass Sie mich hier umsonst wohnen lassen, ich es Ihnen aber körperlich schwermache. Wenn Sie den Schal gern ablegen würden, würde ich vermutlich auch erst mal gucken. Ich habe noch nie eine Dame mit Bart gesehen, aber ich bin mir sicher, es wird mir nicht lange merkwürdig vorkommen, und dann werde ich es gar nicht mehr bemerken."

„Nun, das war ehrlich." Irena lachte. „Ich will Ihnen etwas sagen: Solange Sie ehrlich bleiben, nehme ich den Schal ab. Wenn Sie feststellen, dass es Sie irritiert, dann sagen Sie es mir. Gesellschaft beim Essen ist mir viel lieber als meine Bequemlichkeit."

„Einverstanden." Eliza berührte den Verband, der wegen eines kleinen Schnittes ihren ganzen Kopf verhüllte. Sie hatte ihn noch nicht abgenommen, weil die Wunde genäht noch schlimmer aussah als zuvor. „Ich glaube, ich kann mir ein wenig vorstellen, wie es Ihnen geht. Wenn ich die Straße entlanglaufe, sehen sich die Leute auch zweimal nach mir um. Es macht einen empfindsam dafür, wie man insgesamt auftritt – obwohl ich noch nie ein Mensch war, dem Mode und dergleichen viel bedeutet haben."

Irena nestelte am Knoten ihres Schals, der hinter kräftigen Locken versteckt war. „Sie kleiden sich recht … hausbacken."

„Ich glaube, so direkt hat mir das noch niemand gesagt."

„Nun, ich dachte, wenn *Sie* ehrlich zu mir sind, dann kann ich es auch sein." Irena hatte den Knoten jetzt gelöst, nahm den Schal aber noch nicht ab. „Sind Sie bereit? Sie dürfen mich jetzt anstarren."

Eliza stützte das Kinn erwartungsvoll auf ihre Hände. „Fertig." Sie blinzelte.

Irena wickelte sich den Schal um die Hände, vermied es aber, Eliza anzusehen. Ihr Bart war grauer als ihr Haar und sorgfältig geschnitten, aber dünn.

„Mein früherer Verlobter trug seinen Bart ganz ähnlich. Mein Bruder dagegen lässt seinen wuchern. Die Hälfte der Zeit hängt ihm der Schnurrbart im Mund." Eliza schauderte. „Ihrer lässt sich viel besser ansehen."

Irena sah auf und schluckte heftig. „Oh, ich sollte wohl Danke sagen."

Eliza zuckte mit den Schultern, griff nach ihrer Gabel und stocherte damit im Rührei. „Also, wenn wir ehrlich zueinander sind und ich Ihnen eine Frage stelle, kann ich dann mit einer wahrheitsgemäßen Antwort rechnen?"

Irena legte die Finger flach auf den Tisch. „Ich glaube, ich fange schon an, die Sache mit der Ehrlichkeit zu bereuen …"

„Ich wüsste Ihren Rat aber durchaus zu schätzen." Eliza legte das Besteck auf den Tisch. „Warum kann ich den Eindruck nicht loswerden, dass mit Axel etwas nicht stimmt?"

Irena kratzte ein paar Krümel zusammen. „Inwiefern?"

„Nun ja, niemand scheint sich darüber Gedanken zu machen oder überrascht zu sein, dass er verschwunden ist."

„Ich fürchte, ich kenne Axel nicht persönlich." Die ältere Frau rieb sich die Nase. „Ich habe das eine oder andere über ihn gehört, aber ich habe mir angewöhnt, Gerede weder zu glauben noch weiterzuverbreiten. Die Klatschbasen hier in der Stadt werden Ihnen erzählen, dass ich mich nachts in einen Wolf verwandle oder mit dem Teufel im Bunde stehe." Sie lächelte schwach. „Sie haben ja mit Axel Briefe gewechselt und Sie haben mit William gesprochen. Sie wissen also mehr als ich und aus besseren Quellen. Jedenfalls habe ich nichts gehört, das Anlass zu allzu großer Sorge sein müsste."

Eliza runzelte die Stirn, ließ das Thema aber fallen. Sie wollte Irena nicht zum Tratschen verleiten und sei es auch in ehrlichster Absicht.

Aber wenn Irena sehr viel Positives über Axel gehört hätte, wäre sie dem Thema nicht so offensichtlich ausgewichen.

Eliza betrat die Gemischtwarenhandlung der Hampdens, obwohl sie schon spät dran war. Die Muffins – und sie hatte etliche davon verzehrt – lagen ihr wie Blei im Magen.

Sie war verrückt, sich als Katalogbraut auf einen Unbekannten einzulassen. Genau wie Ruth es gesagt hatte. Nur dass die Freundin zu Hause nichts anderes befürchtet hatte, als dass Axel Zahnlücken oder Pockennarben haben könnte. Dass er ein unverantwortlicher Taugenichts sein könnte, der kam und ging, ohne irgendjemandem ein Sterbenswörtchen über seinen Verbleib mitzuteilen, damit hatten sie nicht gerechnet. Ein Mann mit Zahnlücken, aber Verantwortungsbewusstsein wäre entschieden die bessere Wahl.

Sicher konnte eine Zweckehe auch nicht schlimmer sein als die Heirat mit einem der Männer in Pennsylvania, die ihr den Hof gemacht hatten, nachdem ihr Verlobter sie sitzen gelassen hatte. Keiner davon hatte Verständnis für ihre geschäftlichen Pläne gehabt. Axel schon. Er hatte ihr einen Laden versprochen und ihr damit genau das geboten, was sie sich ein Leben lang gewünscht hatte.

Aber was, wenn der Mann schlimmer war als nur hässlich? Eliza hielt inne. Was, wenn er wirklich tot war? Dann wäre sie ohne Laden und ohne Mann in Salt Flatts gestrandet.

Kathleen kam mit einigen Stoffballen aus dem Hinterzimmer.

„Oh, warten Sie, ich helfe Ihnen." Eliza eilte zu ihr und nahm Kathleen die obersten Stoffballen ab.

„Danke." Kathleen lächelte, runzelte aber dann die Stirn, als Eliza ihr auch die restlichen Ballen aus der Hand nahm. „Dass ich wieder Nachwuchs erwarte, bedeutet nicht, dass ich mit dem Inventar nicht mehr zurechtkomme."

Eliza warf einen vielsagenden Blick auf den gerundeten Leib der Freundin. „Sie müssen sich doch nicht verteidigen."

„Sie sind genauso schlimm wie Carl."

„Nun, dann ist zumindest Mr Hampden bei klarem Verstand."

„Pah!", sagte Kathleen verächtlich. „Wenn ich mich wie eine Invalide aufführe, wird hier nichts fertig." Die Bodendielen knarrten unter ihren watschelnden Schritten. „Aber sagen Sie mal, was machen Sie denn hier? Es ist schon nach neun."

Eliza ließ die Stoffballen auf den Tresen gleiten und begann sie nach Farben zu sortieren, den Blick ganz auf die Arbeit konzentriert. „Ich habe mit Mrs Lightfoot über … über Axel geredet, und, nun ja, ich habe eigentlich keine Antwort bekommen. Ich dachte, Sie könnten mir vielleicht etwas sagen, aber dann …" Sie sah auf und ließ den Blick über die wenigen Kunden im Laden wandern. „Vielleicht sollte ich besser später wiederkommen."

Kathleen stützte sich schwer auf den Tresen. „Nun, wenn Sie es mir wirklich etwas leichter machen wollen, dann vertreiben Sie mir die Zeit mit Reden, während Carl die Arbeit macht." Sie lächelte verschwörerisch, aber Eliza konnte das Lächeln nicht erwidern.

„Glauben Sie, ich könnte in Salt Flatts einen Job finden, falls ich doch nicht … heirate?"

Kathleens Gesichtsausdruck wurde mit einem Schlag ernst. „Das weiß ich nicht. Haben Sie denn schon jetzt den Eindruck, dass Sie nicht gut zusammenpassen? Wie lange ist Axel denn schon wieder in der Stadt?"

„Er ist noch gar nicht da." Elizas Finger spielten mit ein paar losen Fäden eines Baumwollstoffs.

„Dann können Sie doch gar nicht wissen …"

„Wenn irgendjemand hier in der Stadt verstehen kann, wie schwer es ist, jemanden zu heiraten, den man noch nie gesehen hat, dann sind Sie es." Eliza beugte sich näher zu Kathleen und flüsterte: „William hat erwähnt, dass Sie auch eine Katalogbraut waren."

Kathleen grinste. „Kein Grund zu flüstern. Es gibt mehr als eine Frau in der Stadt, die auf diese Weise hierhergefunden hat. Und die wenigsten haben am Ende den Mann geheiratet, für den sie gekommen sind."

„Nein?"

„Nein. Lassen Sie mich nachdenken … Also, ich selbst natürlich. Und der Mann, dem ich einen Korb gegeben habe, Everett Cline. Andere Frauen haben es mir nachgemacht. Drei, glaube ich. Vielleicht auch noch mehr. Es war schon fast eine Witznummer in der Stadt."

„Dreimal sitzen gelassen? Der Ärmste." Wie traurig, so oft zurückgewiesen zu werden, und das von Fremden, die selbst in einer Notlage waren.

„Ach, aber schließlich hat er doch eine gefunden, die geblieben ist." Kathleen lächelte. „Und ich glaube, Axels Mutter war auch eine Katalogbraut, oder jedenfalls hat sie versucht, eine zu werden … wollte eigentlich Williams Pa heiraten."

„Dann wäre ich also nicht die Erste, die einem Mann den Laufpass gibt, der mich per Heiratskatalog hergeholt hat?" Die Beklemmung, die ihr den Atem nahm, legte sich allmählich, und Eliza sog mehr Luft in ihre Lungen, als sie den ganzen Morgen über imstande gewesen war.

„Nein, aber warum sollten Sie das tun? Ich dachte, es ginge Ihnen um den Laden. Und es gibt sonst keinen unverheirateten Mann in der Gegend, der einen Laden besitzt. Außer William natürlich, aber das Geschäft gehört eher Axel als ihm."

Da war also William. Sie hatte gewusst, dass er an dem Laden beteiligt war, aber wie viel Einfluss hatte er tatsächlich? Er wollte an der Einrichtung nichts verändern, begrüßte seine Kunden nicht, schüttelte Sonderangebote aus dem Handgelenk …

Wenn sie Axel heiratete, würde William sie so behandeln, als hielte sie die Hälfte von Axels Anteilen? Oder würde er jeden ihrer Vorschläge bekämpfen, wie er es jetzt tat? War Axel ein Mann, der seiner jungen Frau gegenüber einem Freund aus Kindertagen den Rücken stärken würde, wenn es Meinungsverschiedenheiten gab? Es war ja nicht so, dass sie Axels Zuneigung gewonnen hatte – die Heirat war eine rein geschäftliche Angelegenheit.

Eliza sah aus dem Fenster der Gemischtwarenhandlung hinaus auf die belebte Hauptstraße. „An dem Tag, als ich ankam, hat William erwähnt, dass ihn sein Mädchen auch sitzen gelassen hat." Es schien hier ja gang und gäbe zu sein, dass jeder jedem den Laufpass gab. Vielleicht sollte sie sich also weniger Gedanken darüber machen, ob sie Axel einen Korb geben sollte oder nicht, als darüber, ob sie ihn davon abhalten konnte, ihr einen zu geben.

„William?" Kathleens Stirn legte sich in Falten, dann schüttelte sie den Kopf. „Ach ja, Nancy Graves. Eine Sekunde lang habe ich gedacht, ihn habe auch eine Katalogbraut versetzt."

Ein so attraktiver Mann wie William würde eine Frau in so auswegloser Lage, wie sie es war, sicher gar nicht bemerken. Er würde nie auch nur darüber nachdenken müssen, eine Fremde zu heiraten. Wenn er Medizin studierte, würde er vermutlich jede Menge hübscher junger Städterinnen finden, die nichts gegen eine Liebelei einzuwenden hätten.

„Warum hat Miss Graves ihn denn sitzen gelassen? Ich meine … ich kann nicht erkennen, welchen Grund seine Verlobte dafür gehabt haben könnte … es sei denn, er hat insgeheim eine schrecklich finstere Seite."

„Es gibt keine finstere Seite." Kathleen verlagerte das Gewicht mit einem Stöhnen. „Er konnte sich für ihren Geschmack nicht schnell genug entscheiden, Medizin zu studieren. Wenn ich mich richtig erinnere, wollte sie Kinder. Sie hat dann einen Witwer geheiratet, der schon etliche mitbrachte."

„Sie kann William nicht sehr geliebt haben."

„Ja, ich glaube, das hat ihn am meisten getroffen. Sie waren praktisch zusammen, seit sie im Sandkasten gespielt haben."

„Warum studiert er dann nicht? Ist es nur eine Frage des Geldes?"

„Das spielt sicher auch eine Rolle. Aber da ist noch etwas anderes. Vor drei Jahren war seine Mutter schwanger. Die Zwillinge kamen zu früh, und William war als Einziger in der Nähe." Kathleen presste für einen

Moment den Handballen auf ihren Bauch und blies zischend die Luft aus. „Irgendetwas ging schief. Er konnte seine Mutter retten, aber eines der Babys starb und das andere … hat Probleme."

„Wie furchtbar." Eliza biss sich auf die Lippe. Ein Gespräch über Babys, die zu früh kamen und Probleme hatten, war sicher im Moment nicht das geeignete Thema für Kathleen. „Ich hätte allerdings gedacht, dass er dann erst recht alles daransetzen würde zu lernen, wie man in Notfällen vorgehen muss." Würde er Kathleen helfen können, wenn sie und das Baby in eine kritische Situation kämen?

„Er macht sich Vorwürfe, dass er nicht losgeritten ist, um den Arzt zu holen. Und weigert sich einzusehen, dass das die viel schlechtere Option gewesen wäre. Er konnte schließlich nicht wissen, wie schwierig es werden würde. Aber dann besaß Dr. Forsythe die Kühnheit ihm zu sagen: Wenn er sich nur die Zeit genommen hätte sicherzugehen, dass die Babys atmeten, bevor er sich um seine Mutter kümmerte, dann wären beide Mädchen heute gesund und munter."

Wie schrecklich, wenn man sich für den Tod der eigenen Schwester verantwortlich fühlte. „Was hat den Mann denn veranlasst, etwas so Schreckliches zu sagen?"

„Nun, das ist eben Dr. Forsythe – Fakten und Statistik, aber kein Funken Mitgefühl. Er hat William dann die Seite genannt, auf der er nachlesen könne, was mit seiner Schwester nicht stimmt, und gesagt, dass daran nichts zu ändern sei. William wirft sich vor, dass er es hätte wissen können."

„Und doch kümmert er sich immer noch um die Kranken, wenn auch fast gegen seinen Willen."

Kathleen lächelte der Freundin zu. „Ja, ihm liegt eben etwas an den Leuten. Anders als Dr. Forsythe."

„Und seine Verlobte hat ihn sitzen gelassen, weil er sich seine Fehler zu Herzen genommen hat?" Als Kathleen nickte, musste Eliza an sich halten, um ihren Missmut nicht in ihrer Miene zum Ausdruck zu bringen. „Diese Frau lebt aber nicht mehr hier in der Stadt, oder?"

„Nein. Nach ihrer Heirat ist sie weggezogen."

Gut. Eine solche Frau hätte sie nicht bedienen wollen. Nicht, dass es sehr wahrscheinlich gewesen wäre, dass diese Nancy-Person im *Gentleman's Emporium* aufgetaucht wäre ... wo sie, Eliza, übrigens schon längst hätte sein sollen. „Sie wissen also nichts über Axels Charakter, das Sie veranlassen könnte, mir zu raten, ihn nicht zu heiraten?"

Kathleen zog einen losen Faden aus einem Stoffballen. „Nun, ich würde nicht sagen, dass der junge Mann keine Fehler hat. Wer hätte die nicht?"

Eliza kniff die Augen zusammen. Würde sich auch Kathleen weigern, mehr über Axel zu sagen? „Was sind das für Fehler?"

„Nun, als Jugendlicher hatte er ein ziemlich vorlautes Mundwerk. Mein Mann hat sich immer wieder darüber ausgelassen, dass der Junge weniger Hilfe als Hindernis war, wenn eine Scheune gebaut wurde ... Aber, um die Wahrheit zu sagen" – Kathleen lehnte sich zu Eliza hinüber – „ich bin mir nicht sicher, ob mein Mann selbst gut genug mit dem Hammer umzugehen weiß, um das beurteilen zu können." Sie richtete sich auf und zuckte die Achseln. „Als Axel nach dem Tod seines Großvaters etwas Geld geerbt hat, hat er versucht, es sinnvoll zu verwenden. Hat etwas Land gekauft und das Geschäft aufgebaut. Er hätte sich vielleicht besser beraten lassen sollen. Mir scheint, er hat eben seinen eigenen Kopf. Aber zumindest hat er das Geld nicht in die Kneipe getragen oder alles in ein törichtes Unternehmen gesteckt. Er hat es mit dem Laden versucht. Dann hat er gemerkt, dass er Hilfe brauchte, und William gebeten einzusteigen. Als ihm klar wurde, dass auch das noch nicht reichte, hat er Sie gesucht."

„Ich nehme an, niemand kommt durchs Leben, ohne die eine oder andere Lektion zu lernen." Sie selbst hätte gewiss ihrem Bruder gegenüber nicht ganz so direkt sagen sollen, dass er das Geschäft keinesfalls so gut führen konnte wie sie und dass er damit Schiffbruch erleiden würde. Oh, warum war ihr Vater nur der Konvention gefolgt und hatte seinen ganzen Besitz seinem arbeitsscheuen Sohn hinterlassen und nicht ihr? Eliza biss sich auf die Lippen. Weil sie eine alberne Göre gewesen war, gebannt von der Aufmerksamkeit eines attraktiven Mannes. Eines attraktiven Schwindlers.

Wenn Axel also nicht Prinz Perfekt war – was machte es schon? Was wäre denn besser? Die Arbeit zu tun, von der sie träumte, wenn auch mit einem etwas weniger als sternengleichen Ehemann, oder einen Mann zu suchen, der für sie sorgen würde, aber ihre geschäftlichen Interessen nicht unterstützte, ja, sie vielleicht sogar vereiteln würde?

Und wäre eine Ehe mit Axel nicht immer noch besser, als zu versuchen, hier draußen allein zurechtzukommen, nun, da sie nichts mehr besaß?

„Kathleen!" Carls Ausruf wurde vom Wimmern eines Kindes begleitet, das sich rasch in ein ausgewachsenes Geschrei verwandelte.

„Tut mir leid." Kathleen zog eine Grimasse. „Gretchen hat seit heute Morgen Magenprobleme und Carl kann nicht gut mit Krankheiten umgehen."

Eliza zwang sich, angesichts dieser Untertreibung nicht in schallendes Gelächter auszubrechen. „Ich weiß schon. Er war dabei, als William meine Wange genäht hat."

„Ich gehe jetzt besser." Kathleen stützte sich am Tresen ab und erhob sich. „Wenn Sie noch mehr wissen wollen, kommen Sie doch zum Abendessen vorbei."

Eliza rieb sich die Schläfe. „Vielen Dank, aber Mrs Lightfoot erwartet mich."

Kathleen watschelte davon und sah noch einmal über die Schulter zurück. „Fühlen Sie sich frei, jederzeit vorbeizukommen."

Musste sie denn noch mehr erfahren? Schließlich hatte sie ja keine Traumhochzeit erwartet. Eine Katalogbraut war keine Prinzessin und ein Ladenbesitzer, der um seine Existenz kämpfte, war kein Prinz. Wenn sie den Mann nur finden und heimbringen könnte, damit sie entscheiden konnte, ob er den Aufwand einer Eheschließung wert war, bevor die Knoten in ihrem Magen sich noch weiter vermehrten.

Eliza trat hinaus auf die windige Straße und steckte das lose Haar hinter die Ohren, damit die Locken ihr nicht in die Augen fielen. Sie schlug die Richtung zum *Emporium* ein und grüßte die wenigen Männer auf der Straße, die ihr zunickten. Kein Zweifel, der Mangel an Frauen hier sicherte ihr mehr männliche Aufmerksamkeit, als sie zu Hause im Osten je bekommen hatte.

Würde hier jemand um sie werben, wenn sie Axel nicht heiratete? In Anbetracht der drei strahlenden Lächeln, die man ihr auf dem kurzen Weg zugeworfen hatte, schien das gar nicht so unwahrscheinlich. Lynville Tate schien definitiv interessiert. Aber wenn sie ihn heiratete, würde sie Ställe ausmisten und Kühe melken, aber keinen Laden führen.

Eliza blinzelte ein paar Mal, um die Hitze hinter ihren Augenlidern zu vertreiben, bevor sie das *Gentleman's Emporium* betrat, sorgfältig darauf bedacht, dass der Wind die Tür nicht zuschlug. In den Gängen standen etliche Kunden. Mit einem tiefen Atemzug sah sie sich um in der Hoffnung, jemanden zu entdecken, der nicht wie ein Kunde aussah: Axel.

Aber alle schienen einzukaufen und William hob nur kurz die Hand zum Gruß, bevor er seine Aufmerksamkeit wieder einem Mann zuwandte, mit dem er einen kleinen Streit zu haben schien. Niemand schien ihre Hilfe zu benötigen. Also ging Eliza nach hinten, um sich um die magere Kasse zu kümmern.

„Könnten Sie dies für Mr Carmichael zusammenstellen?" Nachdem der streitlustige Kunde gegangen war, reichte William ihr ein Blatt Papier. „Er kommt in etwa einer Stunde, um die Sachen abzuholen."

„Natürlich. Ist Axel ...?" Eliza konnte nicht weitersprechen – aus Angst, ihre zitternde Stimme würde verraten, welche Befürchtungen sie bei dem Gedanken befielen, ihrem Zukünftigen bald gegenüberzustehen.

Die Türglocke schellte und kündigte einen neuen Kunden an, der mit schweren Schritten über den Dielenboden stiefelte.

„Guten Tag, Mr Langston", rief William.

Elizas Herz stockte. Axel? Sie setzte ein Lächeln auf, wirbelte herum und ging nach vorn.

Sein dunkler Kopf zeigte an den Schläfen bereits einiges Grau. Hatte er sie belogen, was sein Alter anging? Aber sein Gesicht war attraktiv und er war ganz sicher groß gewachsen.

„Hallo", sagte sie und es klang wie ein Piepsen.

Axel sah sie schräg an und runzelte die Stirn.

Sie besaß nicht die Art von Schönheit, die Männer in die Knie sinken ließ, aber war sie wirklich eine solche Enttäuschung? Eliza hob die

Hand zu ihrem Verband, ließ sie aber rasch wieder sinken, wischte sich die verschwitzte Handfläche an ihrer Schürze ab und ging weiter. „Ich bin Eliza."

Mr Langston betrachtete sie eingehend, als versuche er sich an sie zu erinnern.

Das verhieß nichts Gutes.

„Darf ich Miss Cantrell vorstellen?" William stand jetzt hinter ihr und legte ihr die Hand fest auf die Schulter. Er musste spüren, dass ihre Nerven jeden noch so kleinen Muskel anspannten. „Sie arbeitet hier."

„Wo ist Axel?" Suchend blickte der ältere Mann über sie hinweg.

Ihre Knie waren butterweich. Natürlich. William hätte Axel nicht so förmlich begrüßt. Ein Verwandter?

„Wir wissen es nicht. Ich hatte vor, heute Abend bei Ihnen vorbeizuschauen, um zu sehen, ob er vielleicht zu Hause das Bett hüten muss." William wandte sich an sie. „Eliza, das ist Axels Vater."

Eliza nickte. Wenn sein Sohn auch nur halb so gut aussah wie dieser Mann hier, musste sie in dieser Hinsicht nichts befürchten. Sie versuchte zu lächeln, was ihr allerdings kaum gelang, da noch immer sein finsterer Blick auf ihr ruhte. „Ich freue mich, Sie kennenzulernen."

„Und wieso sollte das nötig sein?" Mr Langston sah sie an, als sei sie nichts weiter als ein lästiges Insekt, richtete dann aber seinen erschreckend direkten Blick auf William. „Seit wann ist Axel schon fort?"

„Seit fünf Tagen, Sir."

Mr Langston warf ihr wieder einen Blick zu. „Und wie lange arbeiten Sie schon hier?"

Warum stellte er diese Fragen? „Seit drei Tagen. Sind Sie wegen etwas Bestimmtem gekommen? Ich helfe Ihnen gern, das Passende zu finden."

Der Mann starrte auf seine Hände, die voller Tintenflecke waren. Dann taxierte er William wieder mit seinem stechenden Blick. „Du hast sie eingestellt, ohne dass Axel dazu etwas sagen konnte?"

Hatte er ihren Namen nicht gehört? „Ich bin Eliza Cantrell, Sir."

Er sah sie verständnislos an.

William räusperte sich. „Dies ist Axels Katalogbraut. Sie kam früher an als erwartet."

Mr Langston blinzelte. Zweimal. Dann begann er langsam den Kopf zu schütteln. „Das würde Axel nicht machen. Niemals würde der sich eine Katalogbraut bestellen."

Eliza schluckte. Hatte Axel seinen Eltern nichts von ihr erzählt? „Es tut mir leid. Ich dachte, er hätte erwähnt, dass ich komme."

„Nein." Seine Kiefer arbeiteten hart. „So was würde mein Junge nie machen."

Eliza verschränkte die Hände vor der Brust in einem verzweifelten Versuch, unter dem flammenden Blick, der sich auf ihre Stirn brannte, nicht zusammenzuschrumpfen wie ein Stück Speck in der Pfanne. Was hatte er gegen Katalogbräute? Hatte Kathleen nicht gesagt, er selbst hätte auch eine geheiratet? Und warum hatte Axel seinen Eltern nichts davon gesagt, dass sie kommen würde?

Sie war sechs Tage früher gekommen als geplant, aber Axel konnte ganz sicher nicht vorgehabt haben, sie erst an ihrem Hochzeitstag seiner Familie zu präsentieren. Besonders da Mr Langston die Neuigkeiten nicht besonders zu gefallen schienen.

William drückte ihre Schulter. „Vielleicht warten wir besser, bis Axel zurückkommt, bevor wir weiter über diese Angelegenheit reden. Kommen Sie wegen etwas Bestimmtem?"

Mr Langston wandte seinen tödlichen Blick von ihr ab und reichte William eine zerbrochene stählerne Schreibfeder. „Davon brauch ich noch 'ne Handvoll."

William stand auf, um die Federn zu holen, sodass die beiden miteinander allein waren.

Elizas Hände zitterten, als sie die Schürze glatt strich. „Es tut mir leid, dass ich eine solche Überraschung bin."

„Überraschung? Ein Schlag in die Magengrube, das sind Sie." Mr Langston blickte an die Decke. „Der Junge hat keinen Verstand."

Schön. Es hatte also keinen Sinn, mit ihm zu reden. Allerdings hätte sie nun definitiv einen Unterstützer, wenn sie Axel den Laufpass gab. „Ich habe einen Sinn fürs Geschäftliche, Sir. Ich bin im Laden meines Vaters groß geworden und Axel suchte nach jemandem, der ihm hilft, den Laden zu führen. Ich bin nicht … ich bin nicht unnütz."

„So, so.“ Mit eisern vorgestrecktem Kinn blickte er über ihre Schulter. „Da kommt Will mit meinen Federn.“ Er ging an ihr vorbei, als sei sie nicht mehr als ein Schlagloch auf seinem Weg.

Sie zitterte in dem leisen Lufthauch, der ihm folgte. Ihr Blick fiel auf ein Flanellhemd, das aus einem der Regale hing. Ausnahmsweise verspürte sie überhaupt kein Verlangen danach, das Stück adrett zusammenzufalten und es ordentlich wieder auf den Stapel im Regal zu legen.

„Was ist mit ihrem Gesicht los?“ Mr Langston sprach zwar leise, aber nicht leise genug, als dass sie es nicht gehört hätte.

„Sie kam an dem Tag, als der Zug überfallen wurde …“

„Nicht gerade ein gutes Zeichen.“

„Wie es aussieht, hat sie versucht, etwas vor den Räubern zu verstecken, und die haben es sie spüren lassen.“ William steckte die Federn und ein Fläschchen Tinte in einen kleinen Beutel. „Es hätte schlimmer sein können.“

„Schlimmer?“ Mr Stanton schnaubte. „Wenn man mich fragt: Frauen mit eigenem Kopf kriegen anscheinend doch immer, was sie verdienen.“

Frauen mit eigenem Kopf? Hätte es ihm besser gefallen, wenn sie sich bei den Banditen auch noch bedankt hätte?

Will verschloss den Beutel und rechnete die Preise zusammen.

Warum verteidigte er sie nicht? Es hatte doch so ausgesehen, als habe er Verständnis für ihre Situation. Vielleicht hatte er ja auch nur so getan, als ihm klar wurde, dass sie zusammenarbeiten mussten.

Mr Langston grub in seinen Taschen nach ein paar Münzen. „Schreib's auf die Rechnung.“ Eine Sekunde lang traf sie wieder sein finsterer Blick. „Hab gehört, der Sheriff hat die Zugräuber heute Morgen geschnappt. Ein Teil der Beute war noch da.“

„Danke für die Information, Mr Langston.“ William reichte Axels Vater seine Einkäufe. „Einen schönen Tag noch.“

„Das werden wir sehen.“ Damit stapfte der ältere Mann aus dem Laden.

Vielleicht gab es ja einen göttlichen Grund dafür, dass ihr Verlobter nicht zu finden war, als sie ankam. Sie hatte Gott zwar nicht gefragt, was sie tun sollte, aber war die Ablehnung durch Axels Vater vielleicht eine

Warnung Gottes, sie solle Axel nicht heiraten? Und wenn es so war – würde er dann dafür sorgen, dass sie Salt Flatts wieder verlassen konnte? Dass der Sheriff am Morgen die Banditen verhaftet hatte, war vielleicht kein Zufall. Vielleicht war es für sie die Rückfahrkarte nach Hause.

Kapitel 6

Am nächsten Tag verließ Eliza den Laden eine Stunde früher, um den Sheriff noch anzutreffen. Sie versuchte nicht zu rennen, aber gestern war die Tür des Gesetzeshüters bereits verschlossen gewesen, als sie nach der Arbeit hinkam.

Wenn sie beschloss, Axel nicht zu heiraten, würde sie Geld brauchen, um für sich selbst aufzukommen. Zumindest so lange, bis sie Arbeit fand oder einen Plan gefasst hatte, wo sie hingehen wollte.

Irgendetwas stimmte hier nicht. William schien nicht gern über Axel zu sprechen; Irena weigerte sich, ihr überhaupt etwas zu sagen. Niemand, der von ihrer beabsichtigten Eheschließung erfahren hatte, hatte ihr gratuliert. Und Axels Vater hatte nicht einmal gewusst, dass es sie gab.

Die Tür zur Wache und zum Gefängnis stand offen. Eliza blieb einen Moment stehen, um zu Atem zu kommen, dann betrat sie das Gebäude. Beim Geruch von ungewaschenen Leibern, der ihr entgegenschlug, rümpfte sie die Nase. Aus der Zelle an der Rückwand des Gebäudes starrte sie ein kleiner Mann an, der die Hände durch die Gitterstäbe gesteckt hatte.

Sie wandte den Blick sofort ab und ging auf den Gesetzesvertreter am Schreibtisch zu. „Sheriff Quade?"

„Ja." Ein älterer Mann mit einem langen, gepflegten Schnurrbart sah von einem Schriftstück auf und blinzelte. „Sind wir uns kürzlich schon einmal begegnet?"

Eliza wies mit der Hand auf die Wunde auf ihrer Wange, die nun kein Verband mehr bedeckte, die aber immer noch schmerzte und inzwischen auch juckte. „Ja, Sir, an dem Tag, an dem diese Männer mir eine Pistole ins Gesicht geschlagen haben."

„Ach, ja. Ich nehme an, Sie wollen Ihr Eigentum zurückerhalten." Er seufzte.

Wollte das nicht jeder? „Es tut mir leid, wenn ich Ihnen Umstände bereite, aber ..."

„Sie müssen sich nicht entschuldigen." Er rieb sich die Stirn. „Niemand war heute bisher mit mir zufrieden und ich musste mich mit *denen da* abgeben." Er wies mit dem Daumen nach hinten in Richtung der Zelle.

Hinter dem kurzen Banditen hockte ein Mann mit einem langen gelblich-weißen Bart zusammengesunken auf einem Stuhl und beugte sich vor, um auszuspucken. Der dritte Gangster lag bäuchlings auf einer Pritsche, den Hut über dem Kopf, und spielte mit seinen Daumen. Zum Glück hatte er es nicht darauf abgesehen, sie anzustarren. Vermutlich hätte es ihm ein stolzes Lächeln entlockt, wenn er gesehen hätte, welchen Schaden er in ihrem Gesicht angerichtet hatte.

Wie es aussah, hatte der Sheriff alle drei geschnappt. „Ich bin Eliza Cantrell. Gibt es ein bestimmtes Verfahren, damit ich mein Geld wiederbekomme?"

„Nein, Ma'am, aber Sie werden auch nicht viel bekommen, solange wir das Versteck der Beute noch nicht gefunden haben. Und die Kerle da erweisen sich in dieser Hinsicht nicht gerade als hilfsbereit."

Der Kleine steckte jetzt das Gesicht zwischen die Gitterstäbe. „Ich könnte vielleicht noch ein paar Dollar finden, wenn du reinkommst und uns ein bisschen unterhältst, Lady." Seine anzüglich angedeuteten Küsse ließen Eliza kalte Schauer über den Leib laufen, die gleich darauf zu Hitzewellen wurden.

„Halt den Mund, Junge." Der Sheriff schoss einen warnenden Blick in Richtung der Zelle, rührte sich aber nicht vom Fleck. Er schürzte teilnahmsvoll die Lippen. „Tut mir leid, Ma'am, aber ich kann sie nicht dafür hängen, dass sie lose Reden führen. Und von einem Haufen Schurken kann man keine guten Manieren erwarten."

„Aber Sheriff, ich werd richtig nett sein zu der Lady."

Sheriff Quade stand auf und winkte sie nach draußen; die Eingangstür schloss sich über den Anzüglichkeiten, die der Gangster ihr nachrief.

Eliza legte sich die kalten Hände auf die Wangen.

„Ich hätte eine Lady gar nicht erst hereinkommen lassen sollen." Sheriff Quade wies auf eine Bank und sie setzte sich. Wenn sie doch bloß den Verband nicht abgenommen hätte. Dann wäre ihr erhitztes Gesicht jetzt wenigstens zum Teil verborgen gewesen. Wer hätte gedacht, dass sie sich diesen elenden Stofffetzen noch mal zurückwünschen würde?

Sheriff Quade stellte ein Bein auf eine Kiste und stützte sich dann auf sein Knie. „Die Sache ist die: Als wir sie geschnappt haben, hatten sie nicht viel Geld bei sich. Meine Hilfssheriffs sind noch dabei, nach einem Versteck zu suchen, das es vielleicht gibt – oder eben auch nicht. Sie sollten sich nicht zu viele Hoffnungen machen."

Elizas Magen verknotete sich. „Dann könnte ich also mein Geld für immer verloren haben?"

„Höchstwahrscheinlich ja, Ma'am."

Wenn sie kein Geld hatte, würde sie die Stadt nicht verlassen können. Als letzte Möglichkeit bliebe noch, ihrem Bruder zu schreiben, aber der hatte ihr bereits alles gegeben, was ihr zustand. Sie hätte Zachary definitiv nicht sagen sollen, dass sie auch ohne ihn gut zurechtkommen würde. Er war gehässig genug, sie beim Wort zu nehmen.

„Wir haben eine kleine Summe sichergestellt, das, was sie bei sich trugen, als wir sie verhaftet haben. Ich kann Ihnen einen Teil davon aushändigen, in Abstimmung mit den anderen Ansprüchen, die noch ausstehen." Ohne auf ihr zustimmendes Nicken zu warten, ging er nach drinnen. Sein gedämpfter Befehl „Ruhe!" wurde mit lautem Gelächter beantwortet.

Eliza atmete tief durch die Nase ein und ließ den Atem durch die leicht geöffneten Lippen wieder ausströmen. Wenn sie rasch eine Arbeit fand, würde Mrs Lightfoot sie vielleicht noch eine kleine Weile umsonst beherbergen … aber wenn sie Axel sitzen ließ, würde sie dann in der Stadt, in der er aufgewachsen war, eine Arbeit finden können? Würde sie dann überhaupt bleiben wollen?

Die Tür öffnete sich und der Sheriff händigte ihr zehn Dollar aus. „Das ist alles, was ich Ihnen geben kann."

„Mehr nicht?"

„Wie ich schon sagte, wir haben nicht viel gefunden. Aber lassen Sie mir Ihre Adresse hier und wenn wir den Rest der Beute finden, werde ich persönlich alles, was auftaucht, zurückerstatten."

Sie nahm ihm die Banknote aus der Hand, wandte ihren Kopf vom Blick seiner verständnisvollen braunen Augen ab und blinzelte die Tränen zurück. Zehn Dollar. Sie hatte keine Wahl. Sie musste bleiben. „Ich wohne bei Mrs Lightfoot."

„Ach, ja. Nun, jetzt können Sie zumindest für Ihre Unterkunft zahlen."

Aber nicht für die nächste Woche oder die Woche danach.

„Falls Sie mich dort nicht finden, ich werde bald ..." Sie biss sich auf die Lippen. Wenn sie Axel heiratete, würde der Sheriff ihre neuen Lebensumstände schon früh genug erfahren. „Also, Sie können im *Gentleman's Emporium* nach mir fragen. Ich arbeite dort." Arbeiten. Vielleicht konnte sie William dazu bringen, ihr für ihre Hilfe im Laden etwas zu zahlen. Obwohl selbst ein Wochenlohn nicht genug wäre, um damit etwas anzufangen.

„Interessante Wahl. Aber ich bin jedenfalls froh, dass Sie Arbeit gefunden haben." Er legte den Finger an den Hut. „Ich sollte jetzt gehen."

Eliza sah dem Sheriff nach, der wieder im Gebäude verschwand, und starrte dann auf den Geldschein in ihrer Hand. Sie hatte die ganze Nacht nicht geschlafen, sich darauf gefreut, ihr Geld wiederzubekommen und die Freiheit zu haben, Axel ablehnen zu können. Aber mit zehn Dollar anstelle von fünfhundert würde sie nicht weit kommen. Sie faltete den Geldschein zu einem winzigen Quadrat zusammen.

Inständig hoffte sie, ihre Befürchtungen im Hinblick auf Axel würden sich als unbegründet erweisen. Sie hatte ihre Mutter dafür gehasst, dass sie vor zwölf Jahren die Familie ruiniert hatte, indem sie ihr Eheversprechen brach und ihren Vater verlassen hatte, um Schauspielerin zu sein. Und doch hatte sie selbst den ganzen gestrigen Tag damit verbracht, Gründe zu finden, ihr Verlöbnis mit Axel Langston aufzulösen.

War diese Neigung, Versprechen zu brechen, vielleicht erblich?

Hatte sie zugelassen, dass die Angst vor einer unbekannten Zukunft sie in ihre Mutter verwandelte?

Will beschleunigte seine Schritte, um Eliza einzuholen, die gerade in die Hauptstraße einbog. Diesen Brief wollte er nicht allzu lange bei sich tragen und das Unvermeidliche nicht länger als nötig hinauszögern. Er fühlte an seiner Brusttasche und vergewisserte sich, dass das Schriftstück noch da war. Zum Glück hatte Axels Vater den Brief an Eliza nicht gesehen, als er ihn Will gebracht hatte, denn er war in den an Will eingelegt gewesen. Mr Langston wäre verletzt gewesen, dass sein Sohn ihr geschrieben hatte, ihm aber nicht.

Wie würde Eliza reagieren? Mit einem Seufzer der Erleichterung? Oder tief enttäuscht? Und würde die eine oder die andere Reaktion seine umherwandernden Gedanken im Zaum halten?

Will konnte nicht anders, als an Eliza zu denken und das hatte seiner Produktivität geschadet. Das Gewehr, an dem er schon zwei Tage arbeitete, hätte in einem Tag fertig sein sollen, aber er konnte einfach den Blick nicht von Eliza abwenden. Sie flirtete nicht mit den Kunden, aber je mehr Zeit sie mit einem verbrachte, desto drängender wurde sein Bedürfnis mitzuzählen, wie viele Blicke sie tauschten oder wie oft sie lächelte.

Warum lächelte sie ihn nicht so an wie ihre Kunden?

Will stöhnte angesichts des übergroßen Wunsches, die Antwort zu erfahren.

In diesem Augenblick blieb Eliza stehen und blickte zurück. „William." Sie wartete, bis er die letzten Meter aufgeholt hatte, wobei sie den Handrücken gegen die verletzte Wange presste. Was töricht war – schließlich hatte er sie gerade erst untersucht, bevor sie den Laden verlassen hatte.

„Kommen Sie, um nach Irena zu sehen?"

„Ja." Zumindest hätte er das tun sollen. „Darf ich Sie begleiten?"

Eliza zuckte die Schultern und nahm den Weg wieder auf. „Sie können auch gleich von meinem Besuch beim Sheriff erfahren.“ Ihre Lippen zuckten und sie sah ihn an. „Ich habe nur zehn Dollar bekommen. Genug, um für die Unterkunft zu zahlen, und vielleicht …“

„Moment.“ Will schüttelte den Kopf. „Für Ihre Unterkunft behandle ich Mrs Lightfoot.“ Wenn sie selbst dafür zahlte, würde ihr nichts von dem Geld übrig bleiben.

Sie seufzte und trottete weiter.

Hatte sie wirklich geglaubt, sie würde die ganze Summe wiederbekommen? Es war schon ein Glück, dass sie die zehn Dollar erhalten hatte.

Will spielte mit der Glasperle an seinem Ring. Er konnte seine Nachricht ebenso gut auch gleich loswerden. „Axel hat mir geschrieben.“

Eliza blieb auf der Stelle stehen. „Und? Wo ist er?“

Will verharrte neben ihr; sein Mund fühlte sich plötzlich ganz trocken an. „Ich weiß es nicht.“

Ihre Augenbrauen zogen sich zusammen. „Immer noch nicht?“

„Er sagt nicht, wo er ist.“

Sie kniff die Augen zusammen. „Das scheint eine Angewohnheit von ihm zu sein.“

Eine Angewohnheit, die William noch nie so verärgert hatte wie gerade jetzt. „Es scheint, als sei er auf irgendeiner Ranch in der Nähe von Atchison. Sein Pferd hat ihn abgeworfen. Er hat eine Kopfverletzung, und ein Bein ist verletzt.“

Eine Hand auf dem Mund, sah Eliza ihn aus feuchten Augen an. „Und ich hatte gedacht …“

„Er schreibt, es geht ihm bald besser.“ Das würde es ganz sicher, wenn er erst einmal erfuhr, dass eine Frau wie Eliza seinetwegen Tränen vergoss. Hätte er den Ritt nach Hause gewagt, wenn er gewusst hätte, dass seine Verlobte ihn erwartete?

Elizas Gesicht spiegelte eine Reihe unterschiedlicher Gefühle, manche schmerzlich, manche nachdenklich. Worüber dachte sie so intensiv nach?

„Schreibt er, wie lange er noch wegbleibt?“

„Irgendein Arzt hat ihm empfohlen, im Bett zu bleiben, bis er wieder sicher auf einem Pferd sitzen kann." Warum Axel überhaupt so weit weg war von Salt Flatts, darüber konnte Will nur Vermutungen anstellen.

„Da Axel ja nun offensichtlich noch eine Weile fort sein wird, warum versuchen wir inzwischen nicht mal, den Tresen weiter nach vorn zu räumen?"

Also darüber hatte sie nachgedacht? Obwohl sie doch selbst gesagt hatte, sie sollten warten, bis Axel wieder da war? „Dafür haben wir kein Geld."

Ihr bewundernswerter Schmollmund entlockte ihm fast ein Lächeln.

Will senkte den Blick. Dass ihm eine Frau den Kopf verdrehte, die einem anderen versprochen war, war ein viel größeres Problem, als wenn Eliza die gesamte Einrichtung des Ladens zertrümmert und ihm befohlen hätte, eine neue aus noch ungefällten Bäumen zu zimmern. „Ich schätze allerdings, ich könnte das bewerkstelligen, auch ohne große Ausgaben zu haben."

Ihre Augen leuchteten auf.

„Aber wie soll ich mich dann um die Kunden kümmern, wenn ich Zimmermann spielen soll? Und ich bin nicht gut in Holzarbeiten. Sie wären nicht zufrieden – es würde lange dauern und das Ergebnis wäre mager."

Eliza schürzte die Lippen. Sicher suchte sie nach weiteren Argumenten für ihr Vorhaben.

„Und sicher würde ein solcher Umbau einige Kunden fernhalten."

„Ein paar Tage verlorener Umsatz würden sich rentieren, wenn dafür in Zukunft mehr Kunden in den Laden kommen."

„Nein, ich glaube wir sollten warten, bis Axel wieder da ist." Will zog den Briefbogen aus seiner Tasche. „Hier – das hat er für Sie mitgeschickt. Er wusste natürlich nicht, dass Sie schon da sind. Er hat mich gebeten, Sie vom Bahnhof abzuholen." Er versuchte ein Lächeln. Wenn er von ihr und Axel gewusst hätte, bevor sie ankam, hätte er sich dann dagegen wappnen können, dass sein Herz schneller schlug, als er ihre Wange genäht hatte?

„Wirklich dumm, dass ich früher gekommen bin als geplant." Sie schob die Lippen vor und nahm Axels Brief entgegen. „Ich hätte sonst auch mein Geld noch."

Will wusste nicht, wo er seine Hände lassen sollte, also hakte er sie in den Gürtel. „Wenn der Brief an Sie mehr darüber verrät, wo er ist, könnte ich ihn holen, während Sie sich um den Laden kümmern."

Ihre großen Augen weiteten sich und in den dunklen Pupillen tanzte ein kleiner Funke. „Sie würden mir den Laden anvertrauen?"

Er zuckte die Achseln. „Wenn Axel dadurch früher zurückkäme ..." Denn er brauchte Axel. Er brauchte ihn dringend.

„Natürlich." Ihre Stimme sank, als habe er die falsche Antwort gegeben.

Wollte sie etwa nicht, dass Axel zurückkam? Will griff sich in den Nacken und verschloss die Augen fest in dem Wunsch, dass es so sein möge.

Eliza setzte ihren Weg langsam fort und öffnete den Brief. Kein Siegel, kein Umschlag. Wusste sie, wie stark seine Versuchung gewesen war, den Brief selbst zu lesen?

Sie überflog das Papier im Weitergehen. An der untersten Treppenstufe von Mrs Lightfoots Pension seufzte sie. „Nein. Auch nicht mehr Information als die, die Sie haben. Er schreibt mir, auf welche Bank ich mein Geld einzahlen soll." Sie schnaubte. „Und dass ich mich noch nicht bei seinen Eltern vorstellen soll." Eliza faltete den Brief zusammen. „Dann bleibt es also noch ein Weilchen dabei: Sie und ich. Hoffentlich nicht mehr allzu lange."

„Sieht so aus." Wie viele Tage könnte er noch mit ihr allein sein, bevor er etwas sagen würde, das er später bereute?

An der Haustür hielt sie noch einmal inne, die Hand am Türgriff, und drehte sich zu ihm um. „Würden Sie mich morgen nach der Arbeit zu Axels Familie begleiten?"

Will rieb sich die Schläfen. Noch mehr Zeit mit ihr verbringen – und das nicht einmal im Laden? „Axel schreibt doch, Sie sollten besser warten."

„Ja, aber er weiß ja nicht, dass ich seinem Vater bereits begegnet bin."

„Ich glaube nicht, dass es sehr klug wäre ..."

„Schön. Dann gehe ich allein.“

Er verschränkte die Arme. „Das wäre ganz bestimmt nicht klug.“

„Dann kommen Sie also mit?“

Die Frau war zu allem entschlossen und fähig, ihn völlig aus dem Konzept zu bringen. Wenn sie nur eine Ahnung davon hätte, wie schwierig diese Langstons waren.

„Wenn ich bleiben will, kann ich nicht zulassen, dass Axels Vater noch länger über seinem Ärger brütet, als er es schon tut. Also muss ich die Familie so schnell wie möglich besuchen und versuchen den Schaden wiedergutzumachen. Und wenn Sie mich begleiten, wird man mich vielleicht etwas gnädiger aufnehmen.“

Will dehnte seinen Hals und massierte die angespannten Muskeln im Nacken. Er war seit Kindertagen nicht oft bei den Langstons gewesen. Er hatte keine Ahnung, warum Axels Eltern nicht gut miteinander auskamen. Aber man musste nicht erst erwachsen sein, um zu verstehen, dass es nicht gut um die Ehe stand – überhaupt nicht gut. Und nach Jebediahs Reaktion auf Eliza neulich zu schließen, ging Will davon aus, dass die Ehe mit den Jahren nicht besser geworden war.

„Warum hören Sie nicht auf zu überlegen und sagen einfach Ja?“

Er schüttelte den Kopf über ihre Bestimmtheit, brachte aber kein Lächeln zustande. „Nun, ich denke, eine schlechte Beziehung zu den Schwiegereltern ist keine gute Weise, eine Ehe zu beginnen.“

„Ganz genau.“

„Dann sollte ich wohl besser nicht Nein sagen.“ Aber er wünschte sich aus tiefstem Herzen, er könnte es.

Kapitel 7

Das Haus von Axels Eltern lag auf einem ruhigen Grundstück am Stadtrand, etwas abseits von den anderen Häusern. Der gewundene Weg, der sich zur Eingangstür schlängelte, war von Unkraut überwuchert, und ein struppiger Busch verbarg den größten Teil des Efeus, der an den Wänden emporrankte. Zudringliche Weinreben hatten die Wandverkleidung an manchen Stellen aufgebrochen, und ausgebleichte Vorhänge hingen hinter schmutzigen Scheiben.

Eliza krallte sich in den Wagensitz, als Will die Pferde zum Stehen brachte. Vielleicht hätte sie ein Geschenk mitbringen oder noch einen Tag warten und etwas backen sollen? Irgendetwas, das das Missfallen von Axels Vater besänftigen konnte; etwas, das einen guten Eindruck gemacht hätte. Sie sah an sich herunter: Sie trug ihr bestes Kleid, und das war alles andere als modisch. Ihr Aussehen sprach ganz sicher nicht für sie.

Eliza wischte sich die Hände am Rock ab, bevor William ihr vom Wagen half. „Sie glauben noch immer, es ist keine gute Idee, oder?"

„Würden Sie Ihre Meinung ändern, wenn ich Ja sagte?"

„Vielleicht."

Wenn er im Hinblick auf Axel und sie ungute Gefühle hatte, warum sagte er dann nichts? „Sie müssen mir nichts verschweigen. Ich werde den Mann heiraten müssen, auf Gedeih und Verderb. Und Sie …" Sie stach ihm den Finger in die Brust. „Sie kennen ihn am besten und haben nichts zu verlieren. Also warum spucken Sie's dann nicht aus? Ich bin die Frau, die vorhat, sich für den Rest ihres Lebens an ihn zu binden, und wenn es etwas gibt, das ich über Axel wissen sollte, dann müssen Sie es mir sagen. Jetzt. Bevor es zu spät ist."

Williams Unterkiefer mahlte und sein intensiver Blick ließ sie zurückweichen.

Vielleicht hätte sie nicht so direkt sein sollen. „Bitte."

Er rieb sich mit einer Hand übers Gesicht. „Das ist es ja eben. Ich kann wirklich nichts Schlechtes über Axel sagen, außer … außer …"

„Außer was?"

„Er trinkt gelegentlich und er ist nicht gerade der Ausdauerndste, wenn es um die Arbeit geht." William redete sich in Rage. „Aber manchmal braucht ein Mann nur eine Frau – und ein oder auch zwei Kinder –, damit er wieder auf die richtige Spur kommt."

Eliza warf einen Blick auf die Eingangstür. „Aber warum scheint sich niemand für mich zu freuen?"

„Nun, Axel war als Jugendlicher nicht gerade ein Ausbund an Tugendhaftigkeit. Er hat sich bemüht, sich zu ändern. Aber die Leute in der Stadt haben ein gutes Gedächtnis."

„Freuen *Sie* sich denn für mich?"

Seine Zunge fuhr über seine Lippen. „Sollte ich das nicht?"

„Ich nehme an, Sie kennen mich nicht gut genug, um wissen zu können, was mich glücklich machen würde. Aber wie steht es mit Axel? Freuen Sie sich für ihn?"

Er räusperte sich. „Ich könnte ihm nichts Besseres wünschen."

Sein intensiver Blick machte sie nervös. Dieser Besuch bei den Langstons mit ihr war nicht sein Wunsch gewesen und nun saß sie hier und unterzog ihn ihrem Kreuzverhör. „Also, da ich sie nun schon mal hier herausgeschleift habe, bringen wir's besser hinter uns."

„Eine Sekunde." Er griff nach ihrer Hand. „Große Entscheidungen sollte man nicht leichtsinnig treffen. Im Gegenteil: Man sollte sehr wählerisch sein."

„Darum bin ich hier. Damit ich weiß, wie ich mich entscheiden soll."

William ließ ihre Hand los und steckte seine in die Hosentaschen. „Ich wünschte, ich könnte Ihnen helfen, herauszufinden, was Sie tun sollen."

Sie winkte ihm, damit er ihr voranging. „Schön, dann beten Sie, dass dieser Besuch gelingt."

„Wollen Sie das wirklich?"

Nachdem ihr Nicken das bestätigt hatte, eilte er den unebenen Steinweg entlang und klopfte.

Eliza versuchte durch das mit Präriestaub verdunkelte Fenster zu spähen, aber das Sonnenlicht machte es unmöglich. Zwischen ihnen breitete sich ein Schweigen aus, bis William noch einmal klopfte, diesmal lauter.

Die Tür öffnete sich knarrend und eine Frau mit einem unordentlichen blonden Haarknoten öffnete die Tür. „Kann ich Ihnen helfen?"

„Mrs Langston?"

Sie legte den Kopf zurück und hielt sich die Nickelbrille vor die Augen. „William Stanton?"

Er nickte und schluckte heftig. „Ich habe Besuch mitgebracht. Dies ist Miss Cantrell."

„Eliza?" Mrs Langston riss die Tür auf, aber statt des mürrischen Gesichtsausdrucks, den ihr Mann zur Schau getragen hatte, verschwanden die Falten auf ihrer Stirn und sie setzte ein Lächeln auf. „Aus Pennsylvania?"

„Ja." Eliza trat einen Schritt näher. „Ich nehme an, Ihr Mann hat Ihnen erzählt, dass ich angekommen bin." Sein Ärger schien jedenfalls nicht auf seine Frau abgefärbt zu haben.

„O nein. Axel hat mir von Ihnen erzählt, immer wieder."

Hatte er das? Aber warum hatte er ihre Verlobung vor seinem Vater geheimgehalten?

„Kommen Sie doch herein!" Mrs Langston öffnete die Tür noch weiter.

William lächelte Axels Mutter zu und Eliza atmete heftig. Sie schloss die Augen und hoffte, dass er nicht bemerkt hatte, dass sie gerade einen Mund voll Luft geschluckt hatte. Hatte er sie schon jemals so angelächelt?

Ja, an ihrem ersten Tag in Salt Flatts. Aber seither hatte er nur noch ein halbherziges Lächeln für sie gehabt. Und warum machte ihr dieser Gedanke etwas aus?

„Lassen Sie mich Ihnen etwas anbieten." Mrs Langston verschwand mit geschäftiger Miene.

Eliza trat hinter William ins Haus und blinzelte im trüben Dämmerlicht. Der Raum war nicht gerade aufgeräumt. Überall lagen Stoffe, ein halb fertiges Kleid hing an einem Balken und auf der Sofalehne fanden sich etliche Hosenbeine.

Mrs Langston kam mit einer Platte voll süßer Brötchen um die Ecke. „Die habe ich heute morgen frisch gebacken. Ich habe so selten Gesellschaft. Bitte, lassen Sie sich von der Unordnung nicht stören. Setzen Sie sich doch. Darf ich Ihnen Kaffee oder Tee anbieten?"

William griff mit beiden Händen nach je einem Brötchen und sank auf einen Stuhl. „Tee, bitte."

Als Mrs Langston wieder verschwunden war, beugte Eliza sich vor und flüsterte: „Glauben Sie, dass Mr Langston auch da ist?"

„Nö", sagte William mit vollem Mund. „Mrs Langston ist viel zu glücklich."

„Es ist wohl ein gutes Zeichen, dass sie sich freut, mich zu sehen."

„Ein sehr gutes Zeichen." Er kaute jetzt langsamer und in seine Augen trat ein abwesender Blick.

Als Mrs Langston wieder erschien, erwiderte Eliza das herzliche Lächeln der Frau. Axels Mutter machte einen verhärmten Eindruck; die Linien um ihren Mund wirkten hart und unter den Augen schimmerte ihre Haut dunkel, aber sie war sicher in ihrer Jugend hübsch gewesen. Vielleicht war Axel ja ebenso attraktiv wie William. Und falls es so war, war er vielleicht sogar zu attraktiv, um sie zu wollen. Sie entfernte einen angefangenen Mantelärmel von der Sitzfläche und setzte sich auf dem klobigen Stuhl zurecht.

Mrs Langston stellte William ein Glas Tee hin und reichte Eliza ebenfalls eines. Dann setzte sie sich, strich ihren Rock glatt und lächelte erwartungsvoll.

Eliza hatte das Gefühl, die Zunge klebe ihr am Gaumen. Sie griff nach dem Teeglas und nippte an dem zu stark gesüßten Getränk.

Mrs Langstons Lächeln verschwand plötzlich und sie blickte zwischen den beiden hin und her. „Wo ist Axel?"

William richtete sich auf und räusperte sich. „Wir wissen es nicht genau, Ma'am. Hat Ihr Mann Ihnen nichts von dem Brief erzählt, den ich erhalten habe?“

Mrs Langston rieb sich nervös die Hände. „Nein.“

William zog die Stirn in Falten. „Axel hat geschrieben, dass er vom Pferd gestürzt ist und sich auf einer Farm in der Nähe von Atchison auskuriert. Er hat aber nicht darum gebeten, dass ihn jemand holt. Wahrscheinlich soll er besser nicht zu viel bewegt werden.“

Mrs Langston sog die Luft durch die Zähne. „Daran bin ich schuld.“

„Wissen Sie denn, warum er in Atchison ist?“ Er lehnte sich auf seinem Stuhl vor.

Eliza tat es ihm unwillkürlich gleich.

„Er ist unterwegs, um Läden zu finden, die bereit wären, die Kleidung zu verkaufen, die ich nähe. Die Schneiderin in der Stadt ist nicht zufrieden mit der Qualität meiner Arbeit.“ Sie starrte vor sich hin. „Sie gibt mir keine Aufträge mehr.“

Eliza warf William einen fragenden Blick zu. „Warum verkaufen Sie die Sachen nicht in Ihrem Laden?“

Sein Blick verfinsterte sich. Sie lehnte sich zurück.

„Ich wusste nicht, dass Mrs Langston näht.“

„Das konnten Sie auch nicht wissen, mein Lieber. Bis vor Kurzem habe ich auch nur Kleider genäht. Jetzt habe ich mich mal an ein paar Hemden und Hosen für Herren gemacht. Axel meinte, er könne sie verkaufen.“ Sie rieb sich immer wieder mit einer Hand den Arm. „Je mehr Läden wir finden, die meine Sachen verkaufen, umso besser kann ich für mich sorgen.“

William hörte auf zu kauen und legte sein Brötchen auf dem Tisch ab. „Warum müssen Sie denn für sich sorgen?“

„Ach …“ Mrs Langston nahm eine herumliegende Frauenzeitschrift und fächelte sich damit Luft zu. Eine sichtbare Röte färbte ihren Hals. „Deswegen sollte ich wohl ganz zufrieden sein, dass ich kaum Besucher habe.“ Sie streckte die Hand aus und tätschelte Elizas Knie. „Aber ich bin entzückt, dass Sie gekommen sind.“

Eliza schlug die Hände zusammen. Die Wangen der Frau waren zwar gerötet, aber ihre Hände fühlten sich an wie Eiszapfen. „Wollen Sie damit andeuten, Ihr Mann hat vor, sich schei…"

„Nein, nein." Mrs Langstons bitteres Lächeln war alles andere als glücklich. „Er will ja keinen Skandal. Er hat mich bloß abserviert. Wir gehen gemeinsam zur Kirche, aber bis auf das Geld, das er Axel für Lebensmittel und Kerosin für mich gibt, muss ich zusehen, wo ich bleibe."

„Das ist ja furchtbar."

Die Ältere zuckte mit den Schultern. „Caleb wohnt so weit weg, dass er nicht erfährt, was hier vorgeht. Aber ich habe ja noch Axel und er ist ein wunderbarer Sohn. Viel besser, als ich je hätte hoffen können, nachdem er nun weiß …" Sie stand abrupt auf. „Ich vergaß meinen Tee. Entschuldigen Sie mich."

Eliza nickte, als hätte Mrs Langston ihre Zustimmung nötig. Nachdem ihre zukünftige Schwiegermutter den Raum verlassen hatte, sank sie gegen die Stuhllehne, schloss die Augen und lächelte.

Axel sorgte gut für seine Mutter. Deswegen hatte er nicht gesagt, wo er sich aufhielt. Es war wegen seiner Eltern. „Dann ist er also doch ein guter Mensch."

„Ich habe ihn falsch eingeschätzt." William starrte auf seine Füße. „Ich hätte ihn mehr unterstützen sollen."

„Nun, wie sie gesagt hat, Sie konnten es nicht wissen." Eliza nahm einen Schluck Tee und entspannte sich. Es musste sie nicht bekümmern, dass Jebediah Langston sie nicht mochte – Axels Mutter gefiel sie umso besser. Einen Mann, der seine Frau so schlecht behandelte, musste sie nicht beeindrucken.

Mrs Langston kam zurück und ließ sich in ihren Stuhl fallen. „Tut mir leid, dass ich einfach so hinausgelaufen bin. Ich bin etwas aus der Übung, was Gäste angeht." Der Tee schwappte über, als sie das Glas auf den Tisch stellte. „Jetzt sollten wir aber von Ihnen reden, nicht von mir."

„Bevor Sie das tun", schaltete sich William ein, der auf die Stuhlkante vorgerutscht war, „darf ich fragen, ob etwas mit Ihren Händen nicht stimmt?"

Mrs Langston faltete die Hände fest im Schoß und verbarg sie in einer Rockfalte. „Ach, es ist nichts."

„Wie es scheint, machen sie Ihnen Beschwerden. Was ist es? Taubheit? Eine Empfindung, die Sie durch Reiben beseitigen wollen?“

Eliza sah William verblüfft an. In den paar Minuten, die sie hier waren, hatte er das herausgefunden?

„Zu viel Näherei, nehme ich an. Deswegen ist die Schneiderin mit meiner Arbeit unzufrieden. Sie will nur teure Kleider anbieten, und da muss jeder Stich sitzen.“ Wieder rieb sie die Hände kräftig aneinander. „Nichts scheint zu helfen. Aber es geht mir ja gut. Ich hätte Schlimmeres verdient ...“

Schlimmeres, als vom eigenen Mann vernachlässigt zu werden und gezwungen zu sein, mit Händen zu arbeiten, die ihr nicht richtig gehorchten? Eliza rutschte auf ihrem Stuhl hin und her. „Also, Mrs Langston ...“

„Nennen Sie mich Fannie.“

Eliza lächelte. „Fannie. Vielleicht kann William Ihnen helfen.“

Fannie verschränkte die Hände auf dem Rücken. „Jetzt ist aber Schluss mit dem Getue um mich. Erzählen Sie mir von sich.“

William schien es ganz recht zu sein, dass sie das Thema fallen ließ. Er saß da und spielte an seinem Ring.

Eliza räusperte sich, aber er sagte nichts mehr. „Nun ja, es gibt nicht viel mehr zu erzählen, als was ich Axel bereits in meinen Briefen mitgeteilt habe. Mein Vater starb und hinterließ den Laden nicht mir, sondern meinem Bruder. Zachary hat sich zwar nie um das Geschäft gekümmert, aber er will nicht, dass seine besserwisserische Schwester ihm sagt, wie er die Dinge anpacken soll.“ Sie rieb sich die Stirn, ein Versuch, die beginnenden Kopfschmerzen in Grenzen zu halten, die sie immer überfielen, wenn der Ärger über die Unfairness und den mangelnden Sachverstand ihres Bruders in ihr hochkochte.

„Sicher hätte es auch bei Ihnen zu Hause Männer gegeben, die Ihre Hilfe zu schätzen wüssten.“ Fannie legte ihr die Hand auf den Arm. „Das soll nicht heißen, dass ich nicht froh wäre, dass Sie gekommen sind.“

Eliza verschränkte die Hände in ihrem Schoß. „Es gab da einen Mann, der sich für mich interessierte, als mein Vater bereits krank war. Aber er war nur hinter den Geschäftskontakten meines Vaters her –

Kunden, Lieferanten … und Konten. Ich muss zu meiner Schande gestehen, dass er mich mit seinem Süßholzraspeln eine Weile um den Finger gewickelt hat." Sie trommelte auf die Armlehne. „Niemand sollte einen anderen so missbrauchen."

Täuschte sie sich oder war Fannie ein wenig zusammengesunken und blass geworden?

„Es tut mir leid, aber schon der Gedanke an diesen Mann macht mich wütend."

„Was nur zu verständlich ist", murmelte William.

Sie schrak auf. Sie hatte fast vergessen, dass er auch da war. „Jedenfalls habe ich mir gedacht, dass irgendjemand im Westen vielleicht meine Hilfe gebrauchen könnte. Ich habe annonciert und Ihr Sohn hat geantwortet." Sie lächelte bei der Erinnerung an seinen ersten Brief. Vielleicht hatten der Überfall im Zug und die Beunruhigung darüber, dass Axel nicht aufzufinden war, ihre Gefühle zu sehr durcheinandergebracht und sie vergessen lassen, wie charmant seine ersten Briefe gewesen waren und wie groß sein Interesse an ihren geschäftlichen Fähigkeiten. „Ich dachte, wir könnten zusammenpassen."

Ein Mann, der sich für seine Mutter aufopferte und einer Frau vertraute, die er noch nie gesehen hatte? Axel würde nicht allzu verärgert sein, dass seine Braut keinen Penny besaß. Beinahe wäre sie wegen nichts und wieder nichts davongelaufen.

William seufzte, als das Anwesen seiner Eltern in Sicht kam, und ließ Pferd und Wagen, die er sich geliehen hatte, langsamer werden. Eliza hatte beinahe die ganze zweistündige Fahrt hindurch gepfiffen.

Eigentlich hatte sie seit ihrem Besuch bei Mrs Langston ununterbrochen gesummt, gepfiffen oder vor sich hin gesungen, sodass sich William kaum noch auf seine Arbeit konzentrieren konnte. Ihre gedrückte Stimmung von letzter Woche war verflogen. Jetzt war sie entschlossen, jeden ungeöffneten Karton auszupacken und jedes kleinste Stück ihres Sortiments einzuräumen. Mit ihren Vorschlägen, den Laden umzuräumen, damit die Waren „zugänglicher“ und „praktischer zu erreichen“ wären, ging sie ihm ziemlich auf die Nerven.

William hatte sich darauf gefreut, nach dem Gottesdienst seine Familie zu besuchen. Es wäre eine willkommene Unterbrechung von seinem anscheinend unstillbaren Bedürfnis gewesen, ein Auge auf Eliza zu haben. Aber nun hatte die Einladung seiner Mutter, Eliza solle ihn doch am Sonntag zum Essen begleiten, diese Aussicht vereitelt.

Als sie sich dem Haus näherten, tauchten wie aus dem Nichts Williams Brüder auf und sprangen auf die Ladefläche. Ambroses magerer Körper zappelte hinter ihm. „Ma sagt, ihr sollt den Wagen hinter der Scheune abstellen. Sie will den Tisch nach draußen stellen.“

„Hallo, Lady.“ Jetzt beugte sich der dreizehnjährige John über Eliza und griff nach dem Korb, der neben ihr stand. „Was is'n da drin?“

Eliza schnappte ihm den Korb weg. „Wie wär's mit Leber mit Zwiebeln? Klingt das gut?“

John rümpfte die Nase, aber Ambrose drehte den Lockenkopf und kitzelte William an den Ohren. „Riecht aber gar nicht nach Leber und Zwiebeln. Eher nach Süßem.“

William lachte. „Man kann sie nicht an der Nase herumführen. Naschereien wittern sie auf drei Meilen Entfernung.“

Eliza warf John einen vergnügten Blick zu. „Vielleicht würze ich ja meine Leber gern mit Zucker?“

John streckte die Hand nach dem grün karierten Tuch aus, das den Korb bedeckte. Aber in dem Moment brachte Will das Pferd neben der Scheune abrupt zum Stehen, sodass sich sein Bruder am Wagen festhalten musste. Will winkte ihm zu, er solle die Zügel nehmen. „Wie wär's, wenn du dich um das Pferd kümmerst?“

„Findest du nicht, dass das deine Sache ist? Ich begleite die Lady hinein.“

Will beantwortete das schadenfrohe Grinsen seines Bruders mit einem finsteren Blick. „Du willst ja nur an die guten Sachen kommen.“

John lächelte Eliza strahlend an. „Bin gleich zurück.“

Will beugte sich vor und flüsterte ihr ins Ohr: „Bringen Sie sich in Sicherheit.“

Sie lachte und ihre Augen tanzten. Will war wie verzaubert. Was würde ein Mann nicht alles tun, um diese Frau zum Lachen zu bringen? Schon die kleinste Spur von Heiterkeit verwandelte sie in eine Schönheit und selbst die Narbe konnte daran nichts ändern.

„Geben Sie's zu, William, Sie wollen doch selbst die besten Stücke von Irenas Törtchen abbekommen."

„Durchschaut." Er schenkte ihr ein warmes Lächeln.

Vielleicht zu warm, denn sofort kontrollierte sie ihren unbefangenen Blick.

„Helfen Sie mir vom Wagen, oder muss ich diesen vielversprechenden jungen Mann um seine Hilfe bitten?" Sie drückte Ambrose am Oberarm. „Wie war noch mal dein Name?"

„Ambrose, Ma'am." Der Junge ließ die Muskeln spielen.

„Kein Gedanke daran." Will legte die Zügel aus der Hand und sprang vom Wagen. Er nahm John in den Schwitzkasten, wuschelte ihm durchs Haar und stieß ihn dann spielerisch zur Seite. Dann kam er auf Elizas Seite des Wagens. „Geben Sie mir den Korb."

„Das hätten Sie wohl gern." Eliza kletterte vom Wagen, ohne die Hand nach seiner Hilfe auszustrecken, als fürchte sie wirklich um die Törtchen.

Er legte ihr trotzdem die Hände um die Taille und schwang sie vom Wagen. Mit einem Mal spürte er das unbändige Verlangen, sie in die Arme zu schließen. Doch kaum hatte sie den Boden berührt, ließ er sie los und schob seine glühenden Hände in die Hosentaschen. Wenn es in der Nähe einen Wasserkübel gegeben hätte, hätte er sie hineingetaucht. „Keine Angst. Ich rühre Ihren Korb nicht eher an, als bis er freigegeben ist."

Und sie würde er auch nicht mehr anrühren, denn sie würde für ihn nie freigegeben sein.

Sie sah ihn mit hochgezogenen Augenbrauen an. „Kann ich Ihnen trauen?"

Will trat einen Schritt zurück. „John, warum bringst du Miss Cantrell nicht ins Haus? Du bist klein genug, dass sie mit dir fertigwird, falls du allzu nett zu ihren Törtchen bist."

„Mmmm." John leckte sich die Lippen. „Was für ein Kuchen ist es denn?"

Eliza blickte über die Schulter zurück, während John sie zum Haus begleitete.

Wenn Axel wüsste, was Will durch den Kopf gegangen war, als er Axels zukünftiger Braut vom Wagen half, dann würde er sich nicht mehr an die vom Arzt verordnete Bettruhe halten. Er würde auf dem schnellsten Weg herkommen und seinem Freund hinter der Scheune eine gute Tracht Prügel verabreichen.

Kapitel 8

Neben dem Tisch, den die Stantons vor das Haus gestellt hatten, erblickte Eliza eine Frau, die sie noch nie gesehen hatte. Sie deckte den Tisch. Elizas Hand hob sich unwillkürlich, um ihre frische, noch rote Narbe zu verdecken. Auch ohne die Entstellung in ihrem Gesicht hatte sie nie auch nur einen Bruchteil der Schönheit besessen, die der dunkelhaarigen Frau eigen war.

John stieß sie mit dem Ellbogen in die Seite. „Sie ist hübsch, nicht?"

Eliza blinzelte. Wie lange hatte sie die Fremde angestarrt? „Willst du uns einander vorstellen, junger Mann?"

„Natürlich." Er reichte ihr den Arm, führte sie näher zum Tisch und warf sich in die Brust, als künde er den Besuch königlicher Hoheiten an. „Das ist unsere Nachbarin, Mrs Cline."

Die Frau streckte die Hand aus. „Nennen Sie mich Julia."

Eliza lächelte. „Also dann, Julia."

War dies die Katalogbraut, die den Mann geheiratet hatte, den Kathleen nicht gewollt hatte? Eine so schöne Frau hätte auch zu Hause im Osten die Wahl unter den Männern haben müssen. Sie sah jünger aus als Williams Eltern oder die Hampdens, war vielleicht höchstens Mitte zwanzig. Eliza gab sich alle Mühe, sich vom strahlenden Lächeln ihrer Gesprächspartnerin nicht einschüchtern zu lassen.

„Ich bin Eliza Cantrell."

John wippte auf den Zehenspitzen. „Sie kam aus dem Osten – genau wie Sie –, um Axel zu heiraten."

Angesichts Johns ungeschickter Worte stieg Eliza die Hitze ins Gesicht. „Ich kann kaum glauben, dass Axel mich vorziehen würde, wenn *Sie* auch herkamen, um ihn zu heiraten."

Julias Lachen trällerte wie Vogelgezwitscher im Frühling. „Nein, ich bin nicht wegen Axel gekommen." Sie wies zum Tisch. „Kommen Sie, stellen Sie Ihren Korb ab."

John richtete noch einen sehnsüchtigen Blick auf die Törtchen, verschwand aber augenblicklich, als sein Vater ihn rief.

„Eliza!" Williams Mutter stürzte aus dem Haus.

Die unerwartete mütterliche Umarmung tat Eliza gut und machte sie zugleich traurig. Im nächsten Monat waren es zwölf Jahre, seit ihre Mutter die Familie verlassen hatte und zum Theater gegangen war. Hatte sie auch nur einmal in diesen zwölf Jahren jemand in die Arme geschlossen? Eliza presste ihre brennenden Augenlider fest zusammen, um sich nicht durch eine so schlichte Geste in Verlegenheit zu bringen. Sicher, ihr Vater hatte sie geliebt, aber er war kein Mensch gewesen, der seine Zuneigung gezeigt hätte. Und ihr Bruder war mehr damit beschäftigt gewesen zu beweisen, dass er ihr überlegen war.

Als Rachel sie immer noch nicht losließ, stieß Eliza den angehaltenen Atem aus und erwiderte die Umarmung.

Damit schien die ältere Frau zufrieden. Rachel hielt sie jetzt auf Armeslänge von sich und betrachtete sie. „Wie schön, dass Sie gekommen sind."

„Ich danke Ihnen für die Einladung." Ob Wills Mutter wohl den feuchten Schimmer in ihren Augen bemerkt hatte?

Julia legte Eliza sanft die Hand auf den Arm und wies mit dem Kinn in Richtung eines blonden Mannes, der einen dunkelhaarigen Jungen mit Grasflecken an den Knien auf dem Arm trug. „Das ist der Mann, für den ich herkam. Mein Mann, Everett Cline, und unser Sohn Matthew. Er ist zwei. Everett, dies ist Miss Cantrell."

Everett war älter und auf eine raue, bodenständige Art entschieden attraktiver als Carl. Er beugte sich ein wenig herunter, um Julia flüchtig auf die Wange zu küssen, bevor er ihr Matthew reichte. „Sehr erfreut, Sie kennenzulernen."

Dex bat jetzt alle zu Tisch zu kommen. Julia nahm Everetts Hand und verabschiedete sich mit einem Blick von Eliza.

William kam zu ihr herüber. „Nun, sind Sie hungrig?“ Er streckte ihr die Hand entgegen.

Und für den Bruchteil einer Sekunde stellte sie sich vor, dass sie ihre Finger ebenso in seine legen würde, wie Julia es soeben bei Everett getan hatte.

William ließ die Hand sinken und runzelte die Stirn, bevor er sich abwandte. „Kommen Sie, folgen Sie mir“, rief er ihr über die Schulter zu.

War er verärgert, weil sie seine Hand nicht genommen hatte? Das wäre verständlich. Es war unhöflich von ihr gewesen. Aber wenn er wüsste, was ihr durch den Kopf gegangen war … und wenn erst Axel ihre Gedanken lesen könnte …

William wies auf einen freien Stuhl. „Meine Eltern dachten, Sie sitzen vielleicht gern zwischen Julia und mir.“ Er eilte auf die andere Seite, um Nettie zu helfen, neben ihren Schwestern auf die Bank zu krabbeln.

Everett zog Eliza den Stuhl zurecht, bevor er sich neben seine Frau setzte. „Wie ich höre, werden Sie Axel heiraten.“

„Ja, sobald er wieder hier ist.“ Sie wandte ihren Blick von William ab und senkte die Stimme. „Obwohl ich zugeben muss, dass das Warten mich Nerven kostet. Wie ist es Ihnen gelungen, einander zum ersten Mal zu begegnen, ohne in Ohnmacht zu fallen?“

Sowohl Julias als auch Everetts Mienen verzogen sich in schweigender Heiterkeit … oder war es Verlegenheit?

Dex stand auf und schlug mit dem Löffel an sein Glas. „Wir beten.“

Alle senkten die Köpfe. Sogar Matthew, der allerdings nicht aufhörte zu reden, sondern ziemlich vernehmlich flüsterte: „Aua. Mein Bein.“

„Herr, wir danken dir für unsere guten Freunde, für alles, was du uns gibst. Auch für das wunderbare Wetter, sodass Rachel mir nicht den ganzen Tag mit ihrem Gejammer über Regenwolken und Wind in den Ohren gelegen hat. Bitte lass die Kinder schön still sitzen. Segne unsere Gespräche. Bewahre mich davor, unseren neuen Gast in Verlegenheit zu bringen, damit ich mir heute Abend keine Standpauke anhören muss.“

Rachel schnaubte.

„Amen.“ Eliza stimmte in den Chor ein.

Alle begannen nun, die Schüsseln herumzureichen; die Erwachsenen füllten die Teller der Kinder. Julia reichte ihr eine Schale mit Kartoffeln.

„Um auf Ihre Frage zurückzukommen, wie man eine Ohnmacht vermeidet ... haben Sie sich mit Axel geschrieben?“

„O ja, recht oft.“

„Everett und ich haben nicht einmal das getan. Eigentlich hat er gar nicht gewusst, dass ich komme.“ Sie warf einen verstohlenen Blick auf Williams Mutter. „Rachel hat Heiratsvermittlerin gespielt.“

„Dann ist diese Katalogbraut-Methode also doch nicht so verrückt, wie sie scheint?“ Auch Eliza ließ ihren Blick auf Rachel ruhen. „Meine Freundin Ruth war überzeugt, ich hätte den Verstand verloren, als ich ihr erzählte, was ich vorhatte.“ Und vielleicht hatte Ruth ja doch recht. Schließlich hatte sie sich einem Mann versprochen, nur damit sie ein Geschäft führen konnte.

Julia zuckte leicht zusammen. „Nun, ich sage auch nicht, einen Wildfremden zu heiraten, ist das *Weiseste,* was man tun kann.“

Jetzt tauchte Everetts Gesicht hinter dem Rücken seiner Frau auf. „Was sie meint ist: Ich hab mich ziemlich dusselig angestellt.“

„Aber wenn man im selben Boot sitzt, bleibt einem nichts anderes übrig, als miteinander auszukommen.“ In Julias sanften braunen Augen spielte ein Lächeln.

Everett zuckte die Schultern, während er einige grüne Bohnen auf zwei Teller auftat. „Oder auch nicht. Nicht jede Ehe wird glücklich – selbst dann nicht, wenn die beiden sich lieben. Einem jungen Freund von mir ist nach ein paar Monaten die Frau weggelaufen, ohne Vorwarnung, und eine andere Katalogbraut hier in der Nähe wurde missbraucht.“

Großartig. Fehlte nur noch Ruth, um all die anderen Horrorgeschichten aufzutischen, die sie irgendwo aufgeschnappt hatte. Aber Axel würde keine Horrorgeschichte sein – ein Mann, der sich um seine Mutter sorgte, konnte nicht schlecht sein. Eliza nahm die Schale mit Zwiebelsoße entgegen und tat sich einen Löffel voll auf. „Ich hatte eigentlich gehofft, etwas mehr Rückenstärkung zu bekommen.“

Julia drückte sie an der Schulter. „Wenn zwei Menschen sich füreinander entscheiden und Gott auf ihrer Seite haben, dann sind sie nie verloren. Haben Sie mit Axel über Ihren Glauben gesprochen? Darüber, was Sie sich im Leben wünschen? Warum Sie ihn heiraten? Wenn ich einen Rat geben sollte, würde ich sagen: Man sollte über alles miteinander sprechen, bevor man sich das Jawort gibt. Wenn jemand ein Geheimnis hat … nun, der Ehepartner *wird* es herausfinden.“ Julia warf ihrem Mann einen Blick zu, den er mit einem traurigen Lächeln erwiderte.

Welches dunkle Geheimnis hatte diese faszinierende Frau wohl zu bewahren versucht?

Julia küsste ihren Sohn auf den Kopf. „Also, je eher, desto besser.“

Eliza hatte keine Geheimnisse. Und auch nichts, das einen Mann faszinieren könnte, außer ihrer Geschäftstüchtigkeit. Das würde hoffentlich ausreichen. „Ich habe nichts zu verbergen.“

„Dann haben Sie auch nichts zu befürchten.“

Außer, natürlich, Axel hätte etwas zu verbergen. Nein. Sie musste aufhören, immer wieder das Schlimmste anzunehmen, nur weil niemand ihr etwas über ihn sagen wollte. Er kurierte die Folgen eines Unfalls, den er sich zugezogen hatte, weil er seiner Mutter helfen wollte … Er war ein guter Mensch.

Um sie herum wurde das Gespräch lebhafter und sie versuchte sich auf das Essen zu konzentrieren. Axels Mutter und sein Brief hatten erklärt, wo er sich aufhielt und warum, aber ihr Herz war noch nicht ganz beruhigt. Vielleicht weil William so gereizt war. Was konnte der Grund sein? Sie hatte ihn gefragt, ob er dachte, ihre Heirat mit Axel sei eine schlechte Idee, und er hatte verneint. Allerdings hatte der Hinweis auf Axels Trinkerei sie beunruhigt.

Die grüne Prärie um sie her und das leise Muhen der Rinder machten den Hof zur wohl schönsten Kulisse, in der sie je gegessen hatte. Sie war umgeben von heiteren Gesichtern, Gelächter und gutmütigen Frotzeleien. Würde sie eine solche Atmosphäre auch für ihre eigenen Kinder schaffen können? Sie hatte ja eine derartige Wärme nicht erlebt. Und Axel? Es hatte den Anschein, als habe auch er kein sehr liebevolles Familienleben gekannt.

Auf der anderen Seite des Tisches hatte William den Teller für seine jüngste Schwester gefüllt. Er legte ihr den Zeigefinger auf die Nase, und sie verzog das Gesicht, genoss aber sichtlich seine Aufmerksamkeit.

Elizas Magen krampfte sich zusammen. Wenn ihre Mutter die Familie nicht verlassen hätte und ihr Vater so warmherzig gewesen wäre wie die Stantons, dann wäre sie jetzt wohl kaum hier. Und müsste nicht darauf hoffen, dass ein Mann, der sie nicht liebte, wenigstens ihre beruflichen Träume erfüllen würde.

Trotz des strahlenden Sonnenscheins überlief sie ein Frösteln.

„Ist Ihnen kalt?" William stand neben ihr, die Hände auf der Stuhllehne. „Ich könnte Ihnen einen Schal von meiner Mutter holen."

„Nein, danke, alles in Ordnung." Eliza schüttelte den Kopf und setzte sich aufrechter hin. „Hat Mrs Langston nicht gesagt, sie habe ständig kalte Hände? Haben Sie eine Ahnung, was ihr fehlen könnte?"

William setzte sich und nahm die Schüssel mit Mais, die Ambrose ihm reichte. „Leider nein. Ich könnte nur in meinen Büchern suchen und hoffen, dass ich auf etwas stoße, was ihr hilft. Besser, sie wendet sich an Dr. Forsythe."

Auf der anderen Seite von Ambrose spitzte Rachel die Ohren. „Was fehlt Mrs Langston denn?"

„Ich weiß es nicht." William brach einen Bissen Brot ab und steckte ihn in den Mund. „Sie hat mich nicht um Hilfe gebeten und ich werde mich nicht aufdrängen."

„Warum geben Sie immer so schnell auf?" Elizas Blick wurde eindringlich. „Wenn etwas getan werden muss oder wenn ein Ziel sich lohnt, dann sollte man es verfolgen, und zwar von ganzem Herzen."

„Manchmal kann man noch so hart arbeiten, aber der Traum springt auf einen Wagen und lässt einen im Regen stehen."

Eliza biss sich auf die Lippen. Er spielte wahrscheinlich auf Nancy Graves an. „Vielleicht muss man ein paar Einzelheiten eines Traumes aufgeben, aber nicht den Traum an sich. Den Plan verändern. Die Erwartungen anpassen. Nehmen wir zum Beispiel Ihr Interesse für Medizin …"

Am Tisch wurde es ruhig und sogar der kleine Matthew beendete seinen Monolog. Nur das Geklapper des Bestecks wurde lauter. Vielleicht war man in einer Familie, die so zusammenstand, nicht so freimütig mit Kritik wie in ihrer eigenen?

„Was ist damit?"

Eliza ließ den Blick über den Tisch schweifen. Die Mädchen plapperten miteinander, alle anderen saßen mit ausdruckslosem Gesicht da. Vielleicht sollte sie sich besser aus der Affäre ziehen.

Aber schließlich … „Ich verstehe nicht, warum Sie nicht offiziell praktizieren. Die Leute bitten Sie um Hilfe und Sie haben ganz offensichtlich schon eine Menge Gutes bewirken können. Was hält Sie eigentlich davon ab, das Beste aus diesen Fähigkeiten zu machen? Setzen Sie alles auf diese Karte – auch wenn Sie kein Studium vorzuweisen haben. Warum gehen Sie nicht wieder zu Dr. Forsythe und lernen weiter von ihm, statt sich selbst als unfähig zu betrachten?"

Ambrose verschluckte sich an einem Bissen, der ihm in die falsche Kehle gerutscht war. John schlug ihm kräftig auf den Rücken, während William dasaß und auf seinen Teller starrte.

„Vielleicht sollte ich momentan eben gerade nicht als Arzt tätig sein." Er stand auf und nahm den leeren Krug vom Tisch. „Ich hole uns noch Limonade."

Er marschierte davon und bald setzte das Klappern von Besteck auf Porzellan wieder ein.

Eliza spürte Julias Blick auf sich ruhen und sie wandte sich der Nachbarin der Stantons zu. „Ich hoffe, ich habe uns nicht den Appetit verdorben." Sie seufzte. Vielleicht war ihre Familie deswegen so kühl zu ihr gewesen. Sie äußerte ihre kritischen Gedanken einfach zu freimütig.

„Oh, keineswegs. Sie haben nichts gesagt, was wir nicht alle liebend gern schon mal gesagt hätten. Aber wissen Sie, er ist ein so wunderbarer junger Mann, da will man nicht an eine offene Wunde rühren." Sie lächelte. „Ich hätte Ihnen wohl besser nicht raten sollen, die Dinge offen anzusprechen. Wie es scheint, sind Sie kein Mensch, der für sich behält, was er denkt."

Eliza ignorierte das Essen auf ihrem Teller und griff nach ihrem Korb mit den Zitronentörtchen. Eins davon … oder auch ein paar mehr …

würden ihr vielleicht helfen, sich nach der Irritation, die sie ausgelöst hatte, etwas besser zu fühlen.

Würde William sie nun verachten, weil sie ihn vor seiner eigenen Familie in Verlegenheit gebracht hatte? Aus irgendeinem Grund reagierte ihr Magen nervöser auf diesen Gedanken als auf ihre ungewisse Zukunft mit Axel.

Will reichte seiner Mutter seinen leeren Teller. Dann kniete er sich hin und breitete die Arme aus, um Nettie aufzufangen, die auf ihn zulief. Unsicher schwankend kam die Kleine über den grasbewachsenen Hof auf ihn zu. Will runzelte die Stirn.

„Du musst üben, die Fersen am Boden zu lassen, Süße." Er schwang sie in den Armen durch die Luft und küsste sie auf die samtweiche Stirn.

Über den Tisch hinweg warf seine Mutter einen warnenden Blick auf Becca. Seine kleine Schwester ließ den Schwanz der Katze los und schlug große unschuldige Augen auf.

„Ich hatte in dieser Woche meine liebe Mühe, weil Becca und Nettie überhaupt nicht hören wollten. Wenn ich noch Zeit darauf verschwendet hätte, darauf zu bestehen, dass Nettie richtig läuft, wäre sie überhaupt nicht aus ihrer Kuschelecke herausgekommen."

„Dann hast du ihr also Zuckerpillen verabreicht."

Nettie schob den Daumen in den Mund.

„Im Moment mache ich mir viel mehr Sorgen um ihren Charakter. Außerdem sagt Dr. Forsythe, sie wird nie …"

„Er hat auch nicht geglaubt, dass Karbolsäure Julias Bein retten würde."

Rachel funkelte ihn aus zusammengekniffenen Augen an. Wenn er nicht schon zu alt wäre, hätte sie ihm befohlen, eine Rute schneiden zu gehen.

„Tut mir leid, Ma, ich wollte dich nicht unterbrechen. Aber ich glaube, es ist wichtig, solange sie noch klein ist. Sie kann die Fersen aufsetzen – sie hat es schon gemacht. Ich glaube also Dr. Forsythe nicht."

Er drückte Nettie an sich. „Ich bin schließlich schuld, dass sie nicht richtig laufen kann." Will schluckte schwer, um den dicken Kloß loszuwerden, der sich immer dann in seiner Kehle fand, wenn er an jenen schrecklichen Tag dachte. „Ich muss es versuchen."

Der Blick seiner Mutter brannte sich in ihn ein, bis er endlich hochsah. „Niemand macht dir einen Vorwurf."

Will zuckte die Schultern, während Everett mit dem kleinen Matthew an der Scheune vorbei in Richtung der Felder ging.

„Entschuldige mich, Ma. Ich möchte noch mit Everett sprechen." Er reichte ihr seine kleine Schwester und folgte den beiden mit großen Schritten.

Als er in Hörweite war, sah Everett sich um und lächelte. „Na, versuchst du, dem Verhör zu entkommen?"

„Sieht aus, als hättest du für dich auch eine gute Ausrede gefunden." Will zuckte die Schultern und lächelte Matthew an, der sich gerade anschickte, mit einem Stock in einem Kuhfladen zu stochern. „Darf ich dich etwas fragen?"

„Wüsste nicht, was dagegen spricht." Everett beugte sich herunter, um seinen Sohn von der unappetitlichen Masse wegzuziehen. „Komm, nehmen wir diesen Weg."

Will trottete hinter den beiden her. „Wie stellt man es an, nicht mehr an eine Frau zu denken?"

„Du meinst, eine Frau zu vergessen?"

Als Will nickte, schüttelte Everett den Kopf. „Von dem Augenblick an, als Julia aus dem Zug stieg, konnte ich sie mir nicht mehr aus dem Kopf schlagen. Egal wie sehr ich es versuchte … und es ging mir hundeelend. Also, warum sollte man es überhaupt versuchen?" Er nahm seinem Sohn den Stock fort, bevor der einen weiteren Kuhfladen aufspießte. „Aber Nancy ist doch nun schon …"

„O nein, es geht nicht um Nancy. Leider geht es um eine Frau, die mit einem anderen verlobt ist." Will bückte sich und hob einen Stein auf. Er musste es sich eingestehen: Dieser Funke von … ja, was eigentlich? … war in Elizas Nähe stärker, als er bei Nancy je gewesen war. Vielleicht weil er ja inzwischen auch älter war. Vielleicht weil Eliza mehr

Rückgrat besaß als Nancy, mehr Rückgrat als er selbst. „Und ich bin nicht in der glücklichen Lage, dass die Zeit mir helfen wird, darüber hinwegzukommen."

Everett zog die Augenbrauen hoch und warf einen Blick zurück. „Du redest von Miss Cantrell."

„Ja." Will blieb stehen und zielte mit seinem Stein auf einen Baum am Wegrand.

Everett sagte nichts.

Will ging zum Zürgelbaum hinüber und lehnte sich an den Stamm, während Matthew sich fallen ließ, um in der lockeren Erde zwischen den Wurzeln zu spielen. „Ich finde andauernd Gründe, sie zu beobachten. Ich kann nicht aufhören, an sie zu denken. Und ich kenne sie ja erst seit einer Woche." Er hatte von so etwas wie Liebe auf den ersten Blick schon mal gehört. Das musste es wohl sein. Aber falls das stimmte, war diese Liebe so gefährlich wie ein Blitz, der ohne Rücksicht darauf zuschlägt.

Everett setzte sich zu seinem Sohn auf den Boden. „Vor ein paar Jahren hast du mir mal gesagt, was Frauen anbetrifft, geht es nicht immer darum, was man sich wünscht. Vielleicht erinnerst du dich mal dran, was du mit sechzehn bereits gewusst hast."

„Aber diesmal fällt mir das wirklich schwer. Sie ist verlobt."

Everett legte die Arme um seine Knie. „Nun, dann würde ich sagen, das Problem sind deine Gedanken. Paulus spricht einmal davon, dass wir unsere Gedanken besiegen können, indem wir sie Christus unterordnen. Du kannst den Vers auswendig lernen. Und immer, wenn du merkst, dass deine Gedanken nicht da sind, wo sie sein sollten, kannst du ihn dir vorsagen und deine Gedanken in eine bessere Richtung lenken."

„Aber wenn danach gleich schon wieder der nächste falsche Gedanke auftaucht?"

„Gott weiß ja, dass wir mehr als einen Gedanken zu besiegen haben. In dem ganzen Absatz verwendet Paulus militärisches Vokabular … denn es geht in der Tat um einen Krieg." Everett lehnte sich zurück, und seine Miene nahm einen schmerzlichen Ausdruck an. „Und im

Krieg gibt es keine Schonfrist. Es ist Kampf, Stunde um Stunde, Tag um Tag, immer ist der Feind im Anmarsch, die Kugeln fliegen dir um die Ohren.“ Everetts Stimme wurde rau und sein Blick verlor sich in der Ferne. „Und wenn dein Freund in deinen Armen stirbt, du nur noch einen Stiefel hast und nachts nach deiner Mama schreist, musst du trotzdem dein Gewehr reinigen und auf Posten gehen. Kämpfen ist nicht leicht, aber man kommt nicht darum herum.“

Will hatte Everett oder auch seinen Vater nur selten vom Krieg reden hören. Er hielt den Atem an, um Everett in seinen Erinnerungen nicht zu unterbrechen. Matthew krabbelte seinem Daddy auf den Schoß und lehnte den Kopf gegen seine Schulter.

Everett atmete tief aus. „Aber einmal endet der Krieg. Und wenn du überlebt hast, kannst du dich auf etwas Besseres freuen.“ Er küsste seinen Sohn auf den Hinterkopf. „Aber der Kampf gegen unsere Natur endet nicht, solange wir noch nicht im Himmel sind.“

„Dann gibt es keine Hoffnung?“

„Um die Sünde mit Willenskraft zu besiegen? Nein.“ Everetts Mundwinkel verzogen sich zu einem schiefen Lächeln. „Aber die Frohe Botschaft gilt trotzdem. Jesus starb für unsere Sünden, und zwar für alle die Sünden von gestern und von heute und die Sünden, die wir morgen begehen. Ich denke oft, Gott gebraucht unsere Niederlagen, um uns dazu zu bringen, dass wir uns auf ihn verlassen.“

Will nickte und starrte über die weiten Felder. Er wusste: Gott würde ihm vergeben, das hatte er zugesagt. Aber seine Beziehungen zu den Menschen würden davon beeinflusst sein, wie er sich verhielt. Er musste einfach aufhören, an Eliza zu denken. Sonst würde er es nicht überleben, weiter im Laden zu arbeiten, wenn sie und Axel heirateten.

Er musste kämpfen, um seine Gedanken unter Kontrolle zu bringen – und zwar ab sofort.

Gott, bitte hilf mir. Ich muss diese Gedanken besiegen.

Kapitel 9

Einhundertdreizehn oder nur dreizehn? Will blinzelte. Die Zahlen verschwammen vor seinen Augen, heute noch ärger als sonst.

Nein, dreizehn, genau, wie es sein sollte.

Er hatte sich die Nacht um die Ohren geschlagen, um das Kassenbuch des Ladens zu prüfen – und das völlig umsonst. Wie es schien, hatte er alle Summen korrekt berechnet. Wieso stimmten seine Zahlen dann nicht mit der Auskunft der Bank über den Kontostand des Ladens überein? Es war unwahrscheinlich, dass er noch auf der letzten Seite einen dicken Fehler finden würde, aber er wollte fertig werden. Es war nicht viel Betrieb und Eliza konnte die Kunden am Vormittag leicht ohne ihn bedienen.

Und das war gut. Dass er sich hinten am Schreibtisch verschanzt hatte, hatte seine Gedanken davon abgehalten, allzu oft in ihre Richtung zu wandern. Heute war es ihm gelungen, ganze anderthalb Stunden nicht zu ihr hinzuschauen.

Elizas warme Stimme, die Lynville eine weitere Seife anpries, nagte an ihm, aber er weigerte sich, in ihre Richtung zu blicken. Wusch Lynville neuerdings seine Schweine mit Seife aus ihrem Laden? So viel, wie der Mann in der letzten Woche gekauft hatte, konnte kein einzelner Mann verbrauchen.

„Brauchen Sie sonst noch etwas, Mr Tate?“

„Ja, etwas suche ich noch.“

Der Klang von Lynvilles Einkäufen, die Eliza auf den Tresen legte, und das Kratzen ihres Stifts auf dem Papier hinter Wills Rücken brachten seine Konzentration in Gefahr.

Als Lynvilles Schritte im Laden verstummten, gab er nach und sah zu den beiden hinüber. Lynvilles dreistes Grinsen war ganz sicher das Ärgerlichste, was er sich vorstellen konnte. Nicht, dass es irgendeinen Eindruck auf Eliza gemacht hätte. Sie hatte offensichtlich kein Problem, konzentriert die Preise zu addieren.

„Schreiben Sie das noch dazu, ja?" Lynville legte einen Blumenstrauß auf den Stapel seiner Einkäufe. „Haben Sie die Blumen gepflückt? Wirklich schön, muss ich sagen."

„Ja." Eliza zupfte an einem violetten Stängel mit viel Grün. „Die Sorte hier habe ich noch nie gesehen. Vermutlich ist es irgendein Unkraut, aber es macht sich gut zusammen mit dem Gelb der Blüten."

Will wandte sich wieder seinem Kassenbuch zu, in dem die Zahlen mehr als gewöhnlich vor seinen Augen tanzten. Wenn Lynville doch erst verschwunden wäre und Eliza sich wieder anderweitig beschäftigte. Dann könnte er sich wieder konzentrieren. Hoffentlich.

Er war froh, dass das Medizinstudium vor allem aus Vorlesungen bestand. Er konnte sich Dinge leichter merken, wenn er sie hörte, als wenn er sie las. Und die praktischen Übungen würden ihm auch zugutekommen. Er überflog die Seite, bis sein Blick auf der negativen Zahl am Ende der letzten Spalte hängen blieb. Vielleicht hatte er ohnehin vergeblich von einem Medizinstudium geträumt – er würde es sich nie leisten können.

„Das wären dann acht Dollar fünfundsechzig."

Will blies anerkennend die Lippen auf. Allein in dieser Woche hatte Lynville schon mehr ausgegeben als im gesamten letzten Jahr. Ob sich seine Kauflaune wohl ändern würde, wenn Axel auftauchte und Eliza für sich … Nein. Er wollte sich Axel und Eliza nicht als Paar vorstellen. Das würde ihn wieder in trübe Gewässer steuern. Er zog sein Notizbuch mit Bibelversen heraus und begann darin zu lesen, um seine Gedanken davon abzuhalten, sich Eliza mit Axels Arm um die Schultern vorzustellen … oder wie es sich anfühlen würde, wenn es sein Arm wäre.

Er stieß den Federhalter heftig aufs Papier. *Konzentrier dich auf die Bibelverse, Stanton.*

„Bitte, schreiben Sie es auf meine Rechnung, Miss Cantrell. Und die hier sind für Sie."

„Wie bitte?“ Elizas überraschte Stimme stahl sich wieder in Williams Aufmerksamkeit.

Lynville deutete eine übertriebene Verbeugung an und schob die Blumen über den Tresen.

„O Mr Tate ... nein. Das kann ich nicht annehmen.“

Eliza hielt das Biedermeiersträußchen mit Wildblumen locker zwischen zwei Fingern, als sei der Strauß plötzlich verrottet.

„Aber natürlich können Sie das.“ Lynvilles Lächeln war süßer als die Toffees, die er gekauft hatte. Waren die auch für Eliza bestimmt?

Würde sie ihm jetzt sagen, dass sie zu Axel gehörte?

Sie schluckte sichtlich. „Das ist ... sehr nett von Ihnen. Ich hole eine Vase und stelle sie hier auf den Tresen. Dann können alle sich daran freuen.“ Damit verschwand sie nach hinten.

Will schüttelte den Kopf. Sie war zu sehr hinter dem Umsatz her. Welche Gedankenakrobatik hatte sie wohl angestellt, um es vor sich selbst zu rechtfertigen, dass sie ihre Verlobung geheim hielt?

Dabei hatte er gar nichts dagegen, dass sie nicht besonders erpicht darauf schien, ihre Verlobung öffentlich zu machen. Vielleicht bedeutete das ja ... *Nein. Mach dir keine Hoffnungen, Stanton.*

Krieg. Er stand im Krieg mit seinen törichten Gedanken.

Wieder klingelte die Türglocke. Schon wieder ein Opfer, das Elizas Augenaufschlag überwältigen würde? Sie war allerdings noch nicht aus dem Lager zurückgekommen.

Eine Frauenstimme hallte durch den Laden, die nach ihrem Mann rief, und eine Minute später folgte der Klang von Lynvilles modischen Stiefelabsätzen auf dem Fußboden ihr nach draußen.

Will griff nach einem Lineal und legte es unter eine Reihe von besonders verwackelten Zahlen. Nur noch eine Seite. Zumindest musste man als Arzt nicht allzu viel rechnen. Nur beim Dosieren von Medikamenten. Warum hatte Gott es nur für richtig befunden, ihn mit denselben Leseproblemen auszustatten, die schon sein Vater hatte?

Er hörte den Klang von Elizas Pantoffeln, die aus dem Lager zurückkamen. Hinter ihm klirrte eine Glasvase.

Fünfundvierzig Cent plus ...

„Sind Sie bald fertig?“ Ihr Ärmel streifte seine Schulter.

Er schlug das Buch zu. Zu dumm aber auch, dass nicht mehr Kunden da waren, um sie zu beschäftigen – und von ihm fernzuhalten. „Brauchen Sie irgendetwas?“

„Möchten Sie vielleicht, dass ich die Zahlen gegenrechne?“ Sie ließ einen unmutigen Blick auf das geschlossene Buch fallen.

„Nein, vielen Dank.“ Er würde sie ganz bestimmt nicht ausgerechnet jetzt in die Bücher schauen lassen. Nicht bevor er herausgefunden hatte, warum die Bücher nicht stimmten. Vielleicht würde er auch jede einzelne Rechnung wieder ausgraben müssen, die sie irgendwo im Lager verstaut hatten … irgendwo.

Er war erleichtert, als sie ging und sich an einem Regal mit Jeansstoffen zu schaffen machte. Dann griff er wieder zu seinem Lineal und beendete die Überprüfung der letzten Seite. Das Ergebnis änderte sich nicht. Sollte er die Summe von seinen privaten Ersparnissen nehmen, um das Konto auszugleichen? Wäre das richtig? Oder wäre es nur ein weiterer Fehler, der zu einer Menge anderer noch hinzukäme?

Wie hatte er sich so verrechnen können? Wo hatte er einen Fehler gemacht?

Nur Sekunden bevor der Nieselregen in einen kräftigen Schauer überging, betrat Eliza das *Gentleman's Emporium.* Sie wischte sich ein paar winzige Wasserperlen vom Ärmel und zwang sich, nicht mit den Zähnen zu knirschen, während sie an der Tür stand … und nicht begrüßt wurde. War William immer noch verärgert über ihre dumme Bemerkung, die sie beim Sonntagsessen gemacht hatte? Sie konnte es selbst kaum glauben, dass sie eine Krankheit vorgetäuscht hatte, um ein paar Tage frei zu haben und seiner abweisenden Art zu entkommen. Aber nachdem er überhaupt nicht mehr mit ihr geredet hatte … Nun, abweisender Kollege hin oder her – sie sollte sich jedenfalls nicht noch einen Tag in ihrer Pension verkriechen. Und aus irgendeinem Grund musste sie William sehen, auch wenn er sie keines Wortes würdigte.

Eliza konnte hören, dass er an seinem Waffentisch hinten im Laden herumwerkelte. Sie seufzte und begab sich nach hinten. Als eine Diele unter ihren Füßen knarrte, sah William auf und hob eine Hand, um zu zeigen, dass er sie bemerkt hatte, wandte sich dann aber wieder seiner Arbeit zu.

„Ich hoffe, Sie waren in den letzten beiden Tagen nicht zu beschäftigt."

William sah sie von der Seite an und fischte in einem Eimer nach einem kleinen Schraubenzieher. „Ich hatte ein paar Mal ordentlich zu tun. Schön, dass es Ihnen wieder besser geht."

Wenn er wirklich froh war, dass sie nicht mehr das Bett hüten musste, hätte er nicht wenigstens lächeln können? Nicht, dass sie tatsächlich krank gewesen war … Eliza sah zurück und ließ den Blick durch die drei Gänge des Ladens schweifen. Dann straffte sie die Schultern, drehte sich wieder um und sah ihm direkt ins Gesicht. „Was ich am Sonntag bei Ihren Eltern gesagt habe, tut mir leid."

William winkte mit der Hand ab, ohne sie anzuschauen. „Schon vergessen."

Vergessen? Er hatte ihr eine Woche lang die kalte Schulter gezeigt. „Dann … behandeln Sie so also Menschen, gegen die Sie nichts haben?"

Will nestelte an irgendeinem Teil einer Pistole. „Ich trage es Ihnen nicht nach. Alle denken, ich mache einen Fehler, weil ich mich nicht wieder unter Forsythes Fittiche begebe. Aber ich kann nur tun, was ich für das Beste halte." Er griff nach einem anderen Werkzeug.

Offensichtlich wollte er immer noch nicht mit ihr reden. Eliza würde also auch das zweite Thema anschneiden, über das sie sich den Kopf zerbrochen hatte. „Meinen Sie, Sie könnten mich für die Arbeit bezahlen, die ich hier geleistet habe? Mrs Lightfoot sagte heute Morgen, ich müsse ihr bald etwas für Unterkunft und Verpflegung geben … zwar nur im Spaß, aber ich denke, es wäre nur fair. Ich bin schon viel länger bei ihr, als ich geahnt hatte."

„Sicher." Will angelte sich die Geldkassette und zog ein paar Scheine aus dem hinteren Fach.

Eliza hob die Hand, um ihn davon abzuhalten, noch mehr herauszunehmen. „Das ist mehr als genug."

Will legte zwei weitere Dollarscheine auf das Notenbündel und reichte es ihr. „Sie haben hart gearbeitet." Er griff nach dem Kassenbuch.

Sie befeuchtete ihre Lippen mit der Zunge und blickte durch den Mittelgang zur Eingangstür. Vor lauter Regen war die Straße nicht zu sehen. In diesem Wetter war bestimmt kein Kunde unterwegs. „Können wir reden?"

Will reagierte nicht. Schön, wenn er keinen Einspruch erhob, würde er sich eben ihr Geschwätz anhören müssen.

„Also, was ich fragen wollte … Mögen Sie mich nicht mehr?"

Die Frage brachte ihn dazu, zumindest für eine Sekunde aufzublicken. „Ich weiß nicht, was Sie meinen."

„Warum verhalten Sie sich so? Was ist aus dem William geworden, den ich zuerst hier angetroffen habe?"

„Ich weiß immer noch nicht, was Sie meinen." Irgendetwas fiel von seinem Arbeitstisch und er bückte sich, um das Teil vom Boden aufzuheben.

„Ich dachte, vielleicht …" Elizas Herz begann zu rasen. Was konnte sie schon sagen, ohne auch noch ihre Geschäftsbeziehung zu ruinieren?

Will sah mit vorgeschobenen Lippen zu ihr herüber.

Sie vergrub ihre Hände in den Armbeugen. „Vergessen Sie's."

Sie hatte sich Axel verpflichtet – ohne Komplikationen durch Fragen, ungewisse Zukunftsaussichten oder … das seltsame Flattern im Magen, wenn Will sie ansah wie jetzt …

In der Nähe hörte man das Rollen von Donner und ein paar Minuten lang prasselte der Regen auf das Dach. Eliza stand neben Will und lauschte dem Regen, während er sich wieder damit beschäftigte, die Pistole eines Kunden in ihre Einzelteile zu zerlegen.

Um sich zu beschäftigen, marschierte Eliza schließlich in die Haushaltsabteilung und ordnete die langweiligen Laken und leeren Bezüge etwas platzsparender auf dem schulterhohen Regal. Dann stellte sie sich auf die Zehenspitzen und griff nach den Gänsefederkissen. Damit sie die Kunden mit ihrer flauschigen Fülle beeindrucken konnten, sollten sie besser ein oder zwei Etagen tiefer liegen. Aber sie reichte kaum mit den Fingern an die Kissen heran. Das Schaufenster war beschlagen, es würde sie niemand sehen. Also sprang Eliza hoch und erwischte den Zipfel eines Kissens, das ihr aus der Hand rutschte und zu Boden fiel. Sie klopfte den Staub ab und arrangierte es dann auf seinem neuen Platz. Mit einem leisen *Uff* angelte sie nach dem nächsten Kissen und fing es gerade noch hinter ihrem Kopf auf. Das dritte weigerte sich beharrlich, ihr auch nur einen Zentimeter entgegenzukommen. Sie kauerte sich hin, um höher springen zu können.

„Was um alles in der Welt machen Sie denn da?" Unverhofft stand Will neben ihr, die Arme gekreuzt, ein Auge zugekniffen.

„Ich versuche dieses Kissen herunterzuholen." Eliza warf dem widerspenstigen Stück einen flammenden Blick zu und sprang dann so wenig damenhaft, wie es ihr beliebte, in die Höhe. Es rührte sich noch immer nicht. Was hatte dieses Kissen gegen sie?

„Sie hätten mich um Hilfe bitten können. Ich bin ein ganzes Stück größer als Sie und außerdem wissen Sie ja, dass wir eine Leiter haben."

Eliza stemmte die Hände in die Hüften. „Warum helfen Sie mir nicht einfach, anstatt nur darüber zu reden?"

Will verdrehte die Augen und griff nach dem Kissen, ohne richtig hinzusehen.

Rrrrrraatschschsch. Eine kleine Wolke von Daunen schwebte zur Erde.

Mit zuckenden Lippen verkniff Eliza sich ein lautes Lachen, weil Will immer noch so betont abweisend war. Er schlug jetzt nach dem Kissen und versuchte es von oben loszureißen, aber der Bezug riss noch weiter ein und mehr Daunen quollen heraus. „Wo hängt es nur fest?"

„Vielleicht sollten wir die …"

Mit einem weiteren lauten *Rrratschsch* stieg eine weiße Wolke in die Luft und Will stand mit einem fast leeren Kissenbezug in der Hand mitten in einem Wirbelsturm aus flaumigen Federn. Eliza hielt sich die Hand über die Augen, damit die Federn nicht in ihren Wimpern hängen blieben, und blies die fort, die in ihrem Mund Unterschlupf finden wollten.

Will nieste. Ein ziemlich zaghaftes Niesen für einen so großen Mann.

Er hob die Hand an die Nase und legte den Kopf in den Nacken, um zu einem weiteren Niesen anzusetzen, das sicher kräftiger ausfallen würde. *Ha...tschi!* Sein Gesicht verzog sich, als ob das mäusegleiche Quieken, das er von sich gegeben hatte, Gewehrfeuer gleichkäme.

Jetzt konnte Eliza nicht mehr an sich halten und lachte aus vollstem Herzen los.

Will ließ noch drei weitere klägliche Nieser los, während aus einem Auge eine Träne lief. Mit finsterem Blick fuhr er sich durch die Haare, um die Federn zu entfernen. Aber dann krauste sich seine Nase wieder und er gab einen weiteren schwächlichen Nieser von sich. Eliza presste sich die Hände auf den Bauch, um wieder zu Atem zu kommen und nicht ohnmächtig zu werden. Ihr eng geschnürtes Korsett erwies sich nicht gerade als hilfreich. Dass ein Federkissen einen ausgewachsenen Mann zu Tränen bewegen konnte, war sicher sehr lustig, aber sie wusste, sie sollte nicht lachen. Sie schnappte heftig nach Luft, um dem Lachen Einhalt zu gebieten. „Ich wünschte, ich könnte niesen wie Sie ...“ Bei dem Versuch, das Lachen zu unterdrücken, grunzte sie aus Versehen. „Dann hätte mein Vater eine Sache weniger an mir auszusetzen gehabt.“

„Es klingt vielleicht nicht sehr imposant, aber es tut hollisch weh im Zwerchfell.“ Wills Stimme war belegt und kurzatmig. Er rieb sich die Nase, wischte sich die feuchten Augen und nieste noch einmal.

Eliza schnappte nach Luft und klopfte ihm dann die Federn vom Hemd. „Sicher haben Sie in Ihrer medizinischen Wunderkiste irgendein Mittel gegen das Niesen?“

„Nun, normalerweise werde ich nicht von Gänsefedern überfallen.“ Er schielte auf ihre Hand hinunter, die auf seiner Schulter lag, um ihn umzudrehen. „Das beste Mittel dagegen ist, ihnen aus dem Weg zu gehen.“

Jetzt streckte Eliza den Arm aus, um auch die Federn von seinem Kopf zu entfernen. Ihre Finger durchkämmten sein Haar und fischten die Federn heraus. Wills Nacken verspannte sich, also ließ sie ihre Hand sinken und strich wieder seine Kleidung aus. Dann ging sie zur Vorderseite über. Ihre Hand glitt über das dunkle Blau seiner Weste und über seine Brust, die sie fest und muskulös unter den Fingern spürte. Eigentlich hätte sie so etwas gar nicht bemerken sollen. Mit niedergeschlagenen Augenlidern zupfte sie die Federn von ihm ab, bis auch das letzte Fläumchen entfernt war. „So, das wär's", sagte sie mit rauer Stimme.

Wills Schweigen ließ sie aufschauen. Er blinzelte, sonst bewegte sich nichts.

Eliza schluckte und langte nach einer einsamen Feder, die sich in den Bartstoppeln nahe an seinem Ohr verfangen hatte. „Sie können wieder an Ihre Arbeit gehen. Ich räume das hier auf."

William sog Luft ein und verscheuchte eine Feder, die auf ihn zudriftete.

Sollte sie auch die letzte abzupfen, die noch an seinem Ärmel hing?

Unversehens legte William die Hand auf ihre Wange. Eliza erstarrte. Sein Daumen zog die Linie ihrer Augenbraue nach und ein weißes Etwas flatterte durch ihr Gesichtsfeld. Er ließ seine Hand durch ihr Haar gleiten. Nicht so, wie sie es bei ihm getan hatte – seine Berührung war eher eine Liebkosung als irgendetwas sonst. Seine Finger glitten an ihrem Gesicht entlang und der Himmel mochte ihr helfen, aber sie erzitterte am ganzen Körper. Will zupfte eine große Feder fort, ließ sie fallen, beobachtete aber nicht, wie sie zu Boden sank. Für eine Sekunde trafen ihre Augen die seinen – blutunterlaufen … und gequält. Dann glitt sein Blick herab zu ihren Lippen und verharrte dort. Er trat einen Schritt zurück, blickte auf den Fußboden, wo die Federn zu ihren Füßen lagen, und rieb sich den Nacken.

Ihre Brust füllte sich plötzlich wieder mit Luft, nun, da er von ihr abgerückt war. „Alles in Ordnung?"

Will schüttelte den Kopf, sagte aber nichts. Sah sie nicht an. Rührte sich nicht. Waren es vielleicht nicht nur die Federn, die ihm zu schaffen machten? Warum zog er sich wieder von ihr zurück? „William, ich …"

„Nein." Er verdrehte entschuldigend die Hände, bevor er davonstapfte und irgendetwas von „keine falschen Vorstellungen machen" vor sich hin murmelte. Dann beugte er sich über den Tresen, um etwas hervorzufischen. „Das ist heute Morgen für Sie gekommen." Er drehte sich halb zu ihr um und hielt ihr einen Brief hin.

Der Umschlag war an sie adressiert; es was Axels Handschrift.

War es das, was Will quälte? Sie beobachtete sein Profil, während sie den Umschlag aufriss. Sein Kinn zitterte. War er vielleicht ebenso aufgewühlt wie sie, nachdem sie seine Brust unter ihren Händen gespürt hatte? Sie hielt den Brief enger an den Körper und las.

Eliza,

ich hoffe, du bist nicht zu enttäuscht, dass ich nicht am Bahnhof war, um dich abzuholen, und dass ich noch nicht zurück bin. Den Brief, den ich Will geschickt habe, hast du hoffentlich erhalten. Aber jetzt möchte ich doch schreiben, dass mein verletztes Bein mich länger hier festgehalten hat, als ich gehofft hatte. Es sah zunächst so aus, als würde es sich entzünden, hat sich aber inzwischen gebessert. Der Doktor will mich noch hierbehalten, aber ich bleibe nicht mehr viel länger – außerdem kann Will sich ja dann um mein Bein kümmern. Ich war jetzt schon eine Weile nicht mehr auf, wegen des kaputten Beins, aber auch wegen des Schwindels. Aber sobald ich wieder auf einem Pferd sitzen kann, breche ich auf. Ich bin froh, dass Will da ist, um dir zu helfen, während ich fort bin. In ganz Salt Flatts würdest du keinen anständigeren Kerl finden.

Warte auf mich.
Axel

Eliza rieb sich die Schläfe. „Axel dürfte bald hier sein." Hatte er sich selbst eingeschlossen, als er schrieb, kein anderer Mann in Salt Flatts sei ein so anständiger Kerl wie Will?

„Das habe ich vermutet." Will klopfte die Federn ab, die noch an seiner Hose hingen. „Bitte entschuldigen Sie mich." Er verschwand im Hinterzimmer und kam mit einem Regenmantel zurück, den er im Gehen zuknöpfte. „Können Sie im Laden bleiben? Ich muss noch mal weg."

„Bei diesem Regen?"

„Er lässt schon nach." Will stapfte zur Tür und hinaus in die Nässe.

Eliza hielt ihn nicht auf.

Großartig. Sie wusste noch immer nicht, was er gegen sie hatte. Und jetzt wurde sie das Gefühl seiner weichen Haare zwischen ihren Fingern nicht mehr los.

Kapitel 10

Will ließ sich in das hohe Gras am schlammigen Flussufer sinken, sorgfältig darauf bedacht, den Regenmantel unter sich auszubreiten. Er suchte nach einem kleinen, flachen Stein und warf ihn über den Fluss nach einem Zürgelbaum, wo der Stein eine Kerbe in die Rinde schnitt.

Was für einen erbärmlichen Soldaten er in einer echten Schlacht abgegeben hätte.

Seit einer Woche kämpfte er nun schon mit seinen zügellosen Gedanken. Jedes Mal wenn er an Eliza dachte und sie nicht nur als Mitarbeiterin betrachtete, hatte er angefangen, in Gedanken ein Gewehr zu zerlegen. Der Versuch, weder Worte noch Blicke mit ihr zu wechseln, hatte ein wenig geholfen.

Aber als sie ihm ausrichten ließ, dass sie krank sei, wäre er am liebsten sofort zu ihr geeilt. Er hatte seine ganze Willenskraft zusammennehmen müssen, um den Laden nicht zu verlassen. Mrs Lightfoot hätte schon um Hilfe geschickt, wenn es nötig gewesen wäre.

Will atmete tief aus. Sein Neid auf Axel, der eine Frau mit einer derartigen … Anziehungskraft gefunden hatte, war ein starker Gegner, wenn Will sogar einen erkrankten Menschen vernachlässigen musste, um nicht auf falsche Gedanken zu kommen.

Everett hatte schon recht gehabt: Er war im Krieg … und der Krieg war hässlich.

Eine Handvoll Federn hatte genügt, um ihm eine Niederlage beizubringen.

Ihre Finger, die sein Haar durchkämmten, hatten sein von Kugeln durchlöchertes Herz in Brand gesetzt. Mit jeder ihrer Bewegungen hatte er verzweifelt nach einem Grund gesucht, die weiße Fahne zu hissen und sich zu ergeben. Aber statt wegzugehen und in Gedanken wieder eine Waffe zu zerlegen, war er töricht genug gewesen, sie zu berühren. Der weiche Samt ihrer Brauen, die seidige Geschmeidigkeit ihres Haars und die Sanftheit ihrer Wange hatten die Kriegsfanfare übertönt, die in ihm erschallte. Er war so nahe daran gewesen, sie in die Arme zu nehmen und sie zu küssen, bis sie vergessen hätte zu atmen …

Nein, nein, nein. Was dachte er sich? Selbst hier am Fluss, eine halbe Meile vor der Stadt, konnte er seine Gedanken nicht im Zaum halten. Sie wurden im Gegenteil immer verwerflicher. Am besten, der Regen kehrte zurück und würde ihn ordentlich durchnässen; vielleicht würde kaltes Wasser, das ihm in den Kragen lief, seinen rebellischen Geist abkühlen.

Es war gut, dass er die Flucht ergriffen hatte wie Josef vor Potifars Frau. Wenn da nicht Axels Brief gewesen wäre, der ihn vom Tresen her höhnisch angesehen hatte, hätte er eine sehr, sehr schlechte Entscheidung getroffen. Er rieb sich die Augen mit den Handballen und starrte dann auf die feuchte Erde zwischen seinen Füßen. Der Geruch von feuchtem Moos und Schlamm, die im plötzlich aufgestrahlten Sonnenlicht glitzerten, hätte ihn beruhigen sollen. Aber im Moment konnte ihn gar nichts besänftigen.

„Will?“

Die vertraute weibliche Stimme hinter ihm ließ ihm einen Schauer über seinen ungeschützten Nacken laufen. Was konnte heute eigentlich noch alles schiefgehen? Seufzend drehte er sich um.

Die rotblonden Locken, die ihr Gesicht umrahmten, wehten leicht in der frischen Brise, als sie ihren Schirm zuklappte. Ihr Lächeln kam zögernd. „Überrascht, mich hier zu sehen?“

Überrascht? Er hatte damit gerechnet, dass Nancy hin und wieder ihre Eltern besuchen würde. Aber dass sie ihn direkt aufspüren würde … noch dazu mitten auf einer regennassen Wiese? Er warf einen Blick auf das kleine Mädchen, das sie an der Hand hielt. Das Kind, vielleicht sechs oder sieben Jahre alt, würde nicht viel mehr wiegen als eine Vierjährige, wenn er das Schmutzwasser aus ihren Kleidern wringen würde. „Ich hatte angenommen, dass ich zumindest hören würde, dass du in der Gegend bist, bevor ich dich sehe."

Nancy nickte feierlich. „Ich habe Mutter gebeten, nichts von meinem Besuch zu sagen, bevor ich dich nicht getroffen habe." Sie kam einen Schritt näher. „Hättest du etwas dagegen, wenn wir dir Gesellschaft leisten?"

Natürlich hatte er etwas dagegen, aber das konnte er nicht gut sagen. Er stand auf, nahm den Regenmantel von den Schultern und breitete ihn über das dichte Gras. Nancy setzte sich darauf und zog das kleine Mädchen auf ihren Schoß. „Als ich sah, dass du hier herausläufst, dachte ich, du willst vielleicht Pflanzen sammeln."

„Nicht in diesem Regen." Will riss einen Schafgarbenstängel mitsamt der Wurzel aus und lehnte sich dann an den feuchten Stamm einer Schwarzpappel. Auf dieser Wiese gab es immer Kamille, Sonnenhut, Spitzwegerich und eine Vielfalt anderer Pflanzen. Er hörte auf, die feuchten Blätter in der Hand zu zerreiben, damit sich der scharfe Geruch nicht in seiner Haut festsetzte.

Will betrachtete das Kind. Nancy hatte sich in die Kinder eines Witwers verliebt und es aufgegeben, darauf zu warten, dass er sein Leben in Ordnung brachte. Wo waren also ihr Mann und der Rest seiner Brut? „Und wer ist das?"

„Millicent." Sie legte den Arm enger um das blasse Mädchen. „Mutter sagt, du hast zwar noch immer nicht studiert, aber du hilfst immer noch jedem, dem es schlecht genug geht. Du scheinst dich nicht verändert zu haben." Sie schenkte ihm die Andeutung eines Lächelns, aber ihm war im Moment nicht nach Lächeln zumute. „Ich könnte einen Rat gebrauchen."

Er riss noch ein gefiedertes Blatt von der Schafgarbe und massakrierte die intensiv riechende Pflanze zwischen seinen Fingern. „Du redest besser mit Forsythe."

„Der Arzt in Wichita konnte uns nicht helfen, und der ist Dr. Forsythe ziemlich ähnlich."

„Du weißt sehr gut, warum ich niemanden behandeln sollte, solange ich keine anständige Ausbildung habe.“ Dass er eine seiner Schwestern umgebracht und die andere zu einem Leben voller Schmerzen und Schwierigkeiten verurteilt hatte, sollte genügen, damit man seinem Rat misstraute. „Ich habe noch nicht genug sparen können, um ein Studium zu beginnen. Ich versuche es, aber es braucht Zeit.“ Das war etwas, das sie ihm nicht mehr hatte schenken wollen.

Nancy neigte den Kopf und zupfte sich einen imaginären Fussel vom Ärmel. Das blasse Mädchen in ihrem Schoß zitterte.

Er seufzte. „Sag mir, worum es geht, und ich tue mein Bestes.“

„Millie hat immer wieder Fieberanfälle, die sie sehr schwächen.“ Sie stützte ihr Kinn auf den Kopf ihrer Tochter. „Im Moment geht es ihr gut, aber alle paar Wochen liegt sie mit Fieber und Schmerzen im Bett, und jedes Mal fürchte ich, dass ich sie verlieren könnte.“ Will wartete. „Mein Mann und die drei Jungen sind letztes Jahr an diesem Fieber gestorben – einen Monat nach unserer Hochzeit. Aber Millicent hat überlebt. Meine Schwiegereltern haben mich ermutigt, jeden verfügbaren Arzt aufzusuchen. Ich habe alles versucht, was ich von dir über Kräuter und so weiter gelernt habe, aber …“ Sie richtete feucht schimmernde Augen auf ihn. „Ich weiß jetzt, wie lähmend der Schmerz ist, wenn man Menschen verliert, für die man sorgt. Und wenn dann einer nach dem anderen stirbt … einer nach dem anderen …“ Nancy wandte ihr Gesicht ab und schluchzte.

Die gequälten Augen des Mädchens blinzelten ihm zu.

Also war es Verzweiflung gewesen, was die beiden durch den Regen hinter ihm her getrieben hatte. „Das tut mir wirklich leid.“

Die Art und Weise, wie Nancy das Kind hielt, schien anzudeuten, dass sie ein wenig Trost gefunden hatte … und noch mehr Schwierigkeiten.

„Ich verstehe dich jetzt besser. Ich wünschte, ich wäre nicht so hart zu dir gewesen.“ Immer noch lag ihr Kopf auf dem ihrer Tochter, aber ihre grünen Augen blickten auf und sahen ihn eindringlich an.

„Ich habe dir verziehen, Nancy. Schon vor Monaten.“

Sie holte tief Luft. „Alles, weswegen ich dich damals zurückgewiesen habe, bewundere ich inzwischen. In diesem letzten Jahr habe ich darüber nachgedacht, warum du nicht praktizierst und warum du mich nicht heiraten wolltest, bevor du dein Studium abgeschlossen hattest, und … nun ja …“ Sie zuckte die Schultern. „Ohne Mann und nachdem meine Ersparnisse durch die Ärzte für Millie aufgebraucht sind, habe ich keine Wahl. Ich werde also wieder hier leben.“ Sie leckte sich über die Lippen und schluckte. „Vielleicht … können wir ja wieder Freunde sein?“ Ihr unsicherer Blick verriet, dass es ihr peinlich war, noch mehr zu sagen.

Anders als Eliza. Die sagte, was sie dachte.

Will wusste, was Nancy dachte. Wie hätte es anders sein können? Sie waren zusammen groß geworden und er hatte fünf Jahre um sie geworben.

Eine mittellose Witwe, die noch zärtliche Gefühle für ihn hegte, und ein krankes Kind, das mehr brauchte, als eine hingebungsvolle Mutter geben konnte. Etwas brauchten die beiden mehr als alles andere – einen Mann, der sie beschützte und für sie sorgte.

Aber er konnte beides nicht versprechen. Noch nicht …

Will stand auf und klopfte sich die Blätter von der Hose. „Komm, ich bringe euch nach Hause.“ Er streckte seiner früheren Verlobten die Hand entgegen, um ihr beim Aufstehen zu helfen. „Unterwegs kannst du mir Näheres über Millies Krankheit erzählen und ich werde darüber nachdenken, was ihr helfen könnte.“ Er sah Nancy direkt in die Augen. „Und was alles andere angeht … gib mir etwas Zeit.“

„Danke.“ Jetzt ließ ihr Blick ihn los. „Dass du überhaupt darüber nachdenkst, ist mehr, als ich verdiene.“

Eliza saß hinten im Laden und zum ersten Mal in ihrem Leben stand ihr nicht der Sinn danach, Waren zu arrangieren oder Bestände zu überprüfen. Sie würde einfach so lange hier sitzen, wie das trübe Wetter die Kunden fernhielt. Sie griff nach einem Einzelteil des Gewehrs, das Will auf seinem Arbeitstisch hatte liegen lassen, und rollte es zwischen den Fingern hin und her. Warum beschäftigte es sie so, dass seine Hand ihre Wange berührt hatte … und dass er überhaupt nichts gesagt hatte?

Das Kassenbuch auf dem Schreibtisch rief geradezu nach ihren ruhelosen Fingern. Will hatte nicht gewollt, dass sie Einblick nahm. Aber sie sollte über nichts in Unkenntnis gelassen werden, was das Geschäft betraf. Axel hatte gesagt, er brauche ihre Hilfe; also würde sie helfen … und wenn sie ihr Hirn mit Zahlen beschäftigte, würde das sicher die beunruhigenden Gedanken vertreiben, die ihr durch den Kopf gingen.

Nach einer halben Stunde, in der sie die Zahlen überflogen hatte, landete sie bei der negativen Bilanz auf der letzten Seite. Es war nur noch eine Frage der Zeit, bevor die Männer mit ihrem Geschäft scheiterten oder verkaufen mussten.

Die Rechnung stimmte zwar, aber manche Posten schienen doppelt oder dreifach aufzutauchen. Sie hatte noch keinen Überblick über den ganzen Warenbestand gewonnen, indem sie die Regale neu bestückt hatte, aber fünfundsechzig Sturmlaternen? Vielleicht steckten die in irgendeinem Winkel des Lagers, aber wer war bloß auf den Gedanken gekommen, eine solche Menge zu bestellen?

Eliza schob das Buch an den Platz zurück, an dem Will es offen liegen gelassen hatte. Er hatte sehr deutlich gesagt, dass sie nicht in die Bücher schauen sollte. Entweder konnte Will wirklich schlecht mit Geld umgehen … oder er schaffte etwas beiseite.

Nein. Sie konnte nicht glauben, dass er dazu fähig wäre.

Eliza blätterte eine Seite zurück. An manchen Stellen schien es so, als habe er einfach ausstehende Zahlungen von Kunden durchgestrichen. Drückten die Leute vielleicht bei ihm auf die Tränendrüse, weil sie wussten, dass Will ein weiches Herz hatte? Er konnte ja auch keinen Patienten abweisen, der ihn brauchte, auch wenn er nicht offiziell praktizieren wollte. Und er hatte Mr Harbuckle die Zigarren zu einem Sonderpreis gegeben, nur weil der Mann ihm leidtat. Sonderabschreibungen, und sei es für gute Zwecke, mussten eingeplant sein. Sonst würden die beiden Männer bald selbst auf Almosen angewiesen sein.

Eliza biss sich in die Wange. Sie sollte sich nicht zu Schlussfolgerungen verleiten lassen, die auf ein paar Minuten mit dem Kassenbuch beruhten. Sie brauchte mehr Zeit. Und besser noch die Meinung eines Außenstehenden.

Sie musste sich jetzt auf etwas anderes konzentrieren. Leider war am Nachmittag nur wenig los gewesen, obwohl es aufgehört hatte zu regnen. Vielleicht waren es die immer noch grauen Wolken, die die Leute zu Hause bleiben ließen. Wenn nur ihre Zukunft nicht ebenso düster ausgesehen hätte wie der Himmel.

Wenn sie die Männer nicht davon überzeugen konnte, ihrem Rat zu folgen, und sich mit ihnen anlegen müsste, damit sie ihre Geschäftspraktiken änderten, würde sie dann lange in der Wohnung über dem Laden leben? Wenn sie das Geschäft nicht retten konnten, was würde aus ihnen allen werden?

Die Türglocke läutete. Eliza ließ die Bücher liegen, um einen stämmigen Herrn zu bedienen, der mit einem leichten Hinken eingetreten war. Wie lange wollte Will eigentlich noch spazieren gehen? „Einen schönen Nachmittag, Sir."

„Ma'am." Der Kunde blieb kurz stehen, um sich die Stirn abzuwischen, und ging dann schnurstracks an ihr vorbei nach hinten.

Sie folgte ihm. „Kann ich Ihnen helfen?"

Er sah sie nicht einmal an, während er auf die Verkaufstheke zustürmte. „Stanton?", rief er.

„Ich fürchte, Mr Stanton ist momentan nicht hier. Da wir uns noch nicht begegnet sind, wissen Sie sicher nicht, dass ich jetzt hier arbeite und Ihnen sehr …"

„Sie arbeiten als Verkäuferin?" Der Mann drehte sich um und sah sie missbilligend an.

Fand er daran etwas Ungehöriges? „Ja, Sir."

„Dann können Sie mir nicht helfen." Er stellte eine Ledertasche auf den Tresen und trommelte mit den Fingern auf das beanspruchte Holz. „Wann kommt Stanton zurück?"

„Ich weiß es nicht."

„Wissen Sie, wo er steckt?"

Eliza hatte keine Idee, wo auch nur *einer* der beiden Männer steckte, die ihr Leben in den letzten Wochen durcheinandergebracht hatten. „Nein, aber ich bin sicher, dass er bald zurück ist."

„Hören Sie, ich brauche Stanton. Er muss mir etwas von den Kräutern geben, die er für Mrs Graves zubereitet hat. Sie beharrt darauf, dass er ihre … Beschwerden gelindert hat und ich habe noch zwei Patienten, die nichts anderes wollen als Stantons Medizin." Er zog wieder ein Taschentuch hervor und wischte sich die verschwitzte Stirn. Entweder bekam ihm der schwülwarme Nachmittag nicht oder er war den ganzen Weg hierher gerannt. „Sagen Sie ihm, ich bin beim Frisör."

„Sind Sie Dr. Forsythe?"

„Ja." Er blickte sie unter buschigen Augenbrauen unfreundlich an. „Geht Sie das was an?"

Will hatte offensichtlich die Wahrheit gesagt, was die dürftigen Umgangsformen des Doktors anging. Der stechende Blick des Mannes und seine gepresste Stimme weckten in ihr den Wunsch, das Gespräch zu beenden und den Mann seiner Wege zu schicken. „Nun ja, ich habe schon viel von Ihnen gehört." Sie schluckte, bevor sie fortfuhr, in der Hoffnung, sie würde seinem sengenden Blick standhalten können. „Ich würde gern Ihre Meinung in einer bestimmten Sache hören."

„Wenn Sie mit Stanton befreundet sind, fragen Sie ihn, wenn Sie kostenlosen medizinischen Rat wollen. Ich stelle meine Dienste in Rechnung."

Sie räusperte sich. „Natürlich. Das sollte *er* auch tun."

Dr. Forsythe verdrehte die Augen. „Der Junge braucht weniger ein Studium als ein Rückgrat."

„Genau darüber wollte ich mit Ihnen sprechen. Glauben Sie, er würde einen guten Arzt abgeben?"

Der Mann wiegte seinen großen Kopf hin und her, als müsse er die Worte in seinem Kehlkopf mit Gewalt dazu bringen, seinen Mund zu verlassen. „Der Junge hat einen sechsten Sinn. Er weiß, welche indianischen Kräutertricks tatsächlich wirken – oder aber die Leute glauben, dass alles hilft, was er verschreibt. Einbildung kann sehr wirksam sein, würde ich sagen. Es ist nicht so, dass ich nicht auch neue Methoden ausprobiere, wenn etwas anderes nicht anschlägt. Aber ich lasse mich nicht gern dazu zwingen." Der Doktor schnappte sich seine Tasche und senkte den Kopf. „Ich habe keine Zeit mehr zum Plaudern. Ich brauche einen guten Haarschnitt, bevor der nächste bettelarme Farmer von mir erwartet, dass ich seine Kinder von Krankheiten heile. Die sie im Übrigen nur bekommen, weil sie sich weigern, sich regelmäßig zu waschen."

Er stürmte an ihr vorbei und murmelte irgendetwas vor sich hin.

„Ich werde Mr Stanton sagen, dass Sie nach ihm gefragt haben."

Der Mann winkte geringschätzig ab, ohne sich auch nur umzudrehen.

Das war also der Doktor, von dem die Leute hofften, er würde sich um sie kümmern, wenn sie krank wurden? Kein Wunder, dass Will jede Menge unerwünschter Patienten hatte. Selbst schlecht gelaunt war Will – verglichen mit Dr. Forsythe – geradezu charmant.

Der Doktor blieb auf der Vorderveranda stehen, um mit irgendeinem durchnässten armen Teufel zu sprechen. Eliza machte sich daran, eines der Regale vorn auszuräumen, damit sie es verrücken konnte. Wenn Sie vorn Platz schuf für einen Verkaufstresen, dürfte Will eigentlich nichts mehr dagegenhaben, einen anzuschaffen. Aber woher sollte das Geld kommen? Vielleicht war das eher seine Sorge gewesen und es ging gar nicht darum, dass er nicht auf ihren Rat hören wollte.

Das lebhafte Gespräch vor der Tür wurde lauter. Dr. Forsythe schien nicht gerade beglückt darüber, von dem großen Mann aufgehalten zu werden. Eliza hatte ihn noch nie gesehen. Er war schlank, blond und trug Koteletten und einen Schnurrbart. Hatte Will ihr nicht so Axel beschrieben? Er hatte gesagt, er käme nach seiner Mutter. Sie trat näher ans Fenster. Die Bewegung musste die Aufmerksamkeit des Blonden auf sich gezogen haben, denn er unterbrach sich mitten im Satz und warf ihr einen Blick zu. Dann schlug er Dr. Forsythe auf den Rücken, sie trennten sich und der blonde Fremde trat mit einem breiten Lächeln in den Laden. Elizas Herz hämmerte und ihr Mund war trocken. Sie brauchte einen Schluck Wasser. Der Mann zog den durchnässten Hut und sah sie direkt an, lächelte aber weiter. Sein Blick wanderte zu ihrer Wange. Eliza war versucht die Narbe zu verdecken, die unter seinem prüfenden Blick zu jucken begann. Bedächtig schob er das Kinn vor und setzte den Hut wieder auf. „Ich hab ganz vergessen … ich wollte doch zuerst zur Post." Dann drehte er auf dem Absatz um.

„Warten Sie. Sind Sie …"

Sein Rücken straffte sich, aber er ließ die Hand auf der Klinke liegen, ohne die Tür zu öffnen.

„... Axel Langston?"

Jetzt ließ er die Schultern sinken und nahm die Hand von der Klinke. Hatte er sie gehört? Aber wenn nicht, warum stand er immer noch da?

Langsam drehte er sich um, den Hut vor der Brust. „Sie kennen mich?" Sein Blick glitt wieder zur Narbe auf ihrer Wange und dann über ihre ganze Gestalt.

„Sozusagen." Hätte sie einen Schal getragen, hätte sie ihn jetzt gern fest um sich gezogen. Axel hatte jedes Recht, sie genau zu betrachten, aber die eingehende Prüfung, der er sie unterzog, hatte nichts damit zu tun, wie ein Mann eine Frau ansah – sei es nun fasziniert oder abgestoßen. Sein Blick glich eher dem, mit dem man ein Stück Vieh auf einer Auktion taxiert. „Ich bin Eliza."

„Nicht möglich." Statt zu lächeln, blinzelte er und legte den Kopf schief.

„Ich versichere Ihnen, ich bin es."

„Sie sind Eliza Cantrell?" Er trat einen Schritt näher zu ihr. „Was für ein Zufall, dass Sie ... dass du ... nun, dass du aussiehst, wie du aussiehst!"

War das nun positiv oder negativ? „Ich vermute, ich entspreche nicht deinen Erwartungen."

„Es ist nur ... du siehst genau so aus wie die Frau, die ich mir in den letzten Wochen vorgestellt habe." Axel kniff die Augen zusammen und fuhr mit der Zunge im Mund herum. „Hab mächtig oft von dir geträumt."

Eliza stieß die Luft aus, die sie angehalten hatte, und ihre Schultern entspannten sich. War das wahr? Oder versuchte er, den Charmeur zu spielen? „Aus irgendeinem Grund habe ich befürchtet, du würdest von mir enttäuscht sein. Ich habe nicht gerade das lieblichste Gesicht und diese Narbe macht es nicht besser."

Er rieb sich den Nacken. „Tut mir leid, dass ich dich so angestarrt habe, aber es kommt etwas ... unerwartet. Die Narbe sieht noch frisch aus."

„Ich habe sie mir vor zwei Wochen im Zug zugezogen."

„Du solltest doch erst letzte Woche kommen."

„Ja, aber ich war ungeduldig."

Das träge Lächeln, das er ihr zuwarf, half ihr, sich etwas besser zu fühlen.

„Der Zug wurde überfallen und einer der Gangster hat es nicht sehr freundlich aufgenommen, dass ich versucht habe, mein Geld zu verstecken." Sein Lächeln konnte die Angst davor nicht vertreiben, welche Auswirkung ihre nächsten Worte auf ihre Zukunft haben würden. „Er hat mir die Pistole ins Gesicht geschlagen und mir alles geraubt, was ich besaß."

Seine Augenbrauen hoben sich. „Deine gesamten Ersparnisse?"

Sie nickte und wartete darauf, dass er ihr mittelloses Dasein auch für die Zukunft bestätigen würde. Axel starrte an die Decke und arbeitete dabei mit Augen und Kinn, als ob er etwas überschlage.

„Das sind nicht gerade die besten Nachrichten. Aber ich habe einige Geschäftskontakte geknüpft, während ich fort war, und …"

„Für deine Mutter? Das ist wunderbar."

Axel sah sie scharf an. „Woher weißt du etwas über meine Mutter? Ich hatte geschrieben, du solltest warten." Sein schroffer Ton verursachte ihr eine Gänsehaut.

„Ich …" Sie konnte nicht lügen. Sie hatte seinen Brief erhalten, bevor sie Mrs Langston besucht hatte. „Mir blieb nichts anderes übrig. Dein Vater hat herausgefunden, wer ich bin, als er Will deinen Brief gebracht hat. Und da er nun schon einmal von mir wusste, dachte ich, er würde es deiner Mutter erzählen."

„Du hast sicher festgestellt, dass das nicht der Fall war."

„Ja." Was immer seine Eltern auseinandergebracht hatte – es konnte auch ihre Ehe beeinträchtigen.

„Kannst du mir sagen, warum sie sich getrennt haben?"

„Niemand in der Stadt weiß das."

„Aber als deine zukünftige Frau …"

Axel entspannte sich ein wenig. Hatte er befürchtet, sie würde ihn nicht wollen? Nun ja, ihn gleich, als er zur Tür hereinkam, derart in die

Zange zu nehmen, war nicht gerade eine freundliche Begrüßung ihrerseits.

„Familiengeheimnis, leider. Ich werd's dir erzählen, aber es wäre mir lieber, das erst zu tun, wenn du zur Familie gehörst." Er lächelte. Nicht so gewinnend wie Will, aber er war recht gut anzusehen. Er kam definitiv nach seiner Mutter – zum Glück, da Jebediahs düstere Ausstrahlung Eliza Unbehagen verursachte. „Wie wär's also mit morgen?"

„Was wäre mit morgen?"

„Dass du zur Familie gehörst."

„Oh." Eliza schlug sich die flache Hand vor die Brust, um ihr plötzlich rasendes Herz zu beruhigen. Sie hatte ursprünglich beabsichtigt, ihn noch am Tag ihrer Ankunft zu heiraten. Aber die Wochen des Wartens hatten sie in dem Glauben gewiegt, sie hätte noch Zeit. „Aber du kommst gerade erst zurück und erfährst, dass ich mein ganzes Geld verloren habe und …"

„Wo ist Will?"

Eliza warf einen Blick nach hinten, obwohl sie ja wusste, dass dort niemand zu sehen war. „Irgendwo hingegangen."

„Er hat dich hier mit dem Laden allein gelassen?"

Sie nickte kurz. „Ich komme bestens zurecht."

Axel legte den Kopf zurück. „Wenn Will dir schon den Laden überlässt … nun, das wird uns sehr helfen, wenn ich geschäftlich unterwegs sein muss."

„In welchen Geschäften?"

Seine Lippen zuckten und er sog die Luft ein. „Ich habe Kontakt zu einem Lederwarenhersteller in der Nähe von Atchison. Ich kann seine Waren exklusiv hier in der Gegend verkaufen. Und der Farmer, der mich aufgenommen hat, hat jede Menge Bienenvölker und dann gibt es da noch … andere Chancen."

„Das müssten aber schon recht gute Chancen sein, die es rechtfertigen, sich in der Gegend herumzutreiben."

Axel blickte sie verblüfft an. Es sah ganz danach aus, als würde sie schnell erfahren, ob ihr künftiger Mann ihre unkontrollierten Redegewohnheiten tolerieren würde.

„Ich kümmere mich um die Lieferanten, Eliza – du verkaufst die Ware."

In den Tagen, in denen sie vorgegeben hatte, krank zu sein, hatte sie immer wieder darüber nachgedacht, welche Gründe es geben könnte, dass ein Mann tagelang verschwand, ohne einer Menschenseele zu sagen, wo er war. Und ein mögliches Szenario, das sie fürchtete, hatte mit der Tatsache zu tun, dass in Kansas seit Kurzem das Alkoholverbot galt. Will hatte gesagt, dass Axel trank. Sie atmete tief durch, um sich zu wappnen. „Hast du vor, Alkohol zu verkaufen?"

Er kniff die Augen zusammen. „Und wenn schon?"

Eliza klopfte mit der Fußspitze auf den Boden. „Es ist illegal."

„Zu Unrecht."

„Axel, ich weiß, man kommt damit schnell zu Geld, und ich bin ganz dafür, dass man etwas verdient, aber …"

Er zuckte die Achseln.

„Aber ich habe mir gerade die Bücher angesehen", fuhr sie fort. „Wir können den Gewinn sicher steigern. Konzentrieren wir uns auf dieses Geschäft. Ich verspreche dir: Wenn wir es so machen wie Mr Woolworth bei mir zu Hause und wenn wir Will dazu bringen, ein paar Veränderungen zu akzeptieren, dann werden wir Gewinn machen. Wir brauchen kein unrechtmäßig erworbenes Geld."

Axel wirkte nicht überzeugt.

„Hör zu, ich weiß, dass man unterschiedlicher Meinung sein kann über den Alkohol. Mein eigener Vater hätte sich aufgeregt, wenn man in Pennsylvania ein ähnliches Gesetz verabschiedet hätte wie hier. Aber wenn ich deine Frau werden soll, möchte ich sicher sein, dass du am Leben bleibst – und nicht im Gefängnis landest." *Und dich an die Gesetze hältst.*

Eliza spielte nervös mit ihren Händen. Wenn sie ihn heiraten sollte, würde er versprechen müssen, die Finger vom Schnapsverkauf zu lassen. Es war nicht ihr Ziel, einen perfekten Menschen zu heiraten, aber sie wollte einen Mann, mit dem sie vernünftig reden und gute Entscheidungen treffen konnte. Und falls Axel nicht doch ganz anders war, als seine Briefe vermuten ließen, würde er auf sie hören. Hatte er nicht schon das Schaufenster so gestaltet, wie sie vorgeschlagen hatte?

Er lehnte sich gegen ein Regal. „Auf diese Weise werden wir kaum das Nötigste verdienen."

„Wir werden genug verdienen, um die Ausgaben bestreiten zu können."

„Meine Mutter ... braucht auch finanzielle Unterstützung."

„Ich verstehe." Eliza legte ihm die Hand auf den Arm, zog ihn aber rasch zurück, als jemand über die Veranda stiefelte. „Wir werden darüber reden, wie wir ihr helfen können. Versprich mir, dass wir über alles reden." War das nicht Julias Rat gewesen?

Axel schüttelte langsam den Kopf. „Ich kann nicht mitten aus einem laufenden Vertrag aussteigen und meine Kontaktleute im Regen stehen lassen." Er zog seinen Kragen zurecht. „Ich bin gerade erst eingestiegen. Und solche Leute lässt man nicht einfach fallen, ohne den eigenen Hals zu riskieren. Ich muss zuerst meine Verpflichtungen erfüllen."

Sie konnte sich sehr gut vorstellen, welche Art von Männern den illegalen Alkoholverkauf organisierten. „Aber du *wirst* aufhören?"

„Ich hatte gedacht, wir könnten hier ein bisschen schnelles Geld verdienen. Wir brauchen es nämlich ..." Er warf einen Blick nach hinten, als würde er dort Will über dem katastrophalen Kassenbuch finden. „Aber ... ja. Wenn es geht."

„Okay." Sie streckte die Hand aus und drückte seinen Arm. Der Wunsch, eine Frau zu beeindrucken und für die eigene Mutter zu sorgen, konnte einen Mann schon zu zweifelhaften Geschäften verleiten.

Die Eingangstür ging auf. Schnell ließ Eliza ihre Hand sinken.

„Oh, Verzeihung. Störe ich?" Lynville Tates finsterer Blick hätte einen schmächtigeren Mann umwerfen können.

Axel drehte sich zu ihm um und zog die Stirn in Falten. „Was willst du?"

Die Daumen des kleineren Mannes steckten fest in seinem Gürtel. „Zum Beispiel Beratung." Er wandte sich an Eliza und lächelte. „Würde es Ihnen etwas ausmachen, mir bei der Auswahl einer neuen Metallsäge zu helfen?"

„Warum solltest du wohl meine Verlobte um Rat fragen, wenn es um eine Säge geht, und nicht mich?"

„Verlobte?" Lynville spie das Wort geradezu aus.

Eliza schielte auf ihre Stiefel und rieb sich mit den Fingern die Nasenwurzel. Vielleicht hätte sie Lynville nicht in dem Glauben lassen sollen, sie sei zu haben, nur weil seine Geldbörse unerschöpflich schien. Vermutlich würde er jetzt nie wieder einen Fuß ins *Gentleman's Emporium* setzen.

„Ja. Eliza und ich heiraten morgen."

Sie wischte sich ein Stäubchen vom Mieder, um zu kaschieren, wie sehr ihre Hände zitterten. *Morgen.* Aber genau das tat man schließlich als Katalogbraut – man heiratete noch am selben Tag, an dem man ankam. Natürlich würden sie nicht warten.

„Und wenn sich nun noch ein anderer Mann für sie interessierte?"

O nein. Eliza schenkte ihm das strahlendste Lächeln, das sie zustande brachte. „Lynville, ich bin geschmeichelt, dass Sie glauben, mich würde auch ein anderer Mann heiraten. Aber ich bin seit zwei Monaten mit Axel verlobt. Es ist ein bisschen spät für Konkurrenz." Ob Will wohl auch seinen Hut in den Ring geworfen hätte, wenn er nicht gewusst hätte, dass sie verlobt war? Und warum war ihr diese Frage so wichtig? Sowieso war das höchst unwahrscheinlich, nachdem er heute Morgen vor ihr die Flucht ergriffen hatte.

„In der Tat." Lynville warf die Schultern zurück und das Kinn vor. „Trotzdem brauche ich eine Säge."

Eliza lächelte beiden zu, während sie die Luft ausstieß. „Ich glaube, Axel hat recht. Er kann Sie viel besser beraten als ich." Sie drehte sich um, eilte ins Hinterzimmer und sank dort auf eine Kiste. Wie konnten ein paar Wochen ihre Vorfreude darauf, zu heiraten, so verändern? Axel wollte sie noch immer zur Frau nehmen, obwohl sie mittellos war. Gerade eben hatte er auf sie gehört – wie schon in seinen Briefen –, und sie hatte gesehen, wie er für seine Mutter sorgte. Ganz zu schweigen davon, dass er ziemlich gut aussah.

Warum wurde ihr dann ein wenig schwer ums Herz, als sie sein Aussehen mit Wills verglich und feststellte, dass Axel schlechter abschnitt? War sie etwa so oberflächlich geworden, dass sie wegen eines bloßen Anflugs von äußerer Anziehung enttäuscht war? Sie selbst war nicht annähernd so attraktiv wie einer der beiden und zu Hause in Pennsylvania hätten sie ihr vermutlich keinen Blick gegönnt.

Dass ihre erste Begegnung mit Axel so holperig verlaufen war, musste ihre Gefühle durcheinandergebracht haben. Aber ihr nächstes Gespräch musste ja nicht so ungeschickt vonstattengehen. Sie sog die Luft ein und stand auf. Sobald Lynville weg war, würde sie nach vorn gehen und mit Axel über die Hochzeit sprechen.

Kapitel 11

„Vielen Dank, dass Sie hereingeschaut haben." Eliza wickelte den Einkauf für einen älteren Kunden ein, aber ihr Lächeln war nicht sehr überzeugend. Axel stand hinter ihr und beobachtete jede kleinste Regung. Und das schon fast den ganzen Nachmittag. „Beehren Sie uns bald wieder."

„Sehr gern, junge Lady." Der Mann salutierte und verließ pfeifend den Laden.

Ein Klatschen hinter Eliza ließ sie herumfahren und ihr wurde heiß angesichts dieser Anerkennung ihres Verlobten. Axels Lächeln hätte nicht breiter sein können. „Kein Wunder, dass Will dir den Laden überlassen hat. Wir haben ganz sicher nicht dein Talent. Du ahnst, was ein Kunde braucht, obwohl er es selbst nicht einmal weiß." Axel zog seine Taschenuhr heraus und seufzte zufrieden. „Zeit zu schließen."

Während er durch den Mittelgang zum Eingang schlenderte, lehnte Eliza sich an den Tresen. Hatte sie schon jemals einen so langen Tag erlebt? Erst der aufregende Vormittag mit dem fedrigen Kissenabenteuer, bevor Will die Flucht ergriffen hatte, und dann Axel, der sie den ganzen Nachmittag über beobachtet hatte wie ein Adler, der die Prärie nach Beute ausspäht. Eliza öffnete die Geldkassette und begann die Pennys zu zählen. Das beruhigte sie etwas. Beim Klang des Riegels, den Axel vor die Eingangstür schob, kehrte die Gänsehaut zurück, die sie in dem Moment überlaufen hatte, in dem sie ihrem Zukünftigen begegnet war.

Während der letzten drei Stunden hatte Axel nichts anderes getan, als sie zu bewundern. Es war eine seltsame Empfindung. Welcher Mann hatte sie je zuvor bewundert? Lynville, na schön, aber sein Blick war ihr nie so … tief vorgekommen. Axel hätte aufhören sollen, sie anzustarren, und sich an die Arbeit machen. Aber wie oft musste ein Mann mit der Situation zurechtkommen, dass er eine Frau heiraten würde, die er erst seit ein paar Stunden kannte? Noch dazu eine, die keine Schönheit war. Das flaue Gefühl in ihrem Magen verstärkte sich.

Morgen. Sie hatte zugestimmt, ihn morgen zu heiraten. Er war für eine halbe Stunde verschwunden, um mit dem Pfarrer zu sprechen, aber was war sonst noch zu tun? Sie versuchte tief durchzuatmen, aber ihre Lungen verweigerten den Dienst. Wie würde Will die plötzliche Neuigkeit aufnehmen? Würde es dann leichter sein, mit ihm zusammenzuarbeiten? Oder würde seine Miene noch finsterer werden?

„Du siehst erschöpft aus, Liebling." Axel trat hinter sie und legte ihr leicht die Hand aufs Kreuz.

Eliza schluckte. „Jetzt, wo der Laden zu ist, wird mir erst klar, wie viel ich bis morgen noch zu erledigen habe." Sie fuhr fort, die Nickel zu zählen, um sich davon abzulenken, dass die Wärme, die von seiner Hand ausging, ihr in die Wangen stieg.

Axel streckte den Arm aus, um den Deckel der Geldkassette zu schließen. „Ich zähle das Geld später. Wir müssen heute Abend nicht alles fertigkriegen. Wir schließen morgen wegen der Heirat."

Axels Hände umschlossen die ihren. Sein Blick senkte sich langsam, und sein vielsagendes Lächeln versetzte ihr Herz in Galopp. Jedes Mal wenn ihre Blicke sich trafen, war sie versucht, in ein albernes Kichern auszubrechen, um ihn davon abzulenken, dass ihr die Röte ins Gesicht stieg. Ein Mann, der sie in ein unbehagliches Bündel von mädchenhafter Verlegenheit verwandeln konnte, musste viel Erfahrung darin haben, Frauen zum Erröten zu bringen. Mit wie vielen anderen er wohl schon geflirtet hatte? Er war nämlich ziemlich gut darin.

Eliza strengte sich an, ihre Hände zu entspannen, die in den seinen lagen. Der Gedanke daran, einen Fremden zu heiraten, war weniger alarmierend gewesen, bevor er sie berührt hatte.

„Du musst nicht zittern." Axel drehte ihre linke Hand um und hob sie hoch, um einen Kuss hineinzuhauchen. Dann blinzelte er ihr zu. „Es wird schon mit uns klappen."

Eliza entzog ihm ihre feuchten Hände. Um den Reflex zu vertuschen, wischte sie sie an ihrer Schürze ab. „Ich weiß, wir haben gesagt, wir heiraten, sobald ich da bin … Aber diese Wochen bei Mrs Lightfoot … Ich müsste es ihr erklären. Und dann muss ich packen und … natürlich etwas essen."

„Wir können im Hotel essen."

Eliza presste eine Hand auf den Magen. „Ich bin noch nicht hungrig."

„Also schön. Wie wär's, wenn du jetzt deiner Zirkuslady die gute Nachricht überbringst, dich schön anziehst und ich dich um sechs abhole?"

Zirkuslady? Irena war so viel mehr als das. Aber die Bezeichnung würde sie vermutlich auch nicht stören; die Leute hatten sicher schlimmere Namen für die arme Frau. „Okay. Aber was ist mit Will?"

Axel hob die Brauen. „Was mit *Will* ist?"

Ja, Will. Oder hätte sie ihn Mr Stanton nennen sollen? Zumindest William. Wann hatte sie eigentlich angefangen, ihn Will zu nennen? Und warum dachte sie überhaupt an ihn, während ihr Verlobter vor ihr stand und seine elektrisierenden blauen Augen jeden Zentimeter ihres Gesichtes erforschten? „Ähm … wenn William kommt, wird er glauben, ich hätte meine Pflichten vernachlässigt."

Axel schob die Geldkassette an die Wand. „Er wird es schon verstehen, wenn ich ihm heute Abend sage, dass wir heiraten."

„Aber …" – sie warf einen Blick auf das Kassenbuch – „vielleicht sollte ich noch mal über die Bücher gehen. Ich habe dies hier vorhin durchgesehen, aber ich habe mich gefragt, ob ich seine Zahlen nicht etwas begradigen sollte."

„Nicht nötig." Axel legte seine Hand auf ihre Wange und lenkte ihren Blick auf ihn. „Will tut sich schwer mit Zahlen und auch mit dem Lesen, das stimmt schon. Aber wenn etwas nicht aufgeht, zeigt er es mir, und ich bringe die Sache in Ordnung. Ein Penny mehr oder weniger, darauf kommt es nicht an. Aber wenn du meinst, führe ich von jetzt an die Bücher – dich müssen wir für die Kunden aufsparen."

Die Hitze in ihren Wangen fühlte sich nun schon angenehmer an. Ihr

Seufzer kam aus tiefster Seele. Dieser Mann glaubte an sie. Alles würde gut werden. Eliza lächelte. „Also schön. Aber ich wünschte, ich könnte herausfinden, wie William am besten in diesen Laden passt – außer mit seinen Waffenreparaturen, natürlich.“ Elizas Augen weiteten sich. Ihre Zunge! Würde sie sie jemals im Zaum halten können? „Ich meine, er leistet gute Arbeit, aber ich habe mich gefragt, ob wir ihn … auszahlen sollten – damit er studieren könnte.“ Er *musste* studieren. Und da er in der letzten Woche kaum mit ihr gesprochen und sie so gut wie gar nicht angesehen hatte, wäre es vielleicht am besten so.

Allerdings war das *vor* dem Vorfall mit dem Kissen gewesen … Die Wärme in ihren Wangen nahm zu, bis Eliza nahezu glühte. Sie griff zu einem dicken Bogen Papier und fächelte sich Luft zu.

Axel legte den Kopf in den Nacken. „Dafür haben wir leider das Geld nicht. Und wenn du wirklich willst, dass ich aufhöre, Schnaps zu verkaufen, werden wir Zeit brauchen, um uns ein finanzielles Polster aufzubauen. Es sei denn, wir machen mit dem Schnapsverkauf weiter, um …“

„Nein. Ich möchte, dass du das aufgibst.“ Obwohl der Gedanke daran, dass Will dann noch ein paar Jahre länger in ihrer Nähe sein würde, Eliza Bauchschmerzen verursachte. „Zu dumm, dass der Sheriff mir nur zehn Dollar von meinem Geld zurückgeben konnte. Natürlich hätten auch meine Ersparnisse wahrscheinlich nicht …“

„Ach?“ Axel straffte sich. „Hat er die Gangster bereits geschnappt?“

„Ja.“ Eliza warf einen finsteren Blick in Richtung des Gefängnisses, obwohl sie gehört hatte, dass das Räubertrio sich nicht mehr dort befand.

„Alle?“

Eliza nickte. „Sie hatten aber nur einen kleinen Teil der Beute bei sich und sie weigerten sich natürlich preiszugeben, wo der Rest ist …“ Sie sah zu Boden. „Axel, es tut mir leid wegen des Geldes. Ich weiß, ich habe versprochen, ich würde mit meinem Ersparten kommen. Aber der Sheriff hat nicht viel Hoffnung, dass noch mehr wiedergefunden wird.“

„Sie haben es vermutlich längst ausgegeben.“

„Wie hätten sie so rasch so viel Geld ausgeben sollen?“

Axel zuckte die Schultern. „Ich schätze, Kriminelle haben in der Regel Schulden untereinander."

Im Moment war Elizas Verlobter ebenfalls ein … Krimineller. Alkohol zu verkaufen, war nicht einfach nur falsch, es war illegal. Hatte er vielleicht auch noch diesbezügliche Schulden, nicht nur die für den Laden? Eliza schluckte, um das beklemmende Gefühl in ihrer Brust loszuwerden. Irgendetwas in seiner Stimme sagte ihr, dass er ihr etwas verschwieg. Eliza hatte einfach nicht ausreichend über diese Verbindung nachgedacht. Aber konnte sie ihn jetzt noch abweisen, wo sie eingewilligt hatte, ihn morgen zu heiraten?

„Was ist denn aus dem Kerl geworden, der dich verletzt hat?" Axel starrte wieder auf ihre Narbe.

Eliza hoffte, dass Will recht hatte damit, dass die Narbe verblassen würde. „Ich vermute, der Sheriff hat sie alle in irgendein Gefängnis gebracht. Oder sie wurden bei einem Richter vorstellig. Ich weiß es nicht. Je weniger ich an die ganze Sache denke, desto besser. Sonst ärgere ich mich nur darüber, dass ich meine Ersparnisse verloren habe, und dann …"

„Sch…" Axel schüttelte den Kopf und schürzte in einer Geste des Mitgefühls die Lippen. „Du solltest nicht mehr darüber brüten, Liebste. Es ist nicht nötig, den Albtraum noch einmal zu durchleben."

Nein, sie wollte jenen Tag nicht noch einmal durchleben, aber das gestohlene Geld betraf sie dennoch beide. „Vielleicht sollten wir einen Kredit aufnehmen, um William auszuzahlen. Er … ist nicht so interessiert an meinen Ideen, wie du es bist."

„Nein?" Axel zog die Stirn in Falten.

„Ich meine, er ist ein herzensguter Kerl. Aber er hat keinen Blick fürs Geschäftliche und scheint nicht viel von Veränderungen zu halten, obwohl der Laden schlecht läuft." Sie sollte aufhören, bevor sie nicht nur Will, sondern auch noch Axel verärgerte. Warum musste sie unbedingt noch mal darauf zu sprechen kommen, seinen Freund loszuwerden? „Und jeder sagt, er würde einen guten Arzt abgeben."

Wie sollte sie mit zwei Männern zusammenarbeiten, die sie beide innerlich zum Erzittern brachten – wenn auch auf unterschiedliche Weise?

Nein, jetzt stellte sie sich lächerlich an. Wenn sie morgen erst einmal in vollem Sinne Axels Frau geworden war …

Eliza schloss die Augen, unwillig, noch weiter vorauszudenken. Nur noch ein paar Stunden, in denen sie ihre Gedanken im Zaum halten musste … ihre Sorgen abwehren … dann würde diese Nacht hinter ihr liegen. Und dann würde sie dem Rest ihres Lebens ins Auge sehen müssen. Was genau würde es bedeuten, mit diesem Fremden verheiratet zu sein?

„Ich kann meinen Freund nicht rausschmeißen."

Eliza riss die Augen auf. „Das habe ich doch nicht gemeint."

„Du hast recht, er sollte Arzt werden. Mit deinem Verkaufsgeschick werden wir ihm rasch zu genügend Ersparnissen verhelfen. Und bevor du dich versiehst, wird er verschwunden sein." Axel streichelte ihre Hand. „In der Zwischenzeit wird er dir sehr nützlich sein. Du wirst jemanden zur Unterstützung brauchen, solange ich noch reisen muss."

Eliza konnte seinem intensiven Blick kaum standhalten. Da Axel fasziniert von ihr zu sein schien, würde es vielleicht gar nicht so schwer werden, ihre Gedanken von Will abzulenken. Aber wie sollten sie so tun, als hätte sich der Daunenregen nie ereignet?

„Wie lange, meinst du, wird es dauern, bis du dich aus diesen … Verpflichtungen herauslösen kannst?"

„Ein paar Monate, schätze ich. Ich werde so früh wie möglich damit anfangen. Sie werden es schon verstehen, wenn ich sage, meine junge Frau wolle mich zu Hause haben." Er lächelte und der fast durchsichtige Schnurrbart auf seiner Oberlippe glänzte in der Sonne.

Ob es wohl kitzeln würde, wenn sie sich küssten?

„Und ich möchte ja auch so oft es geht zu Hause sein." Axel ließ ihre Hand los, fasste Eliza um die Taille und befeuchtete sich, plötzlich von ihrem Mund fasziniert, die Lippen.

Ihr Herz schlug hart gegen ihre Brust. Hatte er ihre Gedanken gelesen? Würde er sie jetzt küssen? Eliza wurden die Knie weich, aber Axel hielt sie, während er näherkam. Sie zwang sich, ihm in die Augen zu sehen. Sie würde jetzt nicht die Zimperliche spielen und in Ohnmacht fallen, nur weil ihr Verlobter sie küssen wollte. Der Mann würde schon in wenigen Stunden ihr Ehemann sein, zum Kuckuck.

„Von morgen an werden du und ich … unzertrennlich sein.“

Seine Lippen trafen heftig auf die ihren, sodass Eliza nach seinem Hemd griff, um nicht nach hinten zu fallen. Sein Schnurrbart war rauer, als sie gedacht hatte, und kratzte auf der empfindlichen Haut unter ihrer Nase. Axels Lippen spielten einen Moment lang mit den ihren und erforschten sie dann mit einer Intensität, mit der sie nicht mithalten konnte. Dann versuchte er, ihre Lippen zu öffnen. Eliza wollte sich ihm entziehen, aber Axels Arme schlossen sich um sie. Sollte sie ihn etwa einfach machen lassen? Sie versuchte mitzuspielen, aber ihre Lippen wollten ihr nicht gehorchen. Ob Wills Umarmung wohl auch so fordernd gewesen wäre? Irgendwie konnte sie sich das nicht vorstellen. Er schien immer so zurückhaltend, so aufmerksam. Überhaupt nicht der Typ, der sie an sich reißen würde und …

Ein kräftiges Husten hinter ihr ließ ihr die Hitze das Rückgrat hinaufschießen. Sofort ließ Eliza Axels Hemd los. Zum Glück hielt er sie noch in den Armen, sonst wäre sie hingefallen. Ohne seine Hände von ihr zu nehmen, blickte Axel ihr über die Schulter.

„Hallo, Will, alles in Ordnung? Wir haben dich gar nicht kommen hören.“

Eliza zwang sich, den Kopf gerade so weit zu drehen, dass sie beobachten konnte, wie Will durchs Hinterzimmer hereinkam. Sie versuchte von Axel wegzukommen, aber er löste seine Arme nicht von ihr. Vielleicht war es am besten so. Sie konnte nicht so tun, als gehöre sie in Wills Arme, nur weil sie sich einen Moment lang vorgestellt hatte, wie die sich wohl anfühlen würden. Sie war nach Salt Flatts gekommen, um Axel Langston zu heiraten, nicht William Stanton. Und doch hatte sie an einen anderen Mann gedacht, während ihr Verlobter sie küsste.

Sie würde besonders hart arbeiten, damit sie rasch das Geld verdienten, das Will ein Studium ermöglichen würde. Denn wie sollte sie sich selbst in die Augen schauen, wenn sie nicht aufhören konnte, an Will zu denken, selbst wenn sie in Axels Armen lag?

Will räusperte sich noch einmal, aber der Knoten in seiner Kehle war mindestens so groß wie der in seinem Magen und weigerte sich hartnäckig zu verschwinden. „Ich glaube, ich hab was verschluckt."

Ja, da steckte etwas Saures und Bitteres in seiner Kehle, das ihm die Luft nahm und sein Herz am Schlagen hindern wollte: die zerstörte Hoffnung, dass Axel und Eliza doch nicht zueinanderpassten. Sicher würde er Axels Trauzeuge sein und hatte sich bereits darauf eingestellt, ihren Hochzeitskuss mit ansehen zu müssen. Aber was er hier eben beobachtet hatte, war nicht einfach ein scheuer Kuss gewesen. Wie konnte eine Frau, die mit diesem Mann höchstens seit ein paar Stunden zusammen gewesen war, bereits so eng umschlungen in seinen Armen liegen?

William rieb sich den Nacken und blinzelte, weil seine Augen sich anfühlten, als habe jemand Sand hineingestreut – zusätzlich zum Splitt in seiner Kehle. „War wohl eine Mücke oder so was." Er atmete tief durch, bemüht, Eliza nicht anzustarren. Aber er konnte es nicht lassen, Axels Hand zu beobachten, die besitzergreifend um Elizas Taille lag. „Ich bin zurückgekommen, um Eliza zu helfen, den Abschluss für heute zu machen. Aber offensichtlich werde ich nicht gebraucht."

„Mensch, Junge, schön, dich zu sehen."

Will schüttelte sich. „Tut mir leid. Schließlich platzt man nicht jeden Tag in …" Er winkte abwesend mit der Hand in ihre Richtung, hielt dann aber den Mund, bevor er seine Gefühle noch mehr verraten hätte. „Schön, dass du wieder da bist."

Eliza versuchte wieder einen Schritt Abstand zwischen sich und Axel zu bringen und diesmal ließ er sie glücklicherweise los. Endlich seinen Armen entkommen, drehte sie sich um, öffnete die Geldkassette und begann die Banknoten zu zählen. Aber auch das konnte die Röte in ihrem Nacken nicht verbergen. War sie verärgert, dass er Axels Umarmung so bald unterbrochen hatte – so unerträglich bald, wie die wenigen Sekunden verflogen waren, in denen ihre Hand auf der Suche nach Federn seinen Körper erspürt hatte? Das lag ja kaum ein paar Stunden zurück.

Axel verschränkte die Arme.

Will wandte seinen Blick von Eliza ab und sah Axel direkt in die übermäßig strahlenden Augen. „Was sagt der Arzt?" Er wies auf das Bein seines Freundes, verzweifelt bemüht, ein Thema zu finden, das nichts mit der Verlobten seines Geschäftspartners zu tun hatte.

„Wenn mir beim Reiten schwindelig würde, sollte ich absteigen. Ist aber nicht passiert."

„Gut." Wäre Axel doch bloß auf dem Rückweg vom Pferd gefallen, dann hätte er wohl kaum Eliza küs… *Nein. Halt.* Wie konnte er nur wünschen, dass sein Freund zu Schaden gekommen wäre?

Alle unsere Gedanken bezwingen.

Er würde seine Liste verbotener Gedanken erweitern müssen. Jetzt gehörte auch dazu, seinem Freund Übles zu wünschen.

„Zum Glück war das Bein nicht gebrochen, aber die Fäden sind gezogen, sodass ich nicht mehr fürchten muss, es könnte sich entzünden."

Will schielte zu Eliza hinüber, wandte den Blick aber sofort wieder ab. „Seit wann bist du in der Stadt?"

„Seit ein paar Stunden. Ich war überrascht, dich nicht anzutreffen."

Sehr besorgt war Axel offensichtlich nicht gewesen, wie die Szene bewies, in die er hineingeplatzt war. „Du hast sicher schon bemerkt, dass Eliza im Geschäft sehr gut allein zurechtkommt."

„Durchaus. Aber es sieht dir gar nicht ähnlich, einfach von der Arbeit zu verschwinden, wenn du nicht gerade krank bist oder nach einem Patienten sehen musst."

„Ich *fühlte* mich krank, aber die frische Luft hat mir gutgetan." Die Wahrheit war: Jeglicher Erholungseffekt seines Spaziergangs war sofort weg gewesen, als er Zeuge jener Szene geworden war. Axels und Elizas Kuss hatte seinen Magen noch viel mehr in Aufruhr versetzt als sein Missbehagen vom Vormittag. „Also, machen wir den Laden zu." Je weniger Zeit er mit den beiden verbrachte, desto besser. Er hatte geglaubt, Axels Rückkehr wäre das Beste, das ihm passieren konnte. Doch er hatte nicht mit dem unwiderstehlichen Drang gerechnet, ihn jetzt windelweich zu prügeln.

„Eliza wollte gerade zu Mrs Lightfoot aufbrechen, um sich zum Abendessen umzuziehen. Stimmt's, Schatz?" Axel griff nach Elizas Hand, die immer noch Geld zählte. Wie ein verwirrtes Kätzchen schlug sie die Augen auf, legte aber das Geld aus der Hand.

„Stimmt." Eilig zog sie die Schürzenbänder auf und stürmte an Will vorbei, ohne ihn anzusehen. Es war ihm gerade recht, dass sie nicht zu genau hinsah. Er schloss die Augen, damit Axel die Qual nicht sah, die ihm die Seele zerriss. „Wir sehen uns morgen, William", rief Eliza von vorn.

„Ja, morgen", flüsterte er mehr zu sich selbst.

Kaum war Eliza aus dem Laden, setzte Axel das breiteste Grinsen auf, das Will je gesehen hatte. „Ich hab noch ein gutes Tröpfchen Schwarzgebrannten bei mir versteckt. Wenn wir vom Essen zurück sind, spendier ich dir einen Drink. Meinen letzten Tag als freier Mann kann ich wohl mit einem guten Schluck oder auch zwei feiern, was?"

Will schüttelte den Kopf. Axel wusste, dass er keinen Alkohol anrührte. Aber er hatte gern Gesellschaft, wenn er sich einen hinter die Binde kippte. „Letzter Tag als freier Mann?"

„Wir heiraten morgen."

Will erstarrte. Nach ein paar Stunden ein Kuss, nach einem Tag die Hochzeit. Er hatte sich etwas vorgemacht zu glauben, dass er auch nur die geringste Chance hätte, ihre Pläne zu ändern. Aber war Axel überhaupt bereit, Eliza zu heiraten, wenn er es als Verlust der Freiheit verstand? „Bist du sicher, dass du wirklich so schnell ein verheirateter Mann sein willst?"

Axel verzog das Gesicht. „Ich weiß, ich hab dir nichts von ihr erzählt – vermutlich hab ich selbst nicht geglaubt, dass daraus was werden würde. Aber schließlich warst du es, der mich überredet hat, mir eine Katalogbraut zu suchen. Du wirst mir doch jetzt nicht empfehlen, sie sitzen zu lassen?"

„Warten heißt nicht sitzen lassen."

„Warten? Wozu?"

Um ihr Zeit zu geben zu merken, dass sie lieber mich heiraten will. William raufte sich das Haar. „Stimmt. Bei Katalogbräuten läuft das wohl nicht so. Ich bin nur überrascht, dass du … es gar nicht erwarten kannst."

Axel setzte eine finstere Miene auf. „Keine Frau wollte mich bisher, obwohl ich gar nicht so übel bin. Nur weil es hier zu viele Männer zur Auswahl gibt."

Zu viele Männer, die – anders als Axel – nicht einfach jedes Mädchen küssten, das sich in der Stadt sehen ließ. William ballte die Fäuste. Axel hatte Nancy nie angerührt. Aber er hatte oft genug Mädchen zu einem Stelldichein am Flussufer eingeladen – und dann stolz wie ein Gockel damit angegeben, wie leicht es gewesen war, einen Kuss zu erhaschen.

„Ich weiß ja, dass ich kein Musterexemplar von einem Ehemann abgebe." Axel ließ einen Vierteldollar auf dem Tresen kreisen. „Und dass Pa mich am liebsten erwürgen würde, wenn ich mit einer Katalogbraut ankomme. Aber du hast mich überzeugt: Ich brauche eine Frau. Und hier in der Gegend weiß jeder, dass ich kein Heiliger bin."

Musste er sich jetzt auch noch anhören, dass Axel zugab, Eliza nicht zu verdienen? Er konnte seinem Freund gern behilflich dabei sein, seine Fehler aufzuzählen. Und ihm jede Menge Gründe liefern, warum er Eliza nicht schon morgen vor den Traualtar zerren sollte …

„Ich muss mich ändern. Ma gibt mir ja Grund genug, nicht wieder in Schwierigkeiten zu geraten. Aber ich brauche mehr Vernunft. Eliza könnte mir das bieten."

Könnte? Will sog die Luft ein. Eliza brachte doch keinen Mann zur Vernunft. Im Gegenteil, sie trieb einen Mann zum Wahnsinn. In einem Moment wollte er sie mit seinen Blicken niederzwingen, damit sie ihre neueste verrückte Geschäftsidee aufgab; im nächsten hätte er am liebsten alles verkauft, was er besaß, um erwerben zu können, was immer sie sich wünschte. Und wie sie den Kopf neigte, wenn sie ansetzte, um ihm wieder eine neue Idee zu verkaufen! Wie oft hatte er an sich halten müssen, um nicht ihr trotzig vorgeschobenes Kinn zu packen und sie zu küssen, bis sie sich nicht mehr auf den Beinen halten konnte?

Sie war der reine Wahnsinn.

„Ich kann sie nicht wieder gehen lassen."

William leckte sich über die Lippen. Axel schien tatsächlich mehr und mehr überzeugt, dass diese Ehe eine gute Sache war. „Aber … bist du ihrer würdig?"

„Nein. Aber gibt es einen besseren Grund zu versuchen, es zu werden?" Axels Schnurrbart wippte, als er lächelte. „Und schließlich sagst du mir seit mehr als einem Jahr, es sei Zeit, dass mich jemand an die Leine legt."

Will schloss die Augen. Seine Haut brannte angesichts dieser Niederlage. Wie oft hatte er darum gebetet, dass irgendetwas oder irgendjemand Axel helfen würde, zu einem besseren Mann zu werden. Nun hatte Gott eine Antwort auf Wills Gebete geschenkt – eine Antwort, um die er sich am liebsten mit Axel geprügelt hätte. „Vermassel das bloß nicht."

Kapitel 12

„Wie oft soll ich es noch sagen? Lassen Sie Ihre Haare in Ruhe!" Irena humpelte zu Eliza und schob ihr die Haarnadel ordentlich hinters Ohr. Die Haarsträhne rutschte sofort wieder heraus, als wolle sie dagegen protestieren, für die bevorstehende Hochzeit festgesteckt zu werden.

Eliza blickte auf die Uhr im Foyer, in dem sie seit einer halben Stunde nervös hin- und herlief. Wenn sie nicht in fünf Minuten zur Kirche aufbrach, würde sie ihre eigene Hochzeit verpassen. Warum war Irena nur so stur? Wenn Eliza sich heute jemanden an ihrer Seite wünschte, dann sie. „Sie haben es sich nicht anders überlegt?"

Irena schüttelte den Kopf und Eliza vermutete ein Stirnrunzeln hinter dem Schal der älteren Frau. „Nachdem mein erster Mann gestorben war, habe ich noch einmal geheiratet – eine schlechte Wahl, weil ich dachte, Gefühle seien nicht wichtig. Sie sind wichtig! Ich werde ganz bestimmt nicht zusehen, wie Sie denselben Fehler machen."

Von Irenas Liebesleben wusste Eliza nichts. Aber ihre eigene Mutter war ihren leidenschaftlichen Gefühlen gefolgt und hatte dadurch auch keine guten Entscheidungen getroffen. „Sie vergessen eins: Ich *will* Axel heiraten." Jedenfalls hatte sie es gewollt, bevor andere Gefühle ins Spiel gekommen waren. Wenn sie nicht enden wollte wie ihre Mutter, musste sie ihre wankelmütigen Emotionen bezwingen. Die ganze Nacht hatte sie von dem Kuss geträumt – nur dass es nicht Axels Arme waren, die sich um sie gelegt hatten, sondern Wills.

„So wie Sie über William reden, bin ich mir sicher: Was immer da oben vorgeht“ – Irena tippte Eliza auf die Stirn – „sollte ausreichen, damit Sie sich noch Zeit lassen.“

Konnte Irena Gedanken lesen? Aber ihre Träume waren doch … nur Träume.

„Ich hatte ein paar Wochen Zeit.“ Eliza griff nach dem zerzausten Blumenstrauß, den sie am Vormittag gepflückt hatte, und starrte auf die schlaffen Stiele in ihrer Hand. Aus Angst, Axel könne ihr einen der Sträuße reichen, die Will für den Laden gebunden hatte, hatte sie sich lieber selbst darum gekümmert. Die blühenden Unkräuter würden reichen müssen. „Ich bin kein junges Mädchen mehr und schön war ich sowieso nie. Mein Traum liegt zum Greifen nahe und ich werde ihn mir nicht durch die Finger schlüpfen lassen.“

„Sie reden vermutlich von einem Laden und nicht von einem Mann.“

Eliza stemmte sich eine Hand in die Hüfte. „Ihr Traum war es, den Zirkus hinter sich zu lassen. Und Sie sind hiergeblieben, obwohl Ihr Mann sich anders entschieden hat.“

Irena sog tief die Luft ein, wobei ihr Schal sich eng an sie schmiegte. „Männer können enttäuschen.“

„Genau. Sie haben auch Ihren Traum gewählt, nicht Ihren Mann. Sie haben die Pension aufgebaut, damit die Leute Sie nicht mehr für Geld angaffen.“

„Da haben Sie recht. Jetzt gaffen sie mich an, ohne zu zahlen.“

Eliza konnte nicht verhindern, dass ihr ein bitteres Lachen entschlüpfte.

Irena musste ebenfalls grinsen und zuckte die Schultern. „Trotzdem: Ich werde Ihre Heiratsurkunde nicht unterschreiben. Wenn es schiefgeht …“

„*Wenn* es schiefgeht. Ich bin darin geübt, aus jeder Situation das Beste zu machen.“ Das Weggehen ihrer Mutter zum Theater, der Tod ihres Vaters, ihr Bruder, der nicht einsehen konnte, dass er sie brauchte … all das hatte sie sich nicht ausgesucht. Und hier hatte sie zumindest ein Wort mitzureden. Axel war vielleicht nicht gerade arbeitsversessen, aber sie würde ein eigenes Geschäft haben.

„Schön, *wenn* es schiefgeht, werde ich umso glücklicher sein, dass ich nicht nachgeholfen habe.“

„Und wenn Axel das Beste ist, das mir je passiert ist?"

„Dann würde ich in Jubel ausbrechen, dass Gott Ihnen eine solche Gunst erweist."

„Und? Warum sollte er nicht?" Nun ja, Eliza war nicht gerade im engsten Kontakt mit Gott; das konnte ein Problem sein. „Und außerdem ist eine gute Ehe schließlich mehr als die Schmetterlinge im Bauch, die man beim ersten Treffen empfindet. Eine gute Ehe basiert darauf, dass man sich einig ist, was man im Leben will."

Die Verliebtheit ihrer Eltern hatte keinen Bestand gehabt. Nur weil Wills Blicke noch mehr Schmetterlinge in ihrem Bauch zum Tanzen brachten als Axels forschende Augen, hieß das nicht, dass sie glücklich würde, wenn sie auf ihren Bauch hörte. Axel zu heiraten, hieß, dass sich ihr Traum erfüllte. Sie würde also keinen Grund haben, ihn zehn Jahre und zwei Kinder später zu verlassen, um ihren Traum zu verfolgen – so wie ihre Mutter. „Ich muss jetzt gehen."

„Ich möchte Ihnen noch etwas geben." Irena öffnete ein verziertes Kästchen, das sie mit nach unten gebracht hatte, und entnahm ihm eine Perlenkette. „Ich habe sie bei meiner ersten Hochzeit getragen. Sie gehört Ihnen – für heute und dann für immer."

Eliza schlug sich die Hand vor den Mund. „Das kann ich nicht annehmen."

Irena öffnete den Verschluss. „Ich habe keine Tochter, der ich die Perlen vermachen kann. Und ich habe noch nie eine Freundin gehabt wie Sie, die mich so normal behandelt." Irena schlüpfte hinter sie, vermutlich um ihre Tränen zu verbergen, denn ihre Stimme klang belegt. „Bitte."

„Also gut", flüsterte Eliza. Im Flurspiegel beobachtete sie, wie Irenas Perlen ein wenig unter den bescheidenen V-Ausschnitt ihres cremefarbenen Hochzeitskleides glitten. Ein Kamm von ihrer Großmutter steckte ihre Locken hoch. Eliza kam sich beinahe schön vor – wäre da nicht die pinkfarbene Narbe auf ihrer Wange gewesen.

Irena drückte Elizas Schultern, während sie ihre junge Freundin im Spiegel betrachtete. „Kommen Sie, ich lege Ihnen da etwas Bühnen-Make-up drüber. Nur für heute. Sie sollten sich so schön fühlen, wie es nur geht."

Eliza nickte und rieb mit den Fingern ihre Wange. Warum war sie so ungeduldig gewesen? Wenn sie nicht zu früh gekommen wäre, wäre sie nicht nur kein Opfer eines Überfalls geworden, der ihr ihr ganzes Geld und das bisschen Attraktivität, das sie besaß, geraubt hatte. Sie hätte auch kaum Zeit mit Will verbracht. Eliza strich über den breiten Rüschenkragen, der fast den gesamten Oberkörper bedeckte, glättete die Seidenbänder, die am Mieder nach unten liefen, und versuchte sich den Gedanken aus dem Kopf zu schlagen, einfach nach oben zu rennen und sich irgendwo zu verkriechen.

„So, hier haben wir's schon." Irena stellte ein paar kleine Döschen auf den Tisch am Spiegel und nahm einen Pinsel zur Hand. „Ein wenig Rouge habe ich auch mitgebracht."

„Oh, bitte nicht." Eliza wollte nicht aussehen wie eine Frau von der Straße.

„Nur einen ganz feinen Hauch. Sie sind nämlich blasser als die Albinos in einem Kuriositätenkabinett."

Wie versprochen trug Irena nur wenig Pink auf ihre Wangen auf, verwendete aber viel hautfarbenen Puder, um die Narbe zu verdecken. Die Farbe sah nicht ganz natürlich aus, aber das tat die Narbe schließlich auch nicht. „Vielen Dank. Es macht die Sache ein bisschen besser."

„Nun, dann mal los. Sie sind spät dran."

Nach einer flüchtigen Umarmung und in dem Wissen, dass sie nie wieder einen ruhigen Abend allein mit Irena verbringen würde, griff Eliza nach dem zum Kleid passenden Sonnenschirm und machte sich auf den Weg zur Kirche drei Straßen weiter. Zum Glück war es kaum windig und sie würde ihre Frisur nicht neu richten müssen, bevor sie vor den Altar trat. Eliza zwang sich, einen Fuß vor den anderen zu setzen.

Vor den Eingangsstufen der großen Sandsteinkirche am Rande der Stadt lief Will nervös auf und ab. Seine Schritte waren zwanzigmal eiliger als ihre. Als er aufsah, trafen sich ihre Blicke kurz, dann nahm er seinen Marsch wieder auf. Eliza klappte den Sonnenschirm zu und trat durch die Pforte auf den Kirchhof. Ob sie warten sollte, dass Will stehen blieb? Oder war es besser, einfach an ihm vorbei in die Kirche zu gehen?

Eliza entschied sich zu warten. Noch ein letztes Mal wollte sie allein mit ihm sprechen, solange sie noch eine unverheiratete Frau war.

Erneut sah Will sie an. Diesmal hielt er in seinem besessenen Gerenne inne. „Eliza?"

Es zuckte um ihre Lippen. Sie wusste, dass sie anders aussah, aber er schien ganz und gar überrascht. Ob er sie wohl attraktiv fand – trotz der Narbe unter dem Make-up? „Ja?"

„Also … tja, das nenne ich mal ein Kleid."

Eliza verbarg ihr Lächeln mit der Hand. „Ich trage doch jeden Tag eines."

„Ich meine, es ist viel schöner als … nun …"

„Vielen Dank für das Kompliment." Eliza zog an den Ärmeln, die nicht ganz bis ans Handgelenk reichten, und ging zu ihm. „Ist Axel schon drin?"

Will nickte und sah sich um. „Wo ist Mrs Lightfoot?"

Eliza seufzte. „Sie hat beschlossen, nicht zu kommen." Sie wollte Irenas Weigerung nicht als schlechtes Omen betrachten. „Ich hatte gehofft, die Frau des Pfarrers könnte meine Trauzeugin sein."

„Das macht sie bestimmt." Will verschränkte die Hände auf dem Rücken. „Axel kann sich glücklich schätzen."

Und sie? Konnte sie das auch? Lohnte sich die ganze Sache wirklich – für einen Laden? Irena gegenüber hatte sie ihre Entscheidung noch verteidigt. Aber hier, so direkt neben Will …? Eliza drehte ihren Schirm in der Hand. „Vielleicht. Das heißt … Ich meine, es sei denn …" Sie seufzte. „Können Sie mir *irgendeinen* Grund nennen, warum ich Axel nicht heiraten sollte?" *Wollte* Will, dass sie diese Heirat durchzog? Gestern, als er ihren Kuss unterbrochen hatte, hatte es so ausgesehen, als wollte er am liebsten einschreiten. Und dieser Blick in seinen Augen, als sie in Federn gehüllt vor ihm gestanden hatte … und jetzt wieder …

Eliza senkte den Blick. Dass Will sie anscheinend anziehend fand und dass ihr Geist sich weigerte, sich an Axels Kuss zu erinnern … und sich stattdessen lieber vorstellte, sie küsse seinen Freund – all das hieß noch lange nicht, dass Will ihretwegen eine Freundschaft aufgeben würde. Schließlich kannte er sie ja kaum drei Wochen. Sie hatte gesehen, wie er mit Patienten umging – er entschied sich immer für das, was richtig und ehrenhaft war, egal was es ihn selbst kostete.

Eliza zwang ihre Augen, seinem Blick direkt zu begegnen. Selbst wenn er jetzt auf die Knie sinken und ihr einen Heiratsantrag machen würde, sie würde ablehnen. Hatte sie nicht gerade erst zu Irena gesagt, Gefühle führten einen nur in die Irre? Aber jetzt, da Will sie so ansah …

Will wandte sich ab und blickte ins Weite. Nachdenklich leckte er sich über die Lippen und nickte leicht, dann drehte er sich wieder um und sah ihr in die Augen. „Nein, das kann ich nicht."

Eliza betrachtete ihre Hände, die den Griff ihres Schirms massakrierten. Ihr Herz begann wieder zu schlagen. „Gut." Es war gut. Es war richtig. Es gehörte sich so. „Vielleicht können Sie sehr bald ein Studium beginnen, wo ich jetzt im Laden helfe."

Will knurrte verstimmt und fuhr sich mit der Hand durchs Haar. „Das wird nicht nötig sein. Ich habe heute Morgen mit einem Freund gesprochen. Sein Großonkel sucht jemanden, der seine Bürstenhandlung übernimmt. Ich werde sie wohl kaufen, so wie die Dinge stehen."

Eliza versuchte zu atmen, aber ihre Lungen blieben leer. „Sie verlassen uns?"

„Ja."

Sie zwang sich, den Mund zu halten, und starrte auf ihre Füße. Was er tat oder wohin er ging, spielte keine Rolle. Oder besser: Es sollte keine Rolle für sie spielen. Mit ihm allein im Laden zu sein, nachdem sie erst einmal verheiratet war, wäre peinlich gewesen, in jeder Hinsicht unangemessen. Aber Eliza wäre bereit gewesen, es auszuhalten, bis die Dinge sich wieder normal anfühlten.

Aber er hatte nicht vor, überhaupt noch zu kommen.

„Alles in Ordnung?" Will neigte den Kopf und betrachtete sie genauer.

Eliza warf ihm einen flammenden Blick zu. „Aber das ist Unsinn. Sie haben das Geld doch gar nicht. Wenn Sie es hätten, würden Sie studieren. Und weder Axel noch ich haben genug gespart, um Sie auszuzahlen."

„Das erwarte ich gar nicht." Will räusperte sich. „Betrachten Sie meinen Anteil am Laden als Hochzeitsgeschenk."

Eliza riss die Augen auf. Er gab seinen Anteil am Geschäft so einfach auf? Sie wusste ja bereits, dass er nicht die klügsten geschäftlichen Entscheidungen traf, aber das …?

Wieder fuhr Will sich durchs bereits zerzauste Haar, ließ die Hand aber rasch sinken.

„Der Eigentümer wird mich ein halbes Jahr bezahlen, damit ich mich einarbeite und das Geschäft kennenlerne. Wenn ich den Laden dann will, werde ich ihn abbezahlen."

Das klang nach einem fairen Handel. Eliza stieß die Spitze ihres Regenschirms heftig in eine Spalte auf einer der Stufen. „Aber in diesem Fall wird es Jahre dauern, bis Sie den Laden erworben haben."

„Ja."

Sie schluckte, was ihr schwerer fiel als gewöhnlich. „Und das Medizinstudium?"

„Manche Träume sterben langsam. Andere …" Will biss die Zähne fest zusammen und wandte den Blick ab. „Andere werden einem aus der Hand gerissen, bevor sie richtig angefangen haben."

Elizas Herz trommelte wilder als bei dem Gedanken an die Nacht mit Axel, die vor ihr lag. Dieses verräterische Organ war dem Mann vor ihr weitaus mehr zugetan als dem, der sie in der Kirche erwartete. Aber eine flüchtige Vernarrtheit war es nicht wert, ihr Wort zu brechen. Was für eine Ehefrau würde sie abgeben, wenn sie ihre Versprechen nicht hielt? Und sich von jedem attraktiven Mann, der ihr unter die Augen kam, den Kopf verdrehen ließ? Was wäre sie für eine Geschäftsfrau, wenn sie Pläne machte, aber mit jeder neuen Idee die Richtung wechselte? Und wie stand es um ihren Stolz, jetzt, da sie Will am liebsten am Kragen gepackt und gebeten hätte, sich die Sache noch einmal zu überlegen? Schließlich war es das einzig Richtige, dieses Angebot des Bürstenmachers anzunehmen.

Als er sich endlich wieder zu ihr umdrehte, war der Blick in seinen Augen noch gequälter als gestern. War dies wirklich der Abschied? Wegen einer Bürstenhandlung? „Warum gehen Sie wirklich fort, William?"

In diesem Moment öffnete sich die Kirchentür und ein Mann mit schütterem Haar steckte den Kopf heraus. „Ach, ich dachte doch, ich hätte Stimmen gehört." Er lächelte Eliza an, offensichtlich unbeeindruckt von dem finsteren Blick, den sie ihm zuwarf. „Wo ist Mrs Lightfoot?"

Will räusperte sich. „Sie konnte nicht kommen. Aber Eliza hofft, Ihre Frau könne vielleicht einspringen."

Eliza nickte, obwohl sie den Pastor am liebsten angeschrien hätte, weil er ihr Gespräch unterbrochen hatte.

Hinter Reverend Finch sah sie Axel nach ihr schielen. „Natürlich tut sie das." Während er Eliza genau in Augenschein nahm, stahl sich ein breites Lächeln auf seine Lippen. „Eliza, du bist atemberaubend." Er streckte die Hand aus, aber der Pastor trat dazwischen.

„Wenn meine Frau Trauzeugin sein soll, wird sie darauf bestehen, dass die Zeremonie so verläuft wie vorgesehen." Er packte Axel an den Schultern, drehte ihn um und schob ihn in die Kirche zurück. „Die Braut schreitet ohne Bräutigam zum Altar." Der Pastor öffnete die Tür weiter. „William, du gehst mit nach vorn. Tillie, die Musik."

Schnell trat Eliza einen Schritt vor, um Will den Weg abzuschneiden. „Bekomme ich noch eine Antwort?"

Will schüttelte den Kopf, den Kiefer angespannt, einen wilden Blick in den Augen. „Sie verdienen nur das Beste, Eliza. Nur das Beste." Zwei Stufen auf einmal nehmend, folgte er dem Pfarrer ins Kircheninnere.

Allein auf der Schwelle zurückgeblieben, schloss Eliza die Augen, als die ersten Klänge von einem schlecht gestimmten Klavier den Raum durchzogen. Wieder musste sie gewaltsam einen Fuß vor den anderen setzen, musste sich auf ihre Überzeugungen berufen und ihrem Traum nachjagen – dem Traum, in dem es keine Bürstenläden gab und keine küssenden Möchtegerndoktoren. Ein Traum, der nicht vorsah, dass sie auf den Laden verzichtete, den sie sich schon immer gewünscht hatte. Trotz all der bösen Vorahnungen, die in ihrer Seele tobten.

Will stapfte durch den mit Wildblumen bestreuten Mittelgang. Die Frau des Pastors, die sich darum gekümmert hatte, fand diese Heirat offenbar entschieden romantischer als er. Will schob die Hände in die Taschen und hielt den Blick auf den Fußboden gerichtet, wo er jede schöne Blüte zertrampelte, die ihm in den Weg kam. Über die Schulter warf er einen Blick auf Eliza, die noch am Eingang stand, modisch herausgeputzt und mit einem Haufen dunkler Locken auf dem Kopf. Und er hatte einmal gedacht, sie sei unscheinbar! In dem Kleid, das für eine Lady bestimmt war, wirkte ihre Taille sehr schmal und die Perlen brachten das Pink auf ihren Wangen gut zur Geltung, das wiederum das Braun ihrer Augen unterstrich.

Und er hatte ihr gerade gesagt, sie solle Axel heiraten. Es war seine Pflicht gewesen, egal wie sehr sein Magen dagegen rebelliert hatte. Will marschierte nach vorn an den Platz, den Reverend Finch ihm zuwies, und starrte auf den Rücken von Axels Anzugjacke. Die ganze Nacht hatte er kein Auge zugetan und darüber nachgedacht, wie er es bewerkstelligen konnte, dass die beiden diese Heirat noch einmal aufschoben. Und darüber, warum er so verzweifelt wünschte, dass sie aufgeschoben wurde. Hätte er heute Morgen wirklich gern in den Schuhen des Bräutigams gesteckt?

Wenn er seinem Freund die Frau vom Altar wegstahl, gab es keinen Weg, je wieder mit ihm zusammenzuarbeiten. Und wenn er Eliza überzeugte, Axel aufzugeben, wäre er weder in der Lage, ihr ein Geschäft zu bieten, noch selbst ein Medizinstudium abzuschließen. Sie würden zusammen sein, aber sie würden nichts besitzen. Und ebenso wie Nancy wollte Eliza, dass er Arzt wurde. Wenn er seine einzige Einkommensquelle verlor, würde das ein Studium in noch weitere Ferne rücken. Eliza würde ihm in die Bürstenhandlung folgen müssen. Und Bürsten herzustellen, war für sie vermutlich eine ebenso reizvolle Aussicht wie für ihn. Eine Frau mit Elizas Träumen würde nie mit ihm zufrieden sein. Und jegliche romantischen Gefühle, die sie füreinander empfanden, würden schließlich in ihr Gegenteil umschlagen.

Also wollte er ihr seinen Anteil des Ladens schenken – das beste Geschenk, das er einer solchen Frau machen konnte. Sie verdiente es, von Herzen glücklich zu sein, und Axel war ihre beste Gelegenheit. Er würde ihnen alles Gute wünschen und dann verschwinden. Auf Jahre hinaus würde er dann mit Bürstenmachen beschäftigt sein – genug Zeit, Eliza zu vergessen. Wenn er dann genug verdient hatte, um das Geschäft zu verkaufen – und das mochte Jahrzehnte dauern –, würde er sie besuchen und sie wissen lassen, dass er jetzt endlich ein Studium beginnen würde. Das würde sie sicher freuen.

Elizas schleppende Schritte ließen ihn aufsehen. Ihr Blick war nicht auf ihren Bräutigam gerichtet, sondern auf Will. In ihren Augen lag ein verwirrter Ausdruck. Will versuchte zu lächeln und hoffte, sie würde weder den feuchten Schimmer bemerken, der seinen Blick trübte, noch die Anspannung seiner Muskeln. Als es den Anschein machte, sie wolle stehen bleiben, nickte er ihr ermutigend zu.

Jetzt streckte Axel die Hand aus und Mrs Finch hörte auf zu spielen.

„Komm jetzt hier herüber, Tillie. Du stehst bei Miss Cantrell", wies der Reverend seine Frau an, die sich mit einem Lächeln erhob. Offenbar bereitete nichts auf der Welt ihr größere Freude, als Zeugin zu sein, wie diese beiden Menschen hier vor ihr vereint wurden. Es gab also zumindest einen Trauzeugen, der gern hier war.

Will ging auf die linke Seite und warf einen Blick zu Eliza hinüber. Ihr Kiefer war angespannt, ihr freier Hals gerötet. Vielleicht sollte er sie gar nicht mehr ansehen. Aber er wollte es so gern, trotz des überwältigenden Blumenduftes, der ihm in die Nase stieg und ihm die Sicht vernebelte. Will versuchte, still zu stehen, während der Pfarrer etwas vorlas. Als er wieder den Kopf drehte, warf Mrs Finch ihm einen ärgerlichen Blick zu wie einem ungezogenen Kind. Ganz sicher verhielt er sich nicht richtig, aber wie sollte er auch?

Angestrengt versuchte er sich auf die monotonen Worte des Pfarrers zu konzentrieren. Aber alles, was er vernahm, war das, was er sich selbst innerlich vorbetete, damit sein Mund verschlossen blieb, bis das Unvermeidliche vorüber war.

Es geht nicht darum, was ich will. Was der Patient braucht, geht vor. Behandle andere so, wie du von ihnen behandelt werden willst. Besser jetzt ein überschaubarer Schmerz, als lebenslang dahinzukränkeln. Das tut jetzt vielleicht weh, aber es ist zum Besten.

Schließlich erfolgte der Hochzeitskuss, vor dem ihm so gegraut hatte.

Die Erinnerung an den Kuss, dessen Zeuge er gestern geworden war, schlich sich in sein Gedächtnis und drohte ihm den Atem zu nehmen.

Pastor Finch lächelte strahlend und wies mit der Hand zum Kommunionstisch. „Nun brauchen wir nur noch alle Unterschriften und die beiden Neuvermählten können ihres Weges gehen."

Ihres Weges gehen. Jetzt war Eliza für ihn endgültig unerreichbar. Ende der Geschichte.

Axel lehnte sich vor, um seiner Braut etwas ins Ohr zu flüstern. Das leise Rollen seiner Stimme weckte in Will den Wunsch, ihn zu erwürgen. Ganz sicher hatte er ihr etwas grässlich Unangemessenes zugeflüstert und das hier, vor den Augen Gottes. Es würde Eliza die Röte über den Hals treiben.

Aber die Röte blieb aus. Stattdessen wurde sie blass. Vielleicht hatte Axel ja etwas extrem Ordinäres gesagt. Will ballte die Hände zu Fäusten und wartete darauf, dass sie ihn ansah. Beim kleinsten Anzeichen von Empörung in ihrer Miene würde er ihren Bräutigam niederschlagen. Es juckte ihn förmlich in den Fingern.

Axel lächelte ihr zu und zog sie mit sich vor, wobei er die Hand nach der Tinte ausstreckte, die der Pfarrer ihm reichte. „Wo muss ich unterschreiben?"

Elizas Blick hing an Axels Hand, der in aller Ruhe mit seinen vollen vier Namen unterschrieb. *Axel Reid Jebediah Langston.* Ihr Gesicht war totenblass. Will blickte zu Mrs Finch hinüber. Merkte die Frau nicht, dass Eliza kurz vor einer Ohnmacht war? Aber die Frau des Pfarrers hatte sich bei ihrem Mann eingehakt und lächelte so selig, als würde sie gleich als Braut unterschreiben und nicht als Trauzeugin.

Will warf Axel einen Blick zu. Sein Freund sollte besser auf seine Braut achten. Denn wenn sie die Besinnung verlor, wollte Will sie nicht in den Armen halten. Die Erinnerung an seine Finger in ihrem Haar und an ihren Daumen, der ihm eine Feder von der Wange zupfte, genügte an Berührungen, die er wieder aus seinem Gedächtnis löschen musste.

Schließlich drehte Axel sich lächelnd um und reichte Eliza den Federhalter. Doch sie nahm ihn nicht.

„Eliza?“

Ihre Hand wanderte an ihren Hals und sie schüttelte leicht den Kopf. Ihr Blick war immer noch auf seine Hand geheftet. „Du hast es gewusst.“ Ihre Stimme war so rau, dass Will sich nicht sicher war, ob er sie richtig verstanden hatte. Er beugte sich vor und versuchte, ihren Blick aufzufangen. Die ganze Zeit, während sie den Gang heruntergekommen war, hatte sie mehr ihn angeschaut als Axel. Aber jetzt suchten ihre zusammengekniffenen Augen ihren Bräutigam.

Axel fiel das Lächeln aus dem Gesicht, aber nicht der Federhalter aus der Hand. „Hier.“

„Nein.“

Endlich wandte der Pastor seine Aufmerksamkeit von seiner Frau ab und machte eine bekümmerte Miene. „Gibt es ein Problem?“

Axels Kinnlade verspannte sich. „Liebling, ich …“

„Nein“, zischte Eliza mit zusammengebissenen Zähnen. Sie wandte sich an die Finchs. „Ich kann ihn nicht heiraten.“

Die Frau des Pfarrers legte ihr besänftigend die Hand auf die Schulter. „Aber Kindchen, das haben Sie bereits.“

Eliza wies auf den Federhalter, der in Axels Hand noch immer zwischen ihnen schwebte. „Diese Narbe.“

Will warf einen Blick in die Richtung, in die sie zeigte. „Die Narbe an seiner Hand? Axel hat sie sich in dem Sommer geholt, als ich vierzehn und er sechzehn war. Mein erster Versuch, jemanden zusammenzuflicken.“ Er hatte eine grauenvolle Naht zustande gebracht. Es war sehr merkwürdig gewesen, in lebendiges Fleisch zu stechen. Dass sein Freund genug Vertrauen zu ihm hatte, um es ihn versuchen zu lassen, hatte ihn stolz gemacht.

Axel ließ die Hand sinken und trat einen Schritt zurück.

Wie betäubt wandte Eliza sich an Will. Ihre Augen waren so groß wie der tief stehende Mond in der letzten Nacht. „Ich wollte in diese Narbe hineinbeißen.“

„Wie bitte?“ Hatte sie den Verstand verloren?

„Im Zug. Ein perfekter Halbkreis, genauso groß wie mein Kiefer … buschige blonde Koteletten.“ Wie ein Wachhund, der einen unwillkommenen Gast abzuschrecken versucht, machte sie einen Schritt auf Axel zu. „Und blaue Augen. Hellblau. Und als er mir gerade etwas zugeflüstert hat, hatte ich das Gefühl, ich hätte diese tiefe, rollende Stimme schon einmal gehört."

„Worum geht es hier überhaupt?" Der Pastor ließ den Arm seiner Frau los und trat näher.

„*Er* war es, der mich im Zug überfallen hat." Eliza presste die Hand an die Wange. „Und geschlagen."

Axel ließ den Federhalter sinken und schüttelte den Kopf. „Aber Schatz, du irrst dich. Du hast doch selbst gesagt, sie haben alle drei Gangster geschnappt."

Eliza trat einen Schritt zurück. „Ich habe dir nie gesagt, dass es drei waren."

„Jeder in der Stadt weiß, dass es drei waren." Axel trat einen Schritt zurück und leckte sich über die Lippen. „Es tut mir leid, wenn meine Narbe dich an jemanden erinnert, aber das war nicht ich."

Will richtete einen forschenden Blick auf seinen Freund. Eliza würde sich an die Narbe erinnern können, wenn sie sie genau gesehen hatte. Der Halbkreis war vielleicht nicht mehr sehr deutlich sichtbar. Aber er war definitiv ungleichmäßig und wies in der Krümmung eine Delle auf, wo die Zähne des Hundes die Haut zerfetzt hatten.

Elizas Mund war leicht geöffnet und ihre Augen bewegten sich, als suchten sie nach irgendetwas. „In dem Moment, als du mich im Laden zum ersten Mal gesehen hast, wolltest du auf der Stelle umdrehen. Du hast mich erkannt; du wusstest, dass du mein Geld gestohlen und mir mit deiner Pistole diese Wunde zugefügt hast – um die anderen Passagiere in Schach zu halten. Und trotzdem hast du gerade deinen Namen unter dieses Papier gesetzt."

Axel zerzauste mit den Fingern seinen Schnurrbart. „Moment mal. Wir werden das klären. Ich hole den Sheriff und dann bringen wir Licht in die Sache." Er richtete den Blick auf Will, konnte dessen Funkeln aber nicht lange standhalten. Rückwärts ging er zur Tür. „Ich bin gleich zurück."

Eliza trat zur Seite, als würde sie gleich in sich zusammenfallen. Will gab ihr Halt, indem er ihr den Arm um die Schultern legte. Ihre Finger krallten sich in seinen Oberarm. Er sah über die Schulter zur offenen Eingangstür und dann Mrs Finch an. „Kümmern Sie sich um sie." Nachdem er Eliza auf den nächsten Stuhl geholfen hatte, rannte er hinaus. Wo wollte Axel hin?

Von links neben der Kirche hörte er Axels Stimme, die einem Pferd Kommando erteilte. Will kam um die Ecke, als Axel gerade auf seinen Wallach sprang, den er dem gemieteten Pferdewagen ausgespannt haben musste.

„Warte!" Will hatte kein Pferd, keine Waffe. Wie sollte er seinen Befehl durchsetzen? „Ich begleite dich."

In weitem Bogen ritt Axel um Will herum. „Ich komme zurück. Mit dem Sheriff." Mit diesen Worten stieß er seinem Pferd die Hacken in die Flanken und es setzte sich in Richtung der Stadt in Trab.

Will brauchte ein Pferd. Die Finchs besaßen keins, aber vielleicht einer der Nachbarn?

Schon bog Axel in die Hauptstraße ein, eine Staubwolke hinter sich aufwirbelnd. Wollte er wirklich den Sheriff holen? Konnte sein alter Freund tatsächlich ein Zugräuber sein – jemand, der eine Waffe auf Kinder richtete und einer Frau ins Gesicht schlug? Nervös fuhr Will sich mit der Hand durchs Haar. Axel hatte zu rasch aufgehört, sich zu verteidigen. Er log. Er *musste* lügen. Was bedeutete, dass er keineswegs zum Sheriff unterwegs war, sondern auf dem schnellsten Weg das Weite suchte.

Immer zwei Stufen auf einmal nehmend, rannte Will zurück in die Kirche. Konnte er ihn aufhalten – ohne ein Pferd?

„Ich habe einen Gangster geheiratet", sagte Eliza und ihre Stimme versagte. Sie nahm das Taschentuch, das Mrs Finch ihr anbot.

„Nein, das haben Sie nicht." Noch etwas außer Atem wies Will auf die Urkunde. „Axels Unterschrift ist die einzige auf diesem Dokument."

Reverend Finchs Kiefer mahlte, seine Finger fuhren sich immer wieder durch das kurz geschorene Haar. „Ich … nun ja, ich nehme an, so würde man die Sache vor Gericht beurteilen. Aber in den Augen Gottes? Da bin ich nicht sicher. Sie haben sich das Jawort gegeben."

Eliza wurde auf ihrem Stuhl noch kleiner.

Will sah den Pastor ungläubig an. War der Mann tatsächlich der Meinung, Gott würde eine solche Verbindung gutheißen?

Mrs Finch plusterte sich empört auf. „Eine Ehe unter Vorspiegelung falscher Tatsachen ist bestimmt keine Ehe, die Gott für Eliza bestimmt hätte."

So war es. Will trat an den Tisch. „Wir werden die Urkunde zerreißen."

„Nein, warten Sie." Mit langen Schritten holte der Pfarrer Will ein und griff nach dem Dokument. „Wir sollten abwarten, was der Sheriff sagt. Auf diese Weise kann Mrs Langston …"

„Miss Cantrell", zischte Will durch die Zähne.

„Wie auch immer. Wenn Eliza feststellt, dass ihre Anschuldigung nicht zutrifft, können wir einfach die restlichen Unterschriften leisten. Dann muss ich mir nicht die Mühe machen, die Urkunde noch einmal auszustellen."

Einen Diener Gottes in einer Kirche zu erwürgen, war sicher etwas, das Gott erzürnen würde – selbst wenn der Pastor es nötig hatte, ordentlich zurechtgestaucht zu werden. „Papierkram ist jetzt ganz bestimmt nicht unsere größte Sorge", sagte Will kopfschüttelnd. Wie hatte er nur alle Anzeichen übersehen können? „Axel kann nicht die Wahrheit sagen. Nicht, nachdem Eliza die Narbe erkannt hat. Und sein Aussehen …" Er sah Eliza an, die bis auf eine unnatürliche Röte auf den Wangen totenblass war. Sie mussten seinen elenden Freund schnappen und zur Verantwortung ziehen. „Hat jemand von den Nachbarn ein Pferd?"

Der Pastor zog die Stirn kraus. „Außer Mr Morton, nein. Und der dürfte jetzt bei der Arbeit sein. In welche Richtung ist Axel unterwegs?"

„In die Stadt." Will kämmte sich wieder mit der Hand durchs Haar und unterdrückte den Drang zu fluchen. Selbst wenn er ein Pferd fände – Axel war ihm als Reiter überlegen.

„Sehen Sie, meine Liebe." Der Pastor ließ eine Hand schwer auf Elizas Schulter fallen. „Er holt den Sheriff."

„Er ist nicht beim Sheriff", sagte Eliza abwesend.

Will kniete sich neben sie. Wie durch einen Nebel hindurch sah sie ihn an. Tränen stiegen ihr in die Augen. „Sie müssen ihn kriegen“, sagte sie.

Will nahm ihre Hand und widerstand der überwältigenden Versuchung, ihre Fingerknöchel zu küssen. „Ich kann nicht ohne Waffe und allein einen Banditen verfolgen.“

„Dann besorgen Sie sich eine Waffe und ein paar Leute.“ Ihre Hand zitterte. „Mein Geld. Die Taschenuhr von Mr Hampdens Großvater. Vielleicht kann man die gesamte Beute retten. Ich kann nicht glauben, dass ich ihn geheiratet habe, denn in Wirklichkeit wollte ich … wollte ich …“

Will hielt den Atem an. Würden diese perfekt geformten Lippen seinen Namen nennen?

„… unbedingt dieses Geschäft.“

Seine Brust sank in sich zusammen wie ein Luftballon, in den jemand eine Nadel gestochen hatte. Es hatte sich nichts geändert. Sie würde vielleicht nicht die Frau seines Freundes werden. Aber wenn er seinen Wunsch, Arzt zu werden, nicht aufgab und stattdessen den Laden weiterbetrieb, gab es noch immer keine Zukunft für sie.

Will zog sie vom Stuhl hoch. „Kommen Sie, Eliza.“ Über ihren Kopf hinweg schielte er nach den Finchs, die eng beieinanderstanden. Jetzt strahlten sie keine Glückseligkeit mehr aus. „Wir sollten alle zum Sheriff gehen.“

„Beten wir, dass Axel bereits dort ist und die ganze Sache aufklärt.“ Mrs Finch spielte mit einem Knopf an ihrem Kragen.

„Tun Sie das, Mrs Finch.“ Will konnte der älteren Frau nicht den Wunsch verübeln, für einen Jungen zu beten, den sie jahrelang in der Sonntagsschule unterrichtet hatte. Sie hatte so viele Gebete in die Jugend von Salt Flatts investiert. Ein Vorfall wie dieser musste sie zutiefst erschüttern.

Er sollte auch beten. Aber das war das Letzte, was er jetzt wollte. Lieber stellte er sich vor, wie er seine Hände um Axels Kehle legte. Wie konnte sein Freund Eliza – oder überhaupt eine Frau – nur *so* behandeln? Er hatte gedacht, seine Standhaftigkeit würde Eliza das Glück bescheren, das sie ersehnte. Und er hatte geglaubt, dass Axel ihr Weg dazu wäre. Wenn er sich darin getäuscht hatte – konnte er sich dann auch im Blick auf alles andere täuschen, was die Frau an seinem Arm betraf?

Kapitel 13

Eliza pflückte das letzte Blütenblatt von einer der gelben Rosen in Irenas Garten. Es tanzte im Wind und verfing sich in einem Dornbusch. Dann riss sie ein weiteres ab. Wie viele Rosen hatte sie in den letzten vier Tagen zerpflückt?

Eine schwere Hand legte sich auf ihre Schulter. Sie musste gar nicht hinsehen. Mrs Lightfoots Schritte machten ihrem Namen keine Ehre. Ob das bei ihrem Mann anders gewesen war? Eliza würde die Frage nie stellen. Sie konnte sich nur zu gut in Irenas Kummer hineinversetzen, von einem Taugenichts von Ehemann verlassen worden zu sein.

Zumindest hatte sie entdeckt, wer Axel war, bevor sie sich für immer an ihn gebunden hatte. Wie lange hätte es wohl gedauert, bis er sie verlassen hätte? Vielleicht wäre er auch in einer Schießerei oder irgendeinem anderen Handel mit seinen kriminellen Kumpanen umgekommen. Oder er hätte sie schlicht und einfach sitzen gelassen. Verbrecher, die das Gesetz missachteten, hatten sicher auch wenig Respekt vor einem Eheversprechen.

Wann wäre ihr wohl klar geworden, dass er der Schurke gewesen war, der ihr Gesicht ruiniert hatte? Wenn er sie das nächste Mal geohrfeigt hätte? Ein Schauder überlief ihren Arm. Wie hatte sie so töricht sein können? Sie schnippte ein Blütenblatt fort, das an ihren Fingern haftete.

„Meine Liebe, jetzt müssen Sie aber aufhören, die armen Rosen zu bestrafen. Sonst bleiben keine mehr übrig."

„Tut mir leid." Eliza versuchte zu lächeln, zum ersten Mal seit der Katastrophe ihrer Heirat. Es gelang ihr nicht sehr überzeugend.

Irena kam jetzt um die Bank herum und setzte sich neben sie. „Sie können sich nicht für den Rest Ihres Lebens in meinem Garten verstecken."

Warum eigentlich nicht? Eliza wischte die zerstörten Blumen aus ihrem Schoß. „Ich weiß, ich sollte eine Arbeit finden, damit ich für meine Unterkunft zahlen kann."

„Manchmal möchte ich Sie ohrfeigen, Kindchen. Es geht mir doch nicht um Geld."

„Das sollte es aber." Warum waren die Leute hier im Westen so wenig daran interessiert, Geld zu verdienen?

„Worum es mir geht, das ist meine Freundin. Und zwar die, die hier Trübsal bläst, als läge die ganze Welt in Schutt und Asche."

„Darf ich nicht einmal eine Woche lang trauern, bevor Sie mich drängen, die Sache zu verschmerzen?" Sie konnte Irena nicht ansehen. Die Tinte auf dem Dokument, das ihre Ehe annullierte, war vermutlich noch nass genug, um zu verwischen. „Ich vermute, wenn ich ein Kind wäre, dem die Katze gestorben ist, würden Sie mir erzählen, es sei dumm, wegen eines Haustiers Schwarz zu tragen."

„Natürlich dürfen Sie erschüttert sein, Eliza, aber diese Wendung der Dinge hat Sie gerettet."

„Stimmt. Ich bin nicht mit einem Lügner, Betrüger und Dieb verheiratet." Sie sank gegen die Lehne und schluchzte.

„Und ist das etwa nicht gut?" In Irenas Augen spiegelte sich Verwirrung.

„Natürlich ist das gut. Aber … was wird aus meinen Träumen?" Sie starrte in den hellblauen, leeren Himmel. „Die sind zerbrochen."

„Die Träume von dem Geschäft? Meinen Sie die?"

„Von überhaupt einem Geschäft. Axel hat meinen Traum auf mehr als nur eine Weise zerstört. Und es war ja auch ein törichter Traum. Ich hätte ihn niemals verfolgen sollen." Eliza beugte sich vor und starrte zu Boden. „Mein Bruder hatte recht. Er sagte, es würde mir nur Schwierigkeiten bringen, wenn ich etwas anderes wollte, als zu Hause zu sitzen und Kinder auf dem Schoß zu haben … Wie recht er hatte."

„Sie wollen also so einfach aufgeben?"

„Sieht so aus.“ Eliza fegte das letzte Blütenblatt von der Bank. „So einfach.“

„Sie sind nicht das Mädchen, für das ich Sie hielt.“

Eliza rieb sich die Augen. Na schön, sie hatte genug davon, ein törichtes Gänschen zu sein. Eines, das bereit gewesen war, einen Kriminellen zu heiraten und dann zuzusehen, wie er jeden Gewinn, den sie erwirtschaftete, in unrechtmäßige Unternehmungen steckte. Sie seufzte und erhob sich. „Ohne Geld kann ich kein Geschäft anfangen. Ich werde also etwas anderes finden müssen, das vernünftiger ist.“

„Warum reden Sie nicht mit William? Vielleicht können Sie zusammenarbeiten.“

Eliza rieb sich die Stirn. Die widersprüchlichen Gefühle, die sie an ihrem Hochzeitstag empfunden hatte, machten alles noch komplizierter. „Ich … traue ihm nicht.“

Irena stand auf und stemmte beide Hände in ihre stämmige Hüfte. „Erzählen Sie mir nicht, Sie glauben auch, dass er mit Axel unter einer Decke steckt, wie einige Leute in der Stadt. Der Junge hat keinen einzigen unrechten Knochen im Leib.“

Ach nein? Würde ein Ehrenmann kleine Unregelmäßigkeiten in die Geschäftsbücher bringen? Axel hatte davon gesprochen, dass er Wills Rechnungen korrigierte … Sie schlug sich mit der Hand vor die Stirn. *Natürlich.* Warum sollte sie Axel überhaupt irgendetwas glauben? Wahrscheinlich hatte *er* die Bücher frisiert. Aber wie konnte sie sicher sein, dass Will mit der Sache nichts zu tun hatte? Er hatte schließlich jahrelang mit Axel zusammengearbeitet. Sie waren gute Freunde gewesen. Vielleicht war er so untadelig, wie Mrs Lightfoot sagte, aber sie würde sich nicht noch einmal zum Narren machen. Zugegeben, ihre misstrauischen Gedanken in Bezug auf Will waren wahrscheinlich unbegründet. Aber sie hatte sich nicht nur mit einem, sondern mit zwei Schurken eingelassen. Was Männer anbetraf, konnte sie sich nicht auf ihr Urteil verlassen. „Vielleicht hat er nie etwas Schlimmeres getan, als eine Fliege zu erschlagen. Aber in was für einen Ruf würde ich geraten, wenn ich mich, nur eine Woche nachdem ich von einem Zugräuber sitzen gelassen worden bin, mit einem Mann einlassen würde, der unter Verdacht steht?“

Irena setzte sich auf. „Und ich vermute, ein solcher Ruf würde sich negativ auf künftige Profite auswirken?"

Eliza lächelte traurig. „Nein. Es wird kein Geschäft geben. Ich gebe auf."

Irena schnaubte. „Sie bleiben trotzdem die, die Sie sind."

Jetzt aber Schluss mit dieser Fragerei. „Ich werde im Haushalt arbeiten." Eliza setzte eine betont freundliche Miene auf, da sie wusste, wie ihre nächsten Worte bei ihrer auf Unabhängigkeit bedachten Freundin ankommen könnten. „Mir ist aufgefallen, wie schwer Ihnen mit diesen Gelenkschmerzen das Putzen und Kochen fällt. Schnell geht Ihnen die Puste aus."

„Sie halten mich für eine Invalide?" Irenas Augenbrauen senkten sich.

„Nein. Ich möchte nur für Sie putzen und kochen und so für meinen Aufenthalt bezahlen. Ich werde mich nach weiteren Stellen im Haushalt umsehen. Sicher gibt es ein paar wohlhabende Familien, die ..."

„Sie werden nicht genug verdienen, um davon zu leben."

Eliza zuckte die Achseln. „Wenn ich bei Ihnen wohnen kann, brauche ich nur Geld für Kleidung und vielleicht ab und zu für ein wenig Unterhaltung. Es sei denn ..." War Irena wirklich so zornig über ihr Misstrauen gegen Will und ihren Plan, den Gedanken an ein eigenes Geschäft aufzugeben, dass sie ihre Freundschaft aufkündigen würde? „Es sei denn, Sie brauchen unbedingt Geld von mir, um mich weiter hier wohnen zu lassen."

Irena schnaubte ärgerlich und ließ den Blick über die Büsche im Garten zu der Staubwolke schweifen, die ein Ochsenkarren auf dem Weg in die Stadt aufgewirbelt hatte.

O Gott! Bitte, mach, dass ich bleiben darf. Lieber staube ich Irenas vielen Krimskrams ab, als so gedemütigt zu meinem Bruder zurückzukehren.

„Nun, ich denke, Sie können bleiben und dafür das Haus putzen. Meine Hände und Füße würden es Ihnen danken."

„Wunderbar." Eliza umarmte die Ältere.

Halbherzig tätschelte Irena ihr den Rücken. „Es gibt nicht viele wohlhabende Familien in Salt Flatts. Selbst wenn ein paar Frauen Sie für

Gelegenheitsarbeiten anstellen würden, könnten Sie nicht genug verdienen, um etwas zurückzulegen."

„Nun, dann lebe ich eben wie Sie und mit Ihnen als alleinstehende Frau. Vielleicht kann ich ja in der Gemeinde irgendetwas ehrenamtlich tun." Irgendetwas in ihrem Inneren stach. Wie lange war es her, dass sie etwas ehrenamtlich getan hatte? Oder in einem Gottesdienst gewesen war?

Irena schnaubte wieder. „Sie leben hier in einer Stadt voller Junggesellen. Sie werden nicht lange allein bleiben."

„Im Augenblick kommt eine Ehe für mich wirklich nicht in Betracht – vielleicht noch lange nicht. Und dann werde ich zu alt sein, als dass mich noch jemand haben will." Eliza blickte die Hauptstraße hinunter, kreuzte die Arme vor der Brust und stellte sich im Geist das *Gentleman's Emporium* vor. „Eines steht fest. Bevor ich mich jemals wieder an einen Mann binde, werde ich ihn besser kennen als mich selbst: sein Tun und Lassen, seine Vergangenheit und seine Gegenwart."

„Das ist vermutlich weise." Irena rieb sich die Knöchel.

Wenn Irena ihr zustimmte, umso besser.

Um die Straßenecke kam jetzt ein Mann, dessen Gang ihr bekannt vorkam.

Will.

Hatten sie Axel gestellt? Und würde es Will sein, der es ihr mitteilte? Vielleicht hatte er ja auch beschlossen vorbeizukommen, um … eben vorbeizukommen? Bitte nicht. Sie war noch nicht bereit für ein Gespräch mit ihm. „Haben Sie Will gebeten zu kommen?"

Irena wandte sich mit einem leisen Ächzen auf der Bank um. „Nein. Aber ich hätte nichts dagegen, wenn er mal nach meinem Fuß sieht."

Will erblickte sie, bevor er die Haustür erreichte, nahm den Hut ab und kam in den Garten. „Guten Abend, Ladys."

„Bist du auf der Suche nach jemandem, der dich durchfüttert, Junge?"

Will antwortete Irena mit einem Lächeln. „Welcher Mann sagt schon Nein, wenn man ihm etwas zu essen anbietet?"

Irena verdrehte die Augen, in denen aber ein Funke aufblitzte. Wie hatten ihr Mann und ihr Sohn diese Frau verlassen können, die so viel

Freude daran hatte, hungrige Mägen zu füllen? „Dann schau ich mal nach, ob noch Schinken da ist, und hole noch ein Gedeck." Ohne ein weiteres Wort humpelte sie ins Haus.

Eliza zog die Arme noch enger um die Brust. Seit sie nach ihrem Besuch beim Sheriff wie benommen in Williams Begleitung nach Hause gelaufen war, hatte sie ihn nicht mehr gesehen. Axel war natürlich nicht beim Sheriff aufgetaucht.

Wills Augen ruhten jetzt so klar auf ihr wie selten zuvor.

Sie konnte nichts gegen das Flattern in ihrem Magen tun, aber sie würde sich weigern, es zu beachten. „Ich bezweifle, dass Sie nur gekommen sind, um ein paar gute Bissen abzustauben." Sie stellte die Füße breit auf den Boden und verankerte die Absätze im Gras, um sich zu wappnen, falls er ihr berichten würde, dass Axel verhaftet und demnächst mit seinem Prozess zu rechnen sei. Beinahe wünschte sie, er wäre entkommen, damit sie ihn nie mehr zu Gesicht bekommen müsste. Aber andererseits wollte sie auch ihr Geld wiederbekommen. „Haben sie ihn gefasst?"

Will schüttelte den Kopf. Als sie seufzte, verzog er den Mund. „Sie scheinen erleichtert."

Wenn sie zugäbe, warum, würde er sie wohl für unzurechnungsfähig halten. „Hat es sich eigentlich herumgesprochen, dass wir … dass er und ich … beinahe geheiratet haben?"

„Leider ja. Sie sind Stadtgespräch." Er spielte mit dem Hut in seiner Hand. „Aber ich glaube vor allem deswegen, weil Sie sich nicht mehr haben sehen lassen." Will sah sie mit einem Blick an, aus dem Bedauern sprach. „Die Leute glauben, Sie seien am Boden zerstört."

„Welche Frau wäre das nicht?" Ihre Erschütterung galt allerdings weniger dem Verlust von Axel als dem Verlust dessen, was er ihr versprochen hatte.

„Natürlich." Er grub einen Zeh in den Boden und kickte einen kleinen Stein hoch. „Also … warum waren Sie nicht mehr im Laden?"

Eliza richtete ihre zusammengekniffenen Augen auf ihn. „Was sollte ich wohl dort?"

„Arbeiten", erwiderte Will mit gerunzelter Stirn.

„Sie können mich nicht bezahlen."

Schweigend betrachtete Will die Wolken am Horizont. Hatte er gedacht, sie würde umsonst arbeiten? Selbst wenn sie gern mit ihm zusammenarbeiten würde – irgendwann würde er weggehen, um zu studieren. Und was, wenn sie ihren verwünschten Gefühlen wieder erlag, bevor er weg war? Es war am besten, sich sofort eine Arbeit im Haushalt zu suchen.

Will fuhr sich mit der Hand durchs Haar, wie immer, wenn ihm die Worte fehlten.

Was gab es denn auch noch zu sagen? Dies war das Ende ihrer gemeinsamen Zeit. Sie konnten also auch das Gespräch beenden ... und jeder seiner Wege gehen.

„Das Essen ist fertig", rief Irena aus der Haustür.

Eliza setzte sich in Richtung Haus in Bewegung.

„Ich kann Ihnen nicht viel zahlen, aber sicher ..."

Eliza hob die Hand, um ihn zu unterbrechen. „Machen Sie sich um mich keine Sorgen. Ich komme gut zurecht. Ich werde für Irena im Haushalt arbeiten und mir noch ein paar andere solcher Jobs suchen."

„Sie wollen Ihren Traum aufgeben, ein Geschäft zu führen?", stotterte er.

Eliza straffte ihren Rücken. „Ich habe kaum eine andere Wahl ... Wie Sie gesagt haben, Will: Manche Träume sterben."

„Manche Träume sterben."

Will legte das letzte reparierte Gewehr unter den Tresen und trommelte mit den Fingern darauf herum. Sein Blick schweifte durch den leeren Laden. Der würzige Geruch von jungem Holz und Sägespänen hüllte ihn ein wie ein Stapel erstickender Decken. Was würde es ihm nützen, dass er den neuen Tresen vorn hatte einbauen lassen, wenn keine Kunden kamen und Eliza nicht da war, um seine Bemühungen zu würdigen?

Zum ersten Mal seit Monaten hatte er alle Waffenreparaturen erledigt und niemand brauchte seine Hilfe. Er sollte die Bestände auffüllen oder sonst etwas Nützliches tun. Die Kunden würden sicher bald zurückkehren, wenn sie erst einmal den Schock überwunden hatten, dass einer aus ihrer Mitte zu einer Räubergang gehörte. Dann würden sie schon einsehen, dass er nichts damit zu tun haben konnte. Nicht der Junge, der verletzte Tiere verband; nicht der Mann, der sich ihrer annahm, wenn Dr. Forsythe an seine Grenzen kam. Welcher Kriminelle würde eine ganze Nacht am Bett einer Witwe verbringen und ihr die Hand halten, bis sie vor ihren Schöpfer trat? Sie würden sich bald genug erinnern, wer er war, und wiederkommen.

So musste es einfach sein.

Wie oft hatte er seinen Sparstrumpf geplündert, um Medikamente für Leute zu kaufen, die ihm für seinen Besuch nichts anboten als ein Stück Butter oder ein paar Eier? Und nun vergolten sie es ihm auf diese Weise?

Stiefeltritte erklangen auf der Vorderveranda und er schüttelte den Kopf über sich selbst. Er musste es sich gar nicht so zu Herzen nehmen – die Leute brauchten einfach Zeit. Jedenfalls hoffte er das.

Lynville Tate trat ein und zog den Hut vom Kopf.

„Guten Tag."

Lynville zuckte zusammen und drehte sich zu ihm um. „Was … machst du denn hier vorn?"

„Miss Cantrell schlug vor, dass ich besser hier vorn sitze, um die Kunden rascher zu begrüßen."

Will ging um den L-förmigen Tresen herum. „Was kann ich für dich tun?"

„Ähem …" Lynvilles Zunge fuhr über seine Lippen und sein Blick schweifte im ganzen Raum umher. „Ich hatte gehofft, Miss Cantrell könnte mich bedienen."

Konnte das wahr sein? Der Mann war schon wieder bereit, seinen Flirt aufzunehmen? Will verschränkte die Arme.

„Sie arbeitet nicht mehr hier."

Lynville wirbelte herum, den Hut gegen die Hüfte gepresst. „Du hast sie entlassen, weil sie beinahe deinen nichtsnutzigen Freund geheiratet hat?"

„Du kennst mich besser." Will zwang sich, nicht die Augen zu verdrehen. „Sie hat beschlossen, dass sie nicht mehr kommen will." Was vermutlich bedeutete, dass seine Chancen, sie für sich zu gewinnen, ebenso gering waren wie die von Lynville.

„Ach." Lynville entspannte sich und sah aus dem Fenster. „Wo kann ich sie finden?"

„Lass sie in Ruhe, Lynville."

Der andere maß ihn mit Blicken. „Selbst ein Auge auf sie geworfen, was?"

Und selbst wenn – niemals würde er mit Lynville um eine Frau kämpfen, die so unter ihrer geplatzten Verlobung mit einem Verbrecher litt, dass sie lang gehegte Träume aufgab. Sie hatte die Gerüchte nicht entkräftet, als er sie bei Irena besucht hatte. Sie war am Boden zerstört, dass sie Axel verloren hatte. Hätte sie nicht glücklich sein müssen, einer Heirat mit einem Banditen entkommen zu sein? Aber offenbar war ihre Zuneigung zu dem Axel, in den sie sich aufgrund ihrer Briefe verliebt hatte, stärker gewesen, als Will gehofft hatte. „Ich möchte annehmen, du bist Gentleman genug, dich nicht wie ein Raubvogel auf sie zu stürzen."

„Ach was, das würde ich nie tun." Lynville schlug sich den Hut auf den Kopf. „Aber eine Frau, die niemanden in der Stadt hat, braucht nach einem solchen Vorfall ein wenig Aufmunterung."

„Und du meinst nicht, dass Mrs Lightfoot dafür sehr gut geeignet ist?"

„Die Dame mit dem Bart?"

„Willst du etwa behaupten, Haare im Gesicht seien ein Hinderungsgrund, jemanden aufmuntern zu können?" Will begutachtete den kümmerlichen Schnurrbart des Mannes.

Lynville zog die Nase kraus. „Was ich sage, ist dies: Ein Mädchen mit gebrochenem Herzen braucht ein wenig Ablenkung."

Ach, das war also die Strategie. „Sie ist nicht zerbrechlich. Ein anständiger Mann würde warten, bis sie sich wieder wohler fühlt, bevor …" Will brach ab. Sie würde sicher nie die Frau eines Farmers werden, wenn sie erst einmal wieder Geschmack am Verkaufen gefunden hätte. Aber schließlich war es nicht seine Sache, Lynville gute Ratschläge zu geben. „Brauchst du etwas aus dem Laden?"

„Nein, eigentlich nicht. Ich glaube, ich habe in letzter Zeit reichlich eingekauft."

Will konnte sich ein schiefes Grinsen nicht verkneifen. „Das kann man wohl sagen."

„Dann also ... guten Tag." Lynville legte kurz die Hand an die Hutkrempe und verließ das Geschäft.

Wie es ihn juckte, seinen Kopf aus der Ladentür zu stecken und dem Kerl hinterherzubrüllen: *Lass die Finger von Eliza!* Stattdessen stapfte Will nach hinten, um den Staubfänger zu holen. Mit einem Seufzen nahm er ihn vom Haken. Er wollte einfach nicht glauben, dass Eliza ihren Traum von einem eigenen Geschäft so leicht aufgab. Ja, *er* hatte einmal zu ihr gesagt, dass manche Träume sterben. Aber er hatte seinen Traum von einem Studium schließlich nicht einfach auf den Müllhaufen geworfen – nein, dieser Traum hatte sich einfach geweigert weiterzuleben. Trotz aller Versuche, ihn wiederzubeleben. Hatte er Eliza denn nicht die Arbeit angeboten, die sie brauchte? Dass sie dieses Angebot abgelehnt hatte, machte es mehr als klar: Sie wollte nichts mit ihm zu tun haben.

Doch Eliza würde nicht lange damit zufrieden sein, die Häuser anderer Leute zu putzen. Sie würde schon einen Weg finden, ihm Konkurrenz zu machen, bevor er sich darauf vorbereiten konnte. Konkurrenz. Nicht gerade das, was er brauchen konnte.

Vorn klingelte die Glocke.

Was er brauchte, waren Kunden. Will durchquerte den Gang, um nach der Tür zu sehen. „Was ..."

Vor dem unbesetzten Tresen stand Eliza.

„Ich ... ich vermute, Sie brauchen keine Hilfe dabei, einen Wetzriemen oder einen Eimer Nägel zu finden?"

„Was ist das hier?" Mit hochgezogenen Augenbrauen wies Eliza auf den Tresen.

„Ein Tresen vorn am Eingang. Genau wie Sie vorgeschlagen haben."

Die junge Frau blinzelte und ihre großen Augen leuchteten. „Sie haben gesagt, dafür hätten Sie kein Geld."

Umständlich klemmte Will sich den Staubbesen unter die Achsel. „Ein Patient hat ihn mir angefertigt, als Honorar dafür, dass ich letztes Jahr seiner erkrankten Tochter geholfen habe. Er ist Zimmermann und hatte noch einen Stapel alter Bretter liegen, die sich wiederverwerten ließen." Er wartete, bis sie ihn wieder ansah. „Ich dachte, ich könnte Sie überraschen."

„Das haben Sie in der Tat", erwiderte sie, zuckte aber zugleich die Achseln. Will hatte den Tresen als eine Art Geschenk gedacht, da er Axel und ihr nun seinen Anteil am Laden nicht mehr übergeben konnte. Dass Eliza so unbeeindruckt war, fühlte sich an, als hätte sie seine selbst gepflückten Blumen auf den Kompost geworfen.

Ihre Augen schweiften durch den Laden. „Niemand da?"

„Das Geschäft geht neuerdings schlecht."

„Wegen Axel."

„Die Leute werden es vergessen." Jedenfalls würde er sich das so lange einreden, bis es wahr wurde. Wie sollte der Laden sonst überleben? „Ich brauche Ihre Hilfe, Eliza. Ohne Sie wird es mir nicht gelingen, diesen Laden mit Gewinn weiterzuführen."

Eliza legte den Kopf schief. „Sie haben bisher noch nie einen Rat von mir angenommen. Und Sie können es sich nicht leisten, mich einzustellen."

„Das sagen Sie jetzt bereits zum zweiten Mal. Verlangen Sie denn einen so gewaltigen Stundenlohn?"

„Ich habe Ihre Bücher gesehen, Will."

Er rieb sich die Schläfen und schluckte. Hielt sie jetzt weniger von ihm, weil er die Bücher nicht ordentlich führen konnte? Wusste sie überhaupt, wie schwer es ihm fiel, mit Zahlen umzugehen? „Sie meinen, Sie haben hineingeschaut, obwohl ich Ihnen gesagt hatte, das sei nicht nötig?"

„Nicht nötig, nein?" Ihr eiserner Blick warf ihn fast um. „Was verbergen Sie vor mir?"

Die Dolche, die aus ihren großen braunen Augen auf ihn zuflogen, raubten ihm die Luft. „Sie glauben, ich bin so zwielichtig wie Axel?"

„Ihre Bücher stimmen nicht und ..."

„Und genau deswegen wollte ich nicht, dass Sie sie sehen. Ich habe den Fehler einfach noch nicht gefunden." Vielleicht sollte er seinen Stolz hinunterschlucken und seine Mutter bitten, die Bücher zu prüfen. Sie war ein Mathematikgenie. Aber welcher erwachsene Mann brachte seiner Mutter seine Sachen?

„Selbst wenn Sie die Bücher korrigieren", sagte Eliza achselzuckend, „sind Sie zu sehr im Minus, als dass Sie jemanden einstellen könnten."

Will hielt Eliza ratlos die geöffneten Hände entgegen. „Da haben Sie leider recht. Aber wie wäre es, wenn wir alle Gewinne teilen?"

Eliza schüttelte den Kopf. „Das ist nicht der Laden, den ich gern führen würde. Wenn es je dazu kommt, wird es nach meinen Vorstellungen gehen. Ich würde es so machen wie F. W. Woolworth."

Die Flamme von Hartnäckigkeit und Sehnsucht flackerte immer noch schwach in ihren Augen. Gut. „Können Sie nicht mit dem anfangen, was wir bereits haben?"

„Nein. Das ganze Inventar passt nicht." Eliza runzelte die Stirn und seufzte. „Ich werde keinen Gedanken darauf verschwenden. Übrigens bin ich gekommen, weil ich Sie um Ihre Empfehlung bitten möchte. Sie machen doch Hausbesuche, wenn jemand einen Arzt braucht, oder?"

Will nickte. Gab es noch irgendeinen Weg, sie dazu zu bringen, für ihn zu arbeiten? Nein. Er besaß nichts und das wusste sie.

„Sie wissen sicher, wer genug Geld hat, um die Arzthonorare zu zahlen, und vielleicht auch jemandem im Haushalt gebrauchen könnte. Ich wäre auch bereit, gebrechliche oder bettlägerige Menschen zu pflegen."

Er sollte den Laden betreiben und sie wollte die Heilkundige spielen? Konnte man die Welt noch mehr auf den Kopf stellen? „Mrs Graves würde sich vielleicht gern den Luxus eines weiteren Hausmädchens leisten. Aber sie wird nicht gut zahlen." Und wollte er wirklich, dass Eliza im selben Haus arbeitete wie Nancy? „Und vielleicht auch Mrs Raymond, die Frau des Bankdirektors. Aber ich glaube, Senora Nogales' Töchter arbeiten bereits dort. Sie würden die Mädchen ja wohl hoffentlich nicht unterbieten wollen – die Nogales' haben das Geld nötig."

Elizas Schultern sanken herunter.

„Statt sich auf Familien zu konzentrieren – warum versuchen Sie es nicht in Geschäftshaushalten?“ Er hob seinen Staubwedel. „Ich hätte nichts dagegen, wenn Sie den Laden hier von dem ganzen Sägemehl befreien würden. Dann muss ich es nicht tun.“

„Ich wiederhole: Wie wollen Sie mich bezahlen?“

„Wie wär's, wenn ich es mache wie meine Patienten? Tauschgeschäfte. Waren.“ Will griff nach einem Paar Hosenträger. „Wie wär's zum Beispiel hiermit? Die würden sich gut zu Ihrer Bluse machen.“

Eliza lächelte nicht. „Ich glaube, ich muss ablehnen. Ihnen würden sonst rasch die Waren ausgehen, bei all dem, was ich aus Ihren Regalen gebrauchen kann.“

„Wie wär's mit einem Hut, an den Sie etwas Spitze kleben?“ Er begutachtete ihr schmuckloses Mieder und den langweiligen blauen Rock und konnte die Frage nicht mehr zurückhalten. „Überhaupt – warum kleiden Sie sich so schlicht?“

„Wenn ich die Aufmerksamkeit nicht auf mich als Frau lenke, flirten die Kunden weniger und konzentrieren sich dafür aufs Geschäft.“

Will rieb sich die Wange. „Sie glauben also, Lynville hat nicht deswegen so üppig eingekauft, weil ...“

„Vielleicht hat meine Strategie sich hier nicht so gut bewährt wie in Pennsylvania.“ Eliza kräuselte die Lippen. „Dort gab es aufgeputzte Frauen genug, um die Männer abzulenken. Hier ... nun ja, hier gibt es viel weniger Frauen, die sich mit Federn, Spitzen und Bändern ausstaffieren.“

„Warum also sollten sie jetzt nicht etwas tragen, das Ihnen besser steht?“ Will versuchte, den Gedanken an Eliza in ihrem Seidenkleid vor der Kirche zu verbannen.

„Ich fühle mich in feinen Kleidern nicht wohl.“

„Aber in Ihrem Hochzeitskleid sahen Sie umwerfend aus ... mit all den Rüschen und Bändern ...“ Will brach ab, als er ihren Gesichtsausdruck bemerkte. Seine Hände verharrten in der Luft, wo er unbewusst ihre Gestalt nachgezeichnet hatte. Er ließ die Arme sinken.

„Ich sollte jetzt besser Mrs Graves besuchen. Ich weiß Ihren Rat zu schätzen, für Geschäftshaushalte zu arbeiten. Aber ich werde nicht für Sie arbeiten.“ Rückwärts steuerte Eliza auf die Tür zu, stieß sich daran und drückte dann energisch auf die Klinke. „Es tut mir sehr leid. Guten Tag."

Kaum war Eliza aus seinem Blickfeld verschwunden, trat Will kräftig gegen den Tresen. Was war er für ein Idiot! Das hatte er nun davon, dass er die letzten Nächte mit der Vorstellung von Eliza in diesem Kleid eingeschlafen war.

Wie sie auf ihn zukam.

Aber wenn sie nicht auf *ihn* zukam, wie lange würde es dauern, bis ein anderer Mann am Altar auf sie warten würde? Alleinstehende Frauen waren Mangelware in Salt Flatts – und Eliza würde aufgrund ihrer leeren Taschen schließlich dem Werben eines der vielen Verehrer nachgeben. Konnte – oder besser *sollte* er versuchen, sie für sich zu gewinnen? War es das, worauf all seine unbeherrschbaren Gedanken hinausliefen? Eine Heirat?

Weder den Laden noch seine Hand konnte er ihr anbieten, solange Axel nicht gefasst und verurteilt war. Denn wie konnte er um Eliza werben, wenn sein Freund noch mit dem Beweis seiner Unschuld zurückkehren konnte – auch wenn das höchst unwahrscheinlich war? Und falls man Axel fasste – wie würden sich seine kriminellen Aktivitäten auf das Geschäft auswirken? Sie hatte gesagt, sie wolle den Laden nicht mehr. Und nach allem, was passiert war, konnte er ihr das nicht verdenken. Aber vielleicht würde sie ihre Meinung mit der Zeit ändern.

Alle Gründe, die ihn davon abgehalten hatten, diese Heirat zu verhindern, galten noch immer. Und selbst wenn sie bereit wäre, jeden Gedanken an ein eigenes Geschäft aufzugeben – auch eine Heirat mit Nancy hatte er bis nach seinem Studium aufgeschoben. Wie also konnte er für eine Frau sorgen und sich um sie kümmern, während er jede wache Minute mit seinen Lehrbüchern verbrachte?

Als er Schritte auf der Veranda hörte, drehte Will sich um. Er sah den Sheriff vor der Tür und winkte ihn herein. Sheriff Quade betrat den Laden, räusperte sich und kratzte sich am Hinterkopf. „Guten Tag, William."

Will saß mit herabhängenden Schultern auf dem Tresen. „Ich nehme an, Sie kommen nicht, um etwas zu kaufen?"

„Geht das Geschäft so schlecht?"

„Ich fürchte, ja."

Der Mann verzog das Gesicht. „Ich fühle mich abscheulich, dass ich herkomme, wo Sie so zu kämpfen haben. Aber ich muss meine Pflicht tun."

Seine Pflicht? Konnte diese Woche denn noch schlimmer werden, als sie schon war?

„Ich muss Sie warnen."

„Hat man Axel gefasst?" Das war doch eine gute Nachricht.

Der Gesetzeshüter schüttelte den Kopf. „Ich habe mit den Kollegen in den umliegenden Bezirken gesprochen. Axels Beschreibung trifft auf einen Mann zu, der seit Kurzem die Waller-Gang zu unterstützen scheint. Die Beteuerung von Axels Mutter, dass Miss Cantrell sich irrt, scheint nicht sehr stichhaltig zu sein."

Will befeuchtete sich die Lippen. „Ich habe mir Gedanken gemacht. Axel hat sich in den letzten Monaten verändert. Ist immer wieder mal verschwunden und war anderweitig beschäftigt … Irgendetwas Illegales passt da vollkommen ins Bild. Ich bin ein Narr, dass ich es nicht früher gemerkt habe."

„Nun", fuhr der Sheriff fort, wobei sein Kiefer mahlte, „ich fürchte, wenn ich Ihnen sage, warum ich komme, werden Sie sich kaum klüger vorkommen." Er legte die Hände auf dem Rücken zusammen und blickte Will direkt in die Augen. „Als Sie den Laden hier angefangen haben, haben Sie da einen Anwalt konsultiert?"

Was hatte das mit allem anderen zu tun? „Nein. Axel hatte das Geschäft ja bereits zum Laufen gebracht. Ich bin später nur eingestiegen."

„Es gibt nichts Schriftliches?"

„Nein." Williams Herz drohte aus seiner Brust zu springen.

„Das hatte ich befürchtet. Es ist so: Wenn Sie keinen gültigen Vertrag haben, der festlegt, welcher Anteil an den Beständen des Ladens Ihnen gehört … Nun, sobald wir Axel finden und eine Anklage erhoben wird und er die Waren, die die Bande gestohlen hat, nicht herausgeben kann, werden die Bestohlenen Schadenersatz verlangen."

„Aber wir haben kaum Gewinne gemacht – wir haben kaum etwas."

„Und deswegen wird der Richter verlangen, das Inventar zu Geld zu machen." Er sah Will mit diesem Blick an, mit dem man auf Beerdigungen die Witwe bedachte. „Jeglicher Gewinn aus dem Verkauf des Ladens würde für die Entschädigungen der Opfer der Waller-Gang benötigt."

„Aber Axel sollte nicht allein für die Räubereien der ganzen Bande einstehen müssen."

„Mag sein. Doch die Leute sind aufgebracht. Also wird der Richter es hier nicht allzu genau nehmen. Ihm wird es nur darum gehen, den Opfern so viel wie möglich zu erstatten."

„Und was soll ich nun tun?" Will wurden die Arme taub.

„Inoffiziell kann ich Ihnen nur raten: Ich würde so viel Geld wie möglich auf Ihr eigenes Konto legen, denn das darf nicht angerührt werden. Nehmen Sie sich einen Anwalt, um herauszufinden, ob man Axel im Blick auf den Laden irgendwie belangen kann. Aber wenn es nichts Schriftliches gibt … und wenn der Richter, wie ein paar andere in der Stadt, den Verdacht hegt, Sie seien ein Komplize, kann er eine einstweilige Verfügung gegen jegliche Auktion oder Ausverkauf erlassen, die Sie vielleicht vornehmen könnten …" Der Sheriff zog die Augenbrauen zusammen. „Nun, ein Anwalt kann Ihnen in diesen Dingen sicher besser raten, als ich es vermag."

Richtig. Doch ein Anwalt würde Geld kosten. Das er nicht hatte. Will rieb sich die Schläfen.

Sheriff Quade schob seinen Hut ein wenig zurück, um sich an der Stirn zu kratzen. „Ich hoffe für Sie, dass Axel das Diebesgut liefern kann – wenn noch etwas davon da ist. Allerdings befürchte ich, dass es noch mehr Leute gibt als die Opfer der Waller-Gang, die etwas vermissen könnten, das Axel gestohlen hat."

Will brachte es nicht fertig, den Abschiedsgruß des Sheriffs zu erwidern.

Manche Träume starben nicht einfach nur. Manche Träume wurden vernichtet.

Kapitel 14

Die Morgensonne drang durch Wills Augenlider. Er stöhnte und vergrub sich tiefer unter der Decke. Ein Geräusch von Papier, das über den Fußboden rutschte, ließ ihn auffahren. Er schlug die Hand auf den Stapel loser Blätter, die auf der Bettdecke lagen, aber die meisten waren bereits zu Boden geglitten.

Will rieb sich die Augen, um die Benommenheit in seinem Kopf zu vertreiben. Dass er die ganze Nacht gelesen hatte, und das bei flackerndem Kerzenlicht, das die Worte vor seinen Augen tanzen ließ, hatte die Kopfschmerzen nicht vertrieben, die der Besuch des Sheriffs ihm verursacht hatte. Will hatte Axels Papiere nach irgendetwas durchsucht, das vielleicht beweisen konnte, dass Will sein Geschäftspartner und nicht nur sein Angestellter war. Und dabei war er auf Elizas Briefe an Axel gestoßen. Er hätte das Bündel wieder verschnüren und Eliza übergeben sollen. Aber er hatte gehofft, Hinweise zu bekommen, wo Axel geblieben war, oder irgendetwas anderes von Bedeutung zu entdecken.

Und das hatte er auch. Jede einzelne Geschäftsidee, die Axel als seine eigene ausgegeben hatte, war von Eliza gekommen. Das hätte ihn eigentlich nicht überraschen dürfen. Ihre Verbesserungsvorschläge übertrafen alles, was Axel je einzuführen versucht hatte, bei Weitem. Nachdem sie ihm gestern mitgeteilt hatte, dass sie keinen Laden ausschließlich für männliche Kunden wollte, hatte sie jemanden namens Woolworth erwähnt. War sie auf diesen Namen nicht auch schon an dem Tag zu sprechen gekommen, an dem er ihre Wange genäht hatte?

Eliza würde wahrscheinlich ein eindrucksvolles Geschäft führen, wenn man sie nur machen ließ.

Will gähnte. Die Sonne schien hell in das einzige Fenster und er hätte schon längst den Laden öffnen sollen. Doch wozu? Er musste irgendwie weitermachen, natürlich, aber die Sinnlosigkeit des Ganzen erinnerte ihn daran, wie er seine tote Schwester im Arm gehalten hatte und später deren Zwillingsschwester dabei zusah, wie mühsam sie krabbelte und lief. Er lehnte sich auf dem schmalen Bett vor und stützte den Kopf in die Hände.

Als er vor drei Jahren zur Bank gegangen war, um ein Darlehen zu beantragen, hatte Mr Raymond ihm prophezeit, dass das Unternehmen ein schlechtes Ende nehmen würde. Damals hatte Will nicht geglaubt, dass der Bankier nach einem Gespräch von nur fünfzehn Minuten in der Lage wäre, Wills Fähigkeiten zu beurteilen. Aber der Mann hatte recht gehabt, ihm den Kredit zu verweigern – Axel und er hatten keinen Plan für den Laden gehabt, der auch nur annähernd so begründet gewesen wäre wie das, was Eliza in ihren Briefen wie nebenbei skizziert hatte.

Hätte Eliza Mr Raymond in ihrer beider Namen um einen Kredit gebeten, hätte sie den knauserigen Bankier sehr wohl überzeugen können. *Ihr* Geschäftsmodell hätte ihn für die Sache gewonnen und …

Will schlug sich auf die Knie. Mr Raymond. Er würde Eliza sicher helfen. Will stürzte zur Waschschüssel, klatschte sich das kalte Wasser ins Gesicht und zog dann die am wenigsten verknitterte Jacke an. Als er durch die Eingangstür des Ladens hinaustrat, war er nicht überrascht, dass niemand auf der Veranda wartete. Er schloss die Tür ab und trat auf die Hauptstraße hinaus, wo er die Hand zum Gruß für die wenigen morgendlichen Passanten an den Hut legte. Er zwang sich, auch denen zuzulächeln, die den Laden seit Axels Verschwinden gemieden hatten.

Will überquerte die Hauptstraße in Richtung der Spar- und Darlehnskasse von Salt Flatts. Zuzugeben, dass Mr Raymond recht gehabt hatte, würde ihm in Anbetracht der Lage des Geschäftes nicht schwerfallen. Er hätte schon sehr von sich selbst überzeugt sein müssen, um etwas anderes anzunehmen. Wenn Mr Raymond seinem Vorschlag zustimmte, würde er sich allerdings ins eigene Fleisch schneiden.

Will legte die Hand auf die Klinke, drückte sie aber nicht herunter. Nun, das würde ihn auch nicht *mehr* schmerzen, als darauf zu warten, dass irgendein Richter ihm den Laden aus der Hand nahm. Als er die Eingangshalle mit ihrer trockenen Luft betrat, blickte er auf den vergitterten Kassierertresen, hinter dem niemand zu sehen war.

„Bin sofort da!“, rief Mr Raymonds Stimme aus seinem Büro, und dann hörte er Papier rascheln und einen Stuhl über den Fußboden schleifen.

Will ging in die Richtung, aus der die Stimme gekommen war. Diese Sache besprachen sie ohnehin besser in Mr Raymonds Büro. „Ich komme zu Ihnen.“

Hugh Raymond blickte ihn über seine Brillengläser hinweg an, als Will das ansehnlich ausgestattete Büro betrat. „Ah, Mr Stanton. Ich dachte mir schon, dass ich Sie sehen würde, nachdem ich gestern mit dem Sheriff gesprochen habe.“

Will drehte ratlos die Handflächen nach oben. „Können Sie irgendetwas tun, um mir zu helfen?“

„Ich fürchte, ich würde Sie und alles, was Sie besaßen, im Augenblick nicht mal auf zehn Meter Entfernung an mich heranlassen.“ Die Oberlippe des Älteren zuckte. „Das ist wohl nicht gerade das, was Sie gern hören möchten. Aber um den heißen Brei herumzureden, ist nur Zeitverschwendung.“

„Ich hatte nichts anderes von Ihnen erwartet, Mr Raymond.“ Wie oft war der Zorn über die Voraussage des Bankiers, dass sie scheitern würden, in ihm hochgekocht? Und doch hatte er sich Hals über Kopf mit Axel in Schwierigkeiten gestürzt. „Ich hoffe, ich bin in den letzten drei Jahren etwas klüger geworden und Sie werden mich anhören.“

Hugh wies auf einen noblen Lederstuhl und wartete, bis Will sich gesetzt hatte, bevor er hinter seinen massiven Mahagonischreibtisch zurückkehrte. „Ich schicke niemanden weg, ohne ihn anzuhören. Ich betreibe zwar keine Wohltätigkeitsorganisation, wie ihr jungen Leute oft denkt, aber ich bin höflich genug zuzuhören.“

„Das habe ich nicht bezweifelt, Sir.“ William versuchte sich in den Stuhl sinken zu lassen, aber das Polster erwies sich als härter, als es aussah. Um die Unbequemlichkeit loszuwerden, rutschte er vor an die Stuhlkante und schloss so die Lücke zwischen ihnen. „Ich nehme an, der Sheriff hat Ihnen bereits alles erzählt."

Hugh zuckte die Achseln und nickte gleichzeitig. „Höchstwahrscheinlich."

„Und ich nehme an, Axel hat seine Ersparnisse hier in der Bank?"

„Ja."

„Können Sie mir sagen, ob der Betrag auf seinem Konto ausreichen würde, um das Geschäft zu retten, falls man ihn fasst und verurteilt?"

„Ich fürchte, diese Information kann ich Ihnen nicht geben." Hugh schüttelte länger als nötig den Kopf, wobei er Will fest ansah.

Das war also ein Nein.

Er versuchte sich aufrecht zu halten. Das hatte er sich bereits gedacht. „Ich verstehe."

„Hören Sie, Junge. Ich rate Ihnen, nehmen Sie sich einen Anwalt. Oder haben Sie vielleicht gerade ein teures medizinisches Instrument erfunden, das Ihnen jeder Arzt aus den Händen reißen wird? Wenn nicht, wird Ihr Geschäft vermutlich erledigt sein, wenn Axel verurteilt wird."

„Ich fürchte, für meine Kräuterkuren interessiert sich niemand außer Hebammen und Landärzte."

Er würde einen Anwalt nehmen müssen, aber hatte er Geld dafür? War es den Versuch wert, eine Versteigerung zu veranstalten? Und falls der Anwalt einen Rechtsstreit empfahl und Will ihn verlor … wovon sollte er die Kosten bestreiten?

Hugh lehnte sich in seinem Stuhl zurück und schlug die Beine übereinander. „Als Sie meinen Bruder vom Fieber geheilt haben, habe ich zu meiner Frau gesagt, Sie sollten den Laden vergessen und Medizin studieren …"

„Sie haben mir nicht angeboten, mich zu sponsern."

Der Mann zog eine Schulter hoch. „Das Leben ist hart."

In der Stadt munkelten die Leute, in den Adern des Bankiers fließe Gold statt Blut. Wie es schien, hatten sie recht. „Sie haben nichts übrig für Nächstenliebe. Aber Sie raten mir, einen Beruf zu ergreifen, in dem genau das gefordert ist. Was wäre das für ein Arzt, der einem Sterbenden nicht helfen würde, auch wenn der kein Geld in der Tasche hat? Dr. Forsythe besteht gewöhnlich auf einem Honorar in bar. Aber selbst *er* würde einen Schweinebraten oder einen Eintopf akzeptieren, wenn das alles ist, was seine Patienten haben."

„Das beweist nur, dass Sie und ich nicht vom selben Schlag sind."

Will blickte Hugh düster an. „Dr. Forsythe und ich sind auch nicht vom selben Schlag."

„Nein. Sie sind der Bessere." Der Bankier rutschte näher an seinen Schreibtisch und streckte eine Hand nach einem Stapel Papiere aus – ein Signal, dass ihr Gespräch beendet war.

Aber Will war ja nicht in eigener Sache gekommen. „Vielen Dank. Aber ich habe Ihnen noch nicht gesagt, warum ich gekommen bin."

„Wenn Sie meinen geschäftlichen Rat im Blick auf Mr Langston wünschen, dann haben Sie hoffentlich meinen Hinweis verstanden."

„Das habe ich. Aber ich bin für jemand anderen hier."

„Und warum kommt dieser Jemand nicht selbst?"

„Weil sie sich die Mühe nicht machen würde, falls sie bereits etwas von Ihnen gehört hat." Und weil sie im Moment nicht bei klarem Verstand ist. Aber das würde er dem Bankier natürlich nicht sagen.

„Eine Frau? Und was könnte eine Frau von mir wollen?"

„Dasselbe wie ein Mann. Eine Chance, dass man sich ihre Pläne anhört und sie danach beurteilt, wie gut sie sind – und nicht danach, dass sie nicht die richtigen Verbindungen und kein Geld hat. Ich habe keinen Zweifel: Wenn Sie sich ihre Geschäftsideen unvoreingenommen anhören würden …"

„Tut mir leid, Junge" – Hugh hob die Hand und seufzte –, „aber woher wollen *Sie* wissen, ob eine Geschäftsidee gut ist oder nicht?"

„Oh, ich habe etliche Vorschläge von ihr abgelehnt, weil Sie recht haben: Ich erkenne einen guten Plan nicht. Aber ich habe gerade erfahren, dass jeder Vorschlag von Axel, der erfolgreich war, eigentlich von ihr stammt. Sie hat jahrelange Erfahrung und das Geschäft, das sie zuletzt geführt hat, wird auf vierzigtausend Dollar geschätzt."

Wills Gesprächspartner hob die Augenbrauen, lehnte sich im Stuhl zurück und legte die Hände übereinander. „Und wozu braucht eine Frau mit vierzigtausend Dollar meine Hilfe?"

„Nun, leider hat ihr Vater das Geschäft ihrem Bruder vererbt und auf dem Weg hierher hat ihr Verlobter sie ausgeraubt."

„Mr Langstons Beinahe-Braut?" Der Bankier schnaubte verächtlich. „Eine Frau mit so wenig Urteilsvermögen verdient keinen Respekt."

Will ließ sich von Hugh nicht vom Thema ablenken. „Darf ich fragen, ob Eliza Cantrell sich bei Ihnen in der Bank als Putzkraft vorgestellt hat?"

„Nicht, dass ich wüsste."

„Wenn sie es tut: Würde es Ihnen etwas ausmachen, sie nach Ihren Plänen zu fragen, die sie hatte, als sie ankam? Lassen Sie sie von ihrem Traum erzählen, ein Geschäft zu führen. Und dann urteilen Sie selbst, ob Sie das nicht beeindruckt. Sie sagten, Sie seien bereit, jemandem zuzuhören. Das ist alles, worum ich Sie bitte."

„Aber wenn sie gar nicht deswegen kommt …"

„Ich werde Ihnen meinen nächsten Arztbesuch nicht in Rechnung stellen – solange Sie ihr nicht verraten, worum ich Sie gerade gebeten habe."

„Ich soll also nur ihre Geschäftsideen aus ihr herauslocken und Sie nicht erwähnen?" Hugh kaute auf seinem Füllfederhalter. „Und wenn ihre Pläne mich nicht überzeugen?"

„Dann überzeugen sie Sie nicht."

Der Bankier lächelte über seinen Füller hinweg. „Ein einfacher Weg zu einem kostenlosen Hausbesuch, scheint mir. Gut. Falls sie kommt, werde ich mir das Vergnügen gönnen."

Die Habgier dieses wohlhabenden Mannes war belustigend. „Vielen Dank, Sir." Will beugte sich vor, um dem Bankier die Hand zu schütteln. „Sie werden beeindruckt sein." Und selbst wenn nicht – dann hatte er wenigstens versucht ihr zu helfen, die Frau zu sein, die sie sein wollte. Die Frau, der zu verfallen er gerade im Begriff war.

Eliza wappnete sich für eine weitere Absage und betrat mit gestrafften Schultern die Bank. Dem Kassierer, der gerade keine Kunden hatte, schenkte sie ihr strahlendstes Lächeln. „Guten Morgen."

Der Mann zählte gerade Münzen, sah kurz auf und bedeutete ihr mit einer Geste zu warten. Er vollendete seinen Münzstapel und schob die Münzen dann zur Seite. „Was kann ich für Sie tun? Möchten Sie ein Konto eröffnen?"

Wenn sie nur genug Geld besäße, um genau das zu tun … „Vielleicht später einmal. Ich möchte jemanden sprechen, der für Neueinstellungen zuständig ist."

Der Mann hinter dem Tresen runzelte die Stirn. „Ich wüsste nicht, dass hier eine Stelle zu vergeben wäre für …"

… eine Frau. Natürlich. „Wo darf ich warten, bis ich den zuständigen Mitarbeiter sprechen kann?"

„Ich bin ziemlich sicher, dass wir niemanden einstellen."

Nein, wie alle anderen auch. Aber sie würde warten, bis die Ablehnung von demjenigen kam, der hier die Entscheidungen traf. Gestern hatte sie versucht, die sechs Haushalte, die Irena und Will ihr genannt hatten, davon zu überzeugen, dass sie als Haushaltshilfe einen Luxus bedeutete, der sich auszahlen würde. Aber niemand hatte sie einstellen wollen, nicht einmal für einen Hausputz einmal im Monat.

Dafür hatte sie allein an diesem Vormittag bereits drei Heiratsanträge von Geschäftsinhabern erhalten. Sollte das Lynville Tate nicht neidisch machen? Oder Will? Sie seufzte. „Ich würde immer noch gern mit dem Herrn sprechen, der für diese Fragen zuständig ist. Wenn Sie mich also bitte ankündigen würden?"

Eliza ging zu einer Holzbank neben einer beeindruckenden, völlig staubfreien und auf Hochglanz polierten Standuhr. Sie bemühte sich, nicht den Kopf hängen zu lassen. Keine Spinnweben, kein Staub, keine Flecken im ganzen Foyer. Dieses Gespräch war reine Zeitverschwendung. Aber sie würde nicht von der Stelle weichen. Sie hatte am Morgen beschlossen, vorn an der Hauptstraße anzufangen und nicht eher wieder nach Hause zu gehen, bis sie jedem der etwa zwanzig Geschäftsinhaber auf der nördlichen Straßenseite ihre Dienste angeboten hatte. Und morgen würde sie es auf der Südseite versuchen. Bis zum bitteren Ende.

Eliza zog den Vorhang am Fenster etwas zur Seite und konnte ein paar Straßen weiter gerade noch die linke Seite des *Gentleman's Emporium* sehen. Vielleicht sollte sie doch für Will putzen, auch ohne Bezahlung. Auf diese Weise würde sie herausfinden können, ob ihr Gefühl richtig war, das ihr sagte, dass Will unschuldig war und mit Axels Betrügereien nichts zu tun hatte. Auch Irena war felsenfest davon überzeugt. Und *falls* sie beschloss, ihren Gefühlen freien Lauf zu lassen, würden keine moralischen Bedenken sie mehr daran hindern, Zeit mit Will zu verbringen.

„Miss Cantrell?" In der Tür zum Büro tauchte ein Mann auf, dem Anschein nach Anfang fünfzig, mit einer goldgerahmten Brille auf der Nase und grauen Schläfen.

„Ja?" Woher wusste er, wer sie war?

„Bitte kommen Sie doch herein." Er bedeutete ihr mit der Hand, ihm vorauszugehen. Jedes Regalbrett in seinem Büro glänzte makellos, ebenso wie der Schreibtisch. Sogar die Papiere darauf waren peinlich genau gestapelt.

Hier anzufragen erschien aussichtslos.

„Ich bin Mr Raymond, Direktor der Spar- und Darlehnskasse von Salt Flatts."

„Sehr erfreut, Sie kennenzulernen, Sir. Danke, dass Sie sich die Zeit nehmen."

Der Bankier wartete, bis Eliza sich gesetzt hatte, bevor er selbst hinter dem Schreibtisch Platz nahm. Aus irgendeinem Grund lehnte er sich vor und grinste. Was hatte der Kassierer ihm gesagt? Eliza prüfte rasch ihre Kleidung. Die war in Ordnung und schlicht wie immer.

„Was kann ich für Sie tun?"

„Ich möchte Ihnen gern meine Hilfe anbieten." Eliza zwang sich, keinen weiteren Blick auf die untadeligen Bücherregale zu werfen. „Ich suche Arbeit als Putzkraft. Auch in nur geringem Umfang. Ich könnte nach der Geschäftszeit hier putzen, an einigen Tagen in der Woche oder auch nur einmal im Monat."

„Wie viel Erfahrung haben Sie denn mit dieser Tätigkeit?" Seine belustigte Miene verwirrte sie.

Sie würde nicht einknicken. „Sie ist neu für mich. Aber ich muss kaum etwas investieren und bediene eine Nachfrage, die es immer geben wird."

„Ich verstehe." Sein Lächeln wurde noch breiter. „Und was haben Sie bisher getan?"

Warum wollte er das wissen? Ihre bisherige Tätigkeit hatte nichts mit Putzen zu tun. „Ich … nun … ich habe in den letzten fünf Jahren in einem Geschäft mitgearbeitet – leitend."

„In was für einem Geschäft?"

Sein ungläubiger Gesichtsausdruck ärgerte sie. „Eine Gemischtwarenhandlung. Familienbesitz. In einer Stadt, die zehnmal so viele Einwohner hat wie Salt Flatts." Dass ihr Vater ihr das Geschäft nicht hinterlassen hatte, brauchte er nicht zu wissen. Eliza schloss die Augen und atmete tief durch, um die negativen Gedanken zu verscheuchen. Sie musste einfach glauben, dass ihr Vater sie geliebt hatte. Trotz seiner Entscheidung, die der Grund dafür war, dass sie nun allein dastand und auf das Wohlwollen von Fremden angewiesen war, um für ihr Auskommen sorgen zu können. Wenn sie das nicht glauben konnte, würde sie sich eingestehen müssen, dass niemand sie je geliebt hatte.

„Und warum wollen Sie in meiner Bank putzen?"

Eliza schloss kurz die Augen. Machte er sich über sie lustig? Er als Bankdirektor würde Putzen doch sicher als angemessene Tätigkeit für eine Frau betrachten. „Weil ich Geld brauche, um eines Tages mein eigenes Geschäft zu eröffnen." So, nun war es heraus.

„Und Sie glauben, als Haushaltshilfe können Sie genügend Kapital dafür erwirtschaften?"

„Nun, es wird Jahre dauern." Er wusste ebenso gut wie sie, dass sie sich etwas vormachte. Aber wie sonst sollte eine Frau ohne Geld und Beziehungen einen Neuanfang machen?

„Und Sie sind sich sicher, dass das ein lohnendes Ziel ist?" Der Mann strich seinen Schnurrbart glatt und legte den Kopf zur Seite. „Warum heiraten Sie nicht? Frauen tun das in der Regel. Ich habe das Gefühl, dass mindestens *ein* Gentleman in dieser Stadt sehr von Ihnen angetan ist."

Falls er Lynville Tate in ihrer Nähe gesehen hatte, müsste er schon blind sein, um dessen Aufmerksamkeiten nicht zu bemerken. „Ich würde sehr gern heiraten. Aber warum sollte ich mich binden, wenn die Träume eines Mannes nicht mit meinen eigenen zu vereinbaren sind?" Sie war versucht aufzustehen und zu gehen. „Sir, ich bin nicht hier, um mich befragen zu lassen. Ich bin hier, um mich zu erkundigen, ob ich für Sie putzen kann. Was könnte Sie überzeugen, dass meine Hilfe Ihnen dienlich sein kann?"

Der Direktor lächelte und lehnte sich zurück. „Sagen Sie mir nur noch, an was für eine Art Geschäft Sie denken. Es gibt bereits drei Läden in der Stadt."

Verärgert verschränkte Eliza die Arme.

„Tun Sie mir den Gefallen, Miss Cantrell. Danach können Sie mir so lange etwas über Ihre Qualitäten als Putzkraft erzählen, wie Sie wollen."

Na schön, wenn ihn das wieder zu ihrem Anliegen zurückbrachte. „Haben Sie schon mal von Woolworths gehört?"

Er schüttelte den Kopf, bedeutete ihr aber mit einer Geste fortzufahren.

„In Scranton, Pennsylvania, wo ich herkomme, hat F. W. Woolworth vor etwa einem Jahr ein Geschäft eröffnet. Er besaß bereits ein paar andere an anderen Orten. Dieser Laden verfolgt ein neues Konzept: Es ist ein Billigwarenhaus, wie Mr Woolworth es nennt. Er bietet günstige Waren zu festgelegten Preisen. So können die Käufer sicher sein, dass ihnen das Geld nicht aus der Tasche gezogen wird."

Die Erinnerung daran, wie sie zum ersten Mal Mr Woolworths Laden betreten und sich dabei wie eine Spionin gefühlt hatte, brachte Eliza zum Lächeln. „Es beruhigt die Kunden, dass sie nicht mehr nach Preisen fragen müssen. Ich weiß nicht, ob Ihnen bekannt ist, dass ich einige Zeit im *Gentleman's Emporium* gearbeitet habe. Ich habe versucht, Will Stanton dazu zu bringen, die Waren mit Preisen auszuzeichnen, aber er wollte nicht. Wenn ein Kunde den Preis nicht kennt, nimmt er möglicherweise an, ein Artikel sei zu teuer für ihn, und interessiert sich nicht dafür. Aber wenn man erst einmal etwas in der Hand hält und sich darein verguckt hat ..."

„Aber bei so niedrigen Preisen ..."

„Oh, wenn etwas, das man schon in der Hand hat, so wenig kostet, ist der Kunde rasch bereit, weitere Artikel dieser Art mitzunehmen ... und dann noch ein paar. Der überwiegende Teil der Waren kostet fünf oder zehn Cent, aber das schließt nicht aus, auch höherpreisige Waren im Angebot zu haben."

„Haben Sie sonst noch etwas von diesem Mr Woolworth gelernt?"

„Er war ständig im Geschäft präsent. Ich habe versucht, meinen Vater ebenfalls davon zu überzeugen. Aber Männer mit sechzig haben ihre eigenen Gewohnheiten."

„Und warum ist das so wichtig?"

„Ein Geschäftsinhaber sollte präsent sein. Mit den Kunden und den Angestellten reden. Alles tipptopp in Ordnung halten. Darauf achten, wo die Leute am meisten hinschauen, und dort die interessantesten oder auffälligsten Waren platzieren. Man muss die besten Plätze nicht mit Seife oder Bleistiften besetzen – danach fragen die Leute sowieso, wenn sie so etwas brauchen. Woolworth arbeitet auch mit Geschäften in anderen Städten zusammen, sodass sie gemeinsam größere Warenmengen zu besseren Preisen einkaufen können. Seine Ideen sind äußerst vielversprechend. Ich wette, dass viele sein Geschäftsmodell übernehmen werden, wenn sie es erst einmal kennen."

„Und Sie glauben wirklich, Sie könnten genug erwirtschaften, um mit den anderen Läden hier mithalten zu können?"

„In den ersten Jahren wäre es eng, aber ich würde keine direkte Konkurrenz für andere sein. *Hampdens* ist eine Gemischtwarenhandlung, die Lowerys verkaufen vor allem Lebensmittel." Eliza zögerte. Sollte sie ehrlich sein oder diplomatisch? Kam es darauf noch an? „Und Will und Axel haben sich nicht geschickt angestellt. Sie haben sich auf eine bestimmte Kundengruppe festgelegt und im Wesentlichen Artikel im Angebot, die die anderen Geschäfte auch führen. Sie haben sich auf ihre guten Kontakte hier im Ort verlassen und geglaubt, sie könnten eine Stammkundschaft anziehen. Aber die meisten Männer gehen nicht extra ins *Emporium,* wenn sie woanders den *ganzen* Einkauf erledigen können. Damit Leute angezogen werden, hätte man den Laden zu einem Ort machen müssen, an dem Männer sich gern treffen – vielleicht mit einem Dame- oder Schachbrett, einer Tafel mit geschäftlichen Informationen, den jüngsten Weizenpreisen oder so etwas."

Wenigstens sah Mr Raymond jetzt nicht mehr belustigt aus – sein Lächeln hatte sich in ein Stirnrunzeln verwandelt. „Aber würden Sie mit Ihrem Billigkaufhaus nicht denselben Fehler machen? Günstige Artikel gibt es auch in allen anderen Geschäften."

„Schon. Aber nur irgendwo versteckt im Sortiment, ohne Preisschild und nicht in großen Mengen. Ich würde eine größere Vielfalt anbieten und Dinge, die man spontan mitnimmt. Sie wären überrascht, was die Leute alles kaufen, wenn es nur fünf Cent kostet – selbst wenn sie wissen, dass die Qualität nicht die beste ist. Natürlich würde ich meinen Laden nicht vorsätzlich mit schlechter Qualität ausstatten. Aber ich würde auf Artikel aus Massenproduktion setzen." Eliza zupfte eine Fluse von ihrem Rock. „Ich kann nicht alles genauso machen wie Woolworth in Scranton, aber ich könnte ein attraktives Geschäft führen. Noch bevor ich etwas von Woolworths neuen Ideen erfahren habe, habe ich in fünf Jahren das Firmenkapital im Geschäft meines Vaters verdoppelt. Er hatte es dreißig Jahre geführt, bevor ich in die Geschäftsführung eintrat."

„Wenn Sie so erfolgreich waren, warum sind Sie dann hierhergekommen, um einen wildfremden Menschen zu heiraten?"

Ja, das war die Frage. „Sich mit einem langjährigen Freund zu verloben, kann ebenso fatal sein wie eine Verlobung mit einem Fremden." Der Kloß in ihrer Kehle wollte einfach nicht verschwinden. „Ich war verlobt. Mein erster Verlobter hatte mehr Interesse am plötzlichen Erfolg meines Geschäftes als daran, mich zu heiraten. Allerdings hat er mir genug geschmeichelt, um mir Flausen in den Kopf zu setzen." Eliza schloss die Augen, weil sie spürte, wie ihr das Blut in die Wangen schoss. „Er hat mich sabotiert und mir viele Lieferanten abgeworben, indem er mit ihnen Exklusivverträge für das Geschäft seines Vaters abgeschlossen hat. Mein Vater war daraufhin so enttäuscht, dass er sein Testament geändert und meinen Bruder zum Alleinerben eingesetzt hat. Ich sollte für ihn arbeiten, aber er war schon immer neidisch auf mich und hat nichts von dem umgesetzt, was ich vorschlug. Deswegen habe ich beschlossen, nach einem Ort Ausschau zu halten, an dem man eine geschäftstüchtige Frau respektiert." Doch das war Salt Flatts offenbar auch nicht – wahrscheinlich existierte solch ein Ort nur in ihren Träumen.

„Sie scheinen eine kluge Frau zu sein." Mr Raymond sah aus dem Fenster und klopfte mit seinem Füller auf seinen beschuhten Fuß, den er aufs Knie gelegt hatte.

Solch ein Kompliment hätte Eliza mit Stolz erfüllen können. Doch was nützte es?

„Aber ohne eigenes Kapital hätten Sie nichts zu verlieren, wenn jemand sie unterstützt."

„Das stimmt. Mein *zweiter* Verlobter hat mir im Zug hierher besagtes Kapital geraubt. Ich *hatte* Geld, als ich Pennsylvania verließ." Nicht viel, aber genug, um neu anzufangen …

Warum belehrte Mr Raymond sie über Dinge, die sie längst wusste? Sie hatte ihren Teil der Abmachung erfüllt und von Träumen geplaudert, die sie vermutlich nie verwirklichen würde. „Also … ich bin wegen einer Putzstelle hier. Wie wäre es mit einmal im Monat? Ich sehe, dass bereits jemand gute Arbeit in diesem Bereich leistet. Aber ich könnte die gröberen Dinge erledigen, in den Ecken und unter den Möbeln sauber machen." Eliza blickte dem Bankdirektor fest in die Augen. „Sagen wir am ersten Montag jedes Monats, und zwar den ganzen Tag. Fünf Dollar scheint mir angemessen, wenn ich schwer heben muss, und …"

Sein Lachen unterbrach sie, obwohl es nicht spöttisch klang. „Ich bin mir sicher, dass Sie erreichen, was Sie sich vornehmen. Komme, was wolle." Hugh lehnte sich vor. „Aber wie wollen Sie von ein paar Jobs als Putzkraft überleben? Und die werden Ihnen übrigens auch keine fünf Dollar am Tag einbringen."

Eliza zog die Stirn in Falten. „Mrs Lightfoot ist so freundlich und lässt mich im Gegenzug dafür, dass ich bei ihr putze, dort wohnen und essen. Für das Nötigste ist also gesorgt. Aber ich bin hier, um …"

„Mrs Lightfoot, ja?" Elizas Gesprächspartner lehnte sich zurück und strich sich übers Kinn, als käme ihm gerade eine angenehme Erinnerung. Konnte ein Mann wie er an einer Dame mit Bart interessiert sein? Nein, er war verheiratet. Eliza nahm ihn genauer in Augenschein. Was war dieser Bankier für ein Mensch?

„Miss Cantrell, ich bin sehr interessiert an Ihren Geschäftsideen." Er lehnte sich wieder vor, die Schneidezähne auf der Unterlippe und mit einem interessierten Blick. „Und ich wette, Sie haben den Banditen das Geld nicht kampflos überlassen."

Eliza wandte den Kopf, sodass er die Narbe sehen konnte, und zuckte die Schultern. „Ich habe diese entstellende Narbe jedenfalls nicht ohne Grund." Aber spielte das jetzt eine Rolle? Es sei denn … „Mr Raymond, sind Sie interessiert daran, mit mir ins Geschäft zu kommen? Falls das der Fall wäre …"

„Wie ich schon sagte" – er hob die Hand –, „haben Sie kein Kapital und damit kein Risiko. Aber geben Sie mir etwas Zeit nachzudenken und kommen Sie morgen Nachmittag wieder."

Eliza stand auf und wischte sich die plötzlich feuchten Hände am Rock ab. „Ich nehme an, zum Putzen wollen Sie mich nicht einstellen?"

„Richtig." Hugh stand auf und lächelte breit. „Aber Ihre Beharrlichkeit gefällt mir."

Was immer das bedeuten sollte. Aber sie würde sich jedes Angebot anhören; Flexibilität zahlte sich oft genug aus. „Was sollte ich morgen dabeihaben?"

„Was immer Sie brauchen, um eine Enttäuschung zu verkraften."

Das war nicht gerade vielversprechend, stahl ihr aber nicht das Lächeln aus dem Gesicht. „Dann sehen wir uns morgen." Sie würde sich größte Mühe geben, nicht zu erwarten, dass das Treffen zu irgendetwas führen würde. Aber das konnte sie nicht davon abhalten zu hoffen.

Kapitel 15

Mr Raymond tigerte auf dem Gehsteig vor der Bank hin und her, als sei er von Gitterstäben umgeben – und nicht von den Staubwolken, die die vorüberfahrenden Fuhrwerke aufwirbelten. Eine Straße weiter warf Eliza einen Blick auf das Schneidergeschäft hinter ihr und dann auf die Uhr an der Bank: Viertel nach 12.

Hatte Mr Raymond gemeint, sie solle *gleich* nach Mittag kommen? Der Gedanke an einen womöglich ungeduldig wartenden Bankdirektor würde sie von dem Gespräch ablenken, das sie mit der Schneiderin zu führen hoffte. Einen schlechten Eindruck zu machen, konnte sie sich nicht leisten. Sie brauchte jeden Job, den sie kriegen konnte. Bisher hatte sie nichts weiter erreicht als einen Putzjob beim Metzger, der ihr zwei Dollar die Woche einbringen würde. Eliza versuchte nicht daran zu denken, was es wohl heißen würde, dort zu putzen. Zum ersten Mal schien die Möglichkeit, zu ihrem Bruder zurückzukehren, ihn um Arbeit zu bitten und eine verschrobene alte Jungfer zu werden, die auf dem Dachboden wohnt, in greifbare Nähe zu rücken.

Nein. Irenas Gesellschaft war der ihres Bruders weitaus vorzuziehen. Also würde sie beim Metzger putzen. Eliza straffte die Schultern. Der Besuch bei der Schneiderin konnte auch bis nach dem Gespräch mit Mr Raymond warten. Sie ließ ein Fuhrwerk passieren und überquerte dann rasch die holprige, ungepflasterte Straße.

Bei einer seiner raschen 180-Grad-Drehungen fiel Mr Raymonds Blick auf Eliza und sein Gesicht hellte sich auf. Die Hände noch immer auf dem Rücken verschränkt, ging er ihr zum Straßenrand entgegen.

„Einen schönen Nachmittag, Miss Cantrell. Ich bin froh, dass Sie so früh kommen."

Wie gut, dass sie ihn vor der Bank gesehen hatte. „Nun, ich bin nicht gern unpünktlich."

„Bitte folgen Sie mir." Ohne auf sie zu warten, marschierte der Direktor den Gehweg entlang in Richtung Stadtzentrum. Sein ungewöhnliches Verhalten verursachte Eliza einen Knoten im Magen und sie bemühte sich, nicht allzu besorgt darüber zu sein, wohin er sie führte. Vor der leeren Fassade eines zweistöckigen Ziegelbaus zwischen Bäckerei und Konditorei blieb Mr Raymond stehen. Sie hatte gestern in beiden Geschäften nach einer Möglichkeit gefragt, dort sauber zu machen. In Anbetracht des Mehlstaubs und der Zuckerkörner, die zahllose Oberflächen bedeckten, hätte ihr Angebot die Inhaber entzücken müssen. Aber man hatte sie abgewiesen. Schon am Tag ihrer Ankunft in Salt Flatts hatte das kunstvolle Mauerwerk des Gebäudes ihre Aufmerksamkeit erregt. Eine Duftwolke nach Süßem und Hefeteig entwich der Ladentür jedes Mal, wenn ein Kunde sie öffnete, was den Zauber des Ortes noch verstärkte. Tauben gurrten auf dem aufwendig gestalteten, mit steinernen Säulen gesäumten Balkon, der über die gesamte Front der ersten Etage verlief. Die Besitzer hätten sie wenigstens dafür anstellen können, den Dreck wegzumachen, den die Tauben verursachten. Das Klirren eines Schlüsselbundes zog ihren Blick zurück auf die Ebene des Erdgeschosses.

„Gehen wir hinein und schauen uns mal um." Der Bankier steckte einen Schlüssel in das reich verzierte Schlüsselloch und drehte den geprägten bronzenen Türknauf.

Sollte sie ihm folgen?

„Ein schönes Gebäude, finden Sie nicht?" Hugh fuhr mit der Hand über die Türeinfassung aus Granit, die ein Steinmetz bearbeitet hatte. Zwei große gläserne Vitrinen, die rechts und links schräg zur Eingangstür hinführten, bildeten einen dreieckigen Korridor. Eliza folgte ihm ins Innere. Abgesehen von den Staubflocken und einigen massiven Möbelstücken war der Innenraum leer. Wandschränke und Regale mit exquisiten Schnitzereien reichten vom Boden bis zur Decke, die mit geprägten

Zinnplatten verziert war. Theken über gläsernen Schaukästen säumten die linke Seite des Ladens. An der Rückseite erhob sich eine beeindruckende Treppe von einer breiten Basis, die sich oben zu einer offenen Galerie verengte und über der hinteren Hälfte des Raumes eine zweite Etage bildete.

Die Absätze des Bankiers klapperten über den gewachsten Fußboden und hinterließen Spuren im Staub. „Was denken Sie?"

Was sollte sie denken? Die Glasvitrinen würden Porzellan vor dem Zugriff kleiner Hände schützen. Die offenen Wandschränke mit ihren ornamentalen Verzierungen würden Öllampen zu fünf Cent so zur Geltung bringen, dass jeder glaubte, sie seien mindestens einen Dollar wert. Allein die Treppe würde jeden Kunden davon überzeugen, dass hier nur Wertvolles ausgestellt wurde. „Ich habe in ganz Pennsylvania nie einen sehenswerteren Laden gesehen. Was wurde hier verkauft?"

„Schmuck. Er gehörte einem sehr guten Juwelier, dessen Frau auch eine brillante Schneiderin war." Mr Raymond fuhr mit dem Finger über die Staubschicht, die den Tresen bedeckte. „Der einzige Sohn ist vor gut einem Jahrzehnt aus New York hierhergezogen. Seine Mutter konnte die Trennung nicht verkraften. Sie haben hier einen Laden eingerichtet, wie sie ihn in New York geführt hatten, ohne richtig nachzudenken. Als die Frau starb und der Sohn noch weiter nach Westen zog, ließ der Mann dieses Haus leer zurück." Hugh schnalzte mit der Zunge, starrte an die hohe Decke und lächelte. „Und seitdem wollte ich es haben."

Vitrinen mit Diamanten und Saphiren. Alles passte dafür. „Und was hält Sie davon ab, es zu besitzen?"

Der Direktor verzog das Gesicht. „Ganze fünf Minuten. Der Kaufvertrag war gerade anderweitig unterzeichnet worden, als ich beim früheren Besitzer mein Interesse anmeldete. Beinahe wäre ich in aller Öffentlichkeit in Tränen ausgebrochen."

„Was hätten Sie von einem solch extravaganten Laden gehabt? Es gibt kein Sortiment, das genug Gewinn erbringen würde, um diesen Laden erfolgreich zu führen."

„Aber ich könnte ihn vermieten. Dank der Eisenbahn werden wir bald zu den größten Städten in Mittel- und Südkansas gehören. Der

Juwelier hätte höchstwahrscheinlich Erfolg gehabt, wenn er heute anfangen und sein Sortiment ein wenig erweitern würde."

Eine hohe Miete und ein Billigkaufhaus? Das war keine Ehe, die im Himmel geschlossen wurde. Eliza verschränkte die Arme. Es war an der Zeit, wieder aufs Geschäftliche zu sprechen zu kommen. „Ich nehme an, Sie haben das Haus doch noch kaufen können, und möchten, dass ich es für Sie putze? Das wird nicht allzu schwierig sein; es ist ja überwiegend nur Staub auf freien Fußböden. Wie wäre es mit fünfzehn Dollar?"

Der Direktor schnaubte. „Sie setzen schon wieder zu hoch an."

„Und Sie hätten zu niedrig angesetzt."

Er zuckte die Achseln, noch immer lächelnd. „Ich werde Sie nicht dafür bezahlen, hier sauber zu machen. Aber Sie werden es trotzdem tun wollen."

Eliza hatte genug von den Rätseln, die der Mann ihr aufgab. Und je länger sie hier stand, umso schwerer würde es sein, sich die Verkaufstische nicht bestückt mit Spielsachen, Nippes und vielem anderen vorzustellen. „Bitte drücken Sie sich deutlich aus, Mr Raymond. Ich habe noch andere Termine zu erledigen, bevor der Tag um ist."

„Nein, das haben Sie nicht. Ihre Suche endet hier."

Eliza schüttelte den Kopf. „Sie und ich wissen sehr gut, dass ich die enorme Miete nicht aufbringen kann. Außerdem wüsste ich nicht, wie ich mir den hohen Warenbestand leisten könnte, der nötig ist, um diesen Laden auszustatten, und ..."

„Ich biete Ihnen den Raum mietfrei. Ich werde die Waren finanzieren und dieses Geld werden Sie mir zurückzahlen. Alle anderen Kosten, die eine Firmengründung verursacht, übernehme ich. Das ist mein Beitrag."

Für einen kurzen Moment standen sie sich schweigend gegenüber. Eliza blinzelte. „Ich verstehe nicht ganz. Sie haben mir gesagt, Sie treffen keine unklugen Geschäftsentscheidungen."

„Das tue ich auch nicht. Ohne eigenes Kapital brauchen Sie einen Geschäftspartner, auch wenn ich nur stiller Teilhaber sein werde. Sechzig Prozent für mich und vierzig für Sie scheint mir ein fairer Vorschlag."

Dann hielt er also ihre Idee für gut genug, um sie zu unterstützen?

Eliza zupfte an ihrem Kragen. „Fair ist jedenfalls keineswegs, dass Sie mich hierherbringen, mir diesen Raum zeigen und dafür sorgen, dass ich mein Herz daran verliere. So bringen Sie mich dazu, etwas zu unterzeichnen, dem ich bei klarem Verstand niemals zugestimmt hätte." Dieser Ort hatte es ihr wirklich angetan. „Ich lasse mich nicht übers Ohr hauen."

„Meine liebe Miss Cantrell, ich bin vielleicht ein kühler Rechner und ein Pfennigfuchser, aber das heißt nicht, dass ich ein Gauner bin."

„Das wollte ich auch nicht andeuten. Aber Männer glauben oft, sie könnten einer Frau ungünstige Bedingungen aufschwatzen, wenn sie begeistert ist, dass überhaupt jemand mit ihr ins Geschäft kommen will."

„Seien Sie versichert: Ich beabsichtige nichts anderes, als meinen fairen Anteil zu erhalten."

„Und wenn ich Sie innerhalb eines Jahres ausbezahle?"

Hugh runzelte die Stirn. „Das mag vielleicht mit den Kerlen in Pennsylvania funktioniert haben, von denen Sie mir erzählten. Aber ich bin sicher, in Kansas ist das unmöglich. Ich werde also eine Einschränkung machen müssen: Sie müssen mindestens fünf Jahre in diesen Räumen bleiben."

„Warum?"

„Das Gebäude gehört mir nicht – sonst würden Sie in der Tat Miete zahlen." Der Bankdirektor breitete die Arme aus. „Ich habe eine Vereinbarung mit dem Besitzer getroffen. Wenn ich Ihnen das Geld für die Waren leihe und die sonstigen Einstiegskosten zahle, erhalte ich die Option, das Gebäude zu kaufen: nach fünf Jahren. Der Eigentümer ist ein Narr, dieses Haus einfach leer stehen und verstauben zu lassen." Hugh lächelte. „Aber dass jemand anderes unkluge Geschäftsentscheidungen trifft, bedeutet nicht, dass ich nicht davon profitieren darf."

„Und wenn ich nach fünf Jahren Alleininhaberin sein möchte?"

„Das ist mir egal, wenn mein Name erst einmal mit dieser Unternehmung verbunden ist. Die Kosten für den Warenbestand sollten dann zurückerstattet sein, aber Sie würden mir die Teilhaberschaft abkaufen müssen. Das Gebäude wird mir gehören und ich würde dann auch Miete verlangen."

Elizas Herz raste. Dieser Plan konnte ihr zu einem Laden verhelfen – und zwar innerhalb eines Monats, nicht erst in zehn Jahren. Sie bemühte sich, ihrer Stimme einen geschäftlichen Ton zu verleihen. „Wie stark wollen Sie einbezogen sein?"

„Ich habe keine Zeit, den Verkäufer zu spielen. Das überlasse ich Ihnen. Aber ich werde die Bücher regelmäßig prüfen – und größere Entscheidungen sollten Sie mit mir besprechen."

Wenn sie keine Miete zahlen musste, würde sie recht schnell Gewinne erwirtschaften. Eliza hielt die Arme fest auf dem Rücken verschränkt, um ihre Aufregung im Zaum zu halten. Sie musste über das alles nachdenken. „Ich fürchte, ich kann das nicht heute entscheiden. Ich müsste zuerst mit einem Anwalt sprechen." Vielleicht wüsste der auch, wem dieser Laden gehörte. Was konnte dieser mysteriöse Wohltäter vom Angebot einer mietfreien Nutzung haben?

„Natürlich. Es gibt zwei in der Stadt, beide auf der Eighth Street."

„Und welcher davon ist Ihrer?"

„Mr Gerard."

„Und der andere?"

„Mr Scottsmore."

„Dann werde ich mit Mr Scottsmore sprechen."

Mr Raymond lächelte. „Wir werden fantastisch zusammenarbeiten, Miss Cantrell. Wollen wir uns in vier Tagen wieder treffen? Ich werde einen Vertragsentwurf aufsetzen und von Ihnen erwarte ich einen Geschäftsplan. Dann können wir entscheiden."

Gut, sie brauchte Zeit. „So weit stimme ich zu. Denken Sie daran, in den Vertrag die Option einzuschließen, dass ich das ganze Unternehmen von Ihnen erwerben kann. Und ich möchte fünfzig Prozent – und fünfzig für Sie. Partner auf Augenhöhe. Schließlich werde ich fast die ganze Arbeit machen." Sie streckte die Hand aus und drückte die seine fest, als er sie ihr reichte. „Vielleicht arbeiten wir schon sehr bald zusammen."

Hugh nickte – „Das hoffe ich, Miss Cantrell" – und drückte ihr die Schlüssel in die Hand. „Schauen Sie sich um und bringen Sie mir die Schlüssel zurück, bevor die Bank schließt. Das ist die denkbar beste Lösung für Sie in Ihrer prekären Situation. Sie sind klug genug, mein Angebot anzunehmen." Er legte die Hand an den Hut. „Guten Tag."

Eliza blieb wie erstarrt stehen, während Hugh zum Ausgang ging. Nachdem er die Tür hinter sich geschlossen hatte, ging sie langsam zur Treppe, ließ eine Hand über das glatt polierte Geländer gleiten und stieg die Stufen bis zur Hälfte hoch. Dann drehte sie sich um und setzte sich auf die staubigen Holzstufen. „Perfekt." Sie schürzte die Lippen und atmete tief durch die Nase aus. Mehr als perfekt.

Moment! Eine Heirat mit Axel hatte sie auch für eine perfekte Lösung gehalten. Unbedingt musste sie Irena fragen, was sie von allem hielt. Vielleicht wusste sie auch, wem das Haus gehörte und ob man Mr Raymond trauen konnte. Jeden Einwand, den Irena vorbringen würde, würde Eliza gründlich bedenken.

Und sie würde beten.

Eliza starrte auf die Schlüssel zu diesem geräumigen Verkaufsraum. Von so etwas hatte sie bisher nur träumen können.

Gott, bisher bin ich oft zu schnell durch die erste Tür gegangen, die sich zu öffnen schien. Ich brauche deine Führung. Auch wenn mir das alles vorkommt wie ein Geschenk des Himmels – ich will die Sache nicht deswegen verfolgen, weil der Raum so schön ist, die Bedingungen so gut und weil ich dann nicht mehr Jahre darauf warten müsste, mich zu beweisen.

Hatte Gott ihr etwa ihren Herzenswunsch erfüllt – trotz all ihrer Mängel?

Will warf einen Blick aus dem Fenster, um sicher zu sein, dass niemand mehr kommen würde. Doch es blickte niemand auch nur in die Richtung des Ladens. Und was würde es schon ausmachen, wenn er heute noch einen Kunden angelte? Auch ein dritter Käufer würde nicht genug Geld ausgeben, um den Laden zu retten. Er trat auf die Veranda, drehte den Schlüssel im Schloss herum und vergewisserte sich, dass die Tür sicher verriegelt war.

Sicher übertrieb er. Niemand würde ihn bestehlen. Er hatte die Ersparnisse lediglich verlegt. Aber er wollte kein Risiko eingehen.

Die Hände tief in den Taschen, schlenderte er den Gehweg entlang zu Mr Arnetts Mietstall. Gestern hatte er den Mann wegen einer entzündeten Abschürfung behandelt, aber er konnte sich beim besten Willen nicht erinnern, ob seine Lederbörse an ihrem üblichen Platz neben Arzneien und Verbänden in seinem Arztkasten gelegen hatte. Bevor er heute Morgen den Laden geöffnet hatte, hatte er Nancys Mutter besucht, um zu sehen, wie es ihr ging, aber auch hier konnte er sich nicht erinnern, ob er seinen Geldbeutel dabeigehabt hatte.

Er betete, dass Mr Arnett seine Geldbörse gefunden hatte. Will konnte nicht noch einen Besuch bei Mrs Graves ertragen, die permanent abwechselnd ihn und Nancy vielsagend ansah. Er war noch nicht bereit dazu, in diese Richtung zu denken. Jetzt, wo Eliza nicht mehr an Axel gebunden war – würde sie ihn in Betracht ziehen? Nicht, wenn sie einen mondänen Laden wollte … und den würde sie im Lauf der Zeit sicher bekommen. Aber er würde ihr ihn nie bieten können.

Vielleicht sollte er noch an der Hütte der Christensons am Stadtrand vorbeigehen, bevor er die Graves besuchte. Aber wenn er sein Geld dort verloren hatte, würde Mr Christenson kaum zugeben, es gefunden zu haben. Seine sieben Kinder hatten zwar nicht genug zu essen, aber der Mann würde das Geld bestimmt auf dem direktesten Weg in die nächste Schwarzbrennerei tragen.

Wenn er sich nur erinnern könnte, wo er die Börse zum letzten Mal gesehen hatte! Je länger sie verschwunden blieb, umso wahrscheinlicher war es, dass das Geld in falsche Hände geraten war. Er würde von vorn beginnen müssen, sich etwas zu ersparen – und das mit einem schlecht gehenden Laden, der keinen Gewinn abwarf, schon gar nicht, wenn der Sheriff Axel in die Fänge bekam und den Warenbestand versteigerte. Vielleicht sollte er einfach die Türen zunageln, nach Atchison reisen und den Großonkel seines Freundes bitten, ihn das Bürstenmacherhandwerk zu lehren. Selbst wenn er einen Prozess um die Rechte am gesamten Laden gewinnen würde – wäre das fair gegenüber Axels Opfern oder den Langstons?

Er hatte nicht genug Mitgefühl für Eliza gezeigt, als man ihr ihr Geld gestohlen hatte. Seine vierundachtzig Dollar waren erbärmlich im Vergleich zu dem, was sie verloren haben musste.

Ein Stöhnen und ein höchst undamenhafter Ausruf ertönten von irgendwo vor ihm. Will beschleunigte seine Schritte. Er wusste, wie es klang, wenn jemand sich erbrach, aber er konnte nirgendwo jemanden sehen. Das Stöhnen erklang noch einmal. In der nächsten Seitenstraße erblickte Will eine in sich zusammengekrümmte junge Frau, die sich an einem Schrubber festhielt und die Hände auf den Magen presste.

Will eilte die Gasse hinunter. „Ist alles in Ordnung?"

Eliza sah zu ihm hoch, bleich und zerzaust. „Es geht bestimmt gleich wieder ..."

Er konnte nicht anders, als ihr das feuchte Haar aus der Stirn zu streichen und die Temperatur zu fühlen. „Sie sind nicht heiß, aber Sie sehen fiebrig aus."

„Ich bin es nicht gewöhnt, frische Innereien und rohe Fleischstücke herumzutragen ..." Eliza schloss die Augen und schluckte. „Ich werde aufhören müssen hinzusehen, was genau in meinem Wischwasser schwimmt." Sie hielt sich die Hand vor den Mund.

„Und besser auch damit, es sich vorzustellen."

Sie nickte und atmete tief durch.

„Was tun Sie hier?"

Eliza leerte den Eimer und spülte jegliche Ekelhaftigkeit auf die Gasse. „Wie Sie mir vorgeschlagen haben, habe ich ein Geschäft gefunden, das meine Hilfe gebrauchen kann. Ich habe heute angefangen."

Will verzog die Nase bei dem Geruch in der Gasse, den er jetzt wahrnahm. „Das ist nicht gerade das, was ich meinte."

Kopfschüttelnd sank Eliza auf die Stufen zur Metzgerei. Hatte er jemals gesehen, dass sie sich während der Arbeit setzte?

„Ich habe in jedem Geschäft in der Hauptstraße, Maple, Fourth und Fifth Street gefragt, aber außer dem Metzger wollte mich niemand einstellen."

Mr Raymond hatte ihr also kein Angebot gemacht? Will rieb sich den Nacken. Der Bankier musste sie nach ihrem Geschlecht beurteilt haben, nicht nach ihrer Geschäftstüchtigkeit. Will seufzte. Nun, es war einen Versuch wert gewesen.

Eliza griff nach dem Treppengeländer und blickte ihn durch die Gitterstäbe hindurch an. „Es geht schon. Die Dinge werden sich bald zum Besseren ändern."

Will hockte sich hin, um ihr in die Augen zu sehen. „Sie beschämen mich."

„Wieso? Als Arzt und auf der Farm Ihrer Eltern haben Sie vermutlich Ekelhafteres gesehen als schwimmende Schweinedärme."

„Das habe ich nicht gemeint." Der junge Mann setzte sich neben sie. Die Enge der Treppe zwang ihn, ihren Rock beiseitezuschieben. „Ich beende meine Arbeit früher, nur weil ich keine Lust darauf habe. Und Sie tun eine Arbeit, die Ihnen den Magen umdreht. Ich glaube wirklich, in mir steckt mehr von Axel, als mir lieb ist."

Eliza lehnte sich zurück. „Wieso das?"

„Ich bin arbeitsscheu."

Ihr Lachen brachte wieder etwas Farbe in ihr Gesicht. „Ich habe gesehen, wie Sie den ganzen Tag im Laden gearbeitet und danach Ihren Arztkasten geschnappt haben, um noch jemandem zu helfen, bevor die Sonne untergeht."

Will grub seine Absätze in den Straßenstaub. „Trotzdem sollte ich besser arbeiten, als davon zu träumen, dass meine Schwierigkeiten sich von selbst auflösen."

Eliza zuckte die Achseln. „Nun, eines weiß ich jetzt jedenfalls." Sie grinste ihn an. „Ich kann mich zu dieser Arbeit hier" – sie wies auf den Wischeimer – „vielleicht eine Woche oder zwei zwingen, aber bestimmt nicht mein Leben lang. Also sollte ich eine Heirat mit dem Metzgerssohn als Möglichkeit, meinen Problemen zu entfliehen, abhaken." Ihr schiefes Lächeln lockte nicht das Grinsen hervor, das sie von Will erwartet hatte.

„Nein, ich würde Ihnen auch nicht raten, einen Metzgerssohn zu heiraten." Der Himmel sei ihm gnädig, wenn sie Micah traf, den ältesten Sohn des Metzgers. Der war Landvermesser. Ein Draufgänger mit einem Dauerlächeln und oberflächlichem Charme.

„Ist das ein ärztlicher Rat?“

Oh, wenn sie ihn nur bat, ein Rezept auszuschreiben, das alle Männer außer ihm selbst von ihr fernhielt.

Eliza blinzelte, verlor aber nicht den Blickkontakt zu ihm. Ihr Grinsen verflog. „Will?“

Er schluckte heftig, wandte den Blick aber nicht ab. Wem machte er etwas vor? Er konnte keine Bürsten machen oder sich wieder an Nancy annähern. Hier neben einer Eliza zu sitzen, deren Schürze vom Wischwasser fleckig war und die etwas Undefinierbares auf der Wange hatte, dämpfte keineswegs sein Verlangen, sie in seine Arme zu ziehen.

Und diese Lippen zu kosten.

Eliza räusperte sich. „Jetzt bin ich an der Reihe, Sie zu fragen, ob alles in Ordnung ist. Sie sehen ein wenig … kränklich aus.“

„Ich habe mich nur gefragt, was Sie auf der Wange haben.“ Er zog sein Taschentuch heraus. Wie gern hätte er ihr Gesicht ohne das Hindernis eines Stücks Stoff berührt, aber dazu hatte er kein Recht.

„Oh.“ Eliza senkte die Brauen, während er rieb und ihre Wange rosig hinterließ. Auch nachdem er den Spritzer erfolgreich abgewischt hatte, zog er seine Hand nicht zurück. So nah neben ihr konnte er die goldenen Lichtflecken in ihren braunen Augen sehen, die winzigen Sommersprossen über ihrer Nase, die Kerbe in ihrer Oberlippe, die nicht ganz in der Mitte saß. Kein Wunder, dass man diese Stelle Liebeszauber nannte. Er konnte seine Augen nicht davon abwenden.

Aber die Gasse roch zu unangenehm, um hier Süßholz zu raspeln. Der Zeitpunkt war mehr als ungünstig. Er musste aufhören, sie zu berühren, bevor er sie hier mitten im Unrat küsste, wo jeder Vorübergehende sie sehen konnte. Will steckte das Taschentuch wieder ein. „Ich habe übrigens vor, in der Stadt zu bleiben.“

Eliza verzog die Augenbrauen.

„Und doch kein Bürstenmacher zu werden.“

„Ich dachte mir schon, nun, wo Axel fort ist, würden Sie bleiben … wegen des Ladens.“

„Jedenfalls fürs Erste.“ Will würde einen Weg finden müssen zu studieren, bevor sein Leben ganz ruiniert war. Wie lange würde es dauern, bis sie das Unglück mit ihrer Heirat überwunden hatte und seine Werbung ihr vielleicht angenehm war? Wie viele Wochen mussten vergehen, bis er nicht mehr wie ein hungriger Raubvogel wirken würde, wenn er seine Absichten erklärte? „Fürs Erste bin ich noch da."

Er würde keine Küsse auf der Straße stehlen. Nicht um sie herumscharwenzeln wie Lynville.

„Miss Cantrell?", rief die dröhnende Stimme des Metzgers von innen, und beide zuckten zusammen. Wie lange hatten sie hier gesessen und einander in die Augen gesehen?

Eliza stand mühsam auf. Will reichte ihr den Arm, um ihr zu helfen. Seine Finger schlossen sich um ihre Ellenbogen und er zog sie hoch, aber seine Hände weigerten sich, sie loszulassen.

Sie wankte ein wenig und stand dann still. „Ich gehe jetzt besser wieder an meine Arbeit. Noch nie im Leben habe ich so lange Pause gemacht."

„Sie haben recht." Er ließ sie immer noch nicht gehen.

„Will?" Wie sie seinen Namen flüsterte, ließ ihm Schauer über die Arme laufen.

Er drückte sie ein wenig fester. „Versprechen Sie mir, dass Sie keinen Metzgerssohn heiraten."

„Versprochen." Sie schluckte, ihr Blick in den seinen versunken. „Sonst noch etwas?"

Versprich mir, an niemanden zu denken als an mich. „Nein. Im Moment ist das alles."

„Wir sehen uns also später."

Kaum war sie in der Metzgerei verschwunden, verließ er mit langen Schritten die Gasse. Als Erstes musste er seine vierundachtzig Dollar finden. Dann brauchte er eine Strategie, den Laden so in Schwung zu bringen, dass er einen Anwalt bezahlen konnte. Der sollte ihn beraten, was er überhaupt mit dem Laden anstellen konnte, um seine Kasse zu füllen. Was würde er noch tun müssen, damit Eliza ein Leben an seiner Seite attraktiver fand als die Vorstellung, einen eigenen Laden zu besitzen? Jeder Gedanke an einen Kuss würde warten müssen, bis er sein Leben in ausreichend geordnete Bahnen gebracht hatte, damit Eliza nicht vor dem Desaster, das er im Moment war, davonlief.

Kapitel 16

Will warf einen Blick auf die Uhr. Viertel vor fünf. Er schlenderte durch die Gänge, um zu sehen, ob er vielleicht einen Kunden übersehen hatte, aber der Laden war noch genauso leer wie seit zwei Stunden. Er hängte seinen Hammer im Lager an die Wand. Die Leute in der Stadt sollten allmählich aufhören, ihn für Axels Verbrechen zu bestrafen. Wenn er mit dem Doppelleben seines Geschäftspartners irgendetwas zu tun gehabt hätte, hätte der Sheriff ihn schon längst festgesetzt.

Aber wie sehr er den Einwohnern von Salt Flatts auch grollen mochte, es änderte nichts.

Etwas Gutes hatte es allerdings doch, dass die Leute den Laden mieden. Er konnte jeden Tag früh schließen und nach Eliza Ausschau halten. Seit er sie zum ersten Mal beim Metzger gesehen hatte, war er jeden Nachmittag dort vorbeigegangen – in der Hoffnung, sie zu treffen, wenn sie das Wischwasser ausleerte. Er hatte nicht vor, ihr auf den Stufen zur Metzgerei schöne Augen zu machen. Aber war es so schlimm, sich ein paar Worte von ihr zu erhoffen?

Nur zwei Mal war er ihr begegnet, immer an einem Donnerstag. Und heute war wieder Donnerstag. Wenn er sie nicht antraf, sollte er nach Silas Jonesey sehen. Man hatte Will nicht wieder auf die Farm gerufen, aber der Mann brauchte ein wenig menschliche Gesellschaft und vielleicht ein Schachspiel, um aufgemuntert zu werden. Jonesey war entschieden zu viel allein.

Die Ladentür öffnete sich und die kleine Glocke schlug an.

Will schloss die Augen und seufzte leise. Eine Chance, Eliza zu sehen, oder eine Chance, etwas zu verkaufen? Mit Ausnahme der Vorräte an Konserven, die der Laden führte, hatte er in letzter Zeit kaum etwas gegessen. Um Lebensmittel zu kaufen, hätte er seine vermissten Ersparnisse finden müssen, aber bisher blieb die Geldbörse verschwunden. Dringender, als Eliza zu sehen, brauchte er ein bisschen Kleingeld in den Taschen.

Zumindest war das die Botschaft, die sein Magen ihm sandte.

Er schleppte sich nach vorn.

„Guten Tag, William.“ Der Sheriff nahm den Hut ab.

Will zögerte. Brachte der Mann diesmal gute oder wieder schlechte Nachrichten? Die beste Neuigkeit wäre die, dass er Axel mitsamt der gesamten Beute geschnappt hatte. „Haben Sie Axel gefasst?“

„Die Hilfssheriffs in Atchison haben jetzt die Suche übernommen. Das ist die Gegend, wo die Walker-Gang festgenommen wurde.“

Will presste eine Hand auf den Magen. „Und was kann ich dann für Sie tun?“

„Etliche Geschäfte in der Stadt haben Warendiebstähle gemeldet. Haben Sie bemerkt, dass Ihnen etwas fehlt? Oder ist Ihnen aufgefallen, dass sich jemand grundlos hier herumtreibt?“

„Ich vermisse in der Tat etwas, dachte aber bis jetzt, ich hätte es nur verlegt. Es hat nicht zufällig jemand eine Lederbörse mit vierundachtzig Dollar gefunden und abgegeben?“

Der Sheriff pfiff durch die Zähne. „Ein hübsches Sümmchen, um es zu verlegen.“

„Das müssen Sie mir nicht sagen.“ Obwohl es nicht annähernd genug war, um an ein Studium denken zu können. „Mir ist niemand aufgefallen, der sich ungewöhnlich oder verdächtig benommen hätte.“

Der Sheriff nahm ihn genau in Augenschein. „Will, ich muss Sie das fragen: Warum haben Sie sich auf der Hauptstraße herumgetrieben und in die Schaufenster gestarrt?“

Wie bitte? Der Sheriff nahm doch wohl nicht an, dass er …

„Als ich andere nach Verdächtigen gefragt habe, haben drei Leute Ihren Namen genannt. Will, ich kenne Sie seit Langem. Aber … Axel habe ich auch lange gekannt …“ Der Gesetzesmann kratzte sich am Kinn. „Das ist nicht der richtige Moment, um sich verdächtig zu benehmen. Ich bin ein klein wenig besorgt, dass Sie dem Kerl noch immer helfen."

„Oh …" Will wand sich innerlich unter dem eindringlichen Blick. „Die Leute suchen jemanden, dem sie die Schuld geben können. Ich spioniere doch nicht das Eigentum anderer Leute aus oder treibe mich …" Schön. In der letzten Zeit war er auffällig häufig um die Metzgerei herumgeschlichen.

Er zog an seiner Krawatte. „Ja, ich war in letzter Zeit öfter unterwegs, aber nicht zu dem Zweck, den Sie andeuten. Ich war … etwas nervös, aber ich bin nicht Ihr Dieb."

Wenn er allein gewesen wäre, hätte er sich geohrfeigt. Wie sollte er jemals seine Kunden zurückgewinnen, wenn er durch die Stadt streifte wie ein Mondsüchtiger, nur um *zufällig* Eliza über den Weg zu laufen und sie dann nur zu fragen, wie es ihr ging?

Die Tür flog so rasch auf, dass der Sheriff gerade noch zur Seite springen konnte, bevor sie ihn an der Schulter traf. Der Bankier stürmte herein, wobei er die Augen verdrehte wie ein panisches Kalb, das man in die Enge getrieben hatte. Schließlich blieb Hughs Blick auf Will haften. „Ich brauche Sie. Sie schulden mir einen freien Hausbesuch."

„Selbstverständlich, Mr Raymond, aber der Sheriff und ich …"

Hugh drehte sich zum Sheriff um. „Es tut mir leid, dass ich unterbreche, aber meine Frau ist krank. Vor ein paar Stunden kam eins von den Nogales-Mädchen zu mir, aber ich habe ihr spanisches Kauderwelsch kaum verstanden. Und dann habe ich Narr mich wieder ablenken lassen und wollte nur noch eine Sache erledigen …" Sein Blick glitt zurück zu Will und er packte ihn am Arm. „Kommen Sie."

Der Sheriff nickte seine Zustimmung und folgte den beiden nach draußen.

Will seufzte und schloss eilig die Tür ab. Eliza hatte recht. Er war sehr beschäftigt – mit lauter Dingen, die ihm kein Geld einbrachten. Noch nie war ihm aufgefallen, wie häufig die Leute einen Arzt brauchten – und er versuchte noch nicht einmal, einer zu sein. „Was fehlt Ihrer Frau?"

Hugh rannte um den Einspänner herum und sprang auf den Kutschbock.

„Das weiß ich nicht. Sie sind der Arzt, finden Sie es heraus."

Will kletterte auf den Sitz neben ihm und fiel beinahe rückwärts herunter, als Hugh dem Pferd die Zügel freigab und es davonschoss. Als sie einen langsam dahinzuckelnden Eselskarren überholten, suchte Will nach einem zweiten Griff zum Festhalten. „Ich meine, was hat sie für Symptome?" Er schielte in die Metzgergasse, an der sie gerade vorbeirasten. Ein flüchtiger Blick auf Eliza und ihren Schrubber weckte in ihm den Wunsch, ihr zu winken, aber er wagte es nicht, die Hände von den Griffen zu lösen. Sie waren ohnehin viel zu schnell unterwegs.

„Ich nehme an, das, was sie immer im Frühling plagt." Hugh donnerte einen Fußgänger an, er solle gefälligst aus dem Weg gehen, und gab seinem armen Pferd die Peitsche.

Will hatte Hugh noch nie so außer sich gesehen. „Und was genau hat die kleine Nogales gesagt?"

„Dass Deborah krank sei und ich früh nach Hause kommen solle. Mehr habe ich nicht verstanden." Er zog plötzlich mit einem Ruck die Zügel an, trieb das Pferd aber gleich darauf unsanft wieder an. „Wie hätte ich wissen sollen, dass sie sich jede Stunde übergeben hat und blasser ist als ein Gespenst?"

Also Übelkeit, Blässe und Symptome eines Katarrhs. Hoffentlich nur die Folge davon, dass sie etwas Falsches gegessen hatte. Hugh nahm eine Kurve zu schnell, sodass sich der Wagen gefährlich weit auf die beiden rechten Räder neigte. Will klammerte sich an Hughs Arm. „Um fünf Minuten früher zu Ihrer Frau zu kommen, müssen Sie uns nicht beide umbringen. Fahren Sie langsamer. Wenn wir uns das Genick brechen, wird ihr überhaupt niemand helfen."

Der Bankier zog die Zügel ein wenig an, schob aber verbissen das Kinn vor. „Na gut, ein wenig langsamer."

Will schluckte und nickte zustimmend.

Hughs Frau konnte sehr wohl auf dem Weg in die Ewigkeit sein, aber es war nicht nötig, dass die Passanten in Salt Flatts oder sie beide sie dorthin begleiteten.

Eliza leerte den Wischeimer und beobachtete, wie das Schmutzwasser die Gasse entlanglief. Seit zehn Minuten stand sie bereits tatenlos auf der Treppe in der Hoffnung, Will würde vorbeikommen. Doch gerade war er in einem so halsbrecherischen Tempo in einem Einspänner vorbeigerast, dass ein herrenloser Hund umgehend das Weite gesucht hatte. Wohin war Will in solcher Eile unterwegs? Eliza fuhr sich mit den Fingern über Wange und Kinn, die Spur verfolgend, die sein Daumen gezogen hatte, als er ihr damals die Federn aus dem Gesicht gewischt hatte. So wie er sie seit der geplatzten Hochzeit ansah, empfand er sicher etwas für sie … oder auch schon vorher. Was hielt ihn davon ab, etwas zu sagen? Zu dumm, dass sie beim Metzger jetzt nichts mehr zu tun hatte – für den Fall, dass Will doch noch vorbeikam. Nein, das war wirklich albern! Jetzt wünschte sie sich schon, sie hätte noch ein paar tierische Reste mehr zu entsorgen!

Als er in der letzten Woche vorbeigekommen war, hatte er nur über das Wetter geredet, aber wenigstens war er aufgetaucht. Außer Irena war er der einzige Mensch, mit dem sie gern über den Vertrag mit Mr Raymond gesprochen hätte, der kurz vor dem Abschluss stand. Aber konnte Will neutral sein, da ihre Pläne seinem Geschäft schaden konnten? Nun, das war ohnehin schon in Schwierigkeiten. Vielleicht sollte sie besser doch nicht mit ihm über ihr Vorhaben reden. Seinen geschäftlichen Rat brauchte sie ganz sicher nicht. Aber wie wäre es, wenn sie einen Hinweis fallen ließe, dass sie ihn gern öfter sehen würde? Das käme allerdings schon fast einer Aufforderung gleich, ihr den Hof zu machen.

Wollte sie wirklich diesen Eindruck erwecken? Eliza wrang das Scheuertuch aus, bis kein Tropfen Wasser mehr aus den ekelerregenden Baumwollfransen tropfte. Warum waren Beziehungen mit Männern bloß so kompliziert?

Nach einigen Wochen, in denen die beiden Anwälte verhandelt hatten, und einigen anderen Verzögerungen, hatte Mr Raymond verkündet, er wolle noch ein paar letzte Änderungen vornehmen. In der Annahme, dass alles zu ihrer Zufriedenheit ausfallen würde, wollte sie den überarbeiteten Vertrag morgen unterschreiben. Mit einem eigenen Geschäft würde sie keinen Mann brauchen, um sich sicher zu fühlen. Sie wäre frei, unabhängig, könnte sich den Mann suchen, den sie wollte, oder eine Beziehung beenden, wenn sie sich nicht nach ihren Wünschen entwickelte.

Aber wenn sie und Will sich näherkommen würden – was sollte sie dann tun, wenn er tatsächlich ein Studium aufnahm? Vielleicht sollte sie besser mit ihren einladenden Hinweisen warten, bis er mitsamt dem Doktortitel zurück war? Aber wie lange würde das dauern?

Egal was Will vorhatte – sie musste entscheiden, was heute für sie das Beste war. Wenn sie an das morgige Treffen mit Mr Raymond dachte, setzte ihr Herz jedes Mal kurz aus. Sie hatte sich beide Szenen ausgemalt: wie sie unterschreiben würde und wie sie ablehnen und weggehen würde. Und in jedem Fall bekam sie feuchte Hände. Noch vor wenigen Monaten hätte sie sich eine solche Chance nicht entgehen lassen und kaum darüber nachgedacht. Aber wie sie inzwischen in Salt Flatts gelernt hatte, brachten vermeintlich perfekte Gelegenheiten oft genug ihre eigenen Probleme mit sich.

Gott, schenkst du mir diese Chance? Oder willst du mich prüfen?

Sosehr sie sich wünschte, Gottes Stimme würde vernehmbar durch die Gasse hallen – es kam keine Antwort. Seit sich die neue Perspektive aufgetan hatte, hatte sie jeden Abend gebetet. Aber sie war sich nicht völlig sicher, welcher Weg wohl Gottes Zustimmung finden würde.

Eliza trug den Eimer ins Haus und band sich die Schürze ab. Mr Otting kam aus dem Hinterzimmer, ein in Papier gewickeltes Bratenstück in der Hand. Eine rosige Frau in einem leuchtend blauen Kleid wartete am Tresen, an der Hand ein zierliches Mädchen.

Als Mr Otting Eliza erblickte, zog er die Stirn in Falten. „Sie sind noch hier?"

Sie grinste. „Meinen Sie, ich gehe, ohne meinen Lohn erhalten zu haben?"

Der Metzger schnaubte und überreichte der Kundin das Fleischpaket. „Fünfundsiebzig Cent, bitte."

Die Frau gab ihm das Geld und warf Eliza ein Lächeln zu. „Ich glaube, wir kennen uns noch nicht."

Eliza bemühte sich, ihre abgearbeiteten Hände in den Rockfalten zu verbergen. Sie war es gewohnt, dass sie im Vergleich mit anderen Frauen verblasste. Aber in diesem Moment hätte sie ebenso gut ein Schweinebauer sein können, der neben einer Lady vom Hofe stand. Doch das Lächeln der Frau war offen und aufrichtig.

„Ich bin Eliza Cantrell."

„Ich bin Nancy Wells." Sie lächelte wieder und legte eine Hand auf die Schulter des Mädchens neben ihr. „Und das ist meine Tochter Millicent."

Konnte das Wills Nancy sein? Wohnte sie wieder in der Stadt, oder war sie nur zu Besuch? Eliza musste sich bemühen, freundlich dreinzuschauen. Aber als das Mädchen aus nebelgrauen Augen schüchtern zu ihr hochsah, glitt ihr ein unvermeidliches Lächeln übers Gesicht.

„Wie lange leben Sie schon hier? Ich fürchte, die Stadt ist in nur einem Jahr so gewachsen, dass ich kaum noch mehr als eine Handvoll Leute wiedererkenne."

Eliza schluckte schwer und rieb sich die Narbe. Wenn diese attraktive Frau Williams Verlobte gewesen war, wunderte es sie nicht, dass ihr Verlust ihn tief erschüttert hatte. „Seit etwa zwei Monaten."

„Ich habe vor Kurzem eine Bibelgruppe für Frauen begonnen. Wir treffen uns dienstags vormittags in der kleinen weißen Kirche hinter der Mühle." Wieder flog dieses gewinnende Lächeln über Nancys makelloses Gesicht. Das Haar der Frau mochte etwas zu kraus sein, aber wem würde das bei einer solchen Porzellanhaut schon auffallen? „Ich würde mich freuen, wenn Sie auch kommen."

Eliza betrachtete ihre Füße. Sicher sollte sie öfter in der Bibel lesen, und das in einer Gruppe zu tun, wäre bestimmt hilfreich. Aber konnte sie es über sich bringen, jede Woche dieser Frau gegenüberzusitzen und sich mit Wills ehemaliger Verlobter zu vergleichen?

Wenn sie Mr Raymonds Angebot annahm, würde sie ohnehin nicht teilnehmen können. Sie würde keine Zeit mehr haben.

Eliza schielte zu Mr Otting hinüber. Da sie Mr Raymonds letztes Angebot noch nicht kannte, wollte sie den Metzger nicht wissen lassen, dass sie vielleicht kündigen würde. Denn wenn der Vertrag nicht zustande kam, würde sie das Geld, das diese Stelle ihr einbrachte, dringend brauchen. „Vielleicht arbeite ich demnächst dienstags vormittags, aber falls nicht, werde ich es mir überlegen."

„Ach bitte, kommen Sie doch, wenn irgend möglich. Ich würde mich freuen, wenn noch mehr Frauen in meinem Alter dabei wären." Nancy lächelte und nahm ihre Tochter an die Hand. „Aber ich möchte Sie nicht aufhalten. Auf Wiedersehen."

Mr Otting wischte sich die Hände an seiner blutbefleckten Schürze ab, bis die Tür sich hinter Nancy geschlossen hatte. „Eine entzückende junge Dame. Zu traurig, dass sie bereits Witwe ist. Aber ihre Mutter glaubt, dass sie wieder mit Will Stanton zusammenkommen wird. Ich hatte ja gehofft, sie würde vielleicht einen meiner Söhne in Betracht ziehen. Aber die kleine Tochter ihres verstorbenen Mannes braucht viel medizinische Fürsorge. Da ist es vermutlich am besten, wenn sie Mr Stanton heiratet."

Verwitwet? Also war sie wieder zu haben? Will musste gewusst haben, dass sie wieder hier lebte, denn er hatte von einem Besuch bei Mrs Graves erzählt. War er wirklich bereit, Nancy zu vergeben und sie zurückzunehmen?

Natürlich. Will würde sogar seinem eigenen Mörder vergeben.

Unbeweglich stand Eliza da und betrachtete gedankenverloren die Blutspritzer auf Mr Ottings Brust. Hatte sie sich über Wills Gefühle für sie getäuscht? Es wäre nicht das erste Mal, dass sie die Zuneigung eines Mannes falsch eingeschätzt hätte. Welcher Mann würde sie wählen, wenn er eine so schöne Frau wie Nancy haben konnte? Er musste immer noch etwas für sie empfinden, obwohl die Frau ihn so enttäuscht hatte. Man stellte seine Gefühle schließlich nicht so einfach ab, wie man eine Lampe ausblies. Und mit einem kränklichen Kind, das einen Arzt brauchte … wie konnte Will sich da nicht zu ihr hingezogen fühlen?

Eliza schloss die Augen und ballte die Fäuste. Morgen würde sie die Papiere unterschreiben, die Mr Raymond ausgestellt hatte, selbst wenn die Bedingungen nicht perfekt waren. Alles, was die Zukunft für sie bereithielt, würde sich um das Geschäft herum arrangieren müssen.

„Miss Cantrell?" Mr Otting schob sich eine Haarsträhne hinters Ohr.

Auf seiner Stirn stand eine tiefe Sorgenfalte, während er in seine Geldkassette blickte.

„Ja?"

„Würde es Ihnen etwas ausmachen, wenn ich Ihnen heute ein paar Rippchen oder etwas Rindfleisch anstelle von Bargeld geben würde? In dieser Woche sieht es schlecht aus und ich hatte etliche Rechnungen zu bezahlen."

Eliza kämpfte dagegen, ein finsteres Gesicht zu machen. „Das ist in Ordnung, Mr Otting. Mrs Lightfoot und ich würden uns über ein Stück Rindfleisch freuen."

Seine Miene hellte sich auf. „Großartig." Dann verschwand er hinten im Haus. Als er wiederkam, sagte er: „Hier, das ist für Sie. Und weil Sie Ihre Sache so gut machen, hab ich auch noch ein Stück frisches Schweinefleisch dazugetan."

Sie machte ihre Sache gut? Dann hatte er bestimmt nicht gesehen, wie sie auf der Gasse herumgetrödelt war. „Vielen Dank."

Damit verließ sie die Metzgerei, schlenderte die Straße hinab und blieb vor dem Geschäft stehen, das sie in kaum einem Monat mit Waren füllen würde. Beim Anblick des prachtvollen Gebäudes schlug ihr Herz höher; die spiralförmigen Steinornamente am Giebel reichten in den Himmel.

Gott, wenn dieses Geschäft nicht das Beste für mich ist, dann lass es mich wissen. Aber es fühlt sich so richtig an.

Das kalte Fleisch in ihren Händen trieb sie an, den herzerwärmenden Anblick hinter sich zu lassen und zu Irena zurückzukehren, die sich gestern ins Bett zurückgezogen hatte und heute Morgen nicht zum Frühstück erschienen war.

In der Pension angekommen, legte Eliza das Fleisch in die kleine hölzerne Eiskiste und schlich dann auf Zehenspitzen nach oben. Sie öffnete die Tür der Freundin einen Spaltbreit und spähte in den dämmrigen Raum.

Das Bett knarrte. „Kommen Sie rein."

Eliza trat ans Bett und betrachtete missbilligend die kaum angetastete Mahlzeit auf der Anrichte. „Noch immer keinen Hunger?"

„Ich habe doch etwas gegessen."

Eine Raupe hätte mehr verzehrt. Eliza beugte sich herunter, um Mrs Lightfoots Stirn zu fühlen.

„Kann eine alte Frau nicht mal in Frieden im Bett liegen?" Irena zog den Kopf unter Elizas Hand weg und versuchte sich aufzusetzen. „Sie machen einen Wirbel, dass man meinen könnte, Sie wollten herumdoktern, statt einen Laden aufzumachen." Ein Hustenanfall schüttelte Irena.

„Möchten Sie, dass Will nach Ihnen sieht?"

Irena winkte kurz ab, bevor sie die Hand beim nächsten Husten wieder vor den Mund legte.

„Vielleicht sollte ich Sie gar nicht um Erlaubnis fragen. Es muss in jedem Fall jemand nach Ihnen sehen." Wenn sie nur wüsste, wohin Will unterwegs gewesen war.

„Sie können mir nicht drohen, meine Liebe, und wenn Sie die Hände noch so sehr in die Hüften stemmen." Irena schloss die Augen und lehnte sich gegen das Kopfteil des Bettes. „Wenn man alt wird, ist es schwerer, mit Krankheiten fertigzuwerden. Meine Gelenke haben schon geschmerzt, bevor dieses Fieber dazukam."

Eliza streckte noch einmal die Hand nach Irenas Stirn aus. Die seufzte, ließ es aber diesmal geschehen.

„Ich habe noch das Schmerzmittel, das William mir für die Gelenke gegeben hat, und jede Menge Schafgarbe für den Tee, den er mir empfohlen hat. Also behelligen Sie ihn nicht." Irena zog sich die Decke unters Kinn. „Obwohl ich das Gefühl habe, das Fieber kommt zurück. Vielleicht könnten Sie mir etwas von diesem Tee kochen?"

„Die Temperatur ist etwas erhöht, aber kein Vergleich zu gestern Abend." Eliza ließ die Hand sinken. „Wie sieht's mit Abendessen aus? Ich bringe Ihnen, was Sie wollen."

„Brühe wäre vielleicht gut."

„Dürfte ich Sie etwas fragen, bevor ich gehe?" Der milchige Schleier, der Mrs Lightfoots blaue Augen überzog, ließ Eliza zögern. Aber würde sie morgen früh Zeit haben für ein Gespräch mit ihr?

Irena schenkte ihr ein mattes Lächeln. „Wenn ich im Moment zu etwas gut bin, dann zum Zuhören."

„Glauben Sie, dass ich es schaffen kann, diesen Laden ganz allein zu führen?“

Irena verdrehte die Augen und wandte sich zur Seite, um die Nachttischschublade aufzuziehen. Dort nahm sie ein dickes Buch heraus, das sie Eliza reichte. „Sie sind nicht allein. Mr Raymond unterstützt Sie. Und abgesehen davon: Ich glaube an Sie.“

Eliza betrachtete das Buch und lächelte, als sie sah, dass es ein Warenkatalog war. „Das müssen Sie sofort bestellt haben, als ich Ihnen von meiner Chance erzählt habe.“

„Sie sind dafür gemacht, ein Geschäft zu führen. Sie werden sehr gut zurechtkommen. Vielleicht wird sich nicht alles so durchführen lassen, wie Sie es sich vorstellen. Aber Sie werden Ihre Pläne entsprechend anpassen und immer besser werden.“ Irenas Augenlider flatterten.

Eliza erhob sich von der Bettkante. Sie würde heute Abend allein essen müssen. Wenn Irena nicht bald gesund würde, würde Eliza niemanden haben, der morgen die Vertragsunterzeichnung mit ihr feiern würde. Will oder Kathleen konnte sie ja schlecht einladen, um sich von ihnen als neue Konkurrentin beglückwünschen zu lassen.

„In einer Stunde bringe ich Ihnen das Essen.“

Irena murmelte ein Dankeschön. Vermutlich würde sie direkt wieder einschlafen.

Auf der Treppe blieb Eliza kurz stehen, um einen Blick durch das kleine Fenster am Treppenabsatz zu werfen. Ob Will verärgert sein würde, dass sie ihr eigenes Geschäft eröffnete, statt ihm zu helfen? Schließlich hatte er sie darum gebeten. Aber sie musste jetzt solide geschäftliche Entscheidungen treffen, keine emotionalen.

Will würde es schon schaffen. Sie sollte sich keine Sorgen machen.

Will sank auf den harten Stuhl im Schlafzimmer und versuchte es sich für die lange Nacht an Mrs Raymonds Krankenbett so bequem wie möglich zu machen. Was er allerdings anderes tun sollte, als zu beten, wusste er nicht. Hinter ihm öffnete sich die Tür einen Spaltbreit und ein schmaler Lichtstreifen fiel in den dunklen Raum. Mrs Raymond wand sich im Bett und auch das Eintreten ihres Mannes unterbrach ihr schmerzliches Stöhnen nicht.

„Kann ich Sie überzeugen, ins Gästezimmer umzuziehen?“ Hugh, bekleidet mit einem gestreiften Pyjama, der eleganter war als Wills Sonntagsanzug, schlurfte herein.

Will zog einen weiteren Stuhl heran und bedeutete dem Mann sich zu setzen. „Sie sind es, der Ruhe braucht. Ich werde wohl kaum viele Kunden enttäuschen, wenn der Laden morgen geschlossen bleibt. Aber Sie sagten, Sie haben morgen etliche Termine.“

Hugh hockte sich auf die Stuhlkante, als sei er sich nicht sicher, ob es wirklich eine gute Idee war, sich zu setzen. Sein Blick lag auf seiner Frau; Will sah er kaum an. „Vielleicht sollte ich die absagen.“ Er schob sich tiefer auf den Stuhl, um sofort darauf wieder vorzurutschen, und wandte sich jetzt doch zu Will um. Seine Augen waren noch genauso erstaunt wie vor ein paar Stunden. „Und Sie sind sich ganz sicher?“

Will konnte ein Lächeln nicht unterdrücken. Wie lange würde es noch dauern, bis er den Schock überwunden hatte? „Ja, ganz sicher.“

„Aber sie ist zweiundfünfzig und ich bin fünfzig.“

„*Ihr* Alter hat gar nichts damit zu tun.“

„Aber sie hat gesagt …“ Der Bankier zerrte am Revers seiner Pyjamajacke, als sei es eine enge Krawatte und kein maßgeschneiderter Kragen. „Sie hat gesagt … sie sei jenseits von …“

„Offensichtlich noch nicht lange genug.“ Will faltete die Hände zwischen den Knien. „Sie stirbt nicht an einem Tumor, wie sie befürchtet hat. Sie bekommt ein Baby, kein Zweifel – und das Fieber, nun, das ist eine andere Geschichte. Wir müssen die beiden durchbringen.“

„Die beiden? Das Fieber könnte dem Baby schaden?“

Will nickte. „Vielleicht hat es das auch schon.“

„Sie hat sich so lange noch ein Kind gewünscht. Können Sie etwas für sie tun?“

„Ich bin mir nicht sicher, woher das Fieber kommt. Wenn Sie es wünschen, kann ich morgen früh Dr. Forsythe holen. Eine zweite Meinung schadet nie und mir fällt dabei kein Zacken aus der Krone.“ Im Gegenteil. Hier war wieder ein Baby in Gefahr, aufgrund seiner mangelnden medizinischen Erfahrung Schaden zu nehmen. Es wäre also vermutlich am besten, Dr. Forsythe Bescheid zu geben. Nicht, dass der alte Landarzt sich um eine saubere Diagnose bemühen würde. Höchstwahrscheinlich würde er Quecksilberchlorid verabreichen, um den Körper zu entschlacken. Eine Frau, die sich vor Schmerzen krümmte, einer solchen Behandlung zu unterziehen, war allerdings grausam. Aber vielleicht sollte er das Wohlgefühl eines Patienten nicht höher bewerten als die bewährten Methoden im Umgang mit derartigen Verstimmungen.

„Nein, auf keinen Fall." Hugh setzte sich kerzengerade auf dem Stuhl auf. „Nicht, nachdem er sie das letzte Mal so schrecklich behandelt hat. Sie würde sicher lieber sterben."

„Kommen Sie, Mr Raymond. Wenn sie sterben würde, würden Sie doch sicher alles tun, um sie zu retten, oder?"

„Wird sie sterben?"

Will fuhr sich mit der Hand durchs Haar. Und wenn er sich irrte? Wie könnte er dem Bankier dann jemals wieder unter die Augen treten? Es war schwer genug für ihn gewesen, anzunehmen, dass seine Eltern ihm vergeben hatten, nachdem sein Stolz eine Schwester das Leben und die zweite eine unversehrte Gesundheit gekostet hatte. Trotzdem. Er musste sagen, was er für richtig hielt. „Es kann immer unvorhergesehene Krisen geben. Im Moment besteht, glaube ich, keine Gefahr. Aber vielleicht möchten Sie sich nicht auf mein Urteil verlassen, da …"

„Forsythe zu holen, würde nichts nützen. Sie haben sie in der letzten Stunde viel besser beruhigen können als ich selbst oder das Mädchen."

„Dann bleibe ich hier und habe ein Auge auf sie."

Hugh rutschte wieder auf seinem Stuhl herum.

„Oder möchten Sie lieber, dass ich gehe?"

„Nein." Der Ältere hob die Hand. „Ich … ich habe mir nur über Sie Gedanken gemacht. Warum verkaufen Sie nicht einfach diesen Laden, der doch nur ein Klotz am Bein ist, und beginnen endlich ein Studium?"

Will seufzte. „Selbst wenn ich mir einen Anwalt nehmen würde – ich kann nicht zu hundert Prozent von einem Geschäft profitieren, wenn

Axel vielleicht noch ausstehende Schulden hat, für die jemand aufkommen muss."

„Aber wenn man ihn verurteilt, könnte Ihr Anteil auch gefährdet sein."

Will rieb sich die Stirn. „Ich weiß. Ich habe bereits mit einem Anwalt gesprochen. Der Richter wird höchstwahrscheinlich eine einstweilige Verfügung gegen einen Verkauf aussprechen, solange Axel flüchtig ist; ich könnte also jetzt gar nicht verkaufen. Und selbst wenn ich das Geld für einen Anwalt hätte, der mir die alleinige Inhaberschaft erstreiten könnte – ich habe kein Geld und der Laden wirft auch keines ab. Und wenn ich diesen Prozess verlieren würde, wie sollte ich den Anwalt bezahlen?" Will schlug die Hände ineinander. „Ich hoffe, dass ich so viel erwirtschaften kann, dass ich den Laden mit dem, was ich auf dem Leib trage, verlassen kann, wenn Axel gefasst und das Geschäft versteigert wird."

Hugh zog eine Grimasse und schüttelte nachdrücklich den Kopf. „Wenn Sie vor ein paar Jahren auf mich gehört hätten, hätten Sie diese Probleme jetzt nicht."

Das stimmte zweifellos. Aber er hatte keine Zeit mehr für die Wenn und Aber; er konzentrierte sich besser auf die Dinge, die er jetzt tatsächlich tun konnte. In Anbetracht der unklugen Entscheidungen, die er getroffen hatte, wäre es vielleicht nur gerecht, wenn er alles verlöre. Aber nun, da er angefangen hatte, ein paar von Elizas Vorschlägen umzusetzen und seine Geschäftspraktiken zu verbessern, konnte er vielleicht doch genug verdienen, um ein Studium zu finanzieren und auch für Axels Vergehen aufzukommen.

Wenn ihm genug Zeit blieb. „Ich bin dabei, im Laden Veränderungen vorzunehmen, und ich bete ..."

„Entschuldigen Sie, aber wenn nur noch ein einziges weiteres Geschäft sich hier ansiedelt, sind Sie geliefert." Hugh schüttelte den Kopf. „Und ich fürchte ..."

„Wasser." Mrs Raymond zuckte zusammen, dann stahl sich ihre Hand an die Bettkante.

Will griff zu einer Porzellantasse neben dem Bett, aber Hugh unterbrach ihn.

„Ich weiß, Sie haben gesagt, ich solle nicht bei ihr schlafen, aber kann ich das nicht wenigstens tun?“

„Selbstverständlich.“ Der Anblick dieses hartgesottenen Geschäftsmannes, der an die Seite seiner verschwitzten Frau eilte, sie in die Arme nahm und ihr zerzaustes Haar küsste, versetzte Will einen Stich. Er hatte diese tiefe Zuneigung auch bei seinen Eltern erlebt. Er wandte den Kopf von den Raymonds ab und ein tiefes Verlangen, selbst eine Frau in den Armen zu halten, durchzog ihn. Doch die Frau, die er sich in seinen Armen vorstellte, war Eliza – ein Traum, der so unerreichbar war wie ein Abschluss als Arzt.

„Gehen Sie doch nach unten in die Halle und holen sich ein paar Decken aus dem Wäscheschrank.“ Hugh wies mit dem Kinn zur Tür. „Ich habe auch schon auf diesem Stuhl gesessen. Deborah kauft Möbel, weil sie schön aussehen, und nicht weil sie praktisch sind.“

Genauso war es mit seiner Liebe zu Eliza. Die Liebe zu einem Meisterwerk – aber im besten Fall eine unpraktische Beziehung. Sie war zu klug, um einen Mann zu heiraten, der immer noch derselbe Habenichts war wie am Tag seiner Geburt. Vielleicht würde der Richter gestatten, dass er das *Gentleman's Emporium* an Eliza verkaufte. Er könnte studieren und dann zu ihr zurückkommen. Aber bevor sie das Geld hätte, den Laden zu kaufen, würde sie viele Jahre beim Metzger den Fußboden wischen müssen. Warum hatte Hugh nichts für sie tun können? Mit hängenden Schultern schlurfte Will aus dem Raum.

Sie zur Partnerin zu machen, war sinnlos; aufgrund von Axels Verbrechen würde sie ebenso rasch alles verlieren wie er. Axel hatte ihr schon genug Leid zugefügt. Will würde nicht zulassen, dass sie ihm erneut zum Opfer fiel.

Kapitel 17

Eliza rieb den letzten Putzstreifen von der Glasvitrine, in der sich das gemusterte Porzellan stapelte. Wenn es einen Ort gab, an dem sie sich fast wie im Himmel fühlte, dann war es hier – in einem glänzenden Verkaufsraum voller Waren, die sie selbst ausgewählt und nach ihrem Geschmack arrangiert hatte. Natürlich würde sie noch mehr Waren und weitere Verkaufstische brauchen. Aber die noch ausstehenden Bestellungen würden bald eintreffen. Da sie keine Rücklagen hatte, um einen Monat mit mageren Verkäufen ausgleichen zu können, musste alles sehr genau geplant sein. Dankenswerterweise hatte Mr Raymond ihr eine Frist von sechs Monaten eingeräumt, bis die erste Rückzahlungsrate für die Waren fällig würde.

Eliza legte die Schürze ab, reckte sich und trat hinaus in die Nachmittagssonne und die Feierabendgeschäftigkeit der Straße. Tief atmete sie den plötzlichen Wind ein, der aus der Prärie herüberwehte und für einen Augenblick den Geruch von Pferden und feuchten Gassen vertrieb.

Auf der Hauptstraße schräg gegenüber schlich Will am Metzgerladen vorbei. Ihr Herz schlug ein wenig rascher, als sie ihn erblickte. In den letzten zwei Wochen war sie nicht in die Kirche gegangen, weil sie das Haus gereinigt und vorbereitet hatte, und so hatte sie Will nicht zu Gesicht bekommen. Gott würde ihr sicher verzeihen, dass sie den Gottesdienst versäumt hatte. Es geschah schließlich, damit sie bestmöglichen Gebrauch von der Chance machen konnte, die er ihr geschenkt hatte.

Beim Metzgerladen angekommen, machte Will auf dem Absatz kehrt und ging zurück in die Richtung, aus der er gekommen war.

Eliza winkte. „Will!“

Eine Dame, die auf dem Gehweg vorbeikam, blickte sie missbilligend an. Rasch ließ Eliza den Arm sinken.

Will warf einen Blick zurück und bog dann wieder in die Metzgersgasse ein. War er auf der Suche nach ihr? Es war nicht Donnerstag. Sie hatte gehofft, ihm am letzten Donnerstag zu begegnen, hatte dann aber die Zeit vergessen, während sie das Treppengeländer im Laden polierte, bis ihr Magen darauf bestand, sie müsse jetzt nach Hause gehen und etwas essen.

Nachdem sie die Eingangstür zugeschlossen hatte, eilte sie über die belebte Straße, blieb aber kurz vor der Metzgersgasse stehen, um zu Atem zu kommen. Im Spiegel einer Fensterscheibe ordnete sie rasch ihr Haar und steckte ihre kaum zu bändigenden Locken fest. Die immer noch pinkfarbene Narbe verspottete sie. Hatte Will zu viel versprochen, als er sagte, sie würde mit der Zeit verblassen?

Sie hastete um die Ecke und prallte direkt auf Will.

„Autsch.“ Will zuckte und fuhr sich mit der Hand ans Kinn. Eliza presste sich den Handballen an die heftig pochende Schläfe.

„Und ich dachte, es gefiele mir, dass Sie für eine Frau recht groß sind.“

„Tut mir leid.“ Wenigstens hatte sie ihn noch abgefangen. „Haben Sie nach mir gesucht?“

„Ähm, nun, ich kam gerade vorbei.“ Will errötete und rieb sich den rosigen Hals. „Wie geht es Ihrem Kopf? Ich könnte Sie nach Hause begleiten und etwas gegen die Schmerzen dalassen.“

„Nur keine Umstände. Es wird gleich vorbeigehen.“

„Oh.“ Er sah tatsächlich enttäuscht aus, dass sie keine Kopfschmerzen hatte.

Vor Wochen hatte sie beschlossen, ihn nicht zu bitten, öfter vorbeizukommen. Und wenn schon! Warum sollte sie nicht noch ein bisschen Zeit mit ihm verbringen, bevor er von ihrem neuen Geschäft erfahren würde? Und davon, dass sie wahrscheinlich seine Chancen ruiniert hatte, in absehbarer Zeit genug Geld für ein Studium zu erwirtschaften? „Aber vielleicht könnten Sie nach Irena sehen? Sie fühlt sich in letzter Zeit nicht wohl." Ihr selbst lag auch ein Knoten im Magen – allerdings mehr aufgrund dessen, was sie ihm verschwieg, als von irgendeiner Krankheit. „Ein paar Tage lang fühlte sie sich etwas besser und ist aufgestanden, aber heute Morgen hat sie sich wieder ins Bett gelegt."

„Was hat sie für Beschwerden?"

„Sie ist stark erkältet." Eliza schüttelte den Kopf. „Aber mir sagt sie, es sei eben das Alter."

„Ich hätte vermutet, dass ihre Gelenkschmerzen sie nicht allzu lange im Bett halten würden."

Das stimmte. „Sie selbst wollte allerdings nicht, dass Sie kommen."

Will zog die Stirn in Falten. Eliza biss sich auf die Lippen. War er verärgert? Er sagte zwar immer, er wolle noch nicht als Arzt konsultiert werden, aber vielleicht hatte er ja doch so etwas wie Berufsehre.

„Aber wenn Sie mich nach Hause begleiten und sie nicht unten wäre, um Sie zu begrüßen, wären Sie doch sicher so besorgt, dass Sie sich nach ihr erkundigen würden, oder?"

Will musste lächeln. „Ja, das wäre ich sicher." Er bot Eliza den freien Arm, im anderen trug er seinen Medizinkasten. „Sollen wir?"

Eliza warf einen Blick zurück auf ihr Geschäft, unsicher, ob sie seinen Arm nehmen sollte. Würde Irena ihren Laden erwähnen? Oh, diese Unentschlossenheit … diese Magenkrämpfe. Sie spannte fest den Bauch an. Und wenn sie ihm alles sagte? Würde das ihre innere Unruhe besänftigen? Es würde ja nichts an den Tatsachen ändern, wenn sie ihm von ihren Plänen erzählte. Er würde nur ein paar Tage früher erfahren, dass sie sich entschlossen hatte, ihm zu schaden, um sich selbst zu nützen.

Aber er war ein Mann. Ein Mann konnte jede Tätigkeit ergreifen, die ihm gefiel, ohne um seinen Platz in der Gesellschaft und die Möglichkeit fürchten zu müssen, den eigenen Lebensunterhalt zu verdienen. Für eine Frau war das anders. Wie oft bekam eine alleinstehende, verlassene Frau ohne Familie und eigene Ersparnisse die Chance, sich aus eigener Kraft vor einem Schicksal der Armut zu bewahren – ohne gezwungen zu sein, sich dem erstbesten Mann am Traualtar zu Füßen zu werfen? Und warum beschäftigte es sie so sehr, dass sie beschlossen hatte, ihrem Traum zu folgen – so sehr, dass sie Angst hatte, es ihm zu sagen? Es war eine rein geschäftliche Entscheidung gewesen – nicht mehr und nicht weniger.

Der Arm, den Will ihr bot, sank herab. Eliza griff nach seinem Ellenbogen, bevor ihr Zögern Will veranlasste, ihn ganz zurückzuziehen. Würde er ihr immer noch den Arm anbieten, wenn er um ihr Geheimnis wusste? „Ja, gehen wir."

Als sie an ihrem Geschäft vorbeikamen, wandte Eliza bewusst den Blick ab und presste sich eine Hand auf den Bauch, um ihr Unbehagen zu verscheuchen. Warum sollte sie Kathleen und Will zu früh beunruhigen? Jetzt war an dem, was sie begonnen hatte, nichts mehr zu ändern. Sie würde die Eröffnung des Kaufhauses nicht ankündigen, bevor alles fix und fertig war und sie tatsächlich eröffnen konnte. Will und Kathleen würden es nicht früher erfahren als jeder andere in der Stadt.

„Ich habe Sie schon länger nicht mehr in der Kirche gesehen."

Eliza schluckte und zwang sich, ihn anzusehen. „Ich war sehr beschäftigt mit Putzen."

Er warf ihr ein Lächeln zu. „So viele Stellen haben Sie gefunden?"

Eliza nickte und senkte den Kopf. „Ich freue mich, dass Sie Zeit haben, nach Irena zu sehen."

„Sie sollten wissen, dass ich immer für Sie Zeit habe." Seine Stimme klang leicht flehend, als wünschte er, sie würde jeden Tag nach ihm schicken. Das konnte nicht wahr sein, oder? War ihm eigentlich bewusst, dass sein Daumen kleine Kreise auf ihrem Arm malte?

Will räusperte sich. „Ich wollte gern etwas mit Ihnen besprechen."

Nachdem eine Minute schweigend vergangen war, blickte sie ihn wieder an. Er hatte die Augen geschlossen, obwohl er nicht stehen blieb.

„Worüber?"

„Meinen Sie, ich sollte studieren … egal was es kostet und wie lange es dauert? Oder meinen Sie … wäre es Ihnen lieber, wenn ich …" Er atmete angestrengt.

Was verschlug ihm denn derart die Sprache? Über diese Frage hatten sie doch schon oft gesprochen. „Natürlich sollten Sie studieren. Sie sind dafür geschaffen, Arzt zu werden." Aber ihr Herzschlag geriet ins Stocken, als sie bedachte, wie lange er dann fort wäre … und wie lange es jetzt dauern würde, bis er überhaupt anfangen konnte. „Wie lange dauert so ein Studium?“

„Zwei Jahre. Länger, wenn ich nebenbei arbeiten muss. Und ich weiß nicht, wann ich überhaupt anfangen könnte. Ich glaube, es wäre nur fair, wenn Axels Schulden vorher bezahlt sind.“

„Wieso sind Sie verantwortlich für Axels Schulden?“ Wenn irgendeine zwielichtige Figur herausfand, wie schnell sich Will für die Probleme anderer Leute verantwortlich fühlte, würde er noch öfter über den Tisch gezogen werden als ohnehin schon.

„Nun, Sie waren auch eines seiner Opfer. Wären Sie nicht empört, wenn ...“ Er brach abrupt ab.

Sie zögerte. „Was ist?“

Will starrte auf ein Schild aus Zedernholz, das an metallenen Haken neben der Tür eines weißen Hauses mit falscher Fassade hing. *Doktor J. J. Benning* glitzerte es in geprägten Metallbuchstaben in der Sonne. Wie lange wollte Will noch dastehen und das Schild anstarren? „Hat Ihnen niemand erzählt, dass wir einen neuen Arzt in die Stadt bekommen?“

„Das verändert alles.“ Mit offenem Mund ließ Will die Schultern hängen. Dann entzog er ihr seinen Arm und marschierte ebenso schnell den Gehweg entlang wie das Pferd vor dem Einspänner neben ihm.

Obwohl Eliza groß war, hätte die Flut von Petticoatsäumen um ihre Beine sie beinahe daran gehindert, mit ihm Schritt zu halten. „Will?“

Er schien sie nicht zu hören.

„Will, bitte, warten Sie.“

Ohne seinen Schritt zu verlangsamen, kämmte er sich die Haare aus den Augen. Doch seine widerspenstigen Ponysträhnen fielen zurück, kaum dass er die Finger herausgezogen hatte. „Er hat mir gesagt, ich würde Konkurrenz bekommen.“

„Wer hat Ihnen das gesagt?“

Will ging jetzt noch schneller. „Wenn ich weggehe, kann ich nicht mehr zurückkommen.“

Eliza sank das Herz. Er wollte weggehen? Traumtänzerin! Natürlich wollte er weggehen. Und sie wollte ja auch selbst, dass er es tat. Sie sollte es jedenfalls wollen, egal wie sie sich dabei fühlte. „Sagen Sie mir nicht, Sie geben die Hoffnung auf ein Studium auf, nur weil es einen neuen Arzt in der Stadt gibt!"

„Ich hatte nicht mit einem weiteren Doktor gerechnet ... oder vielleicht sogar mehreren." Will blieb stehen und rieb sich mit Daumen und Zeigefinger die Nase. „Kein Wunder, dass ich es zu nichts bringe – ich kann nicht weiter denken als bis zum nächsten Schritt."

Eliza stemmte die Hände in die Hüften. „Was reden Sie nur für ein sinnloses Zeug."

„Sinnlos? Es ergibt vollkommen Sinn." Er winkte mit seinem Instrumentenkasten. „Sie sind eine clevere Geschäftsfrau. Ich brauche Ihnen nicht zu sagen, was ein weiterer Arzt in der Stadt für mich bedeutet."

Sein Kompliment hätte ihr die Röte in die Wangen treiben sollen, aber seine finstere Miene ließ das nicht zu. „Nun, ein neuer Arzt in der Stadt bedeutet Konkurrenz."

„Und wenn ich für zwei Jahre weggehe ...?"

„Würde er sich vermutlich inzwischen um Ihre Patienten kümmern." Sie warf einen Blick zurück zum Haus des Kollegen, der Wills Unwillen erregt hatte. „Aber man kann nicht alles vorhersehen. Die Stadt kann schneller wachsen, als wir ahnen."

„Nein, versuchen Sie jetzt nicht, die Sache schönzureden. Wenn ich die Stadt verlasse, ist es unwahrscheinlich, dass ich beim Zurückkommen genügend Patienten finde, um davon zu leben. Die Konkurrenz wäre zu groß. Und wir wissen beide, wie begabt ich in geschäftlichen Dingen bin."

Eliza hörte auf, am Nagel ihres kleinen Fingers zu nagen. „Vielleicht bleibt dieser Dr. Benning ja nicht lange."

„Ich kann meine Hoffnung nicht darauf setzen, dass jemand anderes scheitert." Wills Mundwinkel zuckten. „Wenn er einen Doktortitel hat, werde ich alle meine Patienten an ihn verlieren, Familie und Freunde vielleicht ausgenommen."

„Vielleicht ist er ja genauso arrogant wie Dr. Forsythe."

Will schob die Lippen vor. „Höchst unwahrscheinlich. Und selbst wenn – was sollte andere Ärzte davon abhalten, seinen Platz einzunehmen, während ich fort bin?"

„Wenn Sie also Ihr Studium beendet hätten und Salt Flatts keinen weiteren Arzt mehr gebrauchen könnte ... dann würden Sie nicht zurückkommen? Obwohl Ihre Eltern hier leben?“ Bedeutete das, dass sie ihn nie wiedersehen würde? Eliza zog die Oberlippe zwischen die Zähne.

Nie wieder ... Vielleicht wäre er ja interessiert an einem Zweitjob in ihrem Geschäft? In ein paar Jahren würde sie sicherlich so gut dastehen, dass sie etliche Angestellte haben würde. Aber welcher Mann wollte schon einer Frau verpflichtet sein?

„Wie könnte ich denn die Kosten eines Studiums rechtfertigen, wenn ich mit meinem Beruf dann kein Geld verdienen würde? Das tue ich ja auch jetzt schon.“ Will starrte die Straße hinab, die aus der Stadt herausführte. „Ich müsste weiter in den Westen gehen, um Arbeit zu finden.“

Weiter in den Westen. Aufblühende Städte in Colorado oder Nevada brauchten vermutlich auch Geschäfte ... Vielleicht keine von der Art, die sie in Salt Flatts zu eröffnen gedachte. Aber Geschäfte. Der Vertrag, den sie unterschrieben hatte, verpflichtete sie für fünf Jahre. Und bis dahin würde sie vermögender sein als heute, wenn nichts Unvorhergesehenes geschah. Wie konnte sie einen Traum wegwerfen, der gerade bestens gedieh?

Eliza schloss die Augen und versuchte sich vorzustellen, wie sie in ein paar Jahren ihren prachtvollen Laden hinter sich lassen würde, um Will in den Westen zu folgen – falls er jemals genug für sie empfinden würde, um ihr einen Antrag zu machen, und falls sie jemals genug für ihn empfinden würde, um Ja zu sagen.

Eliza biss sich auf die Lippen. Sie konnte sich nicht vorstellen, das Geschäft aufzugeben, das ihr gerade erst zugefallen war.

Will trat aus der Tür der Druckerei und presste seinen Stapel Papierbögen fest an sich, damit der Wind sie ihm nicht aus den Händen riss. Haarsträhnen stoben ihm in die Augen. Er würde seiner Mutter bald einen Besuch abstatten müssen; den Frisör konnte er sich nicht leisten. Und wo steckte der Sohn des Bahnhofsvorstehers? Oliver würde sich die

Chance nicht entgehen lassen, diese Handzettel für einen Vierteldollar zu verteilen.

Will las den Text ein letztes Mal durch, um sicherzugehen, dass er auch ausführen konnte, was er versprach. *KOSTENLOSE medizinische Beratung bei einem Einkauf von mindestens 15 Dollar im Gentleman's Emporium.* Er weigerte sich, einen Blick in die Richtung von Dr. Bennings Praxis zu werfen. Wenn es sich erst einmal herumgesprochen hatte, dass der neue Arzt da war, würde Will vielleicht niemanden mehr finden, der bereit wäre, für seinen medizinischen Rat zu zahlen. Aber etwas Kostenloses würde die Menschen anlocken.

In der letzten Woche hatte er begonnen, Besuche zu machen und seine Kunden, die oft auf Kredit kauften, zu bitten, so viel wie möglich der ausstehenden Beträge und auch ein Honorar für frühere ärztliche Hilfe zu zahlen. Einige wenige hatten daraufhin ihre Schulden beglichen. Mit diesen Handzetteln konnte er das Geschäft hoffentlich wieder so weit beleben, dass er ein wenig Gewinn auf sein eigenes Konto einzahlen konnte, bevor sie Axel finden und den Laden versteigern würden. Wenn er genug zusammensparen konnte, um die Reise, die ersten Vorlesungen und eine billige Unterkunft zu bezahlen, würde er aufbrechen.

Er konnte nicht in Salt Flatts herumsitzen und zusehen, wie Dr. Benning ihm nach und nach die Patienten abwarb. Er war ohnehin schon nahe genug daran, seinen Traum aufzugeben. Wenn er fortging, würde er Arbeit finden müssen, die sich mit seinem Stundenplan vereinbaren ließe und ihm etwas einbrächte. Auf diese Weise würde das Studium länger dauern. Aber sein Versuch, im Voraus genug anzusparen, war offensichtlich nicht gelungen.

„Guten Morgen, Will." Mit blitzenden Augen über ihrem sonnigen Lächeln trat ihm Nancy in den Weg. Im Sonnenlicht leuchteten die rötlichen Strähnen in ihrem krausen Haar noch feuriger als sonst.

Will blickte auf die Handzettel in seiner Hand in der verzweifelten Hoffnung, sie würden ihm die Erlöse einbringen, die er so dringend brauchte – umso mehr, als er Gerüchte gehört hatte, dass Eliza vor Kurzem ein Geschäft erworben hatte. Warum hatte sie ihm nichts davon erzählt? „Guten Morgen." Will dachte kurz daran, ihr einen Handzettel zu geben, aber was sollte sie bei ihm kaufen? Sie war ein ebensolcher Habenichts wie er.

„Würdest du heute Abend zum Essen zu uns kommen, Will?"

Er klemmte sich die Handzettel unter den Arm, um sich den Nacken zu reiben. Wie konnte er diese Einladung höflich ablehnen? Ein belebter Gehweg war nicht der richtige Ort, um ihr zu sagen, dass er es nicht übers Herz brachte, um eine Frau zu werben, wenn er eine andere liebte. Selbst dann nicht, wenn er größere Chancen hatte, Nancy zu gewinnen als Eliza. Aber sie musste erfahren, dass er sich gegen sie entschieden hatte. „Vielleicht ein andermal."

Mrs Graves trat hinter ihrer Tochter heran. „Was haben Sie denn da?"

Ah, sie war seine erste Abnehmerin. „Einen Handzettel." Er reichte ihr ein Blatt.

Sie las es und wurde munter. „Führen Sie auch Bettzeug?"

„Bezüge, Laken, Kissen." Von Letzteren eines weniger, seit es an einem Nagel gestorben und in fliegende Federn aufgegangen war …

Mrs Graves Kopf neigte sich zur Seite. „Nun, öffnen Sie heute Ihren Laden? Millies Schlafzimmer kann ein paar neue Stücke Neues gebrauchen."

„Ich bin gerade auf dem Weg dahin." Würde Mrs Graves etwas besonders Modisches erwarten? *Gentleman's Emporium* führte Patchworkdecken und bestickte Kissenbezüge. „Entschuldigen Sie mich kurz, aber da kommt der Junge, nach dem ich Ausschau gehalten habe." Er lief an Mrs Graves vorbei, ohne Nancys Stirnrunzeln zu bemerken, und ließ beide auf dem Fleck stehen, um den Sohn des Bahnhofsvorstehers einzuholen. „Oliver!"

Der magere Neunjährige drehte sich mitten im Sprung über eine Pfütze um und lief direkt auf ihn zu. „Ja, Sir?"

„Ich gebe dir einen Vierteldollar, wenn du diese Handzettel verteilst."

„Ja, gern, Mr Stanton." Der Bursche griff sich den Stapel und lief los, um als Erstem Mr Raymond einen Zettel in die Hand zu drücken. Der Bankier warf einen Blick darauf. Doch statt eines anerkennenden Nickens, das Will erwartet hatte, verfinsterte sich seine Miene. Warum war Mr Raymond nicht mehr so hinter einer kostenlosen Behandlung her wie neulich? Seine Frau hatte sich zwar von ihrem Fieber erholt. Aber sicher wollte er, dass Will sie untersuchte, wenn das Baby kam.

Hugh näherte sich mit großen Schritten und zusammengekniffenen Augen. „Wo haben Sie diese Idee her?"

Will weigerte sich, zerknirscht auszusehen. „Eliza hat einmal erwähnt, wenn das Geschäft schlecht geht, sollte man besondere Angebote machen."

Hughs zorniger Blick glitt die Straße entlang. „*Sie* hat Ihnen das vorgeschlagen?"

Was funkelte der Mann ihn so an? Will drehte sich um. Eliza war nirgendwo zu erblicken. Zu schade. Er hatte sie die ganze Woche nicht gesehen.

„Ja. Warum?"

„Bitte entschuldigen Sie mich." Mit diesen Worten stürmte Hugh an Will vorbei.

Will winkte ihm nach. „Guten Tag auch, Sir." Er sollte jetzt besser in den Laden zurückgehen, damit Mrs Graves und alle anderen auch ihre fünfzehn Dollar so rasch wie möglich dort loswerden konnten. Wenn Eliza ihm demnächst Konkurrenz machen wollte, hoffte er, dass die Handzettelaktion erfolgreich war und seinen Laden wieder in Schwung bringen würde, bevor ihrer eröffnete.

Letzte Woche war er an dem Schaufenster vorbeigegangen, von dem Lynville ihm erzählt hatte, Eliza habe hier etliche Kisten und Kartons hineingetragen. Aber er hatte nicht viel vom Innenraum sehen können. Vielleicht würde sie ja keine Waren führen, die sein Geschäft beeinträchtigten. Vielleicht war es nicht einmal ihr Laden, sondern sie arbeitete nur für jemand anderes. Niemand schien etwas Genaues zu wissen und Eliza war praktisch verschwunden. Aber sie würde ihm sicher bald erzählen, was sie vorhatte. Vielleicht hatte sie zu viel zu tun. Und er war auch nicht viel in der Stadt gewesen, sodass sie ihm für ein belangloses Gespräch hätte begegnen können. Seit zehn Tagen war er jeden Abend unterwegs gewesen, um irgendjemandem mit irgendwelchen Beschwerden zu helfen.

„Hallo, alter Kumpel." Die verwaschene Stimme, die Will hinter sich vernahm, weckte Wills Besorgnis. Er drehte sich um und fand sich Auge in Auge mit Silas Jonesey. Will hoffte sehr, dass er sich nur eingebildet hatte, dass der andere lallte.

Leicht taumelnd kam sein Freund näher, wirkte aber insgesamt aufgeweckt und zugänglich. „Willst du mich nicht begrüßen?"

Will unterdrückte ein Knurren. „Du hast gesagt, du trinkst nicht mehr."

„Ich habe keinen Tropfen Alkohol angerührt." Silas' Zeigefinger wackelte energisch hin und her. „Du hast mir gesagt, es gäbe keine Medizin dagegen, aber ich habe eine neues Tonikum gefunden. Und das hilft."

„Es hilft nicht, Jonesey." Will fuhr sich mit der Hand übers Gesicht. „Es macht die Dinge nur schlimmer."

„Nein, tut es nicht."

„Nimmst du auch nur die empfohlene Menge?"

„Natürlich. Nach Bedarf." Er zog eine viereckige Flasche aus der Tasche. „Schau, hier steht's."

Will nahm ihm die Flasche aus der Hand. *Mr Miracles Elixir.* „Es steht nicht drauf, was drin ist."

„Spielt das eine Rolle?"

„Ja, es spielt eine Rolle." Will packte den anderen bei der Schulter. „Silas, geh mit deinen Problemen zu Gott und nicht zu einer Flasche."

„Das tue ich ja. Ich wollte nur meine Stimmung etwas aufbessern." Jonesey grinste, als hätte er gerade einen fantastischen Witz erzählt.

„Dieses Tonikum tut dir nicht gut."

Jonesey blinzelte, als falle ihm das Denken schwer. „Aber es schmeckt nach Obst. Das kann nicht schlecht sein. Und es geht mir besser."

„Brauchst du mehr von dem Zeug, um dich besser zu fühlen, wenn die Wirkung nachlässt?"

„Ja, denk ich schon." Er streckte die Hand aus in der Erwartung, Will werde ihm seine Flasche zurückgeben.

Doch Will steckte das Elixir stattdessen in die eigene Tasche, ohne die finstere Miene seines Freundes zu beachten. „Wenn du wüsstest, wie du dich gerade aufführst, würdest du das Zeug nicht zurückhaben wollten. Wo hast du es überhaupt her?"

Silas stemmte die Hände in die Hüften. „Von Hampdens."

Will neigte den Kopf ein wenig, um Joneseys geweitete, leere Pupillen in Augenschein zu nehmen. „Geh nach Hause und schlaf dich aus. Ich komme heute Abend vorbei.“

„Und was ist mit meiner Medizin?“

„Die ist keinen Deut besser als die anderen Mittelchen. Ich habe dir ja schon gesagt, du sollst die Finger davon lassen.“

Jonesey strich sich mit der Hand über den Magen. „Aber es geht mir viel besser – genau wie's draufsteht.“

„Glaub mir – schlaf dich aus. Ich bringe dir was für die Kopfschmerzen mit, mit denen du aufwachen wirst.“

„Kann ich nicht. Hab was zu erledigen.“

„Dann schlaf eben so bald wie möglich. Hast du noch mehr von dem Zeug?“

„Ich hab noch zwei Flaschen gekauft.“ Jonesey zog sie hervor. Sein Blick hing starr an dem Gebräu. „Bist du sicher, Will?“

„Ganz sicher.“

Stirnrunzelnd reichte Silas Will das Wunderelixir. „Dann bring mir was, das besser hilft. Ich will ja keinen Mist mehr bauen, aber ich schwöre dir, es hilft. Der Doktor in der Anzeige sagt, es heilt alles von Melancholie über Leberbeschw…“

„Das glaub ich dir, Silas, aber es ist nicht gut für *dich.*“ Und auch für sonst niemanden. Aber darüber würde er sich jetzt nicht streiten.

Jonesey zuckte die Achseln. „Dann also bis später.“ Er drehte sich um und winkte ein paar Leuten zu, während er zu seinem Wagen zurückwankte.

Hoffentlich kam sein Freund heil nach Hause. Zumindest lief er noch einigermaßen aufrecht. Will marschierte geradewegs zu Hampdens Gemischtwarenhandlung und ging dort direkt zu dem Regal mit medizinischen Artikeln. Zwanzig oder mehr dunkelblaue Flaschen *Mr Miracles Elixir* standen als Blickfang neben einem Plakat, das alle Vorzüge dieses neuesten wissenschaftlich erprobten Heilmittels anpries. „Carl!“

„Musst du so schreien?“ Die Stimme des Inhabers trudelte von oben herab, wo Carl auf einer hohen Leiter irgendwelche Schachteln neu arrangierte.

„Ich habe Ihnen doch gesagt, Sie sollten diese Flaschen rausschmeißen." Will hielt ihm den Stein des Anstoßes vor die Nase.

„Aber das ist ganz neu und die Empfehlungen ..."

„... sind irreführend. Höchstwahrscheinlich eher erfunden, als wirklich zutreffend."

„Mr Jonesey und Mrs Lafferty haben mir versichert, dass es hilft. Und das Etikett sagt auch, dass es Krankheiten aller Art heilt."

Will kniff die Augen zusammen.

„Nicht jeder kann sich einen Arzt leisten, wenn er sich ein wenig niedergeschlagen fühlt."

Will starrte ihn weiter wortlos an. Er hatte die Sache schon einmal mit Carl durchdiskutiert.

„Na schön." Carl warf die Arme in die Luft. „Ich werd's nicht mehr einkaufen."

„Und was ist mit diesen zwanzig Flaschen?"

„Die kosten zehn Cent das Stück. Ich werde sie bestimmt nicht einfach in den Ausguss kippen."

Kathleen kam aus dem Lager herein. Das braun karierte Baumwollkleid spannte sich straff über ihrem runden Babybauch. „Guten Tag, Will. Gibt es ein Problem?" Sie warf ihrem Mann auf der Leiter einen Blick zu.

Nur für Jonesey und die anderen armen Teufel, die sich ein wenig Erleichterung von heftigen Schmerzen verschaffen wollten ... oder von Bitterkeit und unvergebenem Groll.

Will kramte zwei Dollar Kleingeld aus der Tasche und legte sie auf den Tresen. Jetzt belief sich sein Barvermögen noch auf 75 Cent. Wenn er einen Haarschnitt und etwas anderes zu essen wollte als eine Dose Bohnen oder eine Büchse Pfirsiche, würde er am Sonntag nach Hause fahren müssen. „Ich kaufe Ihr gesamtes Wunderelixir."

Kathleen musterte ihn fragend, strich aber das Geld ein. „Bist du sicher?"

Wenn er Jonesey helfen wollte, der Versuchung nicht wieder zu erliegen, blieb ihm kaum eine andere Wahl. Aber Carl konnte natürlich leicht Nachschub bestellen. „Bieten Sie doch lieber Dr. Ruskins homöopathische Arzneimittel an, wenn Sie schon meinen, Sie müssten Ihren Kunden Mittelchen verkaufen, statt sie zu einem Arzt zu schicken. Aber bitte auf keinen Fall wieder so ein ‚Allheilmittel'. Sonst können Sie auch gleich Whiskey anbieten."

„Willst du damit sagen, dass ich Alkohol verkaufe?" Carl stierte scheinbar empört von seiner Leiter herunter. Aber wenn es das Alkoholverbot nicht gäbe, würde er ganz sicher ausreichend Drinks vorrätig haben.

„Nein. Aber warum kaufen Sie nicht ein paar Kartons *Schluss mit Alkohol: Europäische Kur gegen Trunksucht?* Wenn Sie schon medizinische Artikel verkaufen, warum dann nicht das?"

Der Ladeninhaber rieb sich nachdenklich die Schläfe, als suche er nach einem Gegenargument. Diese Stärkungsmittel fanden immer ihre Käufer. „Nun ja, ein Versuch kann sicher nicht schaden."

Will wandte sich an Kathleen. „Wenn Silas Jonesey kommt und Nachschub will, sagen Sie ihm, Ihr Mann wird ein paar Pillen gegen die Trinkerei bestellen. Oder schicken Sie ihn zu mir."

„Ja, gern." Kathleen lächelte verstohlen, während sie zu ihrem Mann hochschielte.

Will nahm den wackeligen Karton mit den Flaschen, den Kathleen ihm über den Tresen zuschob, und zog die Stirn in Falten. Konnte er die Fläschchen vielleicht für eigene Medikamente gebrauchen? „Danke. Und bitte sagen Sie mir oder einer Hebamme Bescheid, sobald es erste Anzeichen für Wehen gibt. Wir wollen ja schließlich nicht, dass Junior oder Gretchen ihrem neuen Geschwisterchen auf die Welt helfen müssen."

Will erwiderte Kathleens amüsiertes Lächeln und wandte sich um, um zu gehen. Er musste zurück im *Gentleman's Emporium* sein, bevor die verschlossene Ladentür den Erfolg seiner Handzettelaktion gefährdete.

O Gott, bitte schenk mir heute genügend Kunden. Ich muss das Holz für den neuen Tresen noch bezahlen. Und essen muss ich schließlich auch.

Die Glasflaschen klirrten aneinander, während er schnellen Schrittes durch die Hauptstraße ging. Er hätte Jonesey erwürgen mögen.

Bitte, lass Jonesey verstehen, dass er die Heilung für alles, was ihn beschwert, nicht in Flaschen kaufen kann, sondern nur in deinem Wort findet. Und in der Gemeinschaft mit anderen, die dir vertrauen. Nur hier findet er die Kraft, seinen Zorn darüber zu überwinden, dass seine Frau ihn verlassen hat. Ich könnte mir nicht vorstellen, die Frau, die ich liebe, zu verlieren, aber …

Die Wahrheit war: Er konnte es sich sehr wohl vorstellen. Hatte Nancy ihn nicht verlassen? Und hatte er nicht der Möglichkeit ins Auge blicken müssen, Eliza an ihrem Hochzeitstag zu verlieren?

Beim erfreulichen Anblick von drei Männern und Mrs Stanton, die bereits vor dem *Gentleman's Emporium* warteten, schluckte er heftig und ging etwas langsamer, um noch ein paar Augenblicke fürs Gebet zu haben.

Gott, was immer aus dem Laden oder Eliza oder dem neuen Arzt wird – bitte, lass mich nicht vergessen, dass ich vor allem anderen nach dir fragen und dir vertrauen soll. Auch dann, wenn ich enttäuscht werde.

Kapitel 18

Außer Atem, weil sie auf ihrem Weg hierher schneller gelaufen war als die Eselskarren neben ihr, stürmte Eliza ins *Gentleman's Emporium*. Sie drängte sich an einem Paar in einem der Gänge vorbei und presste die Zähne fest aufeinander, um keine zornigen Blicke auf die Menge zu werfen, die hier einkaufte.

Sie bahnte sich einen Weg nach hinten zum Tresen. Wo war Will?

Richtig. Er hatte ja die neue Verkaufstheke vorn angeschafft. Sie wirbelte herum und schlängelte sich durch den weniger überfüllten Gang links wieder nach vorn. Hinter einem jungen Paar in einer Ecke erklomm Will gerade eine Leiter, sodass sein verzauster eigenwilliger Haarschopf über den Köpfen der beiden sichtbar wurde. Eliza blieb stehen und versuchte ihre Anspannung loszuwerden, indem sie tief durch geschürzte Lippen ausatmete. Sonst hätte sie sich vielleicht dazu hinreißen lassen, ihn anzufahren, er solle sofort von dieser Leiter steigen.

Wie viele Leute wohl im Laden waren? Von ihrem Platz aus zählte sie allein zehn. Gut für ihn. Aber warum heute? Warum musste er ihr das gerade jetzt antun?

Ihre verschwitzte Hand zerknüllte den Handzettel, den Mr Raymond ihr hineingedrückt hatte. Kostenlose medizinische Beratung? Seine Dienste waren mehr wert, als dass er sie gegen einen Einkaufswert von fünfzehn Dollar feilbieten sollte. Was hatte sie diesem Angebot entgegenzusetzen? Und außerdem sollte man von jedem, der diesen Gutschein einlöste, erwarten, dass er mehr ausgab als nur den Preis eines Gratisartikels. Verstand Will das denn nicht?

Sie sah sich genauer um und ihre Miene verfinsterte sich. Hatten diese Regale schon immer dort gestanden? Zu ihrer Überraschung sah sie, dass die Küchengeräte aus den Kartons genommen und übersichtlich ausgestellt waren. Sie nahm ein Messer aus einem der unteren Regalfächer. Hatte Will vergessen, dass manchmal auch Kinder in den Laden kamen? Sie nahm die Messer unten fort und räumte ein paar Gegenstände um, um weiter oben Raum dafür zu machen. Dann entdeckte sie die per Hand ausgezeichneten Preisschilder. Ein Blick entlang des Gangs zeigte ihr überall an den Waren kleine weiße Schilder mit ausgewiesenen Preisen.

„Was kann ich für Sie tun?" Wills Stimme, tiefer und noch charmanter als gewöhnlich, wand sich um ihren Hals und kitzelte ihr Ohr. Sie warf einen Blick zum Himmel, als könne sie dadurch den Zettel in ihrer Hand ungeschehen machen und ... und ... was tun? Aber sie würde sich nicht von der seltsam sinnlichen Liebkosung in seiner Stimme ablenken lassen. Sie straffte sich und drehte sich um.

Sein schiefes, spitzbübisches Grinsen ignorierend, warf sie den Kopf zurück und blickte ihm direkt in die Augen. „Was Sie für mich tun können? Das ist nicht die Frage. Die Frage ist: Was *haben* Sie mir angetan?"

„Ich verstehe nicht recht." Will wich ein wenig zurück.

Das war die Stimme, die sie kannte – ein wenig unsicher, aber unverkennbar seine. „Das hier." Eliza hielt ihm den zerknüllten Handzettel unter die Nase.

Will schüttelte den Kopf und trat wieder näher, wobei seine Hosen ihren Rock in Unordnung brachten. „Und das ist?"

Sie versuchte, den Handzettel glatt zu streichen, aber ihre zornige, zitternde Hand fuhr stattdessen über seinen Mantel und ließ sie beide erzittern. Der Zettel zerriss.

Egal. Sie schlug ihm das zerknitterte Papier in die Hand. „Ihr Handzettel."

„Ja. Ist das nicht eine großartige Idee?" Das Lächeln zog sich über sein ganzes Gesicht.

Angesichts seiner Begeisterung drohte ihre Empörung zu verfliegen, aber sie riss sich zusammen.

Will wies auf die Menschen, die die Gänge des Ladens füllten. „Wer hätte geahnt, dass ein kleiner Handzettel so viele Kunden hierherbringt?“

O du Süßer! Natürlich kommen sie. Du hast zu viel verschenkt. Sie presste sich die Hand auf den Mund. Aber Wills Gesichtsausdruck blieb amüsiert, sein Blick war so hell wie immer und seine Hände lagen entspannt auf seiner Hüfte. Eliza schluckte und unterdrückte einen Seufzer, froh, dass sie ihren letzten Gedanken nicht laut ausgesprochen hatte. Warum war es so leicht gewesen, ihn *Süßer* zu nennen? Darüber wollte sie gar nicht erst nachdenken. Außerdem: Sie war doch wütend auf ihn!

„Alles in Ordnung?“ Seine Miene verlor ihren angeregten Ausdruck. Er hob den zerknüllten Zettel hoch. „Wenn Sie sich nicht wohlfühlen, brauchen Sie auch keine Einkäufe hier zu machen. Ich würde Sie gern auch so …“ Er schob die Zunge in die Wange, sein Blick wanderte zur Seite. „Ich meine, Verwandte oder Freunde können natürlich immer meine medizinische Hilfe in Anspruch nehmen.“

„Ja, ebenso wie Fremde und Feinde.“

„Nun, das eigentlich nicht. Aber … ich bin im Moment sehr beschäftigt, es sei denn, Ihr Fall ist ganz dringend.“

„Ich bin nicht krank.“

Sein Daumen strich sanft über ihr Haar, bevor er ihr rasch die Hand auf die Stirn legte, um ihre Temperatur zu fühlen. Wollte er mit dieser Geste verbergen, dass er ihr gerade eine Haarsträhne hinters Ohr geschoben hatte? Jedenfalls hatte es sich so angefühlt. „Gut.“

„Entschuldigen Sie, Mr Stanton. Ich würde gern zahlen.“ Ein Mann in einem geflickten Hemd und lehmbespritzter Hose hielt einige Kleidungsstücke und ein Stück Seife hoch.

Will bedeutete ihm mit einem Fingerzeig zu warten. Er griff Eliza am Oberarm, als wolle er sie gleich mit sich nach vorn zur Kasse ziehen. „Gehen Sie nicht fort.“

Sie warf einen Blick auf die Uhr über der Eingangstür. „Ich habe nicht viel Zeit. Ich muss zurück zu …“

„Bitte warten Sie.“ Der Blick, mit dem Will sie bedachte, hätte jede

Frau dazu gebracht, ihm ihr erstes Kind zu versprechen – vielleicht hatte Rumpelstilzchen diese Zusage mit einem ebensolchen Blick erworben.

Sie schluckte. „Also schön." Genau genommen konnte sie so lange bleiben, wie sie wollte. Sie war schließlich ihre eigene Herrin. Aber eine gewiefte Ladenbesitzerin ließ ihr Geschäft nicht ausgerechnet am Eröffnungstag länger als nötig nach dem Mittag geschlossen – auch wenn am Vormittag nicht mehr als eine Handvoll Kunden sich in den Laden verirrt hatten.

Will legte ihr eine Hand auf die Schulter, drehte sie herum und führte sie den Gang entlang. Sie schloss die Augen, um die Vorstellung abzuwehren, seine Finger könnten sich in ihr Haar verflechten. Aber je länger sie seine Hand auf ihrem Hals spürte, umso mehr verflog ihr Bedürfnis, sich diese Vorstellung zu verbieten. Will wies zur rechten Seite des Raums. „Sehen Sie sich mal da um, wo wir früher die Töpfe und Kessel hatten. Ich glaube, Sie werden überrascht sein." Seine Hand glitt über ihre Schulter hinab. „Ich bin gleich wieder da." Damit ließ er sie im Gedränge der Kunden stehen, die sich an ihr vorbeizwängten. Ein weiterer Blick zur Uhr sagte ihr, sie solle besser gehen und später mit ihm reden … aber sie war doch zu neugierig, was er mit den Töpfen gemacht hatte. Eliza schlängelte sich an einem älteren Paar vorbei und ging dann um die Ecke. An der Westwand hinter dem Holzofen hatte Will ein ganzes Regal weggenommen. Die Fahndungsplakate und handgeschriebenen Inserate der Bewohner von Salt Flatts hingen ordentlich an einigen Pinnbrettern an der Wand. Stühle aus der Wohnung oben luden zum Gespräch ein. Vier davon standen an zwei Spieltischen mit einem Dame- und einem Schachbrett. Auf einem kleinen Tischchen lagen eine Zeitung und ein Versandhauskatalog. Sie hatte einmal in einem Brief an Axel erwähnt, man müsse den Laden zu einem Ort machen, an dem Männer sich gern trafen – genau in der Art, wie sie es jetzt vorfand. Aber hatte sie darüber jemals mit Will gesprochen? Eliza fuhr sich mit dem Zeigefinger über die Narbe und spürte die Rille, die ihr inzwischen vertraut war. Nein. Sie konnte sich nicht erinnern, diese Idee jemals mit Will geteilt zu haben. Vielleicht hatte der Mann ja doch ein bisschen Sinn fürs Geschäftliche.

Als jemand Eliza anstieß, trat sie zur Seite, um sich in den Schaukelstuhl zu setzen. Mehr als zwölf Kunden schlenderten durch die Gänge – und jeder von ihnen hielt einen weißen Zettel in der Hand. Es war Will also gelungen, den Ladenboykott der Leute mit seinem Angebot freier ärztlicher Beratung zu brechen. Aber würde er die Kunden halten können? Er musste sein Auskommen haben. Würde die Loyalität zu einem Ladeninhaber, der in Salt Flatts groß geworden war, ihr am Ende schaden? Hatte sie schon je zuvor so viele Frauen in diesem Raum gesehen? Wenn Ladys durch ein Gratisangebot in einen Laden gelockt werden konnten, auf dessen Schaufenster der Schriftzug „Alles für den Gentleman" prangte … dann wären sie die willkommenen Opfer für eine Kampagne eigener Art von Eliza. Wie konnte sie das überbieten?

„Und – welchen Lausbubenstreich hecken Sie gerade aus?"

Beim Klang von Wills Stimme schrak sie zusammen. Der Schaukelstuhl schlug gegen die Wand hinter ihr, als sie sich erhob. „Oh, gar nichts."

„Gefallen Ihnen meine Veränderungen?"

Ein weiterer Blick durch den Raum zeigte ihr nichts als Perfektion. Sie hätte es selbst nicht besser machen können. „Ich bin … überrascht."

„Positiv, hoffe ich?"

„Ja."

„Und Sie sind hier, um …?"

Warum klang seine Stimme nur so beschwingt? Er wusste doch, was er ihr angetan hatte.

„Ich kann nicht glauben, dass ausgerechnet Sie an einem Tag wie heute diese Gutscheine verteilen."

Will versteifte sich. „Habe ich eine Beerdigung vergessen oder …?"

Warum stellte er sich dumm? „Heute ist große Eröffnung."

„Große Eröffnung?" Er blinzelte.

„Meine Geschäftseröffnung natürlich."

Er blinzelte wieder. „Dann … haben Sie bereits eröffnet?"

„Ja. Und Sie geben diese Gutscheine ausgerechnet an dem Tag aus, an dem ich eröffne, und locken die ganze Stadt hierher."

Wie hatte er das Schild übersehen können? Kathleen war gekommen, um ihr zu gratulieren, hatte aber auch freimütig eingestanden, dass Carl etwas verstimmt war. Und da Will nicht erschienen war, um sie zu beglückwünschen, hatte sie angenommen, er bräuchte etwas Zeit, um sich an die neue Situation zu gewöhnen … bis Mr Raymond ihr Wills Handzettel gezeigt hatte. Sie hatte nicht gedacht, dass Will so gegen sie arbeiten würde.

„Warum haben Sie mir nichts von Ihren Geschäftsplänen erzählt?" Will schob die Hände unter die Achseln und in seinen Augen las sie … Bedauern?

Eliza zwang sich zu schlucken. „Ich wollte Sie nicht beunruhigen, ich könnte Ihnen Ihre Kunden stehlen. Doch dann sah ich diesen Gutschein und mir wurde klar, dass ich ein Narr war zu glauben, Sie würden umgekehrt nicht dasselbe mit mir tun."

„Sie glauben, ich versuche Ihnen das Geschäft zu verderben?" Er sah einen Augenblick zur Decke und seine Mundwinkel verzogen sich nach unten. „Kennen Sie mich denn so wenig, Eliza?"

Der Zorn in seinem Blick ließ sie einen Schritt zurückweichen.

„Habe ich schon jemals etwas anderes getan, als Ihnen zu helfen? Ich habe Ihnen eine Unterkunft besorgt, aus eigener Tasche Ihren Lohn gezahlt. Ich habe kein Honorar verlangt, als ich Ihre Wange genäht habe, und ich habe Ihnen Arbeit angeboten. Wenn ich mir hätte sicher sein können, dass Ihnen genug an mir liegt, hätte ich Ihnen … ich wollte Ihnen anbieten …" Er hustete und wich ihrem Blick aus. Die Hand, mit der er sich durchs Haar gefahren war, sank herab. „Was gibt Ihnen Anlass zu glauben, ich wollte Ihnen schaden?"

Die Kunden, die neben ihnen ihre Einkäufe tätigten, waren zum Glück nicht an seinen Auslassungen interessiert – oder sie taten zumindest so. Eliza schlug sich die Arme um die Schultern. „Haben Sie denn mein Schild nicht gesehen? Hat es Ihnen niemand gesagt?" Will blinzelte heftig, als würde er gleich in Tränen ausbrechen. Aber nein, ein erwachsener Mann wie Will würde nicht in Tränen ausbrechen, nur weil sie ein Geschäft eröffnet hatte. War es etwa ihre Beschuldigung, die ihn so sehr getroffen hatte?

„Eliza, ich war wirklich sehr beschäftigt. Ich wusste, dass irgendetwas in der Luft lag, aber ich nahm an, Sie und ich … Nun, ich dachte, dass Sie es mir wenigstens sagen würden, bevor …" Er schüttelte den Kopf. „Die ganze Zeit habe ich damit verbracht, alles nach Ihren Wünschen einzurichten, nach Mrs Raymond und etlichen anderen Patienten zu sehen, und darauf gewartet, dass Sie …"

„Alles nach meinen Wünschen einzurichten?" Ihr Finger fuhr über den Rand des Schachbretts.

„Glauben Sie denn, diese Veränderungen waren meine Idee?" Erschütterung spiegelte sich auf seinem Gesicht. „Es ist offensichtlich, dass Sie mich für vollkommen unfähig halten. Für so unfähig, dass Sie nicht für mich arbeiten, mir nicht helfen, nicht mit mir reden wollen und mich nicht brauchen, außer wenn …"

„Entschuldigen Sie bitte." Ein älterer Gentleman humpelte an einem Stock herbei. „Könnten Sie mir helfen? Meine Frau wünscht sich eine neue Pfanne zum Geburtstag." Er lächelte Eliza an. „Und ich kann mich nicht so weit vorbeugen, um heranzukommen."

Eliza rang sich ein Lächeln ab.

„Es tut mir leid, Eliza." Wills Augen blitzten keineswegs so wie die des älteren Herrn. „Wie es aussieht, können wir hier nicht ungestört miteinander sprechen."

„Sie müssen sich nicht entschuldigen. Meine Mittagspause ist zu Ende. Ich kann nicht länger bleiben." Die Eröffnungswoche war zu wichtig für sie, als dass sie hier Däumchen drehen konnte. Eliza griff nach dem Apfel, den sie in der Tasche hatte; sie würde ihn auf dem Rückweg essen müssen. Nicht sehr ladylike, aber bis zum Abendessen würde sie sonst nicht durchhalten. Und schon gar nicht jetzt, wo ihr der Schlamassel, den sie angerichtet hatte, wie ein Stein im Magen lag. Natürlich hatte sich Will nichts Schlimmes bei dieser Aktion gedacht. Mr Raymonds Aufgebrachtheit hatte Eliza zu unvernünftigen Schlussfolgerungen verleitet. Wenn es Carl gewesen wäre, der so etwas unternommen hätte, dann wäre ihre Reaktion berechtigt gewesen. Carl hätte es mit Absicht getan. Anzunehmen, dass Will gegen sie arbeitete, hatte ihr einen furchtbaren Stich versetzt. Wäre es Carl gewesen, hätte sie alles darangesetzt, ihn am nächsten Tag auszustechen. Aber Will? Sie hatte sich sogar dazu hinreißen lassen, ihn zu beschimpfen, weil er *sie* – nicht ihr Geschäft, sondern sie – verletzt hatte.

„Will, es tut mir leid. Es war falsch anzunehmen, dass Sie mir bewusst schaden wollten." Jetzt fühlte sie sich in der Tat krank genug, um seine medizinische Hilfe in Anspruch zu nehmen. „Können wir uns später sprechen?"

Will warf einen Blick auf den älteren Kunden, der mit seinem Stock gestikulierte. „Ich werde es versuchen …"

Der Mann räusperte sich.

Eliza warf dem Kunden ein entschlossenes Lächeln zu. „Richten Sie Ihrer Frau die besten Wünsche zum Geburtstag von mir aus."

Will trat hinter ihr durch die offene Eingangstür. „Ich komme nach Ladenschluss und sehe nach Mrs Lightfoot."

„Ich werde noch nicht direkt nach Feierabend zu Hause sein." Sie legte die Finger an die Lippen. Sie konnte ihn nicht meiden, nur weil sie eine Närrin gewesen war. Das hatte er nicht verdient. Was er verdiente, war eine Gelegenheit, sie zusammenzustauchen, weil sie auch nur einen Moment lang hatte glauben können, er könne ein falsches Spiel treiben. „Aber zum Abendessen bin ich zurück."

Eliza trat hinaus ins helle Sonnenlicht und wagte es nicht, ihn anzusehen. Was für ein Desaster. Ihr Traum von langen Menschenschlangen vor ihrem Geschäft hatte sich nicht erfüllt – und sie hatte es an Will ausgelassen. Sie verdiente seinen Zorn … und sie brauchte bessere Reklame. Das Ladenschild allein hatte offensichtlich nicht genug Aufmerksamkeit erregt. Sie rang den Kloß in ihrer Kehle nieder. Sie würde sich anstrengen müssen, ihren Selbstvorwürfen dafür zu entkommen, dass sie so niedrig von Will gedacht hatte. Sonst würde sie am Ende noch vor einem Kunden in Tränen ausbrechen.

Will stützte sich mit der Hand auf den Tresen, nachdem er Mr McManus sein Wechselgeld gegeben hatte. Nach zwei Tagen, in denen er das Mittagessen hatte ausfallen lassen, fühlte er sich etwas schwach auf den Beinen. Er kramte nach der Tüte mit Dörrfleisch, mit der Mrs Underwood ihn gestern dafür bezahlt hatte, dass er nach ihrem kränkelnden Schwein gesehen hatte. Nach diesem Besuch war er so erschöpft gewesen, dass er es nicht mehr geschafft hatte, nach Mrs Lightfoot zu sehen oder mit Eliza zu Abend zu essen. Und er war auch nicht unbedingt versessen darauf gewesen, Eliza zu sehen – jedenfalls nicht, bis sich sein Unmut über sie etwas gelegt hatte. Wie hatte sie nur glauben können, er wolle ihr absichtlich schaden? Sie war einfach hier hereingestürmt und hatte ihm den Kopf gewaschen, ohne ihm eine Chance zu geben, die Sache mit dem Handzettel zu erklären – oder überhaupt nur zu erfahren, dass es etwas zu erklären gab. Schließlich hatte *sie* es für unnötig erachtet, ihm zu sagen, dass sie ein Geschäft eröffnen würde. Will schüttelte den Kopf. Er wusste nicht, was ihm mehr wehtat: dass sie ein solches Vorhaben für sich behalten hatte oder dass sie angenommen hatte, er wollte ihr Schaden zufügen. Warum hatte sie nichts gesagt? Aber damit, wie die Dinge jetzt zwischen ihnen standen, war er auch nicht zufrieden.

Eine Kundin schob ihm ihre Einkäufe über den Tresen und er begann die Preise zu addieren, ohne sich die Mühe zu machen, ein paar höfliche Floskeln hervorzubringen. Es standen zu viele Leute an, als dass er sich durch Small Talk vom Rechnen ablenken lassen konnte.

Lag Eliza wirklich so wenig an ihm, dass sie es nicht für nötig hielt, ihm ihre große Neuigkeit mitzuteilen? Oder hatte sie vielleicht ein schlechtes Gewissen gehabt, weil sie eine Entscheidung getroffen hatte, die ihm vielleicht schaden würde – auch wenn es aus ihrer Sicht das einzig Richtige gewesen war? Und wenn sie glaubte, dass sie ihm in einer so wichtigen Angelegenheit nicht trauen konnte, ja sogar annahm, er würde ihr ganz bewusst Kunden abwerben … dann kannte er sie vielleicht doch weniger, als er geglaubt hatte. Wie auch immer, er sollte Eliza wissen lassen, dass er sich für sie freute. Aber die Kundschaft, die seine Gutscheinaktion ihm gebracht hatte, hielt ihn tagsüber in Atem. Und nach Ladenschluss warteten bereits etliche dieser Kunden auf seine medizinische Beratung.

Eine hochschwangere Dame legte eine Packung Zwieback und eine Handvoll anderer Waren auf den Tresen. Will presste sich die Hand auf den Magen, um das Knurren darin zum Schweigen zu bringen. Er musste etwas essen, egal wie unprofessionell es war, sich etwas in den Mund zu stopfen, während man Geschäfte machte. Er zwang sich zu einem breiten Lächeln. „Haben Sie alles gefunden, was Sie brauchen?“

Ihr Mann schob noch eine Laterne und eine Uhr über den Tresen. „Wenn dies alles hier auf fünfzehn Dollar hinauskommt, würde ich sagen: Ja.“

Will seufzte. Diesem jungen Paar hätte er vermutlich zwischen zehn und fünfundzwanzig Dollar für seine Hilfe bei der Geburt berechnen können; aber der Gewinn, der ihm von diesem Einkauf bleiben würde, war entschieden geringer.

Will riss mit den Zähnen einen Happen von seinem Dörrfleisch ab und begann die Preise zu addieren. „Das wären dann 22 Dollar 25.“

„Bitte sehr.“ Die Frau fingerte in ihrer Handtasche, während Will den Gutschein signierte.

Er rieb sich mit dem Handrücken über die Stirn, hinter der schon seit einer Stunde ein stechender Kopfschmerz saß. „Ich nehme an, wir sehen uns in einigen Wochen?“

Die werdende Mutter lächelte ihren Mann an und nickte dann verlegen. Sie wusste genau, wie viel er bei diesem Handel verlor.

Mrs Leddbetter, die gestern ein Kaminbesteck erworben hatte, stand hinter dem Tresen, heute ohne Einkäufe.

„Was kann ich für Sie tun?“

„Wann können Sie nach Granny sehen?“

Will zog den Terminkalender heraus, den er seit Neuestem führte.

„Wie wäre es am Donnerstag um … Nein, da bin ich in Fossil Creek. Dann also Freitag, gegen Abend?“

„Aber das ist noch drei Tage hin.“

Ihr klagender Tonfall reizte seine Kopfschmerzen. Wenn er nicht gut auf sich achtgab, würde er sich noch von ihrem Gejammer anstecken lassen. Er rieb sich mit zwei Fingern die Nase. „Früher geht es wirklich nicht.“

„Na schön.“

Er notierte ihren Namen und winkte dann den nächsten Kunden in der Schlange heran. Die Dame neben ihm klopfte bereits ungeduldig mit dem Fuß auf den Boden. Wozu brauchte sie seine Hilfe? Sie konnte sich doch sicher selbst Waren im Wert von fünfzehn Dollar heraussuchen und zusammenstellen, oder?

Heute Nacht brauchte er keinen weiteren Albtraum; er lebte bereits jetzt in einem. Wenn er nicht bald Hilfe suchte, würde er zusammenklappen. Diese nicht mehr abreißende Schlange von Kunden, die alle etwas von ihm wollten, war ja fast so schlimm wie Axels Verrat und seine Bankräuberei, Elizas Jawort gegenüber einem anderen zu hören oder mit anzusehen, wie Axels Mund auf ihrem … Nein, er würde dieses gnadenlose Geschäft immer noch der Erfahrung vorziehen, dass die Frau, an der ihm etwas lag, beinahe einen anderen geheiratet hätte … Etwas lag? *Lag* ihm nur etwas an Eliza? Es war mehr als das. Und was hatte ihm dieses „mehr" eingebracht? Die Frau, die er liebte, schätzte den Besitz mehr als einen Mann.

„Was ist los, Will?" Die kleine Clara stützte ihre Ellbogen auf den Tresen, legte den rotblonden Kopf sorgenvoll zur Seite und blickte ihn aus hellblauen Augen direkt an. „Du siehst nicht sehr glücklich aus."

Er suchte auf der Theke nach seinem Dörrfleisch und biss noch einmal ab. „Ich bin nur hungrig."

„Sollen wir aus dem Hotel ein Sandwich für dich holen?"

Mrs Austry trat hinter ihre Enkeltochter und legte ihr die Hand auf die Schulter. „Und welche Dienste bietest du gerade wieder jemandem an?"

„Einen guten Rat – das ist alles." Warum musste er auch den Märtyrer spielen? „Vielen Dank für das Angebot, Clara, aber ich werde mir wohl selbst ein Sandwich holen. Ich weiß schließlich am besten, was mir schmeckt." Er ging um den Tresen herum zur Eingangstür und schlug die Glocke darüber ein paar Mal an, sodass die meisten Kunden fragend nach vorn blickten.

„Wenn ich um Ihre Aufmerksamkeit bitten dürfte." Er wartete, bis einige Kunden von hinten im Laden herangeschlendert kamen. „Ich weiß, es ist jetzt vier Uhr, aber ich habe noch nichts gegessen, und wenn ich es nicht bald tue, falle ich um." *Und erwürge vielleicht noch ein paar*

Leute. „Wenn Sie also bereits das Richtige gefunden haben, würde ich Sie bitten, Ihre Auswahl irgendwo im Laden abzulegen, und sobald wir morgen wieder öffnen, werden Sie sie dort finden. Es tut mir leid, aber ich bin allein und ich muss jetzt wirklich kurz Pause machen."

Ein paar Kunden aus dem Umland murrten, aber die meisten waren eher verlegen. Will nickte freundlich, während alle den Laden verließen, und zwinkerte Clara zu. „Vielen Dank für deinen Besuch." Als der letzte Kunde draußen war, drehte Will das Ladenschild auf „Geschlossen".

Irgendwie gelang es seiner Mutter, gegen den Strom der Kunden, die hinausströmten, den Raum zu betreten.

„Warum gehen die Leute alle?" Sie warf stirnrunzelnd einen Blick auf die Menge vor dem Schaufenster. „So viele Leute habe ich noch nie hier gesehen."

„Ich hatte jetzt zwei Tage so viele Kunden im Laden."

„Das freut mich für dich." Ihr Blick fiel auf das Ladenschild, das noch immer leicht schwingend „Geschlossen" anzeigte. „Hast du sie gerade alle fortgeschickt?"

„Ich habe gestern und heute nichts zu Mittag gegessen."

Seine Mutter stieß die Luft zwischen den Zähnen aus. „Das ist nicht gesund für einen Jungen, der noch wächst."

„Ich glaube kaum, dass ich noch wachsen werde, Ma."

„Vielleicht nicht." Sie hob einen kleinen Korb.

Danke, Herr. Der Korb enthielt hoffentlich die übliche Nahrungsmittelration. Heute hätte er auch doppelt so viel wie sonst gern angenommen. Will unterdrückte ein Stöhnen und spürte, wie ihm das Wasser im Mund zusammenlief, als seine Mutter die Lebensmittel auf den Tresen legte. Als sie das Handtuch wegzog, das den Korb bedeckt hatte, flog ein kleiner Zettel über die Theke und auf den Fußboden. Sie griff danach, bekam ihn aber nicht zu fassen. Will nahm sich einen Keks und bückte sich dann nach dem kleinen weißen Papierstreifen. „Was ist das?"

Ein schönes Ornament zierte den Rand des Papiers, und der Titel *Geldwertkaufhaus* fiel ihm ins Auge.

GELDWERTKAUFHAUS

Große Eröffnungsveranstaltung

GRATIS: Ab einem Einkaufswert von 4 Dollar erhalten Sie das erste Stück des Porzellanservices, das Sie sich schon lange wünschen.

Das Angebot gilt bis zum 31. Mai 1881 oder solange der Vorrat reicht.

Warum hatte er nicht daran gedacht, sein Angebot zu begrenzen? Er schlug sich mit der bekrümelten Hand aufs Hosenbein. Wie viele seiner Handzettel hatte Oliver wohl an den Mann gebracht? Ob er wohl ein paar wieder einziehen konnte? Oder würde er seinen ärztlichen Rat bis zum Lebensende gratis erteilen?

Rachel nahm ihm den ansprechend gestalteten Zettel aus der Hand. „Warum hast du mir nicht gesagt, dass Eliza jetzt ihren eigenen Laden hat? Ich habe heute Morgen eine Garnitur Handtücher bei ihr gekauft, und die Mädchen haben auch alle etwas für einen Nickel gefunden. Aber diesen Werbezettel habe ich erst danach bekommen, als ich deinen Vater an der Sägemühle getroffen habe. Deine Großmutter weigert sich ja, mir mein Porzellan zu schicken; ein Gratisteil sollte ich mir da nicht entgehen lassen." Seine Mutter hatte glühende Wangen – fast so wie Nettie, wenn er einen Lutscher für sie aus der Tasche holte. „Eliza hat drei verschiedene Muster zur Auswahl, und zu erstaunlich günstigen Preisen. Für den Rest werde ich sparen müssen, aber deswegen kann ich ja trotzdem schon mal anfangen."

Porzellan umsonst. Mit Eliza und Dr. Benning als Konkurrenz hatte er in dieser Stadt keine Chance. Er betrachtete das Ladenschild und schloss dann die Augen. Wenn er es doch auf Dauer auf „Geschlossen" drehen könnte. Will nahm sich noch einen Keks und suchte dann im Korb nach dem gepökelten Schinken, der ganz sicher irgendwo zu finden war. Dann schraubte er den Deckel von einer Feldflasche mit Tee und setzte sich auf den Tresen. „Ich bin froh, dass du vorbeikommst. Ich bin zwar fast verhungert, aber ich glaube, noch eine Dose Bohnen zum Abendessen hätte ich nicht ertragen."

Der Blick, den seine Mutter ihm zuwarf, ging ihm durch und durch. „Erzähl mir nicht, dass du nichts als Bohnen aus der Dose gegessen hast."

Statt zu antworten, biss er herzhaft in den Schinken. Den Imbissstand am Hotel konnte er sich nicht jeden Tag leisten ... aber heute sicher. *Danke, Herr, dass etwas Geld in die Kasse gekommen ist.*

„Ich komme nachher noch mal herein und hole den Korb." Seine Mutter tätschelte seinen Arm. „Du kannst essen und ich gehe inzwischen noch einmal in Elizas Laden."

Sie wollte jetzt zu Eliza gehen? Will schluckte den letzten Bissen hastig hinunter und nahm noch etwas Schinken. „Ich komme mit. Ich habe ihn auch noch nicht von innen gesehen." Als Will seiner Mutter nach draußen folgte, stolperte er beinahe über seine Schwester Emma, die auf den Stufen vor dem Laden saß. „Wie hast du es geschafft, dass sie dich hier nicht über den Haufen getrampelt haben?"

Emmas grimmig gefurchte Stirn wirkte komisch, besonders als sie auch noch einen flammenden Blick versuchte.

„Emma." Mas Gesichtsausdruck ähnelte dem ihrer ältesten Tochter. „Wenn du dich weiter so verhältst, wirst du sehr bald wieder Ärger bekommen. Pass also auf, was du sagst. Und jetzt komm."

Will folgte den beiden die Straße hinunter. Emma und Ma gerieten neuerdings öfter aneinander, seit die Achtjährige beschlossen hatte, dass sie gleichberechtigt war.

Als sie Elizas Kaufhaus erreichten, trat Will rasch vor die beiden Frauen, um die Schwingtür aus Facettenschliffglas aufzuhalten. Eine Gruppe von Frauen verließ gerade das Geschäft, beladen mit schweren Taschen und in Papier eingewickelten Gegenständen. Der Innenraum schien ihm eher geeignet für ein Nobelhotel. Im Vergleich dazu sahen die unbehandelten Holzwände seines kleinen Ladens aus wie eine Bahnhofsbaracke. Wie viel hatte sie dieses Warenhaus hier gekostet? Und woher hatte sie das Geld? Er war als Kind nie mit seinen Eltern beim Juwelier gewesen und er hatte auch nicht die Neugier besessen, durch die Fenster zu spähen. Dass es ein Geschäft wie dieses in Salt Flatts gab, hätte er nie gedacht.

Emma und seine Mutter schoben sich nun mit mehreren anderen Kundinnen hinein und überließen es ihm, die Tür für etliche weitere Ladys offenzuhalten. Als er den Laden schließlich betrat und seine Mutter wiederentdeckte, stand sie vor einem Verkaufstisch mit dem Porzellan aus dem Sonderangebot, einen Finger an den Mund gelegt.

Das war wirklich geschickt von Eliza. Wenn eine Frau erst einmal anfing, ein Service zu sammeln, würde sie keine Ruhe geben, bis sie auch noch das letzte dazugehörige Teil erworben hatte. Ihre Strategie verführte die Kundinnen dazu wiederzukommen, auch wenn es keine weiteren Gratisangebote gab.

Will nahm eine Teetasse in die Hand. Ein Schild in der Mitte des Tisches verkündete den Preis: fünf Cent. Er betrachtete die Preisschilder auf den verschiedenen Tischen und rechnete aus, was das vollständige Service kosten würde. Auf einen Einkauf von vier Dollar verlor Eliza höchstens 35 Cent. Er dagegen hatte ein mögliches Honorar von fünfzehn Dollar oder mehr verschenkt, und das gegen einen Einkauf im gleichen Wert und ohne Anreiz für seine Kunden wiederzukommen. Sollte er sich jetzt über seine Kurzsichtigkeit ärgern oder sich über Elizas geniale Idee freuen? Wo war sie überhaupt? Hatte sie ihn nicht immer wieder gedrängt, die Kunden gleich beim Eintreten zu begrüßen? Er sah sich um. Hinter der Menge am Haupttresen wickelte Eliza offensichtlich beschwingt Geschirr ein. In ihrem Gesicht stand das breiteste Lächeln, das er je an ihr gesehen hatte.

„Bitte nimm das mal." Wills Mutter reichte ihm eine erschreckend zerbrechlich wirkende Porzellanplatte, die mit einem Band blauer Blätter am Rand verziert war. Es war nicht gerade ein ausgefallenes Design, aber was konnte man auch für zehn Cent erwarten?

„Und was soll ich jetzt für vier Dollar kaufen? Eigentlich brauche ich wirklich nichts." Sie warf ihm einen beschwörenden Blick zu. „Erzähl das bloß nicht deinem Vater."

Will riss in gespielter Unschuld die Augen auf. „Keinesfalls, Ma'am." Er ließ seinen Blick über die Tische mit Spielzeug, Haushaltswaren und Kleidungsstücken schweifen. „Lebensmittel hat sie vermutlich nicht."

Emma zog ihn am Ärmel. Unwillkürlich verstärkte er seinen Griff um die Servierplatte, lockerte ihn aber sofort wieder, um das zarte Porzellan nicht womöglich zu zerbrechen.

„Sie hat Bonbons."

Bonbons würden seinen Magen nicht füllen.

„Und Toffees und Gummidrops und lauter Sachen, die ich noch nie gesehen habe."

Will verzog das Gesicht. Über die Süßigkeiten würde der Konditor nebenan nicht gerade begeistert sein.

„Und alles kostet nur einen Penny."

Seine Mutter holte tief Luft und stemmte die Hände in die Hüften. „Wir kaufen doch nicht für vier Dollar Süßigkeiten zu je einem Penny. Es würde ein halbes Jahr dauern, bis wir die aufgegessen haben, selbst wenn wir alle jeden Tag etwas davon essen."

„Jeden Tag?" Emmas blaue Augen strahlten.

„Kommt nicht infrage, junge Dame. Du kannst dir zehn Stück für dich selbst und zehn für jedes deiner Geschwister aussuchen."

Emma huschte davon und Wills Mutter wandte sich mit krausgezogener Stirn wieder dem Geschirr zu, von dem Will inzwischen etliche Teile im Arm hielt. „Vielleicht sollte ich es doch nicht kaufen. Ich verschwende nur Geld für Dinge, die ich nicht wirklich brauche. Wie zum Beispiel Süßigkeiten." Sie fuhr mit dem Finger über den leicht gewellten Rand einer Tasse.

„Ma, du musst diesen Gutschein doch nicht einlösen." Eliza hätte ihn vielleicht für diese Bemerkung erwürgen mögen, aber seine Mutter konnte offensichtlich gerade nicht klar denken. Wer hätte gedacht, dass die Aussicht auf ein schönes Stück Porzellan einer ansonsten intelligenten Frau komplett den Kopf verdrehen konnte? „Du kannst das Service doch auch später kaufen. Pa weiß, wie leid es dir getan hat, dass du dein Geschirr zurücklassen musstest, als du hierhergezogen bist. Aber wenn ich mich nicht sehr täusche, warst du damals auch mit anderem beschäftigt."

Ihre Augen blitzten und die Falten auf der Stirn verschwanden. „Nun ja. Ich musste in nur einer Stunde alles zusammenpacken und dann hinter dem Planwagentreck herrennen, damit der Prediger uns noch vor dem Abend trauen konnte … Kein Wunder, dass ich nicht nur mein Sonntagsgeschirr vergessen habe."

„Ein paar Monate mehr ohne modisches Geschirr sind doch nichts im Vergleich zu den zwanzig Jahren, die du nun schon ohne ausgekommen bist."

„Dreiundzwanzig." Mit einem kleinen Seufzer nahm sie ihm das Geschirr wieder aus der Hand und stellte es so langsam und sorgfältig zurück, als verabschiede sie sich von jedem einzelnen Stück persönlich.

Will las Elizas Handzettel noch einmal. „Außerdem gilt dieser Gutschein bis zum Ende des Monats. Wenn du bis dahin noch etwas für vier Dollar brauchst, kannst du ihn immer noch einlösen."

„Nur, wenn der Vorrat reicht. Und mir gefällt dieses Muster." Sie stellte als Letztes die Servierplatte zurück und eine andere Kundin nahm sie sofort an sich.

„Ich wette, Eliza hat genug eingekauft, damit ihr kein möglicher Verkauf entgeht. Aber falls das Muster tatsächlich ausverkauft sein sollte, spricht auch nichts dagegen, dass du das Geschirr zum regulären Preis kaufst, wenn sie nachbestellst. Es würde Eliza unterstützen."

„Da hast du recht." Ma tätschelte ihm die Wange. „Und es ist so typisch für dich. Du denkst immer zuerst daran, was den anderen nützt."

„Ma, ich hab die Bonbons." Emma hielt ihnen eine Papiertüte hin.

Das Zucken um die Mundwinkel seiner Mutter brachte Will zum Schmunzeln. Sie hatte tatsächlich die Erlaubnis gegeben, auf einmal mehr Süßigkeiten zu kaufen, als er zu Hause jemals in einem ganzen Jahr zu sehen bekommen hatte.

Eliza verstand eine Menge davon, wie ihre Kunden reagierten. Er seufzte. Wenn er sie doch um Rat gefragt hätte, bevor er sein Angebot gemacht hatte! Dann wäre er jetzt nicht bis Weihnachten damit beschäftigt, eingewachsene Zehennägel zu kurieren und alternden Junggesellen die Beulen auf dem Rücken aufzustechen.

Will spähte in die Tüte mit Süßigkeiten und erblickte nur schwarze Gummidrops. „Ich glaube, John mag die nicht."

„Jeder mag schwarze Gummidrops."

„Nein. Ich bin ziemlich sicher, dass er sie nicht ausstehen kann."

Emma sah zerknirscht aus. „Hm, na ja, dann ... muss ich wohl seine mitessen."

Mas Blick sprach Bände. „Ich vermute, wir können die Bonbons nicht zurück ins Glas tun, oder? Emma hat sie ja schon angefasst."

Emma strahlte und Will musste sich anstrengen, dass ihm angesichts ihrer Durchtriebenheit kein Lächeln entwischte. Schließlich wollte er sie ja nicht noch ermutigen.

„Wir könnten ja noch ein paar dazukaufen, Ma." Emma blickte unschuldig drein. „Vielleicht mag er ja die roten. Die mag ich übrigens auch."

„Und welche Farbe magst du nicht, junge Lady?"

Emma streckte die Zunge heraus. „Gelb."

„Dann hol noch zehn gelbe." Ma sah Emma nach, die sofort loszog, und drehte sich dann wieder zu Will um, die Stirn in tiefen Falten. „Mag John gelbe Gummidrops?"

Will lachte. „Ich glaube, er mag überhaupt keine Gummidrops, Ma." Er lief hinter Emma her und warf seiner Mutter einen Blick zu. „Aber lass mal, ich bezahle sie schon." Eine Minute mit Eliza war wohl sechzig Cent wert. Er wünschte nur, er könnte Johns Gesicht sehen, wenn der seine Bonbontüte öffnete und darin ausgerechnet die eine Sorte fand, die er nicht mochte.

Emma hatte bereits die gelben Drops in eine Tüte gefüllt und Will legte noch fünf Stückchen Kandiszucker dazu. „Die sind aber für John und nicht auch noch für dich."

Seine Schwester verdrehte die Augen und presste die Bonbontüte an ihre Brust, während er sie in die nur langsam vorrückende Schlange an der Kasse schob.

Trotz der kleinen Fältchen um die Augen, die Heiterkeit signalisierten, wies Elizas Gesicht tiefe Schatten auf. Sie war erschöpft. Kamen dienstags immer so viele Leute in die Stadt? Oder hatte er alle seine Kunden geradezu hierhergetrieben, indem er früher geschlossen hatte?

Wenn sie doch zusammenarbeiten könnten! Aber je mehr er sich Eliza an seiner Seite wünschte, umso unwahrscheinlicher schien diese Möglichkeit. Wieder einmal hatte er ihr nichts anderes zu bieten als sich selbst und jetzt, wo sie ihr eigenes modernes und neues Geschäft hatte, würde er ihren Ansprüchen erst recht nicht mehr genügen. Sie hatte ja noch nicht einmal so viel Vertrauen zu ihm, dass sie ihm von ihren Plänen erzählt hätte. Sie würde nie bereit sein, ein erfolgreiches Geschäft aufzugeben – und so wie es aussah, wollte sie auch nicht, dass er sich in ihr Leben einmischte. Nicht, dass sie seinen Rat gebraucht hätte; schon jetzt stach ihr Warenhaus seinen kleinen Laden aus. Er presste die Zähne zusammen und zwang sich, stehen zu bleiben.

Als Emma schließlich die Kasse erreicht hatte, blickte Eliza auf und sah ihn an. Dann warf sie einen Blick auf die Uhr. „Haben Sie heute früher geschlossen?"

Er zuckte die Achseln. „Ich brauchte etwas zu essen."

Eliza legte eine Hand auf ihren Bauch. „Ich glaube, ich habe gar nicht mehr ans Essen gedacht."

„Sie waren sehr beschäftigt." Er schob ihr die Süßigkeitentüte hin. „Und gestern haben Sie noch geglaubt, ich hätte Ihnen all Ihre Kunden gestohlen."

Eliza zog eine Grimasse und beugte den Kopf, um den Inhalt der Tüte in Augenschein zu nehmen. „Ich hätte wissen müssen, dass Sie mir nie vorsätzlich schaden würden."

„Niemals." Er streckte die Hand aus und legte sie auf ihre, bis sie ihn ansah. „Niemals würde ich das tun." Er würde ihr nie wehtun. Eher würde er jeden Gedanken an ein Leben mit ihr vergessen.

Ihre Haut unter seiner Hand zu spüren, rief die Erinnerung an ihre Wange wach, die er genäht hatte, an ihr weiches Haar, aus dem er die Federn herauszupfte, an die Wärme ihrer Stirn an seinem Handrücken vor dem Haus des Metzgers. Es war schwer, ihr böse zu sein, wenn sie so … so …

„Das sind sechzig Gummidrops und fünf Stückchen Kandis."

Emma lehnte sich mit gekreuzten Armen an den Tresen. „Kann ich jetzt eins essen?"

Elizas Blick ruhte auf seinen Händen auf den ihren.

„Du solltest erst Ma fragen." Will zog seine Hand zurück und griff nach seiner Geldbörse.

Emma umklammerte die Bonbontüte, als würde man sie ihr wegnehmen, wenn Ma Nein sagte.

„Könnten Sie heute Abend nach der Arbeit … zum Essen kommen?" Eliza drehte den Dollar, den er ihr gegeben hatte, in den Fingern. Hinter ihm seufzte eine Kundin ungeduldig. Eine feine Röte überzog Elizas Wangen, gegen die sich ihre Narbe scharf abhob. Sie legte die Münze in die Kasse und gab ihm sein Wechselgeld zurück.

Will kratzte sich hinter dem Ohr. „Leider habe ich für heute Abend schon andere Pläne." Die letzte Einladung der Graves zum Abendessen hatte er abgelehnt. Aber später hatte er sich eines Besseren besonnen und die neue Einladung angenommen, als sie heute Vormittag im Laden gewesen waren. Er musste Nancy wissen lassen, dass seine Zuneigung einer anderen Frau gehörte und seine früheren Gefühle für sie einer neuen Liebe gewichen waren. Ob es falsch war, an dieser Hoffnung festzuhalten? Immerhin schien Eliza ihm nicht einmal so weit zu vertrauen, dass sie ihm von wichtigen Veränderungen in ihrem Leben erzählte, die auch ihn betreffen würden …

„Ähem." Die Dame hinter ihm rückte mit einem vernehmlichen Räuspern näher. „Entschuldigen Sie, aber ich habe nicht den ganzen Tag Zeit."

Eliza schenkte Will ein Lächeln. „Dann vielleicht ein andermal?"

Er schluckte. „Ja, vielleicht."

Ihr Lächeln verblasste. „Also gut."

„William, komm jetzt." Emma schob ihre Hand in die seine und zog ihn fort. Er legte kurz die Hand an den Hut, den Blick auf Eliza geheftet, obwohl seine Schwester ihn in die andere Richtung zerrte. Die Dame, die sich an seiner Gemütsruhe gestört hatte, nahm seinen Platz am Tresen ein und versperrte ihm die Sicht auf Eliza. Beinahe hätte ihn der Wunsch, zurückzugehen und ihr zu sagen, er würde seine Pläne für den Abend ändern, veranlasst, stehen zu bleiben. Beinahe.

Nancy hatte ihn zwar verlassen, das stimmte. Aber sie hatte ihm nie etwas verheimlicht. Sie hatte ihm direkt gesagt, wie ärgerlich sie war, dass er seine beruflichen Pläne immer wieder aufschob. Sie hatte es ihm gesagt, als sie sich entschlossen hatte, einen Witwer zu heiraten, der bei ihrem Bruder zu Besuch war.

Er hatte gedacht, Eliza könne gar nichts für sich behalten; anfangs war sie ihm ja als die Offenheit in Person erschienen. Aber offensichtlich war sie nicht immer ganz geradeheraus.

Emma ließ seine Hand los. „Können wir jetzt gehen?"

Ma runzelte die Stirn und legte ihm leicht die Hand auf die Schulter. „Was hat Eliza gesagt, dass du so ein Gesicht machst?"

„Nichts." Will schloss die Augen. „Nichts hat sie gesagt."

Kapitel 19

Wills Finger trommelten auf den Schreibtisch. Er hatte alles noch einmal gezählt und nachgerechnet. Es fehlte definitiv Geld aus seiner Kasse – wie nun schon einige Male. Bisher hatte er immer angenommen, die Diskrepanz rühre von seinen mangelnden Rechenkünsten. Und Axel hatte ja immer den Fehler gefunden oder sich an einen Posten erinnert, den er zu notieren vergessen hatte. Der Blick, mit dem er ihn dann immer bedacht hatte, war eine deutliche Kritik an Wills Schwierigkeiten im Umgang mit Zahlen und Buchstaben gewesen.

Aber vielleicht waren die Fehler ja noch nie auf sein Konto gegangen? Konnte es sein, dass Axel sich noch in der Nähe aufhielt? Was, wenn sie seine Spur deswegen verloren hatten, weil der Suchtrupp die Möglichkeit nicht in Erwägung gezogen hatte, dass er vielleicht nach Salt Flatts zurückgekehrt war? Wenn Axel in der Stadt war, würde er vermutlich zuerst etwas stehlen, wovon er wusste, dass Will nie danach sah – den Verlobungsring für Nancy. Oft genug hatte Axel ihn gedrängt, den Ring, der einen Opal und einen Diamanten trug und Mas Großmutter gehört hatte, zu verkaufen. Dass Will das nicht wollte, hatte Axel nur zu einem Kopfschütteln veranlasst.

Will stapfte in sein Zimmer, zündete die Lampe an und kniete sich neben sein Bett. Er fischte nach der Schachtel, in der er Nancys Briefe aufbewahrte, bekam aber nur Spinnweben zu fassen. Er legte sich flach auf den Fußboden und streckte die Arme aus. Da war sie – ganz hinten an der Wand. Er zog die Schachtel zu sich heran und blies den Staub vom Deckel, bevor er ihn abhob.

Kein Ring!

Natürlich nicht. Aber wie lange mochte es her sein, dass Axel ihn gestohlen hatte?

Will lehnte sich gegen sein Bett und ließ die Luft aus den Lungen. Wie dumm von ihm, dass er nicht sofort an Axel gedacht hatte, als der Sheriff nach kleinen Diebstählen gefragt hatte. Er war ein kompletter Idiot, die Unberechenbarkeit seines Kindheitsfreundes zu ignorieren. Ein unverbesserlicher Narr, Menschen immer wieder so einfach zu vertrauen. Was würde seine Mutter sagen, wenn sie erfuhr, dass jemand den Ring gestohlen hatte? Und was würde er einer Frau geben können – vielleicht Eliza –, falls er je wieder die Chance bekam, jemandem einen Antrag zu machen?

Will rieb sich die Nasenwurzel, bis er wieder klar denken konnte. Was hatte Axel sonst noch mitgehen lassen? Er würde mit dem Sheriff reden müssen. Aber war dieser Diebstahl schon lange her oder erst kürzlich erfolgt? Wenn wirklich Axel für die jüngsten Diebstähle in der Stadt verantwortlich war, dann würden sie ihn vielleicht bald zu fassen bekommen. Und wenn man Axel schnappte und der Laden versteigert wurde …

Will ließ die Schachtel aufs Bett sinken. Er kehrte nach vorn in den Laden zurück, lief durch die Gänge und überprüfte alles, was einen gewissen Wert besaß. Die Gewehre auf seiner Werkbank lagen noch da. Die fünf schlichten Eheringe glitzerten auf einem Samtkissen in der Glasvitrine.

Ein gewöhnlicher Dieb hätte etwas mitgenommen, das gut zugänglich war. Aber wenn es Axel war, warum hatte er sich dann nicht die Beute der Waller-Gang unter den Nagel gerissen, die ganze Kasse aus dem Laden mitgehen lassen, vielleicht eine Bank überfallen und dann auf der Stelle die Stadt verlassen?

Mrs Langston.

Mrs Langston hatte kaum Freunde und kaum Besuch. Es war nicht unwahrscheinlich, dass sie ihren Sohn verstecken würde, ohne Rücksicht auf die Folgen. Und Axel würde vermutlich auch nicht verschwinden, solange er nicht sicher war, dass sie gut versorgt war oder er sie nicht überzeugen konnte, mit ihm die Stadt zu verlassen. Wie konnte ein Mann, der seine Mutter so liebte, zugleich ein solcher Schuft sein?

Will griff nach einer Laterne und schloss den Laden. Die beste Gelegenheit, Axel bei seiner Mutter anzutreffen, wäre sicher dann, wenn niemand mehr Besuch erwartete. Wenn er das kleinste Anzeichen fand, dass sein Freund sich hier herumtrieb, würde er zum Sheriff gehen. Wenn nicht, würde er versuchen, jede denkbare Information aus Mrs Langston herauszukriegen. Denn wenn Axel noch in der Gegend war, musste er gefasst werden, bevor er noch jemandem Schaden zufügte – ganz besonders Eliza.

In ihrem vollgestellten Büro drehte Eliza den Docht ihrer Lampe höher und blinzelte aus müden Augen, die Mühe hatten, die Zahlen vor ihr noch genau zu erfassen. Wenn sie nicht morgen mit der neuen Lieferung rechnen konnte, wären Spielzeug und Süßigkeiten demnächst ausverkauft. Sie musste unbedingt auch Porzellan nachbestellen und den Restbestand der Haushaltswaren überprüfen. Sie lächelte, obwohl sie beinahe im Sitzen einschlief. Der unablässige Kundenstrom der letzten Tage hatte sie gezwungen, bis spät in die Nacht zu putzen, Waren einzuräumen und ihre Bücher zu führen. Das Geschäft ging besser, als sie zu hoffen gewagt hatte.

Ich danke dir, Gott, dass alles so gut angelaufen ist. Es tut mir leid, dass ich so lange nicht geglaubt habe, dass du mir hilfst. Und nun hilfst du mir sogar, obwohl ich gar nicht darum gebeten habe.

Eliza gefiel es nicht, dass sie Irena so viele Abende hintereinander allein lassen musste. Aber die hatte betont, sie habe schließlich auch vorher allein gelebt und könnte das auch wieder tun. Außerdem war es ja nur für die ersten paar Monate. Wenn das Geschäft weiter so florierte, würde Eliza bald jemanden einstellen können.

Von der Straße her ertönte ein Klagelaut, sodass sich ihr die Nackenhaare sträubten. Sie hörte auf zu schreiben und lauschte.

Das Ticken der Uhr wurde mit jeder Sekunde lauter.

Nichts.

Eliza ließ den angehaltenen Atem ausströmen und blätterte weiter in den Katalogen. Was würden Kinder oder Eltern mit ein wenig Extrageld in der Tasche unwiderstehlich finden?

Über ihr knarrten Dielen, aber sie weigerte sich, darauf zu achten. Mitten in der Nacht in einem großen alten Gebäude zu sitzen, von nichts anderem umgeben als dem Präriewind von Kansas – das würde jeden schreckhaft machen.

„Uff."

Eliza erstarrte, aber jeder einzelne Nerv in ihrem Körper war angespannt. Das war nicht der Wind. Auch kein Waschbär oder sonst ein Lebewesen, außer einem.

Was hätte sie jetzt darum gegeben zu wissen, dass Will irgendwo hinter ihr an seiner Büchsenmacherei säße.

So langsam, wie sie nur konnte, drehte Eliza den Docht der Lampe zurück und sah sich nach etwas um, das sie als Waffe verwenden konnte. Hatte sie nicht abgeschlossen? Vielleicht hatte der Wind ja die Tür aufgedrückt? Aber dieses Geräusch … Was sollte sie tun? Sich verstecken – oder laut schreien, in der Hoffnung, den Eindringling zu vertreiben?

O Gott, bitte, hilf mir.

Sie hatte noch nie im Leben mit jemandem gekämpft und wenn sie versuchte davonzulaufen, würden ihre hinderlichen Unterröcke sie zur leichten Beute machen. Aber sie konnte nicht einfach hier sitzen und abwarten. Ein Dieb auf der Suche nach der Kasse würde geradewegs ins Büro stürmen. Weder die hölzernen Jakobsleitern noch die Teetassen und Handtücher da draußen würden jemanden interessieren, dem es um schnelles Geld ging – und sie würde ihr Vermögen nicht noch einmal irgendeinem Kriminellen aushändigen. Wäre sie doch nur zur Bank gegangen, bevor die schloss! So ruhig wie möglich öffnete sie die Geldkassette, nahm die Banknoten heraus und schob sie unter einen Stapel gebrauchten Papiers, das sie aufgehoben hatte, um es als Einwickelpapier für Geschirr zu verwenden.

Das unverkennbare Schlurfen von Schritten ließ sie erzittern. Der Eindringling hatte vermutlich das dunkle Labyrinth der Verkaufstische inzwischen durchquert. Zwischen ihm und ihr lag nur noch die Treppe. Eliza griff nach der Geldkassette, straffte die Schultern und presste die Kiefer zusammen, damit ihr nicht die Zähne klapperten. Mit einem raschen Griff öffnete sie die Tür und ging hindurch. Sie hoffte, einen Umriss zu erkennen. „Halt oder ich schieße."

Ein unterdrückter Fluch lenkte ihre Aufmerksamkeit auf den Schatten, der sich ihr näherte. Sie schleuderte die Kassette in die Richtung, in der sie sein Gesicht vermutete. Es gab einen dumpfen Schlag, jemand stöhnte auf, dann rollten Münzen über die Bodendielen.

„Hilfe! Einbrecher!"

Der Schatten stolperte.

Eliza drehte sich um, ging einen Schritt rückwärts, hielt aber dann inne und duckte sich hinter zwei Tische. Ohne Licht würde sie die Hintertür nicht aufschließen können – und sie hatte den Schlüssel nicht bei sich. Wohnte eigentlich jemand in den Häusern neben ihrem Geschäft? Und wer würde so spät in der Nacht noch wach sein?

Warum war der Kerl ihr nicht gefolgt? Und kam dieses heftige Atmen nur von ihr? Eliza hielt den Atem an und versuchte irgendetwas anderes zu hören als ihren eigenen Herzschlag. Sollte sie schweigen oder schreien?

Ein Knarren im Treppenhaus zog ihr die Kehle zu. Da der Mond hinter ihm stand, konnte sie die Gesichtszüge des Schattens nicht erkennen. Ob er sie sehen konnte? Sie hätte die Lampe nicht gleich ganz auslöschen und sich erst an die Dunkelheit gewöhnen sollen, bevor sie das Büro verließ.

„Wo zum Teufel stecken Sie?" Eine zornige Männerstimme dröhnte in geraumer Höhe über sie hinweg. Hielt er sie für dumm genug, darauf zu antworten? Wer von ihren Kunden hatte geglaubt, sie wäre eine leichte Beute? Noch einmal ihr Geld zu verlieren wäre ein geringes Problem, verglichen damit, dass irgendein Bösewicht sie hier im Dunkeln in die Finger bekam. „Ach, da stecken Sie also." Die Belustigung, die jetzt in der rauen Stimme mitschwang, brachte ihr Herz beinahe zum Stillstand. „Und ich dachte schon, da wollte wirklich jemand schießen." Mit aller Kraft, die sie aufbringen konnte, stieß sie einen Verkaufstisch mit Geschirr um. Keramik zersplitterte und flog über den Fußboden. Aus voller Kehle schreiend streckte sie sich nach den Bügeleisen auf dem Tisch neben ihr aus und schleuderte sie mit aller Wucht in die Dunkelheit.

Selbst ohne Hemd und Bettdecke fand Will in der schwülen Hitze keinen Schlaf. Er gab den Versuch auf, setzte sich auf und rieb sich mit den Fäusten die Augen. Dieser Abend war mehr als enttäuschend gewesen. Wenn Axel in der Stadt war, hätte er sicher bei seiner Mutter Unterschlupf gesucht. Aber falls Mrs Langston ihren Sohn bei sich versteckte, war sie eine meisterhafte Schauspielerin. Als sie erst einmal verstanden hatte, dass Will glaubte, ihr Sohn sei noch in der Gegend, hatte er sie fast auf dem Stuhl anbinden müssen, um sie daran zu hindern, hinauszurennen und nach ihrem Jungen zu rufen. Sein Verdacht war also entweder völlig unbegründet oder Axel – falls er tatsächlich der Dieb war – hatte ein anderes Versteck gefunden. Vielleicht war der Ring schon vor langer Zeit verschwunden. Oder vielleicht hatte Will selbst auch nur eine Begabung darin, Dinge zu verlieren. Er würde am Morgen noch einmal genauer nach seinem Geld und dem Ring suchen.

Er wischte sich den Schweiß von der Stirn. Schon jetzt im Mai war es so heiß, dass ihm vor dem August graute. Wenn man nur die Fenster öffnen könnte, dann hätte er vielleicht etwas Schlaf gefunden.

Mit einem leisen Stöhnen schlug er sich vor die Stirn, schlüpfte in seine Hose und griff sich sein Bettzeug. Wie töricht, in diesem winzigen Kabuff zu schlafen, wo er doch bereits seit Wochen Axels Wohnung oben hätte nutzen können. In der ersten Etage gab es vier Fenster, die sich zur Straße hin öffnen ließen. Nicht einmal der Geruch von in der Sonne gedörrten Pferdeäpfeln würde ihn stören, wenn er dafür einen kleinen Luftzug ins Zimmer bekam – und in Kansas ging eigentlich immer eine leichte Brise. Will stolperte die Treppe hoch und freute sich bereits auf eine Matratze, auf der er sich anstelle seiner engen Pritsche ausstrecken konnte.

Nachdem er die Bettdecke aufs Bett geworfen hatte, trat er ans Fenster, um die störrischen Fensterflügel aufzustoßen, und ließ die kühle Nachtluft über seine verschwitzte Haut streichen. An den Fensterrahmen gelehnt, fielen ihm die Augen zu.

Klirr! Das Geschepper von zerbrechendem Glas, und zwar ziemlich viel Glas, vertrieb seine Schläfrigkeit auf der Stelle. Will umklammerte das Fensterbrett und beugte sich weiter hinaus. Aus welcher Richtung war der Lärm gekommen?

Der Schrei einer Frau ließ ihn das Treppenhaus hinunterstürmen. Er stieß sich die Hüfte am Dosenregal am Ende des Tresens, rannte dann blindlings zum Eingang und prallte beinahe gegen die Tür. Der Riegel war so widerspenstig wie immer. Will zerrte an dem elenden Teil, bis er sich aufschieben ließ.

Kaum stand er barfuß auf der Straße, als ihm einfiel, dass er nichts dabeihatte, um einen möglichen Angreifer abzuwehren. Also lief er zurück in den Laden, griff sich das Gewehr eines Farmers, das er gestern repariert hatte, und suchte dann nach Munition. Die Zeit, die es ihn kostete, bis er in der Dunkelheit die richtigen Patronen fand, trieb ihm einen Fluch auf die Lippen, den er bisher nur aus dem Mund von anderen gehört hatte.

Tut mir leid, Herr. Aber vielleicht ist Eliza in Schwierigkeiten! Auf dieser Straße wohnt sonst keine Frau, und ich kann mir gut vorstellen, dass sie von Sonnenaufgang bis weit nach Sonnenuntergang an der Arbeit ist.

Er schob ein paar zu große Patronen beiseite und griff nach einer weiteren Schachtel. Im schwachen Mondlicht konnte er die Buchstaben darauf gerade eben erkennen.

O Herr, danke.

Er schnappte sich eine Handvoll davon und hetzte wieder nach draußen. Vielleicht war es ja gar nicht Eliza gewesen, die geschrien hatte. Trotzdem sprintete er in Richtung ihres Geschäfts.

Ich möchte nicht, dass jemand verletzt wird, aber bitte, lass sie noch einmal schreien, damit ich weiß, wohin ich soll.

Das Tappen seiner bloßen Füße auf der Straße und sein keuchender Atem verhinderten, dass er etwas vernahm. Aber er konnte nicht anhalten, um zu lauschen, bis er vor Elizas Warenhaus stand. In jeder Seitenstraße, an der er vorbeikam, hielt er Ausschau nach einem möglichen Flüchtenden. Gleichzeitig versuchte er, das Gewehr zu laden, was ihm nicht gelang. Widerwillig blieb er stehen, um die störrische Patrone in die Patronenkammer zu legen. Vor ihm in der Mitte der Straße erschien ein Schatten, der direkt auf ihn zustürmte. Will legte das Gewehr an, ließ es aber sofort wieder sinken. Der Schatten hatte die Figur einer Glocke.

„Nicht schießen!" Gerade noch rechtzeitig riss er den Lauf herunter, bevor die Frau ihm um den Hals fiel.

Wie gut sie roch … so nah, in seinen Armen …

„Gott sei Dank!" Eliza umarmte ihn für einen bedauerlich kurzen Moment, bevor sie zurücktrat, nach seiner Hand griff und ihn in die Richtung zog, aus der sie gekommen war. „Jemand hat versucht mich auszurauben."

Will folgte ihr und umschloss ihre Hand fester, damit sie sie ihm nicht wieder entzog. „Wer?"

Eliza beschleunigte ihre Schritte. „Ich weiß nicht."

Auf der Vorderveranda von Elizas Laden legte er das Gewehr an. „Bleiben Sie hier." Mit dem Fuß stieß er die Tür auf, ging einen Schritt weiter und streckte dann die Hand nach ihr aus. „Nein, kommen Sie. Ich lasse Sie nicht allein hier draußen."

Sie beachtete seine Hand nicht, sondern wand sich um ihn herum und ging dann voraus. „Ich hole ein paar Bügeleisen."

Wie bitte? Wozu sollte das gut sein? „Nein, machen Sie lieber Licht."

Eliza schlüpfte hinter den Tresen und nach wenigen Sekunden flackerten zwei Lampen auf.

Will schloss die Tür hinter sich und sicherte sie mit dem Riegel. Der Dieb war vermutlich entkommen, aber Will schlich trotzdem schussbereit durch den ganzen Raum. Durch die weit geöffnete Hintertür drang trübes graues Licht herein. Er spähte in die Gasse dahinter. Ein kleiner Schatten huschte über den Boden, sonst bewegte sich nichts. Er schloss die Tür und bemerkte mit Bedauern, dass der Einbrecher das Holz um das Schloss herum zerhackt hatte. Wie hatte der Bandit diesen Ausgang finden können? Elizas Bürolampe verbreitete nur wenig Licht, sodass die gesamte Rückwand im Dunkeln lag.

Eliza durfte nie mehr so spät nachts hierbleiben.

Er zog die Tür zu, aber der zweite Riegel oben hielt sie kaum im Rahmen.

Obwohl er sich sicher war, dass der Räuber geflohen war, durchsuchte Will den Lagerraum unter der Treppe und stieg dann hoch in den ersten Stock, wobei er sich alle paar Sekunden umsah, um sicherzugehen, dass Eliza im Schein der Lampe hinter dem Tresen blieb. Sie hatte die Fäuste geballt – und in jeder hielt sie ein Bügeleisen.

Als er auch in der letzten Ecke niemanden fand, senkte er die Waffe und kam die Treppe wieder herunter. Ein paar Schritte vor dem Tresen schnitt ihm etwas Spitzes in die Ferse und ließ ihn beinahe zum zweiten Mal in seinem Leben fluchen.

Eliza ließ ihre Bügeleisen mit einem dumpfen Schlag los und stand auf.

Will setzte sich mit einem leisen Stöhnen auf den Boden, um zu ertasten, was ihm da in die Ferse geschnitten hatte. Eine große glasähnliche Scherbe steckte in seinem Fuß.

„Oh, das tut mir leid. Ich habe den Geschirrtisch umgeworfen, damit der Kerl mich nicht zu fassen bekam." Sie bahnte sich einen Weg durch die kleinen Geschirrsplitter.

Will hörte auf, an der Scherbe zu prokeln. „Er hat Sie verfolgt?"

„Nun, er war nicht gerade entzückt, dass ich die Geldkassette nach ihm geworfen habe." Sie kniete sich vor ihm hin und nahm seinen Fuß. „Und das Bügeleisen. Aber *das* hat ihn in die Flucht geschlagen."

Will streckte das Bein aus, damit sie die Scherbe begutachten konnte. „Was um alles in der Welt hat Sie geritten, mit solchen Sachen nach ihm zu werfen?"

„Ich hatte nicht vor, ein zweites Mal mein Geld einem Banditen auszuhändigen." Eliza untersuchte seine Ferse, wobei sie voller Mitgefühl die Luft durch die Zähne sog. „Und, nun ja, er hat mir nicht geglaubt, als ich ihm drohte, ich würde schießen."

Will runzelte die Stirn. „Und warum hätten Sie nicht schießen sollen?"

„Ich … hatte kein Gewehr." Behutsam legte sie seinen Fuß ab. „Ich brauche eine Lampe."

Sie ging zum Tresen und Will zog die Ferse zu sich heran. Nach und nach werkelte er den Splitter aus dem Fuß. Bei jedem Ruck sog er scharf die Luft ein. Die Wunde hätte schlimmer sein können, wenn der Splitter in eine empfindlichere Stelle eingedrungen wäre. Er sah sich nach etwas um, womit er die Blutung stillen konnte, aber er hatte kein Stückchen Stoff übrig. In der Eile hatte er sich nicht einmal ein Hemd übergeworfen. Also presste er die Hand fest auf die Ferse.

„Haben Sie's schon raus?" Eliza legte eine Rolle Verbandszeug neben die Lampe und stellte ein kleines Fläschchen daneben.

„Sieht so aus."

Wieder nahm sie seinen Fuß in ihren Schoß und griff nach dem Fläschchen.

„Das müssen Sie nicht tun. Ich bin sehr gut in der Lage, meine eigenen Verletzungen zu versorgen." Er seufzte. „Das ist so ungefähr das Einzige, was ich gut kann."

„Unsinn." Sie warf einen genauen Blick auf den Schnitt und zog die Stirn in Falten. „Und wenn noch etwas drin stecken geblieben ist?"

Will verzog das Gesicht, während er den Fuß heranzog und die Wunde nach dem charakteristischen Gefühl von etwas Hartem und Scharfem abtastete. „Nein, ich kann nichts mehr finden."

Eliza zog den kleinen Korken von dem Fläschchen und befeuchtete ein Ende des Verbandes.

„Wo haben Sie die ärztliche Kunst erlernt?"

„Um eine Schnittwunde mit Jod zu säubern, bedarf es wohl kaum ärztlicher Kunst." Sie unterbrach sich und betrachtete den Fuß. „Es muss ja nicht genäht werden, oder?"

Aus irgendeinem Grund wünschte er sich plötzlich, er hätte sich ernsthaft verletzt. Wie würde sie reagieren, wenn sie gezwungen wäre, eine Wunde zu nähen? Carl Hampden hatte ihm nicht einmal dabei zusehen können. Aber Eliza würde sich höchstwahrscheinlich auch in einem medizinischen Notfall glänzend bewähren. „Ein straffer Verband müsste ausreichen."

„Warum sind Sie überhaupt ohne Schuhe hierhergerannt?“ Sie sah auf und ihr Blick blieb kurz an seiner nackten Brust hängen. Rasch schlug sie die Augen nieder und konzentrierte sich wieder auf seinen Fuß.

Will setzte sich aufrechter hin. „Wo wollten Sie hin, als Sie mir auf der Straße in die Arme gelaufen sind?“

„Zu Ihnen.“

„Nicht zum Sheriff?“

Ihr Kopfschütteln entlockte ihm ein Lächeln. Mit aufgestützten Händen lehnte er sich etwas zurück, als genieße er eine entspannende Massage, statt das beißende Jod zu spüren. Sie hätte eher bei ihm Schutz gesucht als beim Gesetz – das musste etwas zu bedeuten haben. „Ich werde Sheriff Quade über den Einbruch informieren müssen. Haben Sie den Täter gesehen? Kann es Axel gewesen sein?“

„Was bringt Sie denn auf den Gedanken?“ Sie pustete auf die Wunde, wie seine Mutter es immer getan hatte. „Axel ist doch längst über alle Berge.“

„Oder er ist wieder hier.“

„Aber warum sollte er?“ Eliza hielt den Blick fest auf seinen Fuß geheftet. „Wenn er sich hier in seiner Heimatstadt herumtriebe, würde er doch sofort erkannt werden.“

„Er würde aber auch alle wissenswerten Einzelheiten kennen – wo der Hintereingang zu Ihrem Geschäft ist, wo ich meine Geldkassette aufbewahre, wann der Metzger zu Mittag isst, wer über welchem Geschäft wohnt, wo der Sheriff nachts unterwegs ist und wo nicht …“

Ihre Finger spielten gedankenverloren mit dem Knoten des Verbands. Es war zwar nicht mehr nötig, dass sie seinen Fuß in ihrem Schoß wiegte, aber er würde sich hüten, sie darauf hinzuweisen.

Eliza sah hinüber in den hinteren Teil des Raums. „Nun, ich bin diejenige, die ihn vor dem Traualtar entlarvt hat. Meinetwegen war er gezwungen zu fliehen und sich zu verstecken. Wenn er mich jetzt allein anträfe …“ Sie griff sich mit der Hand an den Hals.

Axel könnte doch … würde doch nicht etwa …?

Aber Will hatte schließlich auch nicht damit gerechnet, dass sein

Freund aus Kindertagen sich einer Bande von Verbrechern anschließen und einen Zug ausrauben würde. Oder eine Frau ins Gesicht schlagen. Es wäre töricht, irgendeine Bosheit auszuschließen, die Axel nicht begehen könnte.

„Ich gehe selbst zum Sheriff." Eliza gab seinen Fuß frei.

„Wir gehen zusammen."

„Das geht nicht. Sie haben keine Schuhe an."

„Das hat mich auch nicht davon abgehalten, Ihnen zu Hilfe zu kommen."

Sie sah ihn einen Moment lang an. „Und dann noch ohne Hemd. Wenn uns irgendjemand sieht, wird die Gerüchteküche brodeln, bevor jemand uns nur eine einzige Frage stellt."

„Dann gehen wir bei mir vorbei und ich ziehe mir etwas an. Auf keinen Fall lasse ich Sie hier allein."

Eliza schüttelte den Kopf. „Wir würden ebenso viele Gerüchte heraufbeschwören, wenn man mich mitten in der Nacht vor Ihrer Tür sieht."

„Das ist auch nicht schlimmer, als dass wir hier zusammen sind."

Ihre Miene verdüsterte sich. „Aber ich wurde überfallen."

„Erst kommen die Gerüchte, dann die Fragen. Schon vergessen?"

Sie räumte das Verbandszeug weg und reichte ihm ihre Lampe. „Dann sollten wir vielleicht getrennt gehen."

„Keinesfalls." Sie mochte die mit Abstand mutigste Frau in Salt Flatts sein, aber das würde ihn nicht davon abhalten, sie zu beschützen, wenn es in seiner Macht stand. „Ich finde sicher auch hier etwas zum Anziehen."

Er ließ den Blick über die Warentische schweifen. „Wie wär's mit einer Schürze … oder einem Rock?"

Die Falte zwischen ihren Augen wurde ein kleines bisschen steiler. „Einem Rock?"

„Nun, ich könnte ihn als Umhang benutzen."

„Sie würden mitten durch die Stadt laufen – mit einem geblümten Rock um die Schultern?"

„Es ist ja dunkel", erwiderte er achselzuckend. „Vielleicht ginge auch ein Tischtuch."

„Seien Sie nicht albern." Eliza stand auf und klopfte sich den Staub von den Kleidern. „Ich könnte hier anfangen aufzuräumen, während Sie zurückgehen und sich anziehen."

„Der Einbrecher könnte aber sehen, dass hier Licht ist, Sie allein hier vermuten und es noch einmal versuchen."

Eliza starrte so unglücklich auf den mit Scherben übersäten Fußboden, als würde es sie umbringen, wenn sie die Unordnung für ein paar Stunden sich selbst überlassen müsste. Ihren nächsten Blick beantwortete er mit einem leisen Kopfschütteln. Er würde nicht nachgeben, diesmal nicht. Sie war unendlich viel wichtiger als ein aufgeräumter Fußboden.

„Also schön, ich komme mit Ihnen und warte, während Sie zusammensuchen, was Sie brauchen. Lassen Sie mich nur noch rasch das Geld holen, das ich versteckt habe."

Will stand auf, um seinen Fuß zu testen. Es würde ihn etwas Mühe kosten, keine schmerzverzerrte Miene zu machen, während sie zum *Gentleman's Emporium* zurückliefen.

Eliza kam zurück und ging an ihm vorbei. „Von mir aus können wir gehen."

Er beugte sich vor, griff nach seinem Gewehr und humpelte dann hinter ihr her. „Laufen Sie nicht so schnell."

„Brauchen Sie Hilfe?"

Einen Vorwand, damit sie den Arm um ihn legte? „Ja."

Zögernd kam sie zurück und schob dann ihren Arm unter seine Schulter. Er kniff die Augen zusammen und stieß hörbar die Luft aus. Atmen war einfach – es ging ja schließlich automatisch: Luft in die Lungen, Luft aus den Lungen. Die Nähe einer Frau sollte seine Lungentätigkeit nicht beeinträchtigen. Andererseits erklärten medizinische Experimente vielleicht auch nicht jede Reaktion des menschlichen Körpers. Er musste seinen Atem wieder unter Kontrolle bekommen, bevor sie ihn für unmännlich hielt, weil eine kleine Wunde am Fuß ihm so den Atem verschlug.

Als sie das Warenhaus verließen, warf Eliza noch einen Blick zurück. „Und wenn der Kerl wiederkommt, wenn ich fort bin? Eine ruinierte Tür wird ihn wohl kaum aufhalten."

„Er würde nichts finden, das mehr als ein paar Cent kostet, oder?“

„Richtig.“ Sie stöhnte. „Ich wünschte, ich hätte nicht so viel von meinem Geschirr zertrümmert. Wenn ich Mr Raymond seinen Vorschuss nun nicht zurückzahlen kann, weil …“ Etwas schoss aus einer Seitenstraße und sie presste sich an ihn.

Er zog sie enger an sich und beobachtete den schwarzen Vierbeiner, der über die Straße huschte.

Sie ging wieder etwas auf Abstand. „Ich hatte keine Angst vor der Katze.“

„Natürlich nicht.“ Er lächelte und humpelte etwas stärker als nötig, um sie nah bei sich zu behalten. „Ich bin immer wieder erstaunt, wovor Sie alles keine Angst haben.“

„Oh, es gibt eine Menge Dinge, die ich durchaus fürchte.“

„Was denn zum Beispiel?“

Sie spannte die Schultern an. „Dass ich vielleicht nicht in der Lage sein könnte, dieses Warenhaus so gut zu führen, wie ich möchte. Dieselben Fehler zu machen wie andere …“

„Oder mir von Ihren geschäftlichen Plänen zu erzählen.“

Sie versteifte sich etwas, ging aber weiter. „Ja. Das tut mir leid. Ich wollte Sie nicht noch mehr verletzen, als ich es ohnehin schon tun würde, und … nun, ich wollte meinen gesunden Menschenverstand nicht durch Gefühle beeinträchtigen lassen. Wie es aussieht, ist mir genau das Gegenteil gelungen.“

„Aber was für ein Leben wäre das, in dem es keine Gefühle gäbe?“

„Zumindest ein Leben ohne Schmerz oder Scham.“ Eliza zuckte die Achseln. „Ein ganz passables Leben.“

„Nur der Himmel verheißt uns ein Leben ohne negative Seiten. Wenn wir hier auf Erden ohne Gefühle leben wollten, würden wir auch Begeisterung, Freude und Liebe nicht erleben. Um die guten Zeiten zu genießen, muss man oft auch die schlechten ertragen. Ist es nicht so?“

In guten wie in bösen Tagen. Will schluckte schwer, um seine Gedanken im Zaum zu halten, in denen Eliza in diesem cremefarbenen Kleid auf ihn zukam. Warum sollte er sich Hoffnungen machen, wo sie doch gewiss vorhatte, in Salt Flatts ihren Laden zu führen, und er nach einem Studium höchstwahrscheinlich nicht mehr zurückkommen konnte?

Aber wünschte er sich wirklich, dass alles, was ihm bisher in seinem Leben Kummer bereitet hatte, nie geschehen wäre? Wenn er gewusst hätte, dass Nancy ihm letztlich doch einen Korb geben würde, hätte er sich dann erst gar nicht um sie bemüht? Einige seiner schönsten Erinnerungen verbanden sich mit Nancy. Sein erster Tanz, der Fischteich, an den sie oft mit seinen kleinen Brüdern gegangen waren, die Gelegenheiten, bei denen er in der Schule ihre Zöpfe in das Tintenfass getaucht hatte.

Welche glücklichen Erinnerungen ihn wohl einmal mit Eliza verbinden würden? Schon jetzt gab es in seinem Gedächtnis einige besondere Momente: ihre Hand auf seiner Brust, als sie die Federn abzupfte; das Lächeln, mit dem sie darauf geantwortet hatte, dass er ihr zu ein paar männlichen Eigenschaften gratuliert hatte, über die die meisten Frauen nur den Mund verziehen würden; die Begegnung auf der Gasse, bei der sie ihm versprochen hatte, keinen Metzgerssohn zu heiraten; die Augenblicke, in denen er hätte schwören können, dass ihr Blick an seinen Lippen hing …

„Und wovor fürchten *Sie* sich?“ Eliza ließ seinen Arm los und trat unter den Giebel des *Gentleman's Emporium.*

Sie waren schon hier? Wie war das möglich? Er hatte nicht einen Schritt seit der letzten Querstraße wahrgenommen.

„Ich fürchte, bei meinem Talent, mir Sorgen zu machen, habe ich nicht viele Chancen, glücklich zu werden.“ Will stieg die Stufen hinauf, öffnete die Tür und legte das Gewehr auf den Tresen. Eliza blieb an der Schwelle stehen. Glaubte sie vielleicht, es sei sicher, da draußen im Dunkeln zu stehen? Will stieß die Tür weiter auf.

„Und was würde Sie glücklich machen, Will?“ Ihre atemlose Stimme lenkte seinen Blick an den Ort, an dem zumindest eine vergängliche Freude wartete.

Er zog sie durch die Tür ins Innere und spürte ihre Jacke rau auf seiner Brust. „Das hier.“ Sein Daumen fuhr die Narbe auf ihrer Wange entlang. Sie blinzelte zu ihm auf, als er die leichte Schwellung berührte, die er schon an jenem ersten Tag so gern geküsst hätte – und seitdem noch oft.

Eine Sekunde, bevor er seinen Mund sanft auf ihren drückte, lehnte sie sich in seine Arme.

Die Sanftheit ihrer Lippen, die Wärme ihres Körpers in seinen Armen und die Weise, wie jede Sorge und jede Angst schwand, wenn er sie so nah spürte – ihr Kuss war viel süßer als jedes flüchtige Schuljungenküsschen, das er Nancy auf die Wange gehaucht hatte. Er legte den anderen Arm um sie und sie schmiegte sich hinein.

Einen Moment später befreite sie sich, ihre Augen im Mondlicht weiter aufgerissen, als er es je gesehen hatte. „Wenn man mich hier sieht – in den Armen eines Mannes, der kein Hemd trägt. Alle werden denken ... Nun, das ist genau der Grund, warum es Gerüchte gäbe, wenn man uns um diese Zeit zusammen sehen würde. Dass genau so etwas passiert."

Aber sie entzog sich seinen Armen nicht ganz.

Unwillkürlich musste Will über ihren Widerstand lächeln. „Nun, ich sehe ein, dass der Zeitpunkt vielleicht nicht sehr gut gewählt ist ..."

Jetzt trat sie zurück und griff nach dem Türknauf hinter sich. „Ich kann unmöglich hier drinnen bei Ihnen bleiben."

Will griff nach ihrer freien Hand. „Warten Sie." Als er nähertrat, streckte sie ihm die gehobene Hand entgegen.

„Keinen Schritt weiter." Er würde gehorchen, obwohl der Wunsch nach einem weiteren Kuss ihn versucht sein ließ, jegliche Konsequenzen in den Wind zu schlagen. „Aber bitte gehen Sie nicht nach draußen. Dort müsste ich mir Sorgen um Sie machen."

„Es gibt keinen Grund, sich Sorgen zu machen."

„Ich mache mir aber Sorgen." Will zog Eliza von der Tür fort, bis sie den Knauf losließ, sodass er auch die andere Hand ergreifen konnte. „Ich mache mir Sorgen, dass Sie und ich unser Glück verpassen könnten – ein dauerhaftes Glück."

„Ich habe mein Geschäft." Sie warf einen Blick über ihre Schulter, als wollte sie jeden Augenblick zu ihrem Warenhaus zurückrennen.

„Und dieses Geschäft wird Sie wirklich glücklich machen?"

Eliza warf ihm einen düsteren Blick zu. „Ich habe hart gearbeitet, um …"

Will legte ihr einen Finger auf die Lippen, um ihr das Wort abzuschneiden.

Sie stand einfach da und blinzelte gegen die Dunkelheit an.

„Ich sage nicht, Sie sollten sich kein Geschäft wünschen und ich sollte mir nicht wünschen, Arzt zu werden. Aber vielleicht packen wir das eine wie das andere ganz falsch an."

„Wieso?"

„Vielleicht nehmen wir Dinge zu wichtig, die keinen Bestand haben. Diese Welt und alles, was uns darin wichtig ist, sind ja nicht das Letzte. Ich möchte mein Leben gern so führen, wie es in Gottes Augen richtig ist, so, dass es vor ihm Bestand hat. Aber im Moment dreht sich alles darum, genug Geld für ein Studium zu sammeln. Und Sie sehen ja, in welchem Schlamassel ich stecke."

„Sie haben doch immer zuerst einen Blick für die anderen und versuchen zu helfen, wo es nur geht. Ganz sicher wird Gott das segnen."

„Aber ich verhalte mich so, als ob ich gar nicht glaube, dass Gott weiß, was ich brauche … als ob der Einzige, der für mich sorgen könnte, ich selbst bin."

„Ich habe für mein Geschäft keinen Penny gezahlt, wie Mr Raymond gern betont. Irgendein Unbekannter lässt mich die Räume umsonst nutzen. Wenn das nicht bedeutet, dass Gott selbst mir ein Geschäft schenkt, damit ich mich darum kümmere, wüsste ich nicht, was es sonst bedeuten soll."

Will rieb sich den Nacken. Sie hatte recht – ihr Geschäft war ganz sicher ein Geschenk des Himmels. Was hatte er erwartet, das sie nach seiner kleinen Predigt tun würde – ihr Eigentum als wertlos erklären, ihm in die Arme sinken und ihn bitten, sie zu heiraten?

Gott hatte gesprochen – aber offensichtlich nur zu ihm. Vielleicht war das eine Aufforderung, seine Ziele zu überdenken? Aber was genau hieß das? Sollte er den Gedanken an ein Studium aufgeben? Den Laden? Eliza? Einfach … alles?

Kapitel 20

Der rötliche Streifen am östlichen Horizont wurde breiter, als Eliza durch die menschenleere Hauptstraße zurück zu ihrem Geschäft eilte. Sie musste die Unordnung der letzten Nacht beseitigen, bevor das Warenhaus öffnete, und vielleicht gelang es ihr auch, die beschädigte Tür wieder instand zu setzen. Sie gähnte so herzhaft, dass sie die Augen schließen und stehen bleiben musste. Es waren nicht nur die Fragen des Sheriffs gewesen, die sie davon abgehalten hatten, ein paar Stunden früher ins Bett zu kriechen; den Rest ihrer Nacht hatte ihr die Grübelei über Wills Kuss gestohlen.

Sie fuhr sich mit dem Finger über die Narbe. Will hatte ihre vernarbte Haut liebkost, als sei das hässliche Mal etwas besonders Liebenswertes. Die Arme eng um sich geschlungen, eilte sie die Straße hinab. Was für ein lächerlicher Gedanke! Natürlich war eine Narbe nicht liebenswert – allenfalls war sie geeignet, Mitleid zu wecken. Aber seine Berührung war überaus zärtlich gewesen und in seinen Augen hatte sie keinen Abscheu gelesen.

Sie ging noch schneller und verbot sich die Vorstellung, ein zweites Mal von ihm geküsst zu werden. Ein Kuss war ein flüchtiger Genuss – kein Versprechen wie eine Verlobung oder eine Brautwerbung. Und selbst Versprechen wurden oft genug gebrochen … Ihre eigene Mutter hatte versprochen, ihrem Mann treu und seinen Kindern eine gute Mutter zu sein – und sie hatte es gebrochen.

Versprechen bedeuteten gar nichts. Küsse erst recht nicht.

Sie machte sich nicht mehr vor, dass Will sie deshalb nicht offensichtlicher umwarb, weil er es nicht wollte; aber es gab irgendetwas, das ihn davon abhielt. Höchstwahrscheinlich ihr Geschäft und ihre Bildung. Sie konnten nicht zusammen sein und jeder den eigenen Traum weiterverfolgen. Das hatte er letzte Nacht deutlich genug gemacht, als er andeutete, sie würde erst dann dauerhaftes Glück finden, wenn sie ihr Geschäft aufgab, und dass sie nicht beides haben konnte: ihn und ihr Warenhaus.

Als Eliza ihr Geschäft erreichte, blieb sie abrupt stehen. Die Eingangstür stand weit offen. Hatte sie nicht abgeschlossen? Auf Zehenspitzen schlich sie die Stufen hinauf und bemühte sich, ihre Kurzatmigkeit ebenso zu ignorieren wie das Kribbeln auf ihrer Haut. Als sie eine Hand aufs Schaufenster legte und versuchte, einen Blick in das Innere zu erhaschen, schlug ihr das Herz bis zum Hals. Da sie keine Bewegung wahrnahm, blickte sie die Straße hinunter. Sollte sie Will holen oder den Bäcker nebenan bemühen? Ein Einbrecher würde sich gewiss nicht mehr so kurz vor Tagesanbruch hier herumtreiben. Sie öffnete die Eingangstür weit genug, um hindurchzugehen, und während sie wartete, bis ihre Augen sich an das dämmerige Innere gewöhnt hatten, lauschte sie auf jedes Geräusch, das ihr einen eiligen Rückzug nahegelegt hätte.

Dicht am Tresen saß Will zusammengesackt in einem hölzernen Stuhl – einem ziemlich unbequemen Stuhl, den sie irgendwo oben im Haus gefunden hatte. Sein Kopf hing zur Seite und ein leichtes Schnarchen war zu hören. Erleichtert atmete Eliza durch und schloss die Tür leise hinter sich. Als sie das Gewehr auf seinem Schoß erblickte, hielt sie mitten im Gehen inne. Konnte sie ihn wecken, ohne erschossen zu werden?

„Will?“, flüsterte sie.

Er brummte etwas, ein flüchtiges Lächeln flog über seine Lippen, aber seine Hand umfasste das Gewehr fester.

Sie presste die Zähne zusammen und wich einen Schritt zurück. Wenn sie bisher in ihrem Leben jemanden geweckt hatte, dann waren es Verwandte gewesen – jedenfalls kein Mann mit einem Gewehr.

Auf dem Fußboden waren keine Scherben mehr zu entdecken; der Tisch, den sie umgeworfen hatte, stand wieder aufrecht und mitten darauf entdeckte sie ein paar Teller und eine einsame Teetasse.

Er hatte aufgeräumt? Eliza schluckte. Es war erst ein paar Tage her, dass sie ihn beschuldigt hatte, ihr Geschäft zu sabotieren – und das verriet viel eher, was sie vielleicht im umgekehrten Fall getan hätte. Nun fand sie ihn hier schlafend in der Absicht, ihr Warenhaus zu bewachen, nachdem er alles andere in Ordnung gebracht hatte.

Halb sitzend lehnte sie sich gegen den Verkaufstisch mit Kinderspielzeug. Diese Artikel verkauften sich so rasch, dass sie reichlich Platz hatte. Sie sollte zwei, vielleicht sogar drei weitere Tische mit den beliebten Spielsachen ganz vorn aufstellen.

Ein weiterer Schnarcher von Will endete in einem leisen Pfeifen.

War etwas falsch daran, einen Mann im Schlaf zu betrachten? Aber weder der Versuch, ihn zu wecken, noch der, sich hinauszuschleichen, erschien ihr klug. Die Morgensonne, die durch die Schaufenster hereindrang, wanderte langsam an Wills Beinen empor bis zum Knie. Er konnte sich unmöglich wohlfühlen, so verdreht, wie er da auf dem Stuhl hing. Warum war er nicht nach Hause gegangen? Er hatte doch gewusst, dass sie ihr Geld bei sich hatte und früh zurückkommen wollte, um Ordnung zu machen. Und warum bewachte er ihr Geschäft? Kein Einbrecher würde wegen gestapelter Teetassen und Gläsern mit Süßigkeiten zurückkommen. Aber die Waffen unter seinem Verkaufstresen konnten einen Banditen schon verlocken, ganz zu schweigen von seiner Geldkassette und anderen wertvolleren Artikeln.

Es war noch nicht lange her, dass sie – wie etliche andere in der Stadt – an Wills Integrität gezweifelt hatte. Dem Mann, der in einem wackeligen Stuhl schlief, um den Krimskrams zu bewachen, der seinen eigenen Umsatz bedrohte, dem Arzt, der jedem streunenden Hund zu Hilfe kam, dem Bruder, der die Augen seiner kleinen Schwestern zum Strahlen brachte, sobald sie ihn erblickten – diesem Mann hatte sie misstraut.

Sie hätte ihre Augen anderweitig beschäftigen sollen. Aber gerade jetzt wanderte das Sonnenlicht ihm über die Brust und warf von seinem dunkelblauen Halstuch einen bläulichen Schimmer auf sein stoppeliges Kinn. Sie konnte den Blick einfach nicht von ihm abwenden. Gedankenverloren spielte sie mit einer Haarsträhne und gönnte sich den Anblick.

Wenn sie sich zwang, objektiv zu sein, dann war an ihm nichts Herausragendes. Sicher, im Vergleich zu ihr war er attraktiv, aber war er denn beachtlicher als der Durchschnitt?

Sie verdrehte die Augen als Tadel für sich selbst. Ja, das war er bestimmt. Selbst wenn Gott ihn nicht mit einem ansehnlichen Gesicht gesegnet hätte, gab es da noch die Sanftheit seiner Hände, die sie gespürt hatte, als er ihre Wunde nähte, die Freundlichkeit in seinen Augen, wenn er mit Patienten sprach, und dieses ungebärdige Haar auf seinem Kopf, das ebenso fein wie reichlich vorhanden war …

In dem Blick allerdings, den sie an dem Tag in seinen Augen gelesen hatte, als sich sein Kissenbestand um ein Exemplar verringert hatte, hatte nicht einfach Freundlichkeit gelegen – sondern etwas, das sie nicht in den Augen eines Mannes hätte sehen sollen, der am nächsten Tag ihr Trauzeuge sein sollte.

Und gestern Nacht war sie direkt zu ihm gelaufen. Nicht nach Hause, nicht zum Sheriff. Zu ihm. Weil sie sich sicher war, er würde ihr helfen. Aber würde das nicht jeder andere auch tun?

Wie oft hatte sie schon miterlebt, wie Will guten Rat, Medizin und andere notwendige Dinge einfach weggab und verschenkte, ohne dass in seinen grünlich-blauen Augen nur ein einziges Mal ein Zögern zu lesen gewesen wäre? Hatte sie selbst schon jemals anderen Hilfe angeboten, wenn es sie etwas gekostet hätte? Sie spendete zwar einen bestimmten Teil ihrer Einkünfte für die Gemeinde, aber das geschah oft mit einer Spur Unbehagen, besonders dann, wenn ihre finanzielle Lage angespannt war. Ja, ein- oder zweimal hatte sie auch zugestanden, dass Kunden bei ihr auf Kredit kauften – allerdings nicht, ohne dass es sie geärgert hatte.

Die Sonnenstrahlen hatten jetzt Wills Augen erreicht und seine Augenlider zuckten in der plötzlichen Helle. Er strich sich mit der Hand übers Gesicht und streckte sich in seinem Stuhl.

Für eine Sekunde öffnete er die Augen, dann senkten sich die Lider wieder, bevor er sie weit aufriss. „Eliza?"

Die junge Frau erstarrte. Glücklicherweise riss Will nicht sofort das Gewehr hoch. „Ja."

Mit einem bezaubernd albernen Geräusch gähnte er, während er zugleich kopfschüttelnd den Schlaf zu vertreiben suchte. „Wie lange sind Sie schon hier?“

„Nicht sehr lange.“ Wenigstens hatte er nicht gefragt, wie lange sie ihn schon so angestarrt und über sein mitfühlendes Herz nachgesonnen hatte.

Er rieb sich mit den Händen den Schlaf aus den Augen. „Nun, ich bin ja wirklich ein großartiger Wächter, wenn Sie so einfach hier hereinmarschieren konnten.“

Eliza schüttelte den Kopf. Das sah ihm ähnlich. Wer sonst würde sich dafür entschuldigen, keine große Hilfe gewesen zu sein, wenn er gerade mehr geleistet hatte, als irgendjemand erwarten konnte? „Ich weiß es trotzdem zu schätzen. Es ist nicht noch etwas gestohlen worden und Sie haben sogar schon die ganze Unordnung beseitigt. Wenn das nichts ist!“ Nichts? Es bedeutete ihr alles.

„Die Hintertür habe ich auch schon wieder in Ordnung gebracht.“

Was zu erwarten war. „Danke, Will.“

Er hievte sich aus dem Stuhl und machte einen taumelnden Schritt nach vorn. Dann ließ er den Knöchel kreisen und rieb sich mit einer Hand den Magen und damit zugleich noch mehr Falten in sein Hemd.

Sie sollte etwas tun, um ihm zu zeigen, wie dankbar sie ihm war. „Sind Sie hungrig?“

Er zuckte die Schultern.

Ach ja. Wann war er das denn mal nicht? „Da Sie es mir erspart haben, jetzt hier aufzuräumen – warum gehen wir nicht nach nebenan und frühstücken dort, bevor Sie in Ihren Laden müssen?“

Dem Lächeln nach zu urteilen, das über sein Gesicht glitt, hätte man meinen können, man habe ihm gerade tausend Dollar angeboten. „Sie wollen mit mir frühstücken?“

„Nun, normalerweise frühstücke ich um diese Zeit noch nicht, aber wir können uns ja Zeit lassen. – Das heißt, wenn Sie nicht sofort zurück müssen.“

„O nein.“ Sein Lächeln ließ seltsame Gefühle in ihr aufsteigen. „Ich werde in der allerletzten Sekunde zum Laden rennen, wenn es sein muss." Er klopfte sich auf die Jackentaschen. „Oh, warten Sie. Ich habe kein Geld dabei."

„Ich zahle."

Seine Stirn verfinsterte sich.

„Betrachten Sie es als Ausgleich für Ihre Wachdienste."

Noch mehr Falten.

Eliza stemmte die Hände in die Hüften und ahmte seine Miene nach. „Sie würden doch auch einen Kuchen von einer alten Frau annehmen, der sie den Zeh gerichtet haben, oder?"

„Ja – von einer alten Frau." Er ließ seinen Blick über sie gleiten und seltsamerweise schrak sie vor seinen forschenden Augen nicht zurück. Fand er sie attraktiv – trotz ihrer schmucklosen Kleidung? Warum wünschte sie sich nur plötzlich, sie besäße eine schönere Garderobe?

„Na gut. Aber Sie zahlen nicht dafür, dass ich hier Wache gehalten habe." Er reichte ihr den Arm. „Sie zahlen nur deshalb, weil ich nicht fünf kostbare Minuten vergeuden möchte, die ich in Ihrer Nähe verbringen kann."

Eliza hakte sich bei Will unter. So gern wollte er mit ihr zusammen sein? Ihr Herz hämmerte. Wenn sie sich an Will binden und er weiter nach Westen ziehen würde, würde sie ihr Geschäft aufgeben müssen, sobald ihre vertraglichen Verpflichtungen gegen Mr Raymond erfüllt waren. Wenn sie das nicht konnte, gab es keinen Grund, sich weiter in aussichtslose Gefühle zu verstricken. Eliza ließ Wills Arm los. Sie würde ihm nicht das Herz brechen – wie ihre Mutter das ihres Vaters.

Als sie die Bäckerei betraten, stand niemand hinter dem hohen Tresen, den zwei Platten mit Muffins zierten. Eliza knurrte der Magen.

Will blieb vor den frisch gebackenen Pasteten stehen. „Mr Allison?"

Ein Junge, der nicht viel dicker war als eine Baguettestange, steckte den mehlbestäubten Kopf durch den offenen Türrahmen hinten. „Vater ist nicht da. Was darf's für Sie sein?" Er sah erst sie, dann wieder Will an, und sein Grinsen wurde noch breiter. „Für Sie beide?"

„Kaffee, bitte. Ansonsten bedienen wir uns einfach von dem Muffinteller hier." Will warf Eliza einen Blick zu und zuckte zusammen. „Das heißt, falls Sie nicht lieber etwas anderes möchten."

Da sie verstand, dass Will nicht über ihren Kopf hinweg entscheiden, sondern vielmehr dem Bäckerjungen das Leben nicht unnötig schwer machen wollte, griff sie nach einem Muffin und hoffte, die dunklen Punkte darin waren keine Rosinen. „Muffins sind mir sehr recht, danke."

„Fein." Der Junge verschwand für einen Augenblick und kam dann mit zwei Bechern und einer Kaffeekanne zurück. „Links, das sind Reismuffins. Die anderen sind Vanillemuffins mit getrockneten Beeren. Und die warmen Brötchen kommen gleich." Er stellte Kaffeekanne und Becher auf einen Tisch in der Nähe der Theke. „Leider müssen Sie sich selbst bedienen – ich muss die nächsten Bleche in den Ofen schieben." Er nickte Will zu und war verschwunden.

Der Junge hätte es sicher erwähnt, falls auch Rosinen in den Muffins waren. „Ich nehme eines mit den Beeren."

„Ja, klingt, als ob die schmecken." Will griff sich fünf Muffins, legte sie auf eine Serviette auf dem Tisch und ließ sich dann auf einem Stuhl nieder, diesmal in einem, der ebenso zierlich war wie das Exemplar in ihrem Geschäft unbequem. Dann senkte er den Kopf.

„Gott, wir danken dir, dass du Eliza heute Nacht beschützt hast und dass ihr nicht viel gestohlen wurde. Wir bitten dich, dass der Dieb gefasst wird. Wir bitten dich auch für ihn – lass ihn erkennen, dass er sich besser auf dich verlässt, als sich selbst auf diese Weise ein Auskommen zu verschaffen. Und lass auch mich das begreifen. Danke für den Bäcker, der für unseren Magen sorgt. Und danke für die Frau hier bei mir am Tisch, die in so vieler Hinsicht bewundernswert ist. Amen."

Bewundernswert? Was sollte denn an ihr wohl bewundernswert sein – schon gar im Vergleich zu ihm?

Will nahm sich ein Muffin und biss herzhaft hinein, schloss die Augen und summte genüsslich.

Nachdem sie Will vorhin so intensiv betrachtet hatte, fiel es ihr auch jetzt schwer, ihre Augen von dem Mann abzuwenden, der ihr in so vielen Dingen überlegen war. Dinge, die wichtiger waren als eindrucksvolle Geschäftsbücher. Eliza knabberte ein bisschen an der Kruste ihres Muffins und starrte auf die dampfenden Becher auf dem Tisch.

„Was ist los? Sind Sie noch erschrocken wegen heute Nacht?“

„Nein. Das heißt ... kommt drauf an, welchen Teil von heute Nacht Sie meinen.“ Bevor er auf den Kuss zu sprechen kommen konnte – über den sie lieber nicht in der Öffentlichkeit reden wollte –, beugte sie sich vor. „Glauben Sie wirklich, dass es Axel war?“

Will zuckte die Schultern, die Hand nach einem zweiten Muffin ausgestreckt. „Wenn er sich durch Diebstähle über Wasser halten müsste – hier würde er sich auskennen. Ein paar der Dinge, die ich vermisse, weisen auf ihn hin.“

„Aber er müsste doch von dem Zugraub und wer weiß was für anderen Diebereien Geld genug haben.“

„Aber ihm gehörte ja nur ein Teil der Beute.“

Allerdings hatte er noch andere Einkommensquellen gehabt. „Wussten Sie, dass er Alkohol verkauft hat?“

Will hörte auf zu kauen. „Woher wollen Sie das wissen?“

Eliza biss sich auf die Lippen und spielte mit einem Krümel. „Er hat es mir gesagt.“

„Ich hätte es mir denken können.“ Die Stirn in Falten gelegt, hob Will eine Augenbraue. „Und trotzdem hätten Sie ihn geheiratet?“

Eliza nickte zögernd und war sich darüber im Klaren, dass das ihren Charakter in Wills Augen sicher nicht empfehlen würde. „Er meinte, er würde aufhören, aber nicht sofort. Erst müsse er seine Verpflichtungen erfüllen. Diese Leute enttäuscht man nicht, sagte er.“

„Das macht es nur umso wahrscheinlicher, dass er noch irgendwo in der Nähe ist.“ Will kaute langsamer und starrte sein Gebäckstück gedankenverloren an. „Ich kann nicht glauben, dass ich so blind war.“ Er legte den Muffin aus der Hand und rieb sich den Nacken. „So ... naiv.“

„Ich bin mir nicht sicher, ob Sie naiv sind oder einfach nur freundlicher als die meisten Menschen.“

Will sah Eliza an. Sein Blick ging hinunter auf ihren Mund. Wie lange hatte er sich schon gewünscht, sie zu küssen?

„Ich glaube, ich bin nie wirklich freundlich gewesen. Jedenfalls nicht so wie Sie.“ Eliza rutschte auf ihrem Stuhl herum. „Ich habe dieses Geschäft praktisch geschenkt bekommen – und ich befürchte, die Kinder könnten mir ein paar Bonbons stehlen. Ich komme gar nicht auf den Gedanken, dass sie vielleicht stehlen, weil sie nichts zu essen haben."

„Wenn sie etwas zu essen brauchen, sollten sie keine Toffees und Zitronendrops stehlen." Will rührte einen gehäuften Löffel Zucker in seinen Kaffee. „Ich bin mir sicher, wenn Sie Gelegenheit bekämen, jemandem zu Hilfe zu kommen, würden Sie es nur zu gern tun."

Ob er recht hatte? Wie oft hatte sie eine solche Gelegenheit schon verpasst, weil sie nur mit sich selbst beschäftigt war? „Ich wüsste nicht, wer meine Hilfe brauchen könnte."

„Nun, Axels Mutter vielleicht. Mrs Langston hat uns gesagt, sie brauche jemanden, der ihre Näharbeiten verkauft." Will rührte eilig in seinem Kaffee, bevor er einen Schluck nahm.

Mrs Langston hatte sie willkommen geheißen wie eine lange vermisste Tochter. Sie hatte ihr Gastfreundschaft angeboten, ihr verraten, welche wundervollen Dinge Axel über sie gesagt hatte, und sie gebeten, sie oft zu besuchen. Aber seit Axel die Stadt verlassen hatte, hatte sie nicht ein Mal bei seiner Mutter vorbeigeschaut oder ihr Hilfe angeboten, obwohl nur sie, Will und Axel wussten, wie verzweifelt die Frau darauf angewiesen war. Eliza schob den Muffin von sich.

Will betrachtete das zurückgewiesene Gebäck. „Natürlich sind Sie nicht verpflichtet. Niemand würde Ihnen einen Vorwurf machen, wenn Sie den Kontakt mit Axels Mutter meiden."

„Darum geht es nicht." Wie hatte sie übersehen können, was Mrs Langston brauchte, wo sie selbst es doch war, die ihr besser helfen konnte als irgendjemand sonst?

„Stimmt was nicht mit dem Muffin?"

„Ich glaube, er bekommt mir nicht." Eliza presste sich die Hand auf den Magen. Je mehr sie ihren Charakter erforschte, umso schlimmer rumorte es in ihrem Inneren. Ungelenk stand sie auf und stieß dabei an den Tisch, sodass ihr unberührter Kaffee überschwappte. „Es tut mir leid, dass ich nun doch gehen muss, obwohl ich Sie zu diesem Frühstück eingeladen habe. Aber ich muss unbedingt noch etwas erledigen, bevor das Geschäft öffnet."

Will erhob sich und griff nach seiner Serviette, um den verschütteten

Kaffee fortzuwischen. „Das macht nichts. Vielen Dank für das Frühstück."

Er hatte zwar keine Einwände erhoben, dass sie ging, aber das Funkeln war aus seinen Augen verschwunden. Einmal mehr achtete er die Wünsche eines anderen mehr als seine eigenen. Eliza konnte ihn nicht in dem Glauben zurücklassen, dass sie nicht gern Zeit mit ihm verbrachte. Genau das wollte sie – jetzt noch mehr als je zuvor. „Vielleicht könnten Sie heute Abend in die Pension kommen, um nach Irena zu sehen? Sie ist noch immer bettlägerig."

Will wischte sich die Hände an der jetzt feuchten Serviette ab. „Sicher."

„Dann könnten Sie vielleicht auch zum Essen bleiben?"

Hatte sie gerade einen Mann gefragt, ob er mit ihr allein zu Abend essen wollte?

„Sehr gern. Kann ich mich auf etwas Besonderes zum Nachtisch freuen?" Er zwinkerte ihr zu, ein schelmisches Lächeln in den Augen.

Eliza warf einen Blick hinter den Tresen, um zu erfahren, ob jemand Wills spitzbübische Bemerkung gehört haben konnte. Plötzlich fühlte sie sich, als hätte der Bäckerjunge nicht die Bleche mit saftigem Teig, sondern ihren Kopf in den Ofen geschoben. „Ich nehme an, Sie dachten dabei nicht an einen Rhabarberkuchen?"

Er schüttelte langsam den Kopf, den Blick fest auf ihre Lippen geheftet.

Eliza ging einen Schritt rückwärts und stieß dabei an einen Stuhl. „Kommt darauf an." Sie musste gehen, bevor sie sich vor den Augen des Bäckerjungen vollends zum Narren machte. Bevor Will sie mitten im Bäckerladen küsste. Bevor sie beschloss, das wäre in Ordnung. „Wir sehen uns also heute Abend."

Kaum hatte sie die Tür geöffnet, atmete sie tief durch in der Hoffnung, die Morgenluft würde ihr Gesicht kühlen. Dann marschierte sie zu ihrem Geschäft und direkt in ihr Büro, um nach einem Blatt Papier zu suchen. Nachdem sie eine kurze Notiz darauf geschrieben hatte, die besagte, dass sie später kommen würde, hängte sie das kleine Schild ins Fenster. Sie musste sofort quer durch die Stadt zu Axels Mutter eilen, wenn sie eine Chance haben wollte, nur wenig nach der normalen Öffnungszeit wieder zurück zu sein.

Natürlich konnte sie Mrs Langston auch zu jeder anderen Zeit aufsuchen, aber würde es morgen besser in ihren Zeitplan passen? Und mit jeder Stunde, die sie verstreichen ließ, würde es leichter sein, die Überzeugung, die sie jetzt antrieb, zu ignorieren.

Handgenähte Kleidung war zwar teurer als die Waren, die man in einem Billigwarenhaus erwarten würde. Aber sie würde Axels Mutter vorschlagen, ihre Kleidung auf der Galerie oben anzubieten. Und sie selbst würde daran nichts verdienen wollen. Mrs Langston brauchte das Geld dringender als sie.

William fühlte Irenas Puls. „Ich kann nichts Beunruhigendes feststellen. Vielleicht ist es einfach ein Anfall von Schwermut." Er tastete nach der Opiumtinktur in seinem Medizinkasten, holte sie dann aber doch nicht heraus. Dr. Forsythe hatte Jonesey vor einigen Jahren Opium gegeben, nachdem er mit einem Abführmittel den Körper entschlackt hatte – nichts davon hatte auf lange Sicht viel geholfen. „Vielleicht brauchen Sie etwas anderes als Medizin. Was könnte Sie aufheitern und verlocken, aufzustehen und trotz der Schmerzen nach unten zu gehen? Musik? Malen Sie gern? Oder …"

Irena zuckte die Achseln. „Die Vögel draußen sind doch recht munter. Ich beobachte sie gern." Und doch hatte sie das nicht dazu gebracht, aufzustehen. „Ich habe niemanden, mit dem ich reden kann." Sie lachte kurz, aber in ihrem Blick lag Trauer. „Was meinen Sie, wie oft ich wohl Besuch bekomme? Ich bekomme ja kaum Pensionsgäste und wenn, dann nur, wenn jemand sehr verzweifelt ist."

„Eliza macht sich Sorgen um Sie."

Irena griff nach einem Kissen und zupfte ein paar Flusen ab. „Ich mache mir auch Sorgen um mich. Ich kann einfach nichts daran ändern, wie ich mich fühle. Aber diese Phasen kommen und gehen. Und mit den Schmerzen in den Gelenken kann ich auch nicht mehr weit laufen …“ Sie blickte wieder aus dem Fenster. „Zu schade, dass ich Eliza erst jetzt kennengelernt habe. Ich habe mein ganzes Leben lang versucht mir einzureden, dass mein Bart mich nicht verändert hat. Aber das stimmt nicht.“ Den Blick weiter ins Leere gerichtet, sprach sie mit leiser Stimme, in der ungeweinte Tränen mitschwangen. „Es war schwer für mich, plötzlich von den sozialen Kreisen, in denen ich aufgewachsen bin, gemieden zu werden. Ich bin jetzt fünfundfünfzig, aber mein Haar war bereits kurz nach meiner Schwangerschaft grau geworden. Niemand wollte eine einundzwanzigjährige grauhaarige Dame mit Bart und einem Babyzwerg zum Tee einladen.“ Sie blinzelte die Feuchtigkeit fort, die sich in ihren Augen angesammelt hatte. „Und als mein Mann dann unser gesamtes Vermögen verspielt hatte, war es das Beste, zum Zirkus zu gehen. Aber es tat weh, dass man mich nur wegen meines Bartes anschaute. Ich hatte gehofft, die Dinge würden sich ändern, wenn ich mich hierher zurückzöge. Für eine Weile habe ich die Leute gezwungen, sich mit mir abzugeben, und gehofft, mit der Zeit würden sie über meine Besonderheit hinwegsehen. Aber dann zog wieder jemand neu in die Stadt und ich musste von vorn anfangen.“ Irena seufzte. „Also gab ich irgendwann auf und versteckte mein Gesicht. Ich habe mir eingeredet, dass ich es nur wegen der anderen tat, nicht für mich …“

Will spielte mit dem Haar auf seinem Hinterkopf. „Ich hoffe, meine kleine Schwester hat Sie nicht gekränkt, als sie …“

„Sie ist doch ein Kind.“ Irena tätschelte ihm die Hand. „In Ihrer Gesellschaft habe ich mich noch nie unwohl gefühlt. Sie verstehen so viel von Medizin und Krankheiten und Entstellungen sind ja sozusagen Ihr Metier. Aber Eliza? Sie ist der erste Mensch, der mich schätzt – trotz dieser Entstellung, an der ich nichts ändern kann. Aber sehen Sie mich jetzt an.“ Sie fuhr sich mit der Hand durch das unordentliche Haar. „Ich finde noch nicht einmal die Kraft, mit ihr zu Abend zu essen.“

„Dann sollten Sie genau das tun.“ Will wartete, bis Irena ihn ansah. Wie oft hatte Irena sich wohl ins Bett verkrochen, ohne dass jemand davon wusste, bevor Eliza kam? „Sie sollten auf jeden Fall jeden Tag nach unten zum Essen gehen, egal wie schwer es Ihnen fällt. Was Sie brauchen, ist Elizas Gesellschaft.“

Mindestens so dringend wie er selbst.

Irena schüttelte den Kopf auf dem Kissen, was ihr Haar noch mehr in Unordnung brachte. „Sie haben nicht zufällig eine Pille, die mich dazu bringt, diese schmerzenden alten Knochen die Treppe hinunterzuschleppen?“

„Nein. Aber vielleicht können wir Sie nach unten verlegen, damit Sie sich nicht mehr mit den morschen alten Knochen herausreden können.“ Er wünschte, sie würde das Lächeln erwidern, das er ihr schenkte. „Ich werde auch für Sie beten.“

„Das ist wohl das Beste, das ich erwarten kann. Ich wünschte nur, Ihre Pülverchen würden besser gegen die Schmerzen helfen.“

„Ja, das wünschte ich auch.“ Will zog die Stirn in Falten. „Möchten Sie, dass ich Dr. Forsythe oder den neuen Arzt hole?“

„Nein, ich vertraue Ihnen. Ihnen liegt wirklich etwas an mir. Das kann man von den anderen beiden nicht sagen.“ Sie wies mit dem Kinn zur Tür. „Und jetzt gehen Sie essen. Ich habe so ein Gefühl, dass meine Gegenwart heute Abend die Dinge für sie nur komplizierter machen würde.“ Sie warf einen vielsagenden Blick auf seine Krawatte und das mit Pomade gefügig gemachte Haar.

Musste er sich auf Schwierigkeiten einstellen? Er hatte sich auf einen Abend gefreut, an dem er nicht im Nachhinein an sich selbst zweifeln musste.

Irena zwinkerte ihm zu. „Raus jetzt mit Ihnen. Ich bin müde.“

Er sollte nicht erlauben, dass sie im Bett blieb, entschloss sich aber fürs Erste sein Drängen aufzugeben und in der nächsten Woche wieder nach ihr zu sehen. Vielleicht konnte Eliza in der Zwischenzeit etwas tun, um die Situation zu verbessern. Will drückte Irenas Hand und erhob sich. „Ich werde Eliza bitten, Ihnen etwas zu essen zu bringen. Sie sagt, Sie essen zu wenig, und das muss sich ändern.“

„Dass Sie mein Arzt sind, heißt noch nicht, dass ich Ihre Anordnungen befolge.“ Sie verdrehte die Augen, in denen ein Funke Streitlust aufglomm.

Will drohte ihr mit dem Finger und warf ihr diesen Blick zu, mit dem seine Mutter ihn immer bedacht hatte, wenn er aufsässig war. Aber Irena schloss einfach die Augen und wandte den Kopf ab. Der junge Mann packte seine Instrumente zusammen und bemühte sich, nicht ebenso niedergeschlagen auszusehen wie Irena. Gab es vielleicht noch andere Wege, die Schwermut zu bekämpfen? Er musste in seinen Büchern nachsehen.

Auf dem Weg nach unten stieg ihm der Duft von gebratenem Knoblauch in die Nase und lotste ihn zum Esszimmer. Aber kaum hatte er den Fuß durch die Tür gesetzt, blieb er wie angewurzelt stehen. Eliza stand am Tisch. Sie trug ein dunkelrotes Kleid mit Rüschen und Spitze und einer geschnürten Taille; die Locken hatte sie aufgesteckt und eine lose Strähne hatte sich in ihrer Perlenkette verfangen. Jetzt neigte sie den Kopf etwas zur Seite und fragte: „Ist alles in Ordnung?"

Seine Lippen versuchten ein Wort zu formen, aber es gelang ihm nicht.

„Bin ich vielleicht zu festlich gekleidet?" Ihre Wangen schimmerten rosig, aber er konnte nicht sagen, ob das an seinem ungläubig staunenden Blick lag oder nur die Farbe ihres Kleides widerspiegelte.

„Nein. Sie sehen hübsch aus." *Mehr als hübsch.* Durfte er ihr Komplimente machen? Schließlich hatte sie ihm einmal gesagt, sie wolle gar nicht, dass die Männer von ihr Notiz nahmen. Aber inzwischen hatte sie sich von ihm küssen lassen und ihn heute zum Essen eingeladen … „Sie sehen wunderschön aus, um ehrlich zu sein."

Eliza zog ein kleines bisschen den Kopf ein.

Will ging zu ihr, nahm ihr die Platte mit Gemüse aus der Hand und wartete, dass sie ihn ansah. Aber bevor sie das tat, knurrte ihm der Magen.

„Ich hole noch die Brötchen." Damit verschwand sie in der Küche.

Will stellte die Platte in die Mitte des Tisches neben eine Vase mit Iris. Der süße Duft der Blumen überlagerte beinahe den Bratengeruch, aber er wollte sich nicht beklagen. Wahrscheinlich würde er heute Abend ohnehin nicht viel schmecken, wenn Eliza ihm in diesem neuen Kleid gegenübersaß. Jetzt kam sie mit einem Korb mit Brötchen zurück und setzte sich, ohne darauf zu warten, dass er ihr den Stuhl zurechtrückte. Will seufzte leise angesichts dieser verpassten Gelegenheit, sich zuvorkommend zu zeigen.

Eliza hob die Augenbrauen, blickte auf seinen Stuhl und zupfte dann an ihrem Kragen.

Will nahm ein Brötchen und setzte sich. „Ich bin froh, hier zu sein."

„Ich auch." Sie sah ihn nicht direkt an. „Würden Sie beten?"

Will ließ das Brötchen fallen, als habe er sich daran die Finger verbrannt, und Eliza senkte den Kopf. Als Will nach ein paar Sekunden noch nichts gesagt hatte, schielte Eliza zu ihm hinüber; seine Lippen bewegten sich stumm, als könne er sich nicht entscheiden, was er beten sollte. Mit einem leisen Lächeln senkte sie den Kopf wieder.

„Wir bitten dich, Herr, für Mrs Lightfoot. Hilf ihr, ihre Hoffnung auf dich zu setzen und nicht am Leben zu verzweifeln. Lass sie die Freude darüber entdecken, von dir geliebt zu sein, so wie sie ist, mit allen Fehlern und Mängeln. Und hilf auch mir, Jonesey und Eliza, das ebenfalls zu verstehen. Lehre uns, uns nicht danach zu beurteilen, wie viel uns gelingt oder nicht gelingt, sondern nach deinem Maßstab. Lass nicht zu, dass unser Unglaube und mangelndes Vertrauen deinen Plänen mit uns im Weg stehen. Hilf uns, deine Führung zu suchen, damit wir für andere zum Segen werden und auch selbst gesegnet sind. Amen."

Elizas Blick lag auf ihrem leeren Teller. Er hatte gar nicht für das Essen gedankt. Aber was machte das schon? Sie sollte das Gebet so ernst nehmen, wie er es tat – selbst ein einfaches Tischgebet. Ihre Tischgebete waren selten mehr als ein rasch gemurmelter Dank.

Es war erst wenige Wochen her, dass sie überhaupt wieder angefangen hatte zu beten, aber eigentlich richtete sie nur eine Liste voller Wünsche an Gott. Wills Gebete dagegen waren so … einsichtig. Bestimmt las er jeden Tag in der Bibel. Sie dagegen hatte das Gefühl, dafür keine Zeit zu haben, jetzt, wo Gott ihr gegeben hatte, was sie sich so sehr wünschte … Nicht, dass es davor anders gewesen wäre.

Will zog die Schüssel mit den Bohnen zu sich heran, und seine Zunge fuhr über seine Lippen. Plötzlich hielt er inne, den Löffel auf halbem Weg zu seinem Teller in der Luft haltend. „O Verzeihung. Hätten Sie auch noch beten wollen?"

Eliza schüttelte den Kopf, bevor er den Löffel ablegen konnte. Was hätte sie auch sagen können, ohne durch ihre Worte zu verraten, dass sie nicht verdiente, was sie bekommen hatte … oder sich noch wünschte. „Ich habe mir nur über Sie Gedanken gemacht."

„Hoffentlich waren es gute Gedanken." Wills Lächeln war so geschmeidig wie die geschmolzene Butter in der Schüssel.

„Wer könnte wohl etwas anderes als gute Gedanken über Sie haben?" Noch nie hatte sie erlebt, dass jemand etwas anderes als ein Lächeln oder tiefste Wertschätzung äußerte, wenn die Rede auf Will kam.

Wills Miene wurde ernst. „Oh, eine Menge Leute."

„Und wieso das?" Würde er allen Ernstes über seine Fehler sprechen? Ihre beiden früheren Verlobten hatten nichts anderes getan, als sich selbst ins beste Licht zu rücken – und keiner von beiden hatte sich als so großartig erwiesen, wie er sich präsentiert hatte.

„Nun, es gibt Leute, die fragen sich, ob ich nicht intelligent genug bin, um ein Studium anzufangen. Außerdem habe ich schon etliche Fehler gemacht, von denen andere glauben, sie hätten sich vermeiden lassen." Sein Blick traf kurz auf ihren. „Niemand denkt allzu gut über einen Versager."

„Haben Sie nicht gerade darum gebetet, dass wir unser Versagen nicht so wichtig nehmen?"

Will hörte auf zu kauen. „Ja, aber …"

„Vielleicht glauben die Leute gar nicht, dass sie im Studium scheitern, sondern sehr erfolgreich sein würden, und drängen sie deshalb dazu." Eliza griff zur Kartoffelschüssel und tat sich eine Portion auf. „Irena will niemanden sehen außer Ihnen, obwohl es zwei diplomierte Ärzte in der Stadt gibt."

„Richtig, zwei", murmelte er mit vollem Mund.

„Ja, zwei. Und sie hat sich für Sie entschieden. Für Ihre Fähigkeiten, für Ihre Freundlichkeit … für Sie."

Sie selbst hatte seit Jahren darum gekämpft, dass Männer ihre Fähigkeiten anerkannten. Aber wie stand es um ihre Freundlichkeit? Mrs Langston war heute Morgen begeistert gewesen über ihr Angebot, die geschneiderte Kleidung in Elizas Warenhaus verkaufen zu können. Aber ohne Will hätte sie ihr dieses Angebot nie gemacht. „Sie sind so eine Seele von Mensch. Jeder mag Sie."

„Und jeder nützt mich aus." Will zerschnitt das Bratenstück auf seinem Teller. „Irgendwann werde ich aufhören müssen, mich um andere zu kümmern. Sonst bringe ich es nie zu etwas … Zumindest sagen die Leute mir das immer wieder."

Noch gestern hätte sie energisch zugestimmt und gehofft, er würde sich seine ärztlichen Dienste endlich bezahlen lassen, aber jetzt … „Ich glaube, wir brauchen nicht weniger, sondern mehr Menschen wie Sie, die nicht zuerst an sich, sondern an die anderen denken. Mir gefällt das."

Und das war nicht das Einzige, was ihr an ihm gefiel. Eliza stützte das Kinn in die Hand, ohne sich daran zu stören, dass ein aufgestützter Ellenbogen nicht zu den besten Tischmanieren zählte. Sein wunderbar schiefes Lächeln zum Beispiel gefiel ihr auch und …

„Also, was Mrs Lightfoot angeht …" Will griff nach dem Salzstreuer.

Hatte er etwa nicht bemerkt, wie warm ihre Stimme geklungen hatte? Und den zärtlichen Blick, den sie einfach nicht hatte vermeiden können?

„… da brauche ich Ihre Hilfe. Sie müssen versuchen, Irena aufzumuntern." Will widmete sich wieder seinem Teller.

Eliza blinzelte. Vielleicht war es das Beste, wenn er nichts von ihrer Gefühlsduselei merkte. *Du kannst nicht beides haben: diesen Mann und das Geschäft.* Eliza griff zu ihrer Gabel und schob die Kartoffeln auf dem Teller hin und her. „Ich habe schon so oft versucht, sie zum Aufstehen zu bewegen."

„Gut, aber sie muss selbst aufstehen *wollen.*"

„Gäbe es einen besseren Weg, sie zu überzeugen, als sie nach draußen in die Sonne zu holen und den Duft ihrer Blumen riechen zu lassen?"

„Wie lange sitzen Sie abends bei ihr und reden mit ihr?"

Eliza ließ sich Zeit, ihre Kartoffeln zu zerkleinern. Ihre Antwort würde ihm vermutlich nicht gefallen. „Ich habe gedacht, wenn ich sie überrede, etwas zu essen, und versuche, sie zum Aufstehen zu bringen, dann bin ich schon aufdringlich genug. Ich bin schließlich nur Gast hier."

„Sie sind nicht nur Gast."

Fragend hob sie die Augenbrauen.

„Sie sind momentan der einzige Lichtblick in Irenas Leben. Sie würde gern mit Ihnen essen – oben in ihrem Zimmer, wenn sie nicht die Kraft hat herunterzukommen."

Eliza vergaß zu kauen. Natürlich. Nach allem, was Irena für sie getan hatte, hätte sie auch selbst darauf kommen können. Sie zwang sich, zu Ende zu kauen, um mit dem Bissen auch die Scham hinunterzuschlucken, die sich als Kloß in der Kehle bemerkbar machte.

„*Ich* jedenfalls genieße es sehr, mit Ihnen zu essen." Wills Teller war bereits leer.

Eliza seufzte. „Nun, mein Apfelkuchen ist hoffentlich noch besser." Sie stand auf, um seinen leeren Teller abzuräumen. „Es sei denn, Sie würden gern eine zweite Portion nehmen."

„Nicht nötig." Will griff nach seinem Teller, bevor sie es konnte. „Ich räume ab und hole den Nachtisch und Sie essen zu Ende."

Eliza konnte sich nicht wieder setzen. „Denken Sie wirklich immer zuerst an andere?"

„Nun, ich denke immer an Sie." Er trat näher. „Und zwar seit dem Tag, an dem Sie hier angekommen sind, wenn ich ehrlich sein soll." Will richtete sich gerade auf und lächelte verschwörerisch. „Hatten Sie nicht etwas von Rhabarberkuchen gesagt?"

Eliza schluckte wieder. „Ich habe gedacht, Sie mögen vielleicht etwas Süßeres."

Will beugte sich herab und gab ihr einen flüchtigen Kuss auf das hochgesteckte Haar. „Ich glaube, das Süßeste, was es hier gibt, habe ich bereits gekostet. Im Vergleich dazu schmeckt alles andere sauer."

„Besonders weil ich extra saure Äpfel für den Kuchen genommen habe."

Sein Lachen weckte in ihr den Wunsch, ihm für den Rest seines Lebens bitteren Nachtisch zu servieren. Will stellte seinen Teller wieder zurück auf den Tisch und ergriff ihre Hände. „Sie wissen, ich brauche eigentlich keinen Apfelkuchen." Sein Blick wanderte von ihren Augen zu ihrem Mund. Er neigte den Kopf so langsam, dass sie nicht anders konnte, als ihm entgegenzukommen, um seine Lippen zu spüren. Sanft drückte Will seinen Mund auf den ihren und trat dann zurück. Eliza musste sich Mühe geben, angesichts eines so kurzen Kusses nicht die Stirn in Falten zu legen. Will strich über ihre Wange, wobei sein Finger an ihrer Narbe entlangfuhr. „Aber ich werde uns jetzt trotzdem den Nachtisch holen." Augenzwinkernd nahm er sein benutztes Geschirr und verschwand in der Küche.

In einer Hinsicht täuschte Will sich gewaltig.

Das Privileg, das süßeste Etwas in ganz Kansas gekostet zu haben, gehörte ihr.

Aber wenn sie keinen Weg fanden, wie er in Salt Flatts ein Auskommen haben konnte – hatte sie dann überhaupt das Recht, ihn zu küssen?

Kapitel 21

Wills feuchte Augen machten es schwierig, Dr. Forsythes Handschrift auf dem Totenschein von Mrs Lightfoot zu entziffern. *Kopferkrankung?* Will wischte eine Träne fort und sah den Arzt an. „Was ist denn eine Kopferkrankung?"

Der Ältere zuckte die Schultern. „Sie hatte genug äußere Beschwerden. Und vermutlich auch viele innerliche." Er warf einen Blick auf die Tür, durch die Eliza gerade verschwunden war, um trockene Taschentücher zu holen. „Manchmal weiß man nicht, was genau schiefgegangen ist, Junge. Und es nützt auch nichts, es herausfinden zu wollen. Außerdem hat sie keine Familie hier. Es würde nichts ändern."

Nichts ändern? Wie konnte er glauben, Mrs Lightfoots Tod würde nichts ändern?

„Nun, ich habe noch andere Patienten." Dr. Forsythe rieb sich den Hals. „Ich nehme an, du kümmerst dich um alles andere – Bestatter und so weiter?"

Will ärgerte sich zwar über die Gleichgültigkeit des Arztes. Aber er wusste, dass Mrs Lightfoot eine würdevollere Behandlung erfahren würde, wenn er und Eliza die Dinge in die Hand nahmen. „Ja, sicher."

„Schön." Unbeholfen schlug Dr. Forsythe Will auf die Schulter und ließ ihn dann beim Leichnam der alten Frau zurück, der unter dem verblichenen blauen Laken unheimlich reglos dalag.

Wenn er gestern Abend nicht nur Eliza im Kopf gehabt hätte, hätte er Mrs Lightfoot dann gründlicher untersucht und vielleicht etwas Lebensbedrohliches entdeckt? Während Will darauf wartete, dass Eliza zurückkam, ging er im Geist jedes Krankheitsbild durch, das er kannte. Aber die Symptome trafen auf nichts besser zu als auf Schwermut. Und doch konnte das nicht ihr einziges Problem gewesen sein – es hätte weder die Atemnot noch den Herzstillstand verursacht. Mrs Lightfoot hatte seinen ärztlichen Fähigkeiten vertraut und wieder hatte er versagt. Er konnte Dr. Forsythes Diagnose nicht in Zweifel ziehen – schließlich war er kein Arzt. Und wer außer Eliza würde wollen, dass er nach der wahren Ursache forschte? Will hatte oft genug gehört, wie unter vorgehaltener Hand geflüstert wurde, Mrs Lightfoots Bart sei das Mal des Teufels. Ihr Tod würde bei vielen in der Stadt eher Erleichterung auslösen. Will rieb sich übers Gesicht. Er brauchte eine Ausbildung oder wenigstens mehr Zeit für seine medizinischen Bücher, und wenn das Lesen auch noch so mühsam und langwierig für ihn war.

Hinter sich hörte er Elizas schleppende Schritte. Sie ging wieder zu dem Stuhl, auf dem sie tonlos geweint hatte, während Dr. Forsythe Mrs Lightfoot untersucht hatte. Immer noch rannen ihr lautlos Tränen über die Wangen, aber sie blickte nicht in seine Richtung. Will ergriff ihre Hand. Eliza erwiderte die Geste so heftig, dass sie ihm die Finger quetschte. Er sollte den Bestatter besser früher als später benachrichtigen. Aber für den Augenblick konnte er nichts tun, was diesen Tag leichter machen würde – also würde er Eliza erlauben, seine Hand so lange zu malträtieren, wie sie wollte.

Eliza unterdrückte ihre Tränen und nahm zögernd die Schaufel, die der Pastor ihr reichte. Mit einer Hand zog sie ihren Schal eng an sich, aber der Wind drang trotzdem hindurch. War es im Mai jemals so kalt gewesen? Sie trat einen Schritt vor und warf ein wenig Erde auf Mrs Lightfoots Sarg tief unten in der Erdgrube. Der Anblick des kleinen Häufchens Erde auf dem Pinienholz des Sarges schnürte ihr die Kehle zusammen. Die wenigen Menschen, die sich die Mühe gemacht hatten, eine Art Abschied zu begehen, standen neben ihr: der Pastor, der Anwalt, Mr Raymond und Will.

Nur fünf Menschen.

Wie hatten die Leute nur eine so wunderbare Person wie Mrs Lightfoot meiden können? Wills Eltern wären sicher zur Beerdigung gekommen und auch ein paar andere Leute von außerhalb, wenn sie gerade in der Stadt gewesen wären. Aber nur fünf Leute aus Salt Flatts? Selbst Dr. Forsythe hatte es nicht für nötig befunden, ihr diese letzte Ehre zu erweisen. Und alles nur wegen einer entstellenden Besonderheit.

Mr Raymond nahm Eliza jetzt behutsam die Schaufel aus der Hand und lehnte sie gegen einen Grabstein. Will stand hinter einem Gedenkstein in der Nähe und blickte in Irenas Grab, als glaubte er, er verdiene es, ebenfalls begraben zu werden. Wenn sie ihn gestern Abend nicht nach unten gelockt hätte, hätte er sich dann länger bei Irena aufgehalten und vielleicht die Trauer des heutigen Tages verhindert?

Jetzt trat Mr Scottsmore zu ihr und auch Mr Raymond schlenderte näher. Er war ihr während der ganzen Zeremonie nicht von der Seite gewichen und hatte immer wieder rasche Blicke auf sie und ihren Anwalt geworfen. Unter diesen Blicken hatte sie sich schließlich wie ein wehrloses Kaninchen gefühlt, über dem ein Bussard seine Kreise immer enger zieht, und ihre Aufmerksamkeit Mr Scottsmore zugewandt. Der Anwalt war ein angenehmer Mensch, der ihr versichert hatte, dass der Vertrag mit Mr Raymond, den sie unterschrieben hatte, faire Bedingungen enthielt.

„Miss Cantrell, wenn es Ihnen nichts ausmacht, möchte ich Sie bitten, noch in meine Kanzlei zu kommen, bevor Sie nach Hause gehen." Der Anwalt warf einen Blick über die Schulter auf seinen Einspänner. „Ich muss noch Mrs Langston abholen, die ebenfalls anwesend sein sollte. Ich bin so rasch wie möglich mit ihr zurück."

Eliza wischte sich die Augen mit einem groben Taschentuch. „Können wir dieses Gespräch nicht ein andermal führen?" Nicht, dass sie unbedingt in die leere Pension zurückkehren wollte, aber heute war nicht der Tag für Gespräche über Geschäftliches. Sie hatte nicht einmal vor, ihr Geschäft zu öffnen.

Mr Scottsmore sog die Luft durch die Zähne. „Ich weiß, es klingt nicht sehr rücksichtsvoll. Aber ich fürchte, mein Terminplan macht es nötig, dass wir das Testament heute eröffnen."

Das Testament? Eliza wandte sich um und sah dem Totengräber zu, der herbeigeeilt war, um das Grab zuzuschaufeln, bevor der Regen losbrach. Hatte Mrs Lightfoot ihr etwas hinterlassen? Das verdiente sie nicht. Sie hatte die Frau nur ein paar Monate gekannt und in ihren letzten Tagen nichts für sie getan.

„Es ist schon in Ordnung, Eliza." Mr Raymond schob seinen Arm unter ihren und drückte ihn leicht. „Ich begleite Sie zur Kanzlei." Er wandte sich an den Anwalt. „Brauchen wir sonst noch jemanden?"

„Nein." Mr Scottsmore maß Mr Raymond mit einem nachdenklichen Blick, zuckte dann die Achseln und richtete die Augen wieder auf sie. „Ich weiß, es ist nicht der günstigste Zeitpunkt. Aber wenn sie etwas aufmuntern kann, dann vielleicht unser Gespräch. Wenn es heute nicht möglich ist, müssten wir es aufschieben bis in zwei Wochen, denn ich ..."

Eliza hob müde die Hand. „Wenn es Ihnen besser passt, werde ich da sein." Gerade gestern hatte sie beschlossen, die Bedürfnisse anderer ebenso zu beachten wie ihre eigenen. Wie es schien, prüfte Gott bereits die Tragfähigkeit dieses Entschlusses. Mühsam ging sie an Mr Raymonds Arm zu seinem Einspänner und ließ sich von ihm hineinhelfen, wobei das steife Trauerkleid ihr hinderlich war. Der zweite Einspänner fuhr an und sie blickte sich nach Will um. Sie hätte sich verabschieden sollen.

Will ging hinter ihnen, die Hände in den Hosentaschen und den Blick zu Boden gerichtet. Seit Mr Forsythe die Pension verlassen hatte, hatte er kein Wort mehr gesagt. Eliza ließ sich in den Sitz sinken und hielt sich eine Hand an die Schläfe. Auch sie hatte nicht mehr viel gesprochen, seit ihre Freundin ohne jegliche Vorwarnung von ihr gegangen war. Stumm betete sie, dass Will ihrer Versicherung glaubte, dass Irenas Tod nicht seine Schuld war. Es war Gott, der entschied, wann die Lebenszeit eines Menschen zu Ende ging – nicht Will, nicht sie. Selbst wenn sie gestern noch einmal nach Irena gesehen hätte, hieß das nicht, dass dieser Vormittag anders verlaufen wäre. Aber vielleicht hätte sie der Freundin das Heimgehen etwas erleichtern können.

Eliza schluckte und starrte in ihren Schoß, heftig bemüht, die drohenden Tränen durch intensives Augenzwinkern zurückzudrängen. Die glücklichen Gesichter und heiteren Wortfetzen der Passanten auf der Straße neben ihr schienen die Düsternis des Tages nur noch zu verstärken. Allzu rasch hielten die beiden Gefährte vor Mr Scottsmores kleinem Ziegelhaus, dessen Salon ihm als Kanzlei diente. Erst vor ein paar Wochen hatte sie erwartungsvoll die Stufen zum Eingang erklommen, um seinen Rat in Bezug auf ihren Vertrag mit Mr Raymond einzuholen. Jetzt wäre sie überall sonst lieber gewesen als hier.

Mr Raymond half ihr vom Wagen und hielt Elizas Hand länger als nötig. „Ich bleibe draußen und warte. Ich kann Sie später nach Hause fahren."

Eliza schüttelte den Kopf, ohne seinen Blick zu erwidern. „Das ist nicht nötig. Ich bin schon bei üblerem Wetter als heute zu Fuß nach Hause gegangen."

„Das ist kein Tag, um eine Frau allein durch die Straßen laufen zu lassen."

Sie versuchte zu lächeln, was ihr aber misslang. Der Mann wollte doch etwas von ihr – oder Mr Scottsmore oder beide. Aber sie hatte nicht die geringste Vorstellung, was das sein konnte. „Wie Sie wünschen."

Während die dunklen Wolken am Horizont näherkamen, standen sie schweigend vor dem Haus und warteten darauf, dass Mr Scottsmore mit Axels Mutter kam. Irena hatte nie von Mrs Langston gesprochen. Waren sie etwa einmal befreundet gewesen?

Mr Raymond begann vor dem Haus hin und her zu gehen. Befreit atmete Eliza auf. Sie wusste auch von keiner Verbindung zwischen Mrs Lightfoot und dem Bankier, außer dass Irena vielleicht ein Konto gehabt hatte. Hoffte er vielleicht, ihre Ersparnisse zu erben, da Irena keine Freunde hatte und seine Bank das Konto führte?

Jetzt bog Mr Scottsmores Einspänner auf die Apple Street ein. Er brachte ihn vor dem Haus zum Stehen.

„Meine Liebe." Mrs Langston stieg vom Wagen und streckte Eliza die Hand entgegen. „Meine herzliche Anteilnahme. Das ist ein schlimmer Verlust für Sie."

War Mrs Langston die Einzige, die ihr ihre Anteilnahme aussprechen würde? Ob wohl Irenas Sohn oder ihr Mann herkommen und um sie trauern würden? Oder würden sie nur auftauchen, um sich ihr Eigentum unter den Nagel zu reißen? Allein der Gedanke an ein Leben ohne Liebe … Kein Wunder, dass es heute so kalt war. Es war Gottes Strafe für diese Lieblosigkeit.

„Kommen Sie, meine Damen." Mr Scottsmore schloss die Eingangstür auf und sie folgten ihm nach drinnen.

Mr Raymond sah aus, als wolle er sich anschließen, besann sich dann aber eines Besseren. Die Tür schloss sich hinter ihnen.

Mr Scottsmore wandte sich seinen beiden Besucherinnen zu und rieb sich kräftig die Hände. „Dieser Nordwind ist wirklich eisig. Aber wir werden ein ordentliches Gewitter kriegen und morgen ist es bestimmt schon wieder heißer als am vierten Juli." Er winkte sie in den Salon und wies auf die Stühle vor seinem Schreibtisch. Eliza setzte sich und drehte sich zu Mrs Langston um, aber die Ältere sah ebenso fragend aus wie sie selbst. Mr Scottsmore griff nach einer Akte auf seinem Schreibtisch und entnahm ihr ein steifes Blatt Papier. „Mrs Lightfoot war eine wohlhabende Frau. Vielleicht haben Sie das bereits vermutet. Sie konnte es sich schließlich leisten, eine Pension zu bewohnen, die praktisch nie Gäste hatte, und das bereits seit acht Jahren. Sie hat einen Großteil ihres Vermögens investiert, aber das betrifft Sie nicht. Aber sie hat Ihnen beiden etwas hinterlassen …"

„Uns?" Mrs Langston blickte Eliza an und schüttelte den Kopf. „Ich könnte es verstehen, wenn sie Eliza bedacht hätte. Aber ich habe die Frau höchstens ein- oder zweimal gesprochen. Vielleicht ist das eine Verwechslung?"

Der Anwalt zuckte die Schultern. „Ich kann nicht mutmaßen, was sie beabsichtigt hat. Jedenfalls steht Ihr Name klar und deutlich in dem Testament, das sie unterschrieben hat. Sie sind doch Fannie Langston oder täusche ich mich da?"

„Ja, natürlich, das bin ich."

„Dann sind Sie die Begünstigte." Mr Scottsmore lächelte kurz. „Sie hat Ihnen die Pension hinterlassen. Wenn ich von meiner Geschäftsreise nach Atchison zurück bin, können Sie die nötigen Papiere unterzeichnen. Ich wollte es Sie nur wissen lassen, bevor ich abreise, damit Sie in der Zwischenzeit überlegen können, was Sie mit dem Erbe tun wollen. Ob Sie es verkaufen oder nicht, ich könnte Ihnen in jedem Fall mit etwa zusätzlich nötigen Papieren behilflich sein, je nachdem wie Sie sich entscheiden."

„Sie hat … hat mir die Pension hinterlassen?" Mrs Langston hielt es kaum auf ihrer Stuhlkante. Sie wrang ihre ausgezogenen Handschuhe. „Warum?"

Der Anwalt sah Eliza an. „Ich nehme an, sie hat gehört, dass sie ein Einkommen gebrauchen könnten."

Eliza biss sich auf die Lippen und vermied es, Mrs Langston anzusehen.

„Es tut mir leid, dass ich mich nicht öfter mit ihr unterhalten habe." Mrs Langston rutschte auf ihrem Stuhl zurück. „Das habe ich nicht verdient."

Hatte Irena jedes Mal, wenn sie hörte, dass jemand in Schwierigkeiten war, ihr Testament geändert? Hatte sie gewusst, dass diese Krankheit ihr Ende bedeuten würde? Etwas schnürte Eliza die Kehle zu. Warum hatte sie nicht mehr für Irena getan? Sie war so beschäftigt gewesen mit ihrem Warenhaus. Und ausgerechnet jetzt, wo sie erkannt hatte, dass sie sich mehr um Irena und nicht immer nur um sich selbst kümmern sollte …

„Miss Cantrell." Mr Scottsmore wandte sich an Eliza. „Sie erhalten die Eigentumsrechte am Grundstück Nummer dreihundert in der Hauptstraße."

„An meinem Geschäft?" Eliza schlug die Hand vor ihren Mund. „Irena war die Besitzerin?"

„Ja, ihr gehörte Ihr Geschäft und die beiden angrenzenden Läden."

„Die Bäckerei und die Konditorei?"

„Diese Läden gehören nun ebenfalls Ihnen. Wenn ich zurückkomme, muss ich von Ihnen wissen, ob Sie die Räume weiterhin vermieten oder vielleicht verkaufen möchten. Die nächste Mietzahlung wird erst nach meiner Rückkehr fällig. Es sollte also nicht zu schwierig sein, Veränderungen vorzunehmen. Aber man hat schon meinen anwaltlichen Rat in dieser Angelegenheit gesucht …"

Eliza winkte ab. „Mr Scottsmore, bemühen Sie sich nicht länger.“ Im Moment war kaum der richtige Zeitpunkt, um eine Entscheidung zu treffen. „Ich habe keine Zweifel, dass Sie uns helfen werden, alles fair und ordentlich zu regeln, wenn Sie zurück sind.“

„Vielen Dank.“ Er erhob sich und warf einen Blick auf die Uhr auf dem Kaminsims. „Wenn Sie mich jetzt entschuldigen wollen. Ich muss in einer Stunde am Bahnhof sein. Das Gepäck ist zwar fertig, aber wenn ich Mrs Langston noch nach Hause bringen möchte, sollten wir jetzt aufbrechen.“

„Wir werden Sie nicht länger aufhalten.“ Mrs Langston stand auf. „Wenn wir Fragen haben, laufen Sie uns ja nicht davon.“

Der Anwalt verstaute die Akte und eilte dann zur Haustür, um sie den beiden Frauen offen zu halten. Als Eliza die Kanzlei verließ, blinzelte sie in die helle Sonne, die jetzt zwischen den Wolken hindurchdrang. Vielleicht würde es ja doch nicht regnen. Mr Raymond schoss von der untersten Treppenstufe hoch, auf der er mit Will gesessen hatte.

Eliza sah Will an. Er lächelte. War er ihretwegen vorbeigekommen? Er konnte ja unmöglich wissen, was Irena in ihrem Testament verfügt hatte. Sie ließ ihren Blick zu Mr Raymond schweifen. Aber er musste es wissen. Er hatte die ganze Zeit gewusst, dass ihre mysteriöse Gönnerin Irena gewesen war. Warum war sie nicht darauf gekommen? Sie war so darauf aus gewesen, dass jedermann ihre Geschäftstüchtigkeit als Frau anerkannte, und hatte zugleich nie an Mrs Lightfoot als ihre Sponsorin gedacht … weil sie eine Frau war. Eliza fasste eilig das Geländer, um zu verhindern, dass sie wie ein Häufchen Elend auf der Treppe zusammensank. Wie hatte sie nur so voreingenommen sein können?

„Ich nehme an, es gab gute Neuigkeiten?“ Mr Raymond rang die Hände.

Mrs Langston ging an Eliza vorbei, die Hand aufs Herz gepresst. „Wo ich sie doch kaum gekannt habe …“ Mr Scottsmore schleifte einen Koffer aus der Tür, während Mrs Langston die Hände zusammenschlug und strahlender lächelte, als es sich für einen Tag wie heute eigentlich geziemte. „Sie hat mir die Pension hinterlassen. *Mir.*“ Dann biss sie sich auf die Lippen. „Das wird Jebediah nicht glücklich machen. Denn dann werden ja alle von unserer Trennung erfahren. Aber vielleicht … vielleicht … zieht er ja mit mir zusammen ein."

Eliza ergriff Mrs Langstons Hand und sah ihr direkt in die Augen. „Wenn er das tut, lassen Sie sich bloß nicht wieder von ihm schikanieren. Sie haben etwas Besseres verdient."

„Ich habe ihn auch nicht immer gut behandelt." Mit einem raschen Blick auf Mr Raymond schüttelte Mrs Langston den Kopf. „Ich nehme alles Gute, das Gott mir noch schenkt, gern an. Auch wenn es mir lieber wäre, die Dinge hätten sich anders entwickelt. Aber diese Einkommensquelle hätte zu keinem besseren Zeitpunkt kommen können." Sie drückte Elizas Hand leicht. „Ich hoffe, ich kann trotzdem noch meine Kleidung in Ihrem Warenhaus anbieten."

Mr Raymonds Augenbrauen hatten beinahe den Haaransatz erreicht.

„Selbstverständlich. Im Moment brauche ich den Platz nicht für anderes. Aber wenn es einmal so weit kommen sollte", sagte sie mit einem Blick auf Mr Raymond, „können wir neu über die Sache verhandeln."

Mr Scottsmore stürmte noch einmal ins Haus, kehrte mit einer Aktenmappe zurück und schloss die Tür ab. „Mrs Langston, können wir?"

„Ja." Axels Mutter nahm Eliza in den Arm. „Machen Sie sich bloß keine Gedanken, wo Sie wohnen sollen. Ich muss mir erst überlegen, wie ich das Haus führe, bevor ich Gäste aufnehmen kann. Fürs Erste können Sie also gern bleiben. Ich bin sicher, ich werde Ihre Gesellschaft ebenso genießen, wie Mrs Lightfoot es getan hat." Nach einer letzten Umarmung bestieg sie Mr Scottsmores Wagen.

„Einen Augenblick noch." Mr Raymond stürmte hinüber zu dem Anwalt. „Ich bin in dem Testament nicht erwähnt?"

Mr Scottsmores Miene zeigte Ratlosigkeit. „Nein, Sir. Andernfalls hätte ich Sie natürlich zur Eröffnung hinzugebeten. Diese beiden Damen und Mrs Lightfoots Familie sind die Einzigen, die im Testament bedacht wurden. Ich möchte Ihnen nahelegen, dass Sie die Ladys nicht behelligen, Ihnen zu erzählen …"

„Ich behellige niemanden." Mr Raymond drehte sich zu Eliza um und trat so dicht neben sie, dass sie den Kopf verdrehen musste, um seinen Blick zu erwidern.

Sie straffte die Schultern. „Ich werde Ihnen sagen, was Sie wissen möchten, Mr Raymond." Er war so sehr da hinterher gewesen, das Gebäude zu besitzen, in dem ihr Warenhaus untergebracht war. Was würde er sagen, wenn sie ihm die neue Situation mitteilte? „Das Geschäft gehört mir."

Mr Raymond schüttelte den Kopf. „Wie kann das legal sein?" Er wandte sich an Mr Scottsmore. „Sie kannten doch die Abmachung zwischen Mrs Lightfoot und mir. Sie waren sogar Zeuge der Unterschrift."

Mr Scottsmore zog die Brauen zusammen. „Ich wollte es Ihnen erklären, wenn ich zurück bin. Die Abmachung besagt, wenn es Miss Cantrell gelingt, fünf Jahre lang ein profitables Geschäft zu führen, und Sie sie dabei unterstützen, erhalten Sie die Gelegenheit, Mrs Lightfoots Eigentum zu erwerben. Aber diese Gelegenheit existiert nun nicht mehr, Mr Raymond."

Mr Raymonds Augenbrauen türmten sich geradezu auf und er keuchte. „Weil sie tot ist."

„Unglücklicherweise ja."

„Wahrhaftig, unglücklicherweise." Mr Raymond schien den Tränen nahe. Offensichtlich trauerte er aber mehr um das prachtvolle Gebäude, auf das er seine Hoffnungen gesetzt hatte, als um seine ehemalige Besitzerin.

Eliza verspürte den Wunsch, ihm gegen das Schienbein zu treten. Konnte Mr Raymond an nichts anderes denken als an seinen Vorteil? Sie warf Will einen Blick zu und las Besorgnis auf seinem Gesicht. Aber wie konnte sie sich über Mr Raymond aufregen? Noch vor wenigen Tagen hätte sie selbst doch genauso reagiert.

Mr Scottsmore rieb den Steg seiner Brille und seine fahrigen Bewegungen zeigten deutlich, dass er jetzt gern loswollte. „Das Gebäude gehört jetzt Miss Cantrell und sie kann es Ihnen verkaufen, wenn sie das wünscht."

Mr Raymond durchbohrte sie mit Blicken.

Eliza sah Will an. Ihre Entscheidung würde ihre gemeinsame Zukunft betreffen – oder die kleine Chance, dass sie eine solche haben würden. Eine Zukunft, die sie vor wenigen Tagen noch nicht für möglich gehalten hatte. Eine Zukunft, die sie mit den nächsten Worten, die sie aussprach, zerstören konnte.

Sollte sie eine so wertvolle Einkommensquelle verkaufen und einer Liebelei nachjagen? Ihre Mutter hatte ihre eigenen Pläne für den Mann aufgegeben, den sie liebte, aber am Ende hatte sie dem Zauber des Theaters doch nicht widerstehen können. Selbst zwei Kinder hatten sie nicht davon abgehalten, doch noch einem unwiderstehlichen Traum zu folgen.

Seit Eliza neun Jahre alt war, hatte sie sich gewünscht, einmal ein Geschäft zu führen, und alles in ihrer Macht Stehende getan, um diesen Wunsch in die Tat umzusetzen – trotz der schrecklichen Konsequenzen einiger ihrer Pläne, die nicht wirklich gut durchdacht gewesen waren. Wie konnte sie diesen Traum ausgerechnet in dem Moment aufgeben, wo Gott ihn ihr geradezu in den Schoß legte? Was, wenn sie nicht in der Familie aufgehen konnte, die sie und Will vielleicht einmal haben würden, sondern ihren verlorenen Träumen nachtrauern würde? Würde sie dann vielleicht ebenso selbstsüchtig handeln wie ihre Mutter? Das könnte sie ihren Kindern niemals antun.

„Nein, Mr Raymond. Ich beabsichtige nicht zu verkaufen."

Mr Raymonds Brustkorb schwoll an und seine Schultern wurden steif.

Will trat zwischen sie. „Das muss kein Nachteil sein, Mr Raymond. Sie haben immer noch eine großartige Geschäftspartnerin. Eliza wird Ihnen jede Menge Geld einbringen."

Das Bedürfnis zu schlucken hörte heute anscheinend gar nicht mehr auf. Sie verdiente es nicht, dass Will für sie eintrat – sie verdiente *ihn* ganz und gar nicht.

Ratlos drehte Mr Raymond die Hände nach außen und stieß die Luft aus. „Sie hat ebenso gute Erfolgschancen wie der Schuster, den ich letzte Woche finanziert habe. Wenn ich nicht überzeugt gewesen wäre, dass sie ein Darlehen abbezahlen kann, hätte ich sie nicht unterstützt. Aber was ich wollte, war das Haus." Er blickte die Straße hinunter, als könne er das begehrte Objekt dort irgendwo sehen.

Eliza versuchte sich aufrecht zu halten, aber nun sanken ihre Schultern ein wenig herab. „Lassen Sie uns doch nicht streiten über Dinge, die nicht in unserer Macht stehen. Ich werde weiterhin hart arbeiten und Ihnen gehören weiterhin fünfzig Prozent am Geschäft."

„Aber nicht das Gebäude." Mr Raymonds glitzernder Blick richtete sich wieder auf Mr Scottsmore. „Moment. Was ist mit den angrenzenden Läden?"

„Er darf es Ihnen nicht sagen, ich aber schon." Eliza verschränkte die Arme. „Auch die gehören mir."

Der Bankier ließ den Kopf sinken und gab sich geschlagen. „Dann habe ich überhaupt keine Sorge mehr, dass Sie in Verzug geraten könnten. Wir werden noch sehr lange zusammenarbeiten."

„Ja, Mr Raymond, das denke ich auch." Eliza streckte ihm die Hand entgegen und war froh, dass ihr Partner sie ergriff und schüttelte, bevor er sich entschuldigte. Will konnte sie allerdings nicht in die Augen sehen. Jetzt war es klar: Sie würde Salt Flatts nie verlassen. Aber er …

Die Tränen, die sie während der Fahrt besiegt hatte, kamen mit aller Macht zurück.

Mr Scottsmore verabschiedete sich mit einer leichten Verbeugung. „Wenn Sie mich jetzt entschuldigen, ich muss wirklich aufbrechen. Kommen Sie vorbei, wenn ich zurück bin, dann besprechen wir alles Weitere." Und damit sprang er neben Mrs Langston auf den Wagen und fuhr davon.

Auf Wills Gesicht standen kein Lächeln und keine Unmutsfalte. Aber in dem Blick, mit dem er dem Einspänner nachsah, lag eine tiefe Traurigkeit. „Es tut mir leid, dass Sie ausgerechnet heute diese Meinungsverschiedenheit mit Mr Raymond haben mussten. Aber er wird es schon verwinden." Er reichte Eliza den Arm. Sie legte ihren darauf und genoss es, dass er so stabil und verlässlich war.

Gemeinsam gingen sie langsam zurück zur Pension. Will glaubte an sie, und ihm lag etwas an ihr. Nachdem Mrs Lightfoot verstorben war, war er wahrscheinlich der Einzige. „Und ich hatte gedacht, Mr Raymond glaubte an mich und meine Geschäftsidee."

„Aber das tut er doch auch. Allein die Hoffnung auf dieses Gebäude hätte nie ausgereicht, um ihn zu einem schlechten Geschäft zu verleiten.

Wenn er nicht an Sie glauben würde, hätte er niemals fünfzig Prozent Beteiligung für sich verlangt."

Elizas Mundwinkel zuckten. Mr Raymond standen sicherlich fünfzig Prozent zu, denn es war ja schließlich sein Geld, das auf dem Spiel stand. Aber es sah Will wieder einmal ähnlich, dass er diese Tatsache so auslegte, dass Mr Raymond viel von ihr hielt.

Auf der Vorderveranda der Pension blieben sie stehen und starrten durch die Fenster. Die schienen dunkler als sonst, obwohl die Sonne inzwischen durch die Wolken gekommen war.

„Ich hätte sie Anfang der Woche gründlicher untersuchen und auch genauer nachlesen sollen, was sie haben könnte. Wenigstens hätte ich Dr. Forsythe fragen …"

„Nein, Will. Hören Sie auf damit. Ich mache Ihnen keinen Vorwurf …" Der plötzliche Schmerz hinter ihren Augen schnitt ihr das Wort ab. Obwohl sie heftig blinzelte, strömten ihr die Tränen aus den Augen. „Ich muss mich hinlegen."

Will ließ ihren Arm nur zögernd los. „Wenn Sie mich brauchen, lassen Sie es mich ganz bestimmt wissen?"

Eliza nickte halbherzig, damit er ging, ohne weitere Fragen zu stellen. Egal wie sehr sie sich wünschte, ihn ins Haus zu bitten, damit er sie in den Armen hielt: Sie hatte kein Recht mehr, bei ihm Trost zu suchen – jetzt, wo sie ihre Entscheidung getroffen hatte. „Auf Wiedersehen, Will."

Will lehnte sich gegen seine Ladentheke. Das geschäftige Treiben, das seine Gutscheinaktion ausgelöst hatte, war abgeebbt und ließ ihm wieder mehr Zeit zum Nachdenken. Am Abend zuvor war er lange aufgeblieben und hatte versucht herauszufinden, was er im Fall von Mrs Lightfoot übersehen haben könnte. Als die Wörter schließlich so vor seinen Augen getanzt hatten, dass er aufgeben musste, hatte er seine Gedanken Eliza zugewandt.

In dieser Woche hatte er sie jeden Abend aus dem Geschäft nach

Hause begleitet. Und jedes Mal war sie ungewöhnlich ruhig und reserviert gewesen. Er versuchte sich einzureden, dass es einfach die Trauer war, die sie so einsilbig sein ließ. Aber wahrscheinlicher war, dass sie schließlich eingesehen hatte, dass ihrer beider Berufe nicht zueinanderpassten.

Wie großzügig von Mrs Lightfoot, ihr ein solches Geschenk zu machen – ein Geschenk, das Eliza keinesfalls aufgeben durfte, um sich mit ihm durchzuschlagen, während er sich irgendwo im Westen um erkrankte Bergleute kümmerte oder in einer Viehzüchtergemeinde strandete. Denn das würde er höchstwahrscheinlich tun müssen, um ein Auskommen als Arzt zu haben, ob nun mit Studium oder ohne.

Die Ladentür öffnete sich und Mrs Graves rauschte herein. „Guten Tag, Will."

Er brachte es nicht übers Herz zu erwidern, dass der Tag ganz sicher nicht gut war und dass Nancys Mutter noch nie Geschick dazu gehabt hatte, ihm einen Tag zu verschönern. „Hallo, Mrs Graves."

„Ich komme, um meine Schulden zu bezahlen, wie du gewünscht hast." Sie zog ihre Geldbörse heraus. „Und um dich wissen zu lassen, wie wunderbar ich mich fühle."

Will zwang sich zu lächeln. „Es freut mich, dass das Pulver wirkt."

„Ja, das hat auch ein wenig geholfen. Aber nun kümmert sich Dr. Benning um mich. Und was er mir gestern gegeben hat, hat mich über Nacht in viel bessere Stimmung versetzt." Sie beugte sich vor und flüsterte dann: „Und es hat auch diesem lästigen Ausschlag ein Ende gemacht." Nachdem sie sich wieder aufgerichtet hatte, taxierte sie ihn mit ihrem Blick. „Aber ich habe ja noch den Gutschein von dir. Könntest du also kommen und dich um Mr Graves' eingewachsene Fußnägel kümmern? Das kannst du doch sicher."

Ach ja, richtig. Er würde auf unbedeutende und dazu noch wenig angenehme medizinische Hilfsdienste zurückgestuft werden … und ohne medizinischen Abschluss sollte er besser auch gar nichts anderes machen.

„Ich hoffe, du nimmst es mir nicht übel, dass ich jetzt zu Dr. Benning gehe." Sie schob ihm drei Dollar fünfzig über den Tresen. „Er hat deine

Einfühlsamkeit mit Patienten und Dr. Forsythes medizinisches Wissen – das Beste von beidem in einer Person."

Und damit schwand Wills Hoffnung, irgendwann doch nach Salt Flatts zurückzukehren und sich hier als Arzt niederzulassen. „Sie müssen tun, was für Sie das Beste ist, Mrs Graves. Aber vielleicht möchten Sie den Gutschein ja auch für Ihre Enkelin aufheben?"

„O nein, Dr. Benning wird nach Millicent schauen, wenn es nötig ist. Das heißt, es sei denn, du möchtest eine größere Rolle in Millicents Leben spielen." Mrs Graves Augen funkelten. „Nancy hätte nichts dagegen, dich öfter zu sehen. Und es gibt doch keinen besseren Weg, die Missverständnisse der Vergangenheit zu überwinden, als wenn man miteinander redet, oder?"

Das hatte ihm noch gefehlt. Jetzt musste er sich zwar nicht mehr Mrs Graves' unaufhörliches Gerede über alle nur denkbaren eingebildeten Symptome anhören, aber dafür war er zu ihrem Heiratsvermittlungsprojekt geworden. Obwohl er Nancy deutlich gesagt hatte, dass er im Moment nicht nach einer Frau Ausschau hielt. Abcr er würde natürlich den Gutschein einlösen. „Wie wäre es dann, wenn ich morgen Abend nach Mr Graves sehe?"

„Gut." Mrs Graves winkte einer vorübergehenden Dame durch das Fenster zu. „Gehst du nächste Woche zu dieser Tanzveranstaltung? Es ist für einen guten Zweck. Nancy hofft dich dort zu sehen."

Es war wohl eher ihre Mutter, die das hoffte. Will rieb sich den Arm. „Nein, ich kann nicht."

Sie bedachte ihn mit einem dieser typischen Blicke enttäuschter Mütter. „Vielleicht solltest du es dir noch einmal überlegen. Ledige Damen sind hier meist nicht für sehr lange verfügbar."

Glücklicherweise verließ Mrs Graves mit diesen Worten den Laden, ohne seine Antwort abzuwarten. Vielleicht sollte er Dr. Benning kennenlernen. Er hatte nichts dagegen, mit einem Arzt zusammenzuarbeiten, der einen regulären Abschluss besaß. Es wäre leichter, in Salt Flatts die Heilkunst unter der Anleitung eines Arztes zu lernen, als Medizin zu studieren. Aber es würde auch bedeuten, dass er noch länger in der Stadt sein und Eliza aus der Ferne beobachten würde.

Wenn er nicht in Salt Flatts als Arzt arbeiten konnte, warum spielte er dann jetzt, wo Eliza ganz sicher dauerhaft hier wohnen würde, überhaupt noch mit dem Gedanken, um sie zu werben? Eine unverheiratete Frau würde in dieser Stadt rasch das Interesse der Männer wecken, wenn niemand erkennbar um sie bemüht war. Und wenn nun etwas zwischen ihr und einem anderen begann, solange er noch hier war?

Die Ladentür ging auf, und ein breit grinsender Lynville Tate betrat zusammen mit Micah Otting den Laden.

Lynville. Wills Miene verfinsterte sich. Was, wenn Eliza sich nun mit Lynville einließe?

„William, warum siehst du so bedröppelt aus?“ Lynville lehnte sich gegen den Tresen. „Ich wette, ein paar Runden auf dem Tanzboden würden dich aufmuntern. Meinst du nicht auch, Micah?“

Der Metzgerssohn lächelte. „Wir sammeln Geld für die Millers, deshalb …“

„Ich fürchte, ich habe nicht viel beizusteuern.“ Gestern hatte Will gerade einmal ein paar Scheine in seine neue Lederbörse stecken können. Er zog einen Silberdollar aus der Tasche und reichte ihn den beiden. Er konnte es sich eigentlich nicht leisten, sich von der Münze zu trennen. Aber die Millers hatten es sich auch nicht ausgesucht, dass der Blitz in ihre Scheune eingeschlagen hatte und sie abgebrannt war.

„Das reicht für den Eintritt.“ Lynville zog eine Rolle Coupons aus der Tasche. „Aber nicht für den ersten Tanz. Die ersten Tänze kosten fünf Cent. Und die letzten ebenfalls.“

„Ein Ticket für einen Tanz?“ Seit wann lebten sie wieder in den Tagen der Tanzkarten und ähnlicher Sitten?

„Nun, wir dachten, du hättest schon davon gehört. Sarah, Nancy und Eliza haben angeboten, den ganzen Abend zu tanzen, um den Ertrag für die Millers zu erhöhen – und wir sollen das Ganze koordinieren. Also, mit welchem Mädel möchtest du tanzen?“

„Moment mal. Habt ihr die Erlaubnis der Mädchen, ihre Tänze zu vergeben?“

Lynville dampfte wie ein beleidigter Bulle. „Natürlich. Sie haben gern zugesagt. Außerdem können wir nicht zulassen, dass du Nancy für dich reservierst. Es gibt nicht allzu viele unverheiratete Ladys in Salt Flatts."

Eliza hatte sich bereit erklärt, den ganzen Abend mit anderen Männern zu tanzen – und das, nachdem sie sich letzte Woche zweimal geküsst hatten? Wills Kehle war trocken und er schluckte. „Das gefällt mir nicht."

Micah zuckte die Achseln. „Natürlich nicht. Aber uns anderen gefällt es auch nicht, dass Nancy vermutlich jede Aufforderung zum Tanz ablehnt, weil sie darauf wartet, dass du deine Liebe zu ihr wiederentdeckst. Wir wollen jetzt auch unsere Chance bekommen – und das noch dazu für einen guten Zweck. Gibt es einen angenehmeren Anlass, etwas zu spenden, als wenn man dafür ein Mädchen über den Tanzboden schwenken darf?"

„Übrigens – Eliza macht in letzter Zeit einen bedrückten Eindruck." Lynville schob den Hut ein wenig zurück, um sich die Stirn zu wischen. „Sie braucht einen Mann, der sie aufheitert. Wenn wir nicht auf die Idee mit diesen Tanzcoupons gekommen wären, hätte sie wahrscheinlich nur herumgesessen oder wäre überhaupt nicht gekommen. Und das ist keine gute Methode, um über die Sache mit Axel hinwegzukommen."

Genau. Denn der Tod einer von der Gesellschaft gemiedenen Dame hatte natürlich nichts mit Elizas Stimmung zu tun. Will warf Lynville einen wütenden Blick zu. Nicht, dass er sich gewünscht hätte, der Mann wäre feinfühlig genug, um Elizas Herz gewinnen zu können. Aber etwas mehr Verständnis konnte man wohl erwarten. „Wie viele Tänze habt ihr im Angebot?"

„Na also, jetzt gefällst du mir schon besser", kommentierte Micah, während er mit dem Daumen auf den Tresen klopfte. „So viele wie möglich. Wie viele Coupons willst du?"

„Nun, ihr wollt den Mädchen ja sicher auch ein bisschen Erholung gönnen." Will konnte es sich nicht leisten, den ganzen Abend mit Eliza zu tanzen. Und nach Lynvilles Grinsen zu urteilen, hatten er und Micah bereits ein paar Coupons für sich selbst reserviert – als Entschädigung dafür, dass sie auf die Idee gekommen waren.

„Aber selbstverständlich", versetzte Micah mit einem Augenzwinkern. „Sie sollen schließlich bei jedem Tanz bester Laune sein – sonst macht es ja keinen Spaß."

Ein Abend, an dem er zusehen sollte, wie alle Männer der Stadt mit Eliza tanzten? Das war nicht gerade Wills Vorstellung von Spaß.

Micah warf Wills Silberdollar in die Luft. „Also, mit wem willst du tanzen?"

„Mit niemandem." Will rieb sich die Stirn, um die Schmerzen zu bekämpfen, die sich dahinter bemerkbar machten. „Gebt das Geld einfach direkt den Millers."

„Was bist du doch für ein Langweiler!" Micah steckte den Silberdollar in die Tasche. „Natürlich kannst du jetzt die Damen nicht mehr auffordern, denn alle anderen bezahlen."

„Ich habe nicht vor zu kommen." Er konnte sich nicht vorstellen, Eliza für ein paar wenige qualvolle Minuten in den Armen zu halten und sie dann an den nächsten Tänzer weiterzureichen.

„Na, wie du willst." Lynville stopfte seine Couponrolle wieder in die Jackentasche. „Wir sehen uns."

Kaum hatten die beiden den Laden verlassen, ordnete Will die Waren in den Regalen, um nicht über den dummen Tanzball nachdenken zu müssen. Aber je länger er sich den Waren in seinen Regalen widmete, umso schwerer fiel es ihm, nicht hinter Lynville und Micah herzurennen und die letzten Pennys aus seiner Börse in Coupons für Tänze mit Eliza einzutauschen.

Wenn er Eliza heiratete – würde er für sie arbeiten können? Sie würde sich wohl kaum ihren Mutterpflichten widmen und ihm das Geschäft überlassen. Und könnte er seine Tätigkeit als Arzt überhaupt aufgeben? Er war sein Leben lang überzeugt gewesen, dass Heilen das war, was Gott von ihm wollte. Aber selbst wenn Eliza ihm in den Westen folgen würde – dann würde sie Lebensumstände und Härten in Kauf nehmen müssen, die ihr als Geschäftsinhaberin in Salt Flatts ganz sicher erspart bleiben würden. Waren seine Gefühle für Eliza stark genug, um sie oder ihn zu einem Leben zu verurteilen, das einer von ihnen nicht wollte?

Seine Gefühle vielleicht schon. Aber wie stand es um ihre?

Wenn er tatsächlich ein Medizinstudium begann, dann würden die

Jahre der Trennung sicherlich dazu dienen herauszufinden, ob es ihnen wichtiger war, zusammen zu sein oder ihre beruflichen Pläne zu verfolgen. Aber er würde sie nicht bitten, auf ihn zu warten, und sie so daran hindern, vielleicht einen anderen Mann zu finden. Will lehnte sich gegen ein Regal. Lynville und Micah würden keine Mühe haben, die Tänze mit den drei Frauen an den Mann zu bringen. Es gab in Salt Flatts genügend erfolgreiche Männer, die eine Frau suchten und deren Füße fest im Boden von Kansas verwurzelt waren.

Das Läuten der Türglocke rief ihn nach vorn. Am Tresen stand Dr. Forsythe und wischte sich den Schweiß von der Stirn. Der Mann sollte seine medizinische Literatur einmal befragen, was dieses übermäßige Schwitzen auslösen konnte. Das war sicher nicht normal.

„Gut, dass du da bist."

Will rieb sich die Schläfe. Dr. Forsythe sah er hier nur selten. „Kann ich irgendetwas für Sie tun?"

„Haben Sie schon gehört, dass Kathleen Hampden gestern ihr Kind bekommen hat?"

„Nein." Will lächelte. „Haben Sie das Kleine in Empfang genommen, oder wurde jemandem von der Straße diese Ehre teilhaftig?"

„Es war nur Carl dabei."

Will seufzte anerkennend. Carl konnte also offenbar doch seinen Mann stehen, wenn es drauf ankam.

Dr. Forsythe schleppte sich zu dem Stuhl neben dem Schachtisch und stöhnte, als er sich setzte. „Aber das Baby wird nicht leben."

Will kniff die Augen zusammen. „Hat Carl irgendetwas falsch gemacht?" Wenn er sich schon schuldig fühlte, dass seine kleine Schwester nicht leben konnte, wie musste es dann Carl jetzt ergehen?

„Nein, es lag nicht an Carl. Um ehrlich zu sein, ich habe noch nie etwas Vergleichbares erlebt." Standen dem älteren Arzt tatsächlich Tränen in den Augen – oder waren es nur Schweißtropfen? Dr. Forsythe zog wieder sein Tuch heraus. „Dr. Benning schon, aber auch er hat noch nie etwas wie das hier …" Forsythe räusperte sich und starrte ins Leere. „Also, nun ja, du solltest dich jetzt um Mrs Hampden kümmern."

Will ließ sich in den Stuhl neben dem Arzt sinken. „Wenn Sie und

Dr. Benning nicht wissen, was zu tun ist, warum glauben Sie dann, ich wüsste es?"

„Natürlich kannst du nichts tun, Junge. Aber die Frau glaubt, dass irgendjemand etwas tun kann. Und irgendwie bringst du es ja immer fertig, Patienten so zu beruhigen, dass sie hören, was man ihnen sagt." Forsythe steckte sein Taschentuch wieder ein. „Aber man muss gar nicht mit ihr diskutieren. Sie wird es bald selbst einsehen."

Will fuhr sich mit der Zunge durch den plötzlich trockenen Mund. „Was fehlt dem Baby?"

„Ich weiß es nicht." Der Arzt stand abrupt auf und stieß dabei einige Schachfiguren vom Brett. „Ich werde in Fossil Creek erwartet." Und damit stampfte er zwischen den restlichen Stühlen hindurch und zur Tür hinaus.

Wenn sogar Dr. Forsythe sich Will gegenüber nicht aufspielte, dann musste wirklich etwas sehr Ernsthaftes vorliegen. Will hastete in seine Schlafkammer, um seinen Medizinkasten zu holen, und versuchte dabei, die Angst davor zurückzudrängen, vielleicht bald wieder ein totes Baby in den Armen zu halten.

O Herr, gib, dass Forsythe und Benning sich irren. Denn wie sollte ich sonst helfen können?

Aber er würde helfen – auf jede nur erdenkliche Weise. Sein Herz erlaubte ihm nichts anderes. Am Tresen vorn im Laden blieb er stehen, um seine Schlüssel einzustecken. Je länger er in Salt Flatts und in Elizas Nähe blieb, umso unglücklicher würde er sein. Es hatte keinen Sinn, Dr. Benning zu fragen, ob er ihn ausbilden würde. Er konnte Eliza nicht weiter umwerben, wo er doch wusste, dass sie nie zusammenleben könnten. Und je mehr er sich zu ihr hingezogen fühlte, umso eher würde er versucht sein, seine eigene Berufung aufzugeben.

Aber konnte er denn wirklich gehen? Konnte er Eliza aufgeben und von seiner Familie wegziehen? Eliza hatte sein Herz ja erst kürzlich gewonnen – dieser Schmerz würde sich also mit der Zeit verlieren. Aber seine Eltern und Geschwister? Nettie? Er würde gern für immer in Salt Flatts bleiben … wenn es nicht bedeutete zu ignorieren, was Gott von ihm wollte.

Will drehte das Ladenschild auf „Geschlossen". Wenn sie nur Axel endlich zu fassen kriegten und der Laden verkauft würde. Ob man Axel nun verurteilte oder nicht, irgendeinen Anteil würde Will vermutlich doch erhalten – und dann könnte er gehen. Vielleicht sollte er das Schild einfach endgültig auf „Geschlossen" lassen und es seinem Vater anheimstellen, die Dinge für ihn zu regeln, falls man Axel schnappte. Und dann sofort in eine Gegend verschwinden, in der die Leute medizinische Hilfe so verzweifelt nötig hatten, dass sie auch einen nicht studierten Arzt akzeptieren würden.

Nein. Das konnte er seinem Vater nicht zumuten.

Will rieb sich die Schläfen. Er wollte auch nicht länger zusammen mit Eliza in Salt Flatts leben in dem Wissen, dass es hier niemals eine gemeinsame Zukunft für sie beide geben konnte.

Kapitel 22

In Hampdens Gemischtwarenhandlung brannte kein Licht, aber der Türgriff ließ sich ohne Schwierigkeiten drehen. Will hatte erwartet, von irgendeinem Ausdruck von Trauer oder Aufregung empfangen zu werden, aber es lag eine unheimliche Stille in der Luft. Während er sich einen Weg zum Hinterzimmer suchte, vernahm er eine gedämpfte Kinderstimme, die allmählich lauter wurde.

Zwischen Kisten, Waren und anderem Kleinkram spielten Gretchen mit Bauklötzen und Junior mit seinem Holzpferd. Eliza saß neben den Kindern auf dem Fußboden, die Arme um die Knie gefaltet, das Gesicht ernst. Die geröteten Augen schimmerten feucht.

Sie sah auf. „Will?"

„Ja …" Es würde schmerzen, mit der Frau zu sprechen, die er liebte, aber nie würde heiraten können. Es tat ihm weh, ihren Schmerz zu sehen, ohne sie in die Arme ziehen zu können. Will warf einen Blick auf die Treppe, konnte aber aus der Wohnung darüber keinen Laut vernehmen. „Ich vermute, sie sind oben?"

Eliza nickte und versuchte zu schlucken.

Will hockte sich neben sie und fuhr Junior durchs Haar. Dann lächelte er Gretchen an, bis die Kinder ihr Spiel wieder aufnahmen. „Ist es so schlimm?", flüsterte er, während er die Schatten unter den Augen musterte, die Eliza ihm nicht zuwandte.

Sie nickte wieder. „Ich sollte die Kinder mitnehmen in die Pension, aber Junior will nicht mitkommen, bevor er dem Baby nicht … Gute Nacht gesagt hat." Ihre Stimme versagte und ihre Lippen zuckten. „Wir werden etwas essen gehen und dann zurückkommen, um Auf Wiedersehen zu sagen." Eine einzelne Träne stahl sich aus Elizas Auge und lief die Wange herunter.

Wills Herz sehnte sich danach, sie an sich zu ziehen, aber er musste jetzt nach oben gehen. „Und Sie meinen, Sie können das hinkriegen?"

„Machen Sie sich um mich keine Gedanken." Eliza steckte sich eine lose Haarsträhne hinters Ohr und versuchte dabei gleichzeitig, die Träne unbemerkt von ihrer Wange zu wischen. „Sie müssen jetzt Kathleen helfen."

„Ich weiß nicht, ob ich eine große Hilfe sein kann. Bei Mrs Lightfoot habe ich auch versagt."

„Nein." Energisch schüttelte Eliza den Kopf. „Es geht nicht um Ihr medizinisches Können oder Nichtkönnen." Sie wischte sich hastig über die Augen und fuhr sich dann mit der Zunge über die Lippen, als wolle sie ein Siegel brechen. „Es geht um den Frieden, den Sie mitbringen. Die anderen Ärzte gehen, sobald es sich zeigen könnte, dass sie an ihre Grenzen kommen. Aber Sie wissen, dass Sie schwach sind und Gottes Hilfe benötigen. Und er ist der Einzige, der hier im Moment etwas tun kann."

„Dann braucht Kathleen nicht mich, sondern Gott …"

„Sie werden Sie doch nicht im Stich lassen – wie Dr. Forsythe und Dr. Benning." Elizas flüsternder Tonfall war so beschwörend, dass Junior sein Spielzeugpferd fallen ließ. Aber sie achtete nicht auf den ängstlichen Gesichtsausdruck des Kindes. „Und deshalb braucht sie Sie."

„Aber Carl …"

„Er braucht Sie ebenso." Eliza rieb sich die Nase und schniefte.

„Hast du dir wehgetan, Liza?" Junior zog die Stirn kraus.

„Nein, Kleiner. Meine Nase läuft, das ist alles." Sie wandte Will einen schmerzerfüllten Blick zu. „Ich kann jetzt nicht mehr reden. Aber ich werde beten. Wenn wir wiederkommen, werden wir sehen, ob ich die Kinder hochbringen kann." Sie griff nach seinem Arm. War es ein Versuch, selbst Kraft zu finden, oder wollte sie ihn mit dieser Geste ermutigen? Vielleicht beides?

Will streckte die Hand aus und strich ihr das Haar an den Schläfen glatt, verbot es sich aber, ihr einen Kuss auf die Stirn zu drücken.

Eliza wandte sich ab und sammelte einen Bauklotz auf. „Komm, Gretchen, ich helfe dir." Sie räusperte sich – vielleicht, um das Zittern in ihrer Stimme zu besiegen – und reichte dem Kind den roten Holzklotz. „Wir sollten jetzt etwas essen gehen." Eliza nahm Gretchen auf den Arm und streckte die Hand nach Junior aus.

Will atmete tief ein. Er winkte den Kindern nach, die mit Eliza den Lagerraum verließen, und zwang sich dann, die Treppe hochzusteigen. An der Eingangstür zu der Dreizimmerwohnung im ersten Stock klopfte er und kündigte sein Kommen an. Da niemand antwortete, schob er die Tür einen Spaltbreit auf. Carl saß auf einem Stuhl und starrte aus dem Fenster, das auf eine Ziegelmauer auf der anderen Straßenseite hinausging. Das schwindende Abendlicht fiel in den Raum, vertrieb aber weder die tiefen Schatten noch die bleierne Atmosphäre von großem Kummer, die auf dem Raum lastete.

„Carl?" Will trat ein.

Der Mann wandte ihm müde einen leeren Blick zu, dann sah er wieder aus dem Fenster.

„Ich komme, um nach Ihrer Frau und dem Baby zu sehen." Will zog die Tür sacht hinter sich zu.

Carl nickte einmal kurz, sagte aber nichts.

„Kann ich etwas für Sie tun?"

Der Mann blinzelte nur; seine Augen waren ausgetrocknet.

Will wusste nicht, was geschehen war. Wie sollte er Carl etwas Tröstliches sagen, um ihn in dem Leid zu erreichen, das ihn stumm gemacht hatte? Der junge Arzt überließ den Freund seinem Schweigen und tappte über die Holzdielen zu dem Zimmer, in dem er Gretchen mit zur Welt gebracht hatte. Die Tür war nur angelehnt und dahinter war das leise Summen einer Frauenstimme zu vernehmen. Will griff nach der Klinke und schob die Tür ein wenig weiter auf. „Darf ich hereinkommen?"

Statt einer Antwort vernahm er die leisen Töne von Brahms' Wiegenlied, etwas zu schrill und nicht ganz sauber gesungen. Gegen das eiserne Bettgestell und etliche Kissen gelehnt wandte Kathleen langsam den Blick von dem übergroßen Bündel ab, das sie an die Brust gedrückt hielt. Ihr Gesichtsausdruck glich dem von Eliza. Die geröteten Augen waren feucht, es zuckte um die spröden Lippen – aber sie unterbrach ihren schrillen und zugleich sanften Gesang nicht. Nur einmal schöpfte sie tief Atem, um das Lied sogleich von vorn zu beginnen.

Will schlüpfte ins Zimmer und umklammerte seinen Medizinkasten fester. „Ist das Baby … bereits tot?"

Kathleen schüttelte den Kopf. Ihr Gesang brach abrupt ab und sie schob das dicke Kissenbündel auf ihre Knie. Die Menge an Tüchern, die es einhüllten, mussten das Kind überhitzen. Die Luft im Raum war erstickend.

Vorsichtig setzte Will sich auf die Bettkante. „Möchten Sie mit mir reden? Soll ich das Kind untersuchen, oder …?" Er warf einen kurzen Blick auf das Baby. Ein engelsgleiches schlafendes Gesichtchen blickte ihm entgegen, die tiefroten Lippen fest geschlossen, die dunklen Wimpern warfen einen kleinen Schatten über gesunde, feiste Bäckchen. Das Neugeborene war wunderschön.

Mit zitternden Händen entwirrte Kathleen den Wust aus Tüchern und Decken. „Du … solltest ihn wohl sehen." Sie wickelte ihren Sohn so vorsichtig aus, als könne die kleinste Bewegung ihn im Schlaf stören.

Als nur noch das letzte Tuch locker über ihm lag, hielt sie inne und holte tief Luft. „Die Ärzte sagen, sie wissen nicht, was ihm fehlt." In ihrem hoffnungslosen Blick lag mehr Trauer, als Will je in menschlichen Augen gesehen hatte. „Meinst du, du kannst vielleicht …?"

„Wahrscheinlich nicht." Er legte ihr die Hand auf ihre zitternden Finger.

Kathleen zog ihre Hand fort. Das Baby wimmerte bei dieser plötzlichen Bewegung, beruhigte sich aber rasch wieder. „Er hat seit gestern Abend nicht getrunken und nicht mehr geschrien, seit Dr. Forsythe ihm vor etwa zwei Stunden eine Spritze gegeben hat. Aber er muss hungrig sein." Ihre rot geränderten Augen füllten sich mit ungeweinten Tränen. Sie nahm das Baby in die Arme und hielt es ihm hin. „Du musst vorsichtig sein. Ich bin schuld, dass er eine Wunde auf dem Rücken hat. Ich habe ihn gerieben, damit er aufwacht, um zu trinken. Ich wusste ja nicht …" Ein tiefes Schluchzen entrang sich ihr, das sie rasch unterdrückte. „Ich wusste ja nicht …"

Will nahm das Baby sanft in seine großen Hände und legte sich den Jungen auf den Schoß, obwohl die Flanellwindel pitschenass war. Das vollkommene Gesichtchen strafte alles, was sie Will verheißen hatten, Lügen. Er zog die leichte blaue Decke fort und betrachtete das Kind auf seinen Knien.

Von den Oberschenkeln des Babys bis zu den Knöcheln hinab schien die Haut des Kindes entzündet. Auf den Waden schien sie so durchsichtig, dass sie kaum die Knochen verdeckte. Große Hautflächen waren mit Bläschen bedeckt. Die winzigen Händchen waren zu Fäusten geballt und schimmerten dunkelrot. Will drehte das Baby sanft auf den Bauch, um den Schaden zu begutachten, den Kathleen, wie sie glaubte, angerichtet hatte. Über den Rippen war an einer kleinen Stelle die Haut komplett abgeschürft. Aber das Schlimmste schien das Fieber zu sein. Das Kind zeigte alle Anzeichen einer Infektion. Wie konnte er ein Baby mit so vielen Wunden davor schützen, dass diese sich entzündeten?

„Dr. Benning sagte, er habe einmal ein kleines Mädchen mit ähnlichen Wunden und Bläschen an Armen und Beinen und auch sonst am Körper gesehen – aber nicht so schlimm wie hier. Es starb, als es drei Jahre alt war, hat er gesagt." Kathleens Stimme klang hohl.

Will drehte den Säugling behutsam wieder um und untersuchte den kirschroten Mund. Sanft steckte er den kleinen Finger zwischen die winzigen Lippen. Das Innere des kleinen Mündchens war noch röter als die Lippen und wirkte heiß und geschwollen. Will bewegte seinen Finger sacht im Mund des Kindes, aber der Junge begann nicht zu saugen.

„Er hat versucht zu trinken. Aber als er das letzte Mal geschrien hat, konnte ich sehen …" – Kathleen presste die Lippen fest zusammen und Tränen strömten ihr aus den Augen –, „dass der ganze Mund wund ist." Sie presste sich eines der Tücher gegen die Augen und wischte mit harten Bewegungen die Tränen fort. Das Schluchzen, das sich ihrer Brust entrang, war so herzerweichend, dass auch Will Tränen in die Augen stiegen.

Mit einem so empfindlichen kleinen Bündel auf dem Schoß konnte er Kathleen nicht an sich ziehen. Wieso war Carl nicht hier? Will legte Kathleen eine Hand auf die Schulter, bis ihr Schluchzen so weit nachließ, dass sie ihre Aufmerksamkeit wieder dem Baby zuwenden konnte.

Behutsam entfernte er die durchnässte Decke unter dem rissigen Körper des Jungen und ersetzte sie durch die, die seine Mutter mit ihren Tränen getauft hatte. Obwohl er sicher war, dass das Kind atmete, hielt er doch ein Ohr an den Brustkorb des Säuglings. Gegen das unterdrückte Schluchzen seiner Mutter waren ein unregelmäßiger Herzschlag und der leise Atem kaum zu vernehmen. Dr. Forsythe musste dem Kleinen ein Schmerzmittel gespritzt haben. Was immer es gewesen war – es erklärte, warum der Kleine so friedlich schlief.

Kathleen streckte die Arme aus, um ihren Sohn zurückzunehmen.

„Wickeln Sie ihn nicht so warm ein. Ich gebe ihm etwas gegen das Fieber. Ich mache jetzt die Fenster auf und werde etwas kaltes Wasser holen. Wir müssen die Wunden waschen.“ Will hantierte im Raum, um alle Vorbereitungen zu treffen. Eine Infektion, innere und äußere Verletzungen und ein Säugling, der nicht trank … Es war kein Wunder, dass Dr. Forsythe aufgegeben hatte.

Das Baby erwachte aus seinem Schlummer und schrie die ganze Zeit, während er den empfindlichen kleinen Körper wusch. Anschließend flößte Will dem Kleinen genug Weidenrindentinktur ein, um hoffentlich die Schmerzen ein wenig zu lindern. Dann legte er Kathleen ihren Sohn in die Arme, die ihm ein kühles Tuch auf die Stirn legte und ihn sacht wiegte.

Das Baby hatte ein paar kurze, ungenügende Schlucke getrunken, während Will seine Instrumente eingepackt hatte, und war nun wieder eingeschlummert. Kathleen betrachtete das kleine Gesichtchen und fuhr mit der Fingerkuppe über die winzigen Augenbrauen, während ihr stumme Tränen über die Wangen rannen.

Will setzte sich und studierte das Gesicht des Babys. Es war so kostbar, so zerbrechlich, nicht mehr als ein Hauch, der eine Weile im Raum schweben und sich dann auflösen würde, bevor sie ihn richtig kennengelernt hatten.

Kathleen stieß einen tiefen Seufzer aus; ein neuer Tränenschwall verschloss ihr die Kehle. „Was habe ich falsch gemacht?"

Wie konnte er zulassen, dass sie von derselben Frage gequält würde, die ihn seit Jahren verfolgte? „Wenn er braune Augen hätte und keine blauen, würden Sie sich doch auch nicht vorwerfen, Sie seien schuld an der falschen Farbe. Und wenn er blind wäre oder gelähmt, wäre es doch nicht Ihre Schuld. Jesus hat das einmal seinen Jüngern erklärt, als sie fragten, wer an der Blindheit eines Mannes schuld sei. Es habe nichts mit einer Sünde seiner Eltern oder mit der des Blinden selbst zu tun, hat er gesagt."

„Aber warum gerade mein Kind?" Kathleens Stimme war nur noch ein Flüstern.

Will starrte auf das schlafende Bündel. Dann wandte er den Blick ab und sah durch das Fenster hinaus in die Seitenstraße.

Hast du eine Antwort für mich, die ich ihr geben könnte?

Ein Streifen goldenes Sonnenlicht fiel auf das Fensterbrett, bevor die nächste Wolke wieder die Sonne verdunkelte. In Wills Ohren klang nichts als das Heulen eines unbarmherzigen Windes und Kathleens Schluchzen.

„Ich weiß es nicht, Kathleen."

Sie starrte auf den Jungen in ihren Armen. „Wie lange wird er leben?"

„Auch das weiß ich nicht." Es war nicht verwunderlich, dass Dr. Forsythe und Dr. Benning das Weite gesucht hatten. Es war schwer, keine Antworten zu haben. „Aber Sie sollten ihm an jedem Tag, den er bei Ihnen ist, Ihre ganze Liebe schenken."

Obwohl ihr immer noch die Tränen über die Wangen liefen, begann Kathleen wieder mit ihrem seltsam abgehackten Wiegenlied. Seine Anwesenheit würde jetzt für eine Weile nicht nötig sein. Will erhob sich und stellte den kleinen Medizinkasten auf die Anrichte. „Ich sehe jetzt nach Carl." Der Mann sollte hier an der Seite seiner Frau sein und seine Zeit mit seinem Sohn verbringen. Mit jedem Schritt, mit dem Will sich dem Freund näherte, lag die erstickende Beklemmung ihm schwerer auf der Brust. Er setzte sich in den Schaukelstuhl neben Carl und spielte nervös mit seinen Händen. Dr. Forsythe hatte den Vater ja sicher über die begrenzte Lebenserwartung des Kindes informiert, und das bestimmt nicht sehr einfühlsam.

Carl seufzte. „Du musst nichts sagen."

„Doch, ich glaube schon. Ich denke, Sie sollen da drin bei den beiden sein."

„Soll ich zusehen, wie mein Sohn stirbt?"

„Nein. Sie sollten ihn jede Minute, die er noch zu leben hat, Ihre Liebe spüren lassen. Und Ihre Frau unterstützen." Will starrte jetzt ebenso wie Carl aus dem Fenster; ihn anzusehen, brachte er nicht über sich. „Es wird Ihnen leidtun, wenn Sie die Zeit, die Ihnen bleibt, nicht nutzen, um sein perfektes Gesichtchen zu bewundern. Er ist ein wunderschöner Junge."

Carl befeuchtete seine Lippen mit der Zunge und schniefte.

„Ich gehe nicht fort, Carl. Ich werde hierbleiben und beten und alles tun, damit sich die empfindliche Haut nicht entzündet. Wenn mir das gelingt, dann könnte …" Könnte was? Will biss sich auf die Lippen, bevor er irgendjemandem falsche Hoffnungen machte. Er hatte noch nie ein Baby praktisch ohne Haut gesehen; ganz sicher gab es hier kein Heilmittel. „Wenn der Kleine unruhig wird, kann ich ihm etwas geben, das ihm die Schmerzen nimmt."

Carl fuhr sich mit dem Daumen über das plötzlich feuchte Auge. Nach ein paar Minuten verräterischen Schniefens und Augenwischens erhob er sich und schritt entschlossen durch die Tür ins Schlafzimmer. Will lehnte sich in seinem Stuhl zurück und machte sich auf eine lange Nacht und Stunden oder auch Tage des Gebets gefasst, die vor ihm lagen.

Erst Mrs Lightfoot und nun dieses Baby. Sobald seine Zeit hier bei Kathleen und Carl endete, würde er anfangen, jeden medizinischen Text zu verschlingen, den er in die Finger bekommen konnte – egal wie lange er für jede einzelne Seite brauchen würde. Egal wie widerständig sich Buchstaben und Wörter auch gebärden mochten. Vielleicht würde er dann eines Tages genug Informationen in seinen Schädel gepresst haben, um richtige Diagnosen zu stellen und Menschen zu heilen, bevor sie starben – und einer Familie Hoffnung zu geben, statt sie in ihrer Verzweiflung bestätigen zu müssen.

O Herr, ich weiß doch schon so lange, dass du willst, dass ich mich um die Kranken kümmere und mich darauf konzentriere. Aber ich hatte nicht genug Vertrauen, dass du dann auch für alles andere sorgen würdest. Ich habe mich statt auf die Medizin darauf konzentriert, für meinen Lebensunterhalt zu sorgen. Ich hatte nicht das Vertrauen, dass du, wenn du mich zum Arzt machen willst, auch dafür sorgen kannst, dass ich die entsprechende Ausbildung bekomme. Und wohin hat dieses Misstrauen mich jetzt gebracht?

Ja, wohin? Er liebte eine Frau, die er nicht haben konnte, ertrank in den Aufgaben, die ein Geschäft mit sich brachte, das er nicht führen konnte, war von einem Banditen übervorteilt worden und hatte als Arzt versagt. Will gab ein bitteres Lachen von sich. Sein Versuch, für sich selbst zu sorgen, war in der Tat erfolgreich gewesen, o ja. Aber war sein Glaube groß genug, um seine Angst vor der Unsicherheit zu überwinden und darauf zu vertrauen, dass Gott ihm helfen würde, ein guter Arzt zu werden? Er sollte seinen Stolz hintanstellen und bei dem erstbesten Arzt in die Lehre gehen, der ihn nehmen würde. Oder einfach mehr studieren und es Gott überlassen, für sein Auskommen zu sorgen.

Er warf einen Blick auf die Schlafzimmertür, hinter der noch immer Kathleens gedämpftes Wiegenlied zu hören war, nun ergänzt durch das Schluchzen ihres Mannes, das mit herzzerreißender Regelmäßigkeit zu vernehmen war.

Hatte er vielleicht, wenn er ganz ehrlich war, Angst, Gott würde mehr von ihm verlangen, als er bereit war zu geben? Konnte er es ertragen, sein Leben lang auch mit Leid und Kummer zu tun zu haben? Konnte er einen Beruf wählen, der die Frau, die er liebte, aus seinem Leben ausschließen würde? Konnte er an einen Ort ziehen, an dem es keine Familie gab, die ihn trösten würde, wenn er selbst das unerträgliche Leid anderer mitgetragen hatte?

Zehnmal so viele Menschen, wie zu Irenas Beerdigung gekommen waren, standen um das frische kleine Grab in einer Ecke des Friedhofs von Salt Flatts herum. Einen Strauß Wiesenblumen in der Hand trat Eliza zu den Männern, die sich anschickten, das Kind, wie es Brauch war, mit Erde zu bedecken.

Kathleen hatte das Schluchzen nicht mehr länger unterdrücken können und war mit Gretchen und Junior gegangen, als ihr Mann die erste Schaufel Erde auf den kleinen Sarg warf. Carl stand mit stoischem Gleichmut neben dem winzigen Grab, solange die Männer einer nach dem anderen ihre Schaufel Erde auf den einfachen Sarg warfen; als es vorbei war, ging der Kaufmann ohne ein Wort mit schleppendem Schritt davon.

Eliza warf ihren Blumenstrauß auf den Sarg des namenlosen Kindes und trat dann vom Grab zurück. Die Welt verschwamm vor ihren Augen, während sie über den unebenen Friedhof zurückging. Jemand ergriff sie am Oberarm; sein Geruch und der beruhigende Fingerdruck sagten ihr sofort, wer sie vor dem Stolpern bewahrte.

Wenn sie sich doch nur umdrehen und Will in die Arme werfen könnte. Aber dazu hatte sie kein Recht. Jetzt, da Irenas Geschäftshäuser ihr gehörten, gab es nur eine Möglichkeit, wie sie und Will zusammenbleiben konnten: wenn Will in ihrem Geschäft arbeiten würde. Und darum würde sie ihn niemals bitten. Nicht, nachdem sie ihn in der letzten Woche bei den Hampdens erlebt hatte. Sie würde ihn nicht davon abhalten, Medizin zu studieren, wenn sich eine Gelegenheit dazu bot. Er musste einfach Arzt werden; er war dazu geboren.

Wills Hand ließ ihren Arm los und die heiße Sommerluft erschien ihr kühl auf der Stelle, die nun ihres Schutzes beraubt war. Sie rieb sich den Arm und wandte sich zur Seite. Was konnte er sagen? Was konnte sie sagen? Ihr Kummer war unbedeutend im Vergleich mit dem der Hampdens und doch war er so groß, dass sie kein sinnvolles Wort herausbrachte.

Will legte ihr leicht die Hand auf die Schulter, bevor er sich abwandte und auf die Stuhlreihe zuging, auf der seine Familie saß. Selbst die kleine Nettie war da. Ja, der Tod war ein häufiger Gast in Salt Flatts; aber sollten schon kleine Mädchen Bekanntschaft mit ihm machen? Mussten sie denn schon erfahren, dass Gott beschlossen hatte, dieses Baby nicht am Leben zu lassen – trotz all der vielen Gebete? Dass er einen solchen Schmerz zuließ?

Rachel winkte Eliza zu sich heran und mühsam setzte diese ihre Füße in Bewegung. Kaum hatte Eliza sich gesetzt, als die ältere Frau ihr auch schon den Arm um die Schultern legte. Rachels Umarmung enthielt die gleiche Botschaft wie der Händedruck ihres Sohnes auf ihrem Arm – aufrichtige Sorge *um sie*. Nachdem ihre Mutter die Familie verlassen hatte und ihr Vater gestorben war, hatte sich Elizas ganzes Denken um sich selbst gedreht: was sie wollte, wohin sie gehen sollte, was sie tun musste. Hatte sie bis zu diesen schrecklichen letzten Wochen eigentlich jemals die Sorgen anderer an sich herangelassen?

Pastor Finch ließ den Blick über die verbliebenen Trauergäste schweifen. Bis auf ein paar gelegentliche Schluchzer oder ein Schniefen lag Schweigen über der Gruppe. Was konnte er sagen, das ein wenig Trost geben konnte? Er räusperte sich, brachte aber kein Wort heraus.

Die von der Sonne erwärmten großen weißen Blüten hüllten die Trauernden in einen intensiven Duft. Warum musste der Himmel ausgerechnet heute nur so freundlich blau sein? Eliza nahm ein weiteres Taschentuch aus ihrer Tasche und zerknüllte es in den Händen.

Pastor Finch öffnete die Bibel und starrte wortlos hinein. Seine Lippen formten ein paar tonlose Worte, dann räusperte er sich noch einmal. „Ihr Lieben, lasst uns heute nicht darauf sehen, was dieses Kind durchmachen musste. Lasst uns lieber froh sein, dass sein Leiden nun beendet ist. Wir können in diesem Leben nicht ermessen, welche Freude dieses Kind nun erlebt, das die ewige Gegenwart Gottes genießen darf. Und wenn wir uns auch vielleicht nicht danach sehnen, selbst diese Welt zu verlassen und diesen kleinen Säugling in einer anderen Welt wiederzusehen, so sollten wir uns doch die Worte des Evangelisten Matthäus zu Herzen nehmen und mehr Kummer über unsere eigene Lage empfinden als über das Schicksal dieses Kindes. ‚Fürchtet euch nicht vor denen, die den Leib töten, euch aber sonst nichts tun können. Fürchtet euch vor dem, der nicht nur töten kann, sondern die Macht hat, euch auch noch in die Hölle zu werfen. Ja, das sage ich euch: Ihn sollt ihr fürchten.‘ Wenn ich auf dieses kleine Grab hier vor mir sehe, dann kommt mir ein Wort in den Sinn: ungerecht. Ganz und gar ungerecht. Ich möchte es herausschreien: Was hat dieses unschuldige Baby denn getan? Das ist ungerecht! Aber dann denke ich an mich selbst – und da möchte ich geradezu um *Ungerechtigkeit* betteln. Denn ich will nicht, dass Gott mit mir gerecht verfährt und mich für alle meine Fehler und Sünden straft. Ich möchte mit diesem unschuldigen Kind einmal den Himmel teilen – obwohl ich alles andere als unschuldig bin."

Der Pastor nahm eine Handvoll Erde von dem kleinen Erdstoß. „Jesus hat gesagt: ‚Ich bin die Auferstehung und das Leben: Wer an mich glaubt, der wird leben, selbst wenn er stirbt.' Gottes Liebe zu uns war so groß, dass Jesus den Preis für unsere Schuld bezahlt hat. Wir, die Schuldigen, können diesem unschuldigen Kind in den Himmel folgen, wenn wir ihm vertrauen." Er ließ die Erde zwischen den Fingern hindurch in das kleine Grab rieseln. „Und jeder von uns kann heute noch entscheiden, ob er diesem Säugling einmal in den Himmel folgen will – und seine Hoffnung auf Christus setzen."

Ohne ein abschließendes Gebet oder weiteres Wort ging der Pastor nun durch die Menge, legte diesem und jenem die Hand auf die Schulter und verließ dann in Begleitung seiner Frau den Friedhof. Einer nach dem anderen erhoben sich die Menschen und gingen schweigend davon.

Alle Stantons schenkten Eliza einen anteilnehmenden Blick oder Händedruck, als sie an ihr vorbeigingen. Aber sie konnte noch nicht gehen; sie musste ihrem Herzen im Gebet Luft machen. Die ganze Nacht, oder besser die ganze Woche, hatte sie gebetet. Unter Tränen hatte sie Gott angefleht – um Hilfe für Kathleen, damit sie die Kraft fände, sich um ihre beiden Kinder zu kümmern, obwohl die Trauer über den Tod ihres Neugeborenen sie überwältigte. Um Kraft für Carl, in der Trauerzeit sein Geschäft weiterzuführen und sich gut um seine Frau zu kümmern. Für die Einwohner von Salt Flatts, dass sie sich nicht von Gott abwandten, weil er ein wehrloses Baby hatte sterben lassen. Und für sich selbst, dass Gott ihre noch unterentwickelte Selbstlosigkeit wachsen ließe, während sie sich bemühte wahrzunehmen, wo Menschen sie brauchten, und sich um andere zu kümmern, wie Will es tat.

Als sie schließlich keine Worte mehr in ihrem Herzen fand, sah sie auf und stellte fest, dass alle behelfsmäßig aufgestellten Bänke und Stühle leer waren. Will setzte sich neben sie. „Dürfen wir Sie nach Hause bringen?“

„Ich dachte, alle seien gegangen.“ Eliza warf einen Blick über ihre Schulter. Wills Familie stand schweigend um ihr Fuhrwerk herum versammelt. „Ich wollte Sie nicht aufhalten. Die Kinder sind doch sicher schon ganz hibbelig, endlich wegzukommen.“

„Den Kindern geht es gut. Nettie wollte Sie nicht hier allein zurücklassen.“

„Ihre Schwestern sind wirklich etwas Besonderes.“

Er nickte, aber seine Augen hatten nicht denselben Glanz wie sonst, wenn das Gespräch auf seine Geschwister kam. Nettie machte sich von der Hand ihrer Mutter los und stolperte auf Eliza und Will zu. Die Eile, mit der sie sich anschickte, die beiden zu erreichen, unterstrich ihren unsicheren Gang nur noch. Sie kletterte Will auf den Schoß. „Warum bifft du traurig? Und Liwa auch? Daff Baby ifft bei Gott“, lispelte die Kleine.

Will atmete schwer aus. „Darüber bin ich froh, Nettie. Aber trotzdem ist es sehr, sehr traurig.“

„Schau mal.“ Die Zweijährige wand sich aus seinen Armen und machte dann mit weit ausgestreckten Armen einen sicheren Schritt anstelle des üblichen Taumelns. Und dann noch einen. Sie wandte sich um und tat dann noch etliche weitere Schritte, wobei sie die Fersen fest auf den Boden brachte, sodass ihr sonstiges unsicheres Gehen kaum noch bemerkbar war. „Bifft du wieder froh, wenn ich rifftiff laufe?“

Wills Adamsapfel stieg auf und ab und kaum hatte Nettie seine bergenden Arme erreicht, da presste er seine kleine Schwester auch schon in einer heftigen Umarmung an sich. „Ja, mein Liebling, da bin ich sehr froh.“ Angesichts seiner leisen, heiseren Stimme fühlte Eliza sich wie ein unwillkommener Beobachter. Schweigend stand sie auf und begab sich zu den anderen.

Beim Fuhrwerk angekommen, umarmte sie Rachel und die beiden anderen Mädchen. „Danke, dass Sie gewartet haben. Aber es ist nicht nötig, dass Sie sich meinetwegen Umstände machen.“

„Nun, wenigstens kann Will Sie nach Hause begleiten.“ Rachels bestimmter Tonfall machte deutlich, dass das keine Frage war.

Eliza versuchte erst gar nicht zu protestieren. „Natürlich.“ Obwohl ihre Tränen noch kaum getrocknet waren, gelang ihr ein Lächeln. Sie entfernte sich ein paar Schritte von dem Fuhrwerk, um Will Gelegenheit zu geben, sich von seiner Familie zu verabschieden, und lehnte sich an die hüfthohe Steinmauer, die den Friedhof umgab. Von dort fiel ihr Blick auf Irenas Grab, das im Schatten einer einzeln stehenden Zeder lag. Sie hatte geglaubt, sie habe alle ihre Tränen geweint. Aber nun stiegen sie ihr schon wieder in die Augen.

„Es tut mir leid, dass ich ihr nicht besser habe helfen können.“ Will schwang ein Bein über die Mauer; sein Blick verlor sich am Horizont. „Dass ich beiden nicht habe helfen können.“

„Unsinn.“ Eliza fischte nach dem letzten trockenen Taschentuch in ihrer Tasche und tupfte sich die feuchten Wangen ab.

„Aber glauben Sie denn nicht, ich hätte erkennen müssen, dass Irena nicht einfach schwermütig war, sondern dass sie sterben würde?“

„Bringen Sie mich nicht dazu, es zu wiederholen: Unsinn.“ Eliza zog sich nun ebenfalls hoch, sodass sie auf dem Mäuerchen sitzen konnte, und winkte seinen Schwestern zu, als die vorbeikamen. „Machen Sie etwa mir einen Vorwurf? Ich hätte mich besser um sie kümmern müssen. Ich hätte bei ihr sein sollen, als sie starb. Und möglicherweise hätte ich dann noch rechtzeitig Hilfe holen können.“

Wills Haltung war gebeugt; er hatte die Hände in den Taschen und starrte auf seine Füße.

„Aber ich habe den Eindruck, *Sie* machen sich Vorwürfe.“

Der junge Mann schwieg.

„Wissen Sie was, Will? Sie sind nicht Gott.“

„Offensichtlich nicht. Ich kann einen Tod nicht kommen sehen oder feststellen, was mit einem Baby nicht stimmt. Gar nicht zu reden davon, ein Leben zu retten.“

„Hat Dr. Forsythe nicht gesagt, es sei Zeitverschwendung zu versuchen, Ihrer Schwester beizubringen, wie sie richtig laufen kann?“

Der strahlende Blick, den er seiner kleinen Schwester geschenkt hatte, nachdem sie ihre neuen Laufkünste präsentiert hatte, erschien nicht wieder. „Nettie bräuchte keine Hilfe, wenn ich bei ihrer Entbindung keinen Fehler gemacht hätte."

„Oder sie wäre tot, wenn Sie nicht da gewesen wären, um ihr in die Welt zu helfen. Ich bin sicher, dass jeder Arzt es immer wieder einmal mit Leid und Tod zu tun hat, so wie Sie in den letzten beiden Wochen. Aber welcher Arzt hätte sich überhaupt um Netties schlechten Gang gekümmert? Sie haben ihr geholfen – auch ohne einen stolzen akademischen Titel." Sie nickte so energisch, als würde er ihr dann eher glauben – und als würde es dann weniger schmerzen, ihm das zu sagen, was sie beide inzwischen wussten. „Sie sollten Arzt sein, praktizierender Arzt."

„Ich kann mit Forsythe und Benning nicht konkurrieren."

Nein, das stimmte. Aber die Alternative wäre die, dass Will die Stadt verließ und sie hierblieb. Früher oder später. Eliza befeuchtete ihre Lippen; auch die Kehle schnürte sich ihr plötzlich zu. Sie wusste, was sie sagen musste. Wusste, was zwischen ihnen stand. Von einem Mann zu erwarten, dass er ihretwegen hierblieb, wo er doch zu Gößerem bestimmt war, das wäre der Gipfel an Selbstsucht. Und selbstsüchtig wollte sie nicht mehr sein.

Warum fiel es ihr dann so schwer, die richtigen Worte zu finden? Sie war eigentlich nie um Worte verlegen. Aber sie hatte auch noch nie zuvor von einer Zukunft mit einem Mann auf dieselbe Weise geträumt, wie sie von Will geträumt hatte. Sie war noch nie zuvor von einem Mann umworben worden, der sich mit Will messen konnte. Sie holte tief Luft. Ja, sie würde sich zwingen zu sagen, was sie sagen musste, denn es war das Beste für Will und auch für sie selbst.

„Wenn Sie mit den Ärzten hier nicht konkurrieren können, sollten Sie den Laden verkaufen, um das Geld für ein Studium zu beschaffen. Lassen Sie Axel selbst für das einstehen, was er anderen schuldet. Sie sollten die Gaben nutzen, die Gott Ihnen gegeben hat."

„Selbst wenn ich den Laden verkaufen kann, würde das im Moment nicht viel nützen. Aber ich bin bereits entschlossen wegzugehen." Will rieb irgendetwas Imaginäres in seiner Hand. „Und zwar bald."

Der Funke Hoffnung, er werde doch nicht gehen, verblasste. Eliza kniff die Augen zusammen, in denen schon wieder diese hartnäckige Feuchtigkeit aufstieg. Sie würde sich nicht von albernen Gefühlen bestimmen lassen, nur wegen eines lächerlichen Traums, der nie eine Chance gehabt hatte. Sie hatte auch ohne das genug Anlass für Tränen.

„Ich werde in den Westen gehen. Entweder finde ich dort einen Arzt, der etwas kann und meine Hilfe braucht, oder ich gerate an einen Ort, wo medizinische Hilfe so dringend gebraucht wird, dass die Leute sogar meine Dienste dankbar annehmen."

Kein Studium? Wenn er keinen Abschluss machte, würden die Leute in Will dann nicht nur einen weiteren Quacksalber sehen, der die Verzweifelten um ein paar rasche Münzen erleichterte? Er konnte so viel mehr als das. Aber natürlich würde er bereits jetzt und ohne Studium jede Menge Gutes bewirken. Und wenn Gottes Plan vorsah, dass er eben auf diese Weise seiner ärztlichen Berufung folgte ... Allerdings: Warum sollte Gott nicht dafür sorgen, ihn mit allem auszustatten, was er brauchte, um als Arzt sein Bestes zu geben?

„Erlauben Sie mir, mit Mr Raymond zu sprechen." Es würde ihr sicher gelingen, den Bankier zu bewegen, irgendeine Lösung zu finden. Aber das würde bedeuten, dass Will noch rascher fortgehen würde, und das würde wehtun. Aber er brauchte ihre Hilfe. Konnte sie denn besser beweisen, dass ihr Herz sich gewandelt hatte, als so – indem sie nicht an sich dachte, wo es sie wirklich einen hohen Preis kostete? „Er wird sicher helfen können."

Will warf ein Steinchen aus der Mauer auf die Straße. „Ich habe es bereits selbst bei ihm versucht. Der Mann glaubt nicht genug an mich, um auch nur einen Gedanken darauf zu verschwenden, mich zu unterstützen."

Wenn ihr Herz etwas zu sagen hätte, würde sie so tun, als könne sie keinen Weg finden, wie er sofort ein Studium beginnen könnte. Aber Wills Herz hatte es verdient zu bekommen, wonach es sich sehnte.

Morgen würde sie mit Mr Raymond sprechen.

Kapitel 23

Die Bank hatte bereits geschlossen, aber Eliza klopfte noch einmal. Diesmal kräftiger.

Hinter dem Türglas erschien Mr Raymond und schob den Riegel zurück. „Wir müssen einen anderen Weg finden, wie Sie mich nach Geschäftsschluss kontaktieren können. Hier zu klopfen, nachdem alle anderen gegangen sind, schickt sich nicht."

„Ein Schlüssel vielleicht?"

Mr Raymond lachte und winkte sie durch die Eingangshalle. „Wie wäre es, wenn Sie sich in einem solchen Fall bei uns zum Abendessen einladen? Eine Lady ohne jemanden, der für sie kocht, sollte sich über ein Essen freuen."

Eine Lady ohne jemanden … Genau das würde sie wohl bleiben, wenn er ihrem Plan zustimmte. „Nun, das tue ich vielleicht auch."

Er wartete, bis sie in dem unbequemen Besucherstuhl in seinem Büro Platz genommen hatte, bevor er sich auf seinen Schreibtisch stützte. „Was ist so dringend, dass es um diese Zeit meine Aufmerksamkeit erfordert?"

Sollte sie ihm zuerst ein wenig Honig um den Mund schmieren oder direkt mit ihrem Anliegen herausrücken? Eliza räusperte sich. „Wir brauchen mehr Waren, und ich weiß, wo wir den gesamten Warenbestand eines Ladens günstig erwerben könnten."

Mr Raymond rieb sich das Kinn; dem Blick, mit dem er sie maß, konnte sie kaum standhalten. „Sie sprechen von Mr Stanton, oder irre ich mich?"

„Ja. Er braucht nur genug Kapital, um ein Studium zu beginnen. Wir würden einen Konkurrenten ausschalten, unser Angebot erweitern und seinen Kundenstamm hinzugewinnen. Und außerdem …"

„Sie haben ein Billligwarenhaus eröffnet, Miss Cantrell. Der Großteil der Waren aus seinem Vorrat dürfte dazu kaum passen."

Eliza weigerte sich, sich von seinem intensiven Blick nervös machen zu lassen. „Dann wird mein Warenhaus eben eine Zeit lang auch ein Discounthaus sein – Sonderangebote ziehen immer Kunden an. Wir können ihm seinen Warenbestand weit unter Wert abkaufen und das meiste davon oben auf der Galerie anbieten, zusammen mit der Kleidung von Mrs Langston."

„Das war bereits eine Ausweitung des Geschäfts, die nicht mit mir besprochen war und die ich auch nicht billige."

Eliza hob das Kinn. Sie hatte es nicht nötig, sich wegen einer menschenfreundlichen Aktion zu verteidigen. „Mrs Langstons Kleidung wird uns neue Kunden bringen. Außerdem haben wir reichlich Verkaufsfläche."

„*Sie* haben reichlich Verkaufsfläche." Der Bankier zog leicht die Oberlippe hoch.

Wieso ärgerte es ihn so sehr, ein Gebäude verloren zu haben, das ihm nie gehört hatte? Das Warenhaus diente doch trotzdem noch seinen Interessen. „*Wir* haben reichlich Verkaufsfläche. Nur bin ich zufällig die Ladenbesitzerin."

„Aber nun ist Ihr Geschäftsgewinn meine einzige Gewinnbeteiligung. Mir ist also daran gelegen, dass Sie profitabel wirtschaften. Waren zu kaufen, die nicht ins Sortiment passen, aber Platz wegnehmen, ist nicht klug."

Eliza umklammerte die Armlehnen, um sich aufrecht zu halten. Die Sache verlief nicht so, wie sie es sich vorgestellt hatte. Warum war er so stur? „Aber wir hätten einen Konkurrenten weniger."

Mr Raymond verschränkte die Arme und hob die Augenbrauen. „*Gentleman's Emporium* ist keine Konkurrenz."

Kaum, da hatte er recht. „Wir können nicht immer so aufs Geld versessen sein. Es wäre ein annehmbares Geschäft – alles unter dem normalen Einkaufspreis."

„Da Sie selbst kein Geld haben, bitten Sie *mich,* das Kapital auszuspucken, um Stanton aufzukaufen, richtig? Es sei denn, Sie wollen mir das Gebäude anbieten. In dem Fall würden Sie bald über eigenes Kapital verfügen." Angesichts der gespielten Unschuld in seinem Blick hätte Eliza am liebsten die Augen verdreht.

Sie würde die Gebäude nicht einmal beleihen. „Nein."

„Dann wird Will wohl warten müssen, bis Sie in der Lage sind, den Kauf selbst zu finanzieren." Raymond kreuzte die Knöchel und umklammerte die Schreibtischkante, wobei er sich leicht vorbeugte. „Haben Sie eigentlich mal darüber nachgedacht, *warum* Sie mich bitten, Geld auszugeben, mit dem ich kaum einen Gewinn erzielen werde?"

Obwohl er ihr immer näher kam, weigerte sie sich, den Blickkontakt abzubrechen. „Weil es das einzig Richtige ist."

„Ach ja? Ich bin mir nicht mal sicher, ob ich den Laden überhaupt übernehmen könnte, solange Axel nicht aufgetaucht ist. Was ist mit seinem Anteil? Wenn der Sheriff ihn je zu fassen bekommt, würden Axels Opfer kaum eine Entschädigung erhalten, wenn wir Will den Laden günstig abkaufen."

Die meisten Opfer von Axels Diebeszügen erwarteten sicher schon gar nicht mehr, ihr Gut je zurückzuerhalten. Sie selbst hatte den Gedanken daran jedenfalls aufgegeben. „Axel könnte das gestohlene Geld bei sich haben. Dann wäre der Laden von der Sache gar nicht betroffen."

„Ein Dieb, der seine Beute hortet, statt sie für Schnaps und …" Mr Raymond räusperte sich und sah an Eliza vorbei. „Und … nun, andere Unterhaltungen auszugeben? Das wäre höchst ungewöhnlich. Nein. Der Grund, warum Sie mich bitten, eine so schlechte Investition zu tätigen, ist ein anderer: Ihre Gefühle haben Ihnen den Verstand geraubt. Aus genau diesem Grund lassen sich die meisten Männer auch erst gar nicht auf Geschäfte mit Mädchen …"

„Frauen, meinen Sie wohl." Dass sie die Augen zusammenkniff, beeindruckte ihn offensichtlich nicht.

Der Bankier zuckte die Achseln. „Gefühle führen zu schlechten Entscheidungen. Und aus diesem Grund trifft Mr Stanton ständig schlechte Entscheidungen. Er kann seine Gefühlen nicht unter Kontrolle bringen. Und Frauen neigen noch mehr dazu, ihren Gefühlen zu folgen statt ihrem Verstand. Dabei bin ja selbst ich nicht völlig immun gegen törichte Entscheidungen. Schließlich habe ich auch klein beigegeben, als Mr Stanton mich bat, Ihnen eine Chance zu geben." Mr Raymond verschränkte die Arme und stieß hörbar die Luft aus. „Weil ich hoffte, bei dem Geschäft würde für mich das Gebäude herausspringen."

Etwas Schweres machte sich plötzlich in Elizas Hals breit. „Will hat Sie gebeten, mir ein Darlehen zu geben?" Es war nicht *ihre* Geschäftsidee gewesen, die Mr Raymond überzeugt hatte? Er war nicht deshalb an ihrem Billigkaufhauskonzept interessiert gewesen, weil er einer klugen, fähigen Frau begegnet war, die mit Sinn und Verstand über geschäftliche Angelegenheiten sprechen konnte?

Ja. Natürlich hatte Will in ihrem Interesse mit Mr Raymond gesprochen. Sonst wäre er ja nicht Will. Und sonst würde sie ihn ja nicht lieben – und nicht bekommen können. Der Mann verbrachte sein Leben damit, anderen zu helfen, statt einen Laden zu führen.

„Sie haben ein gutes Geschäftskonzept, Miss Cantrell. Das gestehe ich Ihnen gern zu. Aber Sie müssen sich auch daran halten und deshalb …" Er beugte sich noch weiter vor. „… werde ich kein Kapital vorstrecken, um *Gentleman's Emporium* zu erwerben." Mr Raymond ließ sich wieder in seinen Stuhl zurücksinken und spielte mit seinem Binder. „Können Sie einen Gewinn erwirtschaften? Ja. Lohnt es sich, dafür mein Kapital festzulegen? Nein. Wenn Sie das nächste Mal mit einem geschäftlichen Anliegen zu mir kommen, lassen Sie Ihr Herz bitte vor der Tür. Ich möchte von jetzt an nur noch gut durchdachte Vorschläge hören."

Eliza wandte sich ab und sah aus dem Fenster. Wenn sie noch eine Minute länger dieses unnachgiebig vorgeschobene Kinn ansehen musste, würde sie vielleicht eine unbeabsichtigte Träne vergießen. Er hatte natürlich recht. Sie hätte leicht noch ein paar weitere Gründe aufzählen können, warum es nicht klug wäre, Will seinen Laden abzukaufen. Aber wenn sogar sie verstand, dass auch ein schlechter Handel manchmal den Einsatz wert war, dann konnte Mr Raymond das sicher auch. „Sie haben verstanden, dass ich in der Lage bin, ein Geschäft zu führen. Dann werden Sie sicher auch verstehen, dass Will Stanton Arzt werden muss."

„Natürlich muss er das." Mr Raymond seufzte. „Aber ich investiere nicht aus Mitleid. Ich bin kein Wohltätigkeitsinstitut."

Eliza blinzelte. „Ich hatte gedacht, ich hätte sie regelmäßig im Gottesdienst gesehen."

Der Bankdirektor verschränkte die Arme. „Und was hat das bitte mit allem anderen zu tun?"

„Ihr Kirchbeitrag dient auch wohltätigen Zwecken. Warum wollen Sie nicht etwas unterstützen, von dem andere noch viel mehr profitieren werden?"

„Sie sind doch nicht hier, um ein Almosen für Mr Stanton zu erbitten."

„Und wenn es so wäre – würden Sie meine Bitte in Erwägung ziehen?" Die Uhr auf dem Regal schlug die Viertelstunde. *O Gott, bitte, lass ihn Ja sagen.*

Während der Glockenschlag verklang, schloss Mr Raymond die Augen. „Was mit meinem Geld passiert, entscheide ich. Kümmern Sie sich darum, was Sie mit dem Ihren tun."

Ihm noch länger in den Ohren zu liegen, würde nur ihre Position gegenüber dem Bankier schwächen, wenn das nicht ohnehin bereits geschehen war. „Dann werde ich Sie nicht länger behelligen." Eliza erhob sich. Sie musste die Bank verlassen, bevor die Hitze hinter ihren Augen ihrem hartgesottenen Geschäftspartner offenbarte, dass sie eine empfindsame Frau war.

Will wälzte sich in seinem Bett im ersten Stock und zerwühlte das Kopfkissen, während er auf eine zweite Welle des Donners wartete, der ihn geweckt hatte. Schwüle Luft füllte den Raum. Wie sollte er in dieser Hitze wieder einschlafen? Wenn er das wollte, konnte er den Wind nicht aussperren, der über seine mit Schweiß bedeckte Stirn strich. Außerdem war er viel zu müde, um aufzustehen und das Fenster zu schließen. Vielleicht sollte er einfach zählen …

Tock. Tock. Tock.

Das war kein Donner.

Will stand auf und schlüpfte in Hose und Hemd. Er war schon öfter mitten in der Nacht zu einem Patienten geholt worden. Aber seit dem Überfall auf Eliza war er immer besorgt, sie könne wieder über ihren Büchern hängen geblieben sein und ihr Versprechen vergessen haben, zu einer anständigen Zeit nach Hause zu gehen. Aber sicher hatte sie nicht so lange gearbeitet. Es musste fast drei Uhr nachts sein. „Komme schon!“, rief er, schüttelte sich die Müdigkeit aus den Knochen, knöpfte das Hemd zu, entzündete eine Laterne und stieg die Treppe hinab.

Vor der gläsernen Eingangstür beschien das Mondlicht den Umriss einer Gestalt, die eindeutig zu groß war, als dass es Eliza sein konnte. Sollte er zur Waffe greifen? Aber welcher Einbrecher würde so nachdrücklich anklopfen?

Dennoch …

Will langte nach einem Hammer in einem der Regale und ging dann langsam auf die Tür zu in der Hoffnung, seine Augen würden sich an die Dunkelheit gewöhnen, bevor er öffnete. „Wer ist da?“

„Jebediah. Mach auf, Junge.“

Stirnrunzelnd legte Will den Hammer auf den Verkaufstresen und entriegelte die Tür. „Was ist passiert, Mr Langston?“

„Ich habe meinen Sohn erschossen.“ Der Mann stolperte in den Raum, einen schlaffen Körper in den Armen. Ein sehniger Mann mit weizenblondem Haar.

„Axel.“ Die Anspannung in Wills Muskeln ging auf seinen Magen über. So hatte er sich das Wiedersehen mit Axel nicht ausgemalt.

„Ich habe ihn in der Dunkelheit nicht erkannt. Ich habe ihm zugerufen, er solle seinen Namen nennen, aber er hat sich meine Geldkassette gegriffen und ist über den Tresen gesprungen. Er hätte mir sagen sollen, wer er ist.“ Gram und Tränen erstickten die Stimme des älteren Mannes, während er weiter in den Raum hineinstolperte. „Ich hätte doch nie auf ihn geschossen.“

Will stützte Jebediah und half den beiden voran. Der Mann musste aus seinem Schockzustand herausgeholt werden, wenn er ihm eine Hilfe sein sollte – falls Axel noch Hilfe benötigte … So, wie er in den Armen seines Vaters hing, sah es nicht danach aus, als ob noch Leben in ihm steckte.

„Natürlich nicht, Mr Langston. Aber es ist nun einmal geschehen. Axel hätte Ihnen antworten sollen." Sie würden Axel auf den Tresen legen müssen, falls er eine Kugel herausholen musste. Nachdem er Papiere und anderes von der Theke gewischt hatte, half Will Jebediah, seinen ehemaligen Geschäftspartner auf dem Tresen abzulegen. Axel gab ein Stöhnen von sich.

Er lebte.

Wills Herzschlag beschleunigte sich ein wenig. Er hatte Arbeit vor sich. „Zünden Sie jede Lampe an, die Sie finden können. Ich muss ein paar Instrumente holen." Will rannte nach oben und griff nach seinem Instrumentenkasten und einer Decke. Als er zurückkam, erschauerte er innerlich, als er sah, wie Jebediah beim Versuch, das Glas auf die Petroleumlampe zu setzen, die Hände zitterten. Wenn er nicht aufpasste, würde der Mann noch das Haus in Brand stecken. Trotz der auflodernden Flamme und dem beinahe zerbrochenen Glas gelang es Jebediah rasch, den Tresen in annehmbar helles Licht zu tauchen.

Will fühlte Axels Stirn. Kalter Schweiß. „Wo haben Sie ihn getroffen?" Er suchte nach Blut, doch er sah keines.

„Ich weiß nicht." Statt näherzukommen, um zu helfen, sank Jebediah in einen Stuhl in der Ecke und vergrub das Gesicht in den Händen.

Wenn Axel vor seinem Vater geflohen war ... Will drehte den Körper auf die Seite. Am unteren Rücken entdeckte er Blutflecken und drehte den Freund vorsichtig in Bauchlage.

Axel gab keinen Laut von sich. Will prüfte den Puls. Deutlich spürbar.

„Als ich ihn aufhob, nannte er mich Pa ..." Jebediah stieß einen langen zitternden Atem aus. „Und er nannte deinen Namen. Aber danach kam nichts mehr. Ich dachte, er sei tot. Bis er wieder deinen Namen murmelte."

Will zog Axels Hemd aus dem Hosenbund und fand die Einschussstelle direkt unter dem Brustkorb. Für eine solche Verletzung konnte er nicht viel tun. Will kniff die Augen fest zusammen und atmete tief durch. Er hatte gehofft, die Kugel hätte Axel nur gestreift oder steckte vielleicht in der Hüfte. Aber im Unterleib? Will presste die Decke auf die Wunde, um den Blutfluss zu stillen. Er hatte noch nie jemandem eine Kugel herausoperiert. Und wenn er es tat, würde er höchstwahrscheinlich nicht wiedergutzumachenden Schaden anrichten. Konnte er das verhindern? Will fuhr sich mit der Hand durchs Haar. Vielleicht hatte die Kugel ja die inneren Organe verfehlt. Durfte er auf ein solches Wunder hoffen?

„Ich weiß, ich war nicht gut zu ihm. Ich weiß es ja. Weil er nicht von mir ist." Jebediah umklammerte den Sitz des Stuhls mit beiden Händen. „Sie hat mir was vorgemacht, als wir heirateten. Hat mir das Kind untergeschoben, weil sie wusste, wenn wir erst mal verheiratet waren, könnte ich es nicht mehr ändern …"

Wills Hand erstarrte mitten in der Bewegung. Kein Wunder, dass es zwischen den Langstons schon lange nicht mehr gut stand. Mrs Langstons außereheliche Schwangerschaft würde erklären, warum sie Wills Vater unbedingt auf der Stelle hatte heiraten wollen, nachdem sie nur einen Brief gewechselt hatten. Hatten seine eigenen Eltern gewusst, dass Axel nicht Jebediahs Sohn war, und es ihm verschwiegen?

„Vielleicht warten wir mit den Geständnissen, bis Axel es überstanden hat." Nicht, dass er eine allzu große Chance gehabt hätte, durchzukommen. Aber sollten die vorwurfsvollen Worte seines Vaters das Letzte sein, was er hörte, bevor er starb?

„Axel weiß davon. Ich wollte sie verletzen und er war meine Waffe." Jebediah faltete die Hände zwischen den Knien und stöhnte. „Ich bin schuld, dass er zum Verbrecher geworden ist."

„Mr Langston, jeder Mensch trifft seine eigenen Entscheidungen. Sie werden für ihre geradestehen und Axel für seine." Axel vermutlich eher früher als später. Will legte seine Instrumente zurecht, während er mit einer Hand weiter den Stoff auf die Wunde presste.

„Aahhh." Axels Gesicht verzog sich schmerzhaft. „Will?"

„Kommen Sie, Mr Langston. Sie müssen ihn festhalten." Will goss Whiskey in ein Glas und hob Axels Kopf so weit an, dass er trinken konnte. Glücklicherweise schluckte er jeden Tropfen. Während Will

Axel wieder ablegte, winkte er Jebediah heran. „Reden Sie mit ihm." Ob Axel ihn nun hörte oder nicht – falls es noch etwas zwischen den beiden zu sagen gab, dann war jetzt der richtige Moment dafür.

„Es gibt nichts mehr zu sagen. Was ich getan habe, dafür gibt es keine Entschuldigung." Der ältere Mann stand neben seinem Sohn, berührte ihn aber nicht. Streckte keine Hand aus, um seine Schmerzen zu lindern.

Axels Gesicht war inzwischen noch blasser und verschwitzter als zu dem Zeitpunkt, an dem die beiden gekommen waren. Er starb ihm unter den Händen weg. Will biss die Zähne zusammen. Was konnte er tun, um den Freund zu retten? „Vielleicht sollten Sie Dr. Forsythe holen."

„Axel hat nach dir gefragt." Jebediah blickte auf den verletzten Körper. „Was könnte Dr. Forsythe tun, das du nicht kannst?"

Um ehrlich zu sein, Dr. Forsythe würde ihn für verrückt erklären, dass er überhaupt etwas zu tun versuchte. Wäre es die Mühe wert, Dr. Benning zu holen? Sollte er selbst überhaupt versuchen zu helfen? Vielleicht würde er dem Freund nur unnötige Schmerzen bereiten und ihm den Tod nur erschweren. Will rieb die kleine Perle an seinem Ring. Warum bekam er es so rasch wieder mit dem Tod zu tun? Warum musste er schon wieder eine Schlacht schlagen, die er verlieren würde? Wie lange konnte er sich noch um Kranke und Sterbende kümmern, ohne einen Titel führen zu dürfen? Um Axel hätte sich in diesem Moment jemand kümmern sollen, der mehr wusste und mehr Erfahrung besaß als er.

Warum glaubte Eliza, dass er den anderen Ärzten überlegen war?

Weil er wusste, dass seine Kunst Grenzen hatte.

O Herr, ich habe nicht genug medizinisches Wissen, um Axel zu helfen. Wenn einer helfen kann, dann du.

Axels Hand glitt vom Tresen und fiel schlaff herunter. „Nein." Sein Blick ging irgendwo in die Ferne, sein Gesicht war schmerzverzerrt. „Nein. Tu nichts mehr für mich."

Will wickelte Axel in eine Decke, sodass der Arm festgehalten wurde. „Ob du lebst oder stirbst, liegt nicht in meinen Händen, sondern bei Gott."

„Wissen Sie was, Will? Sie sind nicht Gott.“ Elizas Worte vom Vortag hatten an ihm genagt. Natürlich war er nicht Gott – er war weit davon entfernt, sich das anzumaßen. Er hatte es sich nie selbst angerechnet, wenn ein Patient gesund geworden war.

Warum gibst du dir dann die Schuld, wenn jemand stirbt?

Will blinzelte. Sein Daumen fuhr über die kleine Perle an seinem Ring. Wenn er nichts tat, würde Axel in wenigen Stunden tot sein. Aber wenn er etwas versuchte, was er noch nie getan hatte, konnte Axel bereits in wenigen Minuten tot sein.

Sein Freund öffnete die Augen und sein glasiger Blick blieb an Will hängen. „Mach nichts mehr.“ Axel hustete heftig und das Blut verteilte sich weiter auf der Decke. „Lohnt sich nicht.“

„Hör auf zu reden, Junge. Du machst es nur schlimmer.“ Jebediahs Gesicht war fast so bleich wie das seines Sohnes.

Lohnte es sich nicht für Axel? Das Baby der Hampdens hatte nichts getan, außer zur Welt zu kommen, mit Schmerzen darin zu leben und ohne erkennbaren Grund zu sterben. Mrs Lightfoot hatte man für etwas gemieden, woran sie nichts ändern konnte, und noch im Sterben hatte sie für Axels Mutter gesorgt.

Axel hatte gestohlen, gelogen, Eliza entstellt und vermutlich Schlimmeres.

Aber auch ein Mann wie er brauchte eine Chance auf einen Neuanfang. Will griff nach einer Pinzette. „Halten Sie ihn fest, Jebediah.“

Kapitel 24

Eliza erwachte von einem Schuss. Wo war sie? Sie blinzelte in die Dunkelheit und erkannte das Kassenbuch unter ihrem Arm. Ihr Büro. In der Stadt. Ein Schuss. Sie hielt den Atem an und ließ die Sekunden verstreichen, während sie auf die Zimmertür starrte. Durch den Spalt am Boden drang nichts als Dunkelheit. Kein Geräusch. Kein menschliches Atmen.

Sie rieb sich die kribbelnde Wange, auf der ihre Hand im Schlaf einen Abdruck hinterlassen hatte. Langsam erhob sie sich von ihrem Stuhl und schlich auf Zehenspitzen zur Tür, um zu lauschen. Im trüben Licht der Laterne zeigte die Uhr 2:45. Sie konnte um diese Zeit nicht nach Hause gehen – und schon gar nicht, wenn sie tatsächlich einen Schuss gehört hatte.

Das Letzte, woran sie sich erinnerte, war, dass es neun Uhr gewesen war. Sie hatte jede denkbare Möglichkeit geprüft, so viel zusammenzusparen, dass sie Will seinen Laden abkaufen konnte. Aber ihre Bücher hatten sich nicht als sehr kooperativ erwiesen. Eliza öffnete die Tür einen Spaltbreit und hielt Ausschau nach einem möglichen Eindringling. Alles schien ruhig. Was sollte sie tun? Sie konnte sich nicht hier im Büro verstecken, wenn sie wusste, dass jemand in Not sein konnte. Besonders dann nicht, wenn dieser Jemand Will war. Aber die Bügeleisen, die sie beim letzten Mal als Waffe benutzt hatte, konnten gegen ein Gewehr nichts ausrichten.

Da sie im Laden nichts anderes fand, das sie als Wurfgeschoss verwenden konnte, griff sie trotzdem nach einem Bügeleisen, steckte sich ein Klappmesser in eine verborgene Tasche und öffnete leise die Eingangstür. Als sie niemanden auf der Straße sah, trat sie hinaus.

Von wo war der Schuss gekommen? Etwas weiter unten bei Wills Laden drang Licht auf den Gehweg. Das Herz schlug ihr bis zum Hals. Hatte Will den Schuss ebenfalls gehört und Licht gemacht? Ein Einbrecher würde jedenfalls kaum alles hell erleuchten, um einen Laden auszurauben … es sei denn, er hätte den Besitzer umgebracht und wäre dreist genug anzunehmen, man würde ihn nicht bemerken.

Die Vorstellung, Will könne leblos in seinem eigenen Blut liegen, ließ sich nicht abwehren. Eliza schluckte schwer. Nein. Es war viel wahrscheinlicher, dass er auch den Schuss gehört hatte.

Bitte, Gott, lass es so sein.

Aufmerksam auf jedes Geräusch oder jede Bewegung in der dunklen Straße lauschend, überquerte sie hastig die Straße und eilte dann den Gehweg entlang, in der rechten Hand das Bügeleisen. Als sie Wills Laden erreicht hatte, presste sie sich an die Hauswand, bis sie ans Schaufenster kam. Langsam beugte sie den Kopf vor, um hineinzuspähen. Drinnen standen Will und Mr Langston über einen Körper auf dem Tresen gebeugt. Sie schloss die Augen und lehnte den Kopf an die Wand. Jedenfalls war es nicht Will, der dort lag. Aber der Schütze – vielleicht ein Mörder – lauerte noch irgendwo hier in der Nähe des Ladens. Sie umklammerte das Bügeleisen noch fester.

Sollte sie zu ihrem Geschäft zurückkehren oder Wills Laden betreten? Vielleicht konnte sie Will zur Hand gehen? Und da Mr Langston anwesend war, würde sie auch kaum ihren Ruf aufs Spiel setzen. Eliza sog die Nachtluft tief ein, streckte die Hand zum Türknauf aus und trat ein, wobei sie die Türglocke in Aktion setzte.

Will fuhr herum. Sein Blick aus schreckgeweiteten Augen verfing sich in ihrem. Hätte sie den Laden besser nicht betreten sollen? „Ich habe einen Schuss gehört.“ Will warf einen Blick auf das Bügeleisen in ihrer Hand. Sie versteckte die behelfsmäßige Waffe hinter dem Rücken. „Ich habe mir Sorgen gemacht.“

„Was hat eine Frau mitten in der Nacht in der Stadt herumzulaufen?“ Mr Langston sah sie finster an.

Eliza versuchte angesichts seines absurden Verdachts und seines blutbefleckten Hemds nicht das Gesicht zu verziehen. Er glaubte ja wohl nicht, dass sie es war, die geschossen hatte? „Ich bin über meiner Arbeit eingeschlafen. Ich hätte vermutlich besser meinen Laden nicht verlassen, um einem Schuss auf den Grund zu gehen, falls der Schütze sich noch draußen herumtreibt. Aber ich wollte auch niemanden im Stich lassen, der vielleicht verletzt und ohne Hilfe ist."

Jebediah ließ den Mann auf dem Tresen los und rieb sich die Stirn.

Will wischte sich ebenfalls mit dem Ärmel den Schweiß von der Stirn. „Kein Anschlag. Ein Unfall."

„Es war also kein Einbrecher?" Sie lockerte ihren Griff um das Bügeleisen.

„Oh, es war ganz sicher ein Einbrecher." Will blickte auf den vor ihm ausgestreckten Körper hinunter.

Der Mann auf dem Tresen stöhnte. Sein Gesicht war durch ein behelfsmäßiges Kissen aus einem blutbefleckten Hemd verborgen. Blondes Haar … Mr Langston …

Axel.

Angesichts der blutgetränkten Decken und Wills blutigen Händen begann Eliza am ganzen Körper zu zittern. Jebediahs Gesicht sah ebenso leblos aus wie das seines Sohnes. Würde Axel noch in der Nacht sterben? Würde Will noch einen Patienten verlieren?

„Dann hatten Sie also recht. Er ist zurückgekommen." Oh, warum war er nur wiedergekommen?

Axel bedeutete für Will nichts als schlechte Nachrichten. Und dass er jetzt hier sterbend in seinem Laden lag? Das machte die Dinge noch schlimmer. Wie würde Will über einen dritten Todesfall hinwegkommen, wenn er auch Axel nicht retten konnte? Besonders da sie ja seit Schultagen befreundet gewesen waren. „Wer hat auf ihn geschossen?"

„Ich." Jebediahs Stöhnen enthielt mehr Qual als das seines Sohnes. „Ich habe ihn gewarnt, ich würde schießen, aber in der Dunkelheit sah ich nur einen Schatten. Ich wusste doch nicht, wer es war."

Will starrte gedankenverloren ins Leere, ein langes scherenähnliches Etwas in der Hand.

Eliza trat näher zu ihm und stellte ihr Bügeleisen ab. „Was ist?"

„Ich habe Axel gerade starke Schmerzen verursacht. Aber ich habe keine Kugel gefunden. Ich weiß nicht, ob ich es noch einmal versuchen sollte."

Was könnte ihm jetzt helfen? „Soll ich einen der anderen Ärzte holen?"

Er ließ die Schultern hängen. „Das wäre vielleicht das Beste. Ich sollte das hier gar nicht versuchen … Ich kann ohnehin nichts …"

„Schluss damit." Sie nahm sein Gesicht in beide Hände. „Wenn irgendjemand etwas kann, dann Sie. Sie können es sehr gut auch allein. Haben Sie gehört?"

Wills Kiefer bewegte sich in ihren Händen, als schlucke er schwer, aber er nickte fast unmerklich.

Ihr ganzes Leben lang hatte sie sich danach gesehnt, dass jemand an sie glaubte. Und ihr Vater, ihr Bruder, zwei Verlobte und selbst ihr Geschäftspartner hatten ihre Zweifel gehabt. Aber Will hatte vorbehaltlos an sie geglaubt. Er hatte es bewiesen, indem er die Geschäftsideen aus ihren Briefen umgesetzt und einen Weg gefunden hatte, Mr Raymond zu überzeugen, ihr Geld zu leihen – etwas, das ihr gestern trotz all ihrer Geschäftstüchtigkeit umgekehrt nicht gelungen war.

Will musste erfahren, dass jemand ebenso vorbehaltlos an ihn glaubte wie er an sie. „Sie sind umsichtig, behutsam, klug und einfallsreich. Es gibt keinen besseren Arzt im weiten Umkreis, ganz egal wie viele schicke Urkunden bei Forsythe oder Benning an den Wänden hängen." Sie fuhr mit dem Daumen über sein stoppeliges Kinn. „Ich habe Ihre Fehler, wie Sie es nennen, gesehen. Und ich glaube noch immer an Sie."

Axel stöhnte. „Ma?"

Jebediah räusperte sich.

Eliza ließ die Hände sinken und spürte, wie ihr die Röte ins Gesicht stieg. Sie hatte vergessen, dass sie nicht allein waren. Sie ließ den Kopf sinken und trat ein paar Schritte zurück.

„Ma?", murmelte Axel wieder.

„Ich glaube, Fannie sollte hier sein, falls …" Jebediahs Stimme versagte.

Eliza, der das Herz bis zum Hals schlug, sah Axels schweißnasses, kreidebleiches Gesicht an. „Ich werde sie holen."

„Danke." Will blickte erst sie und dann Axel an. „Mrs Langstons Anwesenheit wird sehr hilfreich sein, wenn er durchkommt."

Sie schüttelte den Kopf. „Sie müssen mir nicht danken."

Will nahm ein weiteres Instrument aus seinem Kasten. „Besser, Sie beeilen sich."

O Gott, wie immer das hier ausgeht – bitte gib, dass er weiß, er hat sein Bestes getan. „Ich werde beten."

„Das werde ich brauchen." Will schluckte, den Blick nicht länger auf sie, sondern auf seinen Patienten gerichtet – er würde es also wenigstens versuchen.

Sie drückte seinen Arm und ging, um ihn nicht von der Aufgabe abzuhalten, die er nun in Angriff nehmen musste.

Will hatte sich gerade die Hände gewaschen, als unten die Türglocke läutete. Er musste noch sein blutverschmiertes Hemd wechseln, bevor er Mrs Langston unten begrüßen konnte. Beim zweiten Versuch hatte er die Kugel gefunden. Aber ob es etwas genützt hatte, ließ sich noch nicht sagen. Zumindest atmete Axel noch. Vielleicht hatte er eine Chance. Will warf sich ein sauberes Hemd über und knöpfte es zu, während er die Treppe hinunterging.

Fannie saß auf einem Schemel neben ihrem Sohn und strich ihm mit einer zitternden Hand über Stirn und Wangen. „Schläft er?"

„Er hat uns verlassen, Fannie." Jebediah hockte in einer Ecke im Schatten.

Will fuhr sich mit der Hand durch das noch vom Schlaf zerzauste Haar. Sollte er Axels Mutter sagen, dass ihr Sohn vielleicht nicht mehr aufwachen würde?

Fannie funkelte ihren Mann an. „Du hast dem Jungen ja noch nie eine Chance gegeben."

Eliza stand mit verschränkten Armen an der Tür. Will seufzte, dankbar, dass sie zurück war. Ihre Nähe war das Einzige, was diese Stunden erträglich machen konnte. Vor allem wenn er nicht nur den bewusstlosen Zustand seines Freundes ertragen musste, sondern auch noch einen Ehezwist seiner Eltern. Als Will das Ende des Ganges erreicht hatte, riss Fannie ihre Aufmerksamkeit von ihrem Sohn los und richtete sie auf ihn. „Wird er durchkommen?“

Das war genau die Frage, die er sich selbst gestellt hatte, seit er die Kugel aus Axels Körper entfernt hatte. „Ich weiß es nicht. Es hängt davon ab, wie viele innere Verletzungen er hat.“ Diese Verletzungen hatte er allerdings durch den Versuch, die Kugel zu finden, noch vermehrt. Aber immerhin war Axel nicht während der Operation verstorben, das war ein Hoffnungsschimmer. Wenn er aufwachte, hatte er eine Chance.

Will warf einen Seitenblick auf Eliza, die ihm aufmunternd zulächelte. Die Kugel zu entfernen, war alles gewesen, was er tun konnte. Würde Gott es geschehen lassen, dass er in diesem Monat auch einen Menschen rettete? Eliza hatte gesagt, sie glaube an ihn, aber was, wenn ihm nie etwas anderes gelang, als Fieberanfälle und Magenverstimmungen zu kurieren? Was, wenn er gar kein medizinisches Talent besaß, sondern nur eine Persönlichkeit hatte, mit der er das Vertrauen der Menschen gewann? Dann würde er immer wieder von Gott abhängig sein – und genauso sollte es ja auch sein.

Fannie beugte sich vor und flüsterte ihrem Sohn ins Ohr. „Liebling, hörst du mich?“ Axel gab keinen Ton von sich und regte sich nicht. Sie sah sich im Laden um. „Können wir ihn nicht etwas bequemer lagern?“

„Nicht, bevor er aufwacht.“ Will rieb sich die Schläfe. Axel jetzt zu bewegen, wäre das Schlimmste, was sie tun könnten. „Ich sollte dem Sheriff Bescheid sagen, dass er hier ist.“

„Nein!“ Fannie sprang auf, sank dann aber wieder in den Stuhl zurück. „Ich meine, natürlich muss man ihn benachrichtigen. Aber was ist, wenn sich sein Zustand zwischendurch verschlechtert? Axel braucht dich.“ Axel stöhnte. „Da siehst du's ja.“

Axel hatte gestöhnt? Konnte das sein? Will durchquerte den Raum und legte dem Freund die Hand auf die Stirn. Sie war warm. Sollte er ihm etwas gegen das Fieber geben? Oder hatte Axel bereits zu viele Medikamente erhalten? Vielleicht sollte er einfach die Tür öffnen, damit die abgekühlte Luft den Kranken beleben konnte.

Hatte er damit etwas medizinisch Sinnvolles getan?

„Ich hole den Sheriff." Jebediah erhob sich aus seinem Stuhl. „Ich werde ihm sowieso erklären müssen, was geschehen ist. Und, nun ja, schließlich wird Axel gesucht ..." Jebediah ging zu seiner Frau und streckte die Hand aus, um sie ihr auf die Schulter zu legen, scheute dann aber vor der Berührung zurück. „Es tut mir leid, Fannie."

Sie wandte ihm den Rücken zu und starrte mit leerem Blick auf ihren Sohn. „Er war ein guter Junge. Es hätte keine Rolle spielen sollen, wer sein Vater ist."

Eliza trat einen Schritt auf Jebediah zu. „Da Sie an meinem Geschäft vorbeikommen, sollte ich wohl besser mit Ihnen zurückgehen."

„Bitte, bleiben Sie." Die Worte waren kaum heraus, als Will die Zähne auf die Zunge presste. Vielleicht brauchte sie ja den Schlaf. „Wenn Sie können, meine ich."

„Bitte." Fannie winkte Eliza mit einem Taschentuch zu sich heran.

Eliza zog sich Jebediahs Stuhl neben Fannie, während Axels Vater den Laden verließ. „Warum legen Sie sich nicht ein wenig hin, Will?" Ihre Augen blinzelten müde, aber das stolze Flackern darin ließ ihn hoffen, Axel würde durchkommen, sodass er ihre Bewunderung verdiente. „Wenn irgendetwas ist, können wir Sie wecken."

Auf Elizas Stirn stand deutlich die Erschöpfung geschrieben, tiefe Schatten lagen unter ihren Augen. Wie konnte er schlafen, während sie bei dem Mann wachte, der ihr so viel Leid zugefügt hatte? „Nein, es geht schon."

„Bitte, bleib, Will. Axel bewegt sich." Fannie strich ihrem Sohn eine Haarsträhne aus dem Gesicht. Seine Augenlider zuckten. „Liebling, wach auf. Wir wissen, dass du Fehler gemacht hat. Aber niemand will, dass du stirbst. Nicht einmal dein Vater."

Axels Lippen verzogen sich zu einem verächtlichen Grinsen. „Pa." Selbst jetzt, wo er halb bewusstlos war, troff das kurze Wort nur so vor Feindseligkeit, die zwischen Vater und Sohn herrschte. Was wohl aus

Axel geworden wäre, wenn Jebediah ihn geliebt und gut erzogen und Fannie ihn nicht verwöhnt hätte?

Aber Moment! Axel hatte etwas gesagt. Will griff zu seinem Medikamentenkasten. Gab es noch etwas, das er Axel geben konnte, um einen Heilungsprozess zu unterstützen?

„Dein Pa ist gerade nicht hier." Axels Mutter hatte seine Hand in die ihren genommen. „Aber ich bin hier. Warum wachst du nicht auf? Ich möchte deine schönen blauen Augen sehen."

Axels Augenlider bebten und Will hielt den Atem an. Hatte er vielleicht doch ein Menschenleben gerettet? Sein Freund blinzelte ein paar Mal und schmatzte mit den Lippen, sodass Will vorsichtig seinen Kopf anhob und ihm einen Becher mit Wasser an den Mund setzte.

Axel schluckte und stöhnte. „Schmerzen."

„Natürlich hast du Schmerzen." Will schüttelte den Kopf, aber auf seinen Lippen lag ein leises Lächeln. Sicher würden ein paar Leute in der Stadt wünschen, er hätte Axel verbluten lassen. Aber vielleicht würde Axel doch lange genug leben, um sein Leben mit Unterstützung durch andere und Gebet wieder in geordnete Bahnen zu lenken. „Ich gebe dir noch etwas Laudanum."

„Nein." Axel richtete schmerzerfüllte Augen auf seine Mutter. „Ich hätte dir mehr helfen sollen." Seine Stimme war sanft und leise wie eine Feder, sodass die drei sich vorbeugen mussten, um sie überhaupt zu hören. „Ich habe mehr als genug für mich beansprucht."

Fannie streichelte seine Wange. „Du hast mir immer geholfen. Und Miss Cantrell bietet meine Kleidung in ihrem Geschäft an. Ich habe inzwischen auf diese Weise schon mehr verdient als je zuvor mit den Auftragsarbeiten bei der Schneiderin."

Will warf Eliza einen verwunderten Blick zu. Sie schlug rasch die Augen nieder. Wenn Fannie jetzt mehr bekam als bei der Schneiderin, konnte Eliza nicht viel verdienen. Geschäftlich ergab das keinen Sinn.

Will lächelte.

„Weißt du, mir gehört ja jetzt Irenas Pension. Mach dir also keine Sorgen. Mach einfach reinen Tisch und nimm deine Strafe auf dich. Es gibt keinen Grund mehr, dich herumzutreiben und dunkle Geschäfte zu machen. Du und ich, wir beide kommen gemeinsam durch."

Will trat näher. „Wo ist das Geld, das ihr erbeutet habt? Wenn du es dem Sheriff aushändigst, könnte der Richter Milde walten lassen, und du siehst deine Mutter schneller wieder, als du vielleicht befürchtet hast." Natürlich würde Axel nie mehr hier in der Stadt leben können, aber das musste man ja nicht gerade jetzt zur Sprache bringen.

Axel versuchte ein Kopfschütteln. „Dreckige Spieler ... reingelegt ... alles abgenommen."

Also war der Dieb selbst bestohlen worden? „Und was ist mit dem Rest? Wenn du dem Richter sagst, wo ..."

„Weiß nicht. War nicht meins." Axel griff nach der Hand seiner Mutter. „Hinter ... Postamt ... Planwagen. Vorräte." Sein Kopf rollte zur Seite. „Nimm sie."

Axel hatte irgendwo einen Wagen geparkt? Wollte er verschwinden? Wie hätte er damit seiner Mutter geholfen? „Was ist mit Nan..." Will warf einen Blick auf Eliza. „Was ist mit dem Ring meiner Großmutter?"

„Wagen. Hab nur versucht, genug zu kriegen ... um wegzugehen." Axel hustete und stöhnte wieder vor Schmerz. „Tut mir leid."

„Wegen des Rings?" Will maß eine starke Dosis des Laudanums ab. Axel brauchte es vielleicht nicht unbedingt, aber je weniger Schmerzen er hatte, umso ruhiger würde er liegen. Und gerade jetzt sollte er sich besser so wenig bewegen wie möglich – er sah ganz und gar nicht gut aus.

„Nein. Dass ich nichts tauge. Du hast immer an mich geglaubt."

„Aber Axel, du kannst dich ändern." Fannie streckte die Hand nach dem Laudanum aus und half ihrem Sohn, es zu schlucken. „Du kannst neu anfangen."

Es fiel Axel schwer, die Arznei zu sich zu nehmen. Nachdem seine Mutter seinen Kopf wieder auf den Holztresen gebettet hatte, schielte er aus trüben Augen zu Will hin. „Nicht deine Schuld."

„Was ist nicht meine Schuld?"

„Dass ich sterbe." Axels erstickte Stimme ließ Will erschauern. Axel schloss die Augen und lag dann ruhig da.

Will rüttelte ihn.

Axel versuchte die Augen zu öffnen, sie fielen ihm wieder zu, dann öffneten sie sich weit wie die eines Betrunkenen, der sich bemüht, wach zu bleiben.

„Du wirst nicht sterben." Will nahm das plötzlich angstverzerrte Gesicht seines Patienten in beide Hände und bemerkte erst jetzt das Blut, das unter dem Körper auf den Tresen sickerte. „Hör auf, so herumzuzappeln." Er griff nach ein paar Stofffetzen und schob sie unter den blutdurchtränkten Verband.

„Tut … mir leid …, Ma." Die Worte kamen verwaschen von Lippen, die sich rasch grau färbten.

„Axel, dir ist vergeben. Alles wird gut werden." Fannie lächelte ihrem Sohn zu, streichelte seine Wange, aber die Tränen, die ihr die Wangen hinunterliefen, straften ihre Worte Lügen. Axels Augen hörten auf zu blinzeln. Nein. Er konnte doch nicht erst aufwachen und dann sterben!

Will fühlte den Puls und stieß erleichtert den Atem aus. „Der Puls ist schwach, aber das kommt vom Blutverlust. Ich muss die Blutung stoppen." Er hastete in sein Hinterzimmer und schnappte sich das Glas mit getrockneter Schafgarbe. Warum hatte er die Wunde nicht damit behandelt, bevor er sie verband? Er hatte Karbolsäure verwendet, nun gut. Aber er hätte alle Mittel ausschöpfen sollen, dann hätte er diese Komplikation verhindern können. Vorn am Tresen angelangt, zog er die Schere heraus, um den Verband, der Axel einhüllte, aufzuschneiden.

Eliza ergriff seine Hand. „Will?"

Er versuchte die Hand zu befreien, aber sie hielt sie fest umklammert. Der traurige Zug um ihre Lippen und ihre matten, feuchten Augen würden ihn nicht entmutigen. „Er kommt durch."

„Will."

Will sah Axel an. Der Blick war leer. Der mühsame Atem hatte aufgehört.

Fannie hatte den Kopf auf Axels Brust gelegt. Über seinem Herzen breitete sich ein feuchter Fleck aus und sie schluchzte leise.

Will schlug mit der Faust auf den Tresen. „Nein." Aber der laute Schrei holte Axel nicht ins Leben zurück.

Auch die Türglocke nicht. Jebediah stürmte mit Dr. Forsythe in den Raum. „Der Sheriff war nirgends zu finden, aber ich dachte, der Doktor sollte hier sein."

Zu spät. Will sank gegen den Tresen. Er hätte nicht auf Axel oder Jebediah hören, sondern Axel sofort zu Forsythe oder Benning bringen sollen.

Der Doktor räusperte sich. „Hier gibt es für mich nichts mehr zu tun."

„Sie könnten sich vergewissern, dass alles, was Will getan hat …" Jebediah brach ab, die Augen auf das Gesicht seines Sohnes geheftet. Ein Gesicht, in dem sich nun kein Schmerz mehr spiegelte.

„Was hast du getan, Junge?" Dr. Forsythes Stimme kam wie von weit her.

Was hatte er getan? „Ich habe ihn umgebracht."

„Nein", stieß Eliza hervor. Sie wandte sich dem Arzt zu. „Was hätten Sie getan, wenn eine Kugel …" Sie wandte sich wieder an Will. „Was war alles verletzt?"

„Ich weiß es nicht. Es war ein Bauchschuss und die Kugel steckte irgendwo in seinen Eingeweiden, aber ich …"

„Ein Bauchschuss mit inneren Verletzungen?" Dr. Forsythe schüttelte den Kopf. „Jebediah, der Junge war verloren. Dass Will überhaupt versucht hat, ihn zu retten, liegt daran, dass er ein Heiliger ist. Sie hätten mich nicht gebraucht."

Mrs Langstons Schluchzen wurde lauter.

Wie viele Heilige hatten kein einziges Wunder vollbracht? „Ich bin kein Heiliger."

„Dass du versucht hast, etwas für ihn zu tun, sagt mir nur eins: Du solltest wirklich Arzt werden. Aber ich warne dich: Eines Tages wirst du es leid sein." Dr. Forsythe gähnte. „Wenn du jemals beschließt, endlich in die Strümpfe zu kommen und ein Studium zu beginnen, kannst du mit einer Empfehlung von mir rechnen. Vielleicht findest du auch einen guten Arzt, bei dem du mitarbeiten kannst, wenn die Vorlesungen dir dafür Zeit lassen."

Ein Studium? Diesen Traum hatte er bereits begraben. „Ich werde nicht studieren, Sir."

„Hmmmh. Schön, ich weiß ja, dass du nicht wieder bei mir arbeiten willst, und Benning will fürs Erste noch niemanden nehmen … ich habe ihn gefragt, also …“ Er rieb sich mit der Faust die Augen. „Ich kenne noch ein paar Militärärzte aus meiner Armeezeit. Falls du dich verpflichten willst, auf einem Fort zu arbeiten, schreibe ich ein paar Armeeärzte an, ob jemand einen Assistenten gebrauchen kann.“

„Wirklich?“ Das würde Forsythe tun?

Der Doktor zuckte die Achseln. „Warum nicht? Und jetzt entschuldigt mich bitte. Ich muss zurück in mein Bett. Bin spät genug reingekommen. Eine Geburt. Das Kind wollte und wollte nicht kommen.“ Er verdrehte die Augen und gähnte noch einmal. „Will kann sich selbst um seine toten Patienten kümmern.“

Ohne ein weiteres Wort an die trauernden Eltern trottete Dr. Forsythe zur Tür hinaus. Fannies Schluchzen steigerte sich zu einem rückhaltlosen Weinen. Jebediah saß neben ihr und legte ihr den Arm um die Schultern. Es würde das Beste sein, die beiden in ihrer Trauer allein zu lassen. Will winkte Eliza, ihm nach draußen zu folgen. Auf der Vorderveranda lehnte er sich gegen einen Geländerpfosten. Am Horizont zeigten sich erste rötliche Streifen, die den neuen Tag ankündigten.

„Alles in Ordnung?“ Eliza kam näher und legte ihm schwer die Hand auf den Arm.

Will schluckte, konnte aber nur den Kopf schütteln. Noch ein Verlust, aber immerhin ein Kompliment von Forsythe.

„Wollen Sie wirklich gehen?“

„Gehen?“

„Jetzt, wo Axel tot ist, könnten Sie den Laden verkaufen und vermutlich noch einen kleinen Gewinn machen, nachdem die Langstons ihren Anteil erhalten haben.“

„Meinen Sie?“ Sie wollte, dass er ging? Und er hatte gedacht … Er rieb sich die Schläfen, um das Pochen darin zu vertreiben.

Eliza starrte in den dunklen Horizont. „Eine ärztliche Assistenz in einem Fort würde es Ihnen ermöglichen, den Gewinn aus einem Verkauf für magere Zeiten zurückzulegen.“

Sie war schon wieder beim Geschäftlichen. Wie sehr er sich wünschte, er müsste keinen Gedanken mehr auf diesen Laden verschwenden. „Es muss ihn aber auch jemand kaufen.“ Aber warum sollte er noch bleiben? Vertraute er nun darauf, dass Gott für ihn sorgen würde, oder nicht?

„Ich habe nicht genug Kapital.“

„Ich meinte nicht, dass Sie ihn kaufen sollen.“ Eher würde er sie bitten, mit ihm zu kommen, wo immer er hinging. Aber eine Frau, die daran dachte, sein Geschäft zu übernehmen, war ganz sicher keine verliebte Frau. Und nur eine hoffnungslos verliebte Frau würde ihm in den Westen folgen – ohne jegliche Garantie dafür, dass er angemessen für sie würde sorgen können.

Eliza hatte den Arm um einen Pfosten des Geländers gelegt und starrte noch immer in die Ferne. „Darüber war ich eingeschlafen ... als ich durchrechnete, ob ich Sie ausbezahlen könnte. Aber ich habe keine Möglichkeit gefunden, wie es gehen könnte – es sei denn, mit einem enormen Risiko.“

Er rieb sich die Stirn. Was war trauriger? Dass er noch einen Todesfall zu verantworten hatte – oder dass die Frau, die er liebte, nach einer Möglichkeit suchte, ihn noch schneller aus der Stadt zu treiben? „Danke. Aber ich könnte Ihnen den Laden auch einfach überlassen.“

Sie sah ihn wieder mit diesem Blick an – zusammengekniffene Augen und verzogene Lippen –, der besagte, dass er etwas gesagt hatte, was außerhalb ihres Vorstellungsvermögens lag. „Mir den Laden zu überlassen, wird Ihnen nicht helfen, sich eine Ausstattung zu kaufen.“

„Nun, ich könnte einen Teil der Waren mitnehmen.“

„Sie werden aber Geld brauchen. Und Sie finden schon einen Käufer, da bin ich mir sicher.“ Eliza verließ die Veranda und ging über den Gehweg auf die Straße hinunter, die Arme eng um sich geschlungen. „Begleiten Sie mich nach Hause?“

Aber noch bevor er die Straße erreicht hatte, lief sie bereits los. Er versuchte sie einzuholen und ignorierte seinen starken Wunsch, sie zu berühren.

Eliza warf ihm einen Blick zu. Die Tränen in ihren Augen ließen ihn verstummen.

„Alles in Ordnung?“

„Nein." Sie wischte sich zornig die Tränen fort. „Mir ist gerade etwas klar geworden. Hier ist eben ein Sohn und ein Freund gestorben – und alles, woran ich denke, ist, was das für *mich* bedeutet." Beim letzten Wort erstickte ein Schluchzen ihre Stimme. „Wann bin ich nur so selbstsüchtig geworden?"

Selbstsüchtig? Nein, das war sie nicht. „Sie haben die Sicherheit Ihres Geschäftes verlassen, um nur mit einem Bügeleisen bewaffnet einem unbekannten möglichen Opfer zu helfen."

Sie blickte auf ihre leeren Hände. Er würde ihr das Utensil morgen zurückbringen.

„Sie haben Mrs Langston die Möglichkeit gegeben, ihre Kleidung zu verkaufen. Kaum waren Sie hier angekommen, haben Sie mir in meinem Laden geholfen, ohne sich zu beschweren. Und ohne Bezahlung."

„Nein, Will. Nichts davon tat ich aus Güte und Freundlichkeit." Durch den kleinen Vitrinenkorridor ging sie zur Eingangstür ihres Geschäftes und schloss sie auf. „Nun, ich habe meine Sache hier recht gut gemacht, finden Sie nicht?"

Warum wechselte sie das Thema? „Niemand hatte etwas anderes erwartet. Sie sind eine geschäftstüchtige Frau."

Sie gab ein hohles Lachen von sich. „Jedenfalls habe ich bekommen, was ich wollte." Sie wischte sich eine weitere einsame Träne aus dem Gesicht und stieß die Tür weit auf. „Alles, was ich wollte. Und bin allein."

„Sie … sind nicht gern allein?" War ihr Warenhaus ihr etwa nicht mehr genug?

Sie schluckte. „Nun, ich verdiene es nicht anders." Damit marschierte sie ins Haus und ließ ihn ohne Abschiedswort draußen stehen.

Für einen Moment legte er die Hand auf den Türknauf, ließ sie dann aber sinken.

Sie müsste nicht allein sein. Aber sie konnte nicht beides haben: ihn und ihr Geschäft. Und wenn er sie bitten würde, das Geschäft aufzugeben … Nein. Das konnte er nicht tun. Sie hatte zu hart dafür gearbeitet, hatte es sich zu lange gewünscht. Vielleicht würde sie sogar Ja sagen, wenn er um ihre Hand anhielt. Vielleicht, ja, vielleicht würde sie ihn tatsächlich ihrem geliebten Geschäft vorziehen. Aber wie lange würde er sie glücklich machen können? Wie viele Tage oder Wochen oder Monate würde ihr Leben in irgendeinem Armeestützpunkt dauern, bevor sie es müde wurde …

Er konnte sie nicht bitten, ihn zu heiraten. Er wollte nicht auch noch eine Erinnerung daran, dass sie ihn abgelehnt hatte, im Gepäck haben, wenn er nach Westen aufbrach.

Irgendwann würde sicher ein anderer Mann ihr Herz gewinnen, der nicht von ihr verlangte, dass sie ihr Geschäft aufgab.

Will steuerte gerade auf den Laden der Hampdens zu, als Jonesey ihm von der anderen Straßenseite her zuwinkte. Sein fröhliches, offenes Gesicht war wenigstens ein kleiner Lichtblick in dieser Woche. Kurz nach Axels Tod waren Gewitterwolken aufgezogen und hingen seit Tagen am Himmel. Seit Will heute früh aufgestanden war, hatte es zwar nicht geregnet, aber der Himmel war viel grauer als sonst gewöhnlich um fünf Uhr nachmittags.

„Glaubst du, der Regen bleibt aus? Wegen des Tanzballs für die Millers?“ Jonesey sprang auf den Gehsteig.

„Sieht aus, als ob es im Osten schon kräftig schüttet.“ Will war es egal, ob es regnen würde oder nicht. Zuzusehen, wie Eliza in den Armen anderer Männer durch den Abend tanzte, bedeutete nichts weniger als Folter. Er würde nicht zum Ball gehen.

„Das mit Axel tut mir leid.“ Jonesey warf einen Blick auf die Fenster im ersten Stock des Hampden'schen Hauses. „Und auch das mit dem Baby.“

Was sollte er sagen? Mitleid mit ihm konnte man sich sparen.

„Hab gehört, du gehst von hier weg?“

Will nickte nur.

„Dann bin ich ja froh, dass ich dich vorher noch getroffen habe.“ Jonesey steckte die Hände in die Gesäßtaschen. „Wollte dir sagen, dass du recht hattest.“

Will schnaubte. „Nun, das würde meiner Mutter sicherlich den Tag versüßen – aber was mich betrifft, so habe ich keine Ahnung, wovon du redest."

„Ich rede von dieser Medizin und von deinem Gefasel von Gott. Werd jetzt sonntags auch immer zur Kirche gehen."

„Gut." Will schlug Jonesey freundschaftlich auf den Rücken. „Hoffentlich hältst du es eine Weile durch."

„Ich werd mir jemanden suchen, der mich hinschleppt, falls ich's allein nicht schaffe." Jonesey wetzte einen Stiefel an den Holzplanken. „Ich wollte ja meine Fehler nicht zugeben, nicht vor dir und schon gar nicht vor Gott. Hab Lucinda für alles verantwortlich gemacht und meine eigene Schuld nicht gesehen. War ganz schön blind, oder?"

Will lächelte nur. Jonesey brauchte keine Antwort von ihm.

„Ich wünschte nur, ich hätte nicht so lange gebraucht, um zu verstehen, dass meine Seele keine Medizin brauchte, sondern was anderes."

„Sei nicht so hart mit dir selbst." Will knuffte den Freund in die Schulter. „Du hast es ja schließlich noch kapiert."

„Alle anderen haben mir die kalte Schulter gezeigt." Joneseys Schultern sackten herab. „Nur du nicht. Du hast ein Wunder bewirkt. Obwohl ich dich gebeten hatte, für jemand anderen zu beten."

„Nun, für Wunder bin ich offensichtlich nicht zuständig. Aber ich kann beten."

Jonesey schluckte, sah Will aber nicht an. „Will, ich wünschte, meine Frau käme zurück."

„Ja, das wäre in der Tat ein Wunder." Hatte Jonesey nicht gesagt, er wüsste nicht, wo Lucinda war? Es war sechs Jahre her, dass sie ihn verlassen hatte. Sie könnte tot sein, ohne dass er etwas davon erfahren hätte.

„Jedenfalls möchte ich, dass sie mir schreibt, damit ich sie um Verzeihung bitten kann. Und wenn sie mir nicht verzeiht – könntest du dann für mich beten, dass ich mich nicht wieder vom Leben zurückziehe?" Jonesey juckte sich hinter dem Ohr. „Wenn du in diesen letzten sechs Jahren nicht immer wieder mal vorbeigekommen wärst … vielleicht hätte ich dann irgendwann mal Schluss gemacht."

Jonesey hatte an Selbstmord gedacht? „Ich bin froh, dass du es nicht getan hast."

„Ich hab's nicht getan … deinetwegen. Weil ich wusste, dass es dir was ausmachen würde." Jonesey räusperte sich. „Die anderen Ärzte haben sich nicht mehr blicken lassen, als sie merkten, dass die Probleme vor allem in meinem Kopf steckten." Joneseys Blick wanderte wieder über die Wohnung im ersten Stock. „Ich wette, du bist der Einzige, der noch nach Mrs Hampden sieht."

Will zuckte die Achseln. Ein Arzt sollte sich um seine Patienten kümmern.

„Gott weiß, dass die Hampdens dich brauchen. Genauso, wie ich dich gebraucht habe." Jonesey lächelte. „Wollte mich einfach bedanken, Will."

„Das freut mich. Und ich werde für dich beten."

„Viel Glück dann im Westen." Jonesey schüttelte ihm die Hand und ging pfeifend davon.

Will starrte der sich entfernenden Gestalt nach. Er hatte etwas getan, was ein Leben gerettet hatte? Vielleicht nicht gerade durch seinen ärztlichen Beistand. Aber jemanden vor dem Selbstmord zu bewahren, war doch auch etwas. Er betrachtete die Fensterreihe über *Hampdens Gemischtwarenladen.* War das der Grund, dass er sich verpflichtet fühlte, jeden Tag hierherzukommen, obwohl es medizinisch nichts zu tun gab – weil er wusste, dass es Kathleen nicht gut ging? War es Gott vielleicht gar nicht so wichtig, dass er für den Leib sorgte? Lag ihm vielmehr daran, dass er den Seelen seiner Patienten guttat? Er hatte immer gedacht, die Sorge für die Seelen sei Sache der Pfarrer. Aber vielleicht konnte Gott einen Laienmediziner wie ihn auch als Laienseelsorger gebrauchen.

Will bahnte sich einen Weg durch den belebten Verkaufsraum und winkte Carl zu, der am Tresen Garnrollen abzählte. Der Mann nickte grüßend, aber seine Miene war so niedergeschlagen, dass man vermutlich noch lange Zeit nicht auf ein Lächeln von ihm hoffen durfte.

Ohne um Erlaubnis zu fragen, ging Will nach hinten durch, stieg die Treppe empor und klopfte an die Wohnungstür.

„Ja, bitte." Kathleens monotone Stimme ließ ihn die Stirn runzeln. Das Einzige, was ihr Befinden verbessern konnte, war die Kraft des Glaubens … mit der Zeit. Er würde Kansas noch in dieser Woche verlassen; er hatte seine Angelegenheiten so weit geordnet. Deshalb sollte er am besten Eliza bitten, an seiner Stelle Kathleen weiter zu besuchen, so lange, bis sie wieder lächeln konnte. Würde er es über sich bringen, noch einmal in Elizas Warenhaus vorbeizugehen, bevor er die Stadt verließ? Würde sein Herz es ertragen, sie noch einmal – zum letzten Mal – zu sehen?

„Guten Tag, Mrs Hampden." Er fragte erst gar nicht, wie es ihr ging. Die harten Linien, die sich um Mund und Augen zeigten, während sie ihren Kindern beim Spielen zusah, erzählten ihre eigene Geschichte.

„Setz dich doch." Sie wies auf einen Stuhl ihr gegenüber in dem kleinen Vorderzimmer. „Ich hatte gehofft, dich heute nicht zu sehen."

„Und warum nicht?" Machte er die Situation etwa schlimmer, indem er so oft vorbeikam?

„Ein junger Mann wie du sollte sich heute auf den Tanzball vorbereiten, statt hier bei mir seine Zeit zu verschwenden. Sag mir wenigstens, dass du einen Coupon für einen Tanz mit Eliza gekauft hast."

„Ich gehe nicht hin." Will knirschte beinahe mit den Zähnen und verschränkte die Arme. Er war nicht hier, um über Tanzveranstaltungen zu plaudern. „Ich bin hier, um nach Ihnen zu sehen, nicht, um über mich zu reden."

„Nun, ich möchte aber über dich reden. Dieses Mädchen mag dich, und du solltest sie wenigstens einmal über den Tanzboden schwenken."

Will verdrehte die Augen. Kathleen war ja fast so penetrant wie seine Mutter. „Ich verlasse Kansas, Mrs Hampden." Warum sollte er die Qual verlängern?

„Ich weiß. Eliza hat es mir erzählt. Bist du sicher, dass jetzt der richtige Zeitpunkt ist, um wegzugehen?"

Er rieb sich die Augen. Fragen wie diese hatten ihm oft genug den Schlaf geraubt. Musste er sie jetzt auch noch ausdrücklich diskutieren? „Gott drängt mich dazu, Arzt zu werden, und zwar zu seinen Bedingungen, nicht zu meinen. Ich kann seine Führung nicht ignorieren, besonders wenn Eliza … mich nicht genug liebt, um mitzukommen." Falls sie ihn überhaupt liebte.

„Will, es geht doch nur um einen Tanz. Und es sieht dir gar nicht ähnlich, irgendjemandes Gefühle zu ignorieren." Ein zaghaftes Lächeln spielte um ihren Mund. „Möchtest du zum Abschied keine schöne Erinnerung mitnehmen? Möchtest du ihr keinen Tanz schenken, an den sie zurückdenken kann?"

Wenn er Eliza auch nur eine Sekunde in den Armen hielte, könnte es passieren, dass er nicht dahin gehen würde, wo Gott ihn haben wollte. „Ich möchte nicht mit Eliza tanzen."

Er wollte jeden Tanz mit ihr.

„Soviel ich weiß, hat Dr. Benning zwei und Lynville Tate drei Coupons für Tänze mit Eliza erworben."

„Woher wissen Sie das?"

„Von Eliza. Sie hat es mir erzählt." Kathleen beugte sich vor, die Augenbrauen fragend hochgezogen. „Und als ich sie fragte, wie viele Coupons du gekauft hast, konnte sie mir nicht in die Augen sehen. Sie konnte nicht verstehen, warum du nicht einmal einen einzigen Tanz mit ihr willst."

Will stöhnte und fuhr sich mit der Hand durchs Haar. Verstand sie denn nicht? Aber wie konnte er fortgehen und sie in dem Glauben zurücklassen, er wolle nicht mit ihr tanzen?

Kapitel 25

Eliza saß unter dem Vordach der Kirche und stocherte in ihrem Teller mit Kasseler herum, während um sie her die Menschen lachten und sich unterhielten. Es war albern, sich hier zu verstecken. Aber die Aussicht darauf, mit jedem anderen Mann außer mit Will zu tanzen, veranlasste sie, sich noch tiefer in den Schatten zurückzuziehen. Wenn sie diese Tänze nicht fest zugesagt hätte, wäre sie zu Hause geblieben. Wie sollte sie diesen Abend überstehen – jetzt, wo Irena nicht mehr da war, Kathleen sich weigerte, ihre Wohnung zu verlassen, und Will sie mied?

Sie presste die Augen zusammen, um die Tränen zurückzuhalten. Warum war er die ganze Woche nicht vorbeigekommen, um sie zu sehen? Sie hatte zufällig gehört, wie der Besitzer des Mietstalls über Wills bevorstehende Abreise gesprochen hatte. Warum kam er also nicht, um sich zu verabschieden? Oder um nur einmal mit ihr zu tanzen?

Nein. Sie sollte dankbar sein, dass er ihr eine solche Tortur ersparte.

Sie richtete sich auf und setzte ein entschlossenes Lächeln auf. Sie musste Glück und Zufriedenheit in Salt Flatts finden, dem Ort, an dem sie leben wollte und bereits recht erfolgreich war.

Erfolgreich, aber allein.

Männer und Frauen strömten jetzt zur Tanzfläche und die Musiker begannen die Instrumente zu stimmen. Sie konnte nicht mehr viel länger in ihrem Essen herumstochern, bevor sie sich unter die Leute mischen, ein Lächeln aufsetzen und so tun musste, als sei alles großartig. Sollte sie vielleicht einfach den Millers den doppelten Betrag dessen, was die Männer für Tänze mit ihr bezahlt hatten, in die Hand drücken und sich aus dem Staub machen? Aber damit würde sie sich sicher keine Freunde machen. Eliza zog die Liste ihrer Tänzer unter dem Teller hervor und starrte auf die endlose Reihe von Namen. Wie sollte sie den ganzen Abend überstehen? Allerdings: Da so viele Männer mit ihr tanzen wollten, sollte sie doch wohl einen darunter finden, den sie zum Freund gewinnen konnte ... der an sie glauben würde, wie Will es tat. Wer konnte bezweifeln, dass sie eine gute Geschäftsfrau war, jetzt, da sie Eigentum besaß und ihre Gewinne stiegen?

Die Namen flossen vor ihren Augen ineinander, denn keiner davon lautete William Stanton – der Mann, der an sie geglaubt hatte, als sie noch keinen Penny besaß. Eliza zerknüllte ihre Liste und ließ den Kopf hängen. Ob ihre Mutter auch mit einem falschen Lächeln auf den Lippen vor ihrem Publikum stand? Sprach sie ihre Rollen, obwohl der Verlust der Menschen, die sie liebte, ihr so schwer auf dem Herzen lag, dass es schmerzte?

Was bedeutete schon ihr Geschäft, wenn Will nicht mehr an der nächsten Straßenecke wohnte?

„Miss Cantrell?“

Eliza öffnete die Augen. Der ihr unbekannte junge Mann, der auf sie heruntersah, lächelte, als habe er eine Goldmine entdeckt. Blond, muskulös und attraktiver als jeder ihrer früheren Verlobten.

Aber es war nicht Will.

„Die Musiker spielen schon und ich glaube, ich habe den ersten Tanz reserviert.“

Abwartend stand er da, ein Lächeln auf den Lippen, das an Charme kaum zu übertreffen war. Und sie akzeptierte seine Hand. Denn dazu hatte sie sich schließlich verpflichtet.

Lynville Tate schwang Eliza so schnell über die Tanzfläche, dass Will keine Chance hatte, an sie heranzukommen. Als die Musik endete, trat Micah zu ihr und nahm ihre Hand. Will steckte die Daumen in seine Weste und wartete, bis die beiden an ihm vorbeitanzten. Elizas bedruckter Kattunrock bauschte sich um sie, kam näher und näher. Das Lächeln, das sie ihrem Tanzpartner schenkte, war halbherzig und konnte mit dem überaus attraktiven Strahlen in Micahs Gesicht nicht mithalten.

Will trat einen Schritt vor und zwang das Paar zum Stehenbleiben. „Etwas dagegen, wenn ich übernehme?"

Elizas Kopf fuhr herum und sie sah ihn an. Ihre Wangen waren anmutig gerötet, die vollen Lippen leicht geöffnet.

„Allerdings." Micah versuchte an ihm vorbeizutanzen, aber Will stellte sich ihm direkt in den Weg. Micah maß ihn mit einem abschätzigen Blick, als ob er stänke. „Du musst schon mit Lynville sprechen, wenn du mich hier ablösen willst. Es gibt hier noch genug andere Mädchen, die auch ohne Coupon tanzen."

Will wich einem Paar aus, das ihn beinahe von der Tanzfläche gedrängt hätte. „Wie wär's, wenn ich dich dafür kostenlos kuriere, du weißt schon, von diesem lästigen ..."

„Hat sich schon sehr gebessert." Micah rümpfte die Nase.

Will wäre schon nicht allzu deutlich geworden – ein Arzt war schließlich eine Vertrauensperson –, aber es kostete ihn doch Mühe, angesichts der Panik im Gesicht des jungen Mannes nicht breit zu grinsen.

Micah dirigierte Eliza aus der tanzenden Menge, die sie umgab. „Aber ich habe nur für einen Tanz mit ihr bezahlt. Und ich dachte, du nimmst keine Honorare für deine Behandlungen."

„Für einen Fall wie deinen nimmt Dr. Forsythe, soviel ich weiß, fünf Dollar. Ich gebe mich mit einem zufrieden."

„Na ja, wenn das so ist." Micah schob Eliza auf Will zu.

Will reichte ihr den Arm und sie reihten sich in den Kreis der Tanzenden ein. Ihre Hände lagen warm in den seinen, ihr duftendes Haar weckte den Wunsch in ihm, sie noch enger an sich zu ziehen. Aber ihr Platz war nicht in seinen Armen, wenn sie dort noch so perfekt hinpassen würde.

„Sie haben versprochen, keinen Metzgerssohn zu heiraten." Die Worte hervorzubringen kratzte ihm in der Kehle.

„Ich würde einen gekauften Tanz kaum als Schritt zu einer Verlobung verstehen." Eliza stolperte und Will umfasste sie enger. Ihr Rock wirbelte um seine Beine. Sie standen zu eng beieinander, um ordentlich zu tanzen, aber er konnte seine Umarmung nicht lösen.

Wieder stolperte sie fast, als sich ihre Füße in seinen verfingen. „Ich dachte, Sie wollten nicht kommen."

„Wollte ich auch nicht."

Er wehrte sich dagegen, sie gehen zu lassen, als die Tanzpartner wechselten, aber sie wurden rasch getrennt. Warum war er nur hergekommen? Sie in den Armen von Fremden zu sehen, war schlimmer, als er es sich ausgemalt hatte. Er nahm nicht wahr, wen er gerade im Arm hielt, aber dankenswerterweise waren die Sekunden, bis er Eliza wieder beanspruchen konnte, nicht endlos. Als sie wieder aneinander vorbeitanzten, legte er ihr die Hände um die Taille und zog sie an sich.

Sie rempelten das Paar vor ihnen an und Will zwang sich, seinen Schritt zu verlangsamen. *Reiß dich zusammen, Stanton. Du kannst sie nicht von hier entführen ...*

Sobald sie an der Bühne vorbeikamen, würde er sie wieder freigeben müssen. Er hatte das schon einmal getan, hatte es getan, bevor er zu dem Tanzball gekommen war. Er konnte es wieder tun. Aber da war dieses Gefühl von Eliza in seinen Armen, unter seinen Händen, an seiner Haut. Er schüttelte den Kopf.

Nein. Er konnte es nicht noch einmal tun.

Eliza versuchte sich loszumachen, um sich einem neuen Partner zuzuwenden, aber seine Hände – und sein Herz – wollten da nicht mitspielen. Das Paar hinter ihnen geriet ins Stocken.

„Sie müssen mich gehen lassen." Über die Schulter warf sie einen Blick auf den älteren Herrn, der mit ausgestreckter Hand auf sie wartete.

„Es ist schwerer, als ich dachte."

Sie schluckte und entzog ihm ihre Hand.

Er ließ sie gehen, blieb aber einfach mitten im Gewoge der Tänzer stehen und wartete darauf, dass Eliza wieder vorbeikam.

„Stimmt was nicht? Sie bringen uns ja alle aus dem Takt." Eine hübsche kleine Brünette, nicht viel älter als Ambrose, funkelte ihn an. Ihre braunen Augen blitzten vor Empörung.

„Nichts stimmt." Er blickte das Mädchen an. „Überhaupt nichts stimmt.“ Dass er nicht studierte. Dass so viele gestorben waren. Dass er seine Familie verließ. Dass die Frau, die er liebte und nicht haben konnte, in den Armen eines anderen tanzte.

Schnippisch tappte die Kleine ungeduldig mit dem Fuß, während sie warteten, dass Eliza mit dem Mann, der der Großvater des Mädchens hätte sein können, wieder vorbeikam. Etliche Paare mussten sich einen neuen Weg suchen, weil die beiden regungslos mitten auf der Tanzfläche stehen blieben.

Eliza wand sich aus den Armen des älteren Mannes und zuckte entschuldigend die Achseln in Richtung des Mädchens. Dann hakte sie sich bei Will ein. „Sie machen es mir wirklich nicht leicht.“

„Sie mir auch nicht.“

Nachdem sie wieder jemand angerempelt hatte, zog sie ihn energisch auf die Seite. „Tanzen Sie, Will.“

Während er sie über die Tanzfläche wirbelte, erforschte sein Blick jeden Millimeter ihres Gesichtes – sehr zum Schaden von Elizas Füßen und auch denen einiger anderer Tänzer auf dem Parkett. Aber sie beklagte sich nicht. Dann endete die Musik und zum Glück auch ihr Tanz. Eliza sah ihn mit zur Seite gelegtem Kopf an. Ihr Brustkorb hob und senkte sich heftig, wohl mehr aus Fassungslosigkeit als aus Erschöpfung.

„Guten Abend, Miss Cantrell.“ Ein kleiner, gedrungener Farmer, Nachbar seiner Eltern, trat auf sie zu und zog den Hut. „Ich bin Larry Putnam. Ich glaube, der nächste Tanz gehört mir.“

„Mr Putnam.“ Will trat vor Eliza und sah dem anderen direkt in die Augen. „Sie haben noch vierzig Dollar bei mir ausstehen.“

Larry starrte ihn an und seine Miene verfinsterte sich. „Sie wissen doch, dass die letzte Ernte schlecht war. Und bis jetzt schienen Sie meine Schulden nicht sehr zu stören.“ Sein Blick wanderte über die Tanzfläche. „Dies ist nicht der richtige Moment, um über Geschäfte zu reden.“

Will hob den Zeigefinger. „Für jeden Coupon für einen Tanz mit Eliza, den sie einem anderen abschwatzen können, erlasse ich Ihnen zwei Dollar.“

Eine Quadrille wurde angesagt und die anderen Paare stellten sich auf. Will blieb stehen und ließ Elizas Hand nicht los.

Ihr Atem in seinem Rücken kitzelte seine Haut. „Das ändert doch nichts, Will, denn …"

Will drückte ihre Hand, sodass Eliza verstummte.

Larry strich sich gedankenvoll über den Bart. „Aber wie soll ich das anstellen? Ich hab das Geld ja nicht."

Will sah ihn scharf an. Er hatte ja auch einen Dollar für einen Tanz mit Eliza übrig gehabt. „Handeln Sie."

„Ich will sehen, was sich machen lässt." Larry warf Eliza einen Blick zu und marschierte davon.

Will zog sie hastig in die Reihe der bereits für den Tanz aufgestellten Paare.

„Ich dachte, Sie wollten den Laden verkaufen und in den Westen gehen?", bemerkte Eliza stirnrunzelnd.

Würde sie ihn bitten, seine Pläne zu ändern? „Es kann nicht schaden, die Bilanz aufzubessern, bevor es so weit ist."

Eliza schwieg, während sie ein paar Figuren tanzten, aber keiner von ihnen machte seine Sache dabei besonders gut. Eliza verpfuschte die Drehung mit dem Wechselpartner komplett und atmete erleichtert auf, als dieser sie wieder in Wills Arme entließ. Nach einer weiteren unbeholfenen Runde auf dem Parkett sank sie in sich zusammen. „Ich möchte nicht mehr tanzen."

Will führte sie aus der Tanzformation heraus und bahnte ihnen einen Weg von der Tanzfläche herunter. „Und ich möchte überhaupt nicht tanzen."

„Warum sind Sie dann gekommen?" Elizas Wimpern hoben und senkten sich viel zu schnell. Sie sah sich um, als fürchte sie, jeder einzelne Ballbesucher starre sie an – was viele tatsächlich taten.

Will schluckte. „Ich weiß es nicht." Stimmte nicht. Er wusste es sehr gut. Schnell zog er Eliza mit sich und blieb außer Hör- und Sichtweite Neugieriger im Schatten eines Baumes hinter der Kirche stehen. Er sah ihr fest in die Augen. „Eliza, ich kann Ihnen nichts bieten. Jedenfalls nichts von dem, was Sie sich wünschen. Mein Laden ist ein Fehlschlag und ich bin als Geschäftspartner absolut ungeeignet. Gerade bin ich dabei, meine Sachen zu packen und in eine unbekannte Zukunft aufzubrechen, ohne Garantie, dass ich dort auch nur für mich selbst anständig werde sorgen können."

Eliza entzog ihm ihre Hand. „Warum sollten Sie mir denn etwas bieten wollen?"

Ja, warum? Will riss ein Stück Rinde vom Baumstamm. „Ich habe nichts von dem, was Sie brauchen – Sie verdienen Besseres."

Eliza schlug die Arme um den Oberkörper. „Will", begann sie, „ich … tauge gar nicht so viel. Ich bin selbstsüchtig und … kein guter Mensch."

„Sie sind mutiger als irgendjemand anders, den ich kenne. Sie sind klug, entschlossen, zäh." Er nahm ihre Hand und betrachtete die Schatten der Blätter, die auf den Fingern spielten, während er mit dem Daumen ihre samtweiche Haut streichelte. „Sie werden mit Ihrem Geschäft erfolgreicher sein, als Mr Raymond sich vorstellen kann. Und es wird kein Jahr mehr dauern, bis in Salt Flatts jeder Mann überzeugt ist, dass eine Frau im Geschäftsleben bestehen kann. Und ich …" Wills Lippen waren so fest zusammengepresst wie nur möglich, aber die Worte wollten sich nicht aufhalten lassen. „Und ich liebe dich."

Eliza taumelte einen Schritt rückwarts, aber Will ergriff ihren Arm, um sie zu stützen, um sie nah bei sich zu halten – wenigstens noch für einen Augenblick. „Ich wollte einfach, dass du das weißt, bevor ich gehe …"

„Will, ich …"

Er zog sie an sich, vergrub seine Hände in ihrem Haar und verschloss mit seinem Mund ihre Lippen. Eliza schmolz in seinen Händen wie weiches Wachs. Will überließ sich der Anziehungskraft, die ihn an sie band. Keine andere Frau würde sie ersetzen können – Nancy nicht und auch sonst keine, die er noch kennenlernen würde. Sie war die erste Frau, die er wirklich geliebt hatte. Ihre bloße Gegenwart hatte alle seine Gedanken in Beschlag genommen. Kathleen hatte darauf beharrt, er solle Eliza zum Abschied eine schöne Erinnerung schenken. Nun, *er* jedenfalls würde sich immer an diesen Moment erinnern, in dem er eine Frau geküsst hatte, wie man sie küssen sollte.

In dem er getan hatte, was er nicht hätte tun sollen.

In dem er nicht anders gekonnt hatte.

Seine Hände glitten an Eliza herab, um sie noch enger an sich zu ziehen. Will musste sich zwingen, ihr ein wenig Luft zu lassen. Der Schmerz in seinen Armen angesichts dieser Zurückhaltung war fast ebenso groß wie der in seinem Herzen. Er konnte sich einfach nicht von ihren Lippen lösen – nicht nach einer Sekunde, nicht nach einer Minute, nicht nach zwei. Dieser Augenblick musste für sein ganzes Leben reichen.

Jemand räusperte sich. „Ähämm ..."

Eliza befreite sich eilig. Der Blick, mit dem sie ihn bedachte, glich dem eines ängstlichen Kätzchens. Wills Hände verweilten an ihrer Taille, obwohl er den Atem des unwillkommenen Eindringlings im Nacken spürte.

„Ich glaube, ich habe ein Anrecht auf den nächsten Tanz." Ein stattlicher Herr, der Will unbekannt war, strich sich über den vorzeitig kahl gewordenen Kopf.

Der neue Kandidat war ihnen gefolgt ... und wollte immer noch mit Eliza tanzen, obwohl er Zeuge ihres Kusses geworden war?

„Aber wenn das nicht ..."

„Nein." Wills Kehle schnürte sich zu und seine Finger lösten sich vom feinen Stoff ihres Mieders, bis er sie nicht länger besaß. „Ich ... darf sie ... nicht länger beanspruchen." Wenn dieser Mann immer noch Interesse an Eliza zeigte, obwohl Will sie vor aller Augen geküsst hatte, dann hatte er Elizas Heiratschancen nicht beeinträchtigt. Sicher würde sie einen Mann finden, noch bevor das Jahr um war. Will rang nach Atem, um seine Abschiedsworte herauszubringen. „Alles Gute, Eliza."

Ohne auf ihre Erwiderung zu warten, stürmte er davon und verschwand in der Menge.

Es war ein Fehler gewesen, zum Ball zu kommen.

Ein weitaus schwerwiegenderer Fehler, als er gedacht hatte.

Ein Mann, an dessen Namen Eliza sich nicht erinnern konnte, versuchte sie unter seinem Arm hindurchzuwirbeln. Aber der Versuch endete damit, dass sie ihm den Ellbogen in die Seite stieß und er ihr auf die Zehen trat.

„Miss Cantrell, habe ich Sie verletzt?"

Sie schüttelte den Kopf. Ihm zu antworten, würde die Tränen fließen lassen, die sie während der letzten beiden Tänze mühsam zurückgehalten hatte. Sie versuchte sich seiner Führung zu überlassen, wusste aber nicht, bei welcher Schrittfolge sie gerade waren, und stolperte einfach irgendwie vorwärts.

Der Mann zog sie aus dem Kreis der anderen Paare heraus. „Haben Sie von dem Punsch am letzten Tisch getrunken? Der war nicht für die Ladys bestimmt."

Eliza zog die Augenbrauen zusammen. Jemand hatte Schnaps in den Punsch für einen Wohltätigkeitsball getan? „Ich habe überhaupt nichts getrunken."

„Oh, vielleicht liegt es daran. Es ist viel zu schwül, um den ganzen Abend zu tanzen, ohne etwas zu trinken." Er hakte sich bei ihr ein und führte sie von der Tanzfläche. „Sie sind ausgetrocknet und ich werde nicht auf diesem Tanz bestehen, nur weil ich dafür bezahlt habe."

„Sehr freundlich von Ihnen." Eliza senkte den Kopf, um die Röte zu verbergen, die ihr in die Wangen stieg. Warum standen die Männer immer noch Schlange, um mit ihr zu tanzen? Mindestens einer hatte doch gesehen, wie Will sie geküsst hatte ... Und andere hatten sicher inzwischen davon gehört oder sie beide auf dem Parkett beobachtet. Nie zuvor hatte sie so schrecklich unbeholfen getanzt. Aber von der Sekunde an, in der Will sie in die Arme genommen hatte, hatte sie keinen einzigen richtigen Schritt mehr tun können. Eine heiße Träne quoll aus ihrem Auge. Eliza riss hastig ein Taschentuch aus ihrer Tasche, bevor ihr Begleiter fragen konnte, was los sei. Von einem der Tische warf eine gesetzte Dame Eliza ein Lächeln zu, musterte sie für eine Weile und neigte dann den Kopf. Sie bot gewiss einen furchtbaren Anblick.

Ihr Tanzpartner wies auf die Schale mit Punsch. „Die Lady braucht etwas zu trinken."

Während sie auf ihre Erfrischung wartete, schlurfte ein schlaksiger Mann heran, die Daumen in den Gürtel gesteckt und den Hut etwas schief auf dem Kopf. „'n Abend, Miss Cantrell." Über ihren Kopf hinweg warf er ihrem Begleiter, der den Arm jetzt enger um sie legte, einen Blick zu. „Ich habe mich gefragt, ob ich jetzt an der Reihe bin. Ich hab ein bisschen den Überblick verloren. Ich bin George Mason."

Der Mann an ihrer Seite knurrte irgendetwas. „Dieser Tanz ist noch nicht ganz vorbei, George."

„Wollte ja nur fragen, Marvin."

Eliza zog die verknitterte Liste aus ihrer Tasche. Als sie versuchte, die Namen der beiden Herren zu finden, zitterten ihr die Hände.

Der Cowboy schob seine Hand mit ausgestrecktem Zeigefinger auf das Blatt Papier. „Hier, das bin ich. Zwei Tänze mit Ihnen hab ich noch gut."

Der untersetzte Farmer, der einen ihrer Tänze mit Will unterbrochen hatte, näherte sich atemlos. „Ich hab tatsächlich ein paar Männer dazu bringen können, ihre Tickets für Tänze mit Ihnen abzugeben, Miss Cantrell. Dachte mir, ich sag's Ihnen besser gleich, jetzt wo Sie 'ne Pause machen. Wo ist denn William?"

„Fort", flüsterte sie.

„Was?"

Eliza schloss die Augen und reichte dem Farmer ihre Liste. Ihre Kehle war wie zugeschnürt.

Mr Putnam kramte einen Bleistiftstummel aus einer Tasche und begann Namen von der Liste zu streichen. „George, ich nehme mal an, du würdest deinen Tanzcoupon mit Miss Cantrell hier nicht eintauschen – gegen ein Dutzend Eier oder vielleicht ein Kaninchen?"

Mr Mason beugte sich über die Liste. „Nein. Schon gar nicht, wo ich jetzt an der Reihe bin." Damit nahm er Elizas freien Arm.

Marvin umklammerte ihren anderen Arm. „Sie braucht ein bisschen Ruhe."

Mr Putnam streckte ihr die Liste entgegen. „Das sind sieben mal zwei Dollar. Er muss mir vierzehn Dollar von meinem Kredit gutschreiben. Was sagten Sie noch mal, wo steckt William?"

„Er ist nicht mehr hier, Mr Putnam", flötete eine weibliche Stimme hinter ihnen.

Nancy löste Elizas Arm aus dem von Mr Mason. „Und ich stimme Mr Jamison vollkommen zu. Miss Cantrell muss ein wenig verschnaufen. Sie und ich wollten eine Runde gemeinsam aussetzen, und das werden wir jetzt tun." Nancy legte Eliza die Hand stützend in den Rücken und lächelte die drei Männer vergnügt an. „Aber ich bin mir sicher, Eliza tanzt noch mit Ihnen, Mr Mason, wenn sie sich ein wenig erholt hat …" Sie nahm Mr Putnam die Liste ab. „Beim übernächsten Tanz, wie eingetragen."

Mit Eliza am Arm eilte Nancy über den Rasen zu der etwas abseits stehenden Bank, auf der Eliza früher am Abend mit ihrem Essensteller Zuflucht gesucht hatte.

„Danke." Eliza nahm die Liste wieder an sich und stopfte sie sich in die Tasche.

„Ich hatte den Eindruck, ich müsste Sie vor all diesen Rittern retten." Wahrscheinlich erwartete Nancy ein Lachen als Antwort oder zumindest ein kleines Lächeln. Mit einem Stirnrunzeln, das auch noch von einem unterdrückten Schluchzen begleitet war, hatte sie vermutlich nicht gerechnet.

„Wieso tanzen Sie diesen Tanz nicht?"

„Ich bin nicht halb so gefragt wie Sie." Nancy gab Elizas Arm frei und setzte sich.

Eliza ließ sich neben ihr auf die Bank sinken und kämpfte gegen das undamenhafte Verlangen, sich einfach auf den harten Planken zusammenzurollen wie eine Katze.

„Sie sind so viel attraktiver als ich. Ihre Liste müsste doppelt so lang sein wie meine."

„Ich bin aber auch berüchtigt dafür, Männer sitzen zu lassen, und ich habe eine kränkliche Stieftochter zu versorgen." Nancy tätschelte Elizas Knie. „Aber ich habe immer noch genügend Verehrer, um morgen die Blasen an meinen Füßen verarzten zu müssen."

Eliza nippte an ihrer Limonade und drehte dann das Glas in ihren feuchten Händen.

„Möchten Sie darüber reden?"

Eliza zuckte die Achseln. „Es kann Ihnen kaum willkommen sein, mit mir über Will zu reden."

„Oh, das ist in Ordnung. Ich habe mir so meine Gedanken gemacht." Sie lächelte Eliza traurig an. „Und meine Mutter ebenfalls. Und außerdem …" Nancy spielte mit dem Kräuselband, das ihr Kleid verzierte. „Ich habe gesehen, wie Sie sich geküsst haben."

Eliza stieg die Hitze in die Wangen. Jetzt war ihr guter Ruf vermutlich dahin. Wie viele Leute hatten wohl sonst noch gesehen, wie sie ihm entgegengeschmolzen war wie ein Eisberg im Sommer? Und doch war sie keineswegs ärgerlich auf Will, dass er sie so geküsst hatte.

Warum hatte sie nicht früher gemerkt, dass er so tief für sie empfand? Seit dem Tag, an dem sie sich zum ersten Mal begegnet waren, hatte jede kleinste Geste von ihm signalisiert, dass ihm etwas an ihr lag. Die beiden anderen Küsse waren süß gewesen, aber der letzte …

Statt sich zu gestatten, seine Liebe zu erwidern, hatte sie sich verhalten wie ihre Mutter. Sie hatte ihren Traum über alles andere gestellt – über Familie, Freunde, Liebe – und zugelassen, dass er ging. Ihrem Vater waren wenigstens zehn Jahre geblieben, um seine Frau zu lieben, zehn Jahre voller Erinnerungen. Will würde allein fortgehen, mit nichts als einer Handvoll Küssen von der Frau, die er liebte.

„Ich habe einen Fehler gemacht."

„Wieso?"

„Ich habe ihn gehen lassen."

„Nachdem er Sie so geküsst hat wie vorhin?"

Eliza legte die Hände auf ihre brennenden Wangen, in der Hoffnung, sie ein wenig kühlen zu können. Sie riskierte einen kurzen Blick auf Nancy. „Bedauern Sie es, dass Sie ihn verlassen haben?"

„Ja." Nancy schluckte. „Und so wie *Sie* hat Will mich niemals geküsst." Ihr Blick folgte jetzt den Wolken am Himmel, die sich im Licht der Dämmerung orange färbten. „Kein Mann hat mich jemals so geküsst."

Eliza schloss die Augen. „Aber wir können nicht zusammen sein. Wir können nicht beide bekommen, was wir wollen, wenn wir zusammen bleiben."

„Dann müssten Sie doch glücklich sein.“

Will war ganz sicher nicht glücklich. Und sie selbst war noch nie so unglücklich gewesen.

„Haben Sie denn bekommen, was Sie sich am meisten wünschen?“

„Ich weiß es nicht“, flüsterte Eliza.

„Hat er Sie gefragt, ob Sie ihn heiraten wollen?“

Eliza schüttelte den Kopf. „Aber wenn ich ihm den kleinsten Hinweis gegeben hätte, dass ich mir das wünschte, hätte er es vermutlich getan.“

„Mein Mann starb einen Monat nach unserer Hochzeit und ließ mich als Witwe mit seinen Kindern zurück. Aber sie sind ihm alle in den Himmel gefolgt. Außer Millie.“ Nancy rieb sich den Finger, an dem ein Ring hätte stecken sollen. „Es gibt keine Garantie dafür, dass das Glück lange währt. Gott hat uns kein Leben ohne Härten versprochen.“

Eliza rieb sich die Schläfen. Das wusste sie nur zu gut. Sie hatte schließlich ihre Eltern verloren, ihr Geschäft, ihren Bruder, ihr Vermögen. Wenn sie sich um Will bemühte, könnte es ihr ergehen wie Nancy. Sie könnte eine mittellose Witwe werden.

Ich. Ich. Ich.

Und Will?

Brauchte er sie etwa nicht? Liebte er sie etwa nicht? Selbst wenn sie nur einen Monat zusammen hätten, sollte sie sich so um ihn kümmern, wie er es verdiente.

Und sie wollte das, was für ihn am besten war.

Weil sie ihn liebte. Weil sie ihn über alles liebte.

Kapitel 26

Mr Raymond geleitete Eliza in sein Büro. „Und was führt Sie zu dieser frühen Stunde zu mir?"

Eliza rang die Hände und sank in seinen pompösen, aber unbequemen Stuhl. „Ich muss mein Geschäft verkaufen."

Er schloss die Tür und dämpfte damit die Geräuschkulisse, die die Kunden im Foyer verursachten. „Verzeihung?"

„Ich möchte Sie bitten, mir meinen Anteil am Geschäft auszuzahlen", sagte sie, diesmal entschlossener.

„Aber ich möchte Sie nicht auszahlen." Der Bankier lauerte über seinem Schreibtisch. „Ich bin nur stiller Teilhaber. Ich habe kein Interesse daran, jemanden zu suchen, der Ihren Job macht. Und es wäre mir weitaus lieber, wenn Sie mir Ihren Kredit zurückzahlten, als Ihnen ein Geschäft abzukaufen, das ich nicht haben will."

„Auch, wenn ich alle drei Gebäude in den Handel einschließe?"

Mr Raymond rieb sich über die Falten auf seiner Stirn. „Warum?"

„Weil niemand bereit ist, Will zu unterstützen, damit er studieren kann. Aber ich könnte es."

Auf Mr Raymonds Stirn zeigte sich eine steile Falte. „Hatte ich Sie nicht gebeten, mich nicht wieder zu behelligen, solange Sie sich von Gefühlen leiten lassen statt von Ihrem Verstand? Es würde kein Jahr dauern und allein die Miete für die beiden anderen Geschäftshäuser würde ausreichen, um Will ein Studium zu finanzieren. Es gibt überhaupt keinen Grund, warum Sie verkaufen sollten."

Eliza rieb die Armlehnen des unbequemen Stuhls. So leicht würde er sie nicht überreden. Die Versuchung, nur an sich selbst zu denken, war immer noch zu stark. „Nein. Ich will jetzt verkaufen."

Mr Raymond sog scharf die Luft ein. Eliza musste ihn ansehen. „Wenn Sie so töricht sind, alles aufzugeben – alles, wofür Sie bis jetzt noch keinen Penny eigenes Geld ausgegeben haben –, dann gibt es keine Verbindung mehr zwischen uns. Ich werde nie mehr mit Ihnen Geschäfte machen."

„Wollen Sie denn die Gebäude nicht mehr?"

„Natürlich will ich sie. Aber was nützt mir denn ein leeres Warenhaus? Im Moment erwirtschaften Sie mir ein garantiertes Einkommen."

Wenn sie ihm ein wirklich attraktives Angebot machte, würde er nicht widerstehen können. „Ich habe heute Morgen mit Dr. Benning gesprochen. Er hat mir gesagt, dass es Universitäten gibt, die keine Studiengebühren erheben, zum Beispiel die Universität von Michigan, an der er studiert hat. Er meinte, für die drei Jahre Studium müsste man mit dreitausend Dollar auskommen. Natürlich würde Will noch Geld für die Fahrten brauchen …"

„Miss Cantrell …"

„Und diese Summe würde auch nur Kost und Logis für eine Person abdecken." Eliza schloss die Augen. Würde er sie überhaupt noch wollen, nachdem sie seine Zuneigungsbekundungen immer übersehen oder zurückgewiesen hatte? Sie würde eine Beschäftigung brauchen, während sie auf ihn wartete … falls er sie überhaupt noch wollte.

Alle ihre Pläne waren fehlgeschlagen. Und doch hatte Gott ihr seinen Segen nicht entzogen. Er hatte ihr dieses Geschäft gegeben. Was sollte sie nun damit tun? Was wollte Gott von ihr?

„Zahlen Sie mir den realen Wert der Gebäude und des Warenbestands abzüglich meines Darlehens." Eliza erhob sich. „Oder ich finde einen anderen Käufer."

Die Uhr tickte ein paar Sekunden lang, bevor Mr Raymond fast spöttisch tief ausatmete. „Und das alles für Mr Stanton?"

„Ja." Eliza setzte sich wieder und faltete die Hände im Schoß. Das Pochen in ihrer Brust schwoll über die Maßen an. Aber die plötzliche Panik beim Gedanken daran, dass sie alles aufs Spiel setzte, sollte sie nicht von ihrem Entschluss abbringen. „Mein Leben lang habe ich mich danach gesehnt, dass jemand an mich glaubt. Meine Familie, Axel, Sie. Aber niemand hat es getan. Nicht so wie Will. Er würde sogar auf das verzichten, was er sich am meisten wünscht, um mir eine Chance zu geben, meinen Traum zu verwirklichen." Elizas Lippen zitterten. „Jeder nutzt ihn aus. Niemand hilft ihm. Nicht einmal Sie."

Mr Raymonds überkreuzte Knöchel sanken auf den Fußboden. „Moment mal, Lady."

„Erzählen Sie mir jetzt nicht, Sie hätten nicht weit weniger für seine medizinischen Dienste bezahlt, als sie wert waren."

Mr Raymonds rechtes Auge zuckte. „Er verlangt nicht viel und es ist üblich, um Honorare für Ärzte zu feilschen."

„Aber würden Sie in mein Warenhaus kommen und mir erzählen, Sie bräuchten unbedingt sofort und ganz dringend eine Tasse, aber Sie könnten mich erst in zwei Jahren mit einer Handvoll Bohnen bezahlen?"

„Nun, das wäre lächerlich …"

„Genauso lächerlich, wie Will mehrere Tage ans Bett Ihrer Frau zu bitten und dann zu glauben, das wäre mit einem Gutschein abgegolten."

„Moment mal. Ich habe gar keinen Gutschein. Er hat mir angeboten zu kommen, wenn ich Ihnen helfe. Er hat eine unkluge Entscheidung getroffen, nicht ich."

„Und genau deshalb braucht er mich." Eliza trommelte mit den Fäusten auf ihre Brust, während unwillkommene Tränen aus ihren Augen strömten. „Ich kann verhindern, dass er ausgenutzt wird."

Mr Raymond seufzte. „Ich habe dem Jungen immer wieder gesagt, er solle das Geschäft aufgeben und Arzt werden." Er warf die Arme in die Luft. „Aber ich würde für meinen Einsatz keinen Gegenwert erhalten. Wie gesagt: Ich bin kein Wohltätigkeitsunternehmen."

Eliza atmete langsam und tief durch. Hatte sie vor gar nicht langer Zeit nicht genauso gedacht? Bevor Wills Großzügigkeit sie beschämt hatte, hatte sie nie überlegt, wie sie anderen helfen könnte. „Nun, im Moment bitte ich Sie nicht um einen Akt der Wohltätigkeit. Ich biete Ihnen eine Immobilie zu einem günstigen Preis. Sie verlieren nichts als

Ihren Anteil an meinem zukünftigen Profit. Aber ich bin mir sicher, dass Sie aus meinen Gebäuden einen weit größeren Gewinn schlagen werden, auch ohne meine Hilfe."

Ein Klopfen an der Tür, die daraufhin langsam nach innen schwang, unterbrach sie. „Es tut mir leid, dass ich Sie stören muss." Sheriff Quade steckte seinen staubigen Cowboyhut durch die Tür. „Der Kassierer sagte mir, dass Miss Cantrell gerade bei Ihnen ist." Der Polizist legte grüßend die Hand an den Hut. „Wollte Sie nur bitten, gelegentlich im Gefängnis vorbeizukommen und Ihr Geld abzuholen."

„Mein Geld? Aus dem Überfall im Zug?" Eliza blinzelte. „Aber Axel hat gesagt, es sei weg."

„Ich nehme an, die Beute ist weg. Aber er hatte ja noch den Laden."

„Den Laden?" Eliza schoss aus ihrem Stuhl hoch. „Will hat den Laden bereits verkauft?"

Der Sheriff kratzte sich unter dem Hut am Kopf. „Ja, ich nehme es an. Mr Stanton kam zu mir, um die Ansprüche zu begleichen, die die Opfer des Überfalls im Zug erhoben hatten – der einzige Raub, von dem wir sicher sagen können, dass Axel daran beteiligt war. Außer den jüngsten Diebstählen in der Stadt natürlich. Aber das ganze Diebesgut dieser Einbrüche ist ja bei seinem Tod wieder aufgetaucht."

„Da haben Sie's." Mr Raymond verschränkte die Arme und zuckte die Schultern. „Will hat jetzt vermutlich selbst Geld genug für ein Studium."

„Nun, da wäre ich mir nicht so sicher. Es fehlten noch dreihundert Dollar, um alle Geschädigten auszuzahlen. Er sagte so etwas in der Richtung, dass er dankbar sei, noch ein Hemd auf dem Leib zu tragen. Wenig später kam er mit dem Rest der fehlenden Summe zu mir." Sheriff Quade lächelte Eliza so strahlend an, als müsste diese Information sie unendlich glücklich machen. „Alle Geschädigten erhalten ihr Geld zurück."

Eliza schlug die Hände vors Gesicht. Sie war sicher, dass Will die dreihundert Dollar aus seinen eigenen Ersparnissen aufgebracht hatte. „Wo ist Will hingegangen? Zur Bahnstation? Geht demnächst ein Zug nach Westen?"

„Nun, das alles war gestern. Anschließend bin ich mit Will zu meinem Bruder gegangen. Charlie wollte schon lange seinen Braunen verkaufen. Er hat Will ein günstiges Angebot gemacht und ihm den Planwagen noch gratis dazugegeben. Was er damit für Pläne hatte, kann ich allerdings nicht sagen."

Will hatte schon alles für seine Abreise vorbereitet, bevor er zum Tanzball gekommen war? Mit einem Planwagen würde er ganz sicher nicht aufbrechen, um ein Studium zu beginnen.

„Guten Tag, Miss Cantrell. Mr Raymond." Der Sheriff schob den Hut ein wenig zurück und schlüpfte durch die Tür hinaus in die Eingangshalle.

„Na also. Er hat selbst eine Lösung für sich gefunden."

„Er hat bei Weitem nicht genug für seinen Laden bekommen." Eliza zog die Dokumente heraus, die ihr Warenhaus betrafen. „Also: Soll ich nach einem anderen Käufer suchen oder werden wir uns einig?"

Wenn Mr Raymond ihr nicht entgegenkam – gab es dann irgendjemanden in der Stadt, der vermögend genug war, ihr Geschäft zu übernehmen, bevor Will zu weit weg war? Und würde sie ihn überhaupt finden?

Eliza lockerte den Griff um die Zügel, als ein Gebäude, das ihr bekannt vorkam, und ein paar verstreute Schuppen neben einer kleinen Baumgruppe auftauchten. Während sie eine freiheitsliebende Haarsträhne wieder an ihren Platz hinter dem Ohr steckte, zügelte sie das Pferd und atmete tief aus. Zum Glück hatte sie an der Gabelung den Weg nach rechts eingeschlagen. Als sie vor ein paar Wochen hier gewesen waren, hatte sie nicht auf den Weg geachtet.

Will war ja bestimmt nicht gestern nach dem Tanz aufgebrochen; sonst hätte er kaum eine Meile von der Stadt entfernt sein Nachtlager aufschlagen müssen. Aber er hätte es bis zu seinen Eltern schaffen können, bevor die Nacht einbrach. Und er würde ja auch nicht gehen, ohne sich von seiner Familie zu verabschieden. Er musste einfach bei ihnen sein. Es sei denn, er hatte sich schon vorher von ihnen verabschiedet …

Nein. Gott würde doch nicht zulassen, dass sie ihre gesamte Existenz aufgab, um Will dann zu verpassen. Oder? Eliza schluckte schwer und wischte sich die Tränen vom Gesicht. Verdiente sie es überhaupt, ihn zu finden?

Je näher sie der Stanton'schen Farm kam, umso nervöser wurde ihr Magen und umso schwerer war es, das Pferd nicht zum Galopp anzutreiben. Sie presste die geballte Faust auf ihren rebellierenden Magen. So entschlossen sie war, sich Will als Teil eines fairen Handels zu präsentieren, so entschlossen war sie auch, ihm das Geld ohne Bedingungen anzubieten. Ihm zu zeigen, dass sie an ihn glaubte … auch ohne sie. Dass sie ihn liebte … so sehr liebte, dass sie ihn aufgeben würde, damit er seinen Traum verwirklichen konnte – so wie er sie aufgegeben hatte, damit sie den ihren leben konnte.

Als sie in den Hof einbog, trat Wills Mutter auf die Veranda und beschattete ihre Augen mit der Hand, einen fettbeschmierten Löffel in der Hand und eine Rührschüssel an den Leib gedrückt. „Eliza?“

Eliza brachte das Pferd zum Stehen und versuchte so elegant wie möglich vom Wagen zu steigen. Wo war Wills Gespann? „Bitte, sagen Sie mir, dass Will hier ist.“

Der Blick seiner Mutter war unergründlich, abschätzend … schweigend.

„Bitte.“ Eliza presste die geballten Fäuste an ihren Leib, um nicht der Versuchung nachzugeben, etwas so Erbärmliches zu tun, wie die Hände zu falten und zu betteln.

„Es ist auch *so* schon schwer genug für ihn fortzugehen.“

Er ist hier!

Eliza flog Rachel förmlich entgegen und ergriff ihren bemehlten Arm. „Nein. Ich werde es ihm leichter machen, Mrs Stanton. Versprochen.“

Rachel sah sie skeptisch an. „Ich kann meine Kinder nicht vor allem bewahren. Aber ich will ihnen auch nicht noch extra Kummer bereiten.“

Eliza trat einen Schritt zurück, um der Älteren Raum zu lassen. „Ich hoffe, dass ich ihm nie wieder Kummer mache.“ Sie zwang sich, Wills

Mutter in die Augen zu sehen, obwohl ihr die Röte den Hals emporstieg. „Ich liebe ihn."

Rachels müdes Gesicht entspannte sich und ihre Lippen verzogen sich zu einem leichten Lächeln. „Und das haben Sie ihm nicht gesagt?"

„Nein." O ja, sie hatte gewusst, dass sie ihn gern hatte, sich um ihn sorgte, ihn vielleicht sogar liebte. Aber bis gestern Abend hatte sie nicht gewusst, dass sie ihn wirklich liebte – so sehr liebte, dass sie es heute Vormittag mit ihrer Unterschrift besiegelt und ihren gesamten Besitz verkauft hatte. „Aber ich würde es ihm gern sagen."

„Nun dann – er ist da hinten am Fischteich." Rachel wies mit dem Löffel in Richtung einer kleinen Anhöhe im Westen. „Da entlang."

„Danke." Eliza erblickte Ambrose in der Nähe der Scheune und eilte zu ihm. „Würdest du dich um das Pferd kümmern?" Ohne seine Antwort abzuwarten, eilte sie, so schnell ihre Röcke es ihr erlaubten, in die gewiesene Richtung.

Als sie das friedliche Spiegelbild der Weiden und Pinien im Wasser des Fischteichs erkennen konnte, verlangsamte Eliza ihre Schritte. Es war nichts anderes zu hören als das Schwanken der Gräser im leichten Wind und das Summen der Bienen in der Heckenkirsche. Wo war Will? Ein paar Rotkehlchen suchten erschrocken das Weite, als Eliza um eine Gruppe junger Zedern herumkam. Dann fiel ihr Blick auf eine große, dunkle Gestalt im Gras.

Will lag am Ufer, den kräftigen Haarschopf auf die Arme gebettet, die angewinkelt unter seinem Kopf lagen. Seine Brust hob und senkte sich in gleichmäßigem Rhythmus und er hatte die Augen geschlossen. Im Gras neben ihm lag eine Angel. Da sie ihn nicht wecken wollte, schlich Eliza behutsam über das dichte Gras, bis ihr Schatten auf sein Gesicht fiel. Will regte sich nicht. So leise wie möglich ließ sie sich neben ihm ins Gras nieder und musste lächeln, dass sie ihn nun zum zweiten Mal im Schlaf beobachten konnte. Wie friedlich er dalag. Wie attraktiv er war. Kein Wunder, dass die Prinzen in den Märchen es nicht lassen konnten, ihre schlafenden Herzensdamen wachzuküssen.

Und warum auch nicht?

Dass er sie nicht mitnahm, wenn er sein Studium begann oder was immer er sonst vorhatte, hieß ja nicht, dass sie ihm nicht zeigen durfte, dass sie ihn liebte – so, wie er es gestern Abend auch getan hatte.

Mit zitternden Fingern löste sie die Hutnadel, nahm den Hut ab und legte sich auf aufgestützten Ellenbogen neben ihm ins Gras. Ein Duft von feuchter Erde, Gras und Mann hüllte sie ein. Eliza legte die freie Hand auf sein Herz. Das weiche Leinen unter ihren Fingern war ebenso irritierend wie sein spürbarer Herzschlag. Sie wartete einen Augenblick, aber seine Augen blieben geschlossen, der Mund weich und entspannt. Jeden Millimeter seines Gesichtes mit den Augen aufnehmend, beugte sie sich vor und legte sanft die Lippen auf seinen Mund.

Will summte leise und sie spürte, dass seine Lippen sich zu einem Lächeln verzogen. Dann hob er leicht den Kopf und seine Lippen antworteten den ihren.

Jetzt schlug er die Augen auf. „Eliza?" Mit einem leisen Geräusch sank sein Kopf zurück auf den Boden. „Oh."

„Ja?" Atemlos lächelte sie ihm zu.

Will rutschte ein wenig zurück und stützte sich dann auf die Ellbogen, eine tiefe Falte auf der Stirn. „Was machst du hier?"

„Ich küsse dich." Konnte man eigentlich am ganzen Körper erröten? Ihre Haut fühlte sich heißer an, als wenn sie den ganzen Tag in der prallen Sonne gesessen hätte. „Und ich will dir sagen, dass ich nicht bin wie meine Mutter."

Er blinzelte mit noch immer gerunzelter Stirn.

„Und dass du mehr wert bist als alles, was ich besitze … oder je besitzen könnte." Sie pflückte ein Blatt von einem Wegerich und zerrieb es zwischen den Fingern. Es war leichter, die zerdrückte Pflanze zu betrachten als seine gefurchte Stirn.

„Nein, das bin ich nicht." Will richtete sich jetzt vollends auf.

Eliza zog einen Scheck über viertausend Dollar heraus, der auf seinen Namen ausgestellt war. „Ich habe heute Morgen ein Geschäft gemacht." Sie glättete den Scheck und legte ihm das Papier mit einem kurzen Blick in seine Augen in den Schoß. „Ich habe mit Dr. Benning gesprochen. Er sagte, es habe ihn etwa dreitausend Dollar gekostet, den Doktorgrad an der Universität von Michigan zu erwerben. Aber inzwischen dauert das Studium länger und ich habe ausgerechnet, dass du mindestens viertausend brauchst, um Studiengebühren, Kost und Logis und die Reisekosten abdecken zu können. Und man braucht ja auch noch einen Notgroschen für unerwartete Zwischenfälle."

Will nahm den Scheck mit Daumen und Zeigefinger auf, als sei das Papier so flüchtig wie Asche im Wind. „Du hast Mr Raymond dein Geschäft verkauft?"

Sie nickte und bemühte sich, nicht länger darüber nachzudenken. „Alle drei Gebäude."

„Aber viertausend Dollar ist viel zu wenig dafür." Will gab ihr den Scheck zurück. „Du musst sie zurückkaufen. Ich bin eine schlechte Investition. Ich habe dir ja gesagt, wie schwer mir das Lesen fällt. Vielleicht werde ich es gar nicht schaffen, mein Studium abzuschließen."

„Du bist keine schlechte Investition." Eliza drückte ihm das Papier wieder in die Hand.

Will starrte ausdruckslos auf ihre ineinander verschränkten Hände.

Sie spürte, dass er gehen wollte, dass der Scheck eine Versuchung darstellte. „Wenn du glaubst, ich gehe ein zu großes Risiko ein, könntest du auch noch Folgendes überlegen." Sie schluckte und vermochte es nicht, ihm in die Augen zu sehen. „Ich habe alles verkauft, weil … Nun, könntest du dir vorstellen, mich mitzunehmen, als deine Frau … jetzt, wo ich nicht mehr an Salt Flatts gebunden bin? Wenn ich bei dir wäre, könnte ich dafür sorgen, dass meine Investition sich auszahlt."

Wills Finger entspannten sich, aber er entzog ihr seine Hand nicht. „Das wäre ein noch größeres Risiko. Eine lebenslange Investition ohne Garantie, dass sie sich auszahlt. Vielleicht stellt sich heraus, dass ich nie ein sehr viel anderer Mensch sein kann als heute. Selbst nach dreißig Jahren nicht."

„Dann wärst du also auch in dreißig Jahren noch der liebevollste, umsichtigste, selbstloseste Mensch, den ich kenne?" Ohne Frage würde sie dabei das bessere Geschäft machen. „Der Mann, der aus seiner eigenen Tasche die Schulden eines Verbrechers bezahlt hat, nur damit ich zurückerhalte, was er mir geraubt hat – obwohl Gott mich doch schon so reich beschenkt hatte?"

Sein Blick, zögernd und flehend zugleich, traf den ihren.

Eliza rückte näher an ihn heran und legte ihm eine Hand auf die Wange. „Das wäre kein so schlechtes Geschäft."

Will schüttelte den Kopf und sie spürte sein raues Kinn unter den Fingern. „Carl hat meinen Laden übernommen und ich habe die Langstons ausbezahlt ... und beglichen, was Axel anderen entwendet hatte. Obwohl der Anwalt mir sagte, das müsse ich nicht tun." Er zuckte die Achseln und hatte den Blick zu Boden gerichtet. „Aber ich konnte nicht anders. Sonst hätte ich nicht weggehen können."

Eliza musste unwillkürlich lächeln. Als ob er sich dafür entschuldigen müsste, dass er so gehandelt hatte!

„Wenn ich irgendwo einen Ort finde, wo es viel Arbeit für mich und keine Konkurrenz gibt, werde ich mein Auskommen haben." Eliza spürte, wie er den Scheck wieder ihr in die Hand drückte. „Du musst das nicht für mich tun."

Eliza lehnte sich zurück. „Du willst eher in den Westen gehen, als ein Studium zu beginnen? Ist es dir nicht recht, wenn ich mit dir komme – egal wohin?"

Wills Kiefermuskeln spannten sich an und er schloss die Augen. „Selbst wenn ich studiere, kann es immer noch sein, dass ich später irgendwo in den Westen gehen muss, um Arbeit zu finden. Vielleicht verdiene ich nie genug, um dir einen neuen Hut zu kaufen, ganz zu schweigen vom Notwendigsten. Vielleicht muss ich dich tagelang allein lassen, um mich um Patienten zu kümmern. Ich könnte mich auch selbst anstecken, wenn ich es mit schweren Erkrankungen zu tun bekomme. Und ich habe mich nun einmal entschieden, dass ich das für den Rest meines Lebens tun will."

„Nun, meinst du nicht, dass genau das mit ‚in guten und in bösen Tagen' gemeint ist, für die man einander die Treue verspricht?" Eliza ließ ihre Finger durch ihr Haar wandern. „Was mich angeht – ich habe noch einen weiteren Scheck über eine Summe, mit der ich wieder ein Geschäft eröffnen könnte. Ich werde also keine Langeweile haben, wenn du zu deinen Patienten unterwegs bist. Und notfalls könnte ich mir auch selbst einen neuen Hut kaufen." Sie lächelte traurig. Als ob die Frage eines zukünftigen neuen Hutes auch nur im Geringsten ins Gewicht fiele. „Und wie ich gehört habe, sind Kinder eine sehr zeitraubende Angelegenheit.“ Eliza lief es ob ihrer Kühnheit heiß und kalt den Rücken hinunter.

Will öffnete die Augen, suchte ihren Blick, sagte aber nichts mehr.

Eliza lächelte zaghaft. „Habe ich dir übrigens schon gesagt, dass ich dich liebe?“

In seine dunklen Augen trat ein warmer Ausdruck und Will lächelte. „Du hast es mir mit diesem Scheck gezeigt. Aber es schadet gar nichts, es noch einmal zu hören.“

Eliza schloss Wills Hand um den Scheck. „Ich wünschte, ich hätte früher erkannt, was das einzig Kostbare auf dieser Welt ist, das mich wirklich glücklich machen würde: Du.“

„Wenn du glaubst, dass es so ist“ – seine Stimme war rauer als sonst –, „dann will ich tun, was ich kann, damit du recht behältst.“

„Dann sind wir also Partner?“

Will nahm ihre Hand und zog Eliza zu sich, bis ihre Stirnen sich berührten, sein Mund aber noch um Haaresbreite von ihrem entfernt war. „Verlobte.“

Sein Atem kitzelte ihre Lippen und eine Hitzewelle durchlief Eliza von Kopf bis Fuß. Sie zwang sich weiterzuatmen. „Würdest du diese Vereinbarung dann vielleicht mit einem Kuss besiegeln?“

Mit seinen sanften Händen umfasste Will ihr Gesicht und zog sie an sich, als wolle er sie einatmen. Seine Lippen legten sich auf die ihren, zuerst sanft, aber dann mit derselben Leidenschaft, die er gestern Abend bewiesen hatte. Mit seinen Lippen und seinen Armen beanspruchte er sie für sich.

Jeder Mensch mit Geschäftssinn auf dieser Welt mochte sie für töricht halten, dass sie für ihre Liebe ihren ganzen Besitz aufgegeben hatte. Aber weder ihr Geschäft noch ihr Erfolg darin hatten ihr Herz je so beglückt.

Eliza schloss fest die Augen, verbannte jeden Gedanken an Geld, Geschäfte oder Verträge und konzentrierte sich ganz auf Will und auf das Gefühl, von einem Mann begehrt und geliebt zu werden. Die Hände in sein dichtes Haar vergraben, drängte sie sich enger an ihn. Sie hätte ihn nie so lieben können, wie er es verdiente, wenn sie ihren Traum nicht aufgegeben hätte, um etwas Besseres zu bekommen – ihn.

Die Hände auf sein wild pochendes Herz gelegt, wich sie zurück und räusperte sich. „Ich glaube, das reicht erst einmal, um unsere Vereinbarung zu besiegeln … äh, Verlobung, meine ich."

Will drückte ihr einen Kuss auf beide Augenlider und lehnte dann seine Stirn an die ihre. „Ich werde es nie leid werden, unsere Abmachung immer wieder neu zu besiegeln. In guten wie in bösen Tagen …"

Eliza nahm seine Hände und drückte sie fest. „Und um jeden Preis."

Epilog

MICHIGAN, 1884

Will beeilte sich, die Tür aufzuhalten, um zwei mit Taschen beladenen Damen behilflich zu sein, die den kleinen Eckladen gerade verließen. Mit einer Hand zog er die Tür weit auf, während er mit der anderen das Paket an die Brust presste, das er soeben vom Postamt abgeholt hatte. Hinter den weiten Röcken seiner Mutter halb verborgen, schielte ein kleiner Lockenkopf zu ihm hoch. Die Kleine hatte den Daumen im Mund, während sie aus dem Laden stolperte, und winkte ihm mit den anderen Fingern zum Abschied zu.

Will fuhr ein leiser Stich durchs Herz und das Lächeln verschwand aus seinem Gesicht. Gestern war Netties sechster Geburtstag gewesen. Ma hatte geschrieben, dass Nettie einen wachen Verstand hatte … und dass sie sich sehr bemühte, ordentlich zu laufen, damit ihr großer Bruder auch gern nach Hause kam, um sie zu sehen.

Will rang sich ein Lächeln für die zweite Dame ab, die sich bedankte, dass er ihr die Tür aufhielt. Mit der Faust rieb er sich das plötzlich juckende Auge und schlug nach einer Stechfliege. Aber das Insekt entkam ihm, vermutlich angelockt durch den Blumenduft aus dem Laden. Will trat in den Raum, ließ die Tür zufallen und brachte damit die Glocke zum Läuten.

In einem modisch geschnittenen dunkelroten Kleid mit Blumenmuster kam seine Frau von den hinteren Regalen nach vorn. Unter dem gekrausten Rock blitzte die Spitze eines feinen Unterrocks heraus, der bis auf die geschnürten Stiefel herabfiel. Das Haar hatte sie zu einer eleganten Lockenpracht aufgesteckt, und an ihrem Ringfinger glitzerten die Opale, die den Diamanten am Ring seiner Großmutter umgaben. Elizas Kleidung war ganz auf die wohlhabende Kundschaft ausgerichtet, für die sie ihren Laden *Alles für mein schönes Heim* betrieb.

Will blickte sich im Raum um. Blumen, Küchengeräte und alle möglichen Haushaltsartikel, die wohlhabende Kundinnen brauchen könnten, füllten die Regale. Da kein Kunde mehr im Laden war, streckte Will den freien Arm nach Eliza aus. Lächelnd schwebte sie in seine Umarmung und hauchte ihm einen Kuss auf die Lippen, bevor sie das Paket musterte, das er unter dem Arm hielt.

„Danke für den Kuss. Ja, das Paket ist für dich."

Eliza küsste ihn noch einmal, bevor sie das Paket nahm und umdrehte, um nach dem Absender zu schauen. „Wunderbar."

„Ich bin ja direkt neidisch. Sollte *ich* nicht mal wieder ein Paket von zu Hause erhalten? Ma hat mir schon seit Monaten nichts mehr geschickt."

„Das ist nicht von deinen Eltern. Es ist von Julia. Was könntest du von ihr wollen?"

Will zuckte die Achseln und folgte Eliza zu dem Arbeitstisch hinten, an dem er Kräutertinkturen mischte und duftende Lotionen für die Kundinnen seiner Frau herstellte. „Hast du die blauen Fläschchen, die ich heute Morgen abgefüllt habe, woanders hingestellt? Mr Isenhard wollte heute Nachmittag vorbeikommen und …"

„Ja, er war schon da und hat sie abgeholt."

Will runzelte die Stirn. „Was hast du ihm berechnet? Ich habe vergessen, dir einen Preis zu nennen, bevor ich ins Hospital ging."

„Ach ja, das." Eliza griff nach einem exquisiten Brieföffner, um die doppelte Lage Packpapier zu durchtrennen, in die das Paket eingewickelt war. „Er hat mir erzählt, dass seine Frau arbeiten gehen muss, obwohl ihre Tochter krank ist, und deshalb die Wohnung nicht wie sonst in Ordnung halten kann. Und dann habe ich einen Blick in seine Geldbörse geworfen und mir gedacht, es wäre dir sicher recht, wenn ich nichts für die Tinktur verlange. Ich meine, ich hätte vielleicht wenigstens so viel von ihm nehmen sollen, um die Kosten zu decken …"

Will beendete ihre versuchte Entschuldigung mit einem Kuss.

Als er sie aus seinen Armen entließ, hauchte Eliza: „Wofür war das denn?"

„Es gefällt mir, wenn du keinen Profit machst."

Sie verdrehte die Augen und stieß ihn spielerisch von sich. „Nun, die hier werde ich jedenfalls nicht einfach verschenken." Sie zog die wattierten spitzenbesetzten Handschuhe hervor, die Julia Cline so oft in *Hampdens Gemischtwarenhandlung* verkauft hatte.

„Du hast diese völlig überflüssigen Topfhandschuhe bestellt?"

„Die werden gut gehen, du wirst sehen." Eliza zog ihn mit sich hinüber zu den Küchenartikeln.

„So gut, dass sie acht Dollar für Arzneimittel ausgleichen?"

Eliza zögerte und biss sich nervös auf die Unterlippe.

Will fuhr sich mit der Zunge über die Lippen. „Nein, Mr Isenhards Tinktur war nicht so teuer. Ich habe mich nur gefragt …"

Eliza presste die Lippen fest zusammen, aber er hatte die Heiterkeit in ihren Augen schon bemerkt. Sie würde nie zugeben, dass es sie die halbe Nacht wach gehalten hätte, wenn sie wirklich so teure Medizin umsonst weggegeben hätte. Jetzt stolzierte sie kokett auf ihn zu und schlug die Augenlider nieder, um das spitzbübische Funkeln in ihren Augen zu verbergen. „Oh, da bin ich aber erleichtert, dass ich nicht so viel Geld verschenkt habe. Wir werden jeden Cent brauchen, besonders jetzt wo sich die Familie vergrößert."

Will kniff die Augen zusammen. „Die Familie vergrößert?" Aber sie hatte ihn doch gar nicht gefragt, ob … hatte keine Symptome erwähnt, die anzeigten … Sein Mund wurde trocken und sein Herz schlug schneller.

Eliza ging an ihm vorbei und durch den Vorhang weiter ins Büro hinten.

„Eliza, warte." Will hastete zum Vorhang und eilte ihr nach. „Jetzt lass mich doch hier nicht so ohne eine Erklärung …" An der Kante einer Kiste stieß Will sich die Hüfte. „Autsch!"

„Na ja, da du die beiden anderen Streuner so gut verarztet hast, habe ich gedacht, es würde dir nichts ausmachen, dich auch um diesen noch zu kümmern."

In der Ecke eines Kartons regte sich ein orangeroter flauschiger Fellball auf einer wollenen Unterlage.

Will schüttelte den Kopf und atmete langsam aus, um seinen Puls zu beruhigen.

Eliza streichelte das Kätzchen, das mitleiderregend miaute. „Miss Johnson hat es gebracht. Die beiden anderen haben nicht überlebt und die Mutter hat dieses hier dann abgelehnt."

Will nahm das zerbrechliche Geschöpf in die Arme. „O Liebling. Es hat noch nicht mal die Augen geöffnet."

„Wenn jemand ihn retten kann, dann du." Elizas Augen suchten die seinen. Der Stolz, der hinter ihren Wimpern leuchtete, war beinahe mit Händen zu greifen.

Verdiente er diese Frau überhaupt? „Ich bin kein Arzt …"

„Es sind nur noch zwei Monate, bevor du mit dieser Ausrede nicht mehr kommen kannst. Du hast deinen Doktortitel vielleicht noch nicht, aber doch so gut wie." Sie stupste ihn in die Brust, stellte dann ihr Paket ab und nahm ihm das Kätzchen aus dem Arm. „Soll ich noch irgendetwas tun, außer zu versuchen, ihm ein wenig Milch einzuflößen? Ich hoffe, es macht nichts, dass ich mir eine von deinen Pipetten gemopst habe, um es zu füttern."

„Ich kann das machen. Du musst dich um den Laden kümmern."

„Und du um deine Bücher." Sie liebkoste das wimmernde Kätzchen und flüsterte beschwichtigend auf es ein. „Wir wollen dich nicht davon abhalten."

Will seufzte. Er musste bis morgen noch *Burnetts Abhandlung über das Ohr* lesen. „Habe ich dir schon mal gesagt, wie dankbar ich bin, dass du so viel im Laden arbeitest? Ohne dich hätte ich dieses Studium nie durchgehalten."

„Ja, ich weiß, ich bin unverzichtbar – vergiss das bloß nicht."

„Oh, da besteht keine Gefahr. Ich brauche dich nämlich jeden Tag mehr." Er zog sie an sich und hob ihr Kinn an. „Ganz zu schweigen davon, dass du ziemlich unwiderstehlich bist." Sein Finger fuhr liebkosend über die nur noch blasse rote Linie auf ihrer Wange, während er ihr einen Kuss auf den Mundwinkel hauchte. „Und sehr begehrenswert." Will bedeckte die Narbe mit weiteren Küssen und zog Eliza mit einer Hand enger an sich. „Und ausgesprochen ..."

Die Türglocke läutete und Eliza wand sich aus seinen Armen.

„Später, mein Liebster." Sie drückte ihm das Kätzchen an die Brust, zwinkerte ihm zu und eilte nach vorn in den Verkaufsraum.

Will streichelte dem erbärmlich jammernden Kätzchen über den Kopf. „Ist ja gut, mein Kleines. Wenn sie in einer Stunde dieses Ladenschild umdreht, gehört sie nur noch mir."

Und dann konnte er ihr den Atem rauben, solange er wollte.

Nachwort der Autorin

Das Internet macht nicht nur die Recherche für ein Buch einfacher. Es bringt mir auch die wirkliche Welt direkt nach Hause, während ich in meiner Schreibecke sitze und versuche, eine nur erdachte Welt zu schaffen. Durch ein Like einer Freundin auf Facebook erfuhr ich von Easton Friedel und durch ihn von der seltenen Krankheit Epidermolysis bullosa (EB) und von den Schmetterlingskindern. Ich wusste, dass es in meiner Geschichte eine medizinische Katastrophe geben musste, mit der meine Hauptfigur nicht zurechtkommen würde. Und nachdem ich ein paar Monate lang über das Schicksal der Familien mit Schmetterlingskindern Tränen vergossen hatte, während ich selbst hochschwanger (und daher hochemotional!) war, wurde mir klar, dass sie meine Lösung waren. Das namenlose Baby der Hampdens in dieser Geschichte ist mein kleiner Beitrag, das Wissen um diese schlimme Krankheit zu vermehren.

Stellen Sie sich vor, was ein solches Kind durchmacht! Stellen Sie sich vor, wie es wäre, das eigene Neugeborene, das an EB erkrankt ist, nicht in den Armen halten zu können. Nehmen Sie sich ein paar Minuten Zeit, sich über die Schmetterlingskinder und ihre Familien zu informieren: www.schmetterlingskinder.de oder www.debra-austria.org. Beten Sie für diese Familien um Liebe, Geduld und darum, dass bald eine Behandlungsmöglichkeit für EB-Patienten gefunden wird. Vielleicht möchten Sie ja auch Geld oder Zeit spenden, um Familien mit Schmetterlingskindern zu helfen?

Danksagungen

Ich bin sehr dankbar für viele Menschen, die zu meinem Leben gehören, die mich lieben und stolz sind auf das, was ich tue.

Besonders danke ich Gott

für meinen Mann und meine Kinder, die es mit mir aushalten, obwohl ich ihnen in Schreibphasen weniger Zeit widmen kann und morgens oft müde bin, weil ich abends zu lange am Schreibtisch gesessen habe;

für Naomi Rawlings – ich kann mich darauf verlassen, dass sie meine Geschichten so viel besser macht. Sie erträgt meine langen E-Mails, weil sie weiß, dass ich das Telefonieren ebenso hasse wie meine furchtbaren Erstentwürfe. Sie ist unbezahlbar;

für Glenn Haggerty, einen der freundlichsten Menschen auf diesem Planeten. Er hilft mir in mehr als einer Hinsicht, meine Geschichten auf den Punkt zu bringen;

für die Mitarbeiter meines Verlags, deren Einsatz und harte Arbeit meinen Geschichten zugutekommt;

und für meine Leser, denen tatsächlich gefällt, was ich schreibe, und die gern mehr lesen möchten. Das ermutigt mich sehr. Ihr spornt mich wirklich an!